华东师范大学精品教材建设专项基金资助项目
华东师范大学教材出版基金资助出版

王冉冉——编著

「红楼梦」的人文智慧

华东师范大学出版社

·上海·

图书在版编目（CIP）数据

《红楼梦》的人文智慧/王冉冉编著.—上海：
华东师范大学出版社,2021
ISBN 978 - 7 - 5760 - 2130 - 1

Ⅰ.①红… Ⅱ.①王… Ⅲ.①《红楼梦》研究 Ⅳ.
①I207.411

中国版本图书馆 CIP 数据核字(2021)第 187295 号

《红楼梦》的人文智慧

编　　著　王冉冉
责任编辑　皮瑞光
特约审读　徐曙蕾
责任校对　李兴福
装帧设计　俞　越

出版发行　华东师范大学出版社
社　　址　上海市中山北路 3663 号　邮编 200062
网　　址　www.ecnupress.com.cn
电　　话　021 - 60821666　行政传真 021 - 62572105
客服电话　021 - 62865537　门市(邮购)电话 021 - 62869887
地　　址　上海市中山北路 3663 号华东师范大学校内先锋路口
网　　店　http://hdsdcbs.tmall.com/

印 刷 者　常熟市文化印刷有限公司
开　　本　787×1092　16 开
印　　张　15.5
字　　数　345 千字
版　　次　2021 年 10 月第 1 版
印　　次　2021 年 10 月第 1 次
书　　号　ISBN 978 - 7 - 5760 - 2130 - 1
定　　价　49.00 元

出 版 人　王　焰

目录

解"毒"《红楼梦》

对《红楼梦》进行研究、评论的著作极多,其中褒之者固然很多,然而贬之者也颇众。褒之者至于以一书而名学,将对《红楼梦》的研究与评论称为"红学"。这种现象颇为罕见,正如钱锺书先生所说:"词章中一书而得为'学',堪比经之有'易学'、'诗学'等。或《说文解字》之蔚成'许学'者,惟'选学'与'红学'耳……'千家注杜','五百家注韩、柳、苏',未闻标立'杜学'、'韩学'等名目,考据言'郑学'、义理言'朱学'之类,乃谓郑玄、朱熹辈著作学说之全,非谓一书也。"①鲁迅先生在《中国小说的历史的变迁》中所说的"自有《红楼梦》出来以后,传统的思想和写法都打破了",毛泽东在《论十大关系》中所说的我国"除了地大物博,人口众多,历史悠久,以及在文学上有部《红楼梦》以外,很多地方不如人家"更是脍炙人口,都对《红楼梦》予以高度评价。而且,早在嘉庆年间,就已经有了"开谈不说《红楼梦》,纵读诗书也枉然"②的俗谚。贬之者称《红楼梦》"诲淫""伤风教""大盗不操干戈",咒骂曹雪芹因为写了这个"大毒草"而不得好死且祸延子孙。甚至,在毛庆臻《一亭考古杂记》中还有这样的奇论:"乾隆八旬盛典后,京版《红楼梦》流衍江浙,每部数十金;至翻印日多,低者不及二两。其书较《金瓶梅》愈奇、愈热,巧于不露,士夫爱玩鼓掌,传入闺阁毫无避忌。作俑者曹雪芹,汉军举人也。由是《后梦》《续梦》《复梦》《翻梦》,新书迭出,诗牌酒令,斗胜一时。然入阴界者,每传地狱治雪芹甚苦,人亦不恤,盖其诱坏身心性命者,业力甚大,与佛经之升天堂正作反对。嘉庆癸酉,以林清逆案,牵都司曹某,凌迟覆族,乃汉军雪芹家也。余始惊其叛逆隐情,乃天报以阴律耳!伤风教者,罪安逃哉!然若狂者,今亦少衰矣。更得潘顺之、补之昆仲,汪杏春、岭梅叔侄等损赀收毁,请示永禁,功德不小。然散播何能止息!莫若聚此淫书,移送海外,以答其鸦烟流毒之意,庶合古人屏诸远方,似亦阴符长策也。"

面对这样的众说纷纭、意见参差,许多学者对红学研究的困境深有体认。例如李田意先生曾经说:"剪不断,理还乱,是红学"③;尤其是,红学大家俞平伯先生虽被认定为考证派宗师之一,但他其实早就在反思考证方法在红学研究中的利弊得失,并在"文革"复出后多次提出红学研究的方法论问题,可惜由于种种原因,未被学界

---

① 钱锺书:《管锥编》第四册,中华书局,1979年,第1401页。
② 一粟:《红楼梦卷》第二册,中华书局,1983年,第364页。
③ 胡文彬、周雷:《红学世界》,北京出版社,1984年,第29页。

重视。

俞先生晚年曾写有《乐知儿语说红楼》，篇幅不长，却多忏悔沉痛之言，推倒旧论之语，表现出一位老学者不务虚名、求真征实的可敬胸襟。其中有几句尤为发人深省：

> 若问："红学何来?"答曰："从《红楼梦》里来。"无《红楼梦》，即无红学矣。或疑是小儿语。对曰："然。"

> 人人皆知红学出于《红楼梦》，然红学实是反《红楼梦》的，红学愈昌，红楼愈隐。真事隐去，必欲索之，此一反也。假语村言，必欲实之，此二反也。

> 一切红学都是反《红楼梦》的。即讲的愈多，《红楼梦》愈显其坏，其结果变成"断烂朝报"，一如前人之评《春秋》经。

> 《红楼》今成显学矣，然非脂学即曹学也，下笔愈多，去题愈远，而本书之湮晦如故。

> 追求无妨，患在钻入牛角尖。深求固佳，患在求深反惑。

红学自《红楼梦》中来，这本是"小儿语"。可是，从二百多年的红学成果来看，尽管论著浩如烟海，观点五花八门，对《红楼梦》本身的研究却极其有限，以至有人将红学戏称为"红外线"研究。而且，红学最基本的问题，其中也包括胡适在 20 世纪 20 年代就曾提出的"作者"与"本子"问题，至今仍然是聚讼纷纭，莫衷一是，用俞平伯先生在《红楼梦研究》自序中的话来说，"这书在中国文坛上是个梦魇，你越研究便越觉糊涂"。学术不怕争辩，但理应愈辩愈明，红学则异于是，这就促使人们反思，红学的研究方法是否存在什么偏差。尤其是，在当今媒体冲击与红学大众化的历史语境下，一些旧的方法如索隐又"回光返照"，如果能够指出其在方法论上的可取之处或根本性错误，庶几能够对喧嚣的"红学话语"进行客观公允的认识与评价，避免红学研究误入歧途。

一、"注经之法"与"断而非证"

在传统小说观念中，小说是不登大雅之堂的"小道"，是助谈资供消遣的"闲书"，于是，要抬高某些小说作品如《红楼梦》，很合乎逻辑的方式就是把这些作品从小说中划出来，以这些作品比附特定学术价值观所推重的研究对象。

历史证明，这也正是红学研究常常采用的方法。例如，其中较为重要的一种比附就是以《红楼梦》比附经学。在传统学术的价值系统中，经学处于最高贵、最核心的地位，《四库全书》在清代的编修进一步强化了经学的这种地位。这就难怪不少清人认为《红楼梦》的价值主要体现为对经学的阐发与弘扬，或者以解经之法诠释《红楼梦》。其中，王梦阮、沈瓶庵《红楼梦索隐》的《例言》中便明确宣称："以注经之法注红楼，敢云后来居上。"

从方法论的角度来看，王、沈所说的"注经之法"有主观附会之弊。这也是经学在诠释方法上一直没能解决的问题。江藩《汉学师承记》所载戴震的一则轶事颇能凸显出这一问题。

> 塾师授以《大学章句》"右经"一章,问其师曰:"此何以知为孔子之言而曾子述之,又何以知为曾子之意而门人记之?"师曰:"此子朱子云尔。"又问:"朱子何时人?"曰:"南宋。"又问:"曾子何时人?"曰:"东周。"又问:"周去宋几何时?"曰:"几二千年。"曰:"然则子朱子何以知其然?"师不能答。

朱子称《大学》此章乃"孔子之言而曾子述之""曾子之意而门人记之"的诠释方法是"断"(主观判断)而非"证"(客观实证),没有确实证据能够证明他的观点是正确的,一般人由于朱子的权威性而信以为真,而有着"实事求是"精神的戴震则难免会对他的观点进行质疑。其实,不仅距圣人"几二千年"的朱熹以"断"而非"证"之法诠释经典,早期儒家学者又何尝不以此法诠释经典。如毛诗小序称《关雎》的主旨是明"后妃之德",《左传》称《春秋》"郑伯克段于鄢"文有"讥失教也"之"大义",皆无确切证据能够表明那是经典原旨。当然,毛氏、左氏提出这样的论点也不是空穴来风,毕竟还要结合文本符号所可能具有的某些语义立论,如毛氏将采荇菜释为"事宗庙",将钟鼓释为"德盛者宜有钟鼓之乐",左氏强调"郑伯克段于鄢"的经文有"不称国讨而言郑伯"的特点,这些皆可在一定程度上"劝说"人们信服他们的注解。可以看出,这些观点是诠释者从文本符号系统所具有的众多语义指向中选出一种来"注经",至于为什么选此而不选彼,那是由诠释者的主观倾向性所决定的。因此,这样的诠释方法与其说是对经典主旨的客观实证,还不如说是诠释者的某些主观倾向在经典中找到了"客观对应物"。只不过,由于诠释者被历史赋予了权威性以及人们对权威的膜拜心理,诠释者的主观倾向性被大大淡化,甚至与经典原旨混为一谈了。就诠释者的主观倾向性而言,他们的注解是"断";就其注解不能得到事实验证而言,可称之为"非证"。

红学研究中的索隐派在诠释方法上正是这样"断"而非"证"的"注经"之法,只不过王梦阮、沈瓶庵意识到自己的诠释方法与"注经"之法有着本质上的一致,并在《红楼梦索隐》的《例言》中点破,而其他索隐派著作未必有此意识罢了。

郭豫适先生曾指出:"索隐派的方法论并不科学,其自身存在着无法克服的非科学性质。"[①]具体说来,首先,索隐派提出的论题"往往是来自某种先入之见、某种既定的主观悬念"。[②]

索隐派著作进行索隐的前提是这样一种主观判断:《红楼梦》隐写了历史中的真人真事。可是,这一前提难以成立。索隐派常常以《红楼梦》中这样一些说法作为"证据"——"将真事隐去,而借'通灵'之说,撰此《石头记》一书也。故曰'甄士隐'云云"、"至若离合悲欢,兴衰际遇,则又追踪蹑迹,不敢稍加穿凿,徒为供人之目而反失其真传者"……然而,这些说法根本不能成为证据。因为这些说法不过是文本符号,其与语义之间的关系不是一一对应的简单关系,而是

---

① 郭豫适:《拟曹雪芹"答客问"——论红学索隐派的研究方法》,华东师范大学出版社,2006年,第250页。
② 郭豫适:《拟曹雪芹"答客问"——论红学索隐派的研究方法》,华东师范大学出版社,2006年,第252页。

相当复杂的。例如,"将真事隐去"既可理解为"隐写真事",也可理解为"将真事隐去不写";"不敢稍加穿凿,徒为供人之目而反失其真传者"既可理解为隐写了"离合悲欢,兴衰际遇"的真人真事,也可理解为以虚构手法写出了人世间"离合悲欢,兴衰际遇"的真实情形,也可理解为以虚构手法写出了对"离合悲欢,兴衰际遇"的真切体验……总之,虽然《红楼梦》的这些语言符号是客观存在,这些客观存在却指向不同的语义,索隐派把客观上并不确定的语义人为地确定下来当然并不能揭示出客观事实,而是具有自己的主观倾向性。这就使得他们根本就不能证实他们进行索隐的前提——《红楼梦》确实隐写了历史中的真人真事。

索隐派的研究方法与他们对索隐前提的"论证"一样,是无法证实他们种种论题的,原因还是他们的论题不是对客观事实的揭示,而是"来自某种先入之见、某种既定的主观悬念"。以现在颇有影响的《刘心武揭秘红楼梦》为例,尽管刘先生声称自己的研究并不是"索隐",而是"探佚学""原型研究",他始终没有办法改变自己论题先入为主的主观性质,其"探佚学""原型研究"与索隐派并没有什么两样。

"揭秘"与"索隐"的前提都要认定《红楼梦》隐写了历史中的真人真事。索隐派没能证实这一前提,刘先生同样不能证实。《刘心武揭秘红楼梦》是这样"论证"《红楼梦》隐写了历史中的真人真事的:"我自己也写小说,虽然我是一个远不能跟这些大师相比的写小说的人,但是我写小说,我也读小说。我就知道小说有不同的类别,其中有一种带有自叙性、自传性,就是小说的人物是有生活原型的……鲁迅、胡适等前辈大师,都肯定《红楼梦》是一部带有自叙性和自传性的作品,我是信服这个判断的,我越细读,就越相信书中的主要人物都能找到生活原型,曹雪芹就是把这些原型,塑造为他小说中的人物。"其实,不论是搬出"前辈大师"还是"自己也写小说"的经历,都不能证实《红楼梦》隐写了历史中的真人真事是一客观事实。何况,就算书中的主要人物都能找到生活原型,《红楼梦》"怎样写"这些生活原型在客观上也有着相当复杂的可能性:或者完全写实,或者实多虚少,或者虚多实少,或者把不同的生活原型整合为一个人物形象,或者把同一生活原型的事迹分散到不同人物身上,或者干脆不写生活原型外在的真实事迹,以"神似而形不似"的艺术真实表现出生活原型的内在本质……而刘先生仅因《红楼梦》的人物、情节与他猜想的所谓"生活原型"有些相关或相似,便轻描淡写地以"写实""自叙性""自传性"等词来"论证"《红楼梦》写了他所猜想的人和事,这样的诠释方法很容易产生这样的荒唐研究——"替作者写作"然后又把自己的写作当作《红楼梦》所隐写的真人真事。例如,刘先生认为《红楼梦》中为秦可卿看病的张友士有着太医的身份"太不对头了",因为"太医,只有皇帝他才能够设太医院,那里面的大夫才能够叫太医对不对? 冯紫英这位朋友怎么能叫太医呢"。然而,正如不少研究者所指出的,"太医"一词从宋元以来已被用作对医生的尊称,许多元杂剧与明清小说中都能找到这样的例子。对知道这一历史知识的人来说,张友士是被请来给秦可卿看病的医生,称之为太医没有什么"太不对头"的。可是不知道这一历史知识的刘先生却认为"太不对头了",那只能说是他本人的主观判断。从这一主观判断出发,他觉得把张友士称为太医"应该"隐藏着什么秘密;弘晳既然能够设立内务府七司,"应该"也能按照宫廷的规格给自己设立了太医院;张友士既然被称为太医,则"应该"是这太医院中的一个真实人物。可以看出,这一"论证"过程与其说是在揭示《红楼梦》所要写的"秘密",还不如说是刘先生自己在写这个"秘密",而且还只因自己所主观认定的某些相关性(把张友士称为"太医"与他是弘晳所可能设的太医院中一个真实人物相关),而把这一"秘密"说成是《红楼梦》所写的"秘密"。此时,"自己也写小说"的刘先生恐怕已经分不清自己是在写小说还是在研究《红楼梦》了吧。

其次,索隐派对论题的论证过程是从结论到《红楼梦》文本。有时,索隐派的这一特点表现得十分明显,例如,蔡元培先生的《石头记索隐》先提出《红楼梦》乃"清康熙朝政治小说也""吊明之亡,揭清之失,而尤于汉族名士仕清者寓痛惜之意"①等结论。寿鹏飞的《红楼梦本事辨证》先提出"盖是书所隐括者,明为康熙诸皇子争储事"②的结论,然后再于《红楼梦》中找到种种"关合""影射"之处进行论证。可有时,一些索隐之作的这一论证过程较为隐蔽。例如,当有人质疑刘心武先生的研究方法是先有一个主观意向,然后在《红楼梦》中寻找蛛丝马迹进行"论证"时,刘先生对此断然否定,宣称他正是在读《红楼梦》的过程中发现问题,解决问题。

其实,索隐派有一共同特点就是,通过对《红楼梦》的细读寻求其中隐写的真人真事。刘先生的宣称只能表明自己也具有这一特点,并不能以此掩盖其"从结论到《红楼梦》文本"的论证过程。因为他所谓的发现问题,常常是由于知识学养不足而产生的主观判断(如觉得给秦可卿看病的是太医不对头、秦氏血统卑贱可疑、秦氏棺木竟然是老千岁所用十分反常等)③;所谓的解决问题,还是先有结论,然后再在《红楼梦》中寻求自己认为的相关之处。例如,刘先生认为,如果秦可卿的生活原型是废太子胤礽的私生女,他"发现"的那些问题便得到"解决"了。然而,从《红楼梦》文本是无法得出"秦可卿的生活原型是废太子胤礽的私生女"这一结论的,而且,从刘先生列举的任何史料也得不出这一结论。这也就可以理解,为什么刘先生在"发现"那些问题之后大讲"康、雍、乾三朝的政治斗争",而后又说:"那么我说到这儿,先做一个结论,再针对可能对我提出的质问,做出一点解答。我的结论就是:曹雪芹所写的秦可卿这个角色是有生活原型的。这个角色的生活原型,就是康熙朝两立两废的太子他所生下的一个女儿。"此时,刘先生已经现身说法,表明了他"从结论到《红楼梦》文本"的论证过程,也就是说,先有一个主观意向,然后在《红楼梦》中寻找蛛丝马迹进行"论证"。

索隐派的这种研究方法有着致命弱点。这个弱点可用《列子》中的一则寓言揭示:"人有亡斧者,意其邻之子。视其行步,窃斧也;颜色,窃斧也;言语,窃斧也;动作态度,无为而不窃斧也。俄而,抇其谷而得其斧。他日复见其邻人之子,动作态度,无似窃斧者。"这则寓言其实指出了心理学中的"意向谬误":当一个人先有一个主观意向时,他很容易将不利于这个主观意向的证据过滤掉,而将利于这个主观意向的证据保留乃至夸大。

刘心武先生对自己从主观意向出发得出的结论却非常自信,因为他认为,自己的论据是非

---

① 蔡元培:《石头记索隐》,北京大学出版社,1989年,第6页。
② 寿鹏飞:《红楼梦本事辨证》,商务印书馆,1927年,第26页。
③ 可参阅《是谁误解了红楼梦——从刘心武揭秘看红学喧嚣》第一编《评刘心武的"秦学"》,陕西人民出版社,2005年。

常有力的,"否则,哪有那么多巧合?""我说这是巧合,那是巧合,但是第一次是巧合,第二个例子又是巧合,第三个它还是巧合,到最后,我个人的看法是去掉这个'巧'字,不是'巧合',就是'契合',就是'合',就是这些地方显然绝不是信笔乱写,毫无含义的。"其实,"意向谬误"完全能够解释刘先生所说的"巧合"。例如,刘先生已先有这样一个主观意向:《红楼梦》折射了弘晳与乾隆的政治斗争,于是他把贾雨村的"天上一轮才捧出,人间万姓仰头看",香菱的"月挂中天夜色寒"和"精华欲掩料应难",林黛玉的"犯斗邀牛女"和"晦朔魄空存"等诗句都理解为对弘晳政治势力的描绘。然而,没有这样主观意向的读者根本不会如此理解上述诗句。当刘先生以其主观意向将别种理解过滤掉,只将有利于其主观意向的理解保留下来时,就形成了刘先生所说的"巧合"——看看,那么多诗句都在描绘弘晳的政治势力,多么"巧合"啊!

况且,说到巧合,索隐派早就提供出比刘先生更巧的"巧合"了。例如,《石头记索隐》第六版自序中,蔡先生曾把自己的索隐方法概括为三"法"——"品性相类""轶事有征""姓名相关",而且声称"每举一人,率兼用三法或两法,有可推证,始质言之"。在"兼用三法或两法"后还能找到书中人物与历史人物那么多相关之处,是不是很巧合呢?又如,景梅九《红楼梦真谛》认为《红楼梦》中有"三义谛",其中,"第一义谛,求之于明清间政治及宫闱事;第二义谛,求之于明珠相国及其子性德事"。在《红楼梦》第二十三回,黛玉问宝玉在看什么书,宝玉说:"不过是《中庸》《大学》。"景氏认为,从"第一义谛"看,《中庸》影清朝,因为《中庸》的头一句是"天命之谓性",而努尔哈赤所建年号正是"天命";《大学》影明朝,因为《大学》的头一句是"大学之道,在明明德"。从第二义谛看,《中庸》《大学》又可暗指纳兰性德,因为"天命之谓性"与"大学之道,在明明德"二句的最后一字合起来正是"性德"。这样的索隐,是不是更让人觉得"巧合"呢?然而,再"巧合",也不能证实他们的种种论题。因为,经由了他们主观意向对证据的过滤、保存与夸大,所谓的"巧合"不过是他们的主观意向在《红楼梦》文本中找到较为精巧的"客观对应物"罢了。对于《红楼梦》这么一部包罗万象的巨著来说,要找到"客观对应物"并不是什么难事。刘先生也不能因为这样的"巧合"而认可蔡、景的论题吧,若认可了,那不正是否定了自己的论点?

总之,无论是论题"来自某种先入之见、某种既定的主观悬念",还是先有一个主观意向,然后在《红楼梦》中寻找"客观对应物",都是"断"而非"证"的研究方法,有着牵强附会的致命弱点。索隐派的研究方法还有一些弱点,只是由于这些弱点是考证派研究方法也具有的,我们不妨在论述考证派研究方法时再谈及。

二、"事实求证"与"意向谬误"

中国的小说从一开始便与史学关系密切,它还有着"稗官""野史"的别名。古人也常常以本属史学的实录原则来要求小说,表现出贵"实"贱"虚"的倾向。传统的力量是不可小觑的,这就难怪俞平伯先生在《索隐与自传说闲评》中有这样的诘疑:"《红楼梦》之为小说,虽大家都不怀疑,事实上并不尽然。总想把它当作一种史料来研究,敲敲打打,好像不如是便不过瘾,就要贬损《红楼》的声价。"

　　固然，与索隐派的猜笨谜相比，考证派强调对作者与版本的考证已经改变了论题的主观性质，取得了相当丰硕的成果，然而，我们还是不得不注意，尽管红学考证有其客观有效性，但并非就意味着不需要从方法论的角度加以反思。

　　无论是索隐派还是考证派，从研究动机而言，都是"事实求证"。考证派想揭示出作者是谁，其家世生平如何，《红楼梦》版本流传的具体情形，《红楼梦》隐写了曹雪芹怎样的家事；索隐派想要揭示出《红楼梦》隐写了历史中怎样的真人真事。事实求证只能以客观事实验证，否则，不仅是索隐派，考证派的一些论题也是不可靠的。令人遗憾的是，红学考证大家那里也存在着以主观意向代替客观实证的现象，功力欠缺的我们在进行红学考证时就更应该慎重了。

　　以胡适为例，他认为《红楼梦》后四十回不是原作，而是高鹗续写，程伟元序中说"至其原文，未敢臆改"乃是"作伪"。这当然是事实求证，可胡适是怎样验证程序作伪这一论题的呢？——"程序说先得二十余卷，后又在鼓担上得十余卷。此话便是作伪的铁证，因为世间没有这样奇巧的事！"竟然是以主观判断来验证本是事实求证的论题。胡适说"世间没有这样奇巧的事"并没有事实根据，而且，有学者已指出，胡适本人得到《四松堂集》的经过就是"有这样奇巧的事"的明证[①]。

　　再以周汝昌先生为例。周先生在方法论上有时也犯了胡适犯过的错误：以主观判断验证属于事实求证的论题。例如，脂评中多次提到"轩中隐事""怡红细事"，周先生便认为："试想若是堂兄弟，岂能知道'怡红院'里女儿的'细事'呢？综合以上，得出一个解释：只有此人如果是一个女性，一切才能讲得通。"[②]可是，这一论题的提出是出于主观判断：周先生把曹雪芹与女子的"隐事""细事"和贾宝玉与女子的"隐事""细事"混为一谈了。从这些批语来看，至少有两种可能：其一，脂批本是在谈论《红楼梦》中已被作者描写出来的"隐事""细事"。若是这样，周先生根本不能得出上述结论；其二，脂批确实在谈曹雪芹与女子的"隐事""细事"。然而，周先生又没有而且也无法以事实验证这一论题，这一论题只是一种可能。将可能断为必然，因自己认定的可能而否定其他可能，这只能说是一种主观判断。

　　在这一主观判断的基础上，周先生又说："于是我便寻找还有无更像女子口气的批"，并举出若干例子。可以看出，这又是"意向谬误"，以一定的主观意向在《红楼梦》中寻找"客观对应物"。所以，周先生所认为"女子口气的批"都是他的个人感受，仅看批语是不能作出这个判断的。

　　例如，甲戌本第五回"幽微灵秀地"联文之下有批："女儿之心，女儿之境。"周先生认为："是女性感触会心之语。"可是，难道不能是男性体贴会心之语吗？

　　戚本第六回前题诗云："风流真假一般看，借贷亲疏触眼酸。总是幻情无了处，银灯挑尽泪漫漫。"周先生认为："曰'银灯'挑尽，照常例，该是女子声口。"周先生所说的"常例"不为无凭，

①　欧阳健、曲沐、吴国柱：《红学百年风云录》，浙江古籍出版社，1999年，第36页。
②　周汝昌：《红楼梦新证》，人民文学出版社，1985年，第859页。

因为古典诗词中"银灯挑尽""银釭挑尽""挑尽灯花""挑尽银灯""挑尽银釭""剔尽寒灯"确实多是描摹女子之句。这种情况很容易理解,因为那些诗词多是抒发女子独守空床的寂寞之感。但是,总不能因此而说"挑尽"云云一定就是女子口气吧。白居易《长恨歌》写唐明皇思念杨贵妃有句云:"夕殿萤飞思悄然,孤灯挑尽未成眠",罗隐《书淮阴侯传》写深夜读史有句云:"寒灯挑尽见遗尘,试沥椒浆合有神",崔涂《秋宿天彭僧舍》写因心中不平而夜深难寐有句云:"此怀平不得,挑尽草堂灯",皆是描摹男子之情态。而戚本第六回前题诗中的"总是幻情无了处,银灯挑尽泪漫漫"难道就不能用来描摹男子夜读《红楼梦》并深受感动之情形吗?若说"银灯"的意象较"寒灯""孤灯"等意象更有美感,专用来写女子,那也未必。武元衡《宿青阳驿》之"寂寞银灯愁不寐,萧萧风竹夜窗寒",韦庄《咸通》之"诸郎宴罢银灯合,仙子游回璧月斜",沈周《戒子诗》之"银灯剔尽谩咨嗟,富贵荣华有几家",这些诗句中的"银灯"便皆是写男性。

第二十六回有脂批:"玉兄若见此批,必云:老货,他处处不放松我,可恨可恨!回思将余比作钗、颦等,乃一知己,余何幸也!一笑。"周先生认为:"明言与钗、颦等,断乎非女性不可。"可是,"比作钗、颦等"并非就是"与钗、颦等",而且,此批语也未必像周先生所认为的,是把批者与作者的关系比作"爱人与妻子的关系"。因为,语义上完全有可能是把批者与作者的"知己"关系比作宝玉与钗、颦等的关系。

同回,宝玉说了"多情小姐同鸳帐"后黛玉恼了,有脂批云:"我也要恼。"周先生认为:"又是个女子声口。"可是,如果批者是个男性,他一向喜爱的男主人公偶尔忘情、显出轻薄之态,他难道就不能批"我也要恼"吗?

甲戌本第二十六回写黛玉悲泣,脂批云:"可怜杀!可疼杀!余亦泪下。"第二十七回有脂批云:"余读《葬花吟》至再至三四,其凄楚感慨,令人身世两忘。"周先生认为:"分明是女性体会女性的感情,不然便很可怪了。"可是,男性难道就不能对女性寄予深切同情了吗?《红楼梦》中不就写到,宝玉听到《葬花吟》后"凄楚感慨",以至于"恸倒山坡上"了吗?

再以由考证派提出的探佚学为例。探佚学有这样一个前提:《红楼梦》作者在前八十回中的伏笔与暗示能够使读者推测出《红楼梦》的佚文。这个前提本身就不能通过考证得出确切结论:且不说程高本被探佚家判为"篡改"的情节有可能正是原著所写,就算有铁证能够表明《红楼梦》实有佚文,探佚家怎么证实他们所理解的伏笔与暗示就是作者本人的伏笔与暗示,他们所设想的佚文就是《红楼梦》的真实佚文呢?探佚家们在根本无法证实的情况下却设想了《红楼梦》的种种佚文,那与索隐派替作者写作然后又把所写内容认定为作者所写的研究方法又有什么两样呢?或许,探佚家会说,我们不是没有根据臆想《红楼梦》佚文的,我们是根据《红楼梦》的伏笔与暗示推测出来的。这些探佚家不妨想一想:难道索隐派的"猜笨谜"就没有根据吗?他们不也在《红楼梦》中找到了许多他们所认为的暗示吗?"探佚"的研究方法不能提供客观证据,只能同索隐派一样以一定的主观倾向在作品中寻求"客观对应物",所以,这样的研究方法是不能"证实"其论题的。总之,无论是索隐还是考证,如果论题本是事实求证,却不以确切材料为根据进行验证,那就不能说是科学的方法,其结论是不可靠的。

三、"事实求证"之局限

人文学科的研究无非包括两方面：事实求证与意义阐释。事实求证要以事实为根据进行验证，有赖于旧材料的新梳理与新材料的发现。经过专家学者二百多年的"竭泽而渔"，旧材料的新梳理与发现新材料已非常困难。这样，红学中事实求证的研究道路已变得相当狭窄。可是，另一方面，对《红楼梦》的意义阐释相当不够，而且，只要世上还有《红楼梦》的读者，对《红楼梦》的意义阐释就没有尽头，研究者大可不必有"眼前无路想回头"的顾虑。所以，对《红楼梦》进行意义阐释有着非常广阔光辉的研究前景。

可惜，尽管从整体上来说，与索隐派相比，考证派取得了更多的实绩、更可靠的结论，然而在方法论上，考证派与索隐派一样有着这样的偏差：对于"意义阐释"重视不够。其实，对红学研究来说，"事实求证"固然是必要的，但也有其自身局限：只能描述"事件"，不能发掘"意义"；只能"解释"，不能"理解"；只能揭示外部事实，不能揭示"心灵事实"。

伽达默尔曾说："历史理解的真正对象不是事件，而是事件的'意义'。"①如果只看重事实求证，是不能真正理解历史的。

还以周先生为例，他在《红楼梦新证》中对曹雪芹包衣旗人的家世作了很精详的考证，并以丰富史料列举了包衣旗人身为皇室奴隶受尽压迫的悲惨"事件"。可是，周先生把赖嬷嬷"你知道那奴才两个字是怎么写的"理解为曹雪芹把他家族"作奴隶的痛苦"写入了《红楼梦》，这就不是对《红楼梦》的历史理解了。因为，下层包衣旗人作奴隶的痛苦并不一定是曹家这样上层包衣旗人的痛苦，曹雪芹也未必对自己家族的奴隶身份那么"身感自受"。另外，从上下文来看，赖嬷嬷说这番话恰恰是在说贾府主子对奴才们很宽厚，奴才们没受什么苦。总之，由于周先生把那些事件对于作品的"意义"与周先生自己所认为的"意义"混为一谈，尽管对包衣旗人的事实求证具有"科学性"与"客观性"，周先生对《红楼梦》中"你知道那奴才两个字是怎么写的"的理解却不能说是真正的历史理解。

巴赫金曾区别过"解释"与"理解"。所谓"理解"包含有两个主体，两个主体各自独立而处于相互对话地位；"解释"则是一个主体，它的对象完全是一个客体。"解释"适用于对"物"的研究，"理解"才适用于对"人"的研究②。作为研究对象，相对于研究者这个主体，《红楼梦》当然是一个客体；作为文学作品，《红楼梦》又是作者传达生命体验、抒发思想情感的载体，是一个独立的"主体"。我们不能忘了，尽管作者已逝，他实际上通过这部巨著一直在向人们"言说"。然而，究竟有多少人在仔细倾听作者的"满纸荒唐言"呢？我们更多看到的是，许多人忙着把自己的观念意识强加给《红楼梦》，以"解释"取代"理解"。他们的研究不是与《红楼梦》"对话"，而是一己之"独白"，难怪作者早就很有预见性地感慨"谁解其中味"了。

---

① 伽达默尔：《真理与方法》，上海译文出版社，1992年，第422页。
② 参阅巴赫金：《人文科学方法论》，见钱中文主编：《巴赫金全集》第四卷《1970—1971年笔记》，河北教育出版社，1998年，第427—443页。

要"理解"《红楼梦》,更重要的不是作者的家世生平时代背景等外部事实,而是作者与作品所表现出的内部事实也即"心灵事实"。作者的家世生平时代背景等外部事实充其量只能描述作者生活的环境,而不同的人对同一环境的心态是千差万别的,不能以机械决定论的错误观念对作者的心态简单论定。

正是由于事实求证方法的这些局限,过分强调事实求证导致了红学考证的种种弊端。此处不妨举其要者:

其一,研究方向舍本逐末。我们之所以对《红楼梦》进行事实求证,之所以要揭示作者、作品的种种历史"事件",当然还是为了理解《红楼梦》。而考证派们虽说发掘了相当浩瀚的史料,对版本、脂批等也研究得非常细致,但充其量只是对一个还没能确证的作者的身世、背景作了一定考察罢了,其中的种种论题,如曹雪芹的生卒年,祖籍是铁岭还是丰润,芹为谁子,脂砚何人,曹家到底因政治还是经济还是综合原因而被抄家……且不说这些论题在材料还不充分可靠的情况下就聚讼纷纭,即使这些论题能够得到确证,如果不把这些论题与对《红楼梦》本身的研究结合起来,红学考证的研究成果对我们理解《红楼梦》也没太大帮助。例如,就算能够证实曹家因政治斗争而被抄家,我们也未必能够证实曹雪芹在《红楼梦》中隐写了这样的历史事实;即使能够证实曹雪芹在《红楼梦》中隐写了曹家因政治斗争而被抄家,对《红楼梦》思想的理解还可以有很大的不同:可能有人会认为曹雪芹之所以这样写是要暴露封建政治生活的黑暗,有人会认为曹雪芹这样写是要表现人生无常的一种哲学反思,有人会认为曹雪芹这样写只是为了影射一家之家事,有人会认为曹雪芹这样写只是为了抒发一己之悲欢……只要研究者以己之心度作者之腹,那么,有多少研究者就会有多少理解,这些理解不能表明作品所能表现出的水平,只能表现出研究者本人的水平,难以发掘《红楼梦》所具有的巨大启示意义。与考证派相比,索隐派较注重对《红楼梦》进行文本细读,貌似在对《红楼梦》本身进行研究,然而,如前所述,索隐派对《红楼梦》文本细读不过是以一定的主观倾向在作品中寻求"客观对应物",所谓的"隐"与"秘"还是研究者本人的观念,不是对《红楼梦》本身的研究。

其二,研究顺序前后颠倒。考证毕竟要受到材料的限制,在材料还不充分的情况下就假借"考证"之名分想要给出结论,并在结论还未能得到确证情况下就以结论为基础推演出许多论题,即使投入了大量的时间与精力,从研究顺序上来讲也是前后颠倒的。例如,《红楼梦》的作者还存在争议,一旦有材料可以表明《红楼梦》的作者并非曹雪芹,考证派的许多论题岂非"忽喇喇似大厦倾"了? 再如,曾有一些学者认为脂砚斋与畸笏叟为同一人,其引征之周详、论述之严密确实令人钦佩,然而靖本畸笏叟的一条批语("不数年,芹溪、脂砚、杏斋诸子,皆相继别去。今丁亥夏,只剩朽物一枚,宁不痛杀。")就能使上述论点不攻自破,其引征之周详、论述之严密便由令人钦佩变为令人惋惜了:因为那也是"意向谬误"所形成的误导人的假象。既然给出定论有赖于材料的充分可靠,在材料还不充分可靠的情况下,我们何必忙着立论? 既然判断考证结论的正确与否常常取决于新材料的发现,而新材料的发现又具有偶然性(与勤于考证并非成正比),我们何必在新材料的发现之前虚耗精力呢? 至于索隐派,根本就不具备立论的客观基础,研究顺序前后颠倒的偏差就更为严重了。

其三,对《红楼梦》价值与意义的发掘相当缺少。退一万步,就算索隐派的捕风捉影是正确的,《红楼梦》影射了一定阶段的历史事实;或者,就算考证派的结论是正确的,《红楼梦》写了曹氏家事,那又如何?难道《红楼梦》的伟大只不过体现在以"假语村言"隐写了某些真事吗?何况,在一部皇皇巨著中,被索隐考证出来并能证实的真事在《红楼梦》包罗万象、博大精深的内容中又能占多少比重呢?除了胡适是一个特例,索隐派、考证派似乎都不否定《红楼梦》卓越的价值与意义,问题是,凭着他们的事实求证,《红楼梦》的价值与意义能够发掘多少呢?

四、意义阐释之前景

无论索隐还是考证的研究方法,传统色彩都较为浓重。可是,以较新的思想、观念阐释《红楼梦》时,又多西方理论的生搬硬套而缺少对《红楼梦》民族特色的深刻把握与阐发。弗洛伊德学说、西方叙事学、存在主义哲学、价值理论、神话原型批评等都曾在《红楼梦》的阐释中粉墨登场,然而,由于借鉴人家的东西主要是生搬硬套而非融会贯通与嫁接生新,对《红楼梦》本身的理解与阐释并没有提供多少帮助,读者很容易质疑:难道《红楼梦》的价值主要体现在为西方理论提供个案与例证吗?

总之,红学研究的种种失误都提醒我们,从方法论的角度反思红学是很有必要的。

以伽达默尔为代表的木体阐释学认为,"阐释"与"理解"不过是读者"视域"与作品呈现出的"视域"相融合的产物,对作品的一切阐释不可能与作品原旨完全重合,对作品的一切理解都不可能是纯客观的。而且,作为文学作品,《红楼梦》更为呼唤的是情感的共鸣,心灵的沟通,而不是事实的堆积,冰冷的逻辑。所以,不能片面强调事实求证的研究,以事实求证的标准要求所有的研究与解读,而是要认识到:事实求证要严格遵照客观性与科学性的标准,而意义阐释更重要的是使研究者的"视域"尽量接近作品呈现出的那些有价值有意义的"视域"。

作为经典,《红楼梦》已经被历史与世界承认。它积淀着深厚的传统文化与中国智慧,却又不是传统文化与中国智慧的传声筒,而是以小说的生动性形象性使得传统文化与中国智慧变成了可视可感的风度、气质、情怀、操守、人格特征、生活方式,于是,种种抽象思想得到感性显现,晦涩的哲学表述变成活泼泼的生活诉求,灰色的理论经由活色生香的生命引发心灵的共鸣。

儒释道"三教"是传统文化与中国智慧的主体与核心,在《红楼梦》中有着三个层面的呈现形态:

第一层面是名物形态。例如,贾氏宗族的日常生活中既设有宣讲儒教经典的家塾,又有佛禅的铁槛寺、栊翠庵,也有道教的清虚观;贯穿全书、在结构中起着重要作用的是一僧一道,还有在开头"风尘怀闺秀"、结尾"归结红楼梦"的儒者贾雨村;宝玉明明是出家做了和尚,却被朝廷封为"文妙真人";太虚幻境中既有"钟情大士""度恨菩提"这样的佛禅名号,又有"痴梦仙姑""引愁金女"这样的道教称谓,警幻仙子又劝诫宝玉"而今后万万解释,改悟前情,留意于孔孟之间,委身于经济之道";第五回《红楼梦》十二支曲的《虚花悟》中有云:"闻说道,西方宝树唤婆婆,上结着长生果",其中既有佛禅的"西方宝树",又有道教的"长生"追求……

另一层面是典籍形态。例如,宝玉曾说"'明明德'外无书""除四书外,杜撰的也多",号称"愚顽怕读文章"的宝玉对儒家经典予以了极高的评价;第二十二回中,宝钗谈到禅宗公案时提到惠能称神秀偈"美则美矣,了则未了",此语载于《景德传灯录》《五灯会元》等禅宗典籍,不见于《坛经》任何版本。《红楼梦》中提到贾宝玉平日读之书中亦列有《五灯会元》。尤其是,《红楼梦》第八十七回写妙玉"断除妄想,趋向真如",后来却又走火入魔,这是由《五灯会元》所载张拙秀才"断除烦恼重增病,趣向真如亦是邪"偈语而来。此外,《红楼梦》第二十五回中所说"你家现有希世奇珍"源自《五灯会元》《坛经》《法华经》等佛禅典籍中所说的"自家财珍";至于道家典籍,书中言及宝玉平时最爱读的道家书有《庄子》与《参同契》,其中《庄子》在《红楼梦》中应该是出现最多的。如第二十一回中,写到宝玉读《庄子》:"正看至《外篇·胠箧》一则,其文曰:故绝圣弃知,大盗乃止,擿玉毁珠,小盗不起,焚符破玺,而民朴鄙,掊斗折衡,而民不争,殚残天下之圣法,而民始可与论议。擢乱六律,铄绝竽瑟,塞瞽旷之耳,而天下始人含其聪矣;灭文章,散五采,胶离朱之目,而天下始人含其明矣,毁绝钩绳而弃规矩,攦工倕之指,而天下始人有其巧矣。"第六十三回中有言:"常赞文是庄子的好,故又或称为'畸人'。"宝玉很多想法都是受到《庄子》的直接影响,如第二十二回:"宝玉见说,方才与湘云私谈,他也听见了。细想自己原为他二人,怕生隙恼,方在中调和,不想并未调和成功,反已落了两处的贬谤。正合着前日所看《南华经》上,有'巧者劳而智者忧,无能者无所求,饱食而遨游,泛若不系之舟';又曰'山木自寇,源泉自盗'等语。""巧者劳而智者忧,无能者无所求,饱食而遨游,泛若不系之舟"出自《庄子》杂篇之《列御寇》,"山木自寇,源泉自盗"出自《庄子》内篇《人间世》与外篇《山木》。又如,第一百十三回中,当妙玉遭劫之时,"宝玉听得十分纳闷,想来必是被强徒抢去,这个人必不肯受,一定不屈而死。但是一无下落,心下甚不放心,每日长嘘短叹……又想到:当日园中何等热闹,自从二姐姐出阁以来,死的死,嫁的嫁,我想他一尘不染是保得住的了,岂知风波顿起,比林妹妹死的更奇!"由是一而二,二而三,追思起来,想到《庄子》上的话,虚无缥缈,人生在世,难免风流云散,不禁的大哭起来。"此外,第五回中,警幻仙子对宝玉说:"此乃迷津,深有万丈,遥亘千里。中无舟楫可通,只有一个木筏,乃木居士掌柁,灰侍者撑篙,不受金银之谢,但遇有缘者渡之。尔今偶游至此,设如坠落其中,便深负我从前谆谆警戒之语了。"所谓"木居士""灰侍者"云云,与第四回中称李纨"虽青春丧偶,居家处膏粱锦绣之中,竟如槁木死灰一般,一概无见无闻,唯知侍亲养子,外则陪侍小姑等针黹诵读而已"一样,皆出自《庄子》中的"形如槁木""心如死灰";第七十八回中,宝玉杜撰《芙蓉诔》,不仅明确宣称要"远师"《庄子》中的《秋水》篇,而且在诔文中运用了《庄子》其他篇目中的不少语词与典故。

还有一个层面是象征隐喻层面。这是一个隐性层面,也是本教材要着重揭示的。

总之,本教材强调深入《红楼梦》的"心灵世界",以"人文智慧"为切入点,利用《红楼梦》自身的直观性、形象性,在具体论述过程中采取深入浅出、寓教于乐的方式。本教材还强调在普及中提高。普及不是哗众取宠地迎合大众的某些浅薄心态(例如对宫廷秘事的猎奇,把阴谋诡计视为竞争智慧等),而是以喜闻乐见的形式令受众得到中国智慧的熏染与陶冶;提高不是高高在上的说教,而是凭借学科优势拓展受众的有限"视域",从而使受众超越一己之局限,不断接近伟大作品所达到的精神高度。普及的不是"知识"(如《红楼梦》版本、曹学、脂学等专业知识对一般受众而言并无多大意义),而是合理的态度、美好的情怀、深刻的洞察、睿智的远见;提高的不是追逐时尚的"雄心"、附庸风雅的"壮志",而是受众的精神境界、思想水平、人格层次与人文素养。

与这样的教材宗旨相应,本教材每章设有以下栏目:

一、智慧点击。以特定专题为线索,深入系统地分析揭示《红楼梦》在人物、情节与细节中所体现出的人文智慧。

二、文本选讲。对应导读中探讨的专题,选出《红楼梦》中的具体文本详细深入地解读,帮助学生理解这些文本的思想内涵。

三、经典链接。既包括《红楼梦》中强调、征引与化用的典籍,也包括能够帮助学生理解中国智慧的儒释道经典。不仅列出经典的具体篇目,还针对教材需要录出相关语段并作一定的评价解析。

四、思考讨论。以问题意识引领学生解读《红楼梦》,感悟其人文智慧。

第一章

"情种"庄子与《红楼梦》中的 "多情公子"

　　庄子的高傲脱俗与愤世嫉俗最容易给人留下深刻的印象。在许多人看来,庄子就是那扶摇万里的大鹏,睥睨万物,不可一世;庄子蔑视功名富贵,宁可"曳尾于涂中",也不愿去做一国之相;庄子就是那高洁的鹓雏,"非梧桐不止,非练实不食,非醴泉不饮",相位对他来说不过是"腐鼠"而已。那些名利场中的凡夫俗子遭到他非常刻薄尖锐的讥刺:国相不过是一只"不知腐鼠成滋味"的猫头鹰,得到秦王的赏赐是因为"舐痔"一般的猥琐行径,为了追求功名富贵而丧己失性的人还不如"为螽谋"……庄子又常常强调"虚静恬淡寂漠无为"(《天道》),声称"悲乐者,德之邪;喜怒者,道之过;好恶者,德之失。故心不忧乐,德之至也;一而不变,静之至也;无所于忤,虚之至也;不与物交,惔之至也;无所于逆,粹之至也"(《刻意》),认为得道之人"疾雷破山、飘风振海而不能惊"(《齐物论》),"死生亦大矣,而不得与之变,虽天地覆坠,亦将不与之遗"(《德充符》),他本人在妻子死的时候鼓盆而歌、在自己临终前所表现出的旷达也都给人留下深刻的印象。对许多人来说,庄子似乎淡定得近乎冷漠,超脱得不近人情,何况他还在《德充符》中大谈"无情",言之凿凿地说圣人"有人之形,无人之情"。可是,闻一多先生说过这样的话:"庄子是开辟以来最古怪最伟大的一个情种。"清代学者胡文英亦曾云:"庄子眼极冷,心肠极热。眼冷,故是非不管;心肠热,故悲慨万端。虽知无用,而未能忘情,到底是热肠挂住;虽未能忘情,而终不下手,到底是冷眼看穿。"确实,对于大思想家、大哲学家来说,他们常常在一个更高的层面中将一般人认为对立冲突的两个方面和谐地统一在一起。将庄子的思想作为一个整体来考察,我们能够发现,庄子实际上是从消除人的主观成见偏见、"不以好恶内伤其身"的立场提倡"无情",这里的"无情"并不是情感的匮乏、态度的冷漠、爱心的缺失,不是一般所理解的薄情寡义,而是通过情感的净化获得心灵的宁静与淡定。其实,无论是对人还是对物,庄子都有着无疆的悲悯与大爱,说他是多情的"情种",说他"心肠极热",一点儿都不夸张。

　　而《红楼梦》第一回中就开宗明义地讲此书"大旨谈情",回目中更是对"情"不断地强调;《红楼梦》第五回中咏叹:"开辟鸿蒙,谁为情种?都只为风月情浓";神仙姐姐警幻仙子煞费苦心地对宝玉"醉以美酒,沁以仙茗,警以妙曲",还将可卿许配于他,目的就是要宝玉"以情悟道";按照脂批的说法,《红楼梦》中还有"情榜",以人物在"情"上的不同表现品评人物,如宝玉是"情不情"、黛玉是"情情";宝玉梦游太虚幻境时看到"孽海情天"匾额所配的楹联是"厚地高天,堪叹古今情不尽;痴男怨女,可怜风月债难偿"……

那么,作为"情种"的庄子与《红楼梦》的"大旨谈情"有没有内在的关联呢?《红楼梦》对于道家的思想智慧又有哪些具体的吸收与转化呢?让我们走进《红楼梦》的精彩世界,倾听灵性生命的天籁之音,观赏经典间的水乳交融,含英咀华,澡雪精神,完成一次"悦神悦志"的精神之旅。

【智慧点击】宝玉不是"滥情"而是"爱博"

《红楼梦》中的灵魂人物毋庸置疑是贾宝玉。过去的读者更倾向于把宝玉视为"情痴情种"乃至"情圣"。如读花人涂瀛在《红楼梦论赞》中如此高度评价宝玉:"孟子曰:伯夷,圣之清者也。伊尹,圣之任者也。柳下惠,圣之和者也。我故曰:宝玉,圣之情者也。"但现代读者用更功利更现实的眼光评价宝玉时则贬多于褒,甚至把宝玉视为"滥情人"。如这样一种观点:宝玉虽然说过"女儿是水做的骨肉,男人是泥做的骨肉。我见了女儿,我便清爽;见了男子,便觉浊臭逼人",然而他感到"清爽"的主要是"女儿",是"貌美"的并且大多是未婚的女儿,在贾宝玉眼中,这些年轻貌美的女子是"珍珠",而那些年长色衰的中老年女性则是"死珠子""鱼眼睛"。"宝玉对女性是有限的同情、有私心的关爱……若现实生活中有某一男子提出献爱心,但最终资助与否要以被资助对象的性别、年龄尤其是要以相貌来决定,年轻貌美、长相可人的女子才被资助,而长相平平者却被置之一边、不闻不问,对此种情况,不知读者诸君作何感想?"而且,宝玉不仅对小姐们到处留情:虽然与林妹妹青梅竹马,却又垂涎宝钗"雪白的臂膀",还送给史湘云一个金麒麟,连林妹妹都生怕他因这样的小物件"成其好事"而专门前去探视;还对丫鬟们到处留情:与袭人"初试云雨情",对丫鬟们常常动手动脚,甚至因此而害得金钏儿投井自尽。他还和丫鬟们一起洗澡(第三十一回),吃丫鬟们嘴上的胭脂(第二十四回)……他不仅对丫鬟们到处留情,还对村姑(第十五回)留情;不仅对村姑留情,还对尼姑(妙玉)留情;不仅对尼姑留情,还对伶人留情(第六十三回)。甚至,他和女人有瓜葛倒也罢了,还和男人有瓜葛:秦钟、蒋玉函、香怜、玉爱……有些学者在研究古小说中同性恋现象时免不了把贾宝玉作为研究对象。

如此看来,宝玉当然用情不专,把《红楼梦》中"滥情人"的称号扣在他头上似乎并不为过。但是且慢,"滥情人"在《红楼梦》中明确指称的是薛蟠,对于宝玉,《红楼梦》给他的名号明明是"多情":第三回宝玉出场,书中对他的韵文描述中有这样的语句:"转盼多情,语言常笑";第五回晴雯的判词中说到"多情公子空牵念";第七十八回宝玉所拟的《芙蓉诔》中又有言:"红绡帐里,公子多情。""多情"一词在现如今也可指用情不专,但在明清小说的语境中,"多情"是褒义,无论是《三言》中的《闹樊楼多情周胜仙》还是《红楼梦》中,提到"多情"之处都是称赞人物的情深意重,与"无情""薄情"相对。

其实,宝玉对众多女子的"多情"并非是用情不专。用情不专只能特指爱情,对亲友以及人类的爱恰恰是多多益善的。宝玉的爱情只对黛玉一人,他对其他女子的"多情"其实主要是"友情",

这一点《红楼梦》第五回中已让"神仙姐姐"下了定论:"在闺阁中,固可为良友,然于世道中未免迂阔怪诡,百口嘲谤,万目睚眦。"在与众女儿做"良友"的过程中,宝玉作为一个正常人,免不了也会有青春期的躁动,但是,尽管他也有过"这个膀子要长在林妹妹身上,或者还得摸一摸,偏生长在他身上"(第二十八回)这样的想法,他却始终未及于乱。而且,当他与黛玉耳鬓厮磨时,当看到湘云睡觉将臂膊露在外面时,当他将晴雯拉到自己被窝暖身子时,当他与芳官同床共枕时,他没有什么不堪的邪念,他在这些时候只想到对众女儿的体贴与关爱。《红楼梦》又名《风月宝鉴》,在男女"风月"之情外还浓墨重彩地写了男女之间的友情,这在古典文学作品中是罕见的。

封建时代的"五伦"中,"朋友"是唯一平等的人伦关系,其他无论是君臣还是父子,夫妻还是兄弟,都有等级之别、主从之分。

儒家之"礼"讲等级,道家之"道"则讲平等。《庄子》外篇《秋水》中说得很清楚:"以道观之,物无贵贱。"《庄子》内篇第二即是《齐物论》,尽管究竟是齐物还是齐论还是兼齐物论学界一直有争论,但本篇主旨乃强调万物平等、反对人类中心论,这一点研究者们并无异议。也正是由于这种伟大的平等精神,道家并不因为张扬个性、强调个体人格的主体精神而对万物有一丝傲慢:"独与天地精神往来而不敖倪于万物"(《天下》),我们可以到处看到《庄子》中对宇宙万物充满了善意与尊重,如《庄子》内篇《应帝王》中写列子如此修道:"为其妻爨,食豕如食人";《庄子》外篇《知北游》中有道在屎溺之中的惊世骇俗之论;《庄子》中还多处描写了化育万物、使万物各得其所、与万物和谐相处而非对立冲突的动人画面:"禽兽可系羁而游,鸟鹊之巢可攀援而窥"(《马蹄》),"入兽不乱群,入鸟不乱行"(《山木》),"与物为春"(《德充符》),"与物有宜"(《大宗师》),"兼怀万物""万物一齐"(《秋水》),"缘而葆真,清而容物"(《田子方》),"处物不伤物"(《知北游》),"与物委蛇,而同其波"(《庚桑楚》),"其于物也,与之为娱矣"(《则阳》),"育万物,和天下"(《天下》)……

尽管超凡脱俗,却能够包容尊重万物;不仅爱人,而且还强调"利物"(《天地》篇中居然如此给"仁"定义:"爱人利物之谓仁"),庄子对万物可谓"多情"矣!难怪闻一多先生会将庄子称为"情种"。《庄子》中"食豕如食人"的典故还影响到了魏晋风度,如《世说新语·任诞》中讲了这样一个有趣的故事:

> 诸阮皆能饮酒,仲容至宗人闲共集,不复用常杯斟酌,以大瓮盛酒,围坐,相向大酌。时有群猪来饮,直接去上,便共饮之。

《庄子》中是"食豕如食人",阮咸则可谓是"饮豕如饮人"了。要知道,魏晋时期最盛行的是玄学思潮,玄学最推崇的经典是"三玄":《老子》《庄子》与《周易》,其中道家著作占了三分之二①,道家思想对魏晋名士影响极大。不难看出,阮咸的"饮豕如饮人"体现出《庄子》中"天地

---

① 这还只是从表层来看。其实,《周易》并非儒家的专利,诸子百家其实都或多或少受到《周易》的影响,庄子作为"其学无所不窥"(司马迁《老子韩非列传》中语)的学者,在著作中发挥《周易》思想处颇多。

与我并生,而万物与我为一""其于物也,与之为娱矣"的平等精神与爱物观。同样的,《红楼梦》中宝玉不是与土豪作朋友,而是与女性作朋友,"连那些毛丫头的气也受的"(三十五回),"每每甘心为诸丫鬟充役"(三十六回),这是对人不分贵贱的一种平等;不仅仅对人视贱如贵,《红楼梦》中还多次描写了宝玉的"视物如视人":

第十九回中写宝玉"宝玉见一个人没有,因想'这里素日有个小书房,内曾挂着一轴美人,极画的得神。今日这般热闹,想那里自然冷静,那美人也自然是寂寞的,须得我去望慰他一回'";第二十三回中写宝玉"只见一阵风过,把树头上桃花吹下一大半来,落的满身满书满地皆是。宝玉要抖将下来,恐怕脚步践踏了,只得兜了那花瓣,来至池边,抖在池内";第三十五回中写宝玉"看见燕子,就和燕子说话;河里看见了鱼,就和鱼说话;见了星星月亮,不是长吁短叹,就是咭咭哝哝的";第五十八回中写宝玉"因想道:能病了几天,竟把杏花辜负了!不觉倒'绿叶成荫子满枝'了!'因此仰望杏子不舍……只管对杏流泪叹息。正悲叹时,忽有一个雀儿飞来,落于枝上乱啼。宝玉又发了呆性,心下想道:这雀儿必定是杏花正开时他曾来过,今见无花空有子叶,故也乱啼。这声韵必是啼哭之声,可恨公冶长不在眼前,不能问他。但不知明年再发时,这个雀儿可还记得飞到这里来与杏花一会了?"……不用多举了,这些例子已经足够让我们看出,尽管星星月亮画上的美人是无生命之物,桃花杏花燕子鱼是虽有生命却无人情之物,宝玉却都"视之如视人",珍惜与它们的情缘,同情它们的命运,向它们诉说情话,对它们体贴关爱……脂批注意到了宝玉的这一特点,声称宝玉在"情榜"中的称号是"情不情"。所谓"情不情",就是"凡世间之无知无识,彼俱有一痴情去体贴"。结合前面的论述,我们不妨说,宝玉的"情不情"与《庄子》中"兼怀万物""与物为春"的"多情"在精神实质上并无二致。

庄子能够对万物有包容尊重与爱利化育的"多情"并不是一种简单的感性,而是有着深刻睿智的哲学基础。冯友兰先生曾经将人的精神境界划分为四个层次:自然境界、功利境界、道德境界与天地境界。自然境界按照本能与习俗行事,功利境界按照功利目的行事,二者皆以小我为立场,价值视域相当有限;道德境界突破了一己之私的狭隘,以集体利益为立场,当然这个集体亦有大小的区别:可以是家、组织、集团、国家、民族,也可以是全人类。着眼于全人类的视域当然非常宏大,但道德境界还不是最高境界,因为它至少还有着人类中心的局限。最高境界是天地境界,用冯友兰先生的话来说,天地境界以"宇宙利益"为立场,这是最大最全、已然进入无限视域的立场,消解了任何有限立场的偏狭与拘执。

《吕氏春秋》记载了这样一个故事:

> 荆人有遗弓者,而不肯索,曰:"荆人遗之,荆人得之,又何索焉?"孔子闻之曰:"去其'荆'而可矣。"老聃闻之曰:"去其'人'而可矣。"故老聃则至公矣。

在这个故事中,"荆人遗之,荆人得之"以楚人为立场,"人遗之,人得之"以全人类为立场,而老子"遗之,得之"的说法不正是以"宇宙利益"为立场吗?楚人失弓不以为失已经表现出超越功利立场的宽广胸怀,孔子着眼于全人类是一种更为阔大的境界,而老子以"宇宙利益"为立场则表现出最为"大观"的视域。

《庄子》中反复提到视域的种种局限如"拘于虚""笃于时""束于教"(《秋水》)"囿于物"(《徐无鬼》)"拘于俗"(《渔父》)"陋于知人心"(《田子方》)等,正是由于这些局限,人们才会受到种种束缚,不能用"以道观之"的"大观"视域"育万物,和天下"。

我们当然不能简单地说《红楼梦》中宝玉的"情不情"也有这样的哲学基础,已经达到了天地境界,但是,我们能够看到,《红楼梦》以其象征世界展示出高妙的天地境界。

学界曾认为《红楼梦》中有两个不同世界:现实世界与乌托邦世界。这种说法很有启发性,不过,简单笼统地说大观园以内的世界是乌托邦世界、大观园以外的世界是现实世界似乎失之武断,因为大观园以内的世界也并非全然理想化,金钏儿、尤二姐、司棋等人的惨死,贾琏、贾赦等人的荒淫,王熙凤的弄权,赵姨娘的暗算都发生在大观园;大观园以外的世界也并非都是黑暗的现实世界,巧姐逃出大观园反而获得了新生。但我们确实可以借用学界"两个世界"的说法,把《红楼梦》的艺术世界划分为两个层面:一个是写实世界,一个是象征世界。

写实世界就是《红楼梦》中的世俗世界,而象征世界则体现为超越性世界。第六十三回中,邢岫烟谈到妙玉"赞文是庄子的好,故又或称为'畸人'"。所谓"畸人",典出《庄子》内篇的《大宗师》:"畸人者,畸于人而侔于天。故曰:天之小人,人之君子;人之君子,天之小人也。"庄子以"天""人"的反差表现出"以道观之"的价值立场对世俗价值立场的超越:世俗所看重的"君子"恰恰是"天之小人",而"天"(道)所看重的"君子"在人间也变成了小人。《红楼梦》中多处强调了"天""人"的反差:茫茫大士、渺渺真人二仙师在天上"生得骨格不凡、丰神迥异",到人间却变成了癞头和尚和跛足道人,而且还"麻屣鹑衣""疯疯癫癫";天上补天的顽石到人间就变成了"通灵宝玉",天上的石牌坊到了人间就变成了玉牌坊;天缘是"木石前盟",俗缘则变成了"金玉良缘";天上的"神瑛侍者"到了人间就变成贵族公子……"畸人"并非是"畸形人"之义,而是超凡脱俗的异人,如成玄英疏云:"畸者,不耦之名也。修行无有,而疏外形体,乖异人伦,不耦于俗。"如果是"畸形人"之义,"太高""过洁"的妙玉也不可能自称"畸人"了。当我们只从写实世界的层面解读《红楼梦》时,就不能够与《红楼梦》有较好的视域融合,对《红楼梦》的误读就很容易产生。就拿宝玉对女性的这段名言来说吧:"女孩儿未出嫁,是颗无价之宝珠;出了嫁,不知怎么就变出许多的不好的毛病来,虽是颗珠子,却没有光彩宝色,是颗死珠了;再老了,更变的不是珠子,竟是鱼眼睛了。分明一个人,怎么变出三样来?"(第五十九回)如果只从写实层面去理解,很容易会认同这样的观点:在贾宝玉眼中,年轻貌美的女子是"珍珠",而那些年长色衰的中老年女性则是"死珠子""鱼眼睛"。宝玉对女性是有限的同情、有私心的关爱……

其实,此处把宝玉置入"现实生活"其实就是把具有超越性的宝玉拉入世俗世界。孰不知,《红楼梦》往往是以写实手法表现世俗世界,而以象征手法表现超越性世界。如果我们注意到《庄子》中对"真性""性命之情"(此处的"情"乃"实"义,"性命之情"即"性命之实")的反复强调,对损害"真性"的种种异化力量的揭示与批判,我们就不难领会《红楼梦》第五十六回中宝玉这一段梦境的象征意蕴：

> 宝玉心中便又疑惑起来：若说必无，然亦似有，若说必有，又并无目睹。心中闷了，回至房中榻上默默盘算，不觉就忽忽的睡去，不觉竟到了一座花园之内。宝玉诧异道："除了我们大观园，竟又有这一个园子？"
>
> 正疑惑间，从那边来了几个女儿，都是丫鬟。宝玉又诧异道："除了鸳鸯、袭人、平儿之外，也竟还有这一干人？"只见那些丫鬟笑道："宝玉怎么跑到这里来了？"宝玉只当是说他，自己忙来陪笑说道："因我偶步到此，不知是那位世交的花园，好姐姐们，带我逛逛。"众丫鬟都笑道："原来不是咱家的宝玉。他生的倒也还干净，嘴儿也倒乖觉。"宝玉听了，忙道："姐姐们，这里也更还有个宝玉？"丫鬟们忙道："宝玉二字，我们是奉老太太、太太之命，为保佑他延寿消灾的。我叫他，他听见喜欢。你是那里远方来的臭小厮，也乱叫起他来。仔细你的臭肉，打不烂你的。"又一个丫鬟笑道："咱们快走罢，别叫宝玉看见，又说同这臭小厮说了话，把咱熏臭了。"说着一径去了。
>
> 宝玉纳闷道："从来没人如此涂毒我，他们如何更这样？真亦有我这样一个人不成？"一面想，一面顺步早到了一所院内。宝玉又诧异道："除了怡红院，也更还有这么一个院落。"忽上了台矶，进入屋内，只见榻上有一个人卧着，那边有几个女孩儿做针线，也有嘻笑顽耍的。只见榻上那个少年叹了一声。一个丫鬟笑问道："宝玉，你不睡又叹什么？想必为你妹妹病了，你又胡愁乱恨呢。"宝玉听说，心下也便吃惊。只见榻上少年说道："我听见老太太说，长安都中也有个宝玉，和我一样的性情，我只不信。我才作了一个梦，竟梦中到了都中一个花园子里头，遇见几个姐姐，都叫我臭小厮，不理我。好容易找到他房里头，偏他睡觉，空有皮囊，真性不知那里去了。"宝玉听说，忙说道："我因找宝玉来到这里。原来你就是宝玉？"榻上的忙下来拉住："原来你就是宝玉？这可不是梦里了。"宝玉道："这如何是梦？真而又真了。"一语未了，只见人来说："老爷叫宝玉。"唬得二人皆慌了。一个宝玉就走，一个宝玉便忙叫："宝玉快回来，快回来！"

贾宝玉在梦中与甄宝玉相会，两人不仅名字模样相同，而且性情行事也相同；明明是梦中之假，偏又说"真而又真"，这分明是照应太虚幻境中出现过两次的那副楹联的上联："假作真时真亦假"；而"若说必无，然亦似有，若说必有，又并无目睹"又分明照应"无为有处有还无"。这样的照应该不是巧合，是提醒读者不要把这段梦境描写泛泛看过了。从文中来看，"空有皮囊，真性不知那里去了"一句意味深长，可以理解为：世人醉生梦死，行尸走肉，而真性早已失落。这与《庄子》中看重"真性"、反对异化的观念如出一辙。那么，所谓"女孩儿未出嫁，是颗无价之宝珠；出了嫁，不知怎么就变出许多的不好的毛病来，虽是颗珠子，却没有光彩宝色，是颗死珠了；再老了，更变的不是珠子，竟是鱼眼睛了。分明一个人，怎么变出三样来"，其实也可以这样理解：古代时期的女性身在幽闺，与社会接触较少，受到社会异化力量的污染也较少，因而保存了较多的"真性"，这在作者看来是非常可贵的，故借宝玉之口说"女孩儿未出嫁，是颗无价之宝珠"；出嫁后被在社会中浸淫较多的男性异化，真性保存较少了，所以说"却没有光彩宝色，是颗死珠了"；随着时间的推移，被社会异化得越来越多，真性到后来荡然无存，可以说是"更变的不是珠子，竟是鱼眼睛了"。可以看出，如果不从象征层面理解，《红楼梦》的深意就难以领略了。

王国维先生在《红楼梦评论》一文中曾经借用西方悲剧观念评说《红楼梦》中促成他人悲剧的人物都有其无辜之处："由叔本华之说，悲剧之中又有三种之别：第一种之悲剧，由极恶之人极其所有之能力以交构之者。第二种由于盲目的运命者。第三种之悲剧，由于剧中之人物之位置及关系而不得不然者，非必有蛇蝎之性质与意外之变故也，但由普通之人物、普通之境遇逼之，不得不如是。彼等明知其害，交施之而交受之，各加以力而各不任其咎。此种悲剧，其感人贤于前二者远甚。何则？彼示人生最大之不幸非例外之事，而人生之所固有故也。若前二种之悲剧，吾人对蛇蝎之人物与盲目之命运，未尝不悚然战栗，然以其罕见之故，犹幸吾生之可以免，而不必求息肩之地也。但在第三种，则见此非常之势力足以破坏人生之福祉者，无时而不可坠于吾前。且此等惨酷之行，不但时时可受诸己，而或可以加诸人，躬丁其酷，而无不平之可鸣，此可谓天下之至惨也。若《红楼梦》，则正第三种之悲剧也。兹就宝玉、黛玉之事言之，贾母爱宝钗之婉嬺而惩黛玉之孤僻，又信金玉之邪说而思压宝玉之病。王夫人固亲于薛氏，凤姐以持家之故，忌黛玉之才而虞其不便于己也。袭人惩尤二姐、香菱之事，闻黛玉'不是东风压西风，就是西风压东风'之语（第八十一回），惧祸之及而自同于凤姐，亦自然之势也。宝玉之于黛玉信誓旦旦，而不能言之于最爱之之祖母，则普通之道德使然，况黛玉一女子哉！由此种种原因，而金玉以之合，木石以之离，又岂有蛇蝎之人物、非常之变故行于其间哉？不过通常之道德、通常之人情、通常之境遇为之而已。由此观之，《红楼梦》者，可谓悲剧中之悲剧也。"以"人"之视域来看，《红楼梦》中促成他人悲剧的人物确乎有其无辜之处；但以"天"之视域来看，这些人物的价值立场又确乎需要超越。可以说，《红楼梦》中对天上世界如太虚幻境、真如福地、灵河、迷津以及警幻仙子、茫茫大士、渺渺真人、神瑛侍者、绛珠仙草、风月宝鉴等的描写具有浓厚的象征意味，启人深思。只因这一世界不是写实的对象就加以忽略其实是一种买椟还珠的做法，难以领会《红楼梦》中的深意，难以领略《红楼梦》中的"天地境界"。

【文本选讲】

"大旨谈情"是作者故弄狡狯吗？

《红楼梦》第一回中明确地讲到此书"大旨谈情"，这并非泛泛语，在回目中也有很多体现。这些回目中，"情"有时是名词，被其他词语修饰，如第二十六回的"幽情"、第四十三回的"不了情"、第五十八回的"真情"、第八十六回的"闲情"、第二十九回与第九十七回的"痴情"、第一百回的"离情"、第一零四回的"前情"等；有时则修饰人物，如第九回的"情友"、第三十九回的"情哥哥"、第六十六回的"情小妹"等；有时还可以修饰行为，如第二十八回的"蒋玉菡情赠茜香罗"、第五十二回的"俏平儿情掩虾须镯"、第六十二回的"呆香菱情解石榴裙"等。而且，用一个"情"字还意犹未尽，回目中有时还要用两个"情"字，如第六十六回的"情小妹耻情归地府"，甚至，还一口气用上三个"情"字，如第二十九回的"痴情女情重愈斟情"、第三十四回的"情中情因情感妹妹"。《红楼梦》对"情"的强调，在回目中可见一斑。

　　宝玉即转身去了。一时回来，再看，已换了冠带：头上周围一转的短发，都结成小辫，红丝结束，共攒至顶中胎发，总编一根大辫，黑亮如漆，从顶至梢，一串四颗大珠，用金八宝坠角，身上穿着银红撒花半旧大祆，仍旧带着项圈、宝玉、寄名锁、护身符等物,下面半露松花撒花绫裤腿,锦边弹墨袜,厚底大红鞋。越显得面如敷粉,唇若施脂,转盼多情,语言常笑。天然一段风骚,全在眉梢,平生万种情思,悉堆眼角。(**第三回**)

霁月难逢,彩云易散。心比天高,身为下贱。风流灵巧招人怨。寿夭多因毁谤生,多情公子空牵念。(**第五回**)

黛玉道:"原稿在那里?倒要细细一读。长篇大论,不知说的是什么,只听见中间两句,什么'红绡帐里,公子多情;黄土垄中,女儿薄命。'这一联意思却好,只是'红绡帐里'未免熟滥些。放着现成真事,为什么不用?"宝玉忙问:"什么现成的真事?"黛玉笑道:"咱们如今都系霞影纱糊的窗槅,何不说'茜纱窗下,公子多情'呢?"宝玉听了,不禁跌足笑道:"好极,是极!到底是你想的出,说的出。可知天下古今现成的好景妙事尽多,只是愚人蠢子说不出想不出罢了。但只一件:虽然这一改新妙之极,但你居此则可,在我实不敢当。"(**第七十九回**)

有人认为宝玉是个见异思迁、用情不专的"滥情人",其实,在《红楼梦》中,"滥情人"是明有所指的,第四十八回的回目就是"滥情人情误思游艺 慕雅女雅集苦吟诗"。从这一回的描写来看,这里的"滥情人"指的是薛蟠。《红楼梦》对宝玉的定位也是很清楚的,而且还多次强调:第三回中宝玉出场,对其外貌描写中就直接出现了"转盼多情,语言常笑"的字样,至于"平生万种情思,悉堆眼角"也可谓"多情"的另一种说法。第五回晴雯的判词所言"多情公子"当然只能是指宝玉。第七十八回中,宝玉为晴雯"杜撰芙蓉诔",诔文中亦有"红绡帐里,公子多情"之句,第七十九回中黛玉虽说因此句"熟滥"而拟改为"茜纱窗下,公子多情","公子多情"的说法却也并没有改动。可见,《红楼梦》中明确地把宝玉定位为"多情公子"。

雨村听了,亦叹道:"这也是他们的孽障遭遇,亦非偶然。不然这冯渊如何偏只看准了这英莲?这英莲受了拐子这几年折磨,才得了个头路,且又是个多情的,若能聚合了,倒是件美事,偏又生出这段事来.这薛家纵比冯家富贵,想其为人,自然姬妾众多,淫佚无度,未必及冯渊定情于一人者。这正是梦幻情缘,恰遇一对薄命儿女.且不要议论他,只目今这官司,如何剖断才好?"(**第四回**)

谁知那张家父母如此爱势贪财,却养了一个知义多情的女儿,闻得父母退了前夫,他便一条麻绳悄悄的自缢了。那守备之子闻得金哥自缢,他也是个极多情的,遂也投河而死,不负妻义。张李两家没趣,真是人财两空。(**第十五回**)

宝玉笑道:"好丫头,'若共你多情小姐同鸳帐,怎舍得叠被铺床?'"(**第二十六回**)

说毕,端起酒来,唱道:"你是个可人,你是个多情,你是个刁钻古怪鬼灵精,你是个神仙也不灵.我说的话儿你全不信,只叫你去背地里细打听,才知道我疼你不疼!

唱完，饮了门杯，说道："鸡声茅店月。"（**第二十八回**）

　　斜阳寒草带重门，苔翠盈铺雨后盆。玉是精神难比洁，雪为肌骨易销魂。芳心一点娇无力，倩影三更月有痕。莫谓缟仙能羽化，多情伴我咏黄昏。（**第三十七回**）

　　茗烟答应，且不收，忙爬下磕了几个头，口内祝道："我茗烟跟二爷这几年，二爷的心事，我没有不知道的，只有今儿这一祭祀没有告诉我，我也不敢问。只是这受祭的阴魂虽不知名姓，想来自然是那人间有一，天上无双，极聪明极俊雅的一位姐姐妹妹了。二爷心事不能出口，让我代祝：若芳魂有感，香魂多情，虽然阴阳间隔，既是知己之间，时常来望候二爷，未尝不可。你在阴间保佑二爷来生也变个女孩儿，和你们一处相伴，再不可又托生这须眉浊物了。"说毕，又磕几个头，才爬起来。（**第四十三回**）

　　黛玉忙笑道："东西事小，难得你多情如此。"宝钗道："这有什么放在口里的！只愁我人人跟前失于应候罢了。只怕你烦了，我且去了。"（**第四十五回**）

　　贾琏来了，只在二姐房内，心中也悔上来。无奈二姐倒是个多情人，以为贾琏是终身之主了，凡事倒还知疼着痒。若论起温柔和顺，凡事必商必议，不敢恃才自专，实较凤姐高十倍，若论标致，言谈行事，也胜五分。（**第六十四回**）

　　赖家的见晴雯虽到贾母跟前，千伶百俐，嘴尖性大，却倒还不忘旧，故又将他姑舅哥哥收买进来，把家里一个女孩子配了他。成了房后，谁知他姑舅哥哥一朝身安泰，就忘却当年流落时，任意吃死酒，家小也不顾。偏又娶了个多情美色之妻，见他不顾身命，不知风月，一味死吃酒，便不免有兼葭倚玉之叹，红颜寂寞之悲。又见他器量宽宏，并无嫉妒妒枕之意，这媳妇遂恣情纵欲，满宅内便延揽英雄，收纳材俊，上上下下竟有一半是他考试过的。若问他夫妻姓甚名谁，便是上回贾琏所接见的多浑虫灯姑娘儿的便是了。（**第七十八回**）

宝玉的"多情"是用情不专吗？

　　在现代汉语中，"多情"也可指用情不专、见一个爱一个的"花心"。在《红楼梦》的具体语境中，说到"多情"，基本上都是褒义，如第十五回中说到一对殉情的痴情儿女时是用"多情"来描述的，黛玉起初对宝钗甚有成见，总以为宝钗"藏奸"，但后来对宝钗大为改观，连宝玉都诧异"是几时孟光接了梁鸿案？"黛玉回答宝玉的正是"送燕窝病中所谈之事"。当宝钗很体贴地送给黛玉燕窝时，黛玉感叹道："东西事小，难得你多情如此。"此外，冯渊对英莲、尤二姐对贾琏的"多情"，冯紫英唱词中、茗烟祝词中、探春诗句中的"多情"皆是褒义。唯第七十八回中说到灯姑娘的"多情"有明显的讽刺意味，但那也只是正话反说的反语修辞，并非"多情"一词本身是贬义。

　　警幻道："非也。淫虽一理，意则有别。如世之好淫者，不过悦容貌，喜歌舞，调笑无厌，云雨无时，恨不能尽天下之美女供我片时之趣兴，此皆皮肤淫滥之蠢物耳。如尔则天分中生成一段痴情,吾辈推之为'意淫'。'意淫'二字,惟心会而不可口传,可神通而不可语达。汝今独得此二字,在闺阁中,固可为良友,然于世道中未免迂阔怪诡,百口嘲谤,万目睚眦。今既遇令祖宁荣二公剖腹深嘱,吾不忍君独为我闺阁增光,见弃于世道,是以特引前来,醉以灵酒,沁以仙茗,警以妙曲,再将吾妹一人,乳名兼美字可卿者,许配于汝。今夕良时,即可成姻。不过令汝领略此仙闺幻境之风光尚如此,何况尘境之情景哉?而今后万万解释,改悟前情,留意于孔孟之间,委身于经济之道。"(第五回)

没两盏茶的工夫,宝玉仍来了。林黛玉见了,越发抽抽噎噎的哭个不住。宝玉见了这样,知难挽回,打叠起千百样的款语温言来劝慰。不料自己未张口,只见黛玉先说道:"你又来作什么?横竖如今有人和你顽,比我又会念,又会作,又会写,又会说笑,又怕你生气拉了你去,你又作什么来?死活凭我去罢了!"宝玉听了忙上来悄悄的说道:"你这么个明白人,难道连'亲不间疏,先不僭后'也不知道?我虽糊涂,却明白这两句话。头一件,咱们是姑舅姊妹,宝姐姐是两姨姊妹,论亲戚,他比你疏。第二件,你先来,咱们两个一桌吃,一床睡,长的这么大了,他是才来的,岂有个为他疏你的?"林黛玉啐道:"我难道为叫你疏他?我成了个什么人了呢!我为的是我的心。"宝玉道:"我也为的是我的心。难道你就知你的心,不知我的心不成?"林黛玉听了,低头一语不发,半日说道:"你只怨人行动嗔怪了你,你再不知你自己恼人难受。就拿今日天气比,分明今儿冷的这样,你怎么倒反把个青肷披风脱了呢?"宝玉笑道:"何尝不穿着,见你一恼,我一炮燥就脱了。"林黛玉叹道:"回来伤了风,又该饿着吵吃的了。"(第二十回)

宝玉赶上去笑道:"我的东西叫你拣,你怎么不拣?"林黛玉昨日所恼宝玉的心事早又丢开,又顾今日的事了,因说道:"我没这么大福禁受,比不得宝姑娘,什么金什么玉的,我们不过是草木之人!"宝玉听他提出"金玉"二字来,不觉心动疑猜,便说道:"除了别人说什么金什么玉,我心里要有这个想头,天诛地灭,万世不得人身!"林黛玉听他这话,便知他心里动了疑,忙又笑道:"好没意思,白白的说什么誓?管你什么金什么玉的呢!"宝玉道:"我心里的事也难对你说,日后自然明白。除了老太太,老爷,太太这三个人,第四个就是妹妹了。要有第五个人,我也说个誓。"林黛玉道:"你也不用说誓,我很知道你心里有'妹妹',但只是见了'姐姐',就把'妹妹'忘了。"宝玉道:"那是你多心,我再不的。"林黛玉道:"昨儿宝丫头不替你圆谎,为什么问着我呢?那要是我,你又不知怎么样了。"(第二十八回)

此刻忽见宝玉笑问道:"宝姐姐,我瞧瞧你的红麝串子?"可巧宝钗左腕上笼着一串,见宝玉问他,少不得褪了下来.宝钗生的肌肤丰泽,容易褪不下来。宝玉在旁看着雪白一段酥臂,不觉动了羡慕之心,暗暗想道:"这个膀子要长在林妹妹身上,或者还得摸一摸,偏生长在他身上。"正是恨没福得摸,忽然想起"金玉"一事来,再看看宝钗的形容,只见脸若银盆,眼同水杏,唇不点而含丹,眉不画而横翠,比黛玉另具一种妩媚风流,不觉又呆了,宝钗褪了串子来递给他,他也忘了接。(第二十八回)

原来那宝玉自幼生成有一种下流痴病,况从幼时和黛玉耳鬓厮磨,心情相对,及如今稍明时事,又看了那些邪书僻传,凡远亲近友之家所见的那些闺英闱秀,皆未有稍及林黛玉者,所以早存了一段心事,只不好说出来,故每每或喜或怒,变尽法子暗中试探。那林黛玉偏生也是个有些痴病的,也每用假情试探。因你也将真心真意瞒了起来,只用假意,我也将真心真意瞒了起来,只用假意,如此两假相逢,终有一真。其间琐琐碎碎,难保不有口角之争。即如此刻,宝玉的心内想的是:"别人不知我的心,还有可恕,难道你就不想我的心里眼里只有你!你不能为我烦恼,反来以这话奚落堵我。可见我心里一时一刻自有你,你竟心里没我。"心里这意思,只是口里说不出来。那林黛玉心里想着:"你心里自然有我,虽有'金玉相对'之说,你岂是重这邪说不重我的。我便时常提这'金玉',你只管了然自若无闻的,方见得是待我重,而毫无此心了。如何我只一提'金玉'的事,你就着急,可知你心里时时有'金玉',见我一提,你又怕我多心,故意着急,安心哄我。"看来两个人原本是一个心,但都多生了枝叶,反弄成两个心了。那宝玉心中又想着:"我不管怎么样都好,只要你随意,我便立刻因你死了也情愿。你知也罢,不知也罢,只由我的心,可见你方和我近,不和我远。"那林黛玉心里又想着:"你只管你,你好我自好,你何必为我而自失。殊不知你失我自失。可见是你不叫我近你,有意叫我远你了。"如此看来,却都是求近之心,反弄成疏远之意。如此之话,皆他二人素习所存私心,也难备述。(第二十九回)

那林黛玉本不曾哭,听见宝玉来,由不得伤了心,止不住滚下泪来。宝玉笑着走近床来,道:"妹妹身上可大好了?"林黛玉只顾拭泪,并不答应。宝玉因便挨在床沿上坐了,一面笑道:"我知道妹妹不恼我。但只是我不来,叫旁人看着,倒象是咱们又拌了嘴的似的。若等他们来劝咱们,那时节岂不咱们倒觉生分了?不如这会子,你要打要骂,凭着你怎么样,千万别不理我。"说着,又把"好妹妹"叫了几万声。林黛玉心里原是再不理宝玉的,这会子见宝玉说别叫人知道他们拌了嘴就生分了似的这一句话,又可见得比人原亲近,因又撑不住哭道:"你也不用哄我。从今以后,我也不敢亲近二爷,二爷也全当我去了。"宝玉听了笑道:"你往那去呢?"林黛玉道:"我回家去。"宝玉笑道:"我跟了你去。"林黛玉道:"我死了。"宝玉道:"你死了,我做和尚!"林黛玉一闻此言,登时将脸放下来,问道:"想是你要死了,胡说的是什么!你家倒有几个亲姐姐亲妹妹呢,明儿都死了,你几个身子去作和尚?明儿我倒把这话告诉别人去评评。"

宝玉自知这话说的造次了,后悔不来,登时脸上红胀起来,低着头不敢则一声。幸而屋里没人。林黛玉直瞪瞪的瞅了他半天,气的一声儿也说不出来。见宝玉憋的脸上紫胀,便咬着牙用指头狠命的在他额颅上戳了一下,哼了一声,咬牙说道:"你这——"刚说了两个字,便又叹了一口气,仍拿起手帕子来擦眼泪。宝玉心里原有无限的心事，又兼说错了话，正自后悔，又见黛玉戳他一下，要说又说不出来，自叹自泣，因此自己也有所感，不觉滚下泪来。要用帕子揩拭，不想又忘了带来，便用衫袖去擦。林黛玉虽然哭着，却一眼看见了，见他穿着簇新藕合纱衫，竟去拭泪，便一面自己拭着泪，一面回身将枕边搭的一方绡帕子拿起来，向宝玉怀里一摔，一语不发，仍掩面自泣。宝玉见他摔了帕子来，忙接住拭了泪，又挨近前些，伸手拉了林黛玉一只手，笑道："我的五脏都碎了，你还只是哭。走罢，我同你往老太太跟前去。"林黛玉将手一摔道："谁同你拉拉扯扯的。一天大似一天的，还这么涎皮赖脸的，连个道理也不知道。"

一句没说完，只听喊道："好了！"宝林二人不防，都唬了一跳，回头看时，只见凤姐儿跳了进来，笑道："老太太在那里抱怨天抱怨地，只叫我来瞧瞧你们好了没有。我说不用瞧，过不了三天，他们自己就好了。老太太骂我，说我懒。我来了，果然应了我的话。也没见你们两个人有些什么可拌的，三日好了，两日恼了，越大越成了孩子了！有这会子拉着手哭的，昨儿为什么又成了乌眼鸡呢！还不跟我走，到老太太跟前，叫老人家也放些心。"说着拉了林黛玉就走。林黛玉回头叫丫头们，一个也没有。凤姐道："又叫他们作什么，有我伏侍你呢。"一面说，一面拉了就走。宝玉在后面跟着出了园门。到了贾母跟前，凤姐笑道："我说他们不用人费心，自己就会好的。老祖宗不信，一定叫我去说合。我及至到那里要说合，谁知两个人倒在一处对赔不是了。对笑对诉，倒象'黄鹰抓住了鹞子的脚'，两个都扣了环了，那里还要人去说合。"说的满屋里都笑起来。(第二十九回)

宝玉因笑道："你该早来，我得了一件好东西，专等你呢。"说着，一面在身上摸挲，掏了半天，呵呀了一声，便问袭人"那个东西你收起来了么？"袭人道："什么东西？"宝玉道："前儿得的麒麟。"袭人道："你天天带在身上的，怎么问我？"宝玉听了，将手一拍说道："这可丢了，往那里找去！"就要起身自己寻去。湘云听了，方知是他遗落的，便笑问道："你几时又有了麒麟了？"宝玉道："前儿好容易得的呢，不知多早晚丢了，我也糊涂了。"湘云笑道："幸而是顽的东西，还是这么慌张。"说着，将手一撒，"你瞧瞧，是这个不是？"

原来林黛玉知道史湘云在这里，宝玉又赶来，一定说麒麟的原故。因此心下忖度着，近日宝玉弄来的外传野史，多半才子佳人都因小巧玩物上撮合，或有鸳鸯，或有凤凰，或玉环金佩，或鲛帕鸾绦，皆由小物而遂终身。今忽见宝玉亦有麒麟，便恐借此生隙，同史湘云也做出那些风流佳事来。因而悄悄走来，见机行事，以察二人之意。不想刚走来，正听见史湘云说经济一事，宝玉又说："林妹妹不说这样混帐话，若说这话，我也和他生分了。"林黛玉听了这话，不觉又喜又惊，又悲又叹。所喜者，果然自己眼力不错，素日认他是个知己，果然是个知己。所惊者，他在人前一片私心称扬于我，其亲热厚密，竟不避嫌疑。所叹者，你既为我之知己，自然我亦可为你之知己矣，既你我为知己，则又何必有金玉之论哉；既有金玉之论，亦该你我有之，则又何必来一宝钗哉！所悲者,父母早逝,虽有铭心刻骨之言,无人为我主张。况近日每觉神思恍惚,病已渐成,医者更云气弱血亏,恐致劳怯之症,你我虽为知己,但恐自不能久待,你纵为我知己,奈我薄命何！想到此间,不禁滚下泪来。待进去相见,自觉无味,便一面拭泪,一面抽身回去了。(第三十二回)

宝玉瞅了半天,方说道"你放心"三个字。林黛玉听了,怔了半天,方说道:"我有什么不放心的？我不明白这话。你倒说说怎么放心不放心？"宝玉叹了一口气,问道:"你果不明白这话？难道我素日在你身上的心都用错了？连你的意思若体贴不着,就难怪你天天为我生气了。"林黛玉道:"果然我不明白放心不放心的话。"宝玉点头叹道:"好妹妹,你别哄我。果然不明白这话,不但我素日之意白用了,且连你素日待我之意也都辜负了。你皆因总是不放心的原故,才弄了一身病。但凡宽慰些,这病也不得一日重似一日。"林黛玉听了这话,如轰雷掣电,细细思之,竟比自己肺腑中掏出来的还觉恳切,竟有万句言语,满心要说,只是半个字也不能吐,却怔怔的望着他。此时宝玉心中也有万句言语,不知从那一句上说起,却也怔怔的望着黛玉。两个人怔了半天,林黛玉只咳了一声,两眼不觉滚下泪来,回身便要走。宝玉忙上前拉住,说道:"好妹妹,且略站住,我说一句话再走。"林黛玉一面拭泪,一面将手推开,说道:"有什么可说的。你的话我早知道了！"口里说着,却头也不回竟去了。(第三十二回)

袭人去了,宝玉便命晴雯来吩咐道:"你到林姑娘那里看看他做什么呢。他要问我,只说我好了。"晴雯道:"白眉赤眼,做什么去呢？到底说句话儿,也象一件事。"宝玉道:"没有什么可说的。"晴雯道:"若不然,或是送件东西,或是取件东西,不然我去了怎么搭讪呢？"宝玉想了一想,便伸手拿了两条手帕子撂与晴雯,笑道:"也罢,就说我叫你送这个给他去了。"晴雯道:"这又奇了,他要这半新不旧的两条手帕子？他又要恼了,说你打趣他。"宝玉笑道:"你放心,他自然知道。"

晴雯听了,只得拿了帕子往潇湘馆来。只见春纤正在栏杆上晾手帕子,见他进来,忙摆手儿,说:"睡下了。"晴雯走进来,满屋黑暗,并未点灯。黛玉已睡在床上,问是谁,晴雯忙答道:"晴雯。"黛玉道:"做什么?"晴雯道:"二爷送手帕子来给姑娘。"黛玉听了,心中发闷:"做什么送手帕子来给我?"因问:"这帕子是谁送他的？必是上好的,叫他留着送别人去罢,我这会子不用这个。"晴雯笑道:"不是新的,就是家常旧的。"林黛玉听见,越发闷住,着实细心搜求,思忖一时,方大悟过来,连忙说:"放下,去罢。"晴雯听了,只得放下,抽身回去,一路盘算,不解何意。

这里林黛玉体贴出手帕子的意思来,不觉神魂驰荡:宝玉这番苦心,能领会我这番苦意,又令我可喜,我这番苦意,不知将来如何,又令我可悲,忽然好好的送两块旧帕子来,若不是领我深意,单看了这帕子,又令我可笑,再想令人私相传递与我,又可惧,我自己每每好哭,想来也无味,又令我可愧。如此左思右想,一时五内沸然炙起。黛玉由不得余意绵缠,令掌灯,也想不起嫌疑避讳等事,便向案上研墨蘸笔,便向那两块旧帕子上走笔写道：

眼空蓄泪泪空垂，暗洒闲抛却为谁？

尺幅鲛绡劳解赠，叫人焉得不伤悲！

其二

抛珠滚玉只偷潸，镇日无心镇日闲，

枕上袖边难拂拭，任他点点与斑斑。

其三

彩线难收面上珠，湘江旧迹已模糊，

窗前亦有千竿竹，不识香痕渍也无？

林黛玉还要往下写时，觉得浑身火热，面上作烧，走至镜台揭起锦袱一照，只见腮上通红，自羡压倒桃花，却不知病由此萌。一时方上床睡去，犹拿着那帕子思索，不在话下。（第三十四回）

宝玉为什么送黛玉两条旧手帕？

虽说前面我们已经论述了《红楼梦》中把宝玉定位为"多情公子"，但是宝玉的言行有时也确实很容易让人觉得他对于女孩子比较"花心"，有见一个爱一个之嫌。例如，他明明对黛玉似乎是情深意重，却对宝钗湘云等人也颇为暧昧，见了宝钗雪白的臂膀，居然有如此想法："这个膀子要长在林妹妹身上，或者还得摸一摸，偏生长在他身上。"而且"正是恨没福得摸，忽然想起'金玉'一事来，再看看宝钗的形容，只见脸若银盆，眼同水杏，唇不点而含丹，眉不画而横翠，比黛玉另具一种妩媚风流，不觉又呆了，宝钗褪了串子来递给他，他也忘了接"。从张道士处得了金麒麟，他也不忘送给史湘云，弄得林妹妹"知道史湘云在这里，宝玉又赶来，一定说麒麟的原故。因此心下忖度着，近日宝玉弄来的外传野史，多半才子佳人都因小巧玩物上撮合，或有鸳鸯，或有凤凰，或玉环金佩，或鲛帕鸾绦，皆由小物而遂终身。今忽见宝玉亦有麒麟，便恐借此生隙，同史湘云也做出那些风流佳事来。因而悄悄走来，见机行事，以察二人之意"。也正因为他这种对女孩子的处处留情，尽管他对林妹妹赌咒发誓地说："心里的事也难对你说，日后自然明白。除了老太太，老爷，太太这三个人，第四个就是妹妹了。要有第五个人，我也说个誓。"林妹妹还是很不放心地说："你也不用说誓，我很知道你心里有'妹妹'，但只是见了'姐姐'，就把'妹妹'忘了。"

那么，宝玉的爱情是否真的比较花心呢？他是否真的用情不专呢？首先，我们要把宝玉的爱情对象确定下来。宝玉最爱的是谁？当然是林妹妹。那么，他对很多女孩子都很体贴关爱，是不是他也颇像金庸笔下的段正淳一样，对很多女孩子都怀有爱情呢？

其实，第五回中，"神仙姐姐"已经讲得很清楚了，宝玉的"意淫"从根本上来说是"天分中生成一段痴情……在闺阁中，固可为良友，然于世道中未免迂阔怪诡，百口嘲谤，万目睚眦"。宝玉对众多女孩子的体贴关爱其实是"良友"之情，若说到爱情，宝玉其实只爱黛玉一人，并未移情别恋。

　　大家有没有注意到，宝玉挨打之后，他曾让晴雯给黛玉送两条手帕子，惹得晴雯很有顾虑，说："这又奇了，他要这半新不旧的两条手帕子？他又要恼了，说你打趣他。"但是，宝玉却胸有成竹地坚持："你放心，他自然知道。"果然，林妹妹接到手帕以后，起初也颇为纳闷，然而"着实细心搜求，思忖一时，方大悟过来……这里林黛玉体贴出手帕子的意思来，不觉神魂驰荡：宝玉这番苦心，能领会我这番苦意，又令我可喜，我这番苦意，不知将来如何，又令我可悲，忽然好好的送两块旧帕子来，若不是领我深意，单看了这帕子，又令我可笑，再想令人私相传递与我，又可惧，我自己每每好哭，想来也无味，又令我可愧。如此左思右想，一时五内沸然炙起"。接着就挥笔在手帕子上连题了三首绝句。

　　这里有一个问题：宝玉送黛玉两条旧手帕究竟有何"苦心"，他又领会了黛玉怎样的"苦意"呢？

　　黛玉深知外传野史中的才子佳人"都因小巧玩物上撮合"，当然也知宝玉送手帕子是表情达意的一种重要方式。那么，送手帕有何深意呢？明末以来曾广泛流传这样一首情歌："不写情词不写诗，一方素帕寄心知。心知接了颠倒看，横也丝来竖也丝，这般心事有谁知？"送手帕给情人至少有两层含义：一是表达情思，"横也丝来竖也丝"的"丝"与情思的"思"谐音。另外一层含义就是手帕要送给什么人？要送给"心知"，送给知己之人。可以说，这首情歌宣扬的爱情是知心之爱、知己之爱。

　　能够称得上宝玉知心之爱、知己之爱的只有黛玉一人。所以第三十二回中才会有那么多的笔墨描写黛玉的心理活动："林黛玉听了这话，不觉又喜又惊，又悲又叹。所喜者，果然自己眼力不错，素日认他是个知己，果然是个知己。所惊者，他在人前一片私心称扬于我，其亲热厚密，竟不避嫌疑。所叹者，你既为我之知己，自然我亦可为你之知己矣，既你我为知己，则又何必有金玉之论哉；既有金玉之论，亦该你我有之，则又何必来一宝钗哉！所悲者，父母早逝，虽有铭心刻骨之言，无人为我主张。况近日每觉神思恍惚，病已渐成，医者更云气弱血亏，恐致劳怯之症，你我虽为知己，但恐自不能久待，你纵为我知己，奈我薄命何！想到此间，不禁滚下泪来。"而当宝玉送给黛玉两方旧手帕时，局外人如晴雯莫名其妙，"一路盘算，不解何意"，而宝玉却深知"你放心，他自然知道"，而黛玉果然能够大悟并深受感动，两人确实有着知己间才有的默契与感应。

　　但是，宝玉又为什么要送给黛玉旧手帕呢？这就要说到黛玉的"苦意"。

　　黛玉并非不懂人情世故。第三回见宝玉之前，当贾母问她念了何书时，黛玉道："只刚念了《四书》。"黛玉又问姊妹们读何书。贾母道："读的是什么书，不过是认得两个字，不是睁眼的瞎子罢了！"当宝玉与她相会后问："妹妹可曾读书？"时，黛玉的回答是："不曾读，只上了一年学，些须认得几个字。"这种对答的变化可以看出黛玉真是把"步步留心，时时在意，不肯轻易多说一句话，多行一步路，惟恐被人耻笑了他去"的人情世故做到了细致入微。但是后来，她为什么对贾府中的姨娘仆从们似乎颇为尖刻呢？例如，对王夫人的陪房周瑞家的冷笑道："我就知道，别人不挑剩下的也不给我。"(第七回)对宝玉的奶妈李嬷嬷冷笑道:"我为什么助他?我也不犯着劝他。你这妈妈太小心了,往常老太太又给他酒吃,如今在姨妈这里多吃一口,料也不妨事。必定姨妈这里是外人,不当在这里的也未可定。"而且还"先忙的说:'别扫大家的兴!舅舅若叫你,只说姨妈留着呢。这个妈妈,他吃了酒,又拿我们来醒脾了!'一面悄推宝玉,使他赌气,一面悄悄的咕哝说:'别理那老货,咱们只管乐咱们的'"。(第八回)连赵姨娘和小丫头们都这样拿她与宝钗比较:"怨不得别人都说那宝丫头好,会做人,很大方,如今看起来果然不错。他哥哥能带了多少东西来,他挨门儿送到,并不遗漏一处,也不露出谁薄谁厚,连我们这样没时运的,他都想到了。若是那林丫头,他把我们娘儿们正眼也不瞧,那里还肯送我们东西?"(第六十七回)"而且宝钗行为豁达,随分从时,不比黛玉孤高自许,目无下尘,故比黛玉大得下人之心。便是那些小丫头子们,亦多喜与宝钗去顽。"(第四回)

为什么黛玉对人情世故会有这样的前后反差?一个较合情理的推论便是她与宝玉的相爱促成了她的这种变化。她与宝玉相爱,但其身世之感以及宝玉的秉性与言行让她对这样的爱情非常缺少安全感。第三十二回中,宝玉"你皆因总是不放心的原故,才弄了一身病。但凡宽慰些,这病也不得一日重似一日"一番话,让她"如轰雷掣电,细细思之,竟比自己肺腑中掏出来的还觉恳切,竟有万句言语,满心要说,只是半个字也不能吐,却怔怔的望着他"。正如宝玉所说,她"不放心",不放心"既你我为知己,则又何必有金玉之论哉;既有金玉之论,亦该你我有之,则又何必来一宝钗哉!所悲者,父母早逝,虽有铭心刻骨之言,无人为我主张。况近日每觉神思恍惚,病已渐成,医者更云气弱血亏,恐致劳怯之症,你我虽为知己,但恐自不能久待,你纵为我知己,奈我薄命何";不放心宝玉"亦有麒麟,便恐借此生隙,同史湘云也做出那些风流佳事来";尤其不放心宝玉"心里有'妹妹',但只是见了'姐姐',就把'妹妹'忘了"。为了安慰黛玉的不放心,宝玉曾以"亲不间疏,先不僭后"安慰黛玉,提道:"你先来,咱们两个一桌吃,一床睡,长的这么大了,他是才来的,岂有个为他疏你的?"这是以决不会喜新厌旧来让黛玉放心。以旧手帕送给黛玉也正是旧事重提,暗示他对黛玉这个"旧人"的情思。另外,两人在清虚观打醮那次大吵了一场之后,有了相当深入的一次情感交流,当时"宝玉心里原有无限的心事,又兼说错了话,正自后悔,又见黛玉戳他一下,要说又说不出来,自叹自泣,因此自己也有所感,不觉滚下泪来。要用帕子揩拭,不想又忘了带来,便用衫袖去擦。林黛玉虽然哭着,却一眼看见了,见他穿着簇新藕合纱衫,竟去拭泪,便一面自己拭着泪,一面回身将枕边搭的一方绡帕子拿起来,向宝玉怀里一摔,一语不发,仍掩面自泣"。那个旧手帕曾经沾过两个人共同流过的眼泪,也是两人心心相印的见证。从那次争吵之后,宝黛两人再没有发生过口角。当然,黛玉摔给宝玉的那个旧手帕也就具有了只有两个人才心知肚明的特别意义,宝玉这次再把自己的一块旧手帕和珍藏的黛玉的那块手帕一起送来,送来的就不仅仅是"情思",是知己之爱,还是那句"你放心"的深切安慰,是只属于两个人的情感记忆与深度沟通后的共鸣与默契。

　　一面说,一面来至自己卧室。只见笔墨在案。晴雯先接出来,笑道:"好啊,叫我研了墨,早起高兴,只写了三个字,扔下笔就走了,哄我等了这一天。快来给我写完了这些墨才算呢!"宝玉方想起早起的事来,因笑道:"我写的那三个字在那里呢?"晴雯笑道:"这个人可醉了。你头里过那府里去,嘱咐我贴在门斗儿上的。我恐怕别人贴坏了,亲自爬高上梯,贴了半天,这会子还冻的手僵着呢!"宝玉笑道:"我忘了。你手冷,我替你渥着。"便伸手拉着晴雯的手,同看门斗上新写的三个字。(第八回)

彼时黛玉自在床上歇午,丫鬟们皆出去自便,满屋内静悄悄的,宝玉揭起绣线软帘,进入里间,只见黛玉睡在那里,忙走上来推他道:"好妹妹,才吃了饭,又睡觉。"将黛玉唤醒。黛玉见是宝玉,因说道:"你且出去逛逛。我前儿闹了一夜,今儿还没有歇过来,浑身酸疼。"宝玉道:"酸疼事小,睡出来的病大。我替你解闷儿,混过困去就好了。"黛玉只合着眼,说道:"我不困,只略歇歇儿,你且别处去闹会子再来。"宝玉推他道:"我往那去呢,见了别人就怪腻的。"

黛玉听了,嗤的一声笑道:"你既要在这里,那边去老老实实的坐着,咱们说话儿。"宝玉道:"我也歪着。"黛玉道:"你就歪着。"宝玉道:"没有枕头,咱们在一个枕头上。"黛玉道:"放屁!外头不是枕头?拿一个来枕着。"宝玉出至外间,看了一看,回来笑道:"那个我不要,也不知是那个脏婆子的。"黛玉听了,睁开眼,起身笑道:"真真你就是我命中的'天魔星'!请枕这一个。"说着,将自己枕的推与宝玉,又起身将自己的再拿了一个来,自己枕了,二人对面倒下。

黛玉因看见宝玉左边腮上有钮扣大小的一块血渍,便欠身凑近前来,以手抚之细看,又道:"这又是谁的指甲刮破了?"宝玉侧身,一面躲,一面笑道:"不是刮的,只怕是才刚替他们淘漉胭脂膏子,蹭上了一点儿。"说着,便找手帕子要揩拭。黛玉便用自己的帕子替他揩拭了,口内说道:"你又干这些事了。干也罢了,必定还要带出幌子来。便是舅舅看不见,别人看见了,又当奇事新鲜话儿去学舌讨好儿,吹到舅舅耳朵里,又该大家不干净惹气。"

宝玉总未听见这些话,只闻得一股幽香,却是从黛玉袖中发出,闻之令人醉魂酥骨。宝玉一把便将黛玉的袖子拉住,要瞧笼着何物。黛玉笑道:"冬寒十月,谁带什么香呢。"宝玉笑道:"既然如此,这香是那里来的?"黛玉道:"连我也不知道。想必是柜子里头的香气,衣服上熏染的也未可知。"宝玉摇头道:"未必,这香的气味奇怪,不是那些香饼子,香团子,香袋子的香。"黛玉冷笑道:"难道我也有什么'罗汉''真人'给我些香不成?便是得了奇香,也没有亲哥哥亲兄弟弄了花儿,朵儿,霜儿,雪儿替我炮制,我有的是那些俗香罢了。"

宝玉笑道:"凡我说一句,你就拉上这么些,不给你个利害,也不知道,从今儿可不饶你了。"说着翻身起来,将两只手呵了两口,便伸手向黛玉膈肢窝内两肋下乱挠。黛玉素性触痒不禁,宝玉两手伸来乱挠,便笑的喘不过气来,口里说:"宝玉,你再闹,我就恼了。"宝玉方住了手,笑问道:"你还说这些不说了?"黛玉笑道:"再不敢了。"一面理鬓笑道:"我有奇香,你有'暖香'没有?"

宝玉见问,一时解不来,因问:"什么'暖香'?"黛玉点头叹笑道:"蠢才,蠢才!你有玉,人家就有金来配你,人家有'冷香',你就没有'暖香'去配?"宝玉方听出来。宝玉笑道:"方才求饶,如今更说狠了。"说着,又去伸手。黛玉忙笑道:"好哥哥,我可不敢了。"宝玉笑道:"饶便饶你,只把袖子我闻一闻。"说着,便拉了袖子笼在面上,闻个不住。黛玉夺了手道:"这可该去了。"宝玉笑道:"去,不能。咱们斯斯文文的躺着说话儿。"说着,复又倒下。黛玉也倒下。用手帕子盖上脸。宝玉有一搭没一搭的说些鬼话,黛玉只不理。宝玉问他几岁上京,路上见何景致古迹,扬州有何遗迹故事,土俗民风,黛玉只不答。

宝玉只怕他睡出病来,便哄他道:"嗳哟!你们扬州衙门里有一件大故事,你可知道?"黛玉见他说的郑重,且又正言厉色,只当是真事,因问:"什么事?"宝玉见问,便忍着笑顺口诌道:"扬州有一座黛山。山上有个林子洞。"黛玉笑道:"就是扯谎,自来也没听见这山。"宝玉道:"天下山水多着呢,你那里知道这些不成。等我说完了,你再批评。"黛玉道:"你且说。"宝玉又诌道:"林子洞里原来有群耗子精。那一年腊月初七日,老耗子升座议事,因说:'明日乃是腊八,世上人都熬腊八粥。如今我们洞中果品短少,须得趁此打劫些来方妙。'乃拔令箭一枝,遣一能干的小耗前去打听。一时小耗回报:'各处察访打听已毕,惟有山下庙里果米最多。'老耗问:'米有几样?果有几品?'小耗道:'米豆成仓,不可胜记。果品有五种:一红枣,二栗子,三落花生,四菱角,五香芋。'老耗听了大喜,即时点耗前去。乃拔令箭:'谁去偷米?'一耗便接令去偷米。又拔令箭问:'谁去偷豆?'又一耗接令去偷豆。然后一一的都各领令去了。只剩了香芋一种,因又拔令箭问:'谁去偷香芋?'只见一个极小极弱的小耗应道:'我愿去偷香芋。'老耗并众耗见他这样,恐不谙练,且怯懦无力,都不准他去。小耗道:'我虽年小身弱,却是法术无边,口齿伶俐,机谋深远。此去管比他们偷的还巧呢。'众耗忙问:'如何比他们巧呢?'小耗道:'我不学他们直偷。我只摇身一变,也变成个香芋,滚在香芋堆里,使人看不出,听不见,却暗暗的用分身法搬运,渐渐的就搬运尽了,岂不比直偷硬取的巧些?'众耗听了,都道:'妙却妙,只是不知怎么个变法,你先变个我们瞧瞧。'小耗听了,笑道:'这个不难,等我变来。'说毕,摇身说'变',竟变了一个最标致美貌的一位小姐。众耗忙笑道:'变错了,变错了,原说变果子的,如何变出小姐来?'小耗现形笑道:'我说你们没见世面,只认得这果子是香芋,却不知盐课林老爷的小姐才是真正的香玉呢!'"

黛玉听了,翻身爬起来,按着宝玉笑道:"我把你烂了的嘴!我就知道你是编我呢。"说着,便拧的宝玉连连央告,说:"好妹妹,饶我罢,再不敢了!我因为闻你香,忽然想起这个故典来。"黛玉笑道:"饶骂了人,还说是故典呢。"(第十九回)

宝玉送他二人到房,那天已二更多时,袭人来催了几次,方回自己房中来睡。次日天明时,便披衣靸鞋往黛玉房中来,不见紫鹃、翠缕二人,只见他姊妹两个尚卧在衾内。那林黛玉严严密密裹着一幅杏子红绫被,安稳合目而睡。那史湘云却一把青丝拖于枕畔,被只齐胸,一弯雪白的膀子撂于被外,又带着两个金镯子。宝玉见了,叹道:"睡觉还是不老实! 回来风吹了,又嚷肩窝疼了。"一面说,一面轻轻的替他盖上。黛玉早已醒了,觉得有人,就猜着定是宝玉,因翻身一看,果中其料。因说道:"这早晚就跑过来作什么?"宝玉笑道:"这天还早呢! 你起来瞧瞧。"黛玉道:"你先出去,让我们起来。"宝玉听了,转身出至外边。黛玉起来叫醒湘云,二人都穿了衣服。(第二十一回)

晴雯没的说,"嗤"的又笑了,说道:"你不来使得,你来了就不配了。起来,让我洗澡去。袭人麝月都洗了,我叫他们来。"宝玉笑道:"我才喝了好些酒,还得洗洗。你既没洗,拿水来,咱们两个洗。"晴雯摇手笑道:"罢,罢! 我不敢惹爷。还记得碧痕打发你洗澡,足有两三个时辰,也不知道做什么呢,我们也不好进去。后来洗完了,进去瞧瞧,地下的水,淹着床腿子,连席子上都汪着水,也不知是怎么洗的,笑了几天。我也没工夫收拾水,你也不用和我一块儿洗。今儿也凉快,我也不洗了,我倒是舀一盆水来你洗洗脸,篦篦头。才刚鸳鸯送了好些果子来,都湃在那水晶缸里呢。叫他们打发你吃不好吗?"宝玉笑道:"既这么着,你不洗,就洗洗手给我拿果子来吃罢。"(第三十一回)

那玉钏见生人来,也不和宝玉厮闹了,手里端着汤只顾听话。宝玉又只顾和婆子说话,一面吃饭,一面伸手去要汤。两个人的眼睛都看着人,不想伸猛了手,便将碗碰翻,将汤泼了宝玉手上。玉钏儿倒不曾烫着,唬了一跳,忙笑了,"这是怎么说!"慌的丫头们忙上来接碗。宝玉自己烫了手倒不觉的,却只管问玉钏儿烫了那里了,痛不痛。玉钏儿和众人都笑了。玉钏儿道:"你自己烫了,只管问我。"宝玉听说,方觉自己烫了。众人上来连忙收拾。宝玉也不吃饭了,洗手吃茶。又和那两个婆子说了两句话,然后两个婆子告辞出去。晴雯等送至桥边方回。那两个婆子见没人了,一行走,一行谈论。这一个笑道:"怪道有人说他家宝玉是外像好里头胡涂,中看不中吃的;果然有些呆气。他自己烫了手,倒问人疼不疼,这可不是个呆子。"那一个又笑道:"我前一回来,听见他谈论,家里许多人抱怨,千真万真的有些呆气。大雨淋的水鸡似的,他反告诉别人:'下雨了,快避雨去罢。'你说可笑不可笑! 时常没人在跟前,就自哭自笑的,看见燕子,就和燕子说话;河里看见了鱼,就和鱼说话;见了星星月亮,不是长吁短叹,就是咕咕哝哝的。且连一点刚性也没有,连那些毛丫头的气都受的。爱惜东西,连个线头儿都是好的;糟踏起来,那怕值千值万的都不管了。"(第三十五回)

那宝玉本就懒与士大夫诸男人接谈,又最厌峨冠礼服贺吊往还等事,今日得了这句话,越发得了意,不但将亲戚朋友一概杜绝了,而且连家庭中晨昏定省亦发都随他的便了,日日只在园中游卧,不过每日一清早到贾母王夫人处走走就回来了,却每每甘心为诸丫鬟充役，竟也得十分闲消日月。或如宝钗辈有时见机导劝，反生起气来，只说"好好的一个清净洁白女儿，也学的钓名沽誉，入了国贼禄鬼之流。这总是前人无故生事，立言竖辞，原为导后世的须眉浊物。不想我生不幸，亦且琼闺绣阁中亦染此风，真真有负天地钟灵毓秀之德！"因此祸延古人，除四书外，竟将别的书焚了。众人见他如此疯颠，也都不向他说这些正经话了。独有林黛玉自幼不曾劝他去立身扬名等语，所以深敬黛玉。（第三十六回）

晴雯听说，便上来掖了掖，伸手进去渥一渥时，宝玉笑道："好冷手！我说看冻着。"一面又见晴雯两腮如胭脂一般，用手摸了一摸，也觉冰冷。宝玉道："快进被来渥渥罢。"一语未了，只听咯噔的一声门响，麝月慌慌张张的笑了进来，说道："吓了我一跳好的。黑影子里，山子石后头，只见一个人蹲着。我才要叫喊，原来是那个大锦鸡，见了人一飞，飞到亮处来，我才看真了。若冒冒失失一嚷，倒闹起人来。"一面说，一面洗手，又笑道："晴雯出去我怎么不见？一定是要唬我去了。"宝玉笑道："这不是他，在这里渥呢！我若不叫的快，可是倒唬一跳。"晴雯笑道："也不用我唬去，这小蹄子已经自怪自惊的了。"一面说，一面仍回自己被中去了。（第五十一回）

袭人见芳官醉的很，恐闹他吐酒，只得轻轻起来，就将芳官扶在宝玉之侧，由他睡了。自己却在对面榻上倒下。大家黑甜一觉，不知所之。及至天明，袭人睁眼一看，只见天色晶明，忙说："可迟了！"向对面床上瞧了一瞧，只见芳官头枕着炕沿上，睡犹未醒，连忙起来叫他。宝玉已翻身醒了，笑道："可迟了。"因又推芳官起身。那芳官坐起来，犹发怔揉眼睛。袭人笑道："不害羞，你喝醉了，怎么也不拣地方儿乱挺下了？"芳官听了，瞧了瞧，方知是和宝玉同榻，忙羞的笑着下地说："我怎么——"却说不出下半句来。宝玉笑道："我竟也不知道了。若知道，给你脸上抹些黑墨。"说着，丫头进来，伺候梳洗。（第六十三回）

晴雯呜咽道："有什么可说的！不过挨一刻是一刻，挨一日是一日。我已知横竖不过三五日的光景，就好回去了。只是一件，我死也不甘心的：我虽生的比别人略好些，并没有私情密意勾引你怎样，如何一口死咬定了我是个狐狸精！我太不服。今日既已担了虚名，而且临死，不是我说一句后悔的话，早知如此，我当日也另有个道理。不料痴心傻意，只说大家横竖是在一处。不想平空里生出这一节话来，有冤无处诉。"说毕又哭。宝玉拉着他的手，只觉瘦如枯柴，腕上犹戴着四个银镯，因泣道："且卸下这个来，等好了再戴上罢。"因与他卸下来，塞在枕下。又说："可惜这两个指甲，好容易长了二寸长，这一病好了，又损好些。"晴雯拭泪，就伸手取了剪刀，将左手上两根葱管一般的指甲齐根铰下，又伸手向被内将贴身穿着的一件旧红绫袄脱下，并指甲都与宝玉道："这个你收了，以后就如见我一般。快把你的袄儿脱下来我穿。我将来在棺材内独自躺着，也就像还在怡红院的一样了。论理不该如此，只是担了虚名，我可也是无可如何了。"宝玉听说，忙宽衣换上，藏了指甲。晴雯又哭道："回去他们看见了要问,不必撒谎,就说是我的。既担了虚名,越性如此,也不过这样了。"

一语未了,只见他嫂子笑嘻嘻掀帘进来,道:"好呀,你两个的话,我已都听见了。"又向宝玉道:"你一个作主子的,跑到下人房里作什么?看我年轻又俊,敢是来调戏我么?"宝玉听说,吓的忙陪笑央道:"好姐姐,快别大声。他伏侍我一场,我私自来瞧瞧他。"灯姑娘便一手拉了宝玉进里间来,笑道:"你不叫嚷也容易,只是依我一件事。"说着,便坐在炕沿上,却紧紧的将宝玉搂入怀中。宝玉如何见过这个,心内早突突的跳起来了,急的满面红涨,又羞又怕,只说:"好姐姐,别闹。"灯姑娘也斜醉眼,笑道:"呸!成日家听见你风月场中惯作工夫的,怎么今日就反讪起来。"宝玉红了脸,笑道:"姐姐放手,有话咱们好说。外头有老妈妈,听见什么意思。"灯姑娘笑道:"我早进来了,却叫婆子去园门等着呢。我等什么似的,今儿等着了你。虽然闻名,不如见面,空长了一个好模样儿,竟是没药性的炮仗,只好装幌子罢了,倒比我还发讪怕羞。可知人的嘴一概听不得的。就比如方才我们姑娘下来,我也料定你们素日偷鸡盗狗的。我进来一会在窗下细听,屋内只你二人,若有偷鸡盗狗的事,岂有不谈及于此,谁知你两个竟还是各不相扰。可知天下委屈事也不少。如今我反后悔错怪了你们。既然如此,你但放心。以后你只管来,我也不罗唣你。"(第七十七回)

贾母听了,笑道:"原来这样,如此更好了……我深知宝玉将来也是个不听妻妾劝的。我也解不过来,也从未见过这样的孩子。别的淘气都是应该的,只他这种和丫头们好却是难懂。我为此也耽心,每每的冷眼查看他。只和丫头们闹,必是人大心大,知道男女的事了,所以爱亲近他们。既细细查试,究竟不是为此。岂不奇怪。想必原是个丫头错投了胎不成。"说着,大家笑了。王夫人又回今日贾政如何夸奖,又如何带他们逛去,贾母听了,更加喜悦。(第七十八回)

宝玉"和丫头们好"是因为"知道男女的事了"吗?

既然宝玉的爱情只对黛玉一人,宝玉为什么对女孩子常常有些似乎颇为轻薄的言行呢?例如,他与袭人"初试云雨情";曾对宝钗"雪白的膀子"垂涎;巴巴地把从张道士处得到的金麒麟送给湘云似乎也别有用心;他还很随便地把晴雯的手放在自己手中;和丫鬟在一起洗澡,"足有两三个时辰,也不知道做什么呢……后来洗完了,进去瞧瞧,地下的水,淹着床腿子,连席子上都汪着水";他还曾把晴雯拉进自己的被窝,与芳官同榻而眠……

《红楼梦》把宝玉定位为"多情公子"绝非是指他风流成性、存心轻薄。前面我们讲过《红楼梦》中有着庄子"天之小人,人之君子;人之君子,天之小人"的思路,常常以天、人在观念上的反差表现出对世俗价值立场的超越。第五回中,警幻仙子已经非常明确地指出"淫虽一理,意则有别",将宝玉"天分中生成一段痴情""在闺阁中,固可为良友"的"意淫"与"不过悦容貌,喜歌舞,调笑无厌,云雨无时,恨不能尽天下之美女供我片时之趣兴"的"皮肤淫滥"作了区分,并预言宝玉会遭受世俗之的误解:"然于世道中未免迂阔怪诡,百口嘲谤,万目睚眦。"

　　毋庸讳言,宝玉确实与很多女孩子有过非常亲密的接触,他也确实被异性的魅力所吸引而有过失态。这其实可以从两个方面去理解。他毕竟是一个处于青春期的正常男性,有着青春期的冲动无可厚非。何况,尽管面对异性的魅力有冲动,他还是"发乎情,止乎礼义"的——虽然"这个膀子若长在林姑娘身上,或者还得摸一摸;偏长在他身上,正是恨我没福",但宝玉确实很自律地没有做出非礼的举动。

　　另一方面,正如贾母所言,宝玉对女孩子们的亲密举动并非是因为"知道男女的事了"而去亲近她们,他去亲近女孩子更多的是体贴关爱她们:当他和黛玉耳鬓厮磨、肌肤相亲时,他想到的是"酸疼事小,睡出来的病大。我替你解闷儿,混过困去就好了"(第十九回);当他看到湘云雪白的臂膀露在被外,他想到的是"睡觉还是不老实!回来风吹了,又嚷肩窝疼了"(第二十一回),然后非常体贴地轻轻替湘云盖上被子;当他把晴雯的手放在自己手中(第八回)、把晴雯拉进自己的被窝时(第五十一回),他是怕晴雯冻着而帮她"渥着";当他看到芳官因醉酒与自己同榻而羞窘时,他用一句玩笑话为芳官解围(第六十三回)……

　　不说别的,就说宝玉常常和黛玉一处吃、一处睡、一处玩,他何曾心有不轨之邪念? 要知道,黛玉"秉绝代之姿容,具稀世之俊美"(第二十六回),第二十五回中还有这样一段描写:"独有薛蟠更比诸人忙到十分去:又恐薛姨妈被人挤倒,又恐薛宝钗被人瞧见,又恐香菱被人臊皮——知道贾珍等是在女人身上做功夫的,因此忙的不堪。忽一眼瞥见了林黛玉风流婉转,已酥倒在那里。"林妹妹居然使薛蟠在一瞥之间"酥倒",其对异性的魅力可见一斑。然而,宝玉对林妹妹何尝有过任何邪念? 当他和林妹妹耳鬓厮磨、肌肤相亲时,他想到的是体贴关爱林妹妹。《红楼梦》写宝玉与女孩子们的亲密接触也都没有曲笔与隐笔,而是纯以直笔表现出宝玉对她们的体贴关爱。

【经典链接】

　　死生存亡,穷达贫富,贤与不肖毁誉,饥渴寒暑,是事之变,命之行也;日夜相代乎前,而知不能规乎其始者也。故不足以滑和,不可入于灵府;使之和豫,通而不失于兑;使日夜无郤而与物为春,是接而生时于心者也。是之谓才全。

　　故圣人有所游,而知为孽,约为胶,德为接,工为商。圣人不谋,恶用知? 不斫,恶用胶? 无丧,恶用德? 不货,恶用商? 四者,天鬻也;天鬻者,天食也。既受食于天,又恶用人? 有人之形,无人之情。有人之形,而群于人,无人之情,故是非不得于身。眇乎小哉,所以属于人也;謷乎大哉,独成其天!

　　惠子谓庄子曰:"人故无情乎?"庄子曰:"然!"惠子曰:"人而无情,何以谓之人?"庄子曰:"道与之貌,天与之形,恶得不谓之人?"惠子曰:"既谓之人,恶得无情?"庄子曰:"是非吾所谓情也。吾所谓无情者,言人之不以好恶内伤其身,常因自然,而不益生也。"惠子曰:"不益生,何以有其身?"庄子曰:"道与之貌,天与之形,无以好恶内伤其身。今子外乎子之神,劳乎子之精,倚树而吟,据槁梧而瞑。天选子之形,子以坚白

鸣!"(《庄子·德充符》)

悲乐者,德之邪;喜怒者,道之过;好恶者,德之失。故心不忧乐,德之至也;一而不变,静之至也;无所于忤,虚之至也;不与物交,惔之至也;无所于逆,粹之至也。(《庄子·刻意》)

夫恬淡寂漠,虚无无为,此天地之平而道德之质也。故曰,圣人休焉。休则平易矣,平易则恬淡矣。平易恬淡,则忧患不能入,邪气不能袭,其德全而神不亏。故曰,圣人之生也天行,其死也物化;静而与阴同德,动而与阳同波;不为福先,不为祸始;感而后应,迫而后动,不得已而后起。(《庄子·刻意》)

夫虚静、恬淡、寂漠、无为者,天地之平而道德之至,故帝王、圣人休焉。休则虚,虚则实,实者伦矣。虚则静,静则动,动则得矣。静则无为,无为也,则任事者责矣。无为则俞俞,俞俞者,忧患不能处,年寿长矣。夫虚静、恬淡、寂漠、无为者,万物之本也。(《庄子·天道》)

言以虚静推于天地,通于万物,此之谓天乐。天乐者,圣人之心,以畜天下也。(《庄子·天道》)

无名人曰:"汝游心于淡,合气于漠,顺物自然而无容私焉,而天下治矣。"(《庄子·应帝王》)

若然者,其心忘,其容寂,其颡頯;凄然似秋,暖然似春,喜怒通四时,与物有宜而莫知其极。

子桑户、孟子反、子琴张三人相与友。曰:"孰能相与于无相与,相为于无相为?孰能登天游雾,挠挑无极,相忘以生,无所终穷?"三人相视而笑,莫逆于心,遂相与为友。莫然有间而子桑户死,未葬。孔子闻之,使子贡往侍事焉。或编曲,或鼓琴,相和而歌。歌曰:"嗟来桑户乎!嗟来桑户乎!而已反其真,而我犹为人猗!"子贡趋而进曰:"敢问临尸而歌,礼乎?"二人相视而笑曰:"是恶知礼意!"子贡反,以告孔子,曰:"彼何人者邪?修行无有,而外其形骸,临尸而歌颜色不变,无以命之。彼何人者邪?"孔子曰:"彼,游方之外者也;而丘,游方之内者也。外内不相及。而丘使女往吊之,丘则陋矣。彼方与造物者为人,而游乎天地之一气。彼以生为附赘县疣,以死为决疣溃痈,夫若然者,又恶知死生先后之所在?假于异物,托于同体;忘其肝胆,遗其耳目;反复终始,不知端倪;芒然彷徨乎尘垢之外,逍遥乎无为之业。彼又恶能愦愦然为世俗之礼,以观众人之耳目哉?"(《庄子·大宗师》)

昔尧之治天下也,使天下欣欣焉人乐其性,是不恬也;桀之治天下也,使天下瘁瘁焉人苦其性,是不愉也。夫不恬不愉,非德也。非德也而可长久者,天下无之。人大喜邪?毗于阳;大怒邪?毗于阴。阴阳并毗,四时不至,寒暑之和不成,其反伤人之形乎!使人喜怒失位,居处无常,思虑不自得,中道不成章,于是乎天下始乔诘、卓鸷,而后有盗、跖、曾史之行。故举天下以赏其善者,不足;举天下以罚其恶者,不给;故天下

之大,不足以赏罚。自三代以下者,匈匈焉终以赏罚为事。彼何暇安其性命之情哉? (《庄子·在宥》)

庄子妻死,惠子吊之,庄子则方箕踞鼓盆而歌。惠子曰:"与人居,长子老身,死不哭亦足矣,又鼓盆而歌,不亦甚乎!"庄子曰:"不然。是其始死也,我独何能无慨然!察其始而本无生,非徒无生也而本无形,非徒无形也而本无气。杂乎芒芴之间,变而有气,气变而有形,形变而有生,今又变而之死,是相与为春秋冬夏四时行也。人且偃然寝于巨室,而我嗷嗷然随而哭之,自以为不通乎命,故止之。"(《庄子·至乐》)

无为为之之谓天,无为言之之谓德,爱人利物之谓仁,不同同之之谓大,行不崖异之谓宽,有万不同之谓富。(《庄子·天地》)

圣人处物不伤物。不伤物者,物亦不能伤也。(《庄子·知北游》)

彻志之勃,解心之谬,去德之累,达道之塞。贵富显严名利六者,勃志也。容动色理气意六者,谬心也。恶欲喜怒哀乐六者,累德也。去就取与知能六者,塞道也。此四六者,不荡胸中则正,正则静,静则明,明则虚,虚则无为而无不为也。(《庄子·庚桑楚》)

长梧封人问子牢曰:"君为政焉勿卤莽,治民焉勿灭裂。昔予为禾,耕而卤莽之,则其实亦卤莽而报予;芸而灭裂之,其实亦灭裂而报予。予来年变齐,深其耕而熟耰之,其禾蘩以滋,予终年厌飧。"庄子闻之,曰:"今人之治其形,理其心,多有似封人之所谓。遁其天,离其性,灭其情,亡其神,以众为。故卤莽其性者,欲恶之孽,为性萑苇蒹葭,始萌以扶吾形,寻擢吾性;并溃漏发,不择所出,漂疽疥痈,内热溲膏是也。"(《庄子·则阳》)

古之人其备乎!配神明,醇天地,育万物,和天下,泽及百姓,明于本数,系于末度,六通四辟,小大精粗,其运无乎不在。(《庄子·天下》)

《庄子》中的"无情"与"多情"

在内篇《德充符》中,庄子明确地提倡"无情",声称圣人"有人之形,无人之情"。他不仅仅只是空口说说而已,外篇《至乐》中,庄子在妻子死时鼓盆而歌的怪异举止很容易招致不近人情之讥,如他的好友兼论敌惠施就指责庄子道:"与人居,长子老身,死不哭亦足矣,又鼓盆而歌,不亦甚乎!"另外,《庄子》中还多处强调情感会遮蔽人的正确判断与客观认识("累德""谬心"),会使人执着于各自的是非观念而不能体知大道("勃志""塞道"),会影响人与他人及万物的和谐关系,会使人内心失去均衡而动荡不安,从而残害生命、损伤真性("内伤其身""伤人之形")。就算尧的德政能使人"乐其性",那种"乐"因不够恬淡宁静也会"使人喜怒失位,居处无常,思虑不自得,中道不成章"(《在宥》),并非真乐至乐。在庄子看来,所谓的真乐至乐具有"虚静恬淡寂漠无为"的特点,是无乐之乐,无情之情。正如《庄子》中的无知之知不是指愚昧无知而是一种深刻洞察宇宙人生之真相的大智慧一样,《庄子》中的无乐之乐、无情之情绝不能理解为情感的冷漠与缺失(杂篇《则阳》中还明确否定了"灭其情"的行径),而是强调要消除不能顺应自然与大道合一的主观好恶之情,从而避免"残生损性"的不良后果。其实,《庄子》中的无情之情亦是一种大情与至情,不论是对个体生命还是他人与万物,庄子都可称得上是多情的"情种"。例如,儒家对"仁"的定义有着鲜明的人本立场,有"仁者爱人"的说法。而《庄子》却强调不仅要"爱人",而且还要"利物",所谓"爱人利物之谓仁"(《天地》);《庄子》中还强调"与物为春"(《德充符》)、"与物有宜"(《大宗师》)、"处物不伤物"(《知北游》)、"育万物,和天下"(《天下》)……对世间万物都有着温暖的善意与博大的爱心。

　　若夫乘天地之正,而御六气之辩,以游无穷者,彼且恶乎待哉?

　　藐姑射之山,有神人居焉,肌肤若冰雪,绰约若处子。不食五谷,吸风饮露,乘云气,御飞龙,而游乎四海之外。其神凝,使物不疵疠而年谷熟。

　　之人也,之德也,将旁礴万物以为一世蕲乎乱,孰弊弊焉以天下为事!之人也,物莫之伤,大浸稽天而不溺,大旱金石流土山焦而不热。是其尘垢秕糠,将犹陶铸尧舜者也。孰肯以物为事!(《庄子·逍遥游》)

　　至人神矣!大泽焚而不能热,河汉冱而不能寒,疾雷破山、飘风振海而不能惊。若然者,乘云气,骑日月,而游乎四海之外。死生无变于己,而况利害之端乎!

　　圣人不从事于务,不就利,不违害,不喜求,不缘道;无谓有谓,有谓无谓,而游乎尘垢之外。(《庄子·齐物论》)

　　孰能相与于无相与,相为于无相为? 孰能登天游雾,挠挑无极,相忘以生,无所终穷?

　　彼方与造物者为人,而游乎天地之一气。(《庄子·大宗师》)

　　予方将与造物者为人,厌,则又乘夫莽眇之鸟,以出六极之外,而游无何有之乡,以处圹埌之野。

　　无为名尸,无为谋府,无为事任,无为知主。体尽无穷,而游无朕。尽其所受乎天而无见得,亦虚而已! 至人之用心若镜,不将不逆,应而不藏,故能胜物而不伤。(《庄子·应帝王》)

　　故余将去女,入无穷之门,以游无极之野;吾与日月参光,吾与天地为常。当我,缗乎! 远我,昏乎! 人其尽死,而我独存乎!

　　浮游,不知所求;猖狂,不知所往;游者鞅掌,以观无妄。

　　出入六合,游乎九州岛,独往独来,是谓独有。独有之人,是之谓至矣。大人之教,若形之于影、声之于响。有问而应之,尽其所怀,为天下配。处乎无响,行乎无方。挈汝适复之挠挠,以游无端;出入无旁,与日无始;颂论形躯,合乎大同,大同而无己。(《庄子·在宥》)

　　上神乘光,与形灭亡,此谓照旷。致命尽情,天地乐而万事销亡,万物复情,此之

谓混冥。(《庄子·天地》)

古之至人,假道于仁,托宿于义,以游逍遥之虚,食于苟简之田,立于不贷之圃。(《庄子·天运》)

则物之造乎不形而止乎无所化,夫得是而穷之者,物焉得而止焉!彼将处乎不淫之度,而藏乎无端之纪,游乎万物之所终始,壹其性,养其气,合其德,以通乎万物之所造。夫若是者,其天守全,其神无郤,物奚自入焉?(《庄子·达生》)

材与不材之间,似之而非也,故未免乎累。若夫乘道德而浮游则不然。无誉无訾,一龙一蛇,与时俱化,而无肯专为;一上一下,以和为量。浮游乎万物之祖,物物而不物于物,则胡可得而累邪?(《庄子·山木》)

尝相与游乎无何有之宫,同合而论,无所终穷乎!尝相与无为乎,澹而静乎,漠而清乎,调而闲乎。

无往焉而不知其所至,去而来而不知其所止,吾已往来焉而不知其所终;彷徨乎冯闳,大知入焉,而不知其所穷。

古之人,外化而内不化,今之人内化而不外化。与物化者,一不化者也。安化安不化,安与之相靡,必与之莫多。(《庄子·知北游》)

吾所与吾子游者,游于天地;吾与之邀乐于天,吾与之邀食于地;吾不与之为事,不与之为谋,不与之为怪;吾与之乘天地之诚,而不以物与之相撄;吾与之一委蛇,而不与之为事所宜。(《庄子·徐无鬼》)

戴晋人曰:"有所谓蜗者,君知之乎?"曰:"然。""有国于蜗之左角者曰触氏,有国于蜗之右角者曰蛮氏,时相与争地而战,伏尸数万,逐北旬有五日而后反。"君曰:"噫!其虚言与?"曰:"臣请为君实之。君以意在四方上下有穷乎?"君曰:"无穷。"曰:"知游心于无穷,而反在通达之国,若存若亡乎?"君曰:"然。"曰:"通达之中有魏,于魏中有梁,于梁中有王。王与蛮氏,有辩乎?"君曰:"无辩。"(《庄子·则阳》)

唯至人乃能游于世而不僻,顺人而不失己。(《庄子·外物》)

独与天地精神往来,而不敖倪于万物,不谴是非,以与世俗处。其书虽环玮,而连犿无伤也。其辞虽参差,而諔诡可观。彼其充实不可以已,上与造物者游,而下与外死生、无终始者为友。其于本也,弘大而辟,深闳而肆;其于宗也,可谓调适而上遂者矣。(《庄子·天下》)

《庄子》中的处世哲学与林妹妹的"孤标傲世"

《庄子》中多处标举超凡脱俗的独立人格。这样的人格超越于"尘垢之外",游于无始无终、无穷无尽的大道之中,遗世独立,逍遥自在,完全摆脱了主观偏见与外物的羁绊,更不会与世俗现实同流合污,用《庄子》中的话说就是"独往独来,是谓独有。独有之人,是之谓至矣"。但是,需要注意的是,庄子提倡的是独立而不是孤立,强调的超越也并不是要与世俗对立,他其实标举的是这样一种人格：保持独立而又能够尊重万物（"独与天地精神往来，而不敖倪于万物"），超凡脱俗却又能与世俗和谐相处（"游于世而不僻""不谴是非，以与世俗处"）。《庄子》中有两种看似矛盾的思想倾向：有时主张"无我"，如《逍遥游》中的"至人无己"、《齐物论》中的"吾丧我"、《在宥》中的"大同而无己"、《秋水》中的"大人无己"等；有时又主张"有我"，上述《庄子》中对超凡脱俗之独立人格的标举皆是明证，又如《大宗师》中"行名失己，非士也；亡身不真，非役人也。若狐不偕、务光、伯夷、叔齐、箕子、胥余、纪他、申徒狄，是役人之役，适人之适，而不自适其适者也"，《外物》中"顺人而不失己"，《盗跖》中"不以事害己也"等说法都否定了丧失、损害自我的人格，《人间世》中更是明确宣称："古之至人，先存诸己而后存诸人。"实际上，《庄子》是在两个不同层面分别主张"无我"与"有我"的，二者并不矛盾："无我"之"我"是一己之私、一己之好恶偏见，是小我、私我与假我；"有我"之"我"则是顺应自然、与大道合一、"物物而不物于物"的主体，是大我、公我与真我。

"无我"是做减法，通过消除一己之私、一己之好恶偏见，来突破小我"以物观之，自贵而相贱"这种价值立场的片面狭隘，从而能够顺应自然、与大道合一、"物物而不物于物"。

"有我"则是做加法，使价值立场能够无限拓展，成为"以道观之，物无贵贱"的最大最全的价值立场，从而使个体自我具备了最大最全的主体性。用一种形象的说法来讲，"以道观之"的价值立场虽然还要落实到具体的个人，但那个人已经不是在用自己的眼睛来看，而是用整个宇宙的眼睛来看；他也不是在用自己的能量来做，而是用整个宇宙的能量来做，在庄子看来，这个人因这样的价值立场而具有了最高的精神境界与人生意义。

很多人容易认为，《红楼梦》中最有道家精神气质的应该是黛玉与妙玉。黛玉有庄子般的傲骨，比宝玉还要蔑视功名富贵，当宝玉献宝一样把北静王送的香串拿来时，她一句"什么臭男人拿过的！我不要他"便掷在一边；她"孤高自许，目无下尘"，还有"孤标傲世偕谁隐"的咏菊之句。妙玉以"槛外人"自居，"视绮罗俗厌""太高人愈妒，过洁世同嫌"。两人都表现出不与世俗同流合污的超凡之态。但如前所述，庄子心目中的理想人格是"游于世而不僻，顺人而不失己"，"独与天地精神往来，而不敖倪于万物，不谴是非，以与世俗处"。黛玉与妙玉两人虽然具有一定的超越性，但她们也都表现出性格的孤僻，与世俗处于对立的关系，不能够"与世俗处"。

《红楼梦》对黛玉的超凡之态虽有赞赏之处，但并非是全面肯定。第五回中宝玉神游太虚幻境，警幻仙子将可卿许配于他专门说可卿"表字兼美"，而且文中描绘可卿的形象有这样一段："其鲜妍妩媚有似宝钗，其袅娜风流则又如黛玉"，表明所谓兼美正是指兼有宝钗黛玉之美。《红楼梦》中常常将宝钗黛玉对应描写，如将宝钗之"德"与黛玉之"才"对应："可叹停机德，堪怜咏絮才"；将宝钗之"金玉良缘"与黛玉之"木石前盟"对应；将宝钗之"仙姿"与黛玉之"灵窍"对应："戒宝钗之仙姿，灰黛玉之灵窍"……宝钗黛玉之"美"也是一种对应：宝钗固然能够"与世俗处"，却不能"独与天地精神往来"；黛玉固然能够"独与天地精神往来"，却又不能"与世俗处"。宝钗固然能够"顺人"，人人面前都不"失于应候"，但却有"失己"之憾；黛玉固然保持了真我,孤标傲世,蔑视功名富贵,但却不能"顺人",甚至还因此伤害了深爱自己的宝玉。将二人"兼美",才是理想的人格,《红楼梦》中有这样的隐喻。

《庄子》中对超越性的强调很容易让人觉得那是一种高傲,其实这是一种误解。庄子只高不傲,他追求高洁如藐姑射神人般的人格,但却强调对人对物都应当谦卑:"不敖倪于万物。"庄子固然有着大蔑视,但那蔑视针对的是污浊的世俗、黑暗的现实、肮脏的欲望、卑下的人格,对这些他嬉笑怒骂,他痛下针砭,他揭露批判,他嫉恶如仇,于是让人觉得他对这些有着一种不屑一顾的高傲。如果说这里的"傲"是傲骨、傲岸,是对所蔑视之事物的嗤之以鼻与决不屈服,那倒可以用"傲"来形容庄子。但如果说这里的"傲"是盛气凌人、自高自大的傲气,那么说庄子高傲就是一种极大的误解。黛玉妙玉二人固然也有傲骨,但她们确实也有不懂得尊重他人的傲气。不说别的,二人对刘姥姥如出一辙的轻薄态度就可见一斑。

庄子却是不仅对人,而且对物,都有着一种可贵的尊重态度。

他"不遣是非"并不是颠倒是非、混淆是非,他之所以强调"此亦一是非,彼亦一是非"(《齐物论》)、强调"与其誉尧而非桀也,不如两忘而化其道"(《大宗师》)、强调"毛嫱丽姬,人之所美也,鱼见之深入,鸟见之高飞,麋鹿见之决骤,四者孰知天下之正色哉"(《齐物论》)的相对,其实都是出于谦卑。他谦卑,因为他清醒地洞察到人类认知能力的局限;他谦卑,因为他看到"以物观之,自贵而相贱"(《秋水》)的狭隘片面;他谦卑,因为他对自然与大道完全地臣服与顺应。

他谦卑,还因为他的平等意识。儒家的"礼"讲等级,而道家的"道"则讲平等,用《庄子》中的话来说就是"以道观之,物无贵贱"。大道无处不在,一切皆道,道即一切,甚至屎溺之中都有道,而对于道的谦卑自然也就使得庄子对一切万物都怀有敬意,所以他才会在《应帝王》中有列子"为其妻爨,食豕如食人"的寓言。"为其妻爨"是对女性的尊重,"食豕如食人"则是对猪都能够尊重。《红楼梦》中,宝玉的"每每甘心为诸丫鬟充役"与前者相仿佛,而其种种"视物如视人"的表现不也正与庄子有着内在精神的一致吗?对一切万物皆能尊重,不仅强调"爱人",而且强调"利物",这是《庄子》与《红楼梦》都具有的"多情"。

> 如今且说那大宋徽宗朝年东京金明池边,有座酒楼,唤作樊楼。这酒楼有个开酒肆的范大郎,兄弟范二郎,未曾有妻室。时值春末夏初,金明池游人赏玩作乐。那范二郎因去游赏,见佳人才子如蚁。行到了茶坊里来,看见一个女孩儿,方年二九,生得花容月貌。这范二郎立地多时,细看那女子,生得:色,色,易迷,难拆。隐深闺,藏柳陌。足步金莲,腰肢一捻,嫩脸映桃红,香肌晕玉白。娇姿恨惹狂童,情态愁牵艳客。芙蓉帐里作鸾凤,云雨此时何处觅?
>
> 元来情色都不由你。那女子在茶坊里,四目相视,俱各有情。这女孩儿心里暗暗地喜欢,自思量道:"若还我嫁得一似这般子弟,可知好哩。今日当面挫过,再来那里去讨?"正思量道:"如何着个道理和他说话?问他曾娶妻也不曾?"那跟来女子和奶

子,都不知许多事。你道好巧!只听得外面水盏响,女孩儿眉头一纵,计上心来,便叫:"卖水的,倾一盏甜蜜蜜的糖水来。"那人倾一盏糖水在铜盂儿里,递与那女子。

那女子接得在手,才上口一呷,便把那个铜盂儿望空打一丢,便叫:"好好!你却来暗算我!你道我是兀谁?"那范二听得道:"我且听那女子说。"那女孩儿道:"我是曹门里周大郎的女儿,我的小名叫作胜仙小娘子,年一十八岁,不曾吃人暗算。你今却来算我!我是不曾嫁的女孩儿。"这范二自思量道:"这言语蹊跷,分明是说与我听。"这卖水的道:"告小娘子,小人怎敢暗算!"女孩儿道:"如何不是暗算我?盏子里有条草。"卖水的道:"也不为利害。"女孩儿道:"你待算我喉咙。却恨我爹爹不在家里,我爹若在家,与你打官司。"奶子在傍边道:"却也叵耐这厮!"茶博士见里面闹吵,走入来道:"卖水的,你去把那水好好挑出来。"

对面范二郎道:"他既过幸与我,口口我不过幸?"随即也叫:"卖水的,倾一盏甜蜜蜜糖水来。"卖水的便倾一盏糖水在手,递与范二郎。二郎接着盏子,吃一口水,也把盏子望空一丢,大叫起来道:"好好!你这个人真个要暗算人!你道我是兀谁?我哥哥是樊楼开酒店的,唤作范大郎,我便唤作范二郎,年登一十九岁,未曾吃人暗算。我射得好弩,打得好弹,兼我不曾娶浑家。"卖水的道:"你不是风!是甚意思,说与我知道?指望我与你做媒?你便告到官司,我是卖水,怎敢暗算人!"范二郎道:"你如何不暗算?我的盂儿里,也有一根草叶。"女孩儿听得,心里好喜欢。茶博士入来,推那卖水的出去。女孩儿起身来道:"俺们回去休。"看着那卖水的道:"你敢随我去?"这子弟思量道:"这话分明是教我随他去。"只因这一去,惹出一场没头脑官司。正是:言可省时休便说,步宜留处莫胡行。

女孩儿约莫去得远了,范二郎也出茶坊,远远地望着女孩儿去。只见那女子转步,那范二郎好喜欢,直到女子住处。

女孩儿入门去,又推起帘子出来望。范二郎心中越喜欢。女孩儿自入去了。范二郎在门前一似失心风的人,盘旋走来走去,直到晚方才归家。

且说女孩儿自那日归家,点心也不吃,饭也不吃,觉得身体不快。做娘的慌问迎儿道:"小娘子不曾吃甚生冷?"迎儿道:"告妈妈,不曾吃甚。"娘见女儿几日只在床上不起,走到床边问道:"我儿害甚的病?"女孩儿道:"我觉有些浑身痛,头疼,有一两声咳嗽。"周妈妈欲请医人来看女儿;争奈员外出去未归,又无男子汉在家,不敢去请。迎儿道:"隔一家有个王婆,何不请来看小娘子?他唤作王百会,与人收生,做针线,做媒人,又会与人看脉,知人病轻重。邻里家有些些事都都浼他。"周妈妈便令迎儿去请得王婆来。见了妈妈,说女儿从金明池走了一遍,回来就病倒的因由。王婆道:"妈妈不须说得,待老媳妇与小娘子看脉自知。"周妈妈道:"好好!"

迎儿引将王婆进女儿房里。小娘子正睡哩,开眼叫声"少礼"。王婆道:"稳便!老媳妇与小娘子看脉则个。"小娘子伸出手臂来,教王婆看了脉,道:"娘子害的是头疼浑身痛，觉得恹恹地恶心。"小娘子道："是也。"王婆道："是否？"小娘子道："又有两声咳嗽。"王婆不听得万事皆休，听了道："这病蹊跷！如何出去走了一遭，回来却便害这般病！"王婆看着迎儿、奶子道："你们且出去，我自问小娘子则个。"迎儿和奶子自出去。

王婆对着女孩儿道："老媳妇却理会得这病。"女孩儿道："婆婆，你如何理会得？"王婆道："你的病唤作心病。"女孩儿道："如何是心病？"王婆道："小娘子，莫不见了甚么人，欢喜了，却害出这病来？是也不是？"女孩儿低着头儿叫："没。"王婆道："小娘子，实对我说。我与你做个道理，救了你性命。"那女孩儿听得说话投机，便说出上件事来，"那子弟唤作范二郎。"王婆听了道："莫不是樊楼开酒店的范二郎？"

那女孩儿道："便是。"王婆道："小娘子休要烦恼，别人时老身便不认得，若说范二郎，老身认得他的哥哥嫂嫂，不可得的好人。范二郎好个伶俐子弟，他哥哥见教我与他说亲。小娘子，我教你嫁范二郎，你要也不要？"女孩儿笑道："可知好哩！只怕我妈妈不肯。"王婆道："小娘子放心，老身自有个道理，不须烦恼。"女孩儿道："若得恁地时，重谢婆婆。"

王婆出房来，叫妈妈道："老媳妇知得小娘子病了。"妈妈道："我儿害甚么病？"王婆道："要老身说，且告三杯酒吃了却说。"妈妈道："迎儿，安排酒来请王婆。"妈妈一头请他吃酒，一头问婆婆："我女儿害甚么病？"王婆把小娘子说的话一一说了一遍。妈妈道："如今却是如何？"王婆道："只得把小娘子嫁与范二郎。若还不肯嫁与他，这小娘子病难医。"

妈妈道："我大郎不在家，须使不得。"王婆道："告妈妈，不若与小娘子下了定，等大郎归后，却做亲，且眼下救小娘子性命。"妈妈允了道："好好，怎地作个道理？"王婆道："老媳妇就去说，回来便有消息。"

王婆离了周妈妈家，取路径到樊楼来，见范大郎正在柜身里坐。王婆叫声"万福"。大郎还了礼道："王婆婆，你来得正好。我却待使人来请你。"王婆道："不知大郎唤老媳妇作甚么？"大郎道："二郎前日出去归来，晚饭也不吃，道：'身体不快。'我问他那里去来？他道：'我去看金明池。'直至今日不起，害在床上，饮食不进。我待来请你看脉。"范大娘子出来与王婆相见了，大娘子道："请婆婆看叔叔则个。"王婆道："大郎，大娘子，不要入来，老身自问二郎，这病是甚的样起？"范大郎道："好好！婆婆自去看，我不陪你了。"

王婆走到二郎房里，见二郎睡在床上，叫声："二郎，老媳妇在这里。"范二郎闪开眼道："王婆婆，多时不见，我性命休也。"王婆道："害甚病便休？"二郎道："觉头疼恶心，有一两声咳嗽。"王婆笑将起来。二郎道："我有病，你却笑我！"

王婆道："我不笑别的，我得知你的病了。不害别病，你害曹门里周大郎女儿，是也不是？"二郎被王婆道着了，跳起来道："你如何得知？"王婆道："他家教我来说亲事。"范二郎不听得说万事皆休,听得说好喜欢。正是:人逢喜信精神爽,话合心机意趣投。

当下同王婆厮赶着出来,见哥哥嫂嫂。哥哥见兄弟出来,道:"你害病却便出来?"二郎道:"告哥哥,无事了也。"哥嫂好快活。王婆对范大郎道:"曹门里周大郎家,特使我来说二郎亲事。"大郎欢喜。话休絮烦,两下说成了,下了定礼,都无别事。范二郎闲时不着家,从下了定,便不出门,与哥哥照管店里。且说那女孩儿闲时不作针线,从下了定,也肯作活。两个心安意乐,只等周大郎归来做亲。

三月间下定,直等到十一月间,等得周大郎归。少不得邻里亲戚洗尘,不在话下。到次日,周妈妈与周大郎说知上件事。周大郎道:"定了未?"妈妈道:"定了也。"周大郎听说,双眼圆睁,看着妈妈骂道:"打脊老贱人!得谁言语,擅便说亲!他高杀也只是个开酒店的。我女儿怕没大户人家对亲,却许着他!你倒了志气,干出这等事,也不怕人笑话。"

正恁的骂妈妈,只见迎儿叫:"妈妈,且进来救小娘子。"妈妈道:"作甚?"迎儿道:"小娘子在屏风后,不知怎地气倒在地。"慌得妈妈一步一跌,走向前来,看那女孩儿。倒在地下:未知性命如何,先见四肢不举。

从来四肢百病,惟气最重。元来女孩儿在屏风后听得做爷的骂娘,不肯教他嫁范二郎,一口气塞上来,气倒在地。妈妈慌忙来救。被周大郎揪住,不得他救,骂道:"打脊贱娘!辱门败户的小贱人,死便教他死,救他则甚?"迎儿见妈妈被大郎揪住,自去向前,却被大郎一个漏风掌打在一壁厢,即时气倒妈妈。迎儿向前救得妈妈苏醒,妈妈大哭起来。邻舍听得周妈妈哭,都走来看。张嫂、鲍嫂、毛嫂、刁嫂,挤上一屋子。原来周大郎平昔为人不近道理,这妈妈甚是和气,邻舍都喜他。周大郎看见多人,便道:"家间私事,不必相劝!"

邻舍见如此说,都归去了。

妈妈看女儿时,四肢冰冷。妈妈抱着女儿哭。本是不死,因没人救,却死了。周妈妈骂周大郎:"你直恁地毒害!想必你不舍得三五千贯房奁,故意把我女儿坏了性命!"周大郎听得,大怒道:"你道我不舍得三五千贯房奁,这等奚落我!"周大郎走将出去。周妈妈如何不烦恼:一个观音也似女儿,又伶俐,又好针线,诸般都好,如何教他不烦恼!离不得周大郎买具棺木,八个人抬来。周妈妈见棺材进门,哭得好苦!周大郎看着妈妈道:"你道我割舍不得三五千贯房奁,你那女儿房里,但有的细软,都搬在棺材里!"只就当时,教件作人等入了殓,即时使人分付管坟园张一郎,兄弟二郎:"你两个便与我砌坑子。"分付了毕,话休絮烦,功德水陆也不做,停留也不停留,只就来日便出丧,周妈妈教留几日,那里拗得过来。早出了丧,埋葬已了,各人自归。

可怜三尺无情土,盖却多情年少人。

话分两头。且说当日一个后生的,年三十余岁,姓朱名真,是个暗行人,日常惯与仵作约做帮手,也会与人打坑子。

那女孩儿入殓及砌坑,都用着他。这日葬了女儿回来,对着娘道:"一天好事投奔我,我来日就富贵了。"娘道:"我儿有甚好事?"那后生道:"好笑,今日曹门里周大郎女儿死了,夫妻两个争竞道:'女孩儿是爷气死了。'斗蹩气,约莫有三五千贯房奁,都安在棺材里。有恁地富贵,如何不去取之?"那作娘的道:"这个事却不是耍的事。又不是八棒十三的罪过,又兼你爷有样子。二十年前时,你爷去掘一家坟园,揭开棺材盖,尸首觑着你爷笑起来。你爷吃了那一惊,归来过得四五日,你爷便死了。孩儿,切不可去,不是耍的事!"朱真道:"娘,你不得劝我。"去床底下拖出一件物事来把与娘看……你道拖出的是甚物事?原来是一个皮袋,里面盛着些挑刀斧头,一个皮灯盏,和那盛油的罐儿,又有一领蓑衣。娘都看了,道:"这蓑衣要他作甚?"朱真道:"半夜使得着。"当日是十一月中旬,却恨雪下得大。那厮将蓑衣穿起,却又带一片,是十来条竹皮编成的,一行带在蓑衣后面。原来雪里有脚迹,走一步,后面竹片扒得平,不见脚迹。当晚约莫也是二更左侧,分付娘道:"我回来时,敲门响,你便开门。"虽则京城闹热,城外空阔去处,依然冷静。况且二更时分,雪又下得大,兀谁出来。

朱真离了家,回身看后面时,没有脚迹。迤逦到周大郎坟边,到萧墙矮处,把脚跨过去。你道好巧,原来管坟的养只狗子。那狗子见个生人跳过墙来,从草窠里爬出来便叫。朱真日间备下一个油糕,里面藏了些药在内。见狗子来叫,便将油糕丢将去。那狗子见丢甚物过来,闻一闻,见香便吃了。

只叫得一声,狗子倒了。朱真却走近坟边。那看坟的张二郎叫道:"哥哥,狗子叫得一声,便不叫了,却不作怪!莫不有甚做不是的在这里?起去看一看。"哥哥道:"那做不是的来偷我甚么?"兄弟道:"却才狗子大叫一声便不叫了,莫不有贼?你不起去,我自起去看一看。"

那兄弟爬起来,披了衣服,执着枪在手里,出门来看。朱真听得有人声,悄悄地把蓑衣解下,捉脚步走到一株杨柳树边。那树好大,遮得正好。却把斗笠掩着身子和腰,蹲在地下,蓑衣也放在一边。望见里面开门,张二走出门外,好冷,叫声道:"畜生,做甚么叫?"那张二是睡梦里起来,被雪雹风吹,吃一惊,连忙把门关了,走入房去,叫:"哥哥,真个没人。"连忙脱了衣服,把被匹头兜了道:"哥哥,好冷!"哥哥道:"我说没人!"约莫也是三更前后,两个说了半晌,不听得则声了。

朱真道:"不将辛苦意,难近世间财。"抬起身来,再把斗笠戴了,着了蓑衣,捉脚步到坟边,把刀拨开雪地。俱是日间安排下脚手,下刀挑开石板下去,到侧边端正了,除下头上斗笠,脱了蓑衣在一壁厢,去皮袋里取两个长针,插在砖缝里,放上一个皮灯盏,竹筒里取出火种吹着了,油罐儿取油,点起那灯,把刀挑开命钉,把那盖天板丢在一壁，叫："小娘子莫怪，暂借你些个富贵，却与你作功德。"道罢，去女孩儿头上便除头面。有许多金珠首饰，尽皆取下了……

原来那女儿一心牵挂着范二郎，见爷的骂娘，斗弊气死了。死不多日，今番得了阳和之气，一灵儿又醒将转来。朱真吃了一惊。见那女孩儿叫声："哥哥，你是兀谁？"朱真那厮好急智，便道："姐姐，我特来救你。"女孩儿抬起身来，便理会得了：一来见身上衣服脱在一壁，二来见斧头刀仗在身边，如何不理会得？朱真欲待要杀了，却又舍不得。那女孩儿道："哥哥，你救我去见樊楼酒店范二郎，重重相谢你。"朱真心中自思，别人兀自坏钱取浑家，不能得怎地一个好女儿。救将归去，却是兀谁得知。朱真道："且不要慌，我带你家去，教你见范二郎则个。"女孩儿道："若见得范二郎，我便随你去。"

当下朱真把些衣服与女孩儿着了，收拾了金银珠翠物事衣服包了，把灯吹灭，倾那油入那油罐儿里，收了行头，揭起斗笠，送那女子上来。朱真也爬上来，把石头来盖得没缝，又捧些雪铺上。却教女孩儿上脊背来，把蓑衣着了，一手挽着皮袋，一手绾着金珠物事，把斗笠戴了，迤逦取路，到自家门前，把手去门上敲了两三下。那娘的知是儿子回来，放开了门。朱真进家中，娘的吃一惊道："我儿，如何尸首都驮回来？"朱真道："娘不要高声。"放下物件行头，将女孩儿入到自己卧房里面。朱真提起一把明晃晃的刀来，觑着女孩儿道："我有一件事和你商量。你若依得我时，我便将你去见范二郎。你若依不得我时，你见我这刀么？砍你做两段。"女孩儿慌道："告哥哥，不知教我依甚的事？"朱真道："第一教你在房里不要则声，第二不要出房门。依得我时，两三日内，说与范二郎。若不依我，杀了你！"女孩儿道："依得，依得。"

朱真分付罢，出房去与娘说了一遍。

话休絮烦。夜间离不得伴那厮睡。一日两日，不得女孩儿出房门。那女孩儿问道："你曾见范二郎么？"朱真道："见来。范二郎为你害在家里，等病好了，却来取你。"自十一月二十日头至次年正月十五日，当日晚朱真对着娘道："我每年只听得鳌山好看，不曾去看，今日去看则个，到五更前后，便归。"朱真分付了，自入城去看灯。

你道好巧！约莫也是更尽前后，朱真的老娘在家，只听得叫"有火"！急开门看时，是隔四五家酒店里火起，慌杀娘的，急走入来收拾。女孩儿听得，自思道："这里不走，更待何时！"走出门首，叫婆婆来收拾。娘的不知是计，入房收拾。

女孩儿从热闹里便走，却不认得路，见走过的人，问道："曹门里在那里？"人指道："前面便是。"迤逦入了门，又问人："樊楼酒店在那里？"人说道："只在前面。"女孩儿好慌。若还前面遇见朱真，也没许多话。

女孩儿迤逦走到樊楼酒店，见酒博士在门前招呼。女孩儿深深地道个万福。酒博士还了喏道："小娘子没甚事？"女孩儿道："这里莫是樊楼？"酒博士道："这里便是。"女孩儿道："借问则个，范二郎在那里么？"酒博士思量道："你看二郎！直引得光景上门。"酒博士道:"在酒店里的便是。"女孩儿移身直到柜边,叫道:"二郎万福!"范二郎不听得都休,听得叫,慌忙走下柜来,近前看时,吃了一惊,连声叫:"灭,灭!"女孩儿道:"二哥,我是人,你道是鬼?"范二郎如何肯信?一头叫:"灭,灭!"一只手扶着凳子。却恨凳子上有许多汤桶儿,慌忙用手提起一只汤桶儿来,觑着女子脸上丢将过去。你道好巧!去那女孩儿太阳上打着。大叫一声,匹然倒地。慌杀酒保,连忙走来看时,只见女孩儿倒在地下。性命如何?正是:小园昨夜东风恶,吹折江梅就地横。

酒博士看那女孩儿时,血浸着死了。范二郎口里兀自叫:"灭,灭!"范大郎见外头闹吵,急走出来看了,只听得兄弟叫:"灭,灭!"大郎问兄弟:"如何做此事?"良久定醒。问:"做甚打死他?"二郎道:"哥哥,他是鬼!曹门里贩海周大郎的女儿。"大郎道:"他若是鬼,须没血出,如何计结?"去酒店门前哄动有二三十人看,即时地方便入来捉范二郎。范大郎对众人道:"他是曹门里周大郎的女儿,十一月已自死了。我兄弟只道他是鬼,不想是人,打杀了他。我如今也不知他是人是鬼。你们要捉我兄弟去,容我请他爷来看尸则个。"众人道:"既是恁地,你快去请他来。"

范大郎急急奔到曹门里周大郎门前,见个奶子问道:"你是兀谁?"范大郎道:"樊楼酒店范大郎在这里,有些急事,说声则个。"奶子即时入去请。不多时,周大郎出来,相见罢。

范大郎说了上件事,道:"敢烦认尸则个,生死不忘。"周大郎也不肯信。范大郎闲时不是说谎的人。周大郎同范大郎到酒店前看见也呆了,道:"我女儿已死了,如何得再活?有这等事!"那地方不容范大郎分说,当夜将一行人拘锁,到次早解入南衙开封府。包大尹看了解状,也理会不下,权将范二郎送狱司监候。一面相尸,一面下文书行使臣房审实。作公的一面差人去坟上掘起看时,只有空棺材。问管坟的张一、张二,说道:"十一月间,雪下时,夜间听得狗子叫。次早开门看,只见狗子死在雪里,更不知别项因依。"把文书呈大尹。

大尹焦躁,限三日要捉上件贼人。展个两三限,并无下落。好似:金瓶落井全无信,铁枪磨针尚少功。

且说范二郎在狱司间想:"此事好怪!若说是人,他已死过了,见有入殓的仵作及坟墓在彼可证;若说是鬼,打时有血,死后有尸,棺材又是空的。"展转寻思,委决不下,又想道:"可惜好个花枝般的女儿!若是鬼,倒也罢了;若不是鬼,可不枉害了他性命!"夜里翻来覆去,想一会,疑一会,转睡不着。直想到茶坊里初会时光景,便道:"我那日好不着迷哩!四目相视,急切不能上手。不论是鬼不是鬼,我且慢慢里商量,直恁性急,坏了他性命,好不罪过!如今陷于缧绁,这事又得不明白,如何是了!悔之无及!"转悔转想,转想转悔。

捱了两个更次,不觉睡去。

梦见女子胜仙,浓妆而至。范二郎大惊道:"小娘子原来不死。"小娘子道:"打得偏些,虽然闷倒,不曾伤命。奴两遍死去,都只为官人。今日知道官人在此,特特相寻,与官人了其心愿,休得见拒,亦是冥数当然。"范二郎忘其所以,就和他云雨起来。枕席之间,欢情无限。事毕,珍重而别。醒来方知是梦,越添了许多想悔。次夜亦复如此。到第三夜又来,比前愈加眷恋,临去告诉道:"奴阳寿未绝。今被五道将军收用。奴一心只忆着官人,泣诉其情,蒙五道将军可怜,给假三日。如今限期满了,若再迟延,必遭呵斥。奴从此与官人永别。官人之事,奴已拜求五道将军,但耐心,一月之后,必然无事。"范二郎自觉伤感,啼哭起来。醒了,记起梦中之言,似信不信。刚刚一月三十个日头,只见狱卒奉大尹钧旨,取出范二郎赴狱司勘问。

原来开封府有一个常卖董贵,当日绾着一个篮儿,出城门外去,只见一个婆子在门前叫常卖,把着一件物事递与董贵。是甚的?是一朵珠子结成的栀子花。那一夜朱真归家,失下这朵珠花。婆婆私下捡得在手,不理会得直几钱,要卖一两贯钱作私房。董贵道:"要几钱?"婆子道:"胡乱。"董贵道:"还你两贯。"婆子道:"好。"董贵还了钱,径将来使臣房里,见了观察,说道怎地。即时观察把这朵栀子花径来曹门里,教周大郎、周妈妈看,认得是女儿临死带去的。即时差人捉婆子。婆子说:"儿子朱真不在。"当时搜捉朱真不见,却在桑家瓦里看耍,被作公的捉了,解上开封府。包大尹送狱司勘问上件事情,朱真抵赖不得,一一招伏。当案薛孔目初拟朱真劫坟当斩,范二郎免死,刺配牢城营,未曾呈案。其夜梦见一神如五道将军之状,怒责薛孔目曰:"范二郎有何罪过,拟他刺配!快与他出脱了。"薛孔目醒来,大惊,改拟范二郎打鬼,与人命不同,事属怪异,宜径行释放。包大尹看了,都依拟。范二郎欢天喜地回家。后来娶妻,不忘周胜仙之情,岁时到五道将军庙中烧纸祭奠。有诗为证:情郎情女等情痴,只为情奇事亦奇。(《闹樊楼多情周胜仙》节选)

明清小说语境中的"多情"

《闹樊楼多情周胜仙》是冯梦龙"三言"中的名篇,读这样一篇引人入胜的佳作,读者不难看出,在明清小说语境中,"多情"究竟是褒义还是贬义。

【思考讨论】一

1. 怎样理解评价《红楼梦》中将宝玉定位为"多情公子"?

2. 怎样理解黛玉对人情世故的前后反差?

3. 宝玉送给黛玉旧手帕有何苦心深意?你认为宝玉对爱情专一吗?为什么?

4.《红楼梦》对宝钗"任是无情也动人"的评价是不是采用了《庄子》的"无情"之说?为什么?

5. 怎样理解《红楼梦》中宝玉的"情不情"?与《庄子》又有哪些内在的一致?

6.《庄子》中的平等精神在《红楼梦》中有哪些具体体现?《红楼梦》对黛玉的"孤高自许"是肯定还是否定?为什么?

7.《庄子》中的"畸人"表现出价值观层面怎样的反差?宝玉在天上是神瑛侍者,到了人间却是被服侍的贵族公子,这样的反差有何深意?

8.怎样理解《庄子》中的"天地境界"与《红楼梦》中的"大观视域"?

《庄子》中审美的人生态度与
《红楼梦》中的"痴情"

"以道观之"的大观视域不仅使庄子成为"爱人利物"的"情种",而且还造就了庄子审美的人生态度。

既然认为"天地有大美而不言",《庄子》中强调"原天地之美"(《知北游》)、"独与天地精神往来"(《天下》);正是强调"朴素而天下莫能与之争美"(《天道》)、"澹然无极而众美从之"(《刻意》),《庄子》中津津乐道于返朴归真、淡漠无为;得道是"得至美而游乎至乐"(《田子方》),而道又"无所不在"(《知北游》),存在于万物之中,于是"以道观物"自然也就具有了一种超功利的审美态度。

大家都知道"子非鱼,安知鱼之乐"的著名典故,如果从逻辑的层面、认识论的角度来看,庄子"子非我,安知我不知鱼之乐""我知之濠上也"的言论说穿了就是诡辩。但是从上下文来看,庄子根本不是在讲如何认识事物的问题。

朱光潜先生在《我们对于一棵古松的三种态度》一文中谈到我们对待事物有实用、认识与审美三种态度。回过头来再看《庄子》的《秋水》篇,我们可以看出,"儵鱼出游从容,是鱼之乐也"的说法根本不是在论述"鱼之乐"的认识是否为真,而是将"出游从容"移情于鱼的一种审美体验。庄子对鱼并不是持客观的认识态度,而是持主观的审美态度。不仅仅水中的游鱼,对于天地、山林、皋壤、燕子、麋鹿……甚至丑陋的"闉跂""支离""无脤""甕盎""大瘿"诸人、"牛之白颡者""豚之亢鼻者""散木""鸱鸦",《庄子》都由衷地表达了欣赏喜爱之情,体现出一贯的审美态度。正是因为有着审美的人生态度,尽管生于乱世,尽管生活贫困,庄子仍然很快乐,仍然能够"逍遥游"。而所谓"无待"的"逍遥游",李泽厚先生曾将之论为审美之境,称"庄子的哲学其实就是美学"。可以说,《庄子》中审美的人生态度深刻地影响了后世,也在一定程度上塑造了《红楼梦》。

【智慧点击】 《红楼梦》中审美的人生态度

庄子这种审美的人生态度极大地影响了魏晋风度。魏晋时最为盛行的是玄学思潮,而玄学最为看重的三部经典"三玄"就是《周易》《老子》与《庄子》。

魏晋人对美的追求可以说是到了狂热地步。

为了美,他们不惜放下矜持。例如,为了一睹美男潘岳的风采,"妇人遇者,莫不连手共萦之",而且还常常向他投掷水果,以致潘岳回家时常常水果满车。这些女性的行为难道是为了博得潘岳的欢心,让她们成为潘太太吗? 其实历史中的潘岳虽然人品不佳,趋附权贵,他对妻子却是感情甚笃,他为妻子写的《悼亡诗》也是文学史中的名篇,以至于后世文学作品以"悼亡"为题专指悼念亡妻。潘岳与妻子的佳话人所共知,别的女性根本没机会上位为潘太太。与其说那些女性的行为是出于实用的功利的目的,还不如说是出自纯粹的审美热情。

为了美,他们付出了服毒的代价。名士们为了使自己皮肤更为白嫩,居然服用五石散。五石散毒性极大,尽管满足了名士们对美的追求,却也使他们的皮肤真的到了"吹弹得破"的地步,衣服稍紧就会使皮肤溃烂,所以晋人的着装常常是宽袍大袖,看上去固然潇洒飘逸,实际上却不知暗含了多少追求美的代价。

为了美,他们不怕麻烦。五石散服用后精神亢奋、浑身燥热,不狂奔数公里不能发散药力,但名士们仍旧乐此不疲。

为了美,他们甚至能够把人活活看死。如卫玠有"璧人"之号,美名远播,当他来到一处地方时引发了交通堵塞,围观群众使他寸步难行,来到住处休息时因劳累过度而一病不起,被传为"看杀卫玠"。

可以说,魏晋是一个审美热情极为高涨的时代。极大程度上体现了魏晋风度的《世说新语》共分三十六门,其中前四门是仿"孔门四科"而设的"德行""言语""政事""文学"。以"言语"为例,"孔门四科"中的"言语"主要是影响国际局势的外交辞令,在"平天下"中起着非常重要的作用,所以仅次于"德行",在"孔门四科"中名列第二,连"政事"都位居其后。毕竟,"政事"还只是国内事务,而"言语"可以是国际事务。但《世说新语》中的"言语"却多非高论嘉言,有些甚至不过是相当琐屑的日常趣语。如:

> 孔文举有二子,大者六岁,小者五岁。昼日父眠,小者床头盗酒饮之。大儿谓曰:"何以不拜?"答曰:"偷,那得行礼!"
>
> 钟毓、钟会少有令誉。年十三,魏文帝闻之,语其父钟繇曰:"可令二子来。"于是敕见。毓面有汗,帝曰:"卿面何以汗?"毓对曰:"战战惶惶,汗出如浆。"复问会:"卿何以不汗?"对曰:"战战栗栗,汗不敢出。"
>
> 钟毓兄弟小时,值父昼寝,因共偷服药酒。其父时觉,且托寐以观之。毓拜而后饮,会饮而不拜。既而问毓何以拜,毓曰:"酒以成礼,不敢不拜。"又问会何以不拜,会曰:"偷本非礼,所以不拜。"
>
> 邓艾口吃,语称艾艾。晋文王戏之曰:"卿云艾艾,定是几艾?"对曰:"凤兮凤兮,故是一凤。"
>
> 满奋畏风。在晋武帝坐,北窗作琉璃屏,实密似疏,奋有难色。帝笑之。奋答曰:"臣犹吴牛,见月而喘。"

"排调"一门也收录了不少调侃谑语。可以看出,将如此琐屑的日常言语收录书中并不是这些言语有什么高深见解、宏大意义,而只是单纯地以审美态度欣赏这些言语的口才艺术、谐趣况味。"栖逸"门多载有对自然山水的审美,"德行""政事""文学""赏誉""雅量""箴规""识鉴""品藻""夙慧""捷悟""任诞""贤媛""伤逝"等多载有对人物才性格调气质情感品行等的审美,"容止"甚至还非常前卫地专门对"颜值"进行审美……魏晋可以说是一个有着浓重审美情怀的时代,所以美学家宗白华先生曾有如此论断:"这是中国历史上最有生气,活泼爱美,美的成就极高的一个时代","这两方面的美——自然美和人格美,同时被魏晋人发现","这唯美的人生态度还表现于两点:一是把玩'现在',在刹那的现量的生活里求极量的丰富和充实,不为着将来或过去而放弃现在价值的体味和创造","二则美的价值是寄于过程的本身,不在于外在的目的,所谓'无所为而为'的态度"。哲学家冯友兰先生曾以"玄心""洞见""妙赏""深情"概括魏晋风度,其中"妙赏"主要就是指审美,而"玄心""洞见"与"深情"也少不了审美意识与审美活动的参与。

通过探究可以发现,《红楼梦》非常认同《庄子》以及魏晋风度中审美的人生态度,以审美情怀超越世俗功利的追逐,这是一种大气度、高格调,塑造了《红楼梦》非同凡响的境界与品位。

【文本选讲】

　　天地生人,除大仁大恶两种,余者皆无大异。若大仁者,则应运而生,大恶者,则应劫而生。运生世治,劫生世危。尧、舜、禹、汤、文、武、周、召、孔、孟、董、韩、周、程、张、朱,皆应运而生者。蚩尤、共工、桀、纣、始皇、王莽、曹操、桓温、安禄山、秦桧等,皆应劫而生者。大仁者,修治天下;大恶者,挠乱天下。清明灵秀,天地之正气,仁者之所秉也;残忍乖僻,天地之邪气,恶者之所秉也。今当运隆祚永之朝,太平无为之世,清明灵秀之气所秉者,上至朝廷,下及草野,比比皆是。所余之秀气,漫无所归,遂为甘露,为和风,洽然溉及四海。彼残忍乖僻之邪气,不能荡溢于光天化日之中,遂凝结充塞于深沟大壑之内,偶因风荡,或被云催,略有摇动感发之意,一丝半缕误而泄出者,偶值灵秀之气适过,正不容邪,邪复妒正,两不相下,亦如风水雷电,地中既遇,既不能消,又不能让,必至搏击掀发后始尽。故其气亦必赋人,发泄一尽始散。使男女偶秉此气而生者,在上则不能成仁人君子,下亦不能为大凶大恶。置之于万万人中,其聪俊灵秀之气,则在万万人之上;其乖僻邪谬不近人情之态,又在万万人之下。若生于公侯富贵之家,则为情痴情种;若生于诗书清贫之族,则为逸士高人;纵再偶生于薄祚寒门,断不能为走卒健仆,甘遭庸人驱制驾驭,必为奇优名倡。如前代之许由、陶潜、阮籍、嵇康、刘伶、王谢二族、顾虎头、陈后主、唐明皇、宋徽宗、刘庭芝、温飞卿、米南宫、石曼卿、柳耆卿、秦少游,近日之倪云林、唐伯虎、祝枝山、再如李龟年、黄幡绰、敬新磨、卓文君、红拂、薛涛、崔莺、朝云之流,此皆易地则同之人也。(第二回)

宝玉是哪种类型的"正邪两赋"之人？

《红楼梦》在很大程度上受到魏晋风度的影响。第二回说到正邪两赋之人，共提到三种类型：生于公侯富贵之家，则为情痴情种；生于诗书清贫之族，则为逸士高人；生于薄祚寒门，必为奇优名倡。很明显，宝玉属于第一种。《红楼梦》列举第一种的代表人物是"阮籍、嵇康、刘伶、王谢二族、顾虎头、陈后主、唐明皇、宋徽宗"，除了三位帝王外，全是魏晋名士。另外，三种正邪两赋之人虽然身份地位不同，却有一个共同的特点：都有较高的艺术造诣，有较强的审美创造力与鉴赏力。魏晋时代也正可以说是一个极富艺术精神与审美情怀的时代。

> 歌音未息，早见那边走出一个美人来，蹁跹袅娜，与凡人大不相同。有赋为证：方离柳坞，乍出花房。但行处，鸟惊庭树；将到时，影度回廊。仙袂乍飘兮，闻麝兰之馥郁；荷衣欲动兮，听环佩之铿锵。靥笑春桃兮，云髻堆翠；唇绽樱颗兮，榴齿含香。纤腰之楚楚兮，回风舞雪；耀珠翠之的的兮，鸭绿鹅黄。出没花间兮，宜嗔宜喜；徘徊池上兮，若飞若扬。蛾眉欲颦兮，将言而未语；莲步乍移兮，待止而欲行。羡美人之良质兮，冰清玉润；慕美人之华服兮，闪烁文章。爱美人之容貌兮，香培玉篆；比美人之态度兮，凤翥龙翔。其素若何，春梅绽雪；其洁若何，秋蕙披霜。其静若何，松生空谷；其艳若何，霞映澄塘。其文若何，龙游曲沼；其神若何，月射寒江。远惭西子，近愧王嫱。生于孰地？降自何方？若非宴罢归来，瑶池不二；定应吹箫引去，紫府无双者也。
>
> 宝玉见是一个仙姑，喜的忙来作揖，笑问道："神仙姐姐，不知从那里来，如今要往那里去？也不知这里是何处，望乞携带携带。"（第五回）

《红楼梦》中为什么用一段颇长的赋描绘警幻仙子出场？

鲁迅先生在《中国小说的历史变迁》中曾指出："自从《红楼梦》出现以后，传统的思想和写法都打破了。"《红楼梦》在思想上和艺术上都有不少创新，打破明清小说写作模式之处甚多。以人物出场为例，许多明清小说往往以诗词韵文的套语对人物进行描绘，《红楼梦》在人物出场时很少运用这种模式，但也有少数例外。如此处警幻仙子出场，便用了一段颇长的赋加以描绘。而且，诚如蔡义江先生在《红楼梦诗词曲赋鉴赏》一书中所指出的，这首赋从曹植的《洛神赋》中取意的地方甚多。如"云髻堆翠""回风舞雪""若飞若扬""将言而未语""待止而欲行"等等，即曹植所写"云髻峨峨""飘飘兮若流风之回雪""若将飞而未翔""含辞未吐""动无常则，若危若安；进止难期，若往若还"。像这样取喻相同的地方还不少。因此，蔡义江先生认为："显然，作者是有意使人联想到曹子建梦宓妃事，所以作这样的模拟。"魏晋风度对《红楼梦》的影响在此又可见一斑。

> 众人皆无别话，不过至晚安歇而已。独有宝玉一心凄楚，回至园中，猛然见池上

芙蓉，想起小丫鬟说晴雯作了芙蓉之神，不觉又喜欢起来，乃看着芙蓉嗟叹了一会。忽又想起死后并未到灵前一祭，如今何不在芙蓉前一祭，岂不尽了礼，比俗人去灵前祭吊又更觉别致。想毕，便欲行礼。忽又止住道："虽如此，亦不可太草率，也须得衣冠整齐，奠仪周备，方为诚敬。"想了一想，"如今若学那世俗之奠礼，断然不可，竟也还别开生面，另立排场，风流奇异，于世无涉，方不负我二人之为人。况且古人有云：'潢污行潦，苹蘩蕴藻之贱，可以羞王公，荐鬼神。'原不在物之贵贱，全在心之诚敬而已。此其一也。二则诔文挽词也须另出己见，自放手眼，亦不可蹈袭前人的套头，填写几字搪塞耳目之文，亦必须洒泪泣血，一字一咽，一句一啼，宁使文不足悲有余，万不可尚文藻而反失悲戚。况且古人多有微词，非自我今作俑也。奈今人全惑于功名二字，尚古之风一洗皆尽，恐不合时宜，于功名有碍之故。我又不希罕那功名，不为世人观阅称赞，何必不远师楚人之《大言》《招魂》《离骚》《九辩》《枯树》《问难》《秋水》《大人先生传》等法，或杂参单句，或偶成短联，或用实典，或设譬寓，随意所之，信笔而去，喜则以文为戏，悲则以言志痛，辞达意尽为止，何必若世俗之拘拘于方寸之间哉。"

（第七十八回）

《芙蓉诔》的用典有何特点？

晴雯死后，宝玉为她写了《芙蓉诔》，这是《红楼梦》中最长的一篇小说中人物所创作的文学作品，篇幅还超过了林妹妹的《葬花辞》与《秋风秋雨夕》。《红楼梦》中明确指出，此篇诔文有意效法了阮籍的《大人先生传》，而且，此篇诔文中，"梳化龙飞"典出《晋书·陶侃传》：陶侃悬梭于壁，化龙飞去；"怨笛"典出《晋书·向秀传》：向秀跟嵇康、吕安很友好，后嵇、吕被杀，向秀一次经过两个人的旧居，听见邻人吹笛，音调哀怨，向秀非常伤感，写了一篇《思旧赋》；"梓泽默默余衷"用石崇绿珠事，《晋书·石崇传》："崇有妓曰绿珠，美而艳，善吹笛。孙秀使人求之，崇勃然曰：'绿珠吾所爱，不可得也！'秀怒，矫诏收崇。崇正宴于楼上，介士到门，崇谓绿珠曰：'我今为尔得罪！'绿珠泣曰：'当效死于君前。'因自投于楼下而死。"石崇有别馆在河阳的金谷，一名梓泽，诔文中意谓如石崇悼念绿珠般悼念晴雯。第六十四回中，黛玉《五美吟》中也有一首咏绿珠。魏晋风度对《红楼梦》的影响在此又可见一斑。

　　且说宝玉正和宝钗顽笑，忽见人说："史大姑娘来了。"宝玉听了，抬身就走。宝钗笑道："等着，咱们两个一齐走，瞧瞧他去。"说着，下了炕，同宝玉一齐来至贾母这边。只见史湘云大笑大说的，见他两个来，忙问好厮见。（第二十回）

　　次日天明时，便披衣靸鞋往黛玉房中来，不见紫鹃、翠缕二人，只见他姊妹两个尚卧在衾内。那林黛玉严严密密裹着一幅杏子红绫被，安稳合目而睡。那史湘云却一把青丝拖于枕畔，被只齐胸，一弯雪白的膀子撂于被外，又带着两个金镯子。（第二十一回）

次日午间，王夫人、薛宝钗、林黛玉众姊妹正在贾母房内坐着，就有人回："史大姑娘来了。"一时果见史湘云带领众多丫鬟媳妇走进院来。宝钗、黛玉等忙迎至阶下相见。青年姊妹间经月不见，一旦相逢，其亲密自不必细说，一时进入房中，请安问好，都见过了。贾母因说："天热，把外头的衣服脱脱罢。"史湘云忙起身宽衣。王夫人因笑道："也没见穿上这些作什么？"史湘云笑道："都是二婶婶叫穿的，谁愿意穿这些。"宝钗一旁笑道："姨娘不知道，他穿衣裳还更爱穿别人的衣裳。可记得旧年三四月里，他在这里住着，把宝兄弟的袍子穿上，靴子也穿上，额子也勒上，猛一瞧倒象是宝兄弟，就是多两个坠子。他站在那椅子后边，哄的老太太只是叫：'宝玉，你过来，仔细那上头挂的灯穗子招下灰来迷了眼。'他只是笑，也不过去。后来大家撑不住笑了，老太太才笑了，说'倒扮上男人好看了'。"林黛玉道："这算什么。惟有前年正月里接了他来，住了没两日就下起雪来，老太太和舅母那日想是才拜了影回来，老太太的一个新新的大红猩猩毡斗篷放在那里，谁知眼错不见他就披了，又大又长，他就拿了个汗巾子拦腰系上，和丫头们在后院子扑雪人儿去，一跤栽到沟跟前，弄了一身泥水。"（第三十一回）

众人听了，越发哄然大笑，前仰后合。只听"咕咚"一声响，不知什么倒了，急忙看时，原来是湘云伏在椅子背儿上，那椅子原不曾放稳，被他全身伏着背子大笑，他又不提防，两下里错了劲，向东一歪，连人带椅都歪倒了，幸有板壁挡住，不曾落地。众人一见，越发笑个不住。（第四十二回）

那史湘云又是极爱说话的，那里禁得起香菱又请教他谈诗，越发高了兴，没昼没夜高谈阔论起来。宝钗因笑道："我实在聒噪的受不得了。一个女孩儿家，只管拿着诗作正经事讲起来，叫有学问的人听了，反笑话说不守本分的。一个香菱没闹清，偏又添了你这么个话口袋子，满嘴里说的是什么：怎么是杜工部之沈郁，韦苏州之淡雅，又怎么是温八叉之绮靡，李义山之隐僻。放着两个现成的诗家不知道，提那些死人做什么！"湘云听了，忙笑问道："是那两个？好姐姐，你告诉我。"宝钗笑道："呆香菱之心苦，疯湘云之话多。"湘云香菱听了，都笑起来。（第四十八回）

一时史湘云来了，穿着贾母与他的一件貂鼠脑袋面子大毛黑灰鼠里子里外发烧大褂子，头上带着一顶挖云鹅黄片金里大红猩猩毡昭君套，又围着大貂鼠风领。黛玉先笑道："你们瞧瞧，孙行者来了。他一般的也拿着雪褂子，故意装出个小骚达子来。"湘云笑道："你们瞧瞧我里头打扮的。"一面说，一面脱了褂子。只见他里头穿着一件半新的靠色三镶领袖秋香色盘金五色绣龙窄褃小袖掩衿银鼠短袄，里面短短的一件水红装缎狐肷褶子，腰里紧紧束着一条蝴蝶结子长穗五色宫绦，脚下也穿着鹿皮小靴，越显的蜂腰猿背，鹤势螂形。众人都笑道："偏他只爱打扮成个小子的样儿，原比他打扮女儿更俏丽了些。"

史湘云便悄和宝玉计较道："有新鲜鹿肉，不如咱们要一块，自己拿了园里弄着，又顽又吃。"宝玉听了,巴不得一声儿,便真和凤姐要了一块,命婆子送入园去。一时大家散后,进园齐往芦雪广来,听李纨出题限韵,独不见湘云宝玉二人。黛玉道:"他两个再到不了一处,若到一处,生出多少故事来。这会子一定算计那块鹿肉去了。"正说着,只见李婶也走来看热闹,因问李纨道:"怎么一个带玉的哥儿和那一个挂金麒麟的姐儿,那样干净清秀,又不少吃的,他两个在那里商议着要吃生肉呢,说的有来有去的。我只不信肉也生吃得的。"众人听了,都笑道:"了不得,快拿了他两个来。"黛玉笑道:"这可是云丫头闹的,我的卦再不错。"

李纨等忙出来找着他两个说道:"你们两个要吃生的,我送你们到老太太那里吃去。那怕吃一只生鹿,撑病了不与我相干。这么大雪,怪冷的,替我作祸呢。"宝玉笑道:"没有的事,我们烧着吃呢。"李纨道:"这还罢了。"只见老婆子们拿了铁炉、铁叉来,李纨道:"仔细割了手,不许哭!"说着,同探春进去了。

凤姐打发了平儿来回复不能来,为发放年例正忙。湘云见了平儿,那里肯放。平儿也是个好顽的,素日跟着凤姐儿无所不至,见如此有趣,乐得玩笑,因而褪去手上的镯子,三个围着火炉儿,便要先烧三块吃。那边宝钗黛玉平素看惯了,不以为异,宝琴等及李婶深为罕事。

探春与李纨等已议定了题韵。探春笑道:"你闻闻,香气这里都闻见了,我也吃去。"说着,也找了他们来。李纨也随来说:"客已齐了,你们还吃不够?"湘云一面吃,一面说道:"我吃这个方爱吃酒,吃了酒才有诗。若不是这鹿肉,今儿断不能作诗。"说着,只见宝琴披着凫靥裘站在那里笑。湘云笑道:"傻子,过来尝尝。"宝琴笑说:"怪脏的。"宝钗道:"你尝尝去,好吃的。你林姐姐弱,吃了不消化,不然他也爱吃。"宝琴听了,便过去吃了一块,果然好吃,便也吃起来。一时凤姐儿打发小丫头来叫平儿。平儿说:"史姑娘拉着我呢,你先走罢。"小丫头去了。一时只见凤姐也披了斗篷走来,笑道:"吃这样好东西,也不告诉我!"说着也凑着一处吃起来。黛玉笑道:"那里找这一群花子去! 罢了,罢了,今日芦雪广遭劫,生生被云丫头作践了。我为芦雪广一大哭!"湘云冷笑道:"你知道什么!'是真名士自风流',你们都是假清高,最可厌的。我们这会子腥膻大吃大嚼,回来却是锦心绣口。"(第四十九回)

湘云伏着已笑软了。众人看他三人对抢,也都不顾作诗,看着也只是笑。黛玉还推他往下联,又道:"你也有才尽之时。我听听还有什么舌根嚼了!"湘云只伏在宝钗怀里,笑个不住。宝钗推他起来道:"你有本事,把'二萧'的韵全用完了,我才伏你。"湘云起身笑道:"我也不是作诗,竟是抢命呢。"

众人笑道:"倒是你说罢。"探春早已料定没有自己联的了,便早写出来,因说:"还没收住呢。"李纨听了,接过来便联了一句道:"欲志今朝乐",李绮收了一句道:"凭诗祝舜尧"。李纨道:"够了,够了。虽没作完了韵,剩的字若生扭用了,倒不好了。"说着,大家来细细评论一回,独湘云的多,都笑道:"这都是那块鹿肉的功劳。"

湘云笑道:"我编了一枝《点绛唇》,恰是俗物,你们猜猜。"说着便念道:"溪壑分离,红尘游戏,真何趣?名利犹虚,后事终难继。"众人不解,想了半日,也有猜是和尚的,也有猜是道士的,也有猜是偶戏人的。宝玉笑了半日,道:"都不是,我猜着了,一定是耍的猴儿。"湘云笑道:"正是这个了。"众人道:"前头都好,末后一句怎么解?"湘云道:"那一个耍的猴子不是剁了尾巴去的?"众人听了,都笑起来,说:"他编个谜儿也是刁钻古怪的。"(第五十回)

一时湘云赢了宝玉,袭人赢了平儿,尤氏赢了鸳鸯,三个人限酒底酒面,湘云便说:"酒面要一句古文,一句旧诗,一句骨牌名,一句曲牌名,还要一句时宪书上的话,共总凑成一句话。酒底要关人事的果菜名。"众人听了,都笑说:"惟有他的令也比人唠叨,倒也有意思。"

湘云的拳却输了,请酒面酒底。宝琴笑道:"请君入瓮。"大家笑起来,说:"这个典用的当。"湘云便说道:"奔腾而砰湃,江间波浪兼天涌,须要铁锁缆孤舟,既遇着一江风,不宜出行。"说的众人都笑了,说:"好个诌断了肠子的。怪道他出这个令,故意惹人笑。"又听他说酒底。湘云吃了酒,拣了一块鸭肉呷口,忽见碗内有半个鸭头,遂拣了出来吃脑子。众人催他:"别只顾吃,到底快说了。"湘云便用箸子举着说道:"这鸭头不是那丫头,头上那讨桂花油。"

正说着,只见一个小丫头笑嘻嘻的走来:"姑娘们快瞧云姑娘去,吃醉了图凉快,在山子后头一块青板石凳上睡着了。"众人听说,都笑道:"快别吵嚷。"说着,都走来看时,果见湘云卧于山石僻处一个石凳子上,业经香梦沉酣,四面芍药花飞了一身,满头脸衣襟上皆是红香散乱,手中的扇子在地下,也半被落花埋了,一群蜂蝶闹穰穰的围着他,又用鲛帕包了一包芍药花瓣枕着。众人看了,又是爱,又是笑,忙上来推唤挽扶。湘云口内犹作睡语说酒令,唧唧嘟嘟说:"泉香而酒冽,玉碗盛来琥珀光,直饮到梅梢月上,醉扶归,却为宜会亲友。"众人笑推他,说道:"快醒醒儿吃饭去,这潮凳上还睡出病来呢。"(第六十二回)

《红楼梦》中谁最有魏晋风度的神韵?

《红楼梦》中不仅运用了不少魏晋风度的典故出处,还通过湘云的言谈举止及其个性特点体现魏晋风度的神韵。《晋书》中对魏晋风度的概括有"宽简有大量""少有器量,介然不群",《红楼梦》第五回贾宝玉神游太虚幻境时,描述史湘云的《乐中悲》曲子便有"幸生来英豪阔大宽宏量,从未将儿女私情,略萦心上。好一似霁月光风耀玉堂"。《晋书》中对魏晋风度的概括有"人以为龙章凤姿,天质自然",即集男性美与女性美为一体,同时又自然天成,毫无作态。《红楼梦》中对史湘云的女扮男装之美不止一处浓墨重彩地加以描绘,如第三十一回:"可记得旧年三四月里,他在这里住着,把宝兄弟的袍子穿上,靴子也穿上,额子也勒上,猛一瞧倒象是宝兄弟,就是多两个坠子。他站在那椅子后边,哄的老太太只是叫:'宝玉,你过来,仔细那上头挂的灯穗子招下灰来迷了眼。'他只是笑，也不过去。后来大家撑不住笑了，老太太才笑了，说'倒扮上男人好看了'。"又如第四十九回："一时史湘云来了，穿着贾母与他的一件貂鼠脑袋面子大毛黑灰鼠里子里外发烧大褂子，头上带着一顶挖云鹅黄片金里大红猩猩毡昭君套，又围着大貂鼠风领。黛玉先笑道：'你们瞧瞧，孙行者来了。他一般的也拿着雪褂子，故意装出个小骚达子来。'湘云笑道：'你们瞧瞧我里头打扮的。'一面说，一面脱了褂子。只见他里头穿着一件半新的靠色三镶领袖秋香色盘金五色绣龙窄裉小袖掩衿银鼠短袄，里面短短的一件水红装缎狐肷褶子，腰里紧紧束着一条蝴蝶结子长穗五色宫绦，脚下也穿着鹿皮小靴，越显的蜂腰猿背，鹤势螂形。众人都笑道：'偏他只爱打扮成个小子的样儿，原比他打扮女儿更俏丽了些。'"《晋书》中对魏晋风度的概括有"志气宏放，傲然独得，任性不羁""当其得意，忽忘形骸""远迈不群""土木形骸，不自藻饰""放情肆志""任纵不拘小节"，这在湘云身上更是有多处体现：她一出场就是"大笑大说"；为香菱说诗又是那么酣畅淋漓；听到黛玉的打趣话居然"伏在椅子背儿上，那椅子原不曾放稳，被他全身伏着背子大笑，他又不提防，两下里错了劲，向东一歪，连人带椅都歪倒了，幸有板壁挡住，不曾落地"；吃烤鹿肉后大展联诗之才以及醉眠芍药裀的佳话以"当其得意，忽忘形骸""土木形骸，不自藻饰""任纵不拘小节"来形容真是再恰当不过。当然，如果只是"放情肆志"，而无"美词气，有风仪"的才情与"以天地为一朝，万期为须臾，日月为扃牖，八荒为庭衢。行无辙迹，居无室庐，幕天席地，纵意所如"的心量，那绝不是魏晋风度，而这样的才情与心量都是湘云所具备的，于是她的真率、豪爽、不拘小节便都成了"是真名士自风流"的诠释与佐证。

宝玉等会意，因同秦钟出来，带着小厮们各处游顽。凡庄农动用之物皆不曾见过。宝玉一见了锹、镢、锄、犁等物，皆以为奇，不知何项所使，其名为何。小厮从傍一一的告诉了名色，说明原委。宝玉听了，因点头叹道："怪道古人诗上说：'谁知盘中餐，粒粒皆辛苦'，正为此也。"一面说，一面又至一间房前，只见炕上有个纺车。宝玉又问小厮们："这又是什么？"小厮们又告诉他原委。宝玉听说，便上来拧转作耍，自为有趣。只见一个约有十七八岁的村庄丫头跑了来乱嚷："别动坏了！"众小厮忙断喝拦阻。宝玉忙丢开手，陪笑说道："我因为没见过这个，所以试他一试。"那丫头道："你们那里会弄这个。站开了，我纺与你瞧。"秦钟暗拉宝玉笑道："此卿大有意趣。"宝玉一把推开，笑道："该死的，再胡说，我就打了。"说着，只见那丫头纺起线来。宝玉正要说话时，只听那边老婆子叫道："二丫头，快过来。"那丫头听见，丢下纺车，一迳去了。宝玉怅然无趣。只见凤姐儿打发人来叫他两个进去。凤姐洗了手，换衣服抖灰，问他们换不换。宝玉不换，只得罢了。家下仆妇们将带着行路的茶壶、茶杯、十锦屉盒各样小食端来，凤姐等吃过茶，待他们收拾完备，便起身上车。外面旺儿预备下赏封，赏了本村主人。庄妇等来叩赏，凤姐并不在意，宝玉却留心看时，内中并无二丫头。一时，上了车出来，走不多远，只见迎头二丫头怀里抱着他小兄弟，同着几个小女孩子说笑

而来。宝玉恨不得下车跟了他去,料是众人不依的,少不得以目相送。争奈车轻马快,一时展眼无踪。(**第十五回**)

话说宝玉来至院外,就有跟贾政的几个小厮上来拦腰抱住,都说:"今儿亏我们,老爷才喜欢,老太太打发人出来问了几遍,都亏我们回说喜欢;不然,若老太太叫你进去,就不得展才了。人人都说,你才那些诗比世人的都强。今儿得了这样的彩头,该赏我们了。"宝玉笑道:"每人一吊钱。"众人道:"谁没见那一吊钱! 把这荷包赏了罢。"说着,一个上来解荷包,那一个解扇囊,不容分说,将宝玉所佩之物尽行解去。又道:"好生送上去罢。"一个抱了起来,几个围绕,送至贾母二门前。那时贾母已命人看了几次。众奶娘丫鬟跟上,见过贾母。知不曾难为着他,心中自是欢喜。(**第十八回**)

宝玉道:"我过那里去?"袭人冷笑道:"你问我,我知道! 你爱往那里去,就往那里去。从今咱们两个丢开手,省得鸡声鹅斗,叫别人笑。横竖那边腻了,过来这边又有个什么四儿五儿伏侍。我们这起东西,可是白玷辱了好名好姓的。"宝玉笑道:"你今儿还记着呢!"袭人道:"一百年还记着! 比不得你拿着我的话当耳傍风,夜里说了,早起就忘了。"宝玉见他娇嗔满面,情不可禁,便向枕边拿起一根玉簪来,一跌两段,说道:"我再不听你说,就同这个一样。"袭人忙的拾了簪子,说道:"大清早起,这是何苦来! 听不听什么要紧,也值得这种样子。"宝玉道:"你那里知道我心里急。"袭人笑道:"你也知道着急么,可知道我心里怎么样。快起来洗脸去罢。"说着,二人方起来梳洗。(**第二十一回**)

丫头们方进来时,忽有人来回话:"傅二爷家的两个嬷嬷来请安,来见二爷。"宝玉听说,便知是通判傅试家的嬷嬷来了。那傅试原是贾政的门生,历年来都赖贾家的名势得意,贾政也着实看待,故与别个门生不同。他那里常遣人来走动。宝玉素昔最厌愚男蠢妇的,今日却如何又命这两个婆子过来? 其中原来有个原故:只因那宝玉闻得傅试有个妹子,名唤傅秋芳,也是个琼闺秀玉,常有人传说,才貌俱全。虽自未亲睹,然遐思遥爱之心十分诚敬,不命他们进来,恐薄了傅秋芳;因此,连忙命让进来。

宝玉又只顾和婆子说话,一面吃饭,一伸手去要汤。两个人的眼睛都看着人,不想伸猛了手,便将碗碰翻,将汤泼了宝玉手上。玉钏儿倒不曾烫着,唬了一跳,忙笑了,"这是怎么说!"慌的丫头们忙上来接碗。宝玉自己烫了手倒不觉的,却只管问玉钏儿烫了那里了,痛不痛。玉钏儿和众人都笑了。玉钏儿道:"你自己烫了,只管问我。"宝玉听说,方觉自己烫了。众人上来连忙收拾。宝玉也不吃饭了,洗手吃茶。又和那两个婆子说了两句话,然后两个婆子告辞出去。晴雯等送至桥边方回。那两个婆子见没人了,一行走,一行谈论。这一个笑道:"怪道有人说他们家宝玉是外像好里头胡涂,中看不中吃的;果然有些呆气。他自己烫了手,倒问人疼不疼,这可不是个呆子?"那一个又笑道:"我前一回来,听见他谈论,家里许多人抱怨,千真万真的有些呆气。大雨淋的水鸡似的,他反告诉别人:'下雨了,快避雨去罢。'你说可笑不可笑! 时常没人在跟前，就自哭自笑的；看见燕子，就和燕子说话；河里看见了鱼，就和鱼说话；见了星星月亮，不是长吁短叹，就是咕咕哝哝的。且连一点刚性也没有，连那些毛丫头的气都受的。爱惜东西，连个线头儿都是好的；糟蹋起来，那怕值千值万的都不管了。"两个人一面说，一面走出园来，辞别诸人回去。不在话下。（第三十五回）

且说宝玉自进园来，心满意足，再无别项可生贪求之心。每日只和姊妹丫头们一处，或读书，或写字，或弹琴下棋，作画吟诗，以至描鸾刺凤，斗草簪花，低吟悄唱，拆字猜枚，无所不至，倒也十分快乐。他曾有几首即事诗，虽不算好，却是真情真景，略记几首云：

春 夜 即 事

霞绡云幄任铺陈，隔巷蟆更听未真。

枕上轻寒窗外雨，眼前春色梦中人。

盈盈烛泪因谁泣，点点花愁为我嗔。

自是小鬟娇懒惯，拥衾不耐笑言频。

夏 夜 即 事

倦绣佳人幽梦长，金笼鹦鹉唤茶汤。

窗明麝月开宫镜，室霭檀云品御香。

琥珀杯倾荷露滑，玻璃槛纳柳风凉。

水亭处处齐纨动，帘卷朱楼罢晚妆。

秋 夜 即 事

绛芸轩里绝喧哗，桂魄流光浸茜纱。

苔锁石纹容睡鹤，井飘桐露湿栖鸦。

抱衾婢至舒金凤，倚槛人归落翠花。

静夜不眠因酒渴，沉烟重拨索烹茶。

冬 夜 即 事

梅魂竹梦已三更，锦罽鹴衾睡未成。

松影一庭惟见鹤，梨花满地不闻莺。

女儿翠袖诗怀冷，公子金貂酒力轻。

却喜侍儿知试茗，扫将新雪及时烹。

因这几首诗，当时有一等势利人，见荣府十二三岁的公子作的，录出来各处称颂；再有一等轻浮子弟，爱上那风骚妖艳之句，也写在扇头壁上，不时吟哦赏赞，因此竟有人来寻诗觅字，倩画求题的。（第二十三回）

宝玉道："你出去说，我知道了，难为他想着。你便把花儿送到我屋里去就是了。"

一面说，一面同翠墨往秋爽斋来。只见宝钗、黛玉、迎春、惜春已都在那里了。众人见他进来，都笑说："又来了一个。"探春笑道："我不算俗，偶然起个念头，写了几个帖儿试一试，谁知一招皆到。"宝玉笑道："可惜迟了，早该起个社的。"黛玉说道："你们只管起社，可别算上我。我是不敢的。"迎春笑道："你不敢，谁还敢呢。"宝玉道："这是一件正经大事，大家鼓舞起来，不要你谦我让的。各有主意，自管说出来，大家平章。宝姐姐也出个主意，林妹妹也说个话儿。"（第三十七回）

那刘姥姥那里见过这般行事，忙换了衣裳出来，坐在贾母榻前，又搜寻些话出来说。彼时宝玉姊妹们也都在这里坐着。他们何曾听见过这些话，自觉比那些瞽目先生说的书还好听。那刘姥姥虽是个村野人，却生来的有些见识；况且年纪老了，世情上经历过的。见头一个贾母高兴，第二见这些哥儿姐儿们都爱听，便没了说的也编出些话来讲。因说道："我们村庄上种地种菜，每年每日，春夏秋冬，风里雨里，那里有个坐着的空儿，天天都是在那地头子上作歇马凉亭，什么奇奇怪怪的事不见呢。就像去年冬天，接连下了几天雪，地下压了三四尺深。我那日起的早，还没出房门，只听外头柴草响。我想着必定是有人偷柴草来了。我爬着窗眼儿一瞧，却不是我们村庄上的人。"贾母道："必定是过路的客人们冷了，见现成的柴，抽些烤火去也是有的。"刘姥姥笑道："也并不是客人，所以说来奇怪。老寿星当个什么人？原来是一个十七八岁的极标致的一个小姑娘，梳着溜油光的头，穿着大红袄儿，白绫裙儿——"才说到这里，忽听外面人吵嚷起来，又说："不相干的，别吓着老太太。"贾母等听了，忙问："怎么了？"丫鬟回说："南院马棚里走了水。不相干，已经救下去了。"贾母最胆小的，听了这话，忙起身扶了人，出至廊上来瞧，只见东南上火光犹亮。贾母唬的口内念佛，忙命人去火神跟前烧香。王夫人等也忙过来请安，又回说："已经下去了，老太太请进房去罢。"贾母足的看着火光熄了，方领众人进来。宝玉且忙着问刘姥姥："那女孩儿大雪地里作什么抽柴草？倘或冻出病来呢？"贾母道："都是才说抽柴草，惹出火来了，你还问呢。别说这个了，再说别的罢。"宝玉听说，心里虽不乐，也只得罢了。

一时散了，背地里宝玉足的拉了刘姥姥细问那女孩儿是谁。刘姥姥只得编了告诉他道："那原是我们庄北沿地埂子上有一个小祠堂里供的，不是神佛，当先有个什么老爷——"说着，又想名姓。宝玉道："不拘什么名姓，你不必想了，只说原故就是了。"刘姥姥道："这老爷没有儿子，只有一位小姐，名叫茗玉。小姐知书识字，老爷太太爱如珍宝。可惜这茗玉小姐生到十七岁，一病死了。"宝玉听了，跌足叹息，又问后来怎么样。刘姥姥道："因为老爷太太思念不尽，便盖了这祠堂，塑了这茗玉小姐的像，派了人烧香拨火。如今日久年深的，人也没了，庙也烂了，那像就成了精。"宝玉忙道："不是成精，规矩这样人是虽死不死的。"刘姥姥道："阿弥陀佛！原来如此。不是哥儿说，我们都当他成精。他时常变了人出来各村庄店道上闲逛。我才说这抽柴火的就是他了。我们村庄上的人还商议着，要打了这塑像，平了庙呢。"宝玉忙道："快别如此。若平了庙，罪过不小。"刘姥姥道："幸亏哥儿告诉我。我明儿回去，拦住他们就是了。"宝玉道："我们老太太，太太都是善人，合家大小都好善喜舍，最爱修庙塑神的。我明儿做一个疏头，替你化些布施，你就做香头，攒了钱，把这庙修盖，再装潢了泥像，每月给你香火钱烧香，岂不好？"刘姥姥道："若这样，我托那小姐的福，也有几个钱使了。"宝玉又问他地名庄名，来往远近，坐落何方。刘姥姥便顺口胡诌了出来。宝玉信以为真，回至房中，盘算了一夜。次日一早，便出来给了茗烟几百钱，按着刘姥姥说的方向地名，着茗烟去先踏看明白，回来再作主意。那茗烟去后，宝玉左等也不来，右等也不来，急的热锅上的蚂蚁一般。好容易等到日落，方见茗烟兴兴头头的回来。宝玉忙问："可有庙了？"茗烟笑道："爷听的不明白，叫我好找。那地名坐落，不似爷说的一样，所以找了一日，找到东北上田埂子上才有一个破庙。"宝玉听说，喜的眉开眼笑，忙说道："刘姥姥有年纪的人，一时错记了，也是有的。你且说你见的。"茗烟道："那庙门却倒是朝南开，也是稀破的。我找的正没好气，一见这个，我说'可好了'，连忙进去。一看泥胎，唬的我跑出来了，活似真的一般。"宝玉喜的笑道："他能变化人了，自然有些生气。"茗烟拍手道："那里有什么女孩儿，竟是一位青脸红发的瘟神爷。"（第三十九回）

原来宝玉心里有件私事，于头一日就吩咐茗烟："明日一早要出门，备下两匹马在后门口等着，不要别一个跟着。说给李贵，我往北府里去了。倘或要有人找我，叫他拦住不用找，只说北府里留下了，横竖就来的。"茗烟也摸不着头脑，只得依言说了。今儿一早，果然备了两匹马，在园子后门等着。天亮了，只见宝玉遍体纯素，从角门出来，一语不发，跨上马，一弯腰，顺着街就下去了。茗烟也只得跨马加鞭赶上，在后面忙问："往那里去？"宝玉道："这条路是往那里去的？"茗烟道："这是出北门的大道。出去了，冷清清没有可顽的。"宝玉听说，点头道："正要冷清清的地方好。"说着，率性加了两鞭，那马早已转了两个弯子，出了城门。茗烟越发不得主意，只得紧紧跟着。一气跑了七八里路出来，人烟渐渐稀少，宝玉方勒住马，回头问茗烟道："这里可有卖香的？"茗烟道："香倒有，不知是那一样？"宝玉想道："别的香不好，须得檀芸降三样。"茗烟笑道："这三样可难得。"宝玉为难。茗烟见他为难，因问道："要香作什么使？我见二爷时常小荷包里有散香，何不找一找？"一句话提醒了宝玉，便回手从衣襟下掏出一个荷包来，摸了一摸，竟有两星沉速，心内欢喜，只是不恭些。再想，自己亲身带的，倒比买的又好些。于是又问炉炭。茗烟道："这可罢了。荒郊野外，那里有！用这些，何不早说，带了来岂不便宜。"宝玉道："糊涂东西！若可带了来，又不这样没命的跑了。"茗烟想了半日，笑道："我得了个主意，不知二爷心下如何。我想二爷不止用这个呢，只怕还要用别的。这也不是事。如今我们往前再走二里地，就是水仙庵。"宝玉听了，忙问："水仙庵就在这里？更好了，我们就去。"说着，就加鞭前行。一面回头向茗烟道："这水仙庵的姑子长往咱们家去。咱们这一去到那里，和他借香炉使使，他自然是肯的。"茗烟道:"别说他是咱们家的香火,就是平白不认识的庙里,和他借,他也不敢驳回。只是一件,我常见二爷最厌这水仙庵的,如何今儿又这样喜欢了?"宝玉道:"我素日因恨俗人不知原故,混供神,混盖庙。这都是当日有钱的老公们和那些有钱的愚妇们,听见有个神,就盖起庙来供着,也不知那神是何人。因听些野史小说,便信真了,比如这水仙庵里面,因供的是洛神,故名水仙庵。殊不知古来并没有个洛神,那原是曹子建的谎话。谁知这起愚人就塑了像供着。今儿却合我的心事,故借他一用。"说着,早已来到门前。那老姑子见宝玉来了,事出意外,就像天上掉下个活龙来的一般,忙上来问好,命老道来接马。宝玉进去,也不拜洛神之像,却只管赏鉴。虽是泥塑的,却真有"翩若惊鸿,婉若游龙"之态,"荷出绿波,日映朝霞"之姿。宝玉不觉滴下泪来。老姑子献了茶,宝玉因和他借香炉。那姑子去了半日,连香供纸马都预备了来。宝玉道:"一概不用。"便命茗烟捧着炉,出至后院中,拣一块干净地方儿,竟拣不出来。茗烟道:"那井台儿上如何?"宝玉点头。一齐来至井台上,将炉放下,茗烟站过一边。宝玉掏出香来焚上,含泪施了半礼,回身命收了去。茗烟答应着,且不收,忙爬下磕了几个头,口内祝道:"我茗烟跟二爷这几年,二爷的心事我没有不知道的。只有今儿这一祭祀,没有告诉我,我也不敢问。只是这受祭的阴魂,虽不知名姓,想来自然是那人间有一,天上无双,极聪明极俊雅的一位姐姐妹妹了。二爷的心事,不能出口,让我代祝:若芳魂有感,香魄多情,虽然阴阳间隔,既是知己之间,时常来望候二爷,未尝不可。你在阴间,保佑二爷来生也变个女孩儿,和你们一处相伴,再不可又托生这须眉浊物了。"说毕,又磕几个头,才爬起来。(第四十三回)

宝玉便让平儿到怡红院中来。袭人忙接着,笑道:"我先要让你的,只因大奶奶和姑娘们都让你,我就不好让的了。"平儿也陪笑说"多谢"。因又说道:"好好儿的,从那里说起,无缘无故白受了一场气。"袭人笑道:"二奶奶素日待你好,这不过是一时气急了。"平儿道:"二奶奶倒没说的,只是那个淫妇治我,他又偏拿我凑趣儿。还有我们那糊涂爷倒打我。"说着,便又委屈,禁不住落泪。宝玉忙劝道:"好姐姐,别伤心,我替他们两个赔个不是罢。"平儿笑道:"与你什么相干?"宝玉笑道:"我们弟兄姊妹都一样,他们得罪了人,我替他赔个不是,也是应该的。"又道:"可惜这新衣裳也沾了。这里有你花妹妹的衣裳,何不换了下来,拿些烧酒喷了熨一熨。把头也另梳一梳。"一面说,一面便吩咐小丫头子们舀洗脸水,烧熨斗来。平儿素昔只闻人说宝玉专能和女孩儿们接交。宝玉素日因平儿是贾琏的爱妾,又是凤姐的心腹,故不肯和他厮近,因不能尽心,也常为恨事。平儿今见他这般,心中也暗暗的敁敠,果然话不虚传,色色想的周到。又见袭人特特的开了箱子,拿出两件不大穿的衣裳来与他换,便赶忙的脱下自己的衣服,忙去洗了脸。宝玉一傍笑劝道:"姐姐还该擦上些脂粉,不然,倒像是和凤姐姐赌气子似的;况且又是他的好日子,而且老太太又打发了人来安慰你。"平儿听了有理,便去找粉,只不见粉。宝玉忙走至妆台前,将一个宣窑磁盒揭开,里面盛着一排十根玉簪花棒,拈了一根,递与平儿,又笑向他道:"这不是铅粉。这是紫茉莉花种,研碎了,兑上香料制的。"平儿倒在掌上看时,果见轻白红香,四样俱美;摊在面上,也容易匀净,且能润泽肌肤,不似别的粉青重涩滞。随后看见胭脂也不是成张的,却是一个小小的白玉盒子,里面盛着一盒,如玫瑰膏子一样。宝玉笑道:"那市卖的胭脂都不干净,颜色也薄。这是上好的胭脂,拧出汁子来,淘澄净了渣滓,配了花露蒸叠成的。只用细簪子挑一点儿抹在手心里,用一点水化开,抹在唇上,手心里剩的就够打颊腮了。"平儿依言妆饰,果见鲜艳异常,且又甜香满颊。宝玉又将盆内的一枝并蒂秋蕙用竹剪刀撷了下来,与他簪在鬓上。忽见李纨打发丫头来唤他,方忙忙的去了。宝玉因自来从未在平儿跟前尽过心,——且平儿又是个极聪明极清俊的上等女孩儿,比不得那起俗蠢拙物,——深为恨怨。今日是金钏儿的生日,故一日不乐。不想落后闹出这件事来,竟得在平儿前稍尽片心,亦今生意中不想之乐也。因歪在床上,心内怡然自得。忽又思及贾琏惟知以淫乐悦己,并不知作养脂粉。又思平儿并无父母兄弟姊妹,独自一人,供应贾琏夫妇二人,贾琏之俗,凤姐之威,他竟能周全妥帖,今日还遭荼毒,想来此人薄命,比黛玉尤甚。想到此间,便又伤感起来,不觉洒然泪下。因见袭人等不在房中,尽力落了几点痛泪。复起身,又见方才的衣裳上喷的酒已半干,便拿熨斗熨了叠好;见他手帕子忘去,上面犹有泪渍,又在脸盆中洗了晾上。(第四十四回)

于是又击鼓。便从贾政传起,可巧传至宝玉鼓止。宝玉因贾政在坐,自是踧踏不安,花偏又在他手内,因想:"说笑话倘或不发笑,又说没口才,连一笑话不能说,何况别的,这有不是;若说好了,又说正经的不会,只惯油嘴贫舌,更有不是。不如不说的好。"乃起身辞道:"我不能说笑话,求再限别的罢了。"贾政道:"既这样,限一个'秋'字,就即景做一首诗。若好,便赏你;若不好,明日仔细。"贾母忙道:"好好的行令,如何又要作诗了?"贾政道:"他能的。"贾母听说:"既这样,就作。"命人取了纸笔来。贾政道:"只不许用那些冰玉晶银彩光明素等样堆砌字眼,要另出己见,试试你这几年的情思。"宝玉听了,碰在心坎上,遂立想了四句,向纸上写了,呈与贾政看。道是……贾政看了,点头不语。贾母见这般,知无甚大不好,便问:"怎么样?"贾政因欲贾母喜悦,便说:"难为他。只是不肯念书,到底词句不雅。"贾母道:"这就罢了。他能多大,定要他做才不成!这就该奖励他,以后越发上心了。"贾政道:"正是。"因回头命个老嬷嬷出去,吩咐书房内的小厮:"把我海南带来的扇子取两把给他。"宝玉忙拜谢,仍复归座行令。(第七十五回)

宝玉此时亦无法,只得忙忙的前来。果然贾政在那里吃茶,十分喜悦。宝玉忙行了省晨之礼。贾环贾兰二人也都见过宝玉。贾政命坐吃茶,向环兰二人道:"宝玉读书不如你两个,论题联和诗这种聪明,你们皆不及他。今日此去,未免强你们作诗,宝玉须得便助他们两个。"王夫人等自来不曾听见这等考语,真是意外之喜。(第七十七回)

　　说话之间,只见宝玉等已回来,因说他父亲还未散,恐天黑了,所以先叫我们回来了。王夫人忙问:"今日可曾丢了丑?"宝玉笑道:"不但不丢丑,拐了许多东西来。"接着,就有老婆子们从二门上小厮手内接了东西来。王夫人一看时,只见扇子三把,扇坠三个,笔墨共六匣,香珠三串,玉绦环三个。宝玉说道:"这是梅翰林送的,那是杨侍郎送的,这是李员外送的,每人一分。"说着,又向怀中取出一个旃檀香的小护身佛来,说:"这是庆国公单给我的。"王夫人又问在席何人,作何诗词等语毕,只将宝玉一分令人拿着,同宝玉环兰前来见过贾母。贾母看了,喜欢不尽,不免又问些话。

　　因又问宝玉怎么样。众人道:"二爷细心镂刻,定又是风流悲感,不同此等的了。"宝玉笑道:"这个题目似不称近体,须得古体,或歌或行长篇一首方能恳切。"众人听了,都立身点头拍手道:"我说他立意不同。每一题到手,必先度其体格宜与不宜,这便是老手妙法,就如裁衣一般,未下剪时,须度其身量。这题目名曰'姽婳词',且既有了序,必是长篇歌行方合体的。或拟温八叉'击瓯歌',或拟白乐天'长恨歌',或拟古词,半叙半咏,流利飘逸,始能尽妙。"贾政听说,也合了主意,遂自提笔向纸上要写,又向宝玉笑道:"如此你念,我写。不好了,我捶你那肉。谁许你先大言不惭了。"

　　宝玉听了,垂头想了一想,说了一句道:"不系明珠系宝刀。"忙问:"这一句可还使得?"众人拍案叫绝。贾政写了看着,笑道:"且放着,再续。"

　　念毕,众人都大赞不止。又都从头看了一遍。贾政笑道:"虽然说了几句,到底不大恳切。"(第七十八回)

何为"意淫"? 宝玉有着怎样的审美情怀?

　　很多人会对宝玉的"意淫"望文生义,理解为意念中的性幻想,于是宝玉的"意淫"不仅"淫",还"猥琐",甚至还不如真小人之"淫"的痛快直截,反而还平添了有色心没色胆的怯懦。

　　果真如此吗?《红楼梦》中明确写到宝玉的性幻想只有一处,即看到宝钗雪白的臂膀后想要"摸一摸"。和淫魔色鬼们的"淫"比起来,宝玉的这种性幻想只能说是"小儿科"——而且《红楼梦》中宝玉与异性的亲密接触多被写成小儿的天真无邪,如他爱吃女孩子嘴上的胭脂;如他"坐在床沿上,褪了鞋等靴子穿的工夫,回头见鸳鸯穿着水红绫子袄儿,青缎子背心,束着白绉绸汗巾儿,脸向那边低着头看针线,脖子上戴着花领子。宝玉便把脸凑在他脖项上,闻那香油气,不住用手摩挲,其白腻不在袭人之下……一面说着,一面扭股糖似的粘在身上"(第二十四回);又如他"扯着凤姐儿,扭股儿糖似的只是厮缠"(第二十二回);他和丫鬟在一起洗澡,但晴雯曾说"碧痕打发你洗澡,足有两三个时辰,也不知道做什么呢。我们也不好进去。后来洗完了,进去瞧瞧,地下的水,淹着床腿子,连席子上都汪着水。也不知是怎么洗的。笑了几天。我也没工夫收拾水,你也不用和我一块儿洗"(第三十一回),有几个人会认为这不是小儿的嬉戏而是成人的"秘戏"呢? 芳官曾经与宝玉同榻而眠,但宝玉想到的却是:"我竟也不知道了。若知道,给你脸上抹些黑墨"(第六十三回),这不分明也是小儿心性吗?

既然"意淫"不是意念之淫,那么,宝玉为什么对那么多的女孩子顾盼生情?除了前面所说,宝玉对黛玉有"知己"之爱的爱情,对众多女孩子有体贴关爱的友情,他和女孩子们"好",有很多时候还是出于对女孩子们的"审美"之情。

老作家端木蕻良曾为宝玉的"意淫"找到了"滥觞"之处,那就是阮籍对待女性与众不同的态度:

> 阮公邻家妇有美色,当垆酤酒。阮与王安丰常从妇饮酒,阮醉,便眠其妇侧。夫始殊疑之,伺察,终无他意。
>
> 阮籍嫂尝还家,籍见与别。或讥之。籍曰:"礼岂为我辈设也?"
>
> 兵家女有才色,未嫁而死。籍不识其父兄,径往哭之,尽哀而还。其外坦荡而内淳至,皆此类也。

醉卧于漂亮的酒店老板娘身边却又"终无他意";因欣赏嫂嫂而不惧打破"叔嫂不通问"的礼法;尽管素不相识,却为有才色而早夭的兵家女一掬同情之泪,这些举止用世俗的眼光是难以理解的,但如果我们对庄子审美的人生态度有所体会,就不难看出,深受庄子影响的阮籍其实是以审美的态度而不是功利的方式对待这些女性。正如宗白华先生所说:"美的价值是寄于过程的本身,不在于外在的目的,所谓'无所为而为'的态度",阮籍醉卧于酒店老板娘身边并没有什么不堪的动机,只是对老板娘的单纯审美,对嫂嫂、兵家女亦是持这种"无所为而为"的超功利的审美态度。

如前所述,《红楼梦》深受魏晋风度的影响。第二回把"正邪两赋"之人分为三类——"若生于公侯富贵之家,则为情痴情种;若生于诗书清贫之族,则为逸士高人;纵再偶生于薄祚寒门,断不能为走卒健仆,甘遭庸人驱制驾驭,亦必为奇优名倡。"其中,主人公贾宝玉正属于"生于公侯富贵之家,则为情痴情种"一类,而这一类人中,《红楼梦》列举的人物几乎全是魏晋人物,如阮籍、嵇康、刘伶、王谢二族、顾虎头等;蔡义江先生曾指出,第五回警幻仙子出场的一段描写模拟了曹植之赋;第七十八回《芙蓉诔》模拟了阮籍之文;贾宝玉兰麝香薰中不生邪念与阮籍醉卧当垆美女身畔何其相类,史湘云之"是真名士自风流"甚得魏晋风度之神韵……"是真名士自风流"出自明代洪应明的《菜根谭》,原文乃"唯大英雄能本色,是真名士自风流",可谓对魏晋风度的绝佳写照。《红楼梦》中不仅让湘云引用了"是真名士自风流",其实也暗示了"唯大英雄能本色":湘云曾经将贾母分给自己的伶人葵官改名为"韦大英",这正是"唯大英"的谐音。

《红楼梦》中,警幻仙子对宝玉的"意淫"作了这样一番描述:"淫虽一理,意则有别。如世之好淫者,不过悦容貌,喜歌舞,调笑无厌,云雨无时,恨不能天下之美女供我片时之趣兴,此皆皮肤滥淫之蠢物耳。如尔则天分中生成一段痴情,吾辈推之为'意淫'。惟'意淫'二字,可心会而不可口传,可神通而不能语达。汝今独得此二字,在闺阁中,固可为良友,然于世道中未免迂阔怪诡,百口嘲谤,万目睚眦。"根据神仙姐姐的描述,"意淫"不是出于肉体欲望、感官享受的"皮肤滥淫",而是出于精神追求的"痴情"。

魏晋时期,"情"与"痴"是很有文化内涵的两个关键词。"情"比较好理解,主要是指深情与真情,《晋书》《世说新语》对此有大量记载。而所谓"痴",正如周汝昌先生在《红楼梦与中华文化》中所指出的那样,从文化内涵来讲,"痴"的对立面不是如字书所说的"慧",而是"俗常世情"。清代张潮《幽梦影》中说:"曰'痴'、曰'愚'、曰'拙'、曰'狂',皆非好字面,而人每乐居之。"为什么?不正是因为"痴"的对立面可以是"俗常世情",自谦为"痴"正是自誉为"不俗"吗?

而《红楼梦》中的"痴情"也有"不俗之情"的意义,这一点神仙姐姐说得很清楚:"在闺阁中,固可为良友,然于世道中未免迂阔怪诡,百口嘲谤,万目睚眦。"宝玉的痴情之所以为世俗所不容,正是因为其不俗。

"意淫"是一种"痴情",而宝玉的"痴情"很多时候其实也正如深受庄子影响的阮籍那样,是以审美的态度对待女性。

搬进大观园之后,尽管《红楼梦》中说他与女孩子们"无所不至",而且写下了不少"风骚妖艳"之句,但所谓的"无所不至"不是放情肆志无底线,而不过是"或读书,或写字,或弹琴下棋,作画吟诗,以至描鸾刺凤,斗草簪花,低吟悄唱,拆字猜枚"等文艺活动与游戏;所谓的"风骚妖艳"之句也并非对女性的轻薄与玩弄,而是对"小鬟"之"笑言"、"倦绣佳人"之"幽梦"、"抱衾婢"之"至"、"倚槛人"之"归"、"女儿"之"诗怀"、"侍儿"之"试茗"的欣赏与品味,是审美行为而非流连声色的沉沦。

对于素未谋面的傅秋芳,他"遐思遥爱之心十分诚敬",虽然"素昔最厌愚男蠢妇的",却又命傅家的两个婆子过来,其个中因由是傅秋芳"也是个琼闺秀玉,常有人传说,才貌俱全","不命他们进来,恐薄了傅秋芳"。所谓的"遐思遥爱",当然不是功利性的贪求,而是审美性的"诚敬":若只是垂涎傅秋芳的美貌,宝玉早就向傅家提亲了,而且以他在贾府中的身份地位,根本不用求,倒是傅试通判能攀上这样一个亲而求之不得呢。

傅秋芳虽然素未谋面,但毕竟还是宝玉现实生活中真实的人物。至于那个雪里抽柴的小女孩,不过是刘姥姥编出来哄老太太和公子小姐们开心的,他也无比关心,又是追问:"那女孩儿大雪地里作什么抽柴草?倘或冻出病来呢?"又是"闷闷的心中筹划";又是"跌足叹息";又是对刘姥姥说:"不是成精,规矩这样人是虽死不死的","若平了庙,罪过不小","我明儿做一个疏头,替你化些布施,你就做香头,攒了钱,把这庙修盖,再装潢了泥像,每月给你香火钱烧香,岂不好?";又是打听"地名庄名,来往远近,坐落何方";又是派茗烟到处找这女孩子的庙,而当茗烟说那神像"活似真的一般"时,他又"喜的笑道:'他能变化人了,自然有些生气。'"……他如此热切地体贴赞美一个子虚乌有的女孩子,自然不是为了得到什么实际的好处,而只是把这个子虚乌有的女孩子当成了自己心目中一个美的化身。

同样的,尽管他因"恨俗人不知原故,混供神,混盖庙。这都是当日有钱的老公们和那些有钱的愚妇们,听见有个神,就盖起庙来供着,也不知那神是何人。因听些野史小说,便信真了"而"最厌这水仙庵的",但为了祭拜金钏儿而借水仙庵一用时,他"也不拜洛神之像,却只管赏鉴。虽是泥塑的，却真有'翩若惊鸿，婉若游龙'之态，'荷出绿波，日映朝霞'之姿。宝玉不觉滴下泪来"。他明明认为"比如这水仙庵里面，因供的是洛神，故名水仙庵。殊不知古来并没有个洛神，那原是曹子建的谎话。谁知这起愚人就塑了像供着"，却又"只管赏鉴"，所谓"赏鉴"，不正是审美吗？宝玉在水仙庵中祭拜的并不是洛神的泥像，甚至不是金钏儿的亡灵，他祭拜的是美之本身以及美的脆弱、美的凋零。此时，洛神与金钏儿又成了宝玉心目中美的化身。

再看看平儿理妆时宝玉的表现。他又是替贾琏与凤姐向平儿赔罪，又是让平儿替换上袭人的衣服，又是"吩咐小丫头子们舀洗脸水，烧熨斗来"，又是拿出名贵的化妆品并亲自讲解化妆品的具体用法，还"将盆内的一枝并蒂秋蕙用竹剪刀撷了下来，与他簪在鬓上"。虽然劳心劳力，却居然视为"今生意中不想之乐也"，"因歪在床上，心内怡然自得"。乐自何来？为何"怡然自得"？《红楼梦》中说得很清楚："宝玉因自来从未在平儿跟前尽过心，——且平儿又是个极聪明极清俊的上等女孩儿，比不得那起俗蠢拙物，——深为恨怨。今日是金钏儿的生日，故一日不乐。不想落后闹出这件事来，竟得在平儿前稍尽片心，亦今生意中不想之乐也。"原来，他欣赏平儿的"极聪明极清俊"之美，所谓"今生意中不想之乐也"与"怡然自得"也正具有审美愉悦的特点：不是因功利目的得以实现而有快感，而是在审美过程中获得内心的满足。从功利的角度来看，他得到了什么呢？不仅没有得到什么，而且还有不少付出。但从审美的角度来看，宝玉的"今生意中不想之乐也"与"怡然自得"就不难理解了。

明白了宝玉对众女儿的审美情怀，我们才能理解，看到一个不客气呵斥自己的村姑二丫头，宝玉不仅不以为忤，而且还对二丫头的野性美自然美投注了欣赏的目光；宝玉为什么"每每甘心为诸丫鬟充役"？除了他的平等意识外，还有一个很重要的原因是她们往往都有可供"审美"之处：晴雯的风流灵巧，袭人的温柔和顺，紫鹃的情深意重，平儿的乖觉善良，芳官的率真可爱，鸳鸯的果决明快，香菱的娇憨朴诚，甚至还可包括小红的口才，莺儿的巧手，龄官的唱功……用世俗功利的眼光来看，宝玉是"有些痴病"的，殊不知宝玉在以审美态度对待女性的过程中获得了多少愉悦与幸福啊，因为，"审美在审美中便满足了"，不需要功利的占有与身心的损耗。

不仅仅以审美的态度对待女性，如前所述，《红楼梦》在描述"正邪两赋"之人时把宝玉归在"生于公侯富贵之家，则为情痴情种"一类，这类人中大部分都是魏晋名士，也都因受到庄子的极大影响而有着审美的人生态度；宝玉被嘲为"富贵闲人""无事忙"，但我们可以看出他闲的是对世俗功利的追求，忙的却是审美性的艺术活动——"或读书，或写字，或弹琴下棋，作画吟诗，以至描鸾刺凤，斗草簪花，低吟悄唱，拆字猜枚，无所不至，倒也十分快乐"（第二十二回）；宝玉出场时的韵文描他"潦倒不通世务，愚顽怕读文章"，但连贾政都称赞宝玉在题诗作对方面颇有"才情"，为贾兰贾环所不及，而宝玉的这些"才情"不也正是审美方面的才能吗？总之，宝玉之所以能够以审美的态度对待女性，不是空穴来风，而是有着相应的才情基础。当探春倡议起诗社时，他把这样的文艺沙龙称为"一件正经大事"，虽然在诗社中他屡屡"落第"，但那是《红楼梦》"为闺阁昭传"的一种方式，宝玉在男权社会社交圈的文艺活动中其实是多次大展雄才的：

大观园题对额,小厮们称:"人人都说,你才那些诗比世人的都强";中秋行酒令,贾政让宝玉作诗,贾母唯恐宝玉为难,贾政说:"他能的",并在宝玉作诗后奖赏了宝玉;宝玉向贾政行晨定之礼,当时贾兰贾环也在座,贾政居然说:"宝玉读书不如你两个,论题联和诗这种聪明,你们皆不及他。"这是王夫人等从未听闻之"考语";贾政携宝玉与兰环三人赴宴,席间免不了要考较诗词,当王夫人等在宝玉回来之后问及"今日可曾丢了丑",宝玉笑道:"不但不丢丑,拐了许多东西来。"贾母听了"喜欢不尽";尤其是,对宝玉一向严厉的贾政让宝玉吟出《姽婳词》时简直就是一个慈父的形象,宝玉念一句他写一句,尽管向清客相公们谦称:"虽然说了几句,到底不大恳切",但对宝玉诗才的欣赏还是很明显的。更不用说座中其他人不断称奇道妙,拍案叫绝了。

总之,宝玉有着审美创造与审美欣赏的才情,不仅以审美的态度对待女性,而且还将生活艺术化,较多体现出《庄子》与魏晋风度所看重的审美情怀。

【经典链接】

方今之时,仅免刑焉。(《庄子·人间世》)

今世殊死者相枕也,桁杨者相推也,刑戮者相望也。(《庄子·在宥》)

今处昏上乱相之间,而欲无惫,奚可得邪?(《庄子·山木》)

天下为沈浊,不可与庄语。(《庄子·天下》)

"回闻卫君,其年壮,其行独,轻用其国,而不见其过;轻用民死,死者以国量。"

仲尼曰:"嘻!若殆往而刑耳!夫道不欲杂,杂则多,多则扰,扰则忧,忧而不救。古之至人,先存诸己而后存诸人。所存于己者未定,何暇至于暴人之所行?且若亦知夫德之所荡,而知之所为出乎哉?德荡乎名,知出乎争。名也者,相轧也;知也者,争之器也。二者凶器,非所以尽行也。且德厚信矼,未达人气,名闻不争,未达人心。而强以仁义绳墨之言术暴人之前者,是以人恶有其美也,命之曰灾人。灾人者,人必反灾之,若殆为人灾夫!且苟为悦贤而恶不肖,恶用而求有以异?若唯无诏,王公必将乘人而斗其捷。而目将荧之,而色将平之,口将营之,容将形之,心且成之。是以火救火,以水救水,名之曰益多。顺始无穷,若殆以不信厚言,必死于暴人之前矣!且昔者桀杀关龙逢,纣杀王子比干,是皆修其身以下伛拊人之民,以下拂其上者也;故其君因其修以挤之;是好名者也。昔者尧攻丛枝、胥敖,禹攻有扈,国为虚厉,身为刑戮;其用兵不止,其求实无已;是皆求名实者也。而独不闻之乎?名实者,圣人之所不能胜也,而况若乎?虽然,若必有以也,尝以语我来!"颜回曰:"端而虚,勉而一,则可乎?"曰:"恶!恶可!夫以阳为充孔扬,采色不定,常人之所不违,因案人之所感,以求容与其心。名之曰日渐之德不成,而况大德乎?将执而不化,外合而内不訾,其庸讵可乎?"

仲尼曰:"……是以夫事其亲者,不择地而安之,孝之至也;夫事其君者,不择事而安之,忠之盛也;自事其心者,哀乐不易施乎前,知其不可奈何而安之若命,德之至也。为人臣子者,固有所不得已。行事之情而忘其身,何暇至于悦生而恶死?"(《庄子·

人间世》）

知不可奈何而安之若命，唯有德者能之。游于羿之彀中，中央者，中地也；然而不中者，命也。人以其全足笑吾不全足者多矣，我怫然而怒；而适先生之所，则废然而反。（《庄子·德充符》）

鲁哀公问于仲尼曰："卫有恶人焉，曰哀骀它。丈夫与之处者，思而不能去也；妇人见之，请于父母曰：'与为人妻，宁为夫子之妾'者，十数而未止也。未尝闻有其唱者也，常和人而已矣。无君人之位以济乎人之死，无聚禄以望人之腹；又以恶骇天下，和而不唱，知不出乎四域，且而雌雄合乎前。是必有异乎人者也。寡人召而观之，果以恶骇天下。与寡人处，不至以月数，而寡人有意乎其为人也；不至乎期年，而寡人信之。国无宰，寡人传国焉。闷然而后应，泛然而若辞。寡人丑乎，卒授之国。无几何也，去寡人而行。寡人恤焉，若有亡也，若无与乐是国也。是何人者也？"

闉跂、支离、无脤说卫灵公，灵公说之；而视全人，其脰肩肩。瓮㼜大瘿说齐桓公，桓公说之；而视全人，其脰肩肩。故德有所长而形有所忘，人不忘其所忘而忘其所不忘，此谓诚忘。

惠子谓庄子曰："人故无情乎？"庄子曰："然！"惠子曰："人而无情，何以谓之人？"庄子曰："道与之貌，天与之形，恶得不谓之人？"惠子曰："既谓之人，恶得无情？"庄子曰："是非吾所谓情也。吾所谓无情者，言人之不以好恶内伤其身，常因自然，而不益生也。"惠子曰："不益生，何以有其身？"庄子曰："道与之貌，天与之形，无以好恶内伤其身。今子外乎子之神，劳乎子之精，倚树而吟，据槁梧而瞑。天选子之形，子以坚白鸣！"（《庄子·德充符》）

恶欲喜怒哀乐六者，累德也。（《庄子·庚桑楚》）

意仁义其非人情乎！彼仁人何其多忧也？（《庄子·骈拇》）

昔尧之治天下也，使天下欣欣焉人乐其性，是不恬也；桀之治天下也，使天下瘁瘁焉人苦其性，是不愉也。夫不恬不愉，非德也。（《庄子·在宥》）

且夫失性有五：一曰五色乱目，使目不明；二曰五声乱耳，使耳不聪；三曰五臭熏鼻，困惾中颡；四曰五味浊口，使口厉爽；五曰趣舍滑心，使性飞扬。（《庄子·天地》）

圣人之静也，非曰静也善，故静也；万物无足以铙心者，故静也。水静则明烛须眉，平中准，大匠取法焉。水静犹明，而况精神！圣人之心静乎？天地之鉴也，万物之镜也。夫虚静、恬淡、寂漠、无为者，天地之平而道德之至，故帝王、圣人休焉。休则虚，虚则实，实者伦矣。虚则静，静则动，动则得矣。静则无为，无为也，则任事者责矣。无为则俞俞，俞俞者，忧患不能处，年寿长矣。夫虚静、恬淡、寂漠、无为者，万物之本也。

故知天乐者，无天怨，无人非，无物累，无鬼责。故曰："其动也天，其静也地，一心定而王天下;其魄不祟,其魂不疲,一心定而万物服。"言以虚静推于天地,通于万物,此之谓天乐。天乐者,圣人之心,以畜天下也。

静而圣,动而王,无为也而尊,朴素而天下莫能与之争美。(《庄子·天道》)

若夫不刻意而高,无仁义而修,无功名而治,无江海而闲,不道引而寿,无不忘也,无不有也,澹然无极而众美从之。此天地之道,圣人之德也。故曰:夫恬惔寂漠,虚无无为,此天地之平而道德之质也。故曰,圣人休焉。休则平易矣,平易则恬惔矣。平易恬惔,则忧患不能入,邪气不能袭,其德全而神不亏。

虚无恬惔,乃合天德。故曰,悲乐者,德之邪;喜怒者,道之过;好恶者,德之失。故心不忧乐,德之至也;一而不变,静之至也;无所于忤,虚之至也;不与物交,惔之至也;无所于逆,粹之至也。故曰:形劳而不休则弊,精用而不已则劳,劳则竭。水之性,不杂则清,莫动则平;郁而不流,亦不能清;天德之象也。故曰:纯粹而不杂,静一而不变,惔而无为,动而以天行,此养神之道也。(《庄子·刻意》)

古之所谓隐士者,非伏其身而弗见也,非闭其言而不出也,非藏其知而不发也,时命大谬也。当时命而大行乎天下,则反一无迹;不当时命而大穷乎天下,则深根宁极而待;此存身之道也。(《庄子·缮性》)

夫天下之所尊者,富贵寿善也;所乐者,身安厚味美服好色音声也;所下者,贫贱夭恶也;所苦者,身不得安逸,口不得厚味,形不得美服,目不得好色,耳不得音声。若不得者,则大忧以惧,其为形也亦愚哉!夫富者,苦身疾作,多积财而不得尽用,其为形也亦外矣。夫贵者,夜以继日,思虑善否,其为形也亦疏矣。(《庄子·至乐》)

天地有大美而不言,四时有明法而不议,万物有成理而不说。圣人者,原天地之美而达万物之理,是故至人无为,大圣不作,观于天地之谓也。

山林与,皋壤与,使我欣欣然而乐与!乐未毕也,哀又继之。哀乐之来,吾不能御,其去弗能止。悲夫,世人直为物逆旅耳!夫知遇而不知所不遇,知能能而不能所不能。无知无能者,固人之所不免也。夫务免乎人之所不免者,岂不亦悲哉!(《庄子·知北游》)

彻志之勃,解心之谬,去德之累,达道之塞,贵富显严名利六者,勃志也。容动色理气意六者,谬心也。恶欲喜怒哀乐六者,累德也。去就取与知能六者,塞道也。此四六者,不荡胸中则正,正则静,静则明,明则虚,虚则无为而无不为也。(《庄子·庚桑楚》)

虎豹之文来田,猨狙之便、执斄之狗来藉。(《庄子·应帝王》)

山木自寇也,膏火自煎也。桂可食,故伐之;漆可用,故割之。(《庄子·人间世》)

夫弓弩、毕弋、机变之知多,则鸟乱于上矣;钩饵、罔罟、罾笱之知多,则鱼乱于水矣;削格、罗络、罝罦之知多,则兽乱于泽矣;知诈、渐毒、颉滑、坚白、解垢、同异之变

多,则俗惑于辩矣。(《庄子·胠箧》)

巧者劳而智者忧。(《庄子·列御寇》)

为圃者忿然作色,而笑曰:“吾闻之吾师:有机械者,必有机事;有机事者,必有机心。机心存于胸中,则纯白不备;纯白不备,则神生不定;神生不定者,道之所不载也。吾非不知,羞而不为也!”

故形非道不生,生非德不明。存形穷生,立德明道,非王德者邪?荡荡乎,忽然出,勃然动,而万物从之乎。此之谓王德之人。(《庄子·天地》)

庄子与惠子游于濠梁之上。庄子曰:“儵鱼出游从容,是鱼之乐也。”惠子曰:“子非鱼,安知鱼之乐?”庄子曰:“子非我,安知我不知鱼之乐?”惠子曰:“我非子,固不知子矣;子固非鱼也,子之不知鱼之乐,全矣。”庄子曰:“请循其本。子曰‘汝安知鱼乐’云者,既已知吾知之而问我,我知之濠上也。”(《庄子·秋水》)

天地与我并生,而万物与我为一。(《庄子·齐物论》)

处乎不淫之度,而藏乎无端之纪,游乎万物之所终始,壹其性,养其气,合其德,以通乎万物之所造。(《庄子·达生》)

人之生,气之聚也;聚则为生,散则为死。若死生为徒,吾又何患?故万物一也,是其所美者为神奇,其所恶者为臭腐;臭腐复化为神奇,神奇复化为臭腐。故曰:“通天下一气耳。圣人故贵一。”(《庄子·知北游》)

民湿寝则腰疾偏死,鳅然乎哉?木处则惴栗恂惧,猨猴然乎哉?三者孰知正处?民食刍豢,麋鹿食荐,蝍蛆甘带,鸱鸦耆鼠,四者孰知正味?猨猵狙以为雌,麋与鹿交,鳅与鱼游。毛嫱丽姬,人之所美也;鱼见之深入,鸟见之高飞,麋鹿见之决骤,四者孰知天下之正色哉?(《庄子·齐物论》)

梁丽可以冲城,而不可以窒穴,言殊器也;骐骥骅骝,一日而驰千里,捕鼠不如狸狌,言殊技也;鸱鸺夜撮蚤,察毫末,昼出瞋目而不见丘山,言殊性也。故曰,盖师是而无非,师治而无乱乎?是未明天地之理、万物之情者也。是犹师天而无地,师阴而无阳,其不可行明矣。然且语而不舍,非愚则诬也。帝王殊禅,三代殊继。差其时、逆其俗者,谓之篡夫;当其时、顺其俗者,谓之义徒。(《庄子·秋水》)

四时殊气,天不赐,故岁成;五官殊职,君不私,故国治;文武殊材,大人不赐,故德备;万物殊理,道不私,故无名。无名故无为,无为而无不为。时有终始,世有变化。祸福淳淳,至有所拂者,而有所宜;自殉殊面,有所正者,有所差。(《庄子·则阳》)

故圣人之用兵也,亡国而不失人心;利泽施乎万世,不为爱人。故乐通物,非圣人也;有亲,非仁也;天时,非贤也;利害不通,非君子也;行名失己,非士也;亡身不真,非役人也。若狐不偕、务光、伯夷、叔齐、箕子、胥余、纪他、申徒狄,是役人之役,适人之适,而不自适其适者也。(《庄子·大宗师》)

吾所谓臧者,非所谓仁义之谓也,任其性命之情而已矣;吾所谓聪者,非谓其闻彼也，自闻而已矣；吾所谓明者，非谓其见彼也，自见而已矣。夫不自见而见彼、不自得而得彼者，是得人之得、而不自得其得者也，适人之适、而不自适其适者也。夫适人之适、而不自适其适，虽盗跖与伯夷，是同为淫僻也。余愧乎道德，是以上不敢为仁义之操，而下不敢为淫僻之行也。（《庄子·骈拇》）

昔者海鸟止于鲁郊，鲁侯御而觞之于庙，奏九韶以为乐，具太牢以为膳。鸟乃眩视忧悲，不敢食一脔，不敢饮一杯，三日而死。此以己养养鸟也，非以鸟养养鸟也。夫以鸟养养鸟者，宜栖之深林，游之坛陆，浮之江湖，食之鳅鲦，随行列而止，委蛇而处。彼唯人言之恶闻，奚以夫谯谯为乎！咸池九韶之乐，张之洞庭之野，鸟闻之而飞，兽闻之而走，鱼闻之而下入，人卒闻之，相与还而观之。鱼处水而生，人处水而死，彼必相与异，其好恶故异也。故先圣不一其能，不同其事，名止于实，义设于适，是之谓条达而福持。（《庄子·至乐》）

昔者有鸟止于鲁郊，鲁君说之，为具太牢以飨之，奏九韶以乐之，鸟乃始忧悲眩视，不敢饮食。此之谓以己养养鸟也。若夫以鸟养养鸟者，宜栖之以深林，游之以平陆，浮之以江湖，食之以鳅鲦，委蛇而处而已矣。（《庄子·达生》）

以道观言，而天下之君正；以道观分，而君臣之义明；以道观能，而天下之官治；以道泛观，而万物之应备。（《庄子·天地》）

以道观之，物无贵贱；以物观之，自贵而相贱；以俗观之，贵贱不在己。以差观之，因其所大而大之，则万物莫不大；因其所小而小之，则万物莫不小，知天地之为稊米也，知豪末之为丘山也，则差数等矣。以功观之，因其所有而有之，则万物莫不有；因其所无而无之，则万物莫不无；知东西之相反而不可以相无，则功分定矣。以趣观之，因其所然而然之，则万物莫不然；因其所非而非之，则万物莫不非；知尧舜之自然而相非，则趣操睹矣。昔者尧舜让而帝，之哙让而绝；汤武争而王，白公争而灭。由此观之，争让之礼，尧桀之行，贵贱有时，未可以为常也。（《庄子·秋水》）

孔子见老聃，老聃新沐，方将被发而干，慹然似非人。孔子便而待之，少焉见，曰："丘也眩与，其信然与？向者先生形体掘若槁木，似遗物离人，而立于独也。"老聃曰："吾游心于物之初。"孔子曰："何谓邪？"曰："心困焉而不能知，口辟焉而不能言，尝为汝议乎其将：至阴肃肃，至阳赫赫；肃肃出乎天，赫赫发乎地；两者交通成和，而物生焉。或为之纪，而莫见其形；消息满虚，一晦一明，日改月化，日有所为，而莫见其功。生有所乎萌，死有所乎归，始终相反乎无端，而莫知其所穷。非是也，且孰为之宗？"孔子曰："请问游是。"老聃曰："夫得是，至美至乐也，得至美而游乎至乐，谓之至人。"（《庄子·田子方》）

东郭子问于庄子曰："所谓道，恶乎在？"庄子曰："无所不在。"东郭子曰："期而后可。"庄子曰："在蝼蚁。"曰："何其下邪？"曰："在稊稗。"曰："何其愈下邪？"曰："在瓦甓。"曰："何其愈甚邪？"曰："在屎溺。"（《庄子·知北游》）

超越性促成了《庄子》与《红楼梦》中的审美生成

《庄子》里并不看重对具体审美属性、活动、过程、体验等的考察探讨,而是在人生态度、价值立场、精神境界等更高层面、更重要问题中对审美在人生中的作用与意义进行了深入的揭示。《庄子》无意于探讨美学,却又在其人生论、价值论、境界论中涉及许多重要的美学命题。

《庄子》中的人生态度既是出世的,又是入世的。然而,出世的一面在魏晋以后被大大强调了。这里有着复杂的社会历史原因,不是本文要讨论的,此处不赘。需要看到的是,《庄子》中表现出现实精神与超越精神的和谐统一。一方面,《庄子》对现实有着非常清醒的认识,敏锐地看到"方今之时,仅免刑焉"(《人间世》);"今世殊死者相枕也,桁杨者相推也,刑戮者相望也"(《在宥》);"今处昏上乱相之间,而欲无惫,奚可得邪?"(《山木》),还沉痛地看到"天下为沈浊,不可与庄语"(《天下》);统治者们"轻用民死""其德天杀",以理抗争不仅会使进谏者"殆往而刑耳",而且进谏者即使付出生命的代价也不能实现救世的目的,甚至还会因统治者的猜忌与逆反心理而使得暴政愈演愈烈,形成"以火救火,以水救水"的"益多"局面(《人间世》)。另一方面,《庄子》并不逃避这样苦难深重的现实,因为其深刻地认识到,逃避是不可能的,现实社会中的人们犹如"游于羿之彀中",都处在苦难的"射程"之内,没被苦难"射中"只是"命也"。对于现实,《庄子》中的真实态度不是要逃避,而是要平静地面对:"哀乐不易施乎前,知其不可奈何而安之若命",有了这样的平静面对才能更好地担当践行自己的责任与使命:"固有所不得已。行事之情而忘其身,何暇至于悦生而恶死?"(《人间世》)"知其不可奈何而安之若命""行事之情而忘其身"不仅不是出世,而且还是一种真正的入世。真正的入世既不是随波逐流、同流合污,也不是仅凭主观意愿的妄动。虽然前者是被动的,后者是主动的;前者是消极的,后者是积极的,这两者与"世"的关系在本质上是一致的:都不能够使"世"朝好的方向发展。前者因其被动与消极不易被视为"入世",而后者因其主动与积极却很容易被视为"入世"。其实,客观条件的制约总会使得现实中的某些成分不以人的主观意志为转移,而人却只凭着主观意志去积极、去主动,那只能说是盲目无效甚至适得其反的妄动。从这个角度来看,客观上"不可为",但在主观上却要"为之",这并不是一种悲壮,而是一种因被自己的主观所奴役而丧失了自由之身的悲剧。《庄子》在现实中看到"不可奈何""固有所不得已"的成分并不是一种消极,因为那本就是一种客观真实。对这样的客观真实,一般人因自己的主观倾向而不愿意接受,《庄子》中则强调要平静地接纳,这实际上是一种澄澈的理性:不可控的不去动,有所不为才能有所为。

《庄子》中并不是不看重主观,也正因为太看重主观,它才很容易被扣上"唯心"的帽子。但是《庄子》并非就不看重客观,而且正是因为看重客观,才对主观有着种种省察与消解。《庄子》中为什么强调"无情"呢?其所说的"无情"并不是情感的匮乏、态度的冷漠、爱心的缺失,不是一般所理解的薄情寡义,而是对人主观好恶之情的消解:"不以好恶内伤其身"(《德充符》);《庄子》中为什么对强烈的情感那么警惕呢?什么"悲乐者,德之邪;喜怒者,道之过;好恶者,德之失"(《刻意》);什么"恶欲喜怒哀乐六者,累德也"(《庚桑楚》);甚至连"仁人"超越一己的忧愁也被否定:"意仁义其非人情乎!彼仁人何其多忧也?"(《骈拇》);甚至"使人乐其性"的帝尧也被视为"非德"——"昔尧之治天下也,使天下欣欣焉人乐其性,是不恬也;桀之治天下也,使天下瘁瘁焉人苦其性,是不愉也。夫不恬不愉,非德也"(《在宥》)。《庄子》中对强烈的情感充满警惕,更倾向于"虚""静""寂""恬""淡""漠"等内心状态是因为洞察到强烈情感的产生往往源自主观不能接受客观的不自由。

《庄子》中对人类情感有着非常细致深入的分析,除先秦典籍中常见的喜怒哀乐爱恶欲这样的分类外,还有"虑""叹""变""慹""姚""佚""启""态"等(《齐物论》)更细致的分类。《庄子》既看到了人类情感的复杂性,又高度概括出引发人类复杂情感的主观因素。

一是对功利欲求的追逐。《庄子》并不一概否定功利欲求,例如《天地》中就讲了这样一个寓言:

> 尧观乎华。华封人曰:"嘻,圣人! 请祝圣人,使圣人寿。"尧曰:"辞!""使圣人富!"尧曰:"辞!""使圣人多男子!"尧曰:"辞!"封人曰:"寿、富、多男子,人之所欲也。女独不欲,何邪?"尧曰:"多男子则多惧,富则多事,寿则多辱。是三者,非所以养德也,故辞。"封人曰:"始也我以女为圣人邪,今然君子也。天生万民,必授之职。多男子而授之职,则何惧之有! 富而使人分之,则何事之有! 夫圣人,鹑居而鷇食,鸟行而无彰;天下有道,则与物皆昌;天下无道,则修德就闲;千岁厌世,去而上仙,乘彼白云,至于帝乡;三患莫至,身常无殃。则何辱之有?"

尧拒绝了"寿""富""多男子"这样的世俗欲求并没有被肯定,反而表明了他尚未得道,只是"君子"而非"圣人"。《庄子》中否定的不是功利欲求本身,而是功利欲求的局限性给人生带来的危害:"夫天下之所尊者,富贵寿善也;所乐者,身安厚味美服好色音声也;所下者,贫贱夭恶也;所苦者,身不得安逸,口不得厚味,形不得美服,目不得好色,耳不得音声。若不得者,则大忧以惧,其为形也亦愚哉! 夫富者,苦身疾作,多积财而不得尽用,其为形也亦外矣。夫贵者,夜以继日,思虑善否,其为形也亦疏矣。"(《至乐》)"且夫失性有五:一曰五色乱目,使目不明;二曰五声乱耳,使耳不聪;三曰五臭熏鼻,困惾中颡;四曰五味浊口,使口厉爽;五曰趣舍滑心,使性飞扬。"(《天地》)

二是对工具理性的滥用。为了实现某些主观愿望,人们很容易以知识、机巧与技术将他人与外物工具化,剥夺他人与外物的自由,伤害他人与外物的真性:"巧者劳而智者忧"(《列御寇》),"虎豹之文来田,猨狙之便、执斄之狗来藉"(《应帝王》),"山木自寇也,膏火自煎也。桂可食,故伐之;漆可用,故割之"(《人间世》),"夫弓弩、毕弋、机变之知多,则鸟乱于上矣;钩饵、罔罟、罾笱之知多,则鱼乱于水矣;削格、罗落、置罘之知多,则兽乱于泽矣;知诈、渐毒、颉滑、坚白、解垢、同异之变多,则俗惑于辩矣"(《胠箧》)。不过,《庄子》中否定的也不是工具理性本身,而是工具理性的局限性给人生带来的危害:"机心存于胸中,则纯白不备;纯白不备,则神生不定;神生不定者,道之所不载也。"如果突破其局限性,那是既能享受工具理性的成果,又能"明白入素,无为复朴,体性抱神,以游世俗之间"的"浑沌氏之术"(《天地》),在文中被大加赞赏。

三是对是非标准的固执。《庄子》并非不要是非、没有标准,而是强调是非标准有其局限性:任何一种具体的是非标准都有其适用范围,不可强求一致;任何一种具体的是非标准都有其不确定性,不可人为固化;任何一种具体的是非标准在与其他是非标准论辩时只能以语言为载体,而语言本身又具有局限性。

与《道德经》"尊道而贵德"的立场一致,《庄子》中强调"立德明道"(《天地》)。"道"是派生万物的本体,其大无外,涵盖万有,"明道"表明了对普遍性的重视;"德"是万有从"道"之赋予中所得,不同的个体有不同之"德",故"立德"是对特殊性的强调。

在《庄子》中,并非没有设想用普遍性将宇宙万有统一起来,但这种统一没有任何强制性的因素在里面,是消除了种种对立的和谐统一:"天地与我并生,而万物与我为一"(《齐物论》),"与天和者,谓之天乐"(《天道》),"以虚静推于天地,通于万物,此之谓天乐。天乐者,圣人之心,以畜天下也"(《天道》),"处乎不淫之度,而藏乎无端之纪,游乎万物之所终始,壹其性,养其气,合其德,以通乎万物之所造"(《达生》),"通天下一气耳"(《知北游》)。和谐统一的本质是"通",以"道""德""气""圣人之心"等为纽带将万物联结起来。"通"消除了万物之间的对立,但并没有抹杀万物之间的差别。《庄子》中非常尊重万物之间的差别:"民湿寝则腰疾偏死,鳅然乎哉?木处则惴栗恂惧,猨猴然乎哉?三者孰知正处?民食刍豢,麋鹿食荐,蝍蛆甘带,鸱鸦耆鼠,四者孰知正味?猨猵狙以为雌,麋与鹿交,鳅与鱼游。毛嫱丽姬,人之所美也;鱼见之深入,鸟见之高飞,麋鹿见之决骤,四者孰知天下之正色哉?"(《齐物论》);"鱼处水而生,人处水而死,彼必相与异,其好恶故异也。故先圣不一其能,不同其事,名止于实,义设于适,是之谓条达而福持"(《至乐》);"若夫以鸟养养鸟者,宜栖之以深林,游之以平陆,浮之以江湖,食之以鳅鲦,委蛇而处而已矣"(《达生》)……《庄子》中的这些言论又很容易被扣上"相对主义"的帽子,被视为对是非标准的调和折衷,甚至是"滑头""混世"的游移与淆乱。实际上,既然宇宙万物在客观上存在着差别,人们如果只以各自的立场与尺度表现出的是非标准当然不可能一致,用《庄子》中的话来说就是"彼亦一是非,此亦一是非","既使我与若辩矣,若胜我,我不若胜,若果是也,我果非也邪?我胜若,若不吾胜,我果是也,而果非也邪?其或是也,其或非也邪?其俱是也,其俱非也邪?我与若不能相知也,则人固受其黮闇,吾谁使正之?使同乎若者正之?既与若同矣,恶能正之!使同乎我者正之?既同乎我矣,恶能正之!使异乎我与若者正之?既异乎我与若矣,恶能正之!使同乎我与若者正之?既同乎我与若矣,恶能正之!然则我与若与人俱不能相知也,而待彼也邪?"(《齐物论》),"以物观之,自贵而相贱"(《秋水》),因此,人们对待是非标准的正确态度不是强求一致,强求一致能够做到的顶多只是"直服人之口而已矣"(《寓言》),别人只是没有话语权,无法维护自己的是非标准而已,心中并不认同被强求一致的是非标准。在《庄子》看来,对待是非标准的正确态度应该像"道"包容万物一样,无限地包容不同的是非标准,把别的是非标准放在与自己的是非标准平等的地位来看,即改变"以物观之,自贵而相贱"那种先把自己的是非标准预设为"贵"而把别的是非标准预设为"贱"的态度,"以道观之"(《秋水》),看清不同是非标准的适用范围及其局限,然后在适当的限度内运用不同的是非标准。

《至乐》与《达生》篇中两次提到了要"以鸟养养鸟"。所谓"以鸟养养鸟",就是指以鸟的标准来对待鸟,而不能以自己的标准对待鸟:"昔者海鸟止于鲁郊,鲁侯御而觞之于庙,奏九韶以为乐,具太牢以为膳。鸟乃眩视忧悲,不敢食一脔,不敢饮一杯,三日而死。此以己养养鸟也,非以鸟养养鸟也。夫以鸟养养鸟者,宜栖之深林,游之坛陆,浮之江湖,食之鳅鲦,随行列而止,委蛇而处"(《至乐》)。同样的,在《逍遥游》中,蜩与学鸠讥议大鹏"奚以之九万里而南为",在文中被明确否定了:"之二虫又何知!"然而,《庄子》否定蜩与学鸠并非因为它们认同自己"决起而飞,枪榆枋,时则不至,而控于地而已矣"的标准,而是因为它们用自己的标准来评价大鹏。《庄子》中正视万物的差别性,认为万物皆从"道"中禀赋了各自的"真性"(有时又称为"德""性命之情"等),按照各自的"真性"存在便与道合一,是"自适其适"(《大宗师》)。而"真性"的不同决定了标准的不同,万物在"自适其适"的范围里使用其标准是正确的,但因受到他人影响而"适人之适",或者如蜩与学鸠那样因自以为是而"强人适自",在《庄子》看来都是错误的。

普罗泰戈拉曾说:"人是万物的尺度。"马克思亦曾说:"动物只是按照它所属的那个种的尺度和需要来构造,而人却懂得按照任何一个种的尺度来进行生产,并且懂得处处都把固有的尺度运用于对象。"人能够把握其他物种的尺度,这是一项卓越的人性能力。在《庄子》看来,得道之人的"以道观之",其实就是通过把握自己与其他人是非标准("尺度")的适用范围而在适当的限度中运用,像道无限包容万物一样包容别人的是非标准;就是尊重别人与万物的差别性,以万物"德""真性""性命之情"为标准对待万物。

"以道观之"促成了审美生成。"天地有大美而不言"(《知北游》),那"大美"从何而来?不就来自人对天地万物的欣赏吗?没有了自己是非标准的遮蔽,人与万物之间的对立关系就不复存在,天地万物方能以种种美的形式进入人的视域;差别性也不复是人与万物之间的隔绝,而是为审美的丰富性提供了基础。也正因为此,《庄子》不仅能够欣赏"儵鱼出游从容,是鱼之乐也",能够欣赏世俗一般也能够欣赏的山林、皋壤、燕子、麋鹿……甚至世俗认为比较丑陋的"阉跂""支离""无脤""瓮盎""大瘿"诸人、"牛之白颡者""豚之亢鼻者""散木""鸱鸦",《庄子》中都由衷地表达了欣赏喜爱之情,体现出一贯的审美态度。《庄子》中甚至还有这样的"神逻辑":既然"道"也存在于一般人都比较嫌恶的"屎溺"之中,而体道的过程又是"得至美而游乎至乐"(《田子方》),那么,从"屎溺"中体道完全也可以将嫌恶之情转化为审美情感。

可以说,"以道观之",以万物"德""真性""性命之情"为标准对待万物,是"以出世的精神做入世的事业"。所谓"出世的精神",是指超越了主观的种种局限,体现为超越性。这种超越性将人从自己的功利欲求、工具理性、是非标准的局限性中解放出来,以自由之身、用平等的态度对待自己所处现实中的万物,万物对他来说常常闪烁着美的光辉,使他即使在非常苦难的社会现实中也能拥有精神的净土,有着非常丰富的审美体验,获得人生的快乐与幸福;所谓"做入世的事业",是指循道而行,在现实中用万物自身的"尺度"来对待万物,体现为客观性。这种客观性使人把现实中还不具备实现主观期待的条件视为"不可奈何而安之若命""不务命之所无奈何"，以平静的心态面对这些"不可奈何"，从而不会因为自己的主观期待不能得到实现而以强烈的情感"撄人之心"，不会"残生损性"，使人生避免了许多不必要的痛苦。可以看出，"以出世的精神做入世的事业"实际上是一种审美的人生态度，而《红楼梦》中宝玉在很多时候无疑表现出这样的人生态度：他厌弃繁华地富贵乡，既消解了"国贼禄鬼"们"钓名沽誉"，也摒除了"皮肤淫滥之蠢物"们"悦容貌，喜歌舞，调笑无厌，云雨无时，恨不能尽天下之美女供我片时之趣兴"的功利欲求；平日里"懒与士大夫诸男人接谈，又最厌峨冠礼服贺吊往还等事"，"却每每甘心为诸丫鬟充役"（第三十六回），平等待人，虚己游世，既不把别人当成满足自己欲望的工具，又通过"无能者无所求，泛若不系之舟"的生活方式使自己免入别人的工具箱；他是"富贵闲人"，但与"闲人口中是非多"毫无关系，一方面并不以"立身扬名""仕途经济"的世俗标准束缚自己，另一方面也不愿以是非责人，对贾环这样心怀妒恨的人都相当宽容……由于较少功利欲求、工具理性、是非标准的遮蔽，他有一双善于发现美的眼睛，有一颗善于欣赏美的心灵，于是，不仅不同人不同形态的美在他面前熠熠生辉："老天，老天，你有多少精华灵秀，生出这些人上之人来"，而且，对他来说，"果然万物有光辉"，如果对于万物没有审美的态度，他是不可能"情不情"、"凡世间之无知无识，彼俱有一痴情去体贴"的，而"看见燕子，就和燕子说话；河里看见了鱼，就和鱼说话；见了星星月亮，不是长吁短叹，就是咕咕哝哝的"也就真的成了世俗眼中的"呆病"了。另外，宝玉的"无事忙"分明就是忙着非功利的审美活动："每日只和姊妹丫头们一处，或读书，或写字，或弹琴下棋，作画吟诗，以至描鸾刺凤，斗草簪花，低吟悄唱，拆字猜枚，无所不至，倒也十分快乐。"

泽雉十步一啄，百步一饮，不蕲畜乎樊中。神虽王，不善也。（《庄子·逍遥游》）

马，蹄可以践霜雪，毛可以御风寒。龁草饮水，翘足而陆，此马之真性也；虽有义台路寝，无所用之。及至伯乐，曰："我善治马。"烧之，剔之，刻之，雒之，连之以羁馽，编之以皂栈，马之死者十二三矣；饥之，渴之，驰之，骤之，整之，齐之，前有橛饰之患，而后有鞭策之威，而马之死者已过半矣。陶者曰："我善治埴，圆者中规，方者中矩。"匠人曰："我善治木，曲者中钩，直者中绳。"夫埴木之性，岂欲中规矩绳墨哉？然且世世称之曰"伯乐善治马而陶匠善治埴木"，此亦治天下者之过也！（《庄子·马蹄》）

庄子钓于濮水，楚王使大夫二人往先焉，曰："愿以境内累矣！"庄子持竿不顾，曰："吾闻楚有神龟，死已三千岁矣，王巾笥而藏之庙堂之上。此龟者，宁其死为留骨而贵乎？宁其生而曳尾于涂中乎？"二大夫曰："宁生而曳尾涂中。"庄子曰："往矣！吾将曳尾于涂中。"（《庄子·秋水》）

庖丁为文惠君解牛，手之所触，肩之所倚，足之所履，膝之所踦，砉然响然，奏刀騞然，莫不中音。合于《桑林》之舞，乃中《经首》之会。文惠君曰："嘻，善哉！技盖至此乎？"庖丁释刀对曰："臣之所好者道也，进乎技矣。始臣之解牛之时，所见无非全牛者。三年之后，未尝见全牛也。方今之时，臣以神遇而不以目视，官知止而神欲行。依乎天理，批大郤，导大窾，因其固然。技经肯綮之未尝，而况大軱乎？良庖岁更刀，割也；族庖月更刀，折也。今臣之刀十九年矣，所解数千牛矣，而刀刃若新发于硎。彼节者有间，而刀刃者无厚；以无厚入有间，恢恢乎其于游刃必有余地矣。是以十九年而刀刃若新发于硎。虽然，每至于族，吾见其难为，怵然为戒，视为止，行为迟，动刀甚微，謋然已解，如土委地。提刀而立，为之四顾，为之踌躇满志，善刀而藏之。"文惠君曰："善哉！吾闻庖丁之言，得养生焉。"（《庄子·养生主》）

仲尼适楚，出于林中，见痀偻者承蜩，犹掇之也。仲尼曰："子巧乎！有道邪？"曰："我有道也。五六月，累丸二而不坠，则失者锱铢；累三而不坠，则失者十一；累五而不坠，犹掇之也。吾处身也，若厥株拘；吾执臂也，若槁木之枝；虽天地之大，万物之多，而唯蜩翼之知。吾不反不侧，不以万物易蜩之翼，何为而不得？"孔子顾谓弟子曰："用志不分，乃凝于神，其痀偻丈人之谓乎！"

颜渊问仲尼曰："吾尝济乎觞深之渊，津人操舟若神。吾问焉，曰：'操舟可学邪？'曰：'可。善游者数能。若乃夫没人，则未尝见舟而便操之也。'吾问焉而不吾告，敢问何谓也？"仲尼曰："善游者数能，忘水也。若乃夫没人之未尝见舟而便操之也，彼视渊若陵，视舟之覆犹其车却也。覆却万方陈乎前而不得入其舍，恶往而不暇！以瓦注者巧，以钩注者惮，以黄金注者惽。其巧一也，而有所矜，则重外也。凡外重者，内拙。"

孔子观于吕梁，县水三十仞，流沫四十里，鼋鼍鱼鳖之所不能游也。见一丈夫游之，以为有苦而欲死也，使弟子并流而拯之。数百步而出，被发行歌而游于塘下。孔子从而问焉，曰："吾以子为鬼，察子则人也。请问，蹈水有道乎？"曰："亡，吾无道。吾始乎故，长乎性，成乎命。与齐俱入，与汩俱出，从水之道而无私焉。此吾所以蹈之也。"孔子曰："何谓'始乎故，长乎性，成乎命'？"曰："吾生于陵而安于陵，故也；长于水而安于水，性也；不知吾所以然而然，命也。"

梓庆削木为鐻，鐻成，见者惊犹鬼神。鲁侯见而问焉，曰："子何术以为焉？"对曰："臣工人，何术之有！虽然，有一焉。臣将为鐻，未尝敢以耗气也，必齐以静心。齐三日，而不敢怀庆赏爵禄；齐五日，不敢怀非誉巧拙；齐七日，辄然忘吾有四枝形体也。当是时也，无公朝，其巧专而外骨消；然后入山林，观天性；形躯至矣，然后成见鐻，然后加手焉；不然则已。则以天合天，器之所以疑神者，其是与！"（《庄子·达生》）

乐全，谓之得志。古之所谓得志者，非轩冕之谓也，谓其无以益其乐而已矣。今之所谓得志者，轩冕之谓也。轩冕在身，非性命也，物之傥来，寄者也。寄之，其来不可圉，其去不可止。故不为轩冕肆志，不为穷约趋俗，其乐彼与此同，故无忧而已矣。今寄去则不乐。由是观之，虽乐，未尝不荒也。（《庄子·缮性》）

夫畏涂者，十杀一人，则父子兄弟相戒也，必盛卒徒而后敢出焉，不亦知乎！人之所取畏者，衽席之上，饮食之间，而不知为之戒者，过也。（《庄子·至乐》）

其耆欲深者，其天机浅。古之真人，不知说生，不知恶死；其出不䜣，其入不距；翛然而往，翛然而来而已矣。（《庄子·大宗师》）

市南宜僚见鲁侯，鲁侯有忧色。市南子曰："君有忧色，何也？"鲁侯曰："吾学先王之道，修先君之业；吾敬鬼尊贤，亲而行之，无须臾离居；然不免于患，吾是以忧。"市南子曰："君之除患之术浅矣！夫丰狐文豹，栖于山林，伏于岩穴，静也；夜行昼居，戒也；虽饥渴隐约，犹旦胥疏于江湖之上而求食焉，定也；然且不免于罔罗机辟之患。是何罪之有哉？其皮为之灾也。今鲁国独非君之皮邪？吾愿君刳形去皮，洒心去欲，而游于无人之野。南越有邑焉，名为建德之国。其民愚而朴，少私而寡欲；知作而不知藏，与而不求其报；不知义之所适，不知礼之所将；猖狂妄行，乃蹈乎大方；其生可乐，其死可葬。吾愿君去国捐俗，与道相辅而行。"君曰："彼其道远而险，又有江山，我无舟车，奈何？"市南子曰："君无形倨，无留居，以为君车。"君曰："彼其道幽远而无人，吾谁与为邻？吾无粮，我无食，安得而至焉？"市南子曰："少君之费，寡君之欲，虽无粮而乃足。君其涉江而浮海，望之而不见其崖，愈往而不知其所穷。送君者皆自崖而反，君自此远矣！故有人者，累，见有于人者，忧。故尧，非有人，非见有于人也。吾愿去君之累，除君之忧，而独与道游于大莫之国。方舟而流于河，有虚船来触舟，虽有偏心之人不怒；有一人在其上，则呼张歙之；一呼而不闻，再呼而不闻，于是三呼邪，则必以恶声随之。向也不怒而今也怒，向也虚而今也实。人能虚己以游世，其孰能害之？"（《庄子·山木》）

徐无鬼曰："我则劳于君，君有何劳于我？君将盈耆欲，长好恶，则性命之情病矣；君将黜耆欲，掔好恶，则耳目病矣。我将劳君，君有何劳于我？"（《庄子·徐无鬼》）

古之畜天下者，无欲而天下足，无为而万物化，渊静而百姓定。《记》曰："通于一而万事毕，无心得而鬼神服。"（《庄子·在宥》）

彼至正者，不失其性命之情。故合者不为骈，而枝者不为跂，长者不为有余，短者不为不足。是故凫胫虽短，续之则忧；鹤胫虽长，断之则悲。故性长非所断，性短非所续，无所去忧也。（《庄子·骈拇》）

吾所谓臧者，非仁义之谓也，臧于其德而已矣；吾所谓臧者，非所谓仁义之谓也，任其性命之情而已矣。（《庄子·胠箧》）

说明邪，是淫于色也；说聪邪，是淫于声也；说仁邪，是乱于德也；说义邪，是悖于理也；说礼邪，是相于技也；说乐邪，是相于淫也；说圣邪，是相于艺也；说知邪，是相于疵也。天下将安其性命之情，之八者，存可也，亡可也；天下将不安其性命之情，之八者，乃始脔卷猞囊而乱天下也；而天下乃始尊之、惜之。甚矣，天下之惑也！（《庄子·在宥》）

三皇五帝之治天下，名曰治之，而乱莫甚焉。三皇之知，上悖日月之明，下睽山川之精，中堕四时之施。其知憯于蛎虿之尾、鲜规之兽，莫得安其性命之情者，而犹自以

为圣人！不可耻乎，其无耻也？（《庄子·天运》）

舜问乎丞曰："道可得而有乎？"曰："汝身非汝有也，汝何得有夫道？"舜曰："吾身非吾有也，孰有之哉？"曰："是天地之委形也。生非汝有，是天地之委和也；性命非汝有，是天地之委顺也；子孙非汝有，是天地之委蜕也。故行不知所往，处不知所持，食不知所味。天地之强阳气也，又胡可得而有邪？"

圣人者，原天地之美而达万物之理，是故至人无为，大圣不作，观于天地之谓也。（《庄子·知北游》）

感而后应，迫而后动，不得已而后起。去知与故，循天之理。故无天灾，无物累，无人非，无鬼责。（《庄子·刻意》）

盖师是而无非，师治而无乱乎？是未明天地之理、万物之情者也。是犹师天而无地，师阴而无阳，其不可行明矣。然且语而不舍，非愚则诬也。

知道者必达于理，达于理者必明于权，明于权者不以物害己。至德者，火弗能热，水弗能溺，寒暑弗能害，禽兽弗能贼。非谓其薄之也，言察乎安危，宁于祸福，谨于去就，莫之能害也。（《庄子·秋水》）

万物殊理，道不私，故无名。（《庄子·则阳》）

无为小人，反殉而天；无为君子，从天之理。若枉若直，相而天极；面观四方，与时消息。若是若非，执而圆机；独成而意，与道徘徊。（《庄子·盗跖》）

不离于宗，谓之天人。不离于精，谓之神人。不离于真，谓之至人。以天为宗，以德为本，以道为门，兆于变化，谓之圣人。（《庄子·天下》）

死生亦大矣，而不得与之变，虽天地覆坠，亦将不与之遗。审乎无假而不与物迁，命物之化而守其宗也。

将求名而能自要者，而犹若是，而况官天地，府万物，直寓六骸，象耳目，一知之所知，而心未尝死者乎！（《庄子·德充符》）

浮游，不知所求；猖狂，不知所往；游者鞅掌，以观无妄。

物而不物，故能物物。明乎物物者之非物也，岂独治天下百姓而已哉！出入六合，游乎九州岛，独往独来，是谓独有。独有之人，是之谓至矣。（《庄子·在宥》）

夫王德之人，素逝而耻通于事，立之本原而知通于神。故其德广，其心之出，有物采之。故形非道不生，生非德不明。存形穷生，立德明道，非王德者邪？荡荡乎，忽然出，勃然动，而万物从之乎！此之谓王德之人。视乎冥冥，听乎无声。冥冥之中，独见晓焉；无声之中，独闻和焉。故深之又深而能物焉，神之又神而能精焉；故其与万物接也，至无而供其求，时骋而要其宿，大小，长短，修远。（《庄子·天地》）

形德仁义，神之末也，非至人孰能定之？夫至人有世，不亦大乎？而不足以为累。天下奋柄，而不与之偕；审乎无假而不与利迁。极物之真，能守其本。故外天地，遗万物，而神未尝有所困也。通乎道，合乎德，退仁义，宾礼乐，至人之心有所定矣。（《庄

子·天道》)

行小变而不失其大常也,喜怒哀乐不入于胸次。夫天下也者,万物之所一也。得其所一而同焉,则四支、百体将为尘垢,而死生、终始将为昼夜,而莫之能滑;而况得丧、祸福之所介乎?弃隶者若弃泥涂,知身贵于隶也。贵在于我,而不失于变。且万化而未始有极也,夫孰足以患心?已为道者解乎此。

古之真人,知者不得说,美人不得滥,盗人不得劫,伏羲、黄帝不得友。死生亦大矣,而无变乎己,况爵禄乎?若然者,其神经乎大山而无介,入乎渊泉而不濡,处卑细而不惫,充满天地。既以与人,己愈有。(《庄子·田子方》)

古之人,外化而内不化,今之人内化而外不化。与物化者,一不化者也。安化安不化,安与之相靡,必与之莫多。(《庄子·知北游》)

知大备者,无求,无失,无弃,不以物易己也。反己而不穷,循古而不摩,大人之诚。(《庄子·徐无鬼》)

其穷也,使家人忘其贫,其达也,使王公忘爵禄而化卑;其于物也,与之为娱矣;其于人也,乐物之道,而保己焉。故或不言,而饮人以和;与人并立,而使人化,父子之宜;彼其乎归居,而一闲其所施,其于人心者,若是其远也。(《庄子·则阳》)

余立于宇宙之中,冬日衣皮毛,夏日衣葛絺;春耕种,形足以劳动;秋收敛,身足以休食;日出而作,日入而息,逍遥于天地之间而心意自得。吾何以天下为哉?

故内省而不穷于道,临难而不失其德,天寒既至,霜雪既降,吾是以知松柏之茂也。(《庄子·让王》)

独与天地精神往来,而不敖倪于万物,不谴是非,以与世俗处。(《庄子·天下》)

向吾入而吊焉,有老者哭之,如哭其子;少者哭之,如哭其母。彼其所以会之,必有不蕲言而言,不蕲哭而哭者。是遁天倍情,忘其所受,古者谓之遁天之刑。适来,夫子时也;适去,夫子顺也。安时而处顺,哀乐不能入也,古者谓是帝之县解。(《庄子·人间世》)

且夫得者,时也;失者,顺也;安时而处顺,哀乐不能入也。此古之所谓县解也,而不能自解者,物有结之。(《庄子·大宗师》)

自事其心者,哀乐不易施乎前,知其不可奈何而安之若命,德之至也。(《庄子·人间世》)

知不可奈何而安之若命,唯有德者能之。(《庄子·德充符》)

圣人休焉。休则平易矣,平易则恬淡矣。平易恬淡,则忧患不能入,邪气不能袭,其德全而神不亏。(《庄子·刻意》)

夫若是者,其天守全,其神无郤,物奚自入焉?夫醉者之坠车,虽疾不死。骨节与人同而犯害与人异,其神全也。乘亦不知也,坠亦不知也,死生惊惧不入乎其胸中,是故遝物而不慑。彼得全于酒而犹若是，而况得全于天乎？圣人藏于天，故莫之能伤也。复雠者不折镆干，虽有忮心者不怨飘瓦，是以天下平均。故无攻战之乱，无杀戮之刑者，由此道也。不开人之天，而开天之天，开天者德生，开人者贼生。不厌其天，不忽于人，几乎以其真！（《庄子·达生》）

草食之兽，不疾易薮；水生之虫，不疾易水；行小变而不失其大常也，喜怒哀乐不入于胸次。

百里奚爵禄不入于心，故饭牛而牛肥，使秦穆公忘其贱，与之政也。有虞氏死生不入于心，故足以动人。（《庄子·田子方》）

与物穷者，物入焉；与物且者，其身之不能容，焉能容人？不能容人者无亲，无亲者尽人。兵莫憯于志，镆铘为下；寇莫大于阴阳，无所逃于天地之间。非阴阳贼之，心则使之也。（《庄子·庚桑楚》）

丘山积卑而为高，江河合小以为大，大人合并而为公。是以，自外入者，有主而不执；由中出者，有正而不距。（《庄子·则阳》）

举世而誉之而不加劝，举世而非之而不加沮，定乎内外之分，辩乎荣辱之境，斯已矣。（《庄子·逍遥游》）

名之曰日渐之德不成，而况大德乎？将执而不化，外合而内不訾，其庸讵可乎？

夫徇耳目内通而外于心知，鬼神将来舍，而况人乎？是万物之化也，禹舜之所纽也，伏羲几蘧之所行终，而况散焉者乎？（《庄子·人间世》）

人以其全足笑吾不全足者多矣，我怫然而怒；而适先生之所，则废然而反。不知先生之洗我以善邪？吾与夫子游十九年矣，而未尝知吾兀者也。今子与我游于形骸之内，而子索我于形骸之外，不亦过乎？

平者，水停之盛也。其可以为法也，内保之而外不荡也。德者，成和之修也。德不形者，物不能离也。（《庄子·德充符》）

彼，游方之外者也；而丘，游方之内者也。外内不相及。（《庄子·大宗师》）

至道之精，窈窈冥冥；至道之极，昏昏默默。无视无听，抱神以静，形将自正；必静必清，无劳女形，无摇女精，乃可以长生。目无所见，耳无所闻，心无所知，女神将守形，形乃长生。慎女内，闭女外，多知为败。（《庄子·在宥》）

彼假修浑沌氏之术者也；识其一，不知其二；治其内，而不治其外。

且夫趣舍声色，以柴其内；皮弁、鹬冠、搢笏、绅修，以约其外；内支盈于柴栅，外重纆缴，睆睆然在纆缴之中，而自以为得；则是罪人交臂、历指，而虎豹在于囊槛，亦可以为得矣。（《庄子·天地》）

天在内，人在外，德在乎天。知天人之行，本乎天，位乎德；蹢躅而屈伸，反要而语极。（《庄子·秋水》）

以瓦注者巧，以钩注者惮，以黄金注者惛。其巧一也，而有所矜，则重外也。凡外重者,内拙。

鲁有单豹者,岩居而谷饮,不与民共利,行年七十而犹有婴儿之色;不幸遇饿虎,饿虎杀而食之。有张毅者,高门县薄,无不走也,行年四十而有内热之病以死。豹养其内而虎食其外,毅养其外而病攻其内,此二子者,皆不鞭其后者也。

工倕旋而盖规矩,指与物化而不以心稽,故其灵台一而不桎。忘要,带之适也;知忘是非,心之适也;不内变,不外从,事会之适也。始乎适而未尝不适者,忘适之适也。(《庄子·达生》)

不知,深矣;知之,浅矣;弗知内矣,知之外矣。

有问道而应之者,不知道也;虽问道者,亦未知道。道无问,问无应。无问问之,是问穷也;无应应之,是无内也。以无内待问穷,若是者,外不观乎宇宙,内不知乎太初。是以不过乎昆仑,不游乎太虚。

古之人,外化而内不化,今之人内化而不外化。(《庄子·知北游》)

夫外鞿者,不可繁而捉,将内揵;内鞿者,不可缪而捉,将外揵。外内鞿者,道德不能持,而况放道而行者乎?

券内者,行乎无名;券外者,志乎期费。行乎无名者,唯庸有光;志乎期费者,唯贾人也,人见其跂,犹之魁然。(《庄子·庚桑楚》)

知足者不以利自累也;审自得者,失之而不惧,行修于内者,无位而不怍。

君子通于道之谓通,穷于道之谓穷。今丘抱仁义之道以遭乱世之患,其何穷之为!故内省而不穷于道,临难而不失其德,天寒既至,霜雪既降,吾是以知松柏之茂也。陈蔡之隘,于丘其幸乎!(《庄子·让王》)

内则疑劫请之贼,外则畏寇盗之害;内周楼疏,外不敢独行,可谓畏矣。(《庄子·盗跖》)

非其事而事之,谓之摠;莫之顾而进之,谓之佞;希意道言,谓之谄;不择是非而言,谓之谀;好言人之恶,谓之谗;析交离亲,谓之贼;称誉诈伪以败恶人,谓之慝;不择善否,两容颊适,偷拔其所欲,谓之险。此八疵者,外以乱人,内以伤身,君子不友,明君不臣。

故强哭者虽悲不哀,强怒者虽严不威,强亲者虽笑不和。真悲无声而哀,真怒未发而威,真亲未笑而和。真在内者,神动于外,是所以贵真也。(《庄子·渔父》)

夫内诚不解,形谍成光,以外镇人心,使人轻乎贵老,而齑其所患。

为外刑者,金与木也;为内刑者,动与过也。宵人之离外刑者,金木讯之;离内刑者,阴阳食之。夫免乎外、内之刑者,唯真人能之。(《庄子·列御寇》)

天下大乱,贤圣不明,道德不一,天下多得一察焉以自好。譬如耳目鼻口,皆有所明,不能相通。犹百家众技也,皆有所长,时有所用。虽然,不该不遍,一曲之士也。判天地之美,析万物之理,察古人之全,寡能备于天地之美,称神明之容。是故内圣外王之道,暗而不明,郁而不发,天下之人各为其所欲焉以自为方。悲夫,百家往而不反,必不合矣! 后世之学者,不幸不见天地之纯,古人之大体,道术将为天下裂。(《庄子·天下》)

《庄子》中的自由哲学与《红楼梦》中的审美超越

《庄子》中最看重的价值莫过于自由了:泽雉即使在樊笼中被精心奉养,也不如过着"十步一啄,百步一饮"的自在生活,"神虽王,不善也";马儿"龁草饮水,翘足而陆",过着符合"真性"的生活,即使给它们提供"义台路寝",对它们而言也"无所用之"。也就是说,外物能够给它们提供"真性"上的满足其实是非常有限的。而当伯乐用人为标准宰制规整它们、剥夺它们的自由时,它们的"真性"则受到严重侵害——"饥之,渴之,驰之,骤之,整之,齐之,前有橛饰之患,而后有鞭策之威,而马之死者已过半矣";庄子之所以蔑视功名富贵,连送上门来的相位都断然拒绝,宁肯过着贫穷的生活,无非还是因为自由在他心目中是最高价值。

然而,《庄子》中所说的自由并非是纵欲肆志,为所欲为。

《庄子》中强调对欲望的节制:"其耆欲深者,其天机浅"(《大宗师》),"少君之费,寡君之欲,虽无粮而乃足"(《山木》),"无欲而天下足,无为而万物化,渊静而百姓定"(《天地》);《庄子》中强调的是"不为轩冕肆志";《庄子》中还反复强调人的行为不能凭主观意愿,而要遵循"道""德""天""真性""理""性命之情"等客观标准。

《庄子》中描绘了许多技艺高超之人,如把血腥艰辛的劳作变为"合于《桑林》之舞,乃中《经首》之会"艺术的庖丁,"用志不分,乃凝于神"的承蜩丈人,在"鼋鼍鱼鳖之所不能游"的水中来去自由的吕梁丈夫,"见者惊犹鬼神"的梓庆,"灵台一而不桎"的工倕等,这些人的技艺已经变成了自由的审美创造,然而这些审美创造往往都具有随心所欲不逾矩的特征,都要遵循客观的"矩":庖丁"依乎天理,批大郤,导大窾,因其固然",承蜩丈人"有道",吕梁丈夫"从水之道而无私",工倕"指与物化"。他们虽然遵循客观的"矩",却又超越客观的"矩"(《庄子》中称为"盖规矩")以"随心所欲"。用现代的美学术语来讲,遵循客观的"矩"是"合规律性",超越客观的"矩"以"随心所欲"是"合目的性","合规律性"与"合目的性"结合在一起就形成了"自由"。那些技艺高超之人就是因将"合规律性"与"合目的性"结合在一起而获得了审美创造的自由。

回过头来再看《庄子》中对主观的种种消解,无论是对纵欲肆志的约束还是对为所欲为的节制,无论是对是非标准的"以道观之",还是对滥用工具理性的抵制,其实都是对"合规律性"的强调。而《庄子》中对主观的种种张扬,如"死生亦大矣,而不得与之变,虽天地覆坠,亦将不与之遗。审乎无假而不与物迁,命物之化而守其宗也"(《大宗师》),"出入六合,游乎九州,独往独来,是谓独有。独有之人,是之谓至矣"(《在宥》),"贵在于我,而不失于变"(《田子方》),"外化而内不化"(《知北游》),"不以物易己"(《徐无鬼》),"逍遥于天地之间而心意自得"(《让王》),"独与天地精神往来"(《天下》)……这些自然又都是对"合目的性"的标举了。

用现代的哲学术语来讲,"人是目的"。人按照自己"类"的本性生存与发展就是人要实现的目的。在《庄子》看来,正是这样一种目的才是唯一一种必须被肯定的主观,因为只有这样一种主观才能把"合规律性"与"合目的性"真正结合在一起,使人不断地在现实中实现自由。

《庄子》对人类的区别心非常抵制,明确提出要把物之间的区别缩减到最大限度:"约分之至",对"自贵而相贱"(《秋水》),"各是其所是"(《徐无鬼》),"皆喜人之同乎己而恶人之异于己也"(《在宥》),"同于己为是之,异于己为非之"(《寓言》),"人同于己则可,不同于己,虽善不善"(《渔父》)等人性弱点也揭示得非常深刻,而且还曾有"古之人,其知有所至矣。恶乎至? 有以为未始有物者,至矣,尽矣,不可以加矣。其次以为有物矣,而未始有封也。其次以为有封焉,而未始有是非也。是非之彰也,道之所以亏也。道之所以亏,爱之所之成"(《齐物论》)这样的言论,认为"道之所以亏,爱之所之成"的根本原因就在于人的区别心。但是,在《庄子》中,反复出现"内"与"外"的区别,而且,后来宋明理学将《大学》中的"格物""致知""正心""诚意"视为"内圣"之道,把"修身""齐家""治国""平天下"视为"外王"之术,"内圣外王"的说法原来并非始于宋儒,而是《庄子》之《天下》篇中的原创!

可以看到,《庄子》中的"内""外"以个体人格的生命存在为界,其内在的主观世界为"内",其外在的客观世界为"外"。《庄子》旗帜鲜明地反对内心的"外驰",抵制对外物的贪婪求索,认为那样的主观是拙劣:"凡外重者,内拙",也是疾病:"养其外而病攻其内"(《达生》)。

《庄子》中一方面强调人与物的平等关系,宣称:"天地与我并生,而万物与我为一"(《齐物论》),"以道观之,物无贵贱"(《秋水》),"独与天地精神往来,而不敖倪于万物"(《天下》),一方面又把人的价值高置于物之上:"贱而不可不任者,物也。"(《在宥》)

这并不是自相矛盾,而是从不同的层面论述人与物的关系。前者主要是以"天"(自然)、"道"(本体)的层面强调人与物之间应该是一种和谐的关系。在《庄子》看来,"天""道"是人与万物得以存在的共同根源,是唯一应然而且实然支配人与万物的主宰。这样的主宰并不是宗教意义的高高在上的人格神。对于人格神式的主宰,人没有权利伸张自己的主观意志,只能屈从于神的威压,对其顶礼膜拜。相对于人格神,人是卑贱的奴隶,不可能有自由而言。在《庄子》中,作为主宰的"天""道"与人之间并没有紧张对立的关系,虽然并不表现有意识的主观意志,却又自然而然地给人与万物带来了种种恩惠:"狶韦氏得之,以挈天地;伏羲氏得之,以袭气母;维斗得之,终古不忒;日月得之,终古不息;堪坏得之,以袭昆仑;冯夷得之,以游大川;肩吾得之,以处大山;黄帝得之,以登云天;颛顼得之,以处玄宫;禺强得之,立乎北极;西王母得之,坐乎少广,莫知其始,莫知其终;彭祖得之,上及有虞,下及五伯;傅说得之,以相武丁,奄有天下,乘东维,骑箕尾,而比于列星。""覆万物而不为义,泽及万世而不为仁,长于上古而不为老,覆载天地、刻雕众形而不为巧"(《大宗师》),"得吾道者,上为皇而下为王"(《在宥》),"以道观言,而天下之君正;以道观分,而君臣之义明;以道观能,而天下之官治;以道泛观,而万物之应备"(《天地》),"天道运而无所积,故万物成"(《天道》)……这样的主宰还具有这样一些特征:

一是大公无私:"天无私覆,地无私载"(《大宗师》),"以道观之,物无贵贱"(《秋水》),"道不私,故无名。无名故无为,无为而无不为"(《则阳》)。

一是无穷无尽:"彼其物无穷""彼其物无测""一而不可不易者,道也"(《在宥》),"夫道,于大不终,于小不遗,故万物备。广广乎其无所不容也,渊渊乎其不可测也"(《天道》)。

一是生生不息,表现出永不衰竭的创造与活力:"夫道,覆载万物者也,洋洋乎大哉!"(《天地》)"夫道,有情有信,无为无形;可传而不可受,可得而不可见;自本自根,未有天地,自古以固存;神鬼神帝,生天生地;在太极之上而不为高,在六极之下而不为深;先天地生而不为久;长于上古而不为老。"(《大宗师》)

从"天"(自然)、"道"(本体)的层面来看,人与万物是一种平等关系,都是"天""道"的创造物。另外,既然"天""道"是唯一应然而且实然支配人与万物的主宰,那么,人也应该像"天""道"那样大公无私、给万物带来种种恩惠,所谓"处物不伤物"(《知北游》),"与物为春"(《德充符》),"兼怀万物"(《秋水》),"育万物"(《天下》),等等。

如前所述,"天""道"是唯一应然而且实然支配人与万物的主宰,人受其支配是一种必然。人所可以获得的自由只能是打破一切并不必然的束缚,以人的本质力量将人从这些束缚中解脱出来。而对于"必然",《庄子》中反复强调不要将之视为对自己特定主观意愿的阻碍而作徒劳的努力,人对"必然"能够做到的只是"安",不受负面情感这种并不必然的束缚而已。

> 安时而处顺,哀乐不能入也,古者谓是帝之县解。(《庄子·人间世》)
>
> 且夫得者,时也;失者,顺也;安时而处顺,哀乐不能入也。此古之所谓县解也,而不能自解者,物有结之。(《庄子·大宗师》)
>
> 自事其心者,哀乐不易施乎前,知其不可奈何而安之若命,德之至也。(《庄子·人间世》)
>
> 知不可奈何而安之若命,唯有德者能之。(《庄子·德充符》)
>
> 圣人休焉。休则平易矣,平易则恬惔矣。平易恬惔,则忧患不能入,邪气不能袭,其德全而神不亏。(《庄子·刻意》)
>
> 行小变而不失其大常也,喜怒哀乐不入于胸次。(《庄子·田子方》)

可以看到,对于必然,《庄子》中强调人的主观能做到的是"安"。也就是说,人此时的唯一自由就是不因主观没有得到实现而产生负面情绪,因为,人受到负面情绪束缚时是根本没有自由的,而当人在主观上能安于必然时实际上已将自己上升为主体:这个主体能够支配自己的情绪而非被情绪支配。

"天"(自然)、"道"(本体)的层面实际上是以客观为主体的层面:"天""道"是客观的,但又是能够支配人的主体。"天""道"相对于人来说本是"外",但《庄子》中强调将之"内"化:"天在内,人在外,德在乎天。知天人之行,本乎天,位乎德;蹢躅而屈伸,反要而语极。"(《秋水》)也就是说,"天""道"虽然无意识,但人却可以将"天""道"的运行规律内化为自己的主观标准,有意识地、自觉地以"天""道"的运行规律支配自己,使人事在外表现为既合规律性又合目的性的自由：以"天""道"客观的运行规律行事，这是合规律性；按照自己的主观标准行事，这又是合目的性。

《庄子》中又强调，除了"天""道"这样含纳无限的客观之外，任何一种虽然客观但又具体的外物都不应支配人。《庄子》中所塑造的"圣人""神人""真人""至人""大人""独有之人""天人"等虽不无夸张，但要表现出人不被外物支配的自由却是非常明显的："不食五谷，吸风饮露，乘云气，御飞龙，而游乎四海之外。其神凝，使物不疵疠而年谷熟。""之人也，物莫之伤，大浸稽天而不溺，大旱金石流土山焦而不热。是其尘垢秕糠，将犹陶铸尧舜者也。孰肯以物为事！"（《逍遥游》）"死生亦大矣，而不得与之变，虽天地覆坠，亦将不与之遗。审乎无假而不与物迁，命物之化而守其宗也。"（《德充符》）"登高不栗，入水不濡，入火不热。"（《大宗师》）"不利货财，不近贵富；不乐寿，不哀夭；不荣通，不丑穷；不拘一世之利以为己私分，不以王天下为己处显。显则明，万物一府，死生同状。"（《天地》）

相对于人之"内"的客观具体的外物，可分为自然之物与社会之物。自然之物因"化"而具有不确定性，这是一种必然，《庄子》中强调正确的主观应该是"安化"（《知北游》）。《大宗师》的一个寓言非常生动形象地展示了这样的主观甚至能够让人在面临灾难时体现出意趣盎然的审美境界。

子舆得了重病，"曲偻发背，上有五管，颐隐于齐，肩高于顶，句赘指天"，在疾病的折磨之下，他不仅没有怨天尤人，反而还跑到井边看自己的倒影，欣赏着大自然在自己身上施加的神奇造化，而且还设想着随着大自然的神奇造化，自己可以得到怎样的乐趣。他想象要是大自然把自己的左臂变成鸡蛋，他就要把鸡蛋孵出小鸡；要是大自然把自己的右臂变成弹弓，他就用弹弓打了鸮鸟来烤着吃；要是大自然把他的尾骨变成车轮，把他的精神变成马，他就根本用不着再找别的马车来驾驶了。这种"安化"一点都没有不得不接受必然的被动，反而还有主动的审美创造，由此看来，《庄子》的学说何尝消极悲观了！

《齐物论》中"大泽焚而不能热，河汉沍而不能寒，疾雷破山、飘风振海而不能惊"的"至人"形象则表现出定静的审美境界。"大泽焚""河汉沍""疾雷破山""飘风振海"在西方美学中当属"崇高"的意象，但在《庄子》中所产生的审美愉悦虽然伴随着惊叹，却更多的是一种肯定人的自由与力量的美。那力量不是强制，没有紧张感与痛感，可以说是一种举重若轻、自在嬉戏的定力：任你气势汹汹，我自行若无事，而且你果然不能动我一根毫毛，你的动更映衬出我的静，你的力量更烘托出我的力量！由此看来，《庄子》的学说何尝消极悲观了！

《庄子》中的社会之物又可分为两类：一类是人所处的客观社会环境，一类是人主观追求的种种目标物。

《庄子》中所描绘的社会环境是险恶的，这是客观事实，然而《庄子》中对这样的客观事实并不是屈从，更不是主动地与之同流合污，而是以"圣人之勇"应对："当尧舜而天下无穷人，非知得也；当桀纣而天下无通人，非知失也；时势适然。夫水行不避蛟龙者，渔父之勇也；陆行不避兕虎者，猎夫之勇也；白刃交于前，视死若生者，烈士之勇也；知穷之有命，知通之有时，临大难而不惧者,圣人之勇也。由!处矣!吾命有所制矣!"(《秋水》)尽管因社会环境的险恶而遭逢了"大难",《庄子》中对这样的命运主动选择了勇敢面对,强调不受命运摆布支配,而是对命运"有所制",这可以说是在客观条件制约下实现了人可能实现的自由。自由并不是妄想实现客观条件制约下不可能实现的目的,因为这样既不合规律性(客观条件制约),又不合目的性(不可能实现目的)。自由有时正是这样一种特殊类型:不逃避也不做无谓抗争,只是勇敢面对。前者认识到客观条件的制约而放弃无效劳作,这是合规律性;后者没有让自己的内心受到外物的支配,实现了人对外物虽然受限却已尽力的支配,这是合目的性。由此看来,《庄子》的学说何尝消极悲观了!

至于个体人格主观追求的种种目标物,无论是功利层面的感官享受、贵富显严,还是道德层面的是非仁义忠孝廉信,《庄子》中都是既有肯定又有否定。肯定是因为这些目标物在一定限度内有其合理性。否定是因为这些目标物的有限性会使人受到束缚,从而不能够实现作为人本质力量具体体现的自由。

《天道》篇中的一个寓言非常具有启发性:

> 昔者舜问于尧曰:"天王之用心何如?"尧曰:"吾不敖无告,不废穷民,苦死者,嘉孺子而哀妇人。此吾所以用心已。"舜曰:"美则美矣,而未大也。"尧曰:"然则何如?"舜曰:"天德而土宁,日月照而四时行,若昼夜之有经,云行而雨施矣。"尧曰:"胶胶扰扰乎!子,天之合也;我,人之合也。"夫天地者,古之所大也,而黄帝尧舜之所共美也。故古之王天下者,奚为哉?天地而已矣。

舜也肯定尧的美政,但又声称"美则美矣,而未大也",将具体而有限之"美"引向无限,以无限为参照系不断超越各种具体之美所具有的局限性。这种思路在《庄子》中可谓一以贯之。

如《逍遥游》中,有着这样的序列:从"知效一官,行比一乡"到"德合一君,而征一国者",再到"举世而誉之而不加劝,举世而非之而不加沮,定乎内外之分,辩乎荣辱之境",再到"御风而行,泠然善也,旬有五日而后反",直至"乘天地之正,而御六气之辩,以游无穷者"。其实序列中的每一种都有其美好之处,然而,《庄子》中强调的是不要滞留于任何一种有限的美,不要依恃任何一种有限的美,对于有限的美,《庄子》的态度是"无待",所谓"无待",与其说是"无凭借",不如说是"不依赖"。"无凭借"是不可能的,就连文中达到"无待"境界的"乘天地之正,而御六气之辩,以游无穷者"其实也要凭借"天地之正""六气之辩",只不过虽然凭借,却对凭借的对象没有依赖感。文中强调的是,"正""辩"都不是固定的,都在"化",彼时的"正""辩",此时已不再是"正""辩"了,不要再依赖彼时的"正""辩",这样才能凭借此时的"正""辩"实现自由自在的"逍遥游"。《庄子》中描述"游"的境界时常常用"乘"与"御"来表示"游"的方式,除了上文所引之外,还有:"乘云气,御飞龙,而游乎四海之外"(《逍遥游》),"乘云气,骑日月,而游乎四海之外"(《齐物论》),"且夫乘物以游心,托不得已以养中,至矣"(《人间世》),"则又乘夫莽眇之鸟,以出六极之外,而游无何有之乡,以处圹埌之野"(《应帝王》),"若夫乘道德而浮游则不然。无誉无訾,一龙一蛇,与时俱化,而无肯专为;一上一下,以和为量。浮游乎万物之祖,物物而不物于物,则胡可得而累邪?"(《山木》)等。"乘"与"御"其实能够很好地表明"内""外"之间的这样一种关系:"内"一直没有动,其实就是"无为";"外"则随着("乘""御")道的运行一直处在变动之中,也就是"无不为"。"内"既然没动可以说是"内不化","外"既然随道变动则可以说是"外化",这正是《知北游》中所主张的"外化而内不化"。得道之人在随道变化时并非就没有凭借,尽管有凭借,却不对一时的凭借产生依赖,这也就是《庄子》中为什么强调"礼义法度者,应时而变者也","仁义,先王之蘧庐也,止可以一宿而不可久处"(《天道》),而对儒家的仁义礼乐主张不以为然了。可以说,在《庄子》看来,儒家对作为先王一时之凭借的仁义礼乐太过依赖,结果就难以循道而应物不穷。

　　"游"的方式是"乘""御","游"的对象则是无限("四海之外""六极之外""尘垢之外""方外""无何有之乡""圹埌""无穷""物之所不得遁""无所终穷""天地之一气""逍遥之虚""万物之所终始""万物之祖""物之初""大莫之国")。《庄子》中认同这样一种观念:曾经的美好固然令人留恋,但不要对任何具体之"美"产生依赖,对具体之"美"的依赖将会使具体之"美"随着时过境迁而陷入局限不能自拔,那局限不仅使旧的具体之"美"不复存在,而且还会使新的具体之"美"无法生成。对于具体之"美",更重要的是"乘"着生生不息的大道进行永无止境的创造。用现代的美学术语来说就是,审美主体要认识到各种美的具体有限性,通过不断克服有限性使审美能够无限生成而不是停滞不前。

　　于是我们可以在《庄子》中看到具体而有限的美总要被引向无限,在无限的参照之下,具体而有限的美都有待超越:"眇乎小哉,所以属于人也;謷也乎大哉,独成其天!"(《德充符》),"性修反德,德至同于初。同乃虚,虚乃大,合喙鸣,喙鸣合,与天地为合。其合缗缗,若愚若昏,是谓玄德,同乎大顺"(《天地》),"唯循大变无所湮者为能用之"(《天运》)……无论是河伯的"以天下之美为尽在己",井蛙的"擅一壑之水,而跨跱埳井之乐"(《秋水》),还是尧的美政(《天地》),甚至是神仙"泠然善也"(《逍遥游》)的享受,《庄子》中都要将"美"引向"大"。而此处所谓"大",在《庄子》中不是指具体有形的大,而是指"其大无外"的无形与无限之"大"(《庄子》中"无何有之乡""无有""无"都不是指一无所有,而是突出了无限的"无形"特点)。《庄子》中为什么会有"天下莫大于秋豪之末,而大山为小;莫寿乎殇子,而彭祖为夭"(《齐物论》)这样有违常识的"奇谈怪论"呢? 其实这是看到了任何具体有形的"大"总有其相对性,"因其所大而大之,则万物莫不大;因其所小而小之,则万物莫不小"(《秋水》);《庄子》中为什么会说"大人之行,不出乎害人,不多仁恩;动不为利,不贱门隶;货财弗争,不多辞让;事焉不借人,不多食乎力,不贱贪污;行殊乎俗,不多辟异;为在从众,不贱佞谄"(《秋水》)呢? 难道这里否定了"仁恩""动不为利""辞让""食乎力""行殊乎俗""为在从众"而肯定了"害人""为利""争""借人""辟异""佞谄"吗? 这里实际上是强调,"仁恩""动不为利""辞让""食乎力""行殊乎俗""为在从众"都是"美则美矣,而未大也","多"与"贱"这样的主观取舍则会对旧有的具体之"美"产生依赖而不能促使"美"的继续生成。《庄子》中之所以强调"无名""无功""无己",强调"行贤而去自贤之行"(《山木》);之所以反对"饰知以惊愚,修身以明污,昭昭乎若揭日月而行也"(《达生》),反对"非其所不善"(《胠箧》),"是其所是"(《徐无鬼》),也都是源于克服具体旧美之局限性、不断创造具体新美的核心主张。

总而言之,《庄子》中强调的是"合内外之道",把内圣("立德明道")与外王("应物而不穷")结合起来,把"治其内"与"治其外"(《天地》)"养其内"与"养其外"(《达生》)结合起来。可以说,通过"合内外之道",《庄子》其实很好地回答了如何最大程度实现自由的问题:一方面,把循道而行内化为人的主观目的,把道的客观规律内化为人的主观标准。一言以蔽之,对外在于人的"必然",人最大的自由是安于必然,不受负面情绪的支配;另一方面,人在主观上要不把具体之"美"的局限性视为"必然"而受其支配,主动超越具体之"美"的局限性,促成美的无限生成。也就是说,从"天"(自然)、"道"(本体)的层面来看,人与万物是一种平等关系,都是"天""道"的创造物。这个层面的特点是以客观为主体(人有意识地将客观规律作为支配人与万物的主体);而从"人"(主体)、"心"(主观)的层面来看,人完全可以被高置于物之上,因为只有人能够有意识地、自觉主动地循道而行,不断地超越具体之"美"的局限性,促成美的无限生成。这个层面的特点是以主观为主体(以人的主观能动性使人成为审美生成的主体)。可以说,通过"合内外之道",《庄子》其实也很好地解决了主观与客观、自由与必然的矛盾。

《红楼梦》中,最为看重的价值当然也是自由。如果不是自由的象征,宝玉厌弃八股时文,在女儿国中"厮混",在大观园中游逛,"懒与士大夫诸男人接谈,又最厌峨冠礼服贺吊往还等事","无事忙","不中用","闲消日月"……这些都是纨绔子弟典型的"荒于嬉"的生活;如果不是对自由的看重,宝姐姐就是一个无懈可击的完美淑女,而不是有着"丧己于物,失性于俗"、"真真有负天地钟灵毓秀之德"之憾的立体人物了;如果不是对自由的强调,湘云身上所体现出的魏晋风度也会大大消减"是真名士自风流"的魅力……

不过,《红楼梦》中没有一个单独的人物形象能够承载"合内外之道"的高妙境界,这种境界是在整体的象征世界中体现出来的。

《红楼梦》中"大观园"的命名即使不是有意为之,也很有可能是对道家"美则美矣,而未大也"之"大观"视域深切体会的一种无意流露;"茫茫大士""渺渺真人"贯穿全书始终可理解为以时空之无限突破"拘于虚""笃于时"之遮蔽;甄士隐、宝、黛等人对功名富贵的疏离可视为对"束于教""囿于物""拘于俗"之超越;《葬花词》当然并不能体现出哲人之思,但却以诗性智慧描述了一种极为"大观"的视域:诗中的花不是园林之花,甚至不是大自然中的花,而是向无限飘飞的花——"花谢花飞花满天""随花飞到天尽头";宝玉听闻《葬花词》后有了深刻的生命体验也是因为这篇作品引发了宝玉"逃大造,出尘网"的"大观"视域。而且,《红楼梦》的整体叙事视域也表现出"大观"的特点:《红楼梦》固然也写了宝黛爱情,写了四大家族的"兴衰际遇",写了"十八世纪封建社会的百科全书",这些包罗万象的描写还只是《庄子》中所说的"人间世",并不能体现出《红楼梦》中所具有的"天上人间诸景备"的"大观"视域。

《红楼梦》艺术世界的时空建构耐人寻味。虽说主体部分仍是描述特定时期与特定空间中的故事，可是，"又何必拘拘于朝代年纪哉"的说法便颇有侧重于无限时间中之永恒因素、于"达变"中"知常"的意味，开头女娲炼石的神话传说与"又向荒唐演大荒"的叙事结构又将特定时期放置在"古往"与"今后"之中，向前，通向无限；向后，也通向无限。另外，贾府、官府、朝廷、市井、宅院、庄园、乡村、庙观等特定空间被放置在"白茫茫大地真干净"之中，由封闭空间变成了向无限敞开的空间。小说结尾写宝玉拜别贾政将这种向无限敞开的空间意识写得极有诗意：

> 一日，行到陵驿地方，那天乍寒下雪，泊在一个清静去处。贾政打发众人上岸投帖辞谢朋友，总说即刻开船，都不敢劳动。船中只留一个小厮伺候，自己在船中写家书，先要打发人起旱到家。写到宝玉的事，便停笔。抬头忽见船头上微微的雪影里面一个人，光着头，赤着脚，身上披着一领大红猩猩毡的斗篷，向贾政倒身下拜。贾政尚未认清，急忙出船，欲待扶住问他是谁。那人已拜了四拜，站起来打了个问讯。贾政才要还揖，迎面一看，不是别人，却是宝玉。贾政吃一大惊，忙问道："可是宝玉么？"那人只不言语，似喜似悲。贾政又问道："你若是宝玉，如何这样打扮，跑到这里？"宝玉未及回言，只见舡头上来了两人，一僧一道，夹住宝玉说道："俗缘已毕，还不快走。"说着，三个人飘然登岸而去。贾政不顾地滑，疾忙来赶。见那三人在前，那里赶得上。只听见他们三人口中不知是那个作歌曰……

"白茫茫大地真干净"的背景中，一袭"大红猩猩毡的斗篷"渐行渐远，走向远方，走向无限。走向无限的还有那"我所居兮，青埂之峰。我所游兮，鸿蒙太空。谁与我游兮，吾谁与从。渺渺茫茫兮，归彼大荒"的悟道之歌，在人影不睹时似乎还在耳边萦绕，回味无穷……

这样富有象征意味的时空建构使得《红楼梦》具有了别的古典小说难以企及的"大观"视域，将具体有限之美引向无限，让读者体认到具体有限之美的"美则美矣，而未大也"，不对具体有限之美产生依赖感，唤醒人的超越精神，从而促成美的无限生成。如果说《三国演义》在一定程度上呈现了特定历史时期英雄人物的具体之美，《水浒传》在一定程度上呈现了江湖世界英雄人物的具体之美，《金瓶梅》通过"极写人情世态之歧"呼唤人性之美，《儒林外史》通过"戚而能谐，婉而多讽"寄托人格之美，作者都对这些具体之美表现出依恋与执着，那么，《红楼梦》虽然也呈现了包罗万象的具体之美，对这些具体之美也表现出由衷的欣赏之情，但作者对这些具体之美却少了许多执念与依赖。在"无限"的参照之下，曾经的具体之美如梦似幻，"不可永久依恃"，"无立足境"。尽管"无立足境"，却又"方是干净"，人的心灵被净化，妄念被消除，不会陷入具体之美的局限性中不能自拔；也正是"无立足境"，也才不会驻足不前，从而随道运化，不断创造出新的具体之美。

【思考讨论】二

1. 怎样理解评价《红楼梦》中宝玉对二丫头、傅秋芳的痴情？

2. 怎样理解评价《红楼梦》中宝玉对子虚乌有的"抽柴"女孩、洛神的痴情?

3. 怎样理解评价《红楼梦》中宝玉的"意淫"?

4.《庄子》中审美的人生态度在《红楼梦》中有哪些具体体现?

5.《红楼梦》中最为看重的价值是什么?为什么?

6.《庄子》中的"合内外之道"在《红楼梦》中有哪些具体体现?

7. 为什么说《庄子》中所说的自由并非是纵欲肆志,为所欲为?《庄子》的自由哲学在《红楼梦》中表现为怎样的审美超越?

8. 怎样理解《庄子》中的"无待"与《红楼梦》艺术世界时空建构的特点?

《庄子》中的生命立场与
《红楼梦》中的"灵性"

对道家最大的误解是简单武断地给道家智慧贴上"消极""悲观"等带有贬义的标签。

说道家思想消极最主要的依据是道家的"无为"主张,只是从字面上把"无为"理解为无所作为、不去行动。要知道,中国古代的哲人体现出不同的历史表情,孔子在微笑,老子在傻笑,庄子在狂笑,傻笑与狂笑的老庄最拿手的好戏就是逆向思维与以曲线方式达到目的,怎么能够仅从字面上去理解他们的思想呢?何况,即使仅从字面上去理解,我们也不能忽略了,老庄在说无为的时候还连着一个关键词叫"无不为"。

一代名将蒙哥马利元帅说过这样一段俏皮话:一种人又聪明又懒惰,这种人适合作高级指挥官;一种人又聪明又勤快,这种人适合作中下级军官;一种人又笨又懒,这种人只能作士兵。因为他笨,所以他要听从聪明的计划;因为他懒,所以必须用命令对他强制。第三种人似乎挺糟糕,但这种人还不是最糟糕的,最糟糕的是第四种人:又笨又勤快。因为笨,所以他做的事情往往是错的,而他又勤快……这种人适合作敌人,当然在敌人中这种人越多越好。

虽是俏皮话,但却能小中见大,与道家无为的智慧可谓有英雄所见略同之处。因为,道家的"无为"绝对不是无所作为、不去行动,而是强调有所不为才能有所为,不去妄为才能更好地行动。所谓"无为",实际上是主张不妄为、不折腾,是在适当的时候能够选择正确的方向,懂得放弃与停止,这就需要洞察力、胆识以及对人性弱点的超越,是一种大智慧。

《庄子》外篇《骈拇》中说:"凫胫虽短,续之则忧;鹤胫虽长,断之则悲",人如果以自己的主观好恶把鸭腿加长,鹤腿截短,对鸭与鹤来说这就是妄为,会导致"忧""悲"的后果。此时,"无为"反而能产生好效果,人与鸭鹤不仅能够相安无事,而且还免去了一番瞎折腾,诚如《红楼梦》中所说,"岂不省了些寿命筋力?就比那谋虚逐妄,却也省了口舌是非之害,腿脚奔忙之苦。"(第一回)

《庄子》《列子》中还多次讲到,病了才去治,治好了可谓"有为",但更好的是,将病消除于无形,根本不需要去治。不用治病可谓"无为",但这种"无为"当然是一种高明的智慧。同样的,不等天下乱了才去平,不等人心邪了才去教化,从迹象上来看这些都是"无为",但这些"无为"却能实现"平天下""正人心"的"有为",正可谓"无为而无不为"。

《红楼梦》中的王夫人被贾母戏称为"木头",平时也不怎么管事儿,当她"无为"的时候贾府倒也没出什么乱子。可当她这么一个"笨"人开始"有为"的时候,祸事接踵而至:第一次"有为",金钏儿死了,宝玉也差点被他爹打死;第二次"有为",晴雯死了,大观园被折腾得鸡犬不宁;第三次"有为",黛玉死了,贾府被抄。而王熙凤自恃才干,处处逞强,好像很"有为"的样子,最终却"力诎失人心","反算了卿卿性命"。如果她能够听从秦可卿托梦给她的建议,"早为后虑",消除祸乱于无形,这样的"无为"岂不是更为高明的智慧?可以说,《红楼梦》以其生动形象的描写,通过艺术化的形式,折射出道家"无为"的妙谛。同样的,如果对《庄子》中的生命立场有所领略,也就能对《红楼梦》中本来不为我们所知的一些思想意蕴恍然大悟。

认为道家思想悲观主要是因为庄子似乎有"生不如死"的慨叹。如《庄子》外篇《至乐》中有这样一个寓言:庄子看到骷髅后大发了一通对"生人之累"的感慨,结果骷髅托梦给庄子说:"死,无君于上,无臣于下;亦无四时之事,从然以天地为春秋,虽南面王乐,不能过也。"庄子不信,要为骷髅起死回生,骷髅皱着眉头说:"吾安能弃南面王乐而复为人间之劳乎。"在这段寓言中,"生"有"累""劳"之苦,"死"却有"南面王乐",所以骷髅不愿复活,似乎确实在说"生不如死"。然而,《庄子》中常常以惊世骇俗之语来振聋发聩,此处虽然说得颇为激愤,但与其说是在"厌生",还不如说是"厌世";与其说生命本身没有价值,还不如说黑暗的现实世界使生命无法实现其价值。通读《庄子》,不难发现全书洋溢着对生命的珍惜热爱:宁肯生时"曳尾于途中",也不愿"死为留骨而贵"(《秋水》);即使"必有天下",也不愿"愁身伤生"(《让王》);哪怕是没有"轩冕之尊",也不愿"死得于腠楯之上、聚偻之中"(《达生》);《庄子》中还倡导"养生""全生""存生""达生""卫生""长生""尊生""重生""其生可乐",反对"残生""伤生""害生""弃生""苦其生"……总之,《庄子》中并没有视生命为虚无,而是肯定并张扬了生命的价值与意义,有着鲜明的生命立场。这样的生命立场在《红楼梦》中也能够看到。

【智慧点击】 《庄子》与《红楼梦》中的三种生命层次

在《庄子》中,人之生命不仅指"身""形"这样的物质生命,而且还指"心""神""精神"这样的精神生命。相比较而言,《庄子》更看重的是精神生命。对物质生命的过度追求反而会带来生命整体的异化与损害,所谓"且夫失性有五:一曰五色乱目,使目不明;二曰五声乱耳,使耳不聪;三曰五臭熏鼻,困惾中颡;四曰五味浊口,使口厉爽;五曰趣舍滑心,使性飞扬。此五者,皆生之害也"(《天地》),看重物质生命也会导致追逐外物的功利立场,但"若不得者,则大忧以惧"(《至乐》),"不得"会使生命质量下降。"钱财不积则贪者忧,权势不尤则夸者悲"(《徐无鬼》),已得而欲再得,还会使生命质量下降。得到又唯恐失去,仍会使生命质量下降:"今世之人居高官尊爵者,皆重失之"(《让王》),"内则疑劫请之贼,外则畏寇盗之害"(《盗跖》)。在《红楼梦》中,王熙凤是功利立场的代表人物,通过这样一个人物形象的成功塑造,《庄子》中描述的功利立场所导致的生命困境,在她那里得到了生动的表现。我们还可以看到:尽管精明强干,乃至"恃强羞说病",可终究是"力诎失人心",这不正是"终身役役而不见其成功,苶然疲役而不知其所归,可不哀邪"(《齐物论》);收受贿赂而害死人命,以公钱放高利贷,利用职权便利克扣银钱,这不正是"民之于利甚勤,子有杀父,臣有杀君,正昼为盗,日中穴阫"(《庚桑楚》);她以"借剑杀人""坐山观虎斗"之法害死尤二姐,和他人打交道时非常擅长玩弄权术,可是,"机关算尽太聪明,反算了卿卿性命",这不又是"螳螂捕蝉,黄雀在后"式的"物固相累"(《山木》)?

《庄子》中,精神生命是更高级别的生命层次。如《田子方》中认为人生最大的悲哀还不是物质生命的结束,而是精神生命的消亡——"哀莫大于心死",同样的意思在《齐物论》中又有不同的表达:"其形化,其心与之然,可不谓大哀乎?"正因为对精神生命的看重,《庄子》认为"世之人以为养形足以存生,而养形果不足以存生"(《达生》),强调精神生命的培养与发展。

但是,这一生命层次也可能遮蔽、扰乱、压抑、损害生命整体。例如精神生命发展到一定阶段必然会追求道德,但是,即使人们真诚地持有某些道德立场,可是,仍然无法安顿生命:《庄子》中明确指出了道德立场很多时候其实无法消解个体生命与他人的尖锐冲突,他人并不会因个体具有道德立场就不去残害个体生命:"且德厚信矼,未达人气,名闻不争,未达人心。而强以仁义绳墨之言术暴人之前者,是以人恶有其美也,命之曰菑人。菑人者,人必反菑之"(《人间世》),"不仁则害人,仁则反愁我身;不义则伤彼,义则反愁我己"(《庚桑楚》),"昔者龙逢斩,比干剖,苌弘胣,子胥靡,故四子之贤而身不免乎戮"(《胠箧》)……另外,《天运》篇中指出"五帝之礼义法度,其犹柤梨橘柚邪! 其味相反而皆可于口。故礼义法度者,应时而变者也",《秋水》篇中云:"差其时,逆其俗者,谓之篡夫;当其时,顺其俗者,谓之义徒",虽角度不同,可都强调道德的相对性和变动性,如果因坚持道德立场而无视道德的相对性和变动性,就会"莫得安其性命之情"(《在宥》),"仁则反愁我身","义则反愁我己"(《盗跖》),"仁则仁矣,恐不免其身,苦心劳形以危其真"(《渔父》),同样也会损害生命整体。

李纨是《红楼梦》中道德立场的典型。李纨的道德立场是真诚的,可是,《红楼梦》中对她的评价却耐人寻味。第五回中,她的判词有一句"枉与他人作笑谈",《晚韶华》曲中又说:"镜里恩情,更那堪梦里功名! 那美韶华去之何迅! 再休提绣帐鸳衾。只这带珠冠,披凤袄,也抵不了无常性命……问古来将相可还存? 也只是虚名儿与后人钦敬。"李纨居然被说成是一个笑柄,一个虚名。《庄子·盗跖》中有这样一段:"世之所谓忠臣者,莫若王子比干、伍子胥。子胥沉江,比干剖心,此二子者,世谓忠臣也,然卒为天下笑。"正如比干等人不虚伪的"忠"会被耻笑一样,对于《庄子》中所说的把道德作为手段而功利作为目的的"利仁义"之人来说,李纨自然也就成了笑柄。而且,越是因为不虚伪,才越会被"利仁义"之人视为呆傻:你那么真诚地守节,可除了得到一个"虚名儿"之外,得到了什么"好处"呢? 另外,李纨判词中有"如冰水好空相妒"一句,这不也正体现出人们对"菑人"的普遍心态吗? 所谓"人恶有其美也"(《庄子·人间世》),说的不正是"菑人"以其美德反衬出其他人的罪恶,不仅不能而且,就算李纨运气足够好,没有遭到外界的伤害,可是,由于拘守了不道德的道德,李纨自己加害了自己,仍然没能很好地安顿自己的生命。

《庄子》强调对精神生命也要加以净化与升华,使精神生命进入以"灵"来描述的更高层次:"故不足以滑和,不可入于灵府"(《德充符》),"故其灵台一而不桎"(《达生》),"不足以滑成,不可内于灵台。灵台者有持,而不知其所持,而不可持者也"(《庚桑楚》)。既然《庄子》中以"灵"来描述,我们不妨把这一生命层次称为"灵性生命"。

不知是无心契合还是有意为之,《红楼梦》中也很突出一个"灵"字:石头经女娲锻炼之后,"灵性"已通,石头在人间又是"通灵"宝玉,《石头记》是"借通灵之说"写成的,石头"造历幻缘"是"失去幽灵真境界";仁者所禀是"清明灵秀,天地之正气",正邪两赋之人"其聪俊灵秀之气,则在万万人之上";为了使宝玉悟道,警幻仙子"醉以灵酒",太虚幻境是"幽微灵秀地",风月宝鉴出自太虚幻境空灵殿上,宝玉才情被形容为"空灵娟逸"……尤其是,荣宁二公托付给警幻仙子的却只有他一人,为什么? 不还是因为他"聪明灵慧"吗? ——"其中惟嫡孙宝玉一人,禀性乖张,生性怪谲,虽聪明灵慧,略可望成,……幸仙姑偶来,万望先以情欲声色等事警其痴顽,或能使彼跳出迷人圈子,然后入于正路,亦吾兄弟之幸矣。"黛玉清高、孤傲、"多心""小性儿",毛病不少,但她却是众女儿中最脱俗,又是和宝玉最知心、最得宝玉敬而且爱的一个,为什么呢? 恐怕也是因为她和"灵"有不解之缘吧:黛玉前身是"灵河"岸边的绛珠仙草,而且宝玉续《庄子》又有"灰黛玉之灵窍"这样的句子。

与宝黛的"灵性"相对照,宝钗博古通今,多才多艺,可藏可露,能屈能伸,会做人又会做事。直到今天还有不少人发出"娶妻当娶薛宝钗"的感叹。然而,在《红楼梦》中,宝钗却被说成是"钓名沽誉,入了国贼禄鬼之流",是"真真有负天地钟灵毓秀之德了!"(第三十六回),居然和"灵性"无缘,这是为什么呢?

《红楼梦》中也并不讳言宝钗持有功利立场。连宝玉初见小红都不知是自己房中的丫鬟,而宝钗却能够听声辨人,而且深谙小红的性情为人。她还对宝玉房中服侍之人的人际关系了如指掌,所以在"小惠全大体"时能够轻易地化解矛盾。可以说,这些是她为了不至于"人人跟前失于应候"、为了更好地与人交际而进行的火力侦察。古人有"诗言志"之说,她也确实写有"好风频借力,送我上青云"之句,表现出对功名富贵的热衷。另外,元妃省亲时,她也确实流露出对"穿黄袍子"的艳羡……尤为重要的是,《红楼梦》中还以象征的手法暗示了宝钗的功利立场:有研究者认为冷香丸表明了作者对宝钗的赞赏,因为冷香丸由白牡丹花蕊、白荷花蕊、白芙蓉花蕊、白梅花蕊组成,而这几种花在古典文学中都是高洁的象征。这几种花在古典文学中确实都是高洁的象征,可这样的象征顶多只能表明冷香丸之"高洁",而不是宝钗之"高洁"。恰恰,"高洁"的冷香丸是用来医治宝钗"从胎里带来的一股热毒"的。何谓"热毒"?《庄子·达生》中有这样一段:"有张毅者,高门县薄,无不走也,行年四十而有内热之病以死。"张毅是一个"好恭"、热衷于功利追求的人,《庄子》称此人患"内热之病"而致死。

宝钗的道德立场也有值得肯定之处。《红楼梦》中,钗、黛二人出类拔萃于众姊妹之列,几乎总是被放置于并列的位置加以评价,而且明确地用"停机德"来概括宝钗的出类拔萃。这个出类拔萃的宝钗也许有点儿虚伪,例如她讨好迎合元春、贾母与王夫人,她的"安非随时,自云守拙"也未必没有表演性;这个出类拔萃的宝钗也许有点儿自私,例如她"不干己事不开口,一问摇头三不知"。这个出类拔萃的宝钗也许有点儿功利,例如她博施小惠不是济众,而是只愁"人人跟前失于应候"。即使宝钗确实有这些毛病,她还有一个很大的优点不能忽略了,那就是"克己":她虽然博学多才,但从不恃才傲物;她虽是大家闺秀,但从不仗势欺人。她内敛低调,她恭俭谦让,她善解人意。从性格逻辑来看,这个克己的宝钗是不会自我膨胀的,即使自私,也不愿害人;即使功利,也不至歹毒;即使虚伪,也不会阴险。

凤姐的功利立场与"灵性"无缘,李纨的道德立场与"灵性"无缘,宝钗既功利又道德的立场仍然与"灵性"无缘。其实,在《红楼梦》中我们可以看出,宝钗可被指责的不是她面对鲜活生命的丧失没有表示同情与怜悯(因为此时的同情与怜悯对死者既没有道德意义,也没有功利意义),而是鲜活生命的丧失居然没能唤醒她的生命立场。聪慧如她,对待生命的态度居然与她被称为"呆霸王"的哥哥如出一辙:薛蟠将人命官司"视为儿戏,自为花上几个臭钱,没有不了的"。而宝钗在金钏儿投井后劝王夫人时居然说:"十分过不去,不过多赏他几两银子发送他,也就尽主仆之情了。"二人的语言虽有雅俗的不同,可是二人都把生命视为"物",而且还是可以用不很多的银钱就能购买的"物"。维特根斯坦曾说:"即使一切可能的科学问题都能解答,我们的生命问题还是没能触及到。"生命问题岂止与科学水平无关,它还与生活中的长袖善舞无关,与对现实世界的适应能力无关,可以说,在宝钗那里,唯独缺失的就是生命立场。正是生命立场的缺失,宝钗的生活之"技"不能"进"于"道",她虽然能与现实世界保持高度的适应与协调,却同时也在如鱼得水、左右逢源中沉沦;正是生命立场的缺失,宝钗虽然有"克己"的素质,却并不能真正善待他人与自己的生命,倒是常常被"不道德的道德"规劝异化。

"生命立场"是《红楼梦》中的一大亮点,也是中国智慧的一大体现。中国智慧把宇宙视为生生不息的一个大生命,人与万物都是构成此生命的必不可少的部分,虽然"天地间,人为贵","域中有四大,人居其一焉",但人的高贵体现在人能够"与天地精神往来"、"为天地立心";人与万物也不是竞争、对立的紧张关系,而是要凭着人特有的灵性"赞天地之化育","育万物,和天下"。以《红楼梦》为窗口,一窥中国智慧的大风景,不仅是本教材的重点,也能作为解读《红楼梦》的很好的视角。

【文本选讲】

　　　后面便是一片冰山,上有一只雌凤。其判云:凡鸟偏从末世来,都知爱慕此生才。一从二令三人木,哭向金陵事更哀。
　　　〔聪明累〕机关算尽太聪明,反算了卿卿性命。生前心已碎,死后性空灵。家富人宁,终有个家亡人散各奔腾。枉费了意悬悬半世心,好一似荡悠悠三更梦。忽喇喇似大厦倾,昏惨惨似灯将尽。呀! 一场欢喜忽悲辛,叹人世,终难定!(第五回)
　　　凤姐儿正自看园中的景致,一步步行来赞赏。猛然从假山石后走过一个人来,向前对凤姐儿说道:"请嫂子安。"凤姐儿猛然见了,将身子望后一退,说道:"这是瑞大爷不是?"贾瑞说道:"嫂子连我也不认得了? 不是我是谁!"凤姐儿道:"不是不认得,猛然一见,不想到是大爷到这里来。"贾瑞道:"也是合该我与嫂子有缘。我方才偷出了席,在这个清净地方略散一散,不想就遇见嫂子也从这里来。这不是有缘么?"一面说着,一面拿眼睛不住的觑着凤姐儿。

凤姐儿是个聪明人,见他这个光景,如何不猜透八九分呢,因向贾瑞假意含笑道:"怨不得你哥哥时常提你,说你很好。今日见了,听你说这几句话儿,就知道你是个聪明和气的人了。这会子我要到太太们那里去,不得和你说话儿,等闲了咱们再说话儿罢。"贾瑞道:"我要到嫂子家里去请安,又恐怕嫂子年轻,不肯轻易见人。"凤姐儿假意笑道:"一家子骨肉,说什么年轻不年轻的话。"贾瑞听了这话,再不想到今日得这个奇遇,那神情光景亦发不堪难看了。凤姐儿说道:"你快入席去罢,仔细他们拿住罚你酒。"贾瑞听了,身上已木了半边,慢慢的一面走着,一面回过头来看。凤姐儿故意的把脚步放迟了些儿,见他去远了,心里暗忖道:"这才是知人知面不知心呢,那里有这样禽兽的人呢。他如果如此,几时叫他死在我的手里,他才知道我的手段!"(**第十一回**)

凤姐也略坐片时,便回至净室歇息,老尼相送。此时众婆娘媳妇见无事,都陆续散了,自去歇息,跟前不过几个心腹常侍小婢,老尼便趁机说道:"我正有一事,要到府里求太太,先请奶奶一个示下。"凤姐因问何事。老尼道:"阿弥陀佛! 只因当日我先在长安县内善才庵内出家的时节,那时有个施主姓张,是大财主。他有个女儿小名金哥,那年都往我庙里来进香,不想遇见了长安府府太爷的小舅子李衙内。那李衙内一心看上,要娶金哥,打发人来求亲,不想金哥已受了原任长安守备的公子的聘定。张家若退亲,又怕守备不依,因此说已有了人家。谁知李公子执意不依,定要娶他女儿,张家正无计策,两处为难。不想守备家听了此言,也不管青红皂白,便来作践辱骂,说一个女儿许几家,偏不许退定礼,就打官司告状起来。那张家急了,只得着人上京来寻门路,赌气偏要退定礼。我想如今长安节度云老爷与府上最契,可以求太太与老爷说声,打发一封书去,求云老爷和那守备说一声,不怕那守备不依。若是肯行,张家连倾家孝顺也都情愿。"

凤姐听了笑道:"这事倒不大,只是太太再不管这样的事。"老尼道:"太太不管,奶奶也可以主张了。"凤姐听说笑道:"我也不等银子使,也不做这样的事。"净虚听了,打去妄想,半晌叹道:"虽如此说,张家已知我来求府里,如今不管这事,张家不知道没工夫管这事,不希罕他的谢礼,倒象府里连这点子手段也没有的一般。"

凤姐听了这话,便发了兴头,说道:"你是素日知道我的,从来不信什么是阴司地狱报应的,凭是什么事,我说要行就行。你叫他拿三千银子来,我就替他出这口气。"老尼听说,喜不自禁,忙说:"有,有! 这个不难。"凤姐又道:"我比不得他们扯篷拉牵的图银子。这三千银子,不过是给打发说去的小厮作盘缠,使他赚几个辛苦钱,我一个钱也不要他的。便是三万两,我此刻也拿的出来。"老尼连忙答应,又说道:"既如此,奶奶明日就开恩也罢了。"凤姐道:"你瞧瞧我忙的,那一处少了我?既应了你,自然快快的了结。"老尼道:"这点子事,在别人的跟前就忙的不知怎么样,若是奶奶的跟前,再添上些也不够奶奶一发挥的。只是俗语说的,'能者多劳',太太因大小事见奶奶妥贴,越性都推给奶奶了,奶奶也要保重金体才是。"一路话奉承的凤姐越发受用,也不顾劳乏,更攀谈起来。(第十五回)

那凤姐儿已是得了云光的回信,俱已妥协。老尼达知张家,果然那守备忍气吞声的受了前聘之物。谁知那张家父母如此爱势贪财,却养了一个知义多情的女儿,闻得父母退了前夫,他便一条麻绳悄悄的自缢了。那守备之子闻得金哥自缢,他也是个极多情的,遂也投河而死,不负妻义。张李两家没趣,真是人财两空。这里凤姐却坐享了三千两,王夫人等连一点消息也不知道。自此凤姐胆识愈壮,以后有了这样的事,便恣意的作为起来。也不消多记。

这里凤姐乃问平儿:"方才姨妈有什么事,巴巴打发了香菱来?"平儿笑道:"那里来的香菱,是我借他暂撒个谎。奶奶说说,旺儿嫂子越发连个承算也没了。"说着,又走至凤姐身边,悄悄的说道:"奶奶的那利钱银子,迟不送来,早不送来,这会子二爷在家,他且送这个来。幸亏我在堂屋里撞见,不然时走了来回奶奶,二爷倘或问奶奶是什么利钱,奶奶自然不肯瞒二爷的,少不得照实告诉二爷。我们二爷那脾气,油锅里的钱还要找出来花呢,听见奶奶有了这个梯己,他还不放心的花了呢。所以我赶着接了过来,叫我说了他两句,谁知奶奶偏听见了问,我就撒谎说香菱来了。"(第十六回)

王夫人问道:"正要问你,如今赵姨娘周姨娘的月例多少?"凤姐道:"那是定例,每人二两。赵姨娘有环兄弟的二两,共是四两,另外四串钱。"王夫人道:"可都按数给他们?"凤姐见问的奇怪,忙道:"怎么不按数给!"王夫人道:"前儿我恍惚听见有人抱怨,说短了一吊钱,是什么原故?"凤姐忙笑道:"姨娘们的丫头,月例原是人各一吊。从旧年他们外头商议的,姨娘们每位的丫头分例减半,人各五百钱,每位两个丫头,所以短了一吊钱。这也抱怨不着我,我倒乐得给他们呢,他们外头又扣着,难道我添上不成。这个事我不过是接手儿,怎么来,怎么去,由不得我作主。我倒说了两三回,仍旧添上这两分的。他们说只有这个项数,叫我也难再说了。如今我手里每月连日子都不错给他们呢。先时在外头关,那个月不打饥荒,何曾顺顺溜溜的得过一遭儿。"

说毕半日,凤姐见无话,便转身出来。刚至廊檐上,只见有几个执事的媳妇子正等他回事呢,见他出来,都笑道:"奶奶今儿回什么事,这半天?可是要热着了。"凤姐把袖子挽了几挽,跐着那角门的门坎子,笑道:"这里过门风倒凉快,吹一吹再走。"又告诉众人道:"你们说我回了半日的话,太太把二百年头里的事都想起来问我,难道我不说罢。"又冷笑道:"我从今以后倒要干几样克毒事了。抱怨给太太听,我也不怕。胡涂油蒙了心,烂了舌头,不得好死的下作东西,别作娘的春梦!明儿一裹脑子扣的日子还有呢。如今裁了丫头的钱,就抱怨了咱们。也不想一想是奴几,也配使两三个丫头!"一面骂,一面方走了,自去挑人回贾母话去,不在话下。(第三十六回)

平儿见问,忙转身至袭人跟前,见方近无人,才悄悄说道:"你快别问,横竖再迟几天就放了。"袭人笑道:"这是为什么,唬得你这样?"平儿悄悄告诉他道:"这个月的月钱,我们奶奶早已支了,放给人使呢。等别处的利钱收了来,凑齐了才放呢。因为是你,我才告诉你,你可不许告诉一个人去。"袭人道:"难道他还短钱使,还没个足厌?何苦还操这心。"平儿笑道:"何曾不是呢。这几年拿着这一项银子,翻出有几百来了。他的公费月例又使不着,十两八两零碎攒了放出去,只他这梯己利钱,一年不到,上千的银子呢。"袭人笑道:"拿着我们的钱,你们主子奴才赚利钱,哄的我们呆呆的等着。"(第三十六回)

只见凤姐已将银子封好,正要送去。尤氏问:"都齐了?"凤姐儿笑道:"都有了,快拿了去罢,丢了我不管。"尤氏笑道:"我有些信不及,倒要当面点一点。"说着果然按数一点,只没有李纨的一分。尤氏笑道:"我说你闹鬼呢,怎么你大嫂子的没有?"凤姐儿笑道:"那么些还不够使?短一分儿也罢了,等不够了我再给你。"尤氏道:"昨儿你在人跟前作人,今儿又来和我赖,这个断不依你。我只和老太太要去。"凤姐儿笑道:"我看你利害。明儿有了事,我也丁是丁卯是卯的,你也别抱怨。"尤氏笑道:"你一般的也怕。不看你素日孝敬我,我才是不依你呢。"说着,把平儿的一分拿了出来,说道:"平儿,来!把你的收起去,等不够了,我替你添上。"平儿会意,因说道:"奶奶先使着,若剩下了再赏我一样。"尤氏笑道:"只许你那主子作弊,就不许我作情儿。"平儿只得收了。尤氏又道:"我看着你主子这么细致,弄这些钱那里使去!使不了,明儿带了棺材里使去。"(第四十三回)

正说着,只见一个媳妇来回说:"鲍二媳妇吊死了。"贾琏凤姐儿都吃了一惊。凤姐忙收了怯色,反喝道:"死了罢了,有什么大惊小怪的!"一时,只见林之孝家的进来悄回凤姐道:"鲍二媳妇吊死了,他娘家的亲戚要告呢。"凤姐儿笑道:"这倒好了,我正想要打官司呢!"林之孝家的道:"我才和众人劝了他们,又威吓了一阵,又许了他几个钱,也就依了。"凤姐儿道:"我没一个钱!有钱也不给,只管叫他告去。也不许劝他,也不用震吓他,只管让他告去。告不成倒问他个'以尸讹诈'!"(第四十四回)

谁知凤姐心下早已算定,只待贾琏前脚走了,回来便传各色匠役,收拾东厢房三间,照依自己正室一样装饰陈设。至十四日便回明贾母王夫人,说十五日一早要到姑子庙进香去。只带了平儿、丰儿、周瑞媳妇、旺儿媳妇四人,未曾上车,便将原故告诉了众人。又吩咐众男人,素衣素盖,一径前来。兴儿引路,一直到了二姐门前扣门。鲍二家的开了。兴儿笑说:"快回二奶奶去,大奶奶来了。"鲍二家的听了这句,顶梁骨走了真魂,忙飞进报与尤二姐。尤二姐虽也一惊,但已来了,只得以礼相见,于是忙整衣迎了出来……凤姐忙陪笑还礼不叠。二人携手同入室中。凤姐上座,尤二姐命丫鬟拿褥子来便行礼,说:"奴家年轻,一从到了这里之事,皆系家母和家姐商议主张。今日有幸相会,若姐姐不弃奴家寒微,凡事求姐姐的指示教训。奴亦倾心吐胆,只伏侍姐姐。"说着,便行下礼去。凤姐儿忙下座以礼相还,口内忙说:"皆因奴家妇人之见,一味劝夫慎重,不可在外眠花卧柳,恐惹父母担忧。此皆是你我之痴心,怎奈二爷错会奴意。眠花宿柳之事瞒奴或可;今娶姐姐二房之大事亦人家大礼,亦不曾对奴说。奴亦曾劝二爷早行此礼,以备生育。不想二爷反以奴为那等嫉妒之妇,私自行此大事,并不说知。使奴有冤难诉,惟天地可表。前于十日之先奴已风闻,恐二爷不乐,遂不敢先说。今可巧远行在外,故奴家亲自拜见过,还求姐姐下体奴心,起动大驾,挪至家中。你我姊妹同居同处,彼此合心谏劝二爷,慎重世务,保养身体,方是大礼。若姐姐在外,奴在内,虽愚贱不堪相伴,奴心又何安。再者,使外人闻知,亦甚不雅观。二爷之名也要紧,倒是谈论奴家,奴亦不怨。所以今生今世奴之名节全在姐姐身上。那起下人小人之言,未免见我素日持家太严,背后加减些语言,自是常情。姐姐乃何等样人物,岂可信真。若我实有不好之处,上头三层公婆,中有无数姊妹妯娌,况贾府世代名家,岂容我到今日。今日二爷私娶姐姐在外,若别人则怒,我则以为幸。正是天地神佛不忍我被小人们诽谤,故生此事。我今来求姐姐进去和我一样同居同处,同分同例,同侍公婆,同谏丈夫。喜则同喜,悲则同悲,情似亲妹,和比骨肉。不但那起小人见了,自悔从前错认了我,就是二爷来家一见,他作丈夫之人,心中也未免暗悔。所以姐姐竟是我的大恩人,使我从前之名一洗无余了。若姐姐不随奴去,奴亦情愿在此相陪。奴愿作妹子,每日伏侍姐姐梳头洗面。只求姐姐在二爷跟前替我好言方便方便,容我一席之地安身,奴死也愿意。"说着,便呜呜咽咽哭将起来。尤二姐见了这般,也不免滴下泪来。

　　凤姐口内全是自怨自错,"怨不得别人,如今只求姐姐疼我"等语。尤二姐见了这般,便认他作是个极好的人,小人不遂心诽谤主子亦是常理,故倾心吐胆,叙了一回,竟把凤姐认为知己。又见周瑞等媳妇在旁边称扬凤姐素日许多善政,只是吃亏心太痴了,惹人怨,又说"已经预备了房屋,奶奶进去一看便知。"尤氏心中早已要进去同住方好,今又见如此,岂有不允之理,便说:"原该跟了姐姐去,只是这里怎样?"凤姐儿道:"这有何难,姐姐的箱笼细软只管着小厮搬了进去。这些粗笨货要他无用,还叫人看着。姐姐说谁妥当就叫谁在这里。"尤二姐忙说:"今日既遇见姐姐,这一进去,凡事只凭姐姐料理。我也来的日子浅,也不曾当过家,世事不明白,如何敢作主。这几件箱笼拿进去罢。我也没有什么东西,那也不过是二爷的。"

　　凤姐听了,便命周瑞家的记清,好生看管着抬到东厢房去。于是催着尤二姐穿戴了,二人携手上车,又同坐一处,又悄悄的告诉他:"我们家的规矩大。这事老太太一概不知,倘或知二爷孝中娶你,管把他打死了。如今且别见老太太、太太。我们有一个花园子极大,姊妹住着,容易没人去的。你这一去且在园里住两天,等我设个法子回明白了,那时再见方妥。"尤二姐道:"任凭姐姐裁处。"那些跟车的小厮们皆是预先说明的,如今不去大门,只奔后门而来。

下了车,赶散众人。凤姐便带尤氏进了大观园的后门,来到李纨处相见了。彼时大观园中十停人已有九停人知道了,今忽见凤姐带了进来,引动多人来看问。尤二姐一一见过。众人见他标致和悦,无不称扬。凤姐一一的吩咐了众人:"都不许在外走了风声,若老太太、太太知道,我先叫你们死。"园中婆子丫鬟都素惧凤姐的,又系贾琏国孝家孝中所行之事,知道关系非常,都不管这事。凤姐悄悄的求李纨收养几日,"等回明了,我们自然过去的。"李纨见凤姐那边已收拾房屋,况在服中,不好倡扬,自是正理,只得收下权住。凤姐又变法将他的丫头一概退出,又将自己的一个丫头送他使唤。暗暗吩咐园中媳妇们:"好生照看着他。若有走失逃亡,一概和你们算账。"自己又去暗中行事。合家之人都暗暗纳罕的说:"看他如何这等贤惠起来了。"

那尤二姐得了这个所在,又见园中姊妹各各相好,倒也安心乐业的自为得其所矣。谁知三日之后,丫头善姐便有些不服使唤起来。尤二姐因说:"没了头油了,你去回声大奶奶拿些来。"善姐便道:"二奶奶,你怎么不知好歹没眼色。我们奶奶天天承应了老太太,又要承应这边太太那边太太。这些妯娌姊妹,上下几百男女,天天起来,都等他的话。一日少说,大事也有一二十件,小事还有三五十件。外头的从娘娘算起,以及王公侯伯家多少人情客礼,家里又有这些亲友的调度。银子上千钱上万,一日都从他一个手一个心一个口里调度,那里为这点子小事去烦琐他。我劝你能着些儿罢。咱们又不是明媒正娶来的,这是他亘古少有一个贤良人才这样待你,若差些儿的人,听见了这话,吵嚷起来,把你丢在外,死不死,生不生,你又敢怎样呢!"一席话,说的尤氏垂了头,自为有这一说,少不得将就些罢了。那善姐渐渐连饭也怕端来与他吃,或早一顿,或晚一顿,所拿来之物,皆是剩的。尤二姐说过两次,他反先乱叫起来。尤二姐又怕人笑他不安分,少不得忍着。隔上五日八日见凤姐一面,那凤姐却是和容悦色,满嘴里姐姐不离口。又说:"倘有下人不到之处,你降不住他们,只管告诉我,我打他们。"又骂丫头媳妇说:"我深知你们,软的欺,硬的怕,背开我的眼,还怕谁。倘或二奶奶告诉我一个不字,我要你们的命。"尤氏见他这般的好心,思想"既有他,何必我又多事。下人不知好歹,也是常情。我若告了,他们受了委屈,反叫人说我不贤良。"因此反替他们遮掩。

凤姐一面使旺儿在外打听细事,这尤二姐之事皆已深知。原来已有了婆家的,女婿现在才十九岁,成日在外嫖赌,不理生业,家私花尽,父亲撵他出来,现在赌钱厂存身。父亲得了尤婆十两银子退了亲的,这女婿尚不知道。原来这小伙子名叫张华。凤姐都一一尽知原委,便封了二十两银子与旺儿,悄悄命他将张华勾来养活,着他写一张状子,只管往有司衙门中告去,就告琏二爷"国孝家孝之中,背旨瞒亲,仗财依势,强逼退亲,停妻再娶"等语。这张华也深知利害,先不敢造次。旺儿回了凤姐,凤姐气的骂:"癞狗扶不上墙的种子。你细细的说给他,便告我们家谋反也没事的。不过是借他一闹,大家没脸。若告大了,我这里自然能够平息的。"旺儿领命,只得细说与张华。凤姐又吩咐旺儿:"他若告了你,你就和他对词去。"如此如此,这般这般,"我自有道理。"旺儿听了有他做主,便又命张华状子上添上自己,说:"你只告我来往过付,一应调唆二爷做的。"张华便得了主意,和旺儿商议定了,写了一纸状子,次日便往都察院喊了冤……察院命将状子与他看。旺儿故意看了一遍,碰头说道:"这事小的尽知,小的主人实有此事。但这张华素与小的有仇,故意攀扯小的在内。其中还有别人,求老爷再问。"张华碰头说:"虽还有人,小的不敢告他,所以只告他下人。"旺儿故意急的说:"胡涂东西,还不快说出来!这是朝廷公堂之上,凭是主子,也要说出来。"张华便说出贾蓉来。察院听了无法,只得去传贾蓉。凤姐又差了庆儿暗中打听,告了起来,便忙将王信唤来,告诉他此事,命他托察院只虚张声势警唬而已,又拿了三百银子与他去打点。是夜王信到了察院私第,安了根子。那察院深知原委,收了赃银。次日回堂,只说张华无赖,因拖欠了贾府银两,枉捏虚词,诬赖良人。都察院又素与王子腾相好,王信也只到家说了一声,况是贾府之人,巴不得了事,便也不提此事,且都收下,只传贾蓉对词……(**第六十六回**)

凤姐一面使人暗暗调唆张华,只叫他要原妻,这里还有许多赔送外,还给他银子安家过活。张华原无胆无心告贾家的,后来又见贾蓉打发人来对词,那人原说的:"张华先退了亲。我们皆是亲戚。接到家里住着是真,并无娶嫁之说。皆因张华拖欠了我们的债务,追索不与,方诬赖小的主人那些个。"察院都和贾王两处有瓜葛,况又受了贿,只说张华无赖,以穷讹诈,状子也不收,打了一顿赶出来。庆儿在外替他打点,也没打重。又调唆张华:"亲原是你家定的,你只要亲事,官必还断给你。"于是又告。王信那边又透了消息与察院,察院便批:"张华所欠贾宅之银,令其限内按数交还,其所定之亲,仍令其有力时娶回。"又传了他父亲来当堂批准。他父亲亦系庆儿说明,乐得人财两进,便去贾家领人。

凤姐儿一面吓的来回贾母,说如此这般,都是珍大嫂子干事不明,并没和那家退准,惹人告了,如此官断。贾母听了,忙唤了尤氏过来,说他作事不妥,"既是你妹子从小曾与人指腹为婚,又没退断,使人混告了。"尤氏听了,只得说:"他连银子都收了,怎么没准。"凤姐在旁又说:"张华的口供上现说不曾见银子,也没见人去。他老子说:'原是亲家母说过一次,并没应准。亲家母死了,你们就接进去作二房。'如此没有对证,只好由他去混说。幸而琏二爷不在家,没曾圆房,这还无妨。只是人已来了,怎好送回去,岂不伤脸。"贾母道:"又没圆房,没的强占人家有夫之人,名声也不好,不如送给他去。那里寻不出好人来。"尤二姐听了,又回贾母说:"我母亲实于某年月日给了他十两银子退准的。他因穷急了告，又翻了口。我姐姐原没错办。"贾母听了，便说："可见刁民难惹。既这样，凤丫头去料理料理。"

凤姐听了无法，只得应着。回来只命人去找贾蓉。贾蓉深知凤姐之意，若要使张华领回，成何体统，便回了贾珍，暗暗遣人去说张华："你如今既有许多银子，何必定要原人。若只管执定主意，岂不怕爷们一怒，寻出个由头，你死无葬身之地。你有了银子，回家去什么好人寻不出来。你若走时，还赏你些路费。"张华听了，心中想了一想，这倒是好主意，和父亲商议已定，约共也得了有百金，父子次日起个五更，回原籍去了。

贾蓉打听得真了，来回了贾母凤姐，说："张华父子妄告不实，惧罪逃走，官府亦知此情，也不追究，大事完毕。"凤姐听了，心中一想：若必定着张华带回二姐去，未免贾琏回来再花几个钱包占住，不怕张华不依。还是二姐不去，自己相伴着还妥当，且再作道理。只是张华此去不知何往，他倘或再将此事告诉了别人，或日后再寻出这由头来翻案，岂不是自己害了自己。原先不该如此将刀靶付与外人去的。因此悔之不叠，复又想了一条主意出来，悄命旺儿遣人寻着了他，或说他作贼，和他打官司将他治死，或暗中使人算计，务将张华治死，方剪草除根，保住自己的名誉。旺儿领命出来，回家细想：人已走了完事，何必如此大作，人命关天，非同儿戏，我且哄过他去，再作道理。因此在外躲了几日，回来告诉凤姐，只说张华是有了几两银子在身上，逃去第三日在京口地界五更天已被截路人打闷棍打死了。他老子唬死在店房，在那里验尸掩埋。凤姐听了不信，说："你要扯谎，我再使人打听出来敲你的牙！"自此方丢过不究。

且说凤姐在家，外面待尤二姐自不必说得，只是心中又怀别意。无人处只和尤二姐说："妹妹的声名很不好听，连老太太、太太们都知道了，说妹妹在家做女孩儿就不干净，又和姐夫有些首尾，'没人要的了你拣了来，还不休了再寻好的。'我听见这话，气得倒仰，查是谁说的，又查不出来。这日久天长，这些个奴才们跟前，怎么说嘴。我反弄了个鱼头来拆。"

说了两遍，自己又气病了，茶饭也不吃，除了平儿，众丫头媳妇无不言三语四，指桑说槐，暗相讥刺。秋桐自为系贾赦之赐，无人僭他的，连凤姐平儿皆不放在眼里，岂肯容他。张口是"先奸后娶没汉子要的娼妇，也来要我的强。"凤姐听了暗乐，尤二姐听了暗愧暗怒暗气。凤姐既装病，便不和尤二姐吃饭了。每日只命人端了菜饭到他房中去吃，那茶饭都系不堪之物。平儿看不过，自拿了钱出来弄菜与他吃，或是有时只说和他园中去顽，在园中厨内另做了汤水与他吃，也无人敢回凤姐。只有秋桐一时撞见了，便去说舌告诉凤姐说："奶奶的名声，生是平儿弄坏了的。这样好菜好饭浪着不吃，却往园里去偷吃。"

凤姐听了，骂平儿说："人家养猫拿耗子，我的猫只倒咬鸡。"平儿不敢多说，自此也要远着了。又暗恨秋桐，难以出口。

园中姊妹和李纨迎春惜春等人，皆为凤姐是好意，然宝黛一干人暗为二姐担心。虽都不便多事，惟见二姐可怜，常来了，倒还都悯恤他。每日常无人处说起话来，尤二姐便淌眼抹泪，又不敢抱怨。凤姐儿又并无露出一点坏形来。贾琏来家时，见了凤姐贤良，也便不留心……那贾琏在二姐身上之心也渐渐淡了，只有秋桐一人是命。凤姐虽恨秋桐，且喜借他先可发脱二姐，自己且抽头，用"借剑杀人"之法，"坐山观虎斗"，等秋桐杀了尤二姐，自己再杀秋桐。

主意已定，没人处常又私劝秋桐说："你年轻不知事。他现是二房奶奶，你爷心坎儿上的人，我还让他三分，你去硬碰他，岂不是自寻其死？"那秋桐听了这话，越发恼了，天天大口乱骂说："奶奶是软弱人，那等贤惠，我却做不来。奶奶把素日的威风怎都没了。奶奶宽洪大量，我却眼里揉不下沙子去。让我和他这淫妇做一回，他才知道。"凤姐儿在屋里，只装不敢出声儿。气的尤二姐在房里哭泣，饭也不吃，又不敢告诉贾琏。

次日贾母见他眼红红的肿了，问他，又不敢说。秋桐正是抓乖卖俏之时，他便悄悄的告诉贾母王夫人等说："专会作死，好好的成天家号丧，背地里咒二奶奶和我早死了，他好和二爷一心一计的过。"贾母听了便说："人太生娇俏了，可知心就嫉妒。凤丫头倒好意待他，他倒这样争锋吃醋的。可是个贱骨头。"因此渐次便不大喜欢。众人见贾母不喜，不免又往下踏践起来，弄得这尤二姐要死不能，要生不得。还是亏了平儿，时常背着凤姐，看他这般，与他排解排解。

那尤二姐原是个花为肠肚雪作肌肤的人，如何经得这般磨折，不过受了一个月的暗气，便恹恹得了一病，四肢懒动，茶饭不进，渐次黄瘦下去……等贾琏来看时，因无人在侧，便泣说："我这病便不能好了。我来了半年，腹中也有身孕，但不能预知男女。倘天见怜，生了下来还可，若不然，我这命就不保，何况于他。"贾琏亦泣说："你只放心，我请明人来医治。"于是出去即刻请医生。谁知王太医亦谋干于军前效力，回来好讨荫封的。小厮们走去，便请了个姓胡的太医，名叫君荣……于是写了一方，作辞而去。贾琏命人送了药礼，抓了药来，调服下去。只半夜，尤二姐腹痛不止，谁知竟将一个已成形的男胎打了下来。于是血行不止，二姐就昏迷过去。贾琏闻知，大骂胡君荣。一面再遣人去请医调治，一面命人去打告胡君荣。胡君荣听了，早已卷包逃走……急的贾琏查是谁请了姓胡的来，一时查了出来，便打了半死。

凤姐比贾琏更急十倍，只说："咱们命中无子，好容易有了一个，又遇见这样没本事的大夫。"于是天地前烧香礼拜，自己通陈祷告说："我或有病，只求尤氏妹子身体大愈，再得怀胎生一男子，我愿吃长斋念佛。"贾琏众人见了，无不称赞。

贾琏与秋桐在一处时，凤姐又做汤做水的着人送与二姐。又骂平儿不是个有福的，"也和我一样。我因多病了，你却无病也不见怀胎。如今二奶奶这样，都因咱们无福，或犯了什么，冲的他这样。"因又叫人出去算命打卦。偏算命的回来又说："系属兔的阴人冲犯。"大家算将起来，只有秋桐一人属兔，说他冲的。秋桐近见贾琏请医治药，打人骂狗，为尤二姐十分尽心，他心中早浸了一缸醋在内了。今又听见如此说他冲了，凤姐儿又劝他说："你暂且别处去躲几个月再来。"秋桐便气的哭骂道："理那起瞎杂种的混咬舌根！我和他'井水不犯河水'，怎么就冲了他！好个爱八哥儿，在外头什么人不见，偏来了就有人冲了。白眉赤脸，那里来的孩子？他不过指着哄我们那个棉花耳朵的爷罢了。纵有孩子，也不知姓张姓王。奶奶希罕那杂种羔子，我不喜欢！老了谁不成？谁不会养！一年半载养一个，倒还是一点捵杂没有的呢！"骂的众人又要笑，又不敢笑。

可巧邢夫人过来请安，秋桐便哭告邢夫人说："二爷奶奶要撵我回去，我没了安身之处，太太好歹开恩。"邢夫人听说，慌的数落凤姐儿一阵，又骂贾琏："不知好歹的种子，凭他怎不好，是你父亲给的。为个外头来的撵他，连老子都没了。你要撵他，你不如还你父亲去倒好。"说着，赌气去了。秋桐更又得意，越性走到他窗户根底下大哭大骂起来。尤二姐听了，不免更添烦恼。

晚间，贾琏在秋桐房中歇了，凤姐已睡，平儿过来瞧他，又悄悄劝他："好生养病，不要理那畜生。"尤二姐拉他哭道："姐姐，我从到了这里，多亏姐姐照应。为我，姐姐也不知受了多少闲气。我若逃的出命来，我必答报姐姐的恩德，只怕我逃不出命来，也只好等来生罢。"平儿也不禁滴泪说道："想来都是我坑了你。我原是一片痴心，从没瞒他的话。既听见你在外头，岂有不告诉他的。谁知生出这些个事来。"尤二姐忙道："姐姐这话错了。若姐姐便不告诉他，他岂有打听不出来的，不过是姐姐说的在先。况且我也要一心进来，方成个体统，与姐姐何干。"二人哭了一回，平儿又嘱咐了几句，夜已深了，方去安息。

这里尤二姐心下自思："病已成势，日无所养，反有所伤，料定必不能好。况胎已打下，无可悬心，何必受这些零气，不如一死，倒还干净。常听见人说，生金子可以坠死，岂不比上吊自刎又干净。"想毕，拆挣起来，打开箱子，找出一块生金，也不知多重，恨命含泪便吞入口中，几次狠命直脖，方咽了下去。于是赶忙将衣服首饰穿戴齐整，上炕躺下了。当下人不知，鬼不觉。到第二日早晨，丫鬟媳妇们见他不叫人，乐得且自己去梳洗。凤姐便和秋桐都上去了。平儿看不过，说丫头们："你们就只配没人心的打着骂着使也罢了，一个病人，也不知可怜可怜。他虽好性儿，你们也该拿出个样儿来，别太过逾了，墙倒众人推。"丫鬟听了，急推房门进来看时，却穿戴的齐齐整整，死在炕上。于是方吓慌了，喊叫起来。平儿进来看了，不禁大哭。众人虽素习惧怕凤姐，然想尤二姐实在温和怜下，比凤姐原强，如今死去，谁不伤心落泪，只不敢与凤姐看见。

当下合宅皆知。贾琏进来，搂尸大哭不止。凤姐也假意哭："狠心的妹妹！你怎么丢下我去了，辜负了我的心！"尤氏贾蓉等也来哭了一场，劝住贾琏……

贾琏忙进去找凤姐，要银子治办棺椁丧礼。凤姐见抬了出去，推有病，回："老太太、太太说我病着，忌三房，不许我去。"因此也不出来穿孝，且往大观园中来。绕过群山，至北界墙根下往外听，隐隐绰绰听了一言半语，回来又回贾母说如此这般。贾母道："信他胡说，谁家痨病死的孩子不烧了一撒，也认真的开丧破土起来。既是二房一场，也是夫妻之分，停五七日抬出来，或一烧或乱葬地里埋了完事。"凤姐笑道："可是这话。我又不敢劝他。"正说着，丫鬟来请凤姐，说："二爷等着奶奶拿银子呢。"凤姐只得来了，便问他"什么银子？家里近来艰难，你还不知道？咱们的月例，一月赶不上一月，鸡儿吃了过年粮。昨儿我把两个金项圈当了三百银子，你还做梦呢。这里还有二三十两银子，你要就拿去。"说着，命平儿拿了出来，递与贾琏，指着贾母有话，又去了。恨的贾琏没话可说，只得开了尤氏箱柜，去拿自己的梯己。及开了箱柜，一滴无存，只有些拆簪烂花并几件半新不旧的绸绢衣裳，都是尤二姐素习所穿的，不禁又伤心哭了起来。自己用个包袱一齐包了，也不命小厮丫鬟来拿，便自己提着来烧。

平儿又是伤心，又是好笑，忙将二百两一包的碎银子偷了出来，到厢房拉住贾琏，悄递与他说："你只别作声才好，你要哭，外头多少哭不得，又跑了这里来点眼。"贾琏听说，便说："你说的是。"接了银子，又将一条裙子递与平儿，说："这是他家常穿的，你好生替我收着，作个念心儿。"平儿只得掩了，自己收去。贾琏拿了银子与众人，走来命人先去买板。好的又贵，中的又不要。贾琏骑马自去要瞧，至晚间果抬了一副好板进来，价银五百两赊着，连夜赶造。一面分派了人口穿孝守灵，晚来也不进去，只在这里伴宿。（第六十七回）

这里尤氏笑道："老太太也太想的到，实在我们年轻力壮的人捆上十个也赶不上。"李纨道："凤丫头仗着鬼聪明儿，还离脚踪儿不远。咱们是不能的了。"鸳鸯道："罢哟，还提凤丫头虎丫头呢，他也可怜见儿的。虽然这几年没有在老太太、太太跟前有个错缝儿，暗里也不知得罪了多少人。总而言之，为人是难作的：若太老实了没有个机变，公婆又嫌太老实了，家里人也不怕；若有些机变，未免又治一经损一经。如今咱们家里更好，新出来的这些底下奴字号的奶奶们，一个个心满意足，都不知要怎么样才好，少有不得意，不是背地里咬舌根，就是挑三窝四的。我怕老太太生气，一点儿也不肯说。不然我告诉出来，大家别过太平日子。这不是我当着三姑娘说，老太太偏疼宝玉，有人背地里怨言还罢了，算是偏心。如今老太太偏疼你，我听着也是不好。这可笑不可笑？"（第七十一回）

凤姐道："银子发出来了没有？"贾琏道："谁见过银子！我听见咱们太太听见了二老爷的话，极力的撺掇二太太和二老爷，说这是好主意。叫我怎么着！现在外头棚杠上要支几百银子，这会子还没有发出来。我要去，他们都说，先叫外头办了回来再算。你想这些奴才们有钱的早溜了，按着册子叫去，有的说告病，有的说下庄子去了。走不动的有几个，只有赚钱的能耐，还有赔钱的本事！"凤姐听了，呆了半天，说道：

"这还办什么！"

鸳鸯见凤姐这样慌张，又不好叫他回来，心想："他头里作事何等爽利周到，如今怎么掣肘的这个样儿。我看这两三天连一点头脑都没有，不是老太太白疼了他了吗！"那里知邢夫人一听贾政的话，正合着将来家计艰难的心，巴不得留一点子作个收局。况且老太太的事原是长房作主，贾赦虽不在家，贾政又是拘泥的人，有件事便说请大奶奶的主意。邢夫人素知凤姐手脚大，贾琏的闹鬼，所以死拿住不放松。鸳鸯只道已将这项银两交了出去了，故见凤姐掣肘如此，便疑为不肯用心，便在贾母灵前唠唠叨叨哭个不了。邢夫人等听了话中有话，不想到自己不令凤姐便宜行事，反说凤丫头果然有些不用心。王夫人到了晚上叫了凤姐过来说："咱们家虽说不济，外头的体面是要的。这两三日人来人往，我瞧着那些人都照应不到，想是你没有吩咐。还得你替我们操点心儿才好。"凤姐听了，呆了一会，要将银两不凑手的话说出，但是银钱是外头管的，王夫人说的是照应不到，凤姐也不敢辨，只好不言语。邢夫人在旁说道："论理该是我们做媳妇的操心，本不是孙子媳妇的事。但是我们动不得身，所以托你的，你是打不得撒手的。"凤姐紫涨了脸，正要回说，只听外头鼓乐一奏，是烧黄昏纸的时候了，大家举起哀来，又不得说，凤姐原想回来再说，王夫人催他出去料理，说道："这里有我们的，你快快儿的去料理明儿的事罢。"

凤姐不敢再言，只得含悲忍泣的出来，又叫人传齐了众人，又吩咐了一会，说："大娘婶子们可怜我罢！我上头捱了好些说，为的是你们不齐截，叫人笑话。明儿你们豁出些辛苦来罢。"那些人回道："奶奶办事不是今儿个一遭儿了，我们敢违拗吗。只是这回的事上头过于累赘。只说打发这顿饭罢，有的在这里吃，有的要在家里吃，请了那位太太，又是那位奶奶不来。诸如此类，那得齐全。还求奶奶劝劝那些姑娘们不要挑饬就好了。"凤姐道："头一层是老太太的丫头们是难缠的，太太们的也难说话，叫我说谁去呢。"众人道："从前奶奶在东府里还是署事，要打要骂，怎么这样锋利，谁敢不依。如今这些姑娘们都压不住了？"凤姐叹道："东府里的事虽说托办的，太太虽在那里，不好意思说什么。如今是自己的事情，又是公中的，人人说得话。再者外头的银钱也叫不灵，即如棚里要一件东西，传了出来总不见拿进来。这叫我什么法儿呢。"众人道："二爷在外头倒怕不应什么？"凤姐道："还提那个，他也是那里为难。第一件银钱不在他手里，要一件得回一件，那里凑手。"众人道："老太太这项银子不在二爷手里吗？"凤姐道："你们回来问管事的便知道了。"众人道："怨不得我们听见外头男人抱怨说：'这么件大事，咱们一点摸不着，净当苦差！'叫人怎么能齐心呢？"凤姐道："如今不用说了，眼面前的事大家留些神罢。倘或闹的上头有了什么说的，我和你们不依的。"众人道："奶奶要怎么样他们敢抱怨吗，只是上头一人一个主意，我们实在难周到的。"凤姐听了没法，只得央说道："好大娘们！明儿且帮我一天，等我把姑娘们闹明白了再说罢咧。"众人听命而去。

凤姐一肚子的委屈，愈想愈气，直到天亮又得上去。要把各处的人整理整理，又恐邢夫人生气，要和王夫人说，怎奈邢夫人挑唆。这些丫头们见邢夫人等不助着凤姐的威风，更加作践起他来。幸得平儿替凤姐排解，说是"二奶奶巴不得要好，只是老爷太太们吩咐了外头，不许糜费，所以我们二奶奶不能应付到了。"说过几次才得安静些。虽说僧经道忏，上祭挂帐，络绎不绝，终是银钱吝啬，谁肯踊跃，不过草草了事。连日王妃诰命也来得不少，凤姐也不能上去照应，只好在底下张罗，叫了那个，走了这个，发一回急，央及一会，胡弄过了一起，又打发一起。别说鸳鸯等看去不象样，连凤姐自己心里也过不去了。

邢夫人虽说是冢妇，仗着"悲戚为孝"四个字，倒也都不理会。王夫人落得跟了邢夫人行事，余者更不必说了。独有李纨瞧出凤姐的苦处，也不敢替他说话，只自叹道："俗话说的，'牡丹虽好，全仗绿叶扶持'，太太们不亏了凤丫头，那些人还帮着吗！若是三姑娘在家还好，如今只有他几个自己的人瞎张罗，面前背后的也抱怨说是一个钱摸不着，脸面也不能剩一点儿。老爷是一味的尽孝，庶务上头不大明白，这样的一件大事，不撒散几个钱就办的开了吗！可怜凤丫头闹了几年，不想在老太太的事上，只怕保不住脸了。"于是抽空儿叫了他的人来吩咐道："你们别看着人家的样儿，也糟踏起琏二奶奶来。别打量什么穿孝守灵就算了大事了，不过混过几天就是了。看见那些人张罗不开，便插个手儿也未为不可，这也是公事，大家都该出力的。"那些素服李纨的人都答应着说："大奶奶说得很是。我们也不敢那么着，只听见鸳鸯姐姐们的口话儿好象怪琏二奶奶的似的。"李纨道："就是鸳鸯我也告诉过他，我说琏二奶奶并不是在老太太的事上不用心，只是银子钱都不在他手里，叫他巧媳妇还作的上没米的粥来吗？如今鸳鸯也知道了，所以他不怪他了。只是鸳鸯的样子竟是不象从前了，这也奇怪，那时候有老太太疼他倒没有作过什么威福，如今老太太死了，没有了仗腰子的了，我看他倒有些气质不大好了。我先前替他愁，这会子幸喜大老爷不在家才躲过去了，不然他有什么法儿。"（第一百十回）

凤姐的功利立场导致了怎样的人生困境？

清代的点评家们常常把王熙凤与贾雨村相提并论，称他们为王莽、曹操之类的"奸雄"。"奸"者心机权术深不可测，"雄"者倒也肯定了他们的才干。凤姐心机权术之可怕，倒不仅体现在她前一回里因贾瑞神情光景的不堪而"心里暗忖道：这才是知人知面不知心呢，那里有这样禽兽的人呢。他如果如此，几时叫他死在我的手里，他才知道我的手段！"，下一回便略施小计却又干脆利落地让贾瑞死于非命；也不仅体现在她只为了证明"凭是什么事，我说要行就行"以及三千两银子便害死了一对痴情儿女；甚至还不体现在她尽情演绎了小厮兴儿以及她自己口中所说的"嘴甜心苦，两面三刀；上头一脸笑，脚下使绊子；明是一盆火，暗是一把刀：都占全了"。"'坐山观虎斗''借剑杀人''引风吹火''站干岸儿''推倒油瓶不扶'，都是全挂子的武艺",将尤二姐"磨折"而死,然后又大闹宁国府,利用完张华后又要手下把张华杀死灭口。凤姐对心机权术的使用快、准、狠、全倒还不是最为可怕的,最为可怕的是,心机权术对于凤姐来说已经变成了一种生活方式与深入骨髓的行为习惯,使她在害人的同时也害己,最终落得个"机关算尽太聪明,反算了卿卿性命"的下场。

都说女人是爱情动物,女人的事业是爱情,但王熙凤就连与贾琏共处二人世界时都不忘心机权术。贾琏原有两个通房丫头,凤姐来了没半年,都寻出不是,打发出去了,她自己陪嫁过来的四个丫头,也是嫁人的嫁人,死了的死了,只剩了平儿一个,即使平儿也是有名无实,"大约一年二年之间两个有一次到一处,他还要口里掂十个过子呢"。平儿本是对她赤胆忠心的心腹,她都防范甚严、猜忌甚重,当鲍二家的对贾琏吹枕头风要将平儿扶正时,她想都没想就打了平儿,一点儿也不念及旧日的情分。如果说这些心机权术还出于爱情的排他性,在家族式管理的荣国府,凤姐的闺房不仅是夫妻共处的空间,而且还随时充当办公室、签押房,她甚至把本应甜蜜温馨的二人世界当官场来做了:贾琏对贾蔷讨采买戏子的工作略有质疑,凤姐便不由分说拍了板,正如作家闫红分析的,"凤姐在卖了个人情给贾蔷等人的同时,更验证了自己的权威以及对贾琏的影响力,官场上明争暗斗者,常常通过一些不易察觉的细节,完成了对既有权限的试探",凤姐正是把男人在官场上使用的心机权术移到夫妻感情生活中了,"凤姐弄权都弄成了习惯,跟老公打交道也要试试身手"。

"贾琏所以不同意把这个项目给贾芹,是因为他许给了贾芸,如今食言自肥,只好许以下一宗工程,但贾芸是何等聪明人物,立马省悟到凤姐才是实权领导,而贾琏不过是个幌子,他投错了庙,拜错了佛。且不说贾芸随即改换门庭,投资凤姐,只说连一远房亲戚都已晓得贾琏无权,要办事还得找凤姐,证明贾琏已经被凤姐成功地架空,此前宝钗过生日,凤姐已经有了主意,还装模作样地去问贾琏,分明拿他当聋子的耳朵——摆设而已……鲍二家的事发,凤姐大闹一场,贾琏理亏又加上想息事宁人,当着全家大小的面对凤姐道歉,这进一步稳固了凤姐的位置,贾琏的政治排名更加靠后。此后凤姐更无忌惮,自个独断专行不算,连她的心腹都跟着飞扬跋扈。夫妻之间,各自培养心腹,也算一奇,更奇的是贾琏的心腹不敢惹凤姐的心腹,凤姐的心腹却敢惹贾琏的心腹,他们的心腹正如一面镜子,清清楚楚映出这对夫妻间的权力格局。"

贾琏护送黛玉去苏州回来之后,尽管小别胜新婚,凤姐也难得地表现出对老公的温存与亲热,然而,就连撒娇也透着心机,明明是想在贾琏面前邀功,却偏要装出不懂得拒绝别人的愚拙样,还要老公代她描补:"就说我年纪小,原没见过世面,谁叫大爷错委了她呢。"如果说这种小虚伪还不算可憎,后面,她恩威兼施撺掇着贾琏定下采办戏子事宜,同时又熟练地将奶妈赵嬷嬷的两个儿子塞了进去,迅速地兑现了才不久向赵嬷嬷应下的诺言,这分明又是权术的习惯性运用了。

有些点评家将凤姐比做法家,除了她的"刻薄寡恩"之外,权术的运用也是一个重要原因。法家不只强调"法",还有"术"与"势",后两者主要就是权术。

心机权术满足着凤姐的功利之心,她也颇风光过一阵子。然而,心机权术满足凤姐的同时潜藏着危机与后患,例如第七十一回中鸳鸯说:"罢哟,还提凤丫头虎丫头呢,他也可怜见儿的。虽然这几年没有在老太太、太太跟前有个错缝儿,暗里也不知得罪了多少人。总而言之,为人是难作的:若太老实了没有个机变,公婆又嫌太老实了,家里人也不怕;若有些机变,未免又治一经损一经。如今咱们家里更好,新出来的这些底下奴字号的奶奶们,一个个心满意足,都不知要怎么样才好,少有不得意,不是背地里咬舌根,就是挑三窝四的。"又例如当靠山倒了之后"王熙凤力诎失人心"。心机权术也并没有使她真正满足,因为,正如《庄子》中所说:"以富为是者,不能让禄;以显为是者,不能让名;亲权者,不能与人柄。操之则栗,舍之则悲,而一无所鉴,以窥其所不休者,是天之戮民也","不得,则大忧以惧",功利立场的人生追求必然会付出这样的身心损耗。

关于王熙凤的判词,有研究者将"一从二令三人木,哭向金陵事更哀"理解为贾琏对她的态度由听从到命令再到休弃,也有人认为"二令"实际上是个"冷"字。后者更合情理:依王熙凤的个性,岂能容忍贾琏对她命令!真到这般地步,两人早就一拍两散或者同归于尽了。但既然爱情之火已经熄灭,贾琏尽管可以维持表面的婚姻,却完全可以对王熙凤冷淡冷漠,对这样的冷淡冷漠,王熙凤无法见招拆招——毕竟贾琏没有捅破这层窗户纸,她也无法完全撕破脸。强悍如她,对于当时的礼法也不敢越雷池一步。君不见,尽管独揽管家大权,尽管有贾母的疼爱、王夫人的撑腰,当欢聚一堂时,哪怕未出阁的小姑子们都可以拥有一个座位,她却常常要站着忙前忙后,因为在当时,这正是出嫁媳妇所要遵循的礼法。

冷,还是王熙凤给自己营建的世界。她的判词前画了"一片冰山,上有一只雌凤",当她以功利立场打拼时,她的目的本是想给自己挣下金山银山,她何曾想到过,这样的立场实际上是把自己囚禁在了冰冷的冰山中。可以看出,将"二令"理解为"冷"字不仅更合情理,而且还有更好的艺术表达效果。陶渊明曾把世俗功利之徒的人生困境表述为"冰炭满怀抱",这种人生困境也适用于王熙凤:对功利的热衷、虚假的"热情"("明是一盆火,暗是一把刀")是"炭",被炭烧灼的滋味当然很不好受;而她对别人的冷酷以及别人的回应则是"冰",这种缺少人情的冰冷更是让人不堪。以"一片冰山,上有一只雌凤"描述王熙凤的人生困境与内心体验,妙!

> 原来这李氏即贾珠之妻。珠虽天亡,幸存一子,取名贾兰,今方五岁,已入学攻书。这李氏亦系金陵名宦之女,父名李守中,曾为国子监祭酒,族中男女无有不诵诗读书者。至李守中继承以来,便说:"女子无才便有德",故生了李氏时,便不十分令其读书,只不过将些《女四书》、《列女传》、《贤媛集》等三四种书,使他认得几个字,记得前朝这几个贤女便罢了,却只以纺绩井臼为要,因取名为李纨,字宫裁。因此这李纨虽青春丧偶,居家处青梁锦绣之中,竟如槁木死灰一般,一概无见无闻,唯知侍亲养子,外则陪侍小姑等针黹诵读而已。今黛玉虽客寄于斯,日有这般姐妹相伴,除老父外,余者也都无庸虑及了。(第四回)

诗后又画一盆茂兰,旁有一位凤冠霞帔的美人。也有判云:桃李春风结子完,到头谁似一盆兰。如冰水好空相妒,枉与他人作笑谈。

〔晚韶华〕镜里恩情,更那堪梦里功名!那美韶华去之何迅,再休提绣帐鸳衾。只这戴珠冠、披凤袄,也抵不了无常性命。虽说是人生莫受老来贫,也须要阴骘积儿孙。气昂昂头戴簪缨,光灿灿胸悬金印,威赫赫爵禄高登,昏惨惨黄泉路近!问古来将相可还存?也只是虚名儿后人钦敬。(第五回)

那周瑞家的又和智慧儿唠叨了一回,便往凤姐处来。穿过夹道子,从李纨后窗下越过西花墙,出西角门,进凤姐院中。走至堂屋,只见小丫头丰儿坐在房门坎儿上,见周瑞家的来了,连忙的摆手儿,叫人往东屋里去。周瑞家的会意,忙着蹑手蹑脚儿的往东边屋里来,只见奶子拍着大姐儿睡觉呢。周瑞家的悄悄儿问道:"姐儿睡中觉呢?也该清醒了。"奶子笑着,撇着嘴摇头儿。正问着,只听那边微有笑声儿,却是贾琏的声音。接着房门响,平儿拿着大铜盆出来,叫人舀水。平儿便进这边来,见了周瑞家的,便问:"你老人家又来作什么?"周瑞家的忙起身拿匣子给他看道:"送花儿来了。"平儿听了,便打开匣子,拿了四枝,抽身去了。半刻工夫,手里拿出两枝来,先叫彩明来,吩咐:"送到那边府里,给小蓉大奶奶戴去。"次后方命周瑞家的回去道谢。(第七回)

王夫人抱着宝玉,只见他面白气弱,底下穿着一条绿纱小衣皆是血渍,禁不住解下汗巾看,由臀至胫,或青或紫,或整或破,竟无一点好处,不觉失声大哭起来,"苦命的儿吓!"因哭出"苦命儿"来,忽又想起贾珠来,便叫着贾珠哭道:"若有你活着,便死一百个我也不管了。"此时里面的人闻得王夫人出来,那李宫裁王熙凤与迎春姊妹早已出来了。王夫人哭着贾珠的名字,别人还可,惟有宫裁禁不住也放声哭了。(第三十三回)

平儿笑道:"多喝了又把我怎么样?"一面说,一面只管喝,又吃螃蟹。李纨揽着他笑道:"可惜这么个好体面模样儿,命却平常,只落得屋里使唤。不知道的人,谁不拿你当作奶奶太太看。"平儿一面和宝钗湘云等吃喝,一面回头笑道:"奶奶,别只摸的我怪痒的。"李氏道:"嗳哟!这硬的是什么?"平儿道:"钥匙。"李氏道:"什么钥匙?要紧梯己东西怕人偷了去,却带在身上。我成日家和人说笑,有个唐僧取经,就有个白马来驮他,刘智远打天下,就有个瓜精来送盔甲,有个凤丫头,就有个你。你就是你奶奶的一把总钥匙,还要这钥匙作什么。"平儿笑道:"奶奶吃了酒,又拿了我来打趣着取笑儿了。"宝钗笑道:"这倒是真话。我们没事评论起人来,你们这几个都是百个里头挑不出一个来,妙在各人有各人的好处。"李纨道:"大小都有个天理。比如老太太屋里,要没那个鸳鸯如何使得。从太太起,那一个敢驳老太太的回,现在他敢驳回。偏老太太只听他一个人的话。老太太那些穿戴的,别人不记得,他都记得,要不是他经管着,不知叫人诓骗了多少去呢。那孩子心也公道,虽然这样,倒常替人说好话儿,还倒不依势欺人的。"惜春笑道:"老太太昨儿还说呢,他比我们还强呢。"平儿道:"那原是个好的,我们那里比的上他。"宝玉道:"太太屋里的彩霞,是个老实人。"探春道:"可不是,外头老实,心里有数儿。太太是那么佛爷似的,事情上不留心,他都知道。凡百一应事都是他提着太太行。连老爷在家出外去的一应大小事,他都知道。太太忘了,他背地里告诉太太。"李纨道:"那也罢了。"指着宝玉道:"这一个小爷屋里要不是袭人,你们度量到个什么田地! 凤丫头就是楚霸王,也得这两只膀子好举千斤鼎。他不是这丫头,就得这么周到了!"平儿笑道:"先时陪了四个丫头,死的死,去的去,只剩下我一个孤鬼了。"李纨道:"你倒是有造化的。凤丫头也是有造化的。想当初你珠大爷在日,何曾也没两个人。你们看我还是那容不下人的? 天天只见他两个不自在。所以你珠大爷一没了,趁年轻我都打发了。若有一个守得住,我倒有个膀臂。"说着滴下泪来。众人都道:"又何必伤心,不如散了倒好。"说着便都洗了手,大家约往贾母王夫人处问安。

次日清早起来,可喜这日天气清朗。李纨侵晨先起,看着老婆子丫头们扫那些落叶,并擦抹桌椅,预备茶酒器皿。只见丰儿带了刘姥姥板儿进来,说:"大奶奶倒忙的紧。"(**第三十九回**)

鸳鸯笑道:"天天咱们说外头老爷们吃酒吃饭都有一个篾片相公,拿他取笑儿。咱们今儿也得了一个女篾片了。"李纨是个厚道人,听了不解。凤姐儿却知是说的是刘姥姥了,也笑说道:"咱们今儿就拿他取个笑儿。"二人便如此这般的商议。李纨笑劝道:"你们一点好事也不做,又不是个小孩儿,还这么淘气,仔细老太太说。"鸳鸯笑道:"很不与你相干,有我呢。"(**第四十回**)

贾母笑着把方才一席话说与众人听了。众人谁不凑这趣儿? 再也有和凤姐儿好的,有情愿这样的,有畏惧凤姐儿的,巴不得来奉承的:况且都是拿的出来的,所以一闻此言,都欣然应诺。贾母先道:"我出二十两。"薛姨妈笑道:"我随着老太太,也是二十两了。"邢夫人王夫人道:"我们不敢和老太太并肩,自然矮一等,每人十六两罢了。"尤氏李纨也笑道:"我们自然又矮一等,每人十二两罢。"贾母忙和李纨道:"你寡妇失业的,那里还拉你出这个钱,我替你出了罢。"(**第四十三回**)

贾母道:"原来这样,我说那孩子倒不象那狐媚魇道的。既这么着,可怜见的,白受他们的气。"因叫琥珀来:"你出去告诉平儿,就说我的话:我知道他受了委曲,明儿我叫凤姐儿替他赔不是。今儿是他主子的好日子,不许他胡闹。"原来平儿早被李纨拉入大观园去了。平儿哭的哽咽难抬。(**第四十四回**)

话说凤姐儿正抚恤平儿,忽见众姊妹进来,忙让坐了,平儿斟上茶来。凤姐儿笑道:"今儿来的这么齐,倒象下贴子请了来的。"探春笑道:"我们有两件事:一件是我的,一件是四妹妹的,还夹着老太太的话。"凤姐儿笑道:"有什么事,这么要紧?"探春笑道:"我们起了个诗社,头一社就不齐全,众人脸软,所以就乱了。我想必得你去作个监社御史,铁面无私才好。再四妹妹为画园子,用的东西这般那般不全,回了老太太,老太太说:'只怕后头楼底下还有当年剩下的,找一找,若有呢拿出来,若没有,叫人买去。'"凤姐笑道:"我又不会作什么湿的干的,要我吃东西去不成?"探春道:"你虽不会作,也不要你作。你只监察着我们里头有偷安怠惰的,该怎么样罚他就是了。"凤姐儿笑道:"你们别哄我,我猜着了,那里是请我作监社御史!分明是叫我作个进钱的铜商。你们弄什么社,必是要轮流作东道的。你们的月钱不够花了,想出这个法子来拗了我去,好和我要钱。可是这个主意?"一席话说的众人都笑起来了。李纨笑道:"真真你是个水晶心肝玻璃人。"凤姐儿笑道:"亏你是个大嫂子呢!把姑娘们原交给你带着念书学规矩针线的,他们不好,你要劝。这会子他们起诗社,能用几个钱,你就不管了?老太太、太太罢了,原是老封君。你一个月十两银子的月钱,比我们多两倍银子。老太太,太太还说你寡妇失业的,可怜,不够用,又有个小子,足的又添了十两,和老太太、太太平等。又给你园子地,各人取租子。年终分年例,你又是上上分儿。你娘儿们,主子奴才共总没十个人,吃的穿的仍旧是官中的。一年通共算起来,也有四五百银子。这会子你就每年拿出一二百两银子来陪他们顽顽,能几年的限?他们各人出了阁,难道还要你赔不成?这会子你怕花钱,调唆他们来闹我,我乐得去吃一个河枯海干,我还通不知道呢!"李纨笑道:"你们听听,我说了一句,他就疯了,说了两车的无赖泥腿市俗专会打细算盘分斤拨两的话出来。这东西亏他托生在诗书大宦名门之家做小姐,出了嫁又是这样,他还是这么着,若是生在贫寒小户人家,作个小子,还不知怎么下作贫嘴恶舌的呢!天下人都被你算计了去!昨儿还打平儿呢,亏你伸的出手来!那黄汤难道灌丧了狗肚子里去了?气的我只要给平儿打报不平儿。忖夺了半日,好容易'狗长尾巴尖儿'的好日子,又怕老太太心里不受用,因此没来,究竟气还未平。你今儿又招我来了。给平儿拾鞋也不要,你们两个只该换一个过子才是。"说的众人都笑了。凤姐儿忙笑道:"竟不是为诗为画来找我,这脸子竟是为平儿来报仇的。竟不承望平儿有你这一位仗腰子的人。早知道,便有鬼拉着我的手打他,我也不打了。平姑娘,过来!我当着大奶奶姑娘们替你赔个不是,担待我酒后无德罢。"说着,众人又都笑起来了。李纨笑问平儿道:"如何?我说必定要给你争争气才罢。"平儿笑道:"虽如此,奶奶们取笑,我禁不起。"李纨道:"什么禁不起,有我呢。快拿了钥匙叫你主子开了楼房找东西去。"(第四十五回)

贾母王夫人因素喜李纨贤惠,且年轻守节,令人敬伏,今见他寡婶来了,便不肯令他外头去住。那李婶虽十分不肯,无奈贾母执意不从,只得带着李纹李绮在稻香村住下来。

正说着,只见李婶也走来看热闹,因问李纨道:"怎么一个带玉的哥儿和那一个挂金麒麟的姐儿,那样干净清秀,又不少吃的,他两个在那里商议着要吃生肉呢,说的有来有去的。我只不信肉也生吃得的。"众人听了,都笑道:"了不得,快拿了他两个来。"黛玉笑道:"这可是云丫头闹的,我的卦再不错。"李纨等忙出来找着他两个说道:"你们两个要吃生的，我送你们到老太太那里吃去。那怕吃一只生鹿，撑病了不与我相干。这么大雪，怪冷的，替我作祸呢。"宝玉笑道："没有的事，我们烧着吃呢。"李纨道："这还罢了。"只见老婆子们拿了铁炉、铁叉来，李纨道："仔细割了手，不许哭！"说着，同探春进去了。（**第四十九回**）

　　贾母来至室中，先笑道："好俊梅花！你们也会乐，我来着了。"说着，李纨早命拿了一个大狼皮褥来铺在当中。贾母坐了，因笑道："你们只管顽笑吃喝。我因为天短了，不敢睡中觉，抹了一回牌，想起你们来了，我也来凑个趣儿。"李纨早又捧过手炉来，探春另拿了一副杯箸来，亲自斟了暖酒，奉与贾母。贾母便饮了一口，问那个盘子里是什么东西。众人忙捧了过来，回说是糟鹌鹑。贾母道："这倒罢了，撕一两点腿子来。"李纨忙答应了，要水洗手，亲自来撕。贾母又道："你们仍旧坐下说笑我听。"又命李纨："你也坐下，就如同我没来的一样才好，不然我就去了。"众人听了，方依次坐下，这李纨便挪到尽下边。（**第五十回**）

　　尤氏上房早已袭地铺满红毡，当地放着象鼻三足鳅沿鎏金珐琅大火盆，正面炕上铺新猩红毡，设着大红彩绣云龙捧寿的靠背引枕，外另有黑狐皮的袱子搭在上面，大白狐皮坐褥，请贾母上去坐了。两边又铺皮褥，让贾母一辈的两三个妯娌坐了。这边横头排插之后小炕上，也铺了皮褥，让邢夫人等坐了。地下两面相对十二张雕漆椅上，都是一色灰鼠椅搭小褥，每一张椅下一个大铜脚炉，让宝琴等姊妹坐了。尤氏用茶盘亲捧茶与贾母，蓉妻捧与众老祖母，然后尤氏又捧与邢夫人等，蓉妻又捧与众姊妹。凤姐李纨等只在地下伺候。茶毕，邢夫人等便先起身来侍贾母。（**第五十三回**）

　　刚将年事忙过，凤姐儿便小月了，在家一月，不能理事，天天两三个太医用药。凤姐儿自恃强壮，虽不出门，然筹划计算，想起什么事来，便命平儿去回王夫人，任人谏劝，他只不听。王夫人便觉失了膀臂，一人能有许多的精神？凡有了大事，自己主张，将家中琐碎之事，一应都暂令李纨协理。李纨是个尚才的，未免逞纵了下人。

　　众人先听见李纨独办，各各心中暗喜，以为李纨素日原是个厚道多恩无罚的，自然比凤姐儿好搪塞。

　　李纨等见他说的恳切，又想他素日赵姨娘每生诽谤，在王夫人跟前亦为赵姨娘所累，亦都不免流下泪来，都忙劝道："趁今日清净，大家商议两件兴利剔弊的事，也不枉太太委托一场。又提这没要紧的事做什么？"平儿忙道："我已明白了。姑娘竟说谁好，竟一派人就完了。"（**第五十六回**）

　　尤氏从惜春处赌气出来……尤氏出神无语。跟来的丫头媳妇们因问："奶奶今日中晌尚未洗脸，这会子趁便可净一净好？"尤氏点头。李纨忙命素云来取自己的妆奁。素云一面取来，一面将自己的胭粉拿来，笑道："我们奶奶就少这个。奶奶不嫌脏，这是我的，能着用些。"李纨道："我虽没有，你就该往姑娘们那里取去。怎么公然拿出你的来。幸而是他，若是别人，岂不恼呢。"（**第七十五回**）

李纨的道德立场导致了怎样的人生困境？

在《红楼梦》中我们可以看到，当凤姐忙着用语言取悦贾母与众人时，李纨在忙着行动。她用自己的行动小心翼翼地服侍着贾母与王夫人，无微不至地照顾着宝玉及小姑子们，"侵晨先起"地料理着家务。"三从四德"的语言规劝并不能约束王熙凤，然而，李纨把父亲"女子无才便有德"的教化转化成了行动，"只以纺绩井臼为要"，"虽青春丧偶，居家处膏粱锦绣之中，竟如槁木死灰一般，一概无见无闻，唯知侍亲养子，外则陪侍小姑等针黹诵读而已"。于是，她成了荣宁二府中一个"行走的贞节牌坊"，就算贾赦贾珍等人再荒淫无耻，有了她的存在，也就有了"诗礼簪缨之族"的体面。李纨有着真诚的道德立场，并且用实际行动恪守着当时的道德标准。确实，李纨的道德实践使她得到了一些现实的好处，贾母等人怜惜她"寡妇失业的"、"素喜李纨贤惠，且年轻守节，令人敬伏"，给了她不少照顾，也让她享受了一定的经济利益。王熙凤曾经说她的月钱与老太太、王夫人一个级别，又说："一年通共算起来，也有四五百银子。"虽是开玩笑的口吻，但发放月钱、执掌荣国府财政大权的王熙凤说出这样的话肯定不会是空穴来风。

《庄子·秋水》中说得好："差其时、逆其俗者，谓之篡夫；当其时、顺其俗者，谓之义徒。"李纨既然恪守了时、俗的道德标准，时、俗自然也要象征性地给她一定的好处，否则就难以规劝其他社会成员履行这样的道德标准。但是，时、俗的道德标准未必就是道德的。《庄子》中用生命立场来衡量具体的道德标准，即使在今天也很有启发意义。

用生命立场来看，如果具体的道德标准"残生损性"，那这样的道德标准就是不道德的。《红楼梦》中，塑造人物形象时有时以耐人寻味的方式表现出人物形象的形式特点。例如，秦可卿是一个"梦中人"，常常出现在别人的梦中，如宝玉梦到她在太虚幻境中，王熙凤梦到她的预言与为家族兴衰所做的筹划；王熙凤是个"言语人"，书中甚至还让读者与黛玉一起未见其人，先闻其声。而李纨呢？她可以说是一个"被省略的人"。第七回中，周瑞家的给姑娘媳妇们送宫花，来到王熙凤的住处，看到小丫头丰儿"连忙的摆手儿"，又听到"那边微有笑声儿"。联系此回的回目"送宫花贾琏戏熙凤"，读者已经知道作者含蓄地写出了贾琏与凤姐在亲热。连在二人世界中都习惯于耍弄心机权术的凤姐也能够与老公一起共度欢乐时光，也能够充分满足爱美爱打扮的天性，可是李纨呢？她在此处被"省略"了，书中写道："那周瑞家的又和智慧儿唠叨了一回，便往凤姐处来。穿过夹道子，从李纨后窗下越过西花墙，出西角门，进凤姐院中。"作为寡妇，李纨没有连丫鬟们都能使用的脂粉。第七十五回中有这样一个细节：尤氏从惜春处赌气出来，来到李纨处，跟来的丫头媳妇们因她中晌尚未洗脸，问她是否趁便净一净，尤氏点头，李纨忙命素云来取自己的妆奁。素云一面取来，一面将自己的胭粉拿来，笑道："我们奶奶就少这个。奶奶不嫌脏，这是我的，能着用些。"不能用脂粉，当然也不能戴宫花，所以周瑞家的去凤姐那里虽然要经过李纨的住处，李纨被"省略"了。小说中看起来似乎是轻描淡写，实则意味深长：当别人享受生命的欢乐、生活的美好时，欢乐与美好在李纨那里被"省略"了，她被当时的道德标准"理所当然"地"省略"了。

第四回中说李纨"居家处膏粱锦绣之中，竟如槁木死灰一般，一概无见无闻，唯知侍亲养子,外则陪侍小姑等针黹诵读而已"。有着真诚的道德立场,李纨在行动上可以做到"侍亲养子,外则陪侍小姑等针黹诵读而已",但要说她内心"如槁木死灰一般,一概无见无闻",那是不可能的。第三十三回宝玉挨打时,因王夫人哭叫"苦命儿"想起贾珠,便哭着贾珠的名字,"别人还可,惟有宫裁禁不住也放声哭了"。不仅哭,而且还是"放声哭",怎么可能是"如槁木死灰一般"? 第三十九回中,本来是大家有说有笑的欢乐场面,由于平儿说起陪嫁丫头,前一刻还在说笑的李纨触景生情:"你倒是有造化的。凤丫头也是有造化的。想当初你珠大爷在日,何曾也没两个人。你们看我还是那容不下人的? 天天只见他两个不自在。所以你珠大爷一没了,趁年轻我都打发了。若有一个守得住,我倒有个膀臂。"说着就"滴下泪来"。这又怎么是"如槁木死灰一般"? 底下书中又写:"众人都道:'又何必伤心,不如散了倒好。'说着便都洗了手,大家约往贾母王夫人处问安。"众人的言行并不表明他们冷漠,读者可以看到众人对李纨是没有恶意的,他们其实是怕言多必失,勾起李纨的伤感。众人固然可以如此应对李纨的伤感,但"散了"之后呢?"问安"之后呢? 李纨于是又被"省略"了。通过这样的"省略",李纨的隐痛被很好地表现出来:正如她被无数次地"经过"而不能参与到别人唾手可得的欢乐,她也要无数次在"散了"与"问安"之后独自一人面对自己的不幸,抚摸自己的伤感。如果真的"如槁木死灰一般",李纨不可能有这样的隐痛。

而之所以有这样的隐痛,当然是因为李纨被"残生损性"的道德标准所加害。尽管她因恪守当时的道德标准而令人"敬服",她也是大观园中口碑最好的 个人,她在实际生活中也未必有人加害,但是,由于恪守了"残生损性"的道德标准,夫妻间的恩爱已成过往,那是"镜里恩情"。未来的"梦里功名"却也无法补偿李纨的生命隐痛,"虚名儿"更是以"无常"的面目剥夺了李纨生命中的青春、欢乐与美好("只这戴珠冠、披凤袄,也抵不了无常性命……问古来将相可还存? 也只是虚名儿后人钦敬")。可以看出,这里的"无常"并不是偶然性因素,而是恪守了"残生损性"道德标准后的必然境遇。

> 如今且说林黛玉自在荣府以来,贾母万般怜爱,寝食起居一如宝玉,把那迎春、探春、惜春三个孙女儿倒且靠后了;就是宝玉黛玉二人的亲密友爱,也较别人不同,日则同行同坐,夜则同止同息,真是言和意顺,略无参商。不想如今忽然来了一个薛宝钗,年纪虽大不多,然品格端方,容貌美丽,人人都说黛玉不及。那宝钗却又行为豁达,随分从时,不比黛玉孤高自许,目无下尘,故深得下人之心。就是小丫头们亦多和宝钗亲近。因此黛玉心中便有些不忿,宝钗却是浑然不觉。
>
> 宝玉看了又不解。又去取那"正册"看时,只见头一页上画着是两株枯木,木上悬着一围玉带;地上又有一堆雪,雪中一股金簪。也有四句诗道:可叹停机德,堪怜咏絮才。玉带林中挂,金簪雪里埋。
>
> 〔终身误〕都道是金玉良缘,俺只念木石前盟。空对着,山中高士晶莹雪,终不忘,世外仙姝寂寞林。叹人间,美中不足今方信。纵然是齐眉举案,到底意难平。(第

五回）

宝钗笑道："不问这方儿还好,若问这方儿,真把人琐碎死了! 东西药料一概却都有限,最难得是'可巧'二字:要春天开的白牡丹花蕊十二两,夏天开的白荷花蕊十二两,秋天的白芙蓉蕊十二两,冬天的白梅花蕊十二两。将这四样花蕊于次年春分这一天晒干,和在末药一处,一齐研好;又要雨水这日的天落水十二钱……"周瑞家的笑道："嗳呀,这么说就得三年的工夫呢。倘或雨水这日不下雨,可又怎么着呢?"宝钗笑道："所以了! 那里有这么可巧的雨? 也只好再等罢了。还要白露这日的露水十二钱,霜降这日的霜十二钱,小雪这日的雪十二钱。把这四样水调匀了,丸了龙眼大的丸子,盛在旧磁坛里,埋在花根底下。若发了病的时候儿,拿出来吃一丸,用一钱二分黄柏煎汤送下。"……周瑞家的又道："这药有名字没有呢?"宝钗道："有。也是那和尚说的,叫作'冷香丸'。"

薛姨妈道："把那匣子里的花儿拿来。"香菱答应了,向那边捧了个小锦匣儿来。薛姨妈道："这是宫里头作的新鲜花样儿,拿纱堆的花十二枝。昨儿我想起来,白放着可惜旧了,何不给他们姐妹们戴去。昨儿要送去,偏又忘了;你今儿来得巧,就带了去罢。你家的三位姑娘每位两枝,剩下六枝送林姑娘两枝,那四枝给凤姐儿罢。"王夫人道："留着给宝丫头戴也罢了,又想着他们。"薛姨妈道："姨太太不知,宝丫头怪着呢,他从来不爱这些花儿粉儿的。"（第七回）

宝玉掀帘一迈步进去,先就看见宝钗坐在炕上作针线……蜜合色的棉袄,玫瑰紫二色金银线的坎肩儿,葱黄绫子棉裙:一色儿半新不旧的,看去不见奢华,惟觉雅淡。（第八回）

彼时宝玉尚未作完,只刚作了"潇湘馆"与"蘅芜苑"二首,正作"怡红院"一首,起草内有"绿玉春犹卷"一句。宝钗转眼瞥见,便趁众人不理论,急忙回身悄推他道："他因不喜'红香绿玉'四字,改了'怡红快绿',你这会子偏用'绿玉'二字,岂不是有意和他争驰了? 况且蕉叶之说也颇多,再想一个字改了罢。"宝玉见宝钗如此说,便拭汗道："我这会子总想不起什么典故出处来。"宝钗笑道："你只把'绿玉'的'玉'字改作'蜡'字就是了。"宝玉道："'绿蜡'可有出处?"宝钗见问,悄悄的咂嘴点头笑道："亏你今夜不过如此,将来金殿对策,你大约连'赵钱孙李'都忘了呢! 唐钱珝咏芭蕉诗头一句:'冷烛无烟绿蜡干',你都忘了不成?"宝玉听了,不觉洞开心臆,笑道："该死,该死! 现成眼前之物偏倒想不起来了,真可谓'一字师'了。从此后我只叫你师父,再不叫姐姐了。"宝钗亦悄悄的笑道："还不快作上去,只管姐姐妹妹的。谁是你姐姐? 那上头穿黄袍的才是你姐姐,你又认我这姐姐了。"一面说笑,因说笑又怕他耽延工夫,遂抽身走开了。（第十八回）

黛玉听了,翻身爬起来,按着宝玉笑道："我把你烂了嘴的! 我就知道你是编我呢。"说着,便拧的宝玉连连央告,说："好妹妹,饶我罢,再不敢了! 我因为闻你香,忽然想起这个故典来。"黛玉笑道:"饶骂了人,还说是故典呢。"一语未了,只见宝钗走来,笑问:"谁说故典呢?我也听听。"黛玉忙让坐,笑道:"你瞧瞧,有谁!他饶骂了人,还说是故典。"宝钗笑道:"原来是宝兄弟,怨不得他,他肚子里的故典原多。只是可惜一件,凡该用故典之时,他偏就忘了。有今日记得的,前儿夜里的芭蕉诗就该记得。眼面前的倒想不起来,别人冷的那样,你急的只出汗。这会子偏又有记性了。"黛玉听了笑道:"阿弥陀佛!到底是我的好姐姐,你一般也遇见对子了。可知一还一报,不爽不错的。"(**第十九回**)

只见史湘云大笑大说的,见他两个来,忙问好厮见。正值林黛玉在旁,因问宝玉:"在那里的?"宝玉便说:"在宝姐姐家的。"黛玉冷笑道:"我说呢,亏在那里绊住,不然早就飞了来了。"宝玉笑道:"只许同你顽,替你解闷儿。不过偶然去他那里一趟,就说这话。"林黛玉道:"好没意思的话!去不去管我什么事,我又没叫你替我解闷儿。可许你从此不理我呢!"说着,便赌气回房去了。宝玉忙跟了来,问道:"好好的又生气了?就是我说错了,你到底也还坐在那里,和别人说笑一会子。又来自己纳闷。"林黛玉道:"你管我呢!"宝玉笑道:"我自然不敢管你,只没有个看着你自己作践了身子呢。"林黛玉道:"我作践坏了身子,我死,与你何干!"宝玉道:"何苦来,大正月里,死了活了的。"林黛玉道:"偏说死!我这会子就死!你怕死,你长命百岁的,如何?"宝玉笑道:"要象只管这样闹,我还怕死呢?倒不如死了干净。"黛玉忙道:"正是了,要是这样闹,不如死了干净。"宝玉道:"我说我自己死了干净,别听错了话赖人。"正说着,宝钗走来道:"史大妹妹等你呢。"说着,便推宝玉走了。(**第二十回**)

戕宝钗之仙姿,灰黛玉之灵窍,丧减情意,而闺阁之美恶始相类矣。彼含其劝,则无参商之虞矣;戕其仙姿,无恋爱之心矣;灰其灵窍,无才思之情矣。彼钗、玉、花、麝者,皆张其罗而穴其隧,所以迷眩缠陷天下者也。(**第二十一回**)

到晚间,众人都在贾母前,定昏之余,大家娘儿姊妹等说笑时,贾母因问宝钗爱听何戏,爱吃何物等语。宝钗深知贾母年老人,喜热闹戏文,爱吃甜烂之食,便总依贾母往日素喜者说了出来。贾母更加欢悦。

至上酒席时,贾母又命宝钗点。宝钗点了一出《鲁智深醉闹五台山》。宝玉道:"只好点这些戏。"宝钗道:"你白听了这几年的戏,那里知道这出戏的好处,排场又好,词藻更妙。"宝玉道:"我从来怕这些热闹。"宝钗笑道:"要说这一出热闹,你还算不知戏呢。你过来,我告诉你,这一出戏热闹不热闹。——是一套北《点绛唇》,铿锵顿挫,韵律不用说是好的了,只那词藻中有一支《寄生草》,填的极妙,你何曾知道。"宝玉见说的这般好,便凑近来央告:"好姐姐,念与我听听。"宝钗便念道:漫揾英雄泪,相离处士家。谢慈悲剃度在莲台下。没缘法转眼分离乍。赤条条来去无牵挂。那里讨烟蓑雨笠卷单行?一任俺芒鞋破钵随缘化!

宝玉听了,喜的拍膝画圈,称赏不已,又赞宝钗无书不知,林黛玉道:"安静看戏罢,还没唱《山门》,你倒《妆疯》了。"说的湘云也笑了。于是大家看戏。

黛玉看了,知是宝玉一时感忿而作,不觉可笑可叹,便向袭人道:"作的是玩意儿,无甚关系。"说毕,便携了回房去,与湘云同看。次日又与宝钗看。宝钗看其词曰:无我原非你你,从他不解伊。肆行无碍凭来去。茫茫着甚悲愁喜,纷纷说甚亲疏密。从前碌碌却因何,到如今回头试想真无趣!

看毕,又看那偈语,又笑道:"这个人悟了。都是我的不是,都是我昨儿一支曲子惹出来的。这些道书禅机最能移性。明儿认真说起这些疯话来,存了这个意思,都是从我这一只曲子上来,我成了个罪魁了。"说着,便撕了个粉碎,递与丫头们说:"快烧了罢。"黛玉笑道:"不该撕,等我问他。你们跟我来,包管叫他收了这个痴心邪话。"

三人果然都往宝玉屋里来。一进来,黛玉便笑道:"宝玉,我问你:至贵者是'宝',至坚者是'玉'。尔有何贵?尔有何坚?"宝玉竟不能答。三人拍手笑道:"这样钝愚,还参禅呢。"黛玉又道:"你那偈末云,'无可云证,是立足境',固然好了,只是据我看,还未尽善。我再续两句在后。"因念云:"无立足境,是方干净。"宝钗道:"实在这方悟彻。当日南宗六祖惠能,初寻师至韶州,闻五祖弘忍在黄梅,他便充役火头僧。五祖欲求法嗣,令徒弟诸僧各出一偈。上座神秀说道:'身是菩提树,心如明镜台,时时勤拂拭,莫使有尘埃。'彼时惠能在厨房碓米,听了这偈,说道:'美则美矣,了则未了。'因自念一偈曰:'菩提本非树,明镜亦非台,本来无一物,何处染尘埃?'五祖便将衣钵传他。今儿这偈语,亦同此意了。只是方才这句机锋,尚未完全了结,这便丢开手不成?"

黛玉笑道:"彼时不能答,就算输了,这会子答上了也不为出奇。只是以后再不许谈禅了。连我们两个所知所能的,你还不知不能呢,还去参禅呢。"宝玉自己以为觉悟,不想忽被黛玉一问,便不能答;宝钗又比出"语录"来,此皆素不见他们能者。自己想了一想:"原来他们比我的知觉在先,尚未解悟,我如今何必自寻苦恼。"想毕,便笑道:"谁又参禅,不过一时顽话罢了。"说着,四人仍复如旧。

忽然人报,娘娘差人送出一个灯谜儿,命你们大家去猜,猜着了每人也作一个进去。四人听说忙出去,至贾母上房。只见一个小太监,拿了一盏四角平头白纱灯,专为灯谜而制,上面已有一个,众人都争看乱猜。小太监又下谕道:"众小姐猜着了,不要说出来,每人只暗暗的写在纸上,一齐封进宫去,娘娘自验是否。"宝钗等听了,近前一看,是一首七言绝句,并无甚新奇,口中少不得称赞,只说难猜,故意寻思,其实一见就猜着了。宝玉、黛玉、湘云、探春四个人也都解了,各自暗暗的写了半日。(**第二十二回**)

谁知晴雯和碧痕正拌了嘴,没好气,忽见宝钗来了,那晴雯正把气移在宝钗身上,正在院内抱怨说:"有事没事跑了来坐着,叫我们三更半夜的不得睡觉!"忽听又有人叫门,晴雯越发动了气,也并不问是谁,便说道:"都睡下了,明儿再来罢!"(**第二十**

六回）

只见那一双蝴蝶忽起忽落，来来往往，穿花度柳，将欲过河去了。倒引的宝钗蹑手蹑脚的，一直跟到池中滴翠亭上，香汗淋漓，娇喘细细。宝钗也无心扑了，刚欲回来，只听滴翠亭里边嘁嘁喳喳有人说话。原来这亭子四面俱是游廊曲桥，盖造在池中水上，四面雕镂子糊着纸。宝钗在亭外听见说话，便煞住脚往里细听，只听说道："你瞧瞧这手帕子，果然是你丢的那块，你就拿着；要不是，就还芸二爷去。"又有一人说话："可不是我那块！拿来给我罢。"又听道："你拿什么谢我呢？难道白寻了来不成。"又答道："我既许了谢你，自然不哄你。"又听说道："我寻了来给你，自然谢我，但只是拣的人，你就不拿什么谢他？"又回道："你别胡说。他是个爷们家，拣了我的东西，自然该还的。我拿什么谢他呢？"又听说道："你不谢他，我怎么回他呢？况且他再三再四的和我说了，若没谢的，不许我给你呢。"半晌，又听答道："也罢，拿我这个给他，算谢他的罢。——你要告诉别人呢？须说个誓来。"又听说道："我要告诉一个人，就长一个疔，日后不得好死！"又听说道："嗳呀！咱们只顾说话，看有人来悄悄在外头听见。不如把这槅子都推开了，便是有人见咱们在这里，他们只当我们说顽话呢。若走到跟前，咱们也看的见，就别说了。"

宝钗在外面听见这话，心中吃惊，想道："怪道从古至今那些奸淫狗盗的人，心机都不错。这一开了，见我在这里，他们岂不臊了。况才说话的语音，人似宝玉房里的红儿的言语。他素昔眼空心大，是个头等刁钻古怪东西。今儿我听了他的短儿，一时人急造反，狗急跳墙，不但生事，而且我还没趣。如今便赶着躲了，料也躲不及，少不得要使个'金蝉脱壳'的法子。"犹未想完，只听"咯吱"一声，宝钗便故意放重了脚步，笑着叫道："颦儿，我看你往那里藏！"一面说，一面故意往前赶。那亭内的红玉坠儿刚一推窗，只听宝钗如此说着往前赶，两个人都唬怔了。宝钗反向他二人笑道："你们把林姑娘藏在那里了？"坠儿道："何曾见林姑娘了。"宝钗道："我才在河那边看着林姑娘在这里蹲着弄水儿的。我要悄悄的唬他一跳，还没有走到跟前，他倒看见我了，朝东一绕就不见了。别是藏在这里头了。"一面说一面故意进去寻了一寻，抽身就走，口内说道："一定是又钻在山子洞里去了。遇见蛇，咬一口也罢了。"一面说一面走，心中又好笑：这件事算遮过去了，不知他二人是怎样。（第二十七回）

正说着，只见宝钗从那边来了，二人便走开了。宝钗分明看见，只装看不见，低着头过去了，到了王夫人那里，坐了一回，然后到了贾母这边，只见宝玉在这里呢。薛宝钗因往日母亲对王夫人等曾提过"金锁是个和尚给的，等日后有玉的方可结为婚姻"等语，所以总远着宝玉。昨儿见元春所赐的东西，独他与宝玉一样，心里越发没意思起来。幸亏宝玉被一个林黛玉缠绵住了，心心念念只记挂着林黛玉，并不理论这事。此刻忽见宝玉笑问道："宝姐姐，我瞧瞧你的红麝串子？"可巧宝钗左腕上笼着一串，见宝玉问他，少不得褪了下来。宝钗生的肌肤丰泽，容易褪不下来。（第二十八回）

却说宝钗来至王夫人处，只见鸦雀无闻，独有王夫人在里间房内坐着垂泪。宝钗便不好提这事，只得一旁坐了。王夫人便问："你从那里来？"宝钗道："从园里来。"王夫人道："你从园里来，可见你宝兄弟？"宝钗道："才到看见了。他穿了衣服出去了，不知那里去。"王夫人点头哭道："你可知道一桩奇事？金钏儿忽然投井死了！"宝钗见说，道："怎么好好的投井？这也奇了。"王夫人道："原是前儿他把我一件东西弄坏了，我一时生气，打了他几下，撵了他下去。我只说气他两天，还叫他上来，谁知他这么气性大，就投井死了。岂不是我的罪过。"宝钗叹道："姨娘是慈善人，固然这么想。据我看来，他并不是赌气投井。多半他下去住着，或是在井跟前憨顽，失了脚掉下去的。他在上头拘束惯了，这一出去，自然要到各处去顽顽逛逛，岂有这样大气的理！纵然有这样大气，也不过是个胡涂人，也不为可惜。"王夫人点头叹道："这话虽然如此说，到底我心不安。"宝钗叹道："姨娘也不必念念于兹，十分过不去，不过多赏他几两银子发送他，也就尽主仆之情了。"王夫人道："刚才我赏了他娘五十两银子，原要还把你妹妹们的新衣服拿两套给他妆裹。谁知凤丫头说可巧都没什么新做的衣服，只有你林妹妹作生日的两套。我想你林妹妹那个孩子素日是个有心的，况且他也三灾八难的，既说了给他过生日，这会子又给人妆裹去，岂不忌讳。因为这么样，我现叫裁缝赶两套给他。要是别的丫头，赏他几两银子就完了，只是金钏儿虽然是个丫头，素日在我跟前比我的女儿也差不多。"口里说着，不觉泪下。宝钗忙道："姨娘这会子又何用叫裁缝赶去，我前儿倒做了两套，拿来给他岂不省事。况且他活着的时候也穿过我的旧衣服，身量又相对。"王夫人道："虽然这样，难道你不忌讳？"宝钗笑道："姨娘放心，我从来不计较这些。"一面说，一面起身就走。王夫人忙叫了两个人来跟宝姑娘去。（**第三十二回**）

正说着，只听丫鬟们说："宝姑娘来了。"袭人听见，知道穿不及中衣，便拿了一床袷纱被替宝玉盖了。只见宝钗手里托着一丸药走进来，向袭人说道："晚上把这药用酒研开，替他敷上，把那淤血的热毒散开，可以就好了。"说毕，递与袭人，又问道："这会子可好些？"宝玉一面道谢说："好了。"又让坐。宝钗见他睁开眼说话，不象先时，心中也宽慰了好些，便点头叹道："早听人一句话，也不至今日。别说老太太，太太心疼，就是我们看着，心里也疼。"刚说了半句又忙咽住，自悔说的话急了，不觉的就红了脸，低下头来。宝玉听得这话如此亲切稠密，大有深意，忽见他又咽住不往下说，红了脸，低下头只管弄衣带，那一种娇羞怯怯，非可形容得出者，不觉心中大畅，将疼痛早丢在九霄云外，心中自思："我不过挨了几下打，他们一个个就有这些怜惜悲感之态露出，令人可玩可观，可怜可敬。假若我一时竟遭殃横死，他们还不知是何等悲感呢！既是他们这样，我便一时死了，得他们如此，一生事业纵然尽付东流，亦无足叹惜，冥冥之中若不怡然自得，亦可谓胡涂鬼祟矣。"（**第三十三回**）

薛蟠见宝钗说的话句句有理，难以驳正，比母亲的话反难回答，因此便要设法拿话堵回他去,就无人敢拦自己的话了,也因正在气头上,未曾想话之轻重,便说道:"好妹妹,你不用和我闹,我早知道你的心了。从先妈和我说,你这金要拣有玉的才可正配,你留了心。见宝玉有那劳什骨子,你自然如今行动护着他。"话未说了,把个宝钗气怔了,拉着薛姨妈哭道:"妈妈你听,哥哥说的是什么话!"薛蟠见妹妹哭了,便知自己冒撞了,便赌气走到自己房里安歇不提。

这里薛姨妈气的乱战,一面又劝宝钗道:"你素日知那孽障说话没道理,明儿我叫他给你陪不是。"宝钗满心委屈气忿,待要怎样,又怕他母亲不安,少不得含泪别了母亲,各自回来,到房里整哭了一夜。次日早起来,也无心梳洗,胡乱整理整理,便出来瞧母亲。可巧遇见林黛玉独立在花阴之下,问他那里去。薛宝钗因说"家去",口里说着,便只管走。黛玉见他无精打采的去了,又见眼上有哭泣之状,大非往日可比,便在后面笑道:"姐姐也自保重些儿。就是哭出两缸眼泪来,也医不好棒疮。"(**第三十四回**)

宝钗一旁笑道:"我来了这么几年,留神看起来,凤丫头凭他怎么巧,再巧不过老太太去。"贾母听说,便答道:"我如今老了,那里还巧什么。当日我象凤哥儿这么大年纪,比他还来得呢。他如今虽说不如我们,也就算好了,比你姨娘强远了。你姨娘可怜见的,不大说话,和木头似的,在公婆跟前就不大显好。凤儿嘴乖,怎么怨得人疼他。"宝玉笑道:"若这么说,不大说话的就不疼了?"贾母道:"不大说话的又有不人说话的可疼之处,嘴乖的也有一宗可嫌的,倒不如不说话的好。"宝玉笑道:"这就是了。我说大嫂子倒不大说话呢,老太太也是和凤姐姐的一样看待。若是单是会说话的可疼,这些姊妹里头也只是凤姐姐和林妹妹可疼了。"贾母道:"提起姊妹,不是我当着姨太太的面奉承,千真万真,从我们家四个女孩儿算起,全不如宝丫头。"薛姨妈听说,忙笑道:"这话是老太太说偏了。"王夫人忙又笑道:"老太太时常背地里和我说宝丫头好,这倒不是假话。"宝玉勾着贾母原为赞林黛玉的,不想反赞起宝钗来,倒也意出望外,便看着宝钗一笑。宝钗早扭过头去和袭人说话去了。(**第三十五回**)

不想林黛玉因遇见史湘云约他来与袭人道喜,二人来至院中,见静悄悄的,湘云便转身先到厢房里去找袭人。林黛玉却来至窗外,隔着纱窗往里一看,只见宝玉穿着银红纱衫子,随便睡着在床上,宝钗坐在身旁做针线,旁边放着蝇帚子,林黛玉见了这个景儿,连忙把身子一藏,手握着嘴不敢笑出来,招手儿叫湘云。湘云一见他这般景况,只当有什么新闻,忙也来一看,也要笑时,忽然想起宝钗素日待他厚道,便忙掩住口。知道林黛玉不让人,怕他言语之中取笑,便忙拉过他来道:"走罢。我想起袭人来,他说午间要到池子里去洗衣裳,想必去了,咱们那里找他去。"林黛玉心下明白,冷笑了两声,只得随他走了。

这里宝钗只刚做了两三个花瓣,忽见宝玉在梦中喊骂说:"和尚道士的话如何信得? 什么是金玉姻缘,我偏说是木石姻缘!"薛宝钗听了这话,不觉怔了。

宝玉未说话,黛玉便先笑道:"你看着人家赶蚊子分上,也该去走走。"宝玉不解,忙问:"怎么赶蚊子?"袭人便将昨日睡觉无人作伴,宝姑娘坐了一坐的话说了出来。宝玉听了,忙说:"不该。我怎么睡着了,亵渎了他。"一面又说:"明日必去。"(**第三十六回**)

又看宝钗的道:珍重芳姿昼掩门,自携手瓮灌苔盆。胭脂洗出秋阶影,冰雪招来露砌魂。淡极始知花更艳,愁多焉得玉无痕?欲偿白帝宜清洁,不语婷婷日又昏。李纨笑道:"到底是蘅芜君!"(**第三十七回**)

宝钗接着笑道:"我也勉强了一首,未必好,写出来取笑儿罢。"说着也写了出来。大家看时,写道是:桂霭桐阴坐举觞,长安涎口盼重阳。眼前道路无经纬,皮里春秋空黑黄。看到这里,众人不禁叫绝。宝玉道:"写得痛快!我的诗也该烧了。"又看底下道:酒未敌腥还用菊,性防积冷定须姜。于今落釜成何益,月浦空余禾黍香。众人看毕,都说这是食螃蟹绝唱,这些小题目,原要寓大意才算是大才,只是讽刺世人太毒了些。(**第三十八回**)

说着已到了花溆的萝港之下,觉得阴森透骨,两滩上衰草残菱,更助秋情。贾母因见岸上的清厦旷朗,便问:"这是你薛姑娘的屋子不是?"众人道:"是。"贾母忙命拢岸,顺着云步石梯上去,一同进了蘅芜苑,只觉异香扑鼻。那些奇草仙藤愈冷逾苍翠,都结了实,似珊瑚豆子一般,累垂可爱。及进了房屋,雪洞一般,一色玩器全无,案上只有一个土定瓶中供着数枝菊花,并两部书,茶奁茶杯而已。床上只吊着青纱帐幔,衾褥也十分朴素。贾母叹道:"这孩子太老实了。你没有陈设,何妨和你姨娘要些。我也不理论,也没想到,你们的东西自然在家里没带了来。"说着,命鸳鸯去取些古董来,又嗔着凤姐儿:"不送些玩器来与你妹妹,这样小器。"王夫人凤姐儿等都笑回说:"他自己不要的。我们原送了来,他都退回去了。"薛姨妈也笑说:"他在家里也不大弄这些东西的。"贾母摇头说:"使不得。虽然他省事,倘或来一个亲戚,看着不象;二则年轻的姑娘们,房里这样素净,也忌讳。我们这老婆子,越发该住马圈去了。你们听那些书上戏上说的小姐们的绣房,精致的还了得呢。他们姊妹们虽不敢比那些小姐们,也不要很离了格儿……"说着叫过鸳鸯来,亲吩咐道:"你把那石头盆景儿和那架纱桌屏,还有个墨烟冻石鼎,这三样摆在这案上就够了。再把那水墨字画白绫帐子拿来,把这帐子也换了。"鸳鸯答应着,笑道:"这些东西都搁在东楼上的不知那个箱子里,还得慢慢找去,明儿再拿去也罢了。"贾母道:"明日后日都使得,只别忘了。"(**第四十回**)

且说宝钗等吃过早饭,又往贾母处问过安,回园至分路之处,宝钗便叫黛玉道:"颦儿跟我来,有一句话问你。"黛玉便同了宝钗,来至蘅芜苑中。进了房,宝钗便坐了笑道:"你跪下,我要审你。"黛玉不解何故,因笑道:"你瞧宝丫头疯了!审问我什么?"宝钗冷笑道:"好个千金小姐!好个不出闺门的女孩儿!满嘴说的是什么?你只实说便罢。"黛玉不解，只管发笑，心里也不免疑惑起来，口里只说："我何曾说什么？你不过要捏我的错儿罢了。你倒说出来我听听。"宝钗笑道："你还装憨儿。昨儿行酒令你说的是什么？我竟不知那里来的。"黛玉一想，方想起来昨儿失于检点，那《牡丹亭》《西厢记》说了两句，不觉红了脸，便上来搂着宝钗，笑道："好姐姐，原是我不知道随口说的。你教给我，再不说了。"宝钗笑道："我也不知道，听你说的怪生的，所以请教你。"黛玉道："好姐姐，你别说与别人，我以后再不说了。"宝钗见他羞得满脸飞红，满口央告，便不肯再往下追问，因拉他坐下吃茶，款款的告诉他道："你当我是谁，我也是个淘气的。从小七八岁上也够个人缠的。我们家也算是个读书人家，祖父手里也爱藏书。先时人口多，姊妹弟兄都在一处，都怕看正经书。弟兄们也有爱诗的，也有爱词的，诸如这些'西厢''琵琶'以及'元人百种'，无所不有。他们是偷背着我们看，我们却也偷背着他们看。后来大人知道了，打的打，骂的骂，烧的烧，才丢开了。所以咱们女孩儿家不认得字的倒好。男人们读书不明理，尚且不如不读书的好，何况你我。就连作诗写字等事，原不是你我分内之事，究竟也不是男人分内之事。男人们读书明理，辅国治民，这便好了。只是如今并不听见有这样的人，读了书倒更坏了。这是书误了他，可惜他也把书糟踏了，所以竟不如耕种买卖，倒没有什么大害处。你我只该做些针黹纺织的事才是，偏又认得了字，既认得了字，不过拣那正经的看也罢了，最怕见了些杂书，移了性情，就不可救了。"一席话，说的黛玉垂头吃茶，心下暗伏，只有答应"是"的一字。（第四十二回）

　　宝钗道："我有一句公道话，你们听听。藕丫头虽会画，不过是几笔写意。如今画这园子，非离了肚子里头有几幅丘壑的才能成画。这园子却是象画儿一般，山石树木，楼阁房屋，远近疏密，也不多，也不少，恰恰的是这样。你就照样儿往纸上一画，是必不能讨好的。这要看纸的地步远近，该多该少，分主分宾，该添的要添，该减的要减，该藏的要藏，该露的要露。这一起了稿子，再端详斟酌，方成一幅图样。第二件，这些楼台房舍，是必要用界划的。一点不留神，栏杆也歪了，柱子也塌了，门窗也倒竖过来，阶矶也离了缝，甚至于桌子挤到墙里去，花盆放在帘子上来，岂不倒成了一张笑'话'儿了。第三，要插人物，也要有疏密，有高低。衣折裙带，手指足步，最是要紧，一笔不细，不是肿了手就是跏了腿，染脸撕发倒是小事。依我看来竟难的很。如今一年的假也太多，一月的假也太少，竟给他半年的假，再派宝兄弟帮着他。并不是为宝兄弟知道教着他画，那就更误了事，为的是有不知道的，或难安插的，宝兄弟好拿出去问问那会画的相公，就容易了。"

　　宝玉听了，先喜的说："这话极是。詹子亮的工细楼台就极好，程日兴的美人是绝技，如今就问他们去。"宝钗道："我说你是无事忙，说了一声你就问去。等着商议定了再去。如今且拿什么画？"宝玉道："家里有雪浪纸，又大又托墨。"宝钗冷笑道："我说你不中用！那雪浪纸写字画写意画儿，或是会山水的画南宗山水，托墨，禁得皴搜。

拿了画这个，又不托色，又难渲，画也不好，纸也可惜。我教你一个法子。原先盖这园子，就有一张细致图样，虽是匠人描的，那地步方向是不错的。你和太太要了出来，也比着那纸大小，和凤丫头要一块重绢，叫相公矾了，叫他照着这图样删补着立了稿子，添了人物就是了。就是配这些青绿颜色并泥金泥银，也得他们配去。你们也得另爁上风炉子，预备化胶、出胶、洗笔。还得一张粉油大案，铺上毡子。你们那些碟子也不全，笔也不全，都得从新再置一分儿才好。"惜春道："我何曾有这些画器？不过随手写字的笔画画罢了。就是颜色，只有赭石、广花、藤黄、胭脂这四样。再有，不过是两支着色笔就完了。"宝钗道："你不该早说？这些东西我却还有，只是你也用不着，给你也白放着。如今我且替你收着，等你用着这个时候我送你些，也只可留着画扇子，若画这大幅的也就可惜了的。今儿替你开个单子，照着单子和老太太要去。你们也未必知道的全，我说着，宝兄弟写。"宝玉早已预备下笔砚了，原怕记不清白，要写了记着，听宝钗如此说，喜的提起笔来静听。宝钗说道："头号排笔四支，二号排笔四支，三号排笔四支，大染四支，中染四支，小染四支，大南蟹爪十支，小蟹爪十支，须眉十支，大着色二十支，小着色二十支，开面十支，柳条二十支，箭头朱四两，南赭四两，石黄四两，石青四两，石绿四两，管黄四两，广花八两，蛤粉四匣，胭脂十片，大赤飞金二百帖，青金二百帖，广匀胶四两，净矾四两。矾绢的胶矾在外，别管他们，你只把绢交出去叫他们矾去。这些颜色，咱们淘澄飞跌着，又顽了，又使了，包你一辈子都够使了。再要顶细绢箩四个，粗绢箩四个，担笔四支，大小乳钵四个，大粗碗二十个，五寸粗碟十个，三寸粗白碟二十个，风炉两个，沙锅大小四个，新瓷罐二口，新水桶四只，一尺长白布口袋四条，浮炭二十斤，柳木炭一斤，三屉木箱一个，实地纱一丈，生姜二两，酱半斤。"黛玉忙道："铁锅一口，锅铲一个。"宝钗道："这作什么？"黛玉笑道："你要生姜和酱这些作料，我替你要铁锅来，好炒颜色吃的。"

众人都笑起来。宝玉笑道："你那里知道。那粗色碟子保不住不上火烤，不拿姜汁子和酱预先抹在底子上烤过了，一经了火是要炸的。"众人听说，都道："原来如此。"黛玉又看了一回单子，笑着拉探春悄悄的道："你瞧瞧，画个画儿又要这些水缸箱子来了。想必他胡涂了，把他的嫁妆单子也写上了。"探春"嗳"了一声，笑个不住，说道："宝姐姐，你还不拧他的嘴？你问问他编排你的话。"宝钗笑道："不用问，狗嘴里还有象牙不成！"一面说，一面走上来，把黛玉按在炕上，便要拧他的脸。黛玉笑着忙央告："好姐姐，饶了我罢！颦儿年纪小，只知说，不知道轻重，作姐姐的教导我。姐姐不饶我，还求谁去？"众人不知话内有因，都笑道："说的好可怜见的，连我们也软了，饶了他罢。"宝钗原是和他顽，忽听他又拉扯前番说他胡看杂书的话，便不好再和他厮闹，放起他来。黛玉笑道："到底是姐姐，要是我，再不饶人的。"（第四十二回）

黛玉叹道："你素日待人，固然是极好的，然我最是个多心的人，只当你心里藏奸。从前日你说看杂书不好，又劝我那些好话，竟大感激你。往日竟是我错了，实在误到如今。细细算来，我母亲去世的早，又无姊妹兄弟，我长了今年十五岁，竟没一个人象你前日的话教导我。怨不得云丫头说你好，我往日见他赞你，我还不受用，昨儿我亲自经过，才知道了。比如若是你说了那个，我再不轻放过你的；你竟不介意，反劝我那些话，可知我竟自误了。若不是从前日看出来，今日这话，再不对你说。你方才说叫我吃燕窝粥的话，虽然燕窝易得，但只我因身上不好了，每年犯这个病，也没什么要紧的去处。请大夫，熬药，人参肉桂，已经闹了个天翻地覆，这会子我又兴出新文来熬什么燕窝粥，老太太、太太、凤姐姐这三个人便没话说，那些底下的婆子丫头们，未免不嫌我太多事了。你看这里这些人，因见老太太多疼了宝玉和凤丫头两个，他们尚虎视耽耽，背地里言三语四的，何况于我？况我又不是他们这里正经主子，原是无依无靠投奔了来的，他们已经多嫌着我了。如今我还不知进退，何苦叫他们咒我？"宝钗道："这样说，我也是和你一样。"黛玉道："你如何比我？你又有母亲，又有哥哥，这里又有买卖地土，家里又仍旧有房有地。你不过是亲戚的情分，白住了这里，一应大小事情，又不沾他们一文半个，要走就走了。我是一无所有，吃穿用度，一草一纸，皆是和他们家的姑娘一样，那起小人岂有不多嫌的。"宝钗笑道："将来也不过多费得一副嫁妆罢了，如今也愁不到这里。"黛玉听了，不觉红了脸，笑道："人家才拿你当个正经人，把心里的烦难告诉你听，你反拿我取笑儿。"宝钗笑道："虽是取笑儿，却也是真话。你放心，我在这里一日，我与你消遣一日。你有什么委屈烦难，只管告诉我，我能解的，自然替你解一日。我虽有个哥哥，你也是知道的，只有个母亲比你略强些。咱们也算同病相怜。你也是个明白人，何必作'司马牛之叹'？你才说的也是，多一事不如省一事。我明日家去和妈妈说了，只怕我们家里还有，与你送几两，每日叫丫头们就熬了，又便宜，又不惊师动众的。"黛玉忙笑道："东西事小，难得你多情如此。"宝钗道："这有什么放在口里的！只愁我人人跟前失于应候罢了。只怕你烦了，我且去了。"黛玉道："晚上再来和我说句话儿。"（第四十五回）

湘云又瞅了宝琴半日，笑道："这一件衣裳也只配他穿，别人穿了，实在不配。"正说着，只见琥珀走来笑道："老太太说了，叫宝姑娘别管紧了琴姑娘。他还小呢，让他爱怎么样就怎么样。要什么东西只管要去，别多心。"宝钗忙起身答应了，又推宝琴笑道："你也不知是那里来的福气！你倒去罢，仔细我们委曲着你。我就不信我那些儿不如你。"说话之间，宝玉黛玉都进来了，宝钗犹自嘲笑。湘云因笑道："宝姐姐，你这话虽是顽话，恰有人真心是这样想呢。"琥珀笑道："真心恼的再没别人，就只是他。"口里说，手指着宝玉。宝钗湘云都笑道："他倒不是这样人。"琥珀又笑道："不是他，就是他。"说着又指着黛玉。湘云便不则声。宝钗忙笑道："更不是了。我的妹妹和他的妹妹一样。他喜欢的比我还疼呢，那里还恼？你信口儿混说。他的那嘴有什么实据。"宝玉素习深知黛玉有些小性儿，且尚不知近日黛玉和宝钗之事，正恐贾母疼宝琴他心中不自在，今见湘云如此说了，宝钗又如此答，再审度黛玉声色亦不似往时，果然与宝钗之说相符,心中闷闷不乐。因想:"他两个素日不是这样的好,今看来竟更比他人好十倍。"一时林黛玉又赶着宝琴叫妹妹,并不提名道姓,直是亲姊妹一般。那宝琴年轻心热,且本性聪敏,自幼读书识字,今在贾府住了两日,大概人物已知。又见诸姊妹都不是那轻薄脂粉,且又和姐姐皆和契,故也不肯怠慢,其中又见林黛玉是个出类拔萃的,便更与黛玉亲敬异常。宝玉看着只是暗暗的纳罕。

一时宝钗姊妹往薛姨妈房内去后,湘云往贾母处来,林黛玉回房歇着。宝玉便找了黛玉来,笑道:"我虽看了《西厢记》,也曾有明白的几句,说了取笑,你曾恼过。如今想来,竟有一句不解,我念出来你讲讲我听。"黛玉听了,便知有文章,因笑道:"你念出来我听听。"宝玉笑道:"那'闹简'上有一句说得最好,'是几时孟光接了梁鸿案?'这句最妙。'孟光接了梁鸿案'这五个字,不过是现成的典,难为他这'是几时'三个虚字问的有趣。是几时接了?你说说我听听。"黛玉听了,禁不住也笑起来,因笑道:"这原问的好。他也问的好,你也问的好。"宝玉道:"先时你只疑我,如今你也没的说,我反落了单。"黛玉笑道:"谁知他竟真是个好人,我素日只当他藏奸。"因把说错了酒令起,连送燕窝病中所谈之事,细细告诉了宝玉。宝玉方知缘故,因笑道:"我说呢,正纳闷'是几时孟光接了梁鸿案',原来是从'小孩儿口没遮拦'就接了案了。"

宝玉便邀着黛玉同往稻香村来。黛玉换上掐金挖云红香羊皮小靴,罩了一件大红羽纱面白狐狸里的鹤氅,束一条青金闪绿双环四合如意绦,头上罩了雪帽。二人一齐踏雪行来。只见众姊妹都在那边,都是一色大红猩猩毡与羽毛缎斗篷,独李纨穿一件青哆罗呢对襟褂子,薛宝钗穿一件莲青斗纹锦上添花洋线番丝的鹤氅;邢岫烟仍是家常旧衣,并无避雪之衣。一时史湘云来了,穿着贾母与他的一件貂鼠脑袋面子大毛黑灰鼠里子里外发烧大褂子,头上带着一顶挖云鹅黄片金里大红猩猩毡昭君套,又围着大貂鼠风领。黛玉先笑道:"你们瞧瞧,孙行者来了。他一般的也拿着雪褂子,故意装出个小骚达子来。"湘云笑道:"你们瞧瞧我里头打扮的。"一面说,一面脱了褂子。只见他里头穿着一件半新的靠色三镶领袖秋香色盘金五色绣龙窄褙小袖掩衿银鼠短袄,里面短短的一件水红装缎狐肷褶子,腰里紧紧束着一条蝴蝶结子长穗五色宫绦,脚下也穿着鹿皮小靴,越显的蜂腰猿背,鹤势螂形。(第四十九回)

众人看了,都称奇道妙。宝钗先说道:"前八首都是史鉴上有据的,后二首却无考,我们也不大懂得,不如另作两首为是。"黛玉忙拦道:"这宝姐姐也忒胶柱鼓瑟、矫揉造作了。这两首虽于史鉴上无考,咱们虽不曾看这些外传,不知底里,难道咱们连两本戏也没有见过不成?那三岁孩子也知道,何况咱们?"探春便道:"这话正是了。"李纨又道:"况且他原是到过这个地方的。这两件事虽无考,古往今来,以讹传讹,好事者竟故意的弄出这古迹来以愚人。比如那年上京的时节,单是关夫子的坟,倒见了三四处。关夫子一生事业,皆是有据的;如何又有许多的坟?自然是后来人敬爱他生前为人,只怕从这敬爱上穿凿出来,也是有的。及至看《广舆记》上,不止关夫子的坟多,自古来有些名望的人,坟就不少,无考的古迹更多。如今这两首虽无考,凡说书唱戏,甚至于求的签上皆有注批,老小男女,俗语口头,人人皆知皆说的。况且又并不是看了'西厢''牡丹'的词曲,怕看了邪书。这竟无妨,只管留着。"宝钗听说,方罢了。（**第五十一回**）

宝钗因笑道:"下次我邀一社,四个诗题,四个词题。每人四首诗,四阕词。头一个诗题《咏〈太极图〉》,限一先的韵,五言律,要把一先的韵都用尽了,一个不许剩。"宝琴笑道:"这一说,可知是姐姐不是真心起社了,这分明难人。若论起来,也强扭的出来,不过颠来倒去弄些《易经》上的话生填,究竟有何趣味……"（**第五十二回**）

"再者林丫头和宝姑娘他两个倒好,偏又都是亲戚,又不好管咱家务事。况且一个是美人灯儿,风吹吹就坏了;一个是拿定了主意,'不干己事不张口,一问摇头三不知',也难十分去问他。"（**第五十五回**）

宝钗笑道:"真真膏粱纨绔之谈。虽是千金小姐,原不知这事,但你们都念过书识字的,竟没看见朱夫子有一篇《不自弃文》不成?"探春笑道:"虽看过,那不过是勉人自励,虚比浮词,那里都真有的?"宝钗道:"朱子都有虚比浮词? 那句句都是有的。你才办了两天时事,就利欲熏心,把朱子都看虚浮了。你再出去见了那些利弊大事,越发把孔子也看虚了!"探春笑道:"你这样一个通人,竟没看见子书? 当日《姬子》有云:'登利禄之场,处运筹之界者,窃尧舜之词,背孔孟之道。'"宝钗笑道:"底下一句呢?"探春笑道:"如今只断章取意,念出底下一句,我自己骂我自己不成?"宝钗道:"天下没有不可用的东西,既可用,便值钱。难为你是个聪敏人,这些正事大节目事竟没经历,也可惜迟了。"李纨笑道:"叫了人家来,不说正事,且你们对讲学问。"宝钗道:"学问中便是正事。此刻于小事上用学问一提,那小事越发作高一层了。不拿学问提着,便都流入市俗去了。"

宝钗道:"断断使不得! 你们这里多少得用的人,一个一个闲着没事办,这会子我又弄个人来,叫那起人连我也看小了。我倒替你们想出一个人来:怡红院有个老叶妈,他就是茗烟的娘。那是个诚实老人家,他又和我们莺儿的娘极好,不如把这事交与叶妈。他有不知的,不必咱们说,他就找莺儿的娘去商议了。那怕叶妈全不管,竟交与那一个,那是他们私情儿,有人说闲话,也就怨不到咱们身上了。如此一行,你们办的又至公,于事又甚妥。"李纨平儿都道:"是极。"探春笑道:"虽如此,只怕他们见利忘义。"平儿笑道:"不相干,前儿莺儿还认了叶妈做干娘,请吃饭吃酒,两家和厚的好的很呢。"探春听了,方罢了。（**第五十六回**）

宝钗从园里过来,薛姨妈便对宝钗说道:"我的儿,你听见了没有? 你珍大嫂子的妹妹三姑娘,他不是已经许定给你哥哥的义弟柳湘莲了么,不知为什么自刎了。那柳湘莲也不知往那里去了。真正奇怪的事,叫人意想不到。"宝钗听了,并不在意,便说道:"俗话说的好,'天有不测风云,人有旦夕祸福'。这也是他们前生命定。前日妈妈为他救了哥哥,商量着替他料理,如今已经死的死了,走的走了,依我说,也只好由他罢了。妈妈也不必为他们伤感了。倒是自从哥哥打江南回来了一二十日,贩了来的货物,想来也该发完了,那同伴去的伙计们辛辛苦苦的,回来几个月了,妈妈和哥哥商议商议,也该请一请,酬谢酬谢才是。别叫人家看着无理似的。"母女正说话间,见薛蟠自外而入,眼中尚有泪痕。一进门来。便向他母亲拍手说道:"妈妈可知道柳二哥尤三姐的事么?"薛姨妈说:"我才听见说,正在这里和你妹妹说这件公案呢。"薛蟠道:"妈妈可听见说柳湘莲跟着一个道士出了家了么?"薛姨妈道:"这越发奇了。怎么柳相公那样一个年轻的聪明人,一时胡涂,就跟着道士去了呢。我想你们好了一场,他又无父母兄弟,只身一人在此,你该各处找找他才是。靠那道士能往那里远去,左不过是在这方近左右的庙里寺里罢了。"薛蟠说:"何尝不是呢。我一听见这个信儿,就连忙带了小厮们在各处寻找,连一个影儿也没有。又去问人,都说没看见。"

且说赵姨娘因见宝钗送了贾环些东西,心中甚是喜欢,想道:"怨不得别人都说那宝丫头好,会做人,很大方,如今看起来果然不错。他哥哥能带了多少东西来,他挨门儿送到,并不遗漏一处,也不露出谁薄谁厚,连我们这样没时运的,他都想到了。若是那林丫头,他把我们娘儿们正眼也不瞧,那里还肯送我们东西?"一面想,一面把那些东西翻来覆去的摆弄瞧看一回。忽然想到宝钗系王夫人的亲戚,为何不到王夫人跟前卖个好儿呢。自己便蝎蝎螫螫的拿着东西,走至王夫人房中,站在旁边,陪笑说道:"这是宝姑娘才刚给环哥儿的。难为宝姑娘这么年轻的人,想的这么周到,真是大户人家的姑娘,又展样,又大方,怎么叫人不敬服呢。怪不得老太太和太太成日家都夸他疼他。我也不敢自专就收起来,特拿来给太太瞧瞧,太太也喜欢喜欢。"(第六十七回)

宝钗笑道:"终不免过于丧败。我想,柳絮原是一件轻薄无根无绊的东西,然依我的主意,偏要把他说好了,才不落套。所以我诌了一首来,未必合你们的意思。"众人笑道:"不要太谦。我们且赏鉴,自然是好的。"因看这一首《临江仙》道是:白玉堂前春解舞,东风卷得均匀。湘云先笑道:"好一个'东风卷得均匀'!这一句就出人之上了。"又看底下道:蜂团蝶阵乱纷纷。几曾随逝水,岂必委芳尘。万缕千丝终不改,任他随聚随分。韶华休笑本无根,好风频借力,送我上青云!众人拍案叫绝,都说:"果然翻得好气力,自然是这首为尊……"(第七十回)

怎样理解宝钗的"冷"?

宝钗的几次异样似乎格外值得注意。毕竟,常态有时可能是人刻意营造出的假象,而异样则是被不期而至的事件打破了内心的平衡,或者是无意中流露出自己内心最为看重的东西。异样能够击穿刻意营造的面具,将人物更真实的方面表现出来。

尤其对宝钗这个很理性又很能自律克己,而且又能够"用学问提着"的异样的少女,她异于寻常的表现能够让我们更好地理解她真实的内心。

不妨就《红楼梦》中"钗黛并举"的特点来对宝钗的异样探幽察微。

黛玉感性,宝钗理性。宝钗的理性甚至到了让人毛骨悚然的地步。尤三姐自刎,柳湘莲出家,连被柳湘莲苦打过的薛蟠都"眼中尚有泪痕",宝钗听了却并不在意,还说:"俗话说的好,'天有不测风云,人有旦夕祸福'。这也是他们前生命定。前日妈妈为他救了哥哥,商量着替他料理,如今已经死的死了,走的走了,依我说,也只好由他罢了。妈妈也不必为他们伤感了。倒是自从哥哥打江南回来了一二十日,贩了来的货物,想来也该发完了,那同伴去的伙计们辛辛苦苦的,回来几个月了,妈妈和哥哥商议商议,也该请一请,酬谢酬谢才是。别叫人家看着无理似的。"这些说法很理性,而且宝钗之所以这样说就是为了"别叫人家看着无理似的",然而,面对鲜活生命的丧失,面对别人的苦难,一个十几岁的少女居然"并不在意",仍在很理性地考虑不要在人前"失于应候",无论如何会让人心中陡生寒意。

不知是否出于作者的有意安排,《红楼梦》中对凤姐、李纨、宝钗的刻画描写都突出了一个"冷"字。凤姐判词前画的冰山、她的冷酷以及她给自己营建了一个冰冷的世界前文已作了分析,我们不妨再看看李纨与宝钗。李纨的判词里也有"冷"——"如冰水好空相妒"。这里的"冰"可理解为"冰清玉洁",是时、俗对李纨恪守道德标准的称许。同时也可理解为"冰冷",意谓时、俗给了李纨"虚名儿"以及经济上一些利益的同时也剥夺了她生命中的青春、美好与欢乐。而宝钗呢? 她的判词里也有"冷"——"金簪雪里埋",《终身误》曲子里也说她是"山中高士晶莹雪"。在小厮们口中,她又是"雪堆出来的"、"自己不敢出气,是生怕这气大了,吹倒了姓林的;气暖了,吹化了姓薛的"。"雪"固然可以让人联想起"冰雪聪明",宝钗的理性也确实可被视为一种聪明,但那聪明毕竟不是有生命温度的聪明,那聪明可以说是一种"冷"聪明。宝钗的另外一个符号"金"也很有象征意味:无论是"金玉良缘"还是"金簪"的"金",都可以说是"高贵"的符号,可是那高贵固然"金光闪闪",却毕竟与同样也很高贵的玉不同。君子比德于玉,而金却没有玉的温润,它只是冰冷的金属。此外,《红楼梦》中对宝钗居处的描写也耐人寻味:

> 说着已到了花溆的萝港之下,觉得阴森透骨,两滩上衰草残菱,更助秋情。贾母因见岸上的清厦旷朗,便问:"这是你薛姑娘的屋子不是?"众人道:"是。"贾母忙命拢岸,顺着云步石梯上去,一同进了蘅芜苑,只觉异香扑鼻。那些奇草仙藤愈冷逾苍翠,都结了实,似珊瑚豆子一般,累垂可爱。及进了房屋,雪洞一般,一色玩器全无,案上只有一个土定瓶中供着数枝菊花,并两部书,茶奁茶杯而已。床上只吊着青纱帐幔,衾褥也十分朴素。

一个少女的居处竟然"阴森透骨""雪洞一般",那种异样的"冷"似乎只能来自《西游记》中妖精的洞窟,作者是不是在强调着什么呢? 我们还可以看到,连见多识广的贾母都对这样的"冷"感到害怕,说:"年轻的姑娘们,房里这样素净,也忌讳。"并千叮咛万嘱咐鸳鸯等人一定要重新布置宝钗的房间。

然而，理性得让人害怕的宝钗也有感性的时候。最突出的是宝玉挨打之后，宝钗、薛姨妈都认为是薛蟠露出什么口风才引发了宝玉的被打，薛蟠因被冤枉而暴跳如雷，并赌气说出了"好妹妹，你不用和我闹，我早知道你的心了。从先妈和我说，你这金要拣有玉的才可正配，你留了心。见宝玉有那劳什骨子，你自然如今行动护着他"一番话，宝钗先是"气怔了，拉着薛姨妈哭"，又是"满心委屈气忿，待要怎样，又怕他母亲不安，少不得含泪别了母亲"，而且还"到房里整哭了一夜。次日早起来，也无心梳洗，胡乱整理整理，便出来瞧母亲"。路上不幸又遇见林黛玉独立在花阴之下，黛玉见她无精打采，且"眼上有哭泣之状，大非往日可比"，还把她冷嘲热讽了一番。此时的宝钗是多么感性啊，她的学问与审时度势的理性在此时荡然无存，她简直就是一个受了欺负满腔委屈的邻家女孩，其表现出的感性与多愁善感的林妹妹比起来甚至也不遑多让。

宝钗此时为什么会如此异样？难道不是薛蟠那句"你这金要拣有玉的才可正配"戳到了她的痛处吗？"金玉良缘"的说法不仅对黛玉是一种刺激，对宝钗也是一种折磨。有些红学家认为"金玉良缘"是薛姨妈与宝钗母女两人编造的谎言，这在《红楼梦》中并没有确凿的线索加以证明。姑且不论，按照宝钗的价值观，她其实未必看得上宝玉。她不是把宝玉叫成"富贵闲人""无事忙"，并当面冷笑着对宝玉说"我说你不中用"吗？她还规劝宝玉留心仕途经济，以致宝玉骂她"好好的一个清净洁白女儿，也学的钓名沽誉，入了国贼禄鬼之流"，"真真有负天地钟灵毓秀之德！"依宝钗长袖善舞的交际能力，如果她真的把宝二奶奶的宝座当回事，她会如此不顾后果地触怒宝玉吗？她徒劳地规劝宝玉是因为她真心信奉仕途经济、显亲扬名的价值观。这就是宝钗，虽然很博学，连贾政都夸她学问好，更不用说湘云因她连"楛"这样的冷僻字都能讲出典故而赞不绝口，宝玉听她随口背出《寄生草》喜得拍膝画圈，称赏宝钗无书不知了。她甚至对绘画也非常了解，还说出"粗色碟子保不住不上火烤，不拿姜汁子和酱预先抹在底子上烤过了，一经了火是要炸的"这样的细节，令宝玉与众姐妹"只有恍然大悟的份儿"。虽然宝钗也是个公关高手，惯会"小惠全大体"；虽然宝钗有不俗的修养与高雅的谈吐，她的价值观却是相当世俗的，她认同的是当时的主流价值观。这样的价值观一方面要求符合当时"残生损性"的道德标准而不是养护生命的"真性"，一方面又看重功利的"成功"而非生命的"成长"。

于是宝钗就有了亦道德亦功利的价值立场，我们也就看到了她另外的异样。有人认为宝钗服用的冷香丸是高洁淡泊的象征：作为药料的白牡丹花蕊、白荷花蕊、白芙蓉蕊、白梅花蕊以及水露霜雪在古诗文中往往都被赋予了高洁淡泊的品性，煎汤送下的黄柏也具有这样的特点。曲词中宝钗又被称为"山中高士晶莹雪"，她自己咏白海棠的诗句中又有"淡极始知花更艳"之句，她的居处又"雪洞一般，一色玩器全无，案上只有一个土定瓶中供着数枝菊花，并两部书，茶奁茶杯而已。床上只吊着青纱帐幔，衾褥也十分朴素"。第四十九回中，红楼女儿们在雪地里以红装争奇斗艳，唯一没穿红装的只有李纨、邢岫烟与宝钗。李纨是寡妇，邢岫烟家境贫寒，不穿红装都有特定的原因。而宝钗不穿只能说是她自己的选择。其实第八回宝玉去探病时就看到宝钗的衣着"一色儿半新不旧的，看去不见奢华，惟觉雅淡"。而且薛姨妈要把宫花送给三春与凤姐，王夫人谦让道："留着给宝丫头戴也罢了，又想着他们。"薛姨妈说："姨太太不知，宝丫头怪着呢，他从来不爱这些花儿粉儿的。"这样看来，宝钗应该具有朴素淡泊的特点，这也是封建时代对淑女的道德要求。

实际情况并非如此。宝钗可以在外表上朴素淡泊，然而我们可以看到，宝钗对功名富贵其实非常热衷，不热衷她也不会不顾后果地规劝宝玉"仕途经济"，不会对"穿黄袍子"的元妃充满了艳羡，不会写出"好风频借力，送我上青云"这样的词句。说冷香丸是高洁淡泊的象征倒是不错，但不能据此说宝钗高洁淡泊。别忘了，冷香丸是用来医治宝钗"胎里带来的热毒"的！《庄子·达生》中"好恭"、热衷于富贵的张毅患"内热之病"而死，受《庄子》影响极大的《红楼梦》写宝钗"胎里带来的热毒"只怕就是用来象征宝钗对功名富贵的热衷吧！热衷于功名富贵，谈何淡泊？

于是，宝钗服装与居室的"淡泊"就显出异样了：热衷于功名富贵的宝钗为什么要刻意营造出"淡泊"的外表？"山中高士晶莹雪"的说法大概能够帮助我们理解。与雪有关的高士可以举出袁安卧雪的典故。《后汉书·袁安传》李贤注引晋周斐《汝南先贤传》："时大雪积地丈余，洛阳令身出案行，见人家皆除雪出，有乞食者。至袁安门，无有行路。谓安已死，令人除雪入户，见安僵卧。问何以不出。安曰：'大雪人皆饿，不宜干人。'令以为贤，举为孝廉。"即使大雪封门，袁安也不愿意干谒求取富贵，这是高士真正的淡泊。而宝钗则可谓"翩然一只云中鹤，飞来飞去宰相衙"的那种"山中高士"。"翩然一只云中鹤，飞来飞去宰相衙"是与《红楼梦》差不多同时的蒋士铨戏曲《临川梦》中陈眉公的上场诗，有陈眉公的这出戏就叫作"隐奸"。历史上的陈眉公是否如此面目难以考索，不过，蒋氏讽刺的这种示人以淡泊之外表实质却是汲汲于富贵的"山中高士"在历史上却并不少见，其中最出名的就是曾高卧东山的谢安与唐代走"终南捷径"的隐士们。其实追求功名富贵本无可厚非，只要"取之有道"。有经纶天下之才的谢安被郝隆讽刺为"处则为远志，出则为小草"而面有愧色，是因为自觉以淡泊为筹码来谋求富贵毕竟有一定的虚伪性，宝钗对这种虚伪性却如同她对黛玉的不忿一样"浑然不觉"。其原因在于，宝钗在世俗价值观中沉沦太深，而如前所述，这种价值观一方面要求符合当时"残生损性"的道德标准，一方面又看重功利的"成功"，这就必然导致了一定的虚伪性。

这样的价值观并不看重养护生命的"真性"与促进生命的"成长"，只是要求对外在标准的遵守。所以，宝钗与人打交道时并不是付出生命的真情，而只是以外在的标准迎合别人，这便是《庄子》中所说的"适人之适"而非"自适其适"。"自适其适"是自由，是自主选择标准；而"适人之适"只能是迎合。迎合当然就导致了虚伪。

我们能够看到宝钗对元妃的迎合。她善于揣摩"领导"意图，注意到元妃"因不喜'红香绿玉'四字，改了'怡红快绿'"，还提醒宝玉不要用"绿玉"二字，否则，"岂不是有意和他争驰了？"元妃写了谜语让大家猜，宝钗"近前一看，是一首七言绝句，并无甚新奇，口中少不得称赞，只说难猜，故意寻思，其实一见就猜着了"。

我们能够看到宝钗对贾母的迎合。贾母为她过生日,问她爱听何戏,爱吃何物,她"深知贾母年老人,喜热闹戏文,爱吃甜烂之食,便总依贾母往日素喜者说了出来"。她对贾母的奉承虽说并不含蓄:"我来了这么几年,留神看起来,凤丫头凭他怎么巧,再巧不过老太太去。"但因为迎合了贾母,很快就得到了回报,贾母之后不久就对薛姨妈讲:"提起姊妹,不是我当着姨太太的面奉承,千真万真,从我们家四个女孩儿算起,全不如宝丫头。"宝玉勾着贾母原为赞林黛玉的,不想反赞起宝钗来,他是没想到宝钗这个时候的迎合。

我们能够看到宝钗对王夫人的迎合。金钏儿跳井,王夫人良心不安,宝钗则一方面将自己的衣服贡献出来装殓金钏儿,大度地宣称自己从不忌讳这些,一方面又揣着明白装糊涂地说金钏儿并不是赌气投井,"多半他下去住着,或是在井跟前憨顽,失了脚掉下去的。他在上头拘束惯了,这一出去,自然要到各处去顽顽逛逛,岂有这样大气的理!纵然有这样大气,也不过是个胡涂人,也不为可惜"。并声称"姨娘也不必念念于兹,十分过不去,不过多赏他几两银子发送他,也就尽主仆之情了"。为了迎合王夫人,她的可恶倒还不是表现在口是心非地说谎,而是表现在对生命的极度漠视。

我们甚至能够看到宝钗对赵姨娘的迎合。有书中对赵姨娘心理活动的描写为证:"怨不得别人都说那宝丫头好,会做人,很大方,如今看起来果然不错。他哥哥能带了多少东西来,他挨门儿送到,并不遗漏一处,也不露出谁薄谁厚,连我们这样没时运的,他都想到了。若是那林丫头,他把我们娘儿们正眼也不瞧,那里还肯送我们东西?"

宝钗体贴黛玉在客中多有不便,提出由她家来提供燕窝给黛玉保养身体,黛玉深受感动,说出"东西事小,难得你多情如此"的话。聪慧如黛玉也没能看透,宝钗即使在此时也没有付出真情。她没有注意到,宝钗是这样回答她的感谢的:"这有什么放在口里的!只愁我人人跟前失于应候罢了。"宝钗无意中透露出与人打交道的方式:不是出于一个生命对另一个生命的真情,而是出于"应候";不是内心认为应当如此,而是生怕在别人眼中有"失"。《红楼梦》中让宝钗得到牡丹花签,上面题有"任是无情也动人"的诗句。这种安排当然不是无意为之,而是对宝钗的真实写照:博学多识、长袖善舞的宝钗之"应候"、迎合有时固然也能打动人,然而宝钗始终缺少的是生命的真情。

【经典链接】

彼至正者,不失其性命之情。故合者不为骈,而枝者不为跂,长者不为有余,短者不为不足。是故凫胫虽短,续之则忧;鹤胫虽长,断之则悲。故性长非所断,性短非所续,无所去忧也。

今世之仁人,蒿目而忧世之患;不仁之人,决性命之情而饕富贵。故意仁义其非人情乎!自三代以下者,天下何其嚣嚣也?

吾所谓臧者,非仁义之谓也,臧于其德而已矣;吾所谓臧者,非所谓仁义之谓也,任其性命之情而已矣。(《庄子·骈拇》)

自三代以下者,匈匈焉终以赏罚为事。彼何暇安其性命之情哉?而且,说明邪,是淫于色也;说聪邪,是淫于声也;说仁邪,是乱于德也;说义邪,是悖于理也;说礼邪,是相于技也;说乐邪,是相于淫也;说圣邪,是相于艺也;说知邪,是相于疵也。天下将安其性命之情,之八者,存可也,亡可也;天下将不安其性命之情,之八者,乃始脔卷犹囊而乱天下也;而天下乃始尊之、惜之。甚矣,天下之惑也!

大德不同,而性命烂漫矣;天下好知,而百姓求竭矣。于是乎釿锯制焉,绳墨杀焉,椎凿决焉。天下脊脊大乱,罪在撄人心。(《庄子·在宥》)

三皇五帝之治天下,名曰治之,而乱莫甚焉。三皇之知,上悖日月之明,下睽山川之精,中堕四时之施。其知憯于蛮蝎之尾、鲜规之兽,莫得安其性命之情者,而犹自以为圣人!不可耻乎,其无耻也?(《庄子·天运》)

古之所谓得志者,非轩冕之谓也,谓其无以益其乐而已矣。今之所谓得志者,轩冕之谓也。轩冕在身,非性命也,物之傥来,寄者也。寄之,其来不可圉,其去不可止。故不为轩冕肆志,不为穷约趋俗,其乐彼与此同,故无忧而已矣。今寄去则不乐。由是观之,虽乐,未尝不荒也。(《庄子·缮性》)

舜问乎丞曰:"道可得而有乎?"曰:"汝身非汝有也,汝何得有夫道?"舜曰:"吾身非吾有也,孰有之哉?"曰:"是天地之委形也。生非汝有,是天地之委和也;性命非汝有,是天地之委顺也;子孙非汝有,是天地之委蜕也。故行不知所往,处不知所持,食不知所味。天地之强阳气也,又胡可得而有邪?"(《庄子·知北游》)

徐无鬼曰:"我则劳于君,君有何劳于我?君将盈耆欲,长好恶,则性命之情病矣;君将黜耆欲,擎好恶,则耳目病矣。我将劳君,君有何劳于我?"(《庄子·徐无鬼》)

夫小惑易方,大惑易性。

小人则以身殉利,士则以身殉名,大夫则以身殉家,圣人则以身殉天下。故此数子者,事业不同,名声异号,其于伤性以身为殉,一也。

伯夷死名于首阳之下,盗跖死利于东陵之上,二人者,所死不同,其于残生伤性均也,奚必伯夷之是而盗跖之非乎!天下尽殉也。彼其所殉仁义也,则俗谓之君子;其所殉货财也,则俗谓之小人。其殉一也,则有君子焉,有小人焉;若其残生损性,则盗跖亦伯夷已,又恶取君子小人于其间哉?且夫属其性乎仁义者,虽通如曾史,非吾所谓臧也;属其性于五味者,虽通如俞儿,非吾所谓臧也;属其性乎五声,虽通如师旷,非吾所谓聪也;属其性乎五色,虽通如离朱,非吾所谓明也。(《庄子·骈拇》)

马,蹄可以践霜雪,毛可以御风寒。龁草饮水,翘足而陆,此马之真性也;虽有义台路寝,无所用之。

吾意善治天下者不然。彼民有常性,织而衣,耕而食,是谓同德;一而不党,命曰天放。故至德之世,其行填填,其视颠颠。

同乎无知,其德不离;同乎无欲,是谓素朴;素朴而民性得矣。

故纯朴不残，孰为牺尊！白玉不毁，孰为珪璋！道德不废，安取仁义！性情不离，安用礼乐！(《庄子·马蹄》)

故天下皆知求其所不知，而莫知求其所已知者，皆知非其所不善，而莫知非其所已善者，是以大乱。故上悖日月之明，下烁山川之精，中堕四时之施；惴耎之虫，肖翘之物，莫不失其性。甚矣夫，好知之乱天下也！(《庄子·胠箧》)

昔尧之治天下也，使天下欣欣焉人乐其性，是不恬也；桀之治天下也，使天下瘁瘁焉人苦其性，是不愉也。夫不恬不愉，非德也。非德也而可长久者，天下无之。(《庄子·在宥》)

物得以生，谓之德；未形者有分，且然无间，谓之命；留动而生物，物成生理，谓之形；形体保神，各有仪则，谓之性。性修反德，德至同于初。同乃虚，虚乃大，合喙鸣，喙鸣合，与天地为合。其合缗缗，若愚若昏，是谓玄德，同乎大顺。

夫明白入素，无为复朴，体性抱神，以游世俗之间者，汝将固惊邪？且浑沌氏之术，予与汝何足以识之哉？

百年之木，破为牺尊，青黄而文之，其断在沟中。比牺尊于沟中之断，则美恶有间矣；其于失性，一也。跖与曾史，行义有间矣，然其失性，均也。且夫失性有五：一曰五色乱目，使目不明；二曰五声乱耳，使耳不聪；三曰五臭熏鼻，困惾中颡；四曰五味浊口，使口厉爽；五曰趣舍滑心，使性飞扬。此五者，皆生之害也。(《庄子·天地》)

夫子若欲使天下无失其牧乎？则天地固有常矣，日月固有明矣，星辰固有列矣，禽兽固有群矣，树木固有立矣。夫子亦放德而行，循道而趋，已至矣。又何偈偈乎揭仁义，若击鼓而求亡子焉？意！夫子乱人之性也！(《庄子·天道》)

性不可易，命不可变，时不可止，道不可壅。苟得于道，无自而不可；失焉者，无自而可。(《庄子·天运》)

缮性于俗，学以求复其初；滑欲于俗，思以求致其明；谓之蔽蒙之民。

及唐虞始为天下，兴治化之流，浇淳散朴，离道以善，险德以行，然后去性而从于心。心与心识知而不足以定天下，然后附之以文，益之以博；文灭质，博溺心，然后民始惑乱，无以反其性情而复其初。

古之存身者，不以辩饰知，不以知穷天下，不以知穷德，危然处其所而反其性已，又何为哉！道固不小行，德固不小识；小识伤德，小行伤道。故曰：正己而已矣。乐全，谓之得志。古之所谓得志者，非轩冕之谓也，谓其无以益其乐而已矣。

丧己于物，失性于俗者，谓之倒置之民。(《庄子·缮性》)

鸱夜撮蚤，察毫末，昼出瞋目而不见丘山，言殊性也。(《庄子·秋水》)

彼将处乎不淫之度，而藏乎无端之纪，游乎万物之所终始，壹其性，养其气，合其德，以通乎万物之所造。

吾生于陵而安于陵，故也；长于水而安于水，性也；不知吾所以然而然，命也。

（《庄子·达生》）

有人，天也；有天，亦天也。人之不能有天，性也。圣人晏然体逝而终矣！（《庄子·山木》）

女亡人哉，惘惘乎！汝欲反汝情性而无由入，可怜哉！

道者，德之钦也；生者，德之光也；性者，生之质也。性之动，谓之为；为之伪，谓之失。（《庄子·庚桑楚》）

驰其形性，潜之万物，终身不反。悲夫！（《庄子·徐无鬼》）

今人之治其形，理其心，多有似封人之所谓。遁其天，离其性，灭其情，亡其神，以众为。故卤莽其性者，欲恶之孽，为性萑苇蒹葭，始萌以扶吾形，寻擢吾性；并溃漏发，不择所出，漂疽疥痈，内热溲膏是也。（《庄子·则阳》）

故天下，大器也，而不以易生。此有道者之所以异乎俗者也。（《庄子·让王》）

尧不慈，舜不孝，禹偏枯，汤放其主，武王伐纣，文王拘羑里。此六子者，世之所高也。孰论之，皆以利惑其真而强反其情性，其行乃甚可羞也。

小人殉财，君子殉名。其所以变其情，易其性，则异矣；乃至于弃其所为而殉其所不为，则一也。

势为天子，而不以贵骄人，富有天下，而不以财戏人。计其患，虑其反，以为害于性，故辞而不受也，非以要名誉也。（《庄子·盗跖》）

非汝能使人保汝，而汝不能使人无保汝也。而焉用之感豫出异也！必且有感，摇而本性，又无谓也。（《庄子·列御寇》）

阴阳并毗，四时不至，寒暑之和不成，其反伤人之形乎！

无视无听，抱神以静，形将自正；必静必清，无劳女形，无摇女精，乃可以长生。目无所见，耳无所闻，心无所知，女神将守形，形乃长生。慎女内，闭女外，多知为败。

意！心养！汝徒处无为，而物自化。堕尔形体，吐尔聪明，伦与物忘，大同乎涬溟。（《庄子·在宥》）

故形非道不生，生非德不明。存形穷生，立德明道，非王德者邪？

执道者德全，德全者形全，形全者神全。神全者，圣人之道也。（《庄子·天地》）

形劳而不休则弊，精用而不已则劳，劳则竭。

纯粹而不杂，静一而不变，惔而无为，动而以天行，此养神之道也。夫有于越之剑者，柙而藏之，不敢用也，宝之至也。精神四达并流，无所不极：上际于天，下蟠于地，化育万物，不可为象，其名为同帝。纯素之道，唯神是守；守而勿失，与神为一；一之精通，合于天伦。

故素也者，谓其无所与杂也；纯也者，谓其不亏其神也。能体纯素，谓之真人。（《庄子·刻意》）

夫天下之所尊者，富贵寿善也；所乐者，身安厚味美服好色音声也；所下者，贫贱夭恶也；所苦者，身不得安逸，口不得厚味，形不得美服，目不得好色，耳不得音声。若不得者，则大忧以惧，其为形也亦愚哉！夫富者，苦身疾作，多积财而不得尽用，其为形也亦外矣。夫贵者，夜以继日，思虑善否，其为形也亦疏矣。人之生也，与忧俱生，寿者惛惛，久忧不死，何之苦也！其为形也亦远矣。（《庄子·至乐》）

达生之情者，不务生之所无以为；达命之情者，不务命之所无奈何。养形必先之以物，物有余而形不养者有之矣。有生必先无离形，形不离而生亡者有之矣。生之来不能却，其去不能止。悲夫！世之人以为养形足以存生；而养形果不足以存生，则世奚足为哉！（《庄子·达生》）

尧舜为帝而推，非仁天下也，不以美害生也；善卷、许由得帝而不受，非以虚辞让也，不以事害己也。（《庄子·盗跖》）

王子搜非恶为君也，恶为君之患也。若王子搜者，可谓不以国伤生矣。

两臂重于天下也，身亦重于两臂。韩之轻于天下亦远矣，今之所争者，其轻于韩又远。君固愁身伤生以忧戚不得也！（《庄子·让王》）

形固可使如槁木，而心固可使如死灰乎？

近死之心，莫使之复阳也。

一受其成形，不忘以待尽，与物相刃相靡，其行尽如驰，而莫之能止，不亦悲乎！终身役役，而不见其成功，薾然疲役，而不知其所归，可不哀邪！人谓之不死，奚益？其形化，其心与之然，可不谓大哀乎？（《庄子·齐物论》）

夫哀莫大于心死，而人死亦次之。

吾闻中国之君子，明乎礼义而陋于知人心，吾不欲见也。（《庄子·田子方》）

女慎无撄人心。人心：排下而进上，上下囚杀；淖约柔乎刚强，廉刿雕琢；其热焦火，其寒凝冰；其疾俯仰之间而再抚四海之外，其居也渊而静，其动也县而天。偾骄而不可系者，其唯人心乎！昔者黄帝始以仁义撄人之心，尧舜于是乎股无胈，胫无毛，以养天下之形，愁其五藏以为仁义，矜其血气以规法度。然犹有不胜也。（《庄子·在宥》）

凡人心，险于山川，难于知天。天犹有春、秋、冬、夏、旦、暮之期，人者厚貌、深情。故有貌愿而益，有长若不肖，有顺而怀，有坚而缦，有缓而焊。故其就义若渴者，其去义若热。（《庄子·列御寇》）

《庄子》与《红楼梦》中以生命立场对功利立场与道德立场的超越

《庄子》中虽然对功利立场与道德立场多有批判，它并非不要功利、不要道德。换言之，《庄子》中想要建立超功利的功利，超道德的道德，而如何超功利、超道德，这就要谈到《庄子》中的生命立场。

如第二章中曾指出过的,《庄子》中否定的不是功利欲求本身,而是功利欲求的局限性给人生带来的危害。《庄子》中批判道德立场也是因为道德立场的局限性给人生带来了危害。可以说,生命立场的引入使《庄子》凸显出功利立场与道德立场的局限性。

《庄子》中以"德""形""身""生""性""真性""性命""精""神""心"等范畴表达其生命立场。人的生命接受了"道"的赋予而具备("得")了一定的形体、能力与属性,这就是"德",其在形体、能力与属性方面的体现则可根据情况以"形""身""生""性""真性""性命""精""神""心"来表示。

《庄子》中并不轻视"身""形""生"这样的物质生命,因为这是生命赖以存在的基础,也是"德""性""真性""性命"的一部分,还是精神生命的寄寓所在。不过,《庄子》中更看重精神生命,因为精神生命是人与万物相比特有的属性与能力,而且精神生命还能认识"天""道"这样的主宰,从而"放德而行,循道而趋"(《天道》),安顿好由物质生命与精神生命组合而成的整体生命。《庄子》中常常以"灵府""灵台"来描述实现了这种安顿的精神生命,我们不妨将之称为"灵性生命"。这是《庄子》中最高的生命层次。

在《庄子》中,"灵性生命"是这样一种生命状态:安宁自在,至美至乐。安宁,是因为把生命安顿在"道"之必然而非"外物"之不可恃上——《外物》篇一开头就明确地讲:"外物不可必。"《庄子》中强调,"不可必"的不仅是功利得失,还有道德之"名义"。《庄子》中深刻地指出,人的道德追求很多时候并不是对道德本身的追求,而不过是"好名"而已:"且昔者桀杀关龙逢,纣杀王子比干,是皆修其身以下伛拊人之民,以下拂其上者也;故其君因其修以挤之;是好名者也"(《人间世》),"伯夷死名于首阳之下","小人殉财,君子殉名"(《盗跖》)。"好名"倒未必是出于虚荣,追求"名义"上的道德也是"好名"。除了大智慧人,有多少人不是把"名义"上的道德当成道德本身。出于对语言与"名义"局限性的深刻洞察,《庄子》中主张"忠谏不听,蹲循勿争"(《至乐》),于是,我们就看到了《红楼梦》中宝玉所论与《庄子》的一致性:"人谁不死,只要死的好。那些个须眉浊物,只知道文死谏,武死战,这二死是大丈夫死名死节。竟何如不死的好!必定有昏君他方谏,他只顾邀名,猛拼一死,将来弃君于何地!必定有刀兵他方战,猛拼一死,他只顾图汗马之名,将来弃国于何地!所以这皆非正死。""那武将不过仗血气之勇,疏谋少略,他自己无能,送了性命,这难道也是不得已!那文官更不可比武官了,他念两句书污在心里,若朝廷少有疵瑕,他就胡谈乱劝,只顾他邀忠烈之名,浊气一涌,实时拼死,这难道也是不得已!还要知道,那朝廷是受命于天,他不圣不仁,那天地断不把这万几重任与他了。可知那些死的都是沽名,并不知大义。"(第三十六回)

【思考讨论】三

1.《庄子》与《红楼梦》对生命层次有怎样的具体划分?

2.《红楼梦》中揭示出功利立场对人生有怎样的危害?与《庄子》有着怎样的内在关联?

3.《红楼梦》中揭示出道德立场对人生有怎样的危害?与《庄子》有着怎样的内在关联?

4. 怎样理解《红楼梦》中冷香丸的象征意蕴？

5.《庄子》中的"生命立场"在《红楼梦》中有哪些具体体现？

6. 怎样理解评价《红楼梦》中宝玉关于"文死谏武死战"的议论？

7. 怎样理解评价《红楼梦》中宝钗与"灵性"无缘？

8.《红楼梦》中怎样以"冷"字描写刻画凤姐、李纨、宝钗三个人物形象？有何深意？

《红楼梦》中的"色空"观念

第四章

　　人们常常有这样一种看法：人在生计有了大困难、进取过程中受了大挫败，遭遇了山穷水尽的生存困境才迫不得已到佛禅中寻求逃避慰藉的，佛禅不过是弱者的庇护所、失败者的疗伤地，其思想当然是很悲观消极的。这实际上是一种极大的误解。

　　先看《长阿含经》卷一中毗婆尸佛的故事：他身为王子，而且深受父母宠爱，平日里自是养尊处优、锦衣玉食，他父亲还"严饰宫馆，简择婇女以娱乐之"。虽然尚未继位，事业上已颇有成就："以道开化，恩及庶民，名德远闻"，可是，在游玩路上见到一位老人"头白齿落，面皱身偻，拄杖羸步，喘息而行"，又见到一位病者"身羸腹大，面目黧黑。独卧粪除，无人瞻视。病甚苦毒，口不能言"，还见到一死人"杂色缯幡前后导引，宗族亲里悲号哭泣，送之出城"后，他"怅然不悦"；在得知沙门"舍离恩爱，出家修道。摄御诸根，不染外欲，慈心一切，无所伤害。逢苦不戚，遇乐不欣，能忍如地"，"调伏心意，永离尘垢，慈育群生，无所侵扰，虚心静寞，唯道是务"后，他毅然出家，经中赞曰："太子见老、病人，知世苦恼。又见死人，恋世情灭。及见沙门，廓然大悟，下宝车时，步步中间转远缚着。是真出家，是真远离。"

　　如果说毗婆尸佛的故事还是佛经中的神化虚构，佛禅中有不少历史人物都是虽然并不缺少为一般人所艳羡的荣华富贵，却都主动选择了对这种生活的厌离与抛弃：释迦本人是净饭王太子；安世高乃"安息国王正后之太子也"[①]；昙柯迦罗"本中天竺人，家世大富"[②]；阇那崛多之父"位居宰辅燮理国政"[③]；释跋日罗菩提之父为"为建支王师"[④]；菩提达摩是"南天竺国香至王第三子也"[⑤]；释善无畏"本中印度人也，释迦如来季父甘露饭王之后……父曰佛手王……十岁统戎，十三嗣位，得军民之情"，后来却让位于兄，"固求入道"[⑥]；释智严"授左领军卫大将军上柱国，封金满郡公。而深患尘劳，唯思脱屣"[⑦]；释玄逸"即玄宗神武皇帝从外父也。繁柯懿叶，莫我与京。昆友侄弟多升朝列，或以靡丽自持，或以官荣相抗。逸乃风神秀朗，萧洒

————————————

①（梁）慧皎：《高僧传》卷一，《大正藏》第50卷，台北佛陀教育基金会出版部，1990年，第323页。
② （梁）慧皎：《高僧传》卷一，《大正藏》第50卷，台北佛陀教育基金会出版部，1990年，第324页。
③ （唐）道宣：《续高僧传》卷二，《大正藏》第50卷，台北佛陀教育基金会出版部，1990年，第433页。
④ （宋）赞宁：《宋高僧传》卷一，中华书局，1997年，第4页。
⑤ （宋）普济：《五灯会元》上册，中华书局，2010年，第38页。
⑥ （宋）赞宁：《宋高僧传》卷二，中华书局，1997年，第17页。
⑦ （宋）赞宁：《宋高僧传》卷二，中华书局，1997年，第41—42页。

拔俗,悟色空之迹,到真寂之场。糠秕膏粱,么麽轩冕"①;圭峰宗密"家本豪盛"②……

不难看出,《红楼梦》中的贾宝玉也并非因生计所迫、为功利所挫而被动选择了出家,虽然贾家遭到了查抄,他与林妹妹也并未能终成眷属,可诚如脂批所说:"若他人得宝钗之妻、麝月之婢,岂能弃而为僧哉?"③何况他还考中了第七名举人,皇帝也对贾政重加眷顾,他并不是在家业势运最低谷时出家,他的出家与其说是无奈之下的别无选择,还不如说是对功名富贵的主动疏离,正是这种疏离构成了宝玉与上述佛禅人物的一致之处:一般人追求功名富贵而不得,于是有了幻灭之感;宝玉与上述佛禅人物则是身处功名富贵之中,却看出了功名富贵的空幻。

佛教从诞生之时就以解脱论作为出发点与终极追求。哪怕生计无忧,尽管贵为太子,仍然避免不了在生死苦海、烦恼恶波中的沉沦。于是,在19岁那年(又是一个意味深长的巧合:宝玉亦是19岁时出家),释迦离开慈爱双亲、娇妻弱子出家,苦苦寻求解脱之道,终于在菩提树下悟道成佛。经历了中国化的东土禅宗更是把出生死、离烦恼的解脱视为人生的核心价值,吸收了般若空观与中观派的智慧,提出了"色空不二"的观念,建构了高明深刻的解脱论。

【智慧点击】色空观念对人类悲剧性生存处境的揭示

在《红楼梦》第二十八回中,宝玉听到黛玉《葬花词》后对生死的一番反思:"试想林黛玉的花颜月貌,将来亦到无可寻觅之时,宁不心碎肠断!既黛玉终归无可寻觅之时,推之于他人,如宝钗、香菱、袭人等,亦可到无可寻觅之时矣。宝钗等终归无可寻觅之时,则自己又安在哉?且自身尚不知何在何往,则斯处,斯园,斯花,斯柳,又不知当属谁姓矣!——因此一而二,二而三,反复推求了去,真不知此时此际欲为何等蠢物,杳无所知,逃大造,出尘网,使可解释这段悲伤。"虽然宝玉此时还相当年幼,但他已经开始探讨超越生死烦恼的解脱之道。一般人或为外诱所迷,或为生计所迫,浑浑噩噩,醉生梦死,将滚滚红尘视为栖居之所,将污浊世间当作安身立命之地,整天你争我夺,似乎本该如此;终日忙忙碌碌,好像死亡永远不会来临。蝇头微利,蜗角虚名,耗损着人的生命,这本是"失",人们却以为是"得";厚味戕身之毒,美色伐性之斧,这本是"害",人们却以为是"利"。正如佛禅所说,世人有很多"颠倒梦想"。在"颠倒梦想"中,一种很常见的"颠倒"恐怕就是:人生本来有限(有生即有死),向外的种种贪爱占有终不可得,却企图把贪欲的满足视为人生的价值与意义。佛禅"色即是空"的观念可谓正是对人这种悲剧性处境的揭示与正视。

佛禅常常将"不可得"与"色即是空"互释。如《大乘理趣六波罗蜜多经》卷九说:"观色即是空,色空不可得,此即胜义空,是真解脱者。"《注大乘入楞伽经》卷三说:"上二句明色即是空,故不可得。"《仁王护国般若经疏》卷三说:"求不可得,故空也。"《法界次第初门》中说:"一者无我无我所,及常相不变易。不可得故空。"《宗镜录》卷十七说:"始终不可得,故空。"……而梦幻正

① (宋)赞宁:《宋高僧传》卷五,中华书局,1997年,第96页。
② (宋)普济:《五灯会元》上册,中华书局,2010年,第105页。
③《红楼梦》第二十一回庚辰本双行夹批。

可喻这种"不可得"之"空"：梦幻之中亦有种种"色"，但是这些"色"皆非真。当人在梦幻中的时候，并不认为梦中的一切不真，只有梦醒之时、离幻之际，才知梦幻中一切皆假，终不可得，不可得故"空"。

佛禅有"六譬""七譬""九喻""十喻"之说，都是以"终不可得"的梦幻隐喻"色即是空"，如《摩诃般若波罗蜜经》中的"十喻"即：幻，阳焰，水中月，虚空，响，揵闼婆城（即幻化的城郭），梦，影，镜中像，化。至于《金刚经》中的六如偈，《维摩诘经》中的"是身如幻从颠倒起"、"是身如梦为虚妄见，梦中妄见，觉后非真"等更为人们所熟知。佛禅所说的"色即是空"不是绝对的虚无，而是如梦似幻之"无"。被称为"解空第一"的僧肇在《不真空论》中说："虽有而无，所谓非有；虽无而有，所谓非无。如此，则非无物也，物非真物。物非真物，故于何而可物？故经云：色之性空，非色败空。以明夫圣人之于物也，即万物之自虚，岂待宰割以求通哉。"他论述得很清楚，所谓"色即是空"，并不是等"色"毁坏消亡、变成"无"后才称之为空（"非色败空"），而是"色"性为空（"色之性空"）。无独有偶，清凉文益禅师咏牡丹的著名禅偈有云："何须待零落，然后始知空"，窥基注《无垢称经》时说："色空无别体。非所执色灭方始有空，现色相时，性已空故"，都表述了同样的思路。那么，为什么"色"性为空呢？僧肇的思路是："色"性不真，不真故空，即所谓："欲言其有，有非真生；欲言其无，事象既形。象形不即无，非真非实有。然则不真空义，显于兹矣。故《放光》云：'诸法假号不真，譬如幻化人。非无幻化人，幻化人非真人也。'"在这里，僧肇引用佛经，以梦幻喻色性之空，确实抓住了佛家空观之精义。可以说，佛禅"色即是空"的观念不是世间万物终归空无的世界观，也不是否定一切对象具有客观实在性的认识论，而是消解人之贪欲的一种人生态度。

许多人把贪爱占有种种可欲之物作为自己之人生目的，佛禅"色即是空"的观念则凸显出这种人生目的之虚妄。如《大宝积经》卷七十四有这样一段："'如人梦中，见于国中第一端正最胜女人。于彼女边，得闻微妙可爱音乐。彼人闻已，以彼乐音而自娱乐，受五欲乐。是人觉已，忆念梦中可爱音乐。于意云何？梦中所见是实有不？'王言：'不也。''大王，于意云何？是人所梦执谓为实，是为智不？'王言：'不也，世尊。''何以故？''梦中所见最胜女人、可爱音乐毕竟是无，况五欲乐是人但自疲劳，都无有实。'佛言：'大王，如是愚痴无闻凡夫，见最胜女人及以音乐，称可其意，心生执着。生执着已，起于爱乐。既爱乐已，生染着心。生染着已，作染着业……如是之业乃至临死之时，最后识灭，见先所作心想中现。大王，是人见已心生忙怖，自分业尽，异业现前。大王，如似梦觉念梦中事……大王当知，诸根如幻，境界如梦，一切譬喻当如是知。'"此段指出，当人"梦觉念梦中事"时，自然就会把贪爱梦中之物的行为视为"愚痴"，因为梦觉之时知道梦中之物不真，"都无有实"，终不可得。人生在世，也并不认为所欲贪爱占有之物不真，但无常的来临使得世间一切彰显出"终不可得"之"性"，也即世间一切其"性"为"空"（"色之性空"）。只不过，佛禅"色即是空"的观念强调，不要在"临死之时"才有这样的"觉"，应当在平时就要视种种可欲之物如梦似幻。既然"梦觉念梦中事"时会把贪爱梦中之物的行为视为"愚痴"，有了视种种可欲之物如梦似幻的"觉"，当然也会把贪爱可欲之物的行为看成是"愚痴"。可见,"色即是空"的观念是消解人之贪欲的一种人生态度,这种人生态度建立在洞察了人根本性悲剧处境的基础上。

《红楼梦》中也洞察了人的这种根本性的悲剧处境。它看出,人对"功名"的贪爱占有终不可得——"古今将相在何方? 荒冢一堆草没了""问古来将相在何方,也只是虚名儿与后人钦敬";对"金银"的贪爱占有也终不可得——"金满箱,银满箱,展眼乞丐人皆谤""终朝只恨聚无多,及到多时眼闭了";对亲情的贪爱占有也终不可得——"痴心父母古来多,孝顺儿孙谁见了。"即便儿孙孝顺,无常来临之际,也会"分骨肉"、抛恩爱;对爱情的贪爱占有也终不可得——"君在日日说恩情,君死又随人去了","镜里恩情","一个是水中月,一个是镜中花"。岂止这些,人欲贪爱占有的一切,都终不可得。因为"瞬息间则又乐极悲生,人非物换",当"人非物换"时,你的任何贪爱占有都终不可得。而且,退一万步讲,即使能够终身贪爱占有(这本不可能),那又如何? 毕竟"纵有千年铁门槛,终须一个土馒头",一旦死亡来临,你的贪爱占有还是终不可得,你曾经苦苦追求、视为人生意义之所在的事物终究不能"永久依恃"。岂止不能"永久依恃",人生苦短,你的"依恃"甚至不过是"瞬息间"罢了。欲贪爱占有之时,将可欲之物视为真之又真,于是,不能贪爱占有之时,痛苦烦恼;为了贪爱占有需要争斗劳碌,还是痛苦烦恼;总算能够贪爱占有了,又唯恐失去,惶惶不可终日,仍旧痛苦烦恼;贪爱占有即使持续了一段时间,但终究还会失去。而且,贪爱占有是短暂的,失去却是永远,如果把贪欲的满足视为人生价值与意义之所在,人的这种悲剧性处境怎么可能使人得到满足? 总之,《红楼梦》对色空如幻是深有体会的,故云"凡用'梦'用'幻'等字,是提醒阅者眼目,亦是此书立意本旨"(第一回),又有"一个是镜中月,一个是水中花","好一似,荡悠悠三更梦","水月庵""馒头庵""铁槛寺""太虚幻境"云云。《红楼梦》中提到了"任是无情也动人"这一咏牡丹的名句,并没有直接提到清凉文益禅师咏牡丹的名句"何须待零落,然后始知空",但是,我们可以看到,宝玉对功名富贵的疏离并不是因欲功名富贵而不得所产生的酸葡萄心理,不是在"色败""色灭""落了片白茫茫大地真干净"之时才体会到"色即是空",而是即"色"而悟"空",身处功名富贵之中,却能够看出功名富贵的空幻,感悟到"镜里恩情"、"梦里功名"(第五回),从而对人之贪欲有着自觉且主动的舍离与超越,"跳出迷人圈子"与"迷津"(第五回)。只不过,一般人为贪欲所迷,"以假为真",很难领悟"色即是空"的真谛,自然也就会对宝玉有种种误解,不把他的出家视为大彻大悟的一种象征,而是简单地以为他"富贵不知乐业,贫穷难耐凄凉",以为他消极避世。

【文本选讲】

善哉,善哉! 那红尘中有却有些乐事,但不能永远依恃;况又有"美中不足,好事多魔"八个字紧相连属,瞬息间则又乐极悲生,人非物换,究竟是到头一梦,万境归空,倒不如不去的好。

今之人,贫者日为衣食所累,富者又怀不足之心,纵然一时稍闲,又有贪淫恋色,好货寻愁之事,那里去有工夫看那理治之书? 所以我这一段故事,也不愿世人称奇道妙,也不定要世人喜悦检读,只愿他们当那醉淫饱卧之时,或避世去愁之际,把此一玩,岂不省了些寿命筋力?就比那谋虚逐妄,却也省了口舌是非之害,腿脚奔忙之苦。

只见从那边来了一僧一道:那僧则癞头跣脚,那道则跛足蓬头,疯疯癫癫,挥霍谈笑而至。及至到了他门前,看见士隐抱着英莲,那僧便大哭起来,又向士隐道:"施主,你把这有命无运、累及爹娘之物,抱在怀内作甚?"士隐听了,知是疯话,也不去睬他。那僧还说:"舍我罢,舍我罢!"士隐不耐烦,便抱女儿撤身要进去,那僧乃指着他大笑,口内念了四句言词道:惯养娇生笑你痴,菱花空对雪澌澌。好防佳节元宵后,便是烟消火灭时。士隐听得明白,心下犹豫,意欲问他们来历。只听道人说道:"你我不必同行,就此分手,各干营生去罢。三劫后,我在北邙山等你,会齐了同往太虚幻境销号。"那僧道:"最妙,最妙!"说毕,二人一去,再不见个踪影了。

可巧这日拄了拐杖挣挫到街前散散心时,忽见那边来了一个跛足道人,疯癫落脱,麻屣鹑衣,口内念着几句言词,道是:世人都晓神仙好,惟有功名忘不了!古今将相在何方?荒冢一堆草没了。世人都晓神仙好,只有金银忘不了!终朝只恨聚无多,及到多时眼闭了。世人都晓神仙好,只有娇妻忘不了!君生日日说恩情,君死又随人去了。世人都晓神仙好,只有儿孙忘不了!痴心父母古来多,孝顺儿孙谁见了?士隐听了,便迎上来道:"你满口说些什么?只听见些'好''了''好''了'。"那道人笑道:"你若果听见'好''了'二字,还算你明白。可知世上万般,好便是了,了便是好。若不了,便不好,若要好,须是了。我这歌儿,便名《好了歌》。"士隐本是有宿慧的,一闻此言,心中早已彻悟。因笑道:"且住!待我将你这《好了歌》解注出来何如?"道人笑道:"你解,你解。"士隐乃说道:"陋室空堂,当年笏满床;衰草枯杨,曾为歌舞场。蛛丝儿结满雕梁,绿纱今又糊在蓬窗上。说什么脂正浓,粉正香,如何两鬓又成霜?昨日黄土陇头送白骨,今宵红灯帐底卧鸳鸯。金满箱,银满箱,展眼乞丐人皆谤。正叹他人命不长,那知自己归来丧!训有方,保不定日后作强梁。择膏粱,谁承望流落在烟花巷!因嫌纱帽小,致使锁枷扛;昨怜破袄寒,今嫌紫蟒长:乱烘烘你方唱罢我登场,反认他乡是故乡。甚荒唐,到头来都是为他人作嫁衣裳!"那疯跛道人听了,拍掌笑道:"解得切,解得切!"士隐便说一声"走罢!"将道人肩上褡裢抢了过来背着,竟不回家,同了疯道人飘飘而去。(第一回)

这日,偶至郭外,意欲赏鉴那村野风光。忽信步至一山环水旋,茂林深竹之处,隐隐的有座庙宇,门巷倾颓,墙垣朽败,门前有额,题着"智通寺"三字,门旁又有一副旧破的对联,曰:身后有余忘缩手,眼前无路想回头。雨村看了,因想到:"这两句话,文虽浅近,其意则深。我也曾游过些名山大刹,倒不曾见过这话头,其中想必有个翻过筋斗来的亦未可知,何不进去试试。"想着走入,只有一个龙钟老僧在那里煮粥。雨村见了,便不在意。及至问他两句话,那老僧既聋且昏,齿落舌钝,所答非所问。(第二回)

〔恨无常〕喜荣华正好，恨无常又到。眼睁睁把万事全抛。荡悠悠，把芳魂销耗。望家乡，路远山高。故向爹娘梦里相寻告：儿命已入黄泉，天伦呵，须要退步抽身早！

〔乐中悲〕襁褓中，父母叹双亡。纵居那绮罗丛，谁知娇养？幸生来，英豪阔大宽宏量，从未将儿女私情略萦心上。好一似，霁月光风耀玉堂。厮配得才貌仙郎，博得个地久天长，准折得幼年时坎坷形状。终久是云散高唐，水涸湘江。这是尘寰中消长数应当，何必枉悲伤？

〔虚花悟〕将那三春勘破，桃红柳绿待如何？把这韶华打灭，觅那清淡天和。说什么天上夭桃盛，云中杏蕊多，到头来谁见把秋捱过？则看那白杨村里人呜咽，青枫林下鬼吟哦，更兼着连天衰草遮坟墓。这的是昨贫今富人劳碌，春荣秋谢花折磨。似这般生关死劫谁能躲？闻说道西方宝树唤婆娑，上结着长生果。

〔晚韶华〕镜里恩情，更那堪梦里功名！那美韶华去之何迅，再休提绣帐鸳衾。只这戴珠冠披凤袄也抵不了无常性命。虽说是人生莫受老来贫，也须要阴骘积儿孙。气昂昂头戴簪缨，光灿灿胸悬金印，威赫赫爵禄高登，昏惨惨黄泉路近！问古来将相可还存？也只是虚名儿后人钦敬。

〔收尾·飞鸟各投林〕为官的家业雕零，富贵的金银散尽。有恩的死里逃生，无情的分明报应。欠命的命已还，欠泪的泪已尽：冤冤相报自非轻，分离聚合皆前定。欲知命短问前生，老来富贵也真侥幸。看破的遁入空门，痴迷的枉送了性命。好一似食尽鸟投林，落了片白茫茫大地真干净！（第五回）

三人果然都往宝玉屋里来。一进来，黛玉便笑道："宝玉，我问你：至贵者是'宝'，至坚者是'玉'。尔有何贵？尔有何坚？"宝玉竟不能答。三人拍手笑道："这样钝愚，还参禅呢。"黛玉又道："你那偈末云，'无可云证，是立足境'，固然好了，只是据我看，还未尽善。我再续两句在后。"因念云："无立足境，是方干净。"宝钗道："实在这方悟彻。当日南宗六祖惠能，初寻师至韶州，闻五祖弘忍在黄梅，他便充役火头僧。五祖欲求法嗣，令徒弟诸僧各出一偈。上座神秀说道：'身是菩提树，心如明镜台，时时勤拂拭，莫使有尘埃。'彼时惠能在厨房碓米，听了这偈，说道：'美则美矣，了则未了。'因自念一偈曰：'菩提本非树，明镜亦非台，本来无一物，何处染尘埃？'五祖便将衣钵传他。今儿这偈语，亦同此意了。只是方才这句机锋，尚未完全了结，这便丢开手不成？"黛玉笑道："彼时不能答，就算输了，这会子答上了也不为出奇。只是以后再不许谈禅了。连我们两个所知所能的，你还不知不能呢，还去参禅呢。"宝玉自己以为觉悟，不想忽被黛玉一问，便不能答；宝钗又比出"语录"来，此皆素不见他们能者。自己想了一想："原来他们比我的知觉在先，尚未解悟，我如今何必自寻苦恼。"想毕，便笑道："谁又参禅，不过一时顽话罢了。"说着，四人仍复如旧。（第二十二回）

说着，只见宝钗约着他们往外头去。宝玉道："我就来。"说毕，等他二人去远了，便把那花兜了起来，登山渡水，过树穿花，一直奔了那日同林黛玉葬桃花的去处来。

将已到了花冢,犹未转过山坡,只听山坡那边有呜咽之声,一行数落着,哭的好不伤感。宝玉心下想道:"这不知是那房里的丫头,受了委曲,跑到这个地方来哭。"一面想,一面煞住脚步,听他哭道是:花谢花飞花满天,红消香断有谁怜?游丝软系飘春榭,落絮轻沾扑绣帘。闺中女儿惜春暮,愁绪满怀无释处,手把花锄出绣闺,忍踏落花来复去。柳丝榆英自芳菲,不管桃飘与李飞。桃李明年能再发,明年闺中知有谁?三月香巢已垒成,梁间燕子太无情!明年花发虽可啄,却不道人去梁空巢也倾。一年三百六十日,风刀霜剑严相逼,明媚鲜妍能几时,一朝飘泊难寻觅。花开易见落难寻,阶前闷杀葬花人,独倚花锄泪暗洒,洒上空枝见血痕。杜鹃无语正黄昏,荷锄归去掩重门。青灯照壁人初睡,冷雨敲窗被未温。怪奴底事倍伤神,半为怜春半恼春:怜春忽至恼忽去,至又无言去不闻。昨宵庭外悲歌发,知是花魂与鸟魂?花魂鸟魂总难留,鸟自无言花自羞。愿奴胁下生双翼,随花飞到天尽头。天尽头,何处有香丘?未若锦囊收艳骨,一杯净土掩风流。质本洁来还洁去,强于污淖陷渠沟。尔今死去侬收葬,未卜侬身何日丧?侬今葬花人笑痴,他年葬侬知是谁?试看春残花渐落,便是红颜老死时。一朝春尽红颜老,花落人亡两不知!宝玉听了不觉痴倒。(**第二十七回**)

不想宝玉在山坡上听见,先不过点头感叹,次后听到"侬今葬花人笑痴,他年葬侬知是谁","一朝春尽红颜老,花落人亡两不知"等句,不觉恸倒山坡之上,怀里兜的落花撒了一地。试想林黛玉的花颜月貌,将来亦到无可寻觅之时,宁不心碎肠断!既黛玉终归无可寻觅之时,推之于他人,如宝钗、香菱、袭人等,亦可到无可寻觅之时矣。宝钗等终归无可寻觅之时,则自己又安在哉?且自身尚不知何在何往,则斯处、斯园、斯花、斯柳,又不知当属谁姓矣!——因此一而二,二而三,反复推求了去,真不知此时此际欲为何等蠢物,杳无所知,逃大造,出尘网,使可解释这段悲伤。(**第二十八回**)

怎样理解与评价《红楼梦》中"空"的感伤?

《红楼梦》中常常流露出"空"的感伤。不仅茫茫大士渺渺真人画龙点睛地说到"究竟是到头一梦,万境归空"(第一回),《红楼梦》还在多处进行着这个基调的变奏。

"世人都晓神仙好,惟有功名忘不了","功名"是不少人想要占有的,可"功名"是"空"的——"昨怜破袄寒,今嫌紫蟒长","因嫌纱帽小,致使锁枷杠","古今将相在何方?荒冢一堆草没了","问古来将相在何方,也只是虚名儿与后人钦敬"。同样的,人们欲占有的"金银"也是"空"的——"金满箱,银满箱,展眼乞丐人皆谤","终朝只恨聚无多,及到多时眼闭了"。岂止是功名富贵,人们欲占有的一切,都是"空"的。因为一切皆流,一切皆变,"瞬息间则又乐极悲生,人非物换",当"人非物换"时,你暂时的拥有便成了"空"。即使能够终生拥有,那又如何?毕竟"纵有千年铁门槛,终须一个土馒头",一旦死亡来临,你的拥有终究还是"空",你曾经辛苦经营、视为人生意义之所在的事物终究不能"永久依恃"。岂止不能"永久依恃",人生苦短,你的

"依恃"甚至不过是"瞬息间"罢了。总之,如果你把满足贪欲作为你的人生态度,那么,你的奋斗,你的劳碌,你的追求,你的挣扎,你一切的努力,最终不过是"谋虚逐妄",不过是"为他人做嫁衣裳",不过是"荡悠悠似三更梦",不过是"落了片白茫茫大地真干净",一言以蔽之,不过是一场"空"罢了。这"空"使一切"有"变得如梦似幻,故《红楼梦》中说:"凡用'梦'用'幻'等字,是提醒阅者眼目,亦是此书立意本旨"(第一回),又常常以虚幻之物比喻人世追求的对象,如"镜里恩情"、"梦里功名"、"一个是镜中月,一个是水中花"、"三春争及初春景,虎兕相逢大梦归"、"千里东风一梦遥"等。而且,有些名物的象征意义还是比较清楚的,仍是用来表现那"空"的感伤,如"水月庵""馒头庵""铁槛寺""太虚幻境"等。

需要注意的是,如果把《红楼梦》中"空"的感伤理解为一种人生观,那很容易得出《红楼梦》思想消极、虚无的结论。其实,《红楼梦》尽管弥漫着"空"的感伤,那感伤却是一种深刻的生命体验,是有灵性有深情的生命对其所处世界的深刻体认,是一种价值观:现象世界变化无常,如梦似幻,不可永久依恃,将价值建立在现象世界必然"无立足境"。好在,人毕竟不是浑浑噩噩的生命,《红楼梦》中就很突出一个"灵"字:石头经女娲锻炼之后,"灵性"已通,石头在人间又是"通灵"宝玉,《石头记》是"借通灵之说"写成的;石头"造历幻缘"是"失去幽灵真境界";仁者所禀是"清明灵秀,天地之正气",正邪两赋之人"其聪俊灵秀之气,则在万万人之上",为了使宝玉悟道,警幻仙子"醉以灵酒",太虚幻境是"幽微灵秀地",风月宝鉴出自太虚幻境空灵殿上,宝玉才情被形容为"空灵娟逸"……尤其是,尽管宝玉"潦倒不通世故,愚顽怕读文章"、"富贵不知乐业,贫穷难耐凄凉",他的先祖荣宁二公托付给警幻仙子的却只有他一人,希望他能够"入正"。为什么?不还是因为他"聪明灵慧"吗?——"吾家自国朝定鼎以来,功名奕世,富贵传流,虽历百年,奈运终数尽,不可挽回者。故遗之子孙虽多,竟无可以继业。其中惟嫡孙宝玉一人,禀性乖张,生性怪谲,虽聪明灵慧,略可望成,……幸仙姑偶来,万望先以情欲声色等事警其痴顽,或能使彼跳出迷人圈子,然后入于正路,亦吾兄弟之幸矣。"黛玉清高、孤傲、"多心"、"小性儿",毛病不少,但她却是众女儿中最脱俗,又是和宝玉最知心、最得宝玉敬而且爱的一个,为什么呢?恐怕也是因为她和"灵"有不解之缘吧:黛玉前身是"灵河"岸边的绛珠仙草,而且生有"灵窍"(《红楼梦》第二十二回宝玉续《南华经》有语云:"灰黛玉之灵窍")。确实,要超越那不能"永久依恃"的尘世,找到"无立足处"之外的真正归宿,和一个人的学问技能无关,和一个人的心机谋略无关,甚至和一个人的德行功业也无关,而只是和一个人的"灵性"有关。

人乃万物之灵。万物可分为无生命之物与有生命之物两大类,虽然万物都在变化,但无生命之物的变化是完全被动的,有生命之物则具有不同程度的主动能力与目的性。例如植物具备较低程度的目的性,虽然能够表现出向深处扎根向阳光生长的趋向性,其变化是较为缓慢与局限的。动物以其比较灵活的行动表现出高于植物的目的性,可是即使也能具备社会组织的性质,也能使用工具而使自己的器官得到延伸,但是,它们的目的性被限制在生物本能的范围内,只能被自然塑造。而人,由于拥有天赋的灵性,他的目的性具有超越性,不仅被自然所塑造,而且还能塑造自然;不仅具有自己的目的,而且还能为自然设计目的(所谓"为天地立心"、

"赞天地之化育")。

　　自然本身是非常盲目的,一方面它"慷慨慈悲"地创造养育着生命,另外一方面它又"野蛮粗暴"地损害毁灭着生命。可以说,它不具有目的性。但是,从无生命到植物到动物再到有"灵性"的人,自然还是在永不停息的变化中表现出一定的趋向性,只是它自身不能感知其趋向性罢了;动物具有一定的目的性,但其目的全然出于维持生命存在与种族繁衍的本能,不能改变亦无法调控。人能够凭着天赋灵性对自己的生存境况有全面深刻的体悟与洞察,从而通过顺应自然的趋向性来塑造、调控自身目的。

　　《葬花词》引起了宝玉极大的感情共鸣,也造成了对宝玉极大的精神震撼,又是大观园中首席诗人林黛玉的代表作,值得认真品读。此首诗中,核心意象自然是"花",这也是全诗用得最多的一个字眼。可是,"花"被无数诗人吟咏过,具体在这首诗中,"花"又是以怎样的形态呈现在读者眼前的呢? 反复品读,有一个字眼开始从整首诗中脱颖而出,久久萦绕在读者耳边。那个字眼就是——"飘"。有时,这个字眼在诗中是直接出现的——"游丝软系飘春榭"、"不管桃飘与李飞"、"一朝飘泊难寻觅";有时,这个字眼是可以想见的,如"花谢花飞花满天,红消香断有谁怜?"、"随花飞到天尽头"、"试看春残花渐落"、"花落人亡两不知"等。说起黛玉的身世,其实是相当不错的,虽然是孤女,可毕竟还是富贵人家;虽说寄人篱下,可毕竟有疼爱她的外祖母和深怜她的宝玉。可黛玉居然发出"一年三百六十日,风刀霜剑严相逼"、"独倚花锄泪暗洒,洒上空枝见血痕"之类凄切惨痛之语,当然不是"饱含血泪地控诉了迫害她的恶势力"——即使她"目无下尘",不像宝钗那样能笼络人心,以她是老祖宗嫡亲外孙女的身份,贾家上下谁又能把她怎么样呢? 王熙凤可以尖酸刻薄地嘲骂赵姨娘,但她敢给黛玉这样的气受吗? 黛玉作《葬花词》的直接缘由是被晴雯抢白了几句,又听到宝玉宝钗的笑语声,误以为是宝玉"恼我到这步田地"。说来说去,主要是出于误会,因这样的误会就小题大作的愁啊苦啊死啊活啊,这样写出来的诗浅薄矫情,肯定不是什么好诗。可是,黛玉的一首《葬花词》不仅令宝玉"恸倒",而且还打动了千千万万的读者,个中情由,还是值得追索的。

　　从表层来看,这首诗写出了一种漂泊感。然而如前所述,黛玉尽管寄人篱下,其生活境遇毕竟还是好于一般人的,抒发漂泊感越是"深刻"倒越是矫情了。可是,如果我们从深层去理解,不妨说黛玉以诗人的敏感与灵慧,以诗的语言与意象写出了对人生存境况的一种深刻体验与洞察,正可以用"飘"来象征。是啊,"飘"。其一,"飘"是一种脆弱。帕斯卡曾以"芦苇"比喻人生的脆弱,林妹妹则以飘飞的落花比喻人生的脆弱。就算人生再美好,争奈其太过脆弱何。"明媚鲜妍能几时? 一朝飘泊难寻觅。"一句轻轻的询问,一声轻轻的叹息,然而痛彻心肺。其二,"飘"是一种流逝。经由你的视野,从"有"到"无","飘"然而逝,从此一去不返。第二十二回中,"如花美眷,似水流年"、"水流花谢两无情"、"流水落花春去也,天上人间"、"花落水流红,闲愁万种",这些诗句之所以令林妹妹"心痛神痴,眼中落泪",不就是因为这些诗句都很好地写出了对"流逝"的感觉吗?"流逝"的有青春,有爱情,有美好,还有,生命。其三,"飘"是一种无根的状态。人来到世间并不是自己的选择,用佛家的话说,是"因缘和合",而用诗的语言不正可说是"飘"吗？人从虚无中"飘"来，又将"飘"向虚无，无论是飘来还是飘去，都没有一个稳固的"根"使自己在世间找到恒久的立足之处。这就难怪第二十二回中，宝玉初悟禅机，黛玉在宝玉偈末两句"无可云证，是立足境"后续上"无立足境，是方干净"两句。黛玉确实能续上这两句，因为她对人生的"无根"状态深有体会。宝玉不愧为黛玉的知己，亲耳聆听了黛玉的吟念，亲眼目睹了葬花的"行为艺术"之后，他深有感触。"试想林黛玉的花颜月貌，将来亦到无可寻觅之时，宁不心碎肠断"。这是对人生之"脆弱"的深切体会。又想到宝钗香菱袭人等亦可到"无可寻觅之时矣"，想到"自己又安在哉"，想到"斯处，斯园，斯花，斯柳，又不知当属谁姓矣"，这是对"流逝"的深切体会。至于想到"真不知此时此际欲为何等蠢物，杳无所知"，想到"逃大造，出尘网"，这些则是对人生"无根"状态的体会了。

如果说宝玉黛玉凭着诗性智慧的灵性对生命"脆弱""流逝""无根""无立足处"的生存境况有着深刻的洞察与体验，第一回茫茫大士、渺渺真人"那红尘中有却有些乐事，但不能永远依恃"的说法更单刀直入地揭示人的生存境况，这些和佛家对人生存境况的概括并无二致（参阅后文的"经典链接"）。

一旦体验洞察到人真实的生存境况，就会发现人生中的许多目的是根本不能实现的、出于私心的妄念。万物之中，唯有人不仅具有目的性，而且还能塑造、调控其目的；不仅能够洞察顺应自然的趋向性，而且还能使自然在无目的中具有合目的性。万物只存在于一个世界中，但人作为具有灵性的生命，不仅生活在物理王国，而且还生活在价值王国；不仅生活在现象世界，而且生活在意义世界。在为真实正确的人生目的奋斗的过程中，人能够创造价值、生成意义，内心更加幸福安乐。

动物虽然具有一定的目的性，其目的性必然受到本能的制约，是被动的。其目的无非是要实现维持生命存在与繁衍种族的需要，是固定的。而人能够凭着灵性超越本能欲望，可以主动地选择目的，所以我们可以看到，唯有人才能因恻隐之心、羞恶之心、辞让之心、是非之心而做出超越本能的事情，也唯有人才会因贪嗔痴而做出本意是要满足本能而结果却是反本能的事情：以《红楼梦》中的贾瑞为例，他千般心思、万种计较，受了诸多苦楚，不都是为了满足色欲之本能吗？为了实现目的，他煞费苦心地主动地做了许多事情，但是，他最终却反本能到了断送性命的地步。

警幻便命撤去残席，送宝玉至一香闺绣阁中，其间铺陈之盛，乃素所未见之物。更可骇者，早有一位仙姬在内，其鲜艳妩媚大似宝钗，袅娜风流又如黛玉。正不知是何意，忽见警幻说道："尘世中多少富贵之家，那些绿窗风月，绣阁烟霞，皆被那些淫污纨袴与流荡女子玷辱了。更可恨者，自古来多少轻薄浪子，皆以'好色不淫'为解，又以'情而不淫'作案，此皆饰非掩丑之语耳。好色即淫，知情更淫。是以巫山之会，云雨之欢，皆由既悦其色、复恋其情所致。吾所爱汝者，乃天下古今第一淫人也！"宝玉听了，唬的慌忙答道："仙姑差了：我因懒于读书，家父母尚每垂训饬，岂敢再冒'淫'

字？况且年纪尚幼，不知'淫'为何事。"警幻道："非也。淫虽一理，意则有别。如世之好淫者，不过悦容貌，喜歌舞，调笑无厌，云雨无时，恨不能天下之美女供我片时之趣兴，此皆皮肤滥淫之蠢物耳。如尔则天分中生成一段痴情，吾辈推之为'意淫'。惟'意淫'二字，可心会而不可口传，可神通而不能语达。汝今独得此二字，在闺阁中，固可为良友，然于世道中未免迂阔怪诡，百口嘲谤，万目睚眦。今既遇尔祖宁荣二公剖腹深嘱，吾不忍君独为我闺阁增光而见弃于世道。故引子前来，醉以美酒，沁以仙茗，警以妙曲。再将吾妹一人，乳名兼美表字可卿者许配与汝，今夕良时即可成姻。不过令汝领略此仙闺幻境之风光尚然如此，何况尘世之情景呢。从今后万万解释，改悟前情，留意于孔孟之间，委身于经济之道。"说毕，便秘授以云雨之事，推宝玉入房中，将门掩上自去。那宝玉恍恍惚惚，依着警幻所嘱，未免作起儿女的事来，也难以尽述。至次日，便柔情缱绻，软语温存，与可卿难解难分。因二人携手出去游玩之时，忽至一个所在，但见荆榛遍地，狼虎同行，迎面一道黑溪阻路，并无桥梁可通。正在犹豫之间，忽见警幻从后追来，说道："快休前进，作速回头要紧！"宝玉忙止步问道："此系何处？"警幻道："此乃迷津，深有万丈，遥亘千里。中无舟楫可通，只有一个木筏，乃木居士掌柁，灰侍者撑篙，不受金银之谢，但遇有缘者渡之。尔今偶游至此，设如坠落其中，便深负我从前谆谆警戒之语了。"话犹未了，只听迷津内响如雷声，有许多夜叉海鬼将宝玉拖将下去。吓得宝玉汗下如雨，一面失声喊叫："可卿救我！"（第五回）

那贾瑞此时要命心甚切，无药不吃，只是白花钱，不见效。忽然这日有个跛足道人来化斋，口称专治冤业之症。贾瑞偏生在内就听见了，直着声叫喊说："快请进那位菩萨来救我！"一面叫，一面在枕上叩首。众人只得带了那道士进来。贾瑞一把拉住，连叫"菩萨救我！"那道士叹道："你这病非药可医。我有个宝贝与你，你天天看时，此命可保矣。"说毕，从褡裢中取出一面镜子来——两面皆可照人，镜把上面錾着"风月宝鉴"四字——递与贾瑞道："这物出自太虚幻境空灵殿上，警幻仙子所制，专治邪思妄动之症，有济世保生之功。所以带他到世上，单与那些聪明杰俊、风雅王孙等看照。千万不可照正面，只照他的背面，要紧，要紧！三日后吾来收取，管叫你好了。"说毕，佯常而去，众人苦留不住。贾瑞收了镜子，想道："这道士倒有意思，我何不照一照试试。"想毕，拿起"风月鉴"来，向反面一照，只见一个骷髅立在里面，唬得贾瑞连忙掩了，骂："道士混账，如何吓我！——我倒再照照正面是什么。"想着，又将正面一照，只见凤姐站在里面招手叫他。贾瑞心中一喜，荡悠悠的觉得进了镜子……凤姐仍送他出来。到了床上，哎哟了一声，一睁眼，镜子从手里掉过来，仍是反面立着一个骷髅……心中到底不足，又翻过正面来，只见凤姐还招手叫他，他又进去。如此三四次……旁边伏侍贾瑞的众人，只见他先还拿着镜子照，落下来，仍睁开眼拾在手内，末后镜子落下来便不动了。众人上来看看，已没了气……代儒夫妇哭的死去活来，大骂道士，"是何妖镜！若不早毁此物，遗害于世不小。"遂命架火来烧，只听镜内哭道："谁叫你们瞧正面了！你们自己以假为真，何苦来烧我？"正哭着，只见那跛足道人从外面跑来，喊道："谁毁'风月鉴'，吾来救也！"说着，直入中堂，抢入手内，飘然去了。（第十二回）

《红楼梦》中的欲望书写体现出怎样的佛禅思想？

人们很容易认为，佛家有着严重的禁欲倾向。表面上看来确实如此，例如对于追求本能欲望满足的"五欲"，佛禅是极力强调要舍离的：《长阿含经》卷五中说："诸天及世人，皆应舍五欲。"《蜱肆经》中说："人间五欲臭秽不净，甚可憎恶，而不可向，不可爱念。"《别译杂阿含经》卷十六中说："五欲之乐，受味甚少，其患滋多，忧恼所集。"《父子合集经》卷十九中说："五欲不坚牢，智者当远离。"《大般若波罗蜜多经》卷四中说："然此菩萨摩诃萨于五欲中深生厌患，不为五欲之所染污。"《佛母宝德藏般若经》卷三十二中说："修行禅定离五欲，从等持得神通明。"《大方广佛华严经》卷六中说："若能远离五欲渴，思乐解脱甘露水。"《坛经》中说："性中但自离五欲，见性刹那即是真。"《五灯会元》卷三中的百丈怀海禅师说："若能一生心如木石相似，不被阴界五欲八风之所漂溺，即生死因断，去住自由"……

不过，大乘佛学与"教外别传"的禅宗强调舍离五欲并不是否定欲望，而是否定为了满足欲望而招致的苦难烦恼与罪恶，所谓"欲为炽烧身心故。欲为秽恶染自他故。欲为魁脍于去来今常为害故。欲为怨敌长夜伺求作衰损故。欲如草炬。欲如苦果。欲如剑刃。欲如火聚。欲如毒器。欲如幻惑。欲如暗井"（《大般若波罗蜜多经》卷四）。佛禅标举"真如""如如之心"，倡导不被假相所迷，按照真相与真实本性如实生活的人生。同样的，对欲望的真相，佛禅是正视的。"舍""离""不染""不溺"云云都不是断灭欲望，而是避免为了满足欲望而招致苦难烦恼罪恶。如果既满足了欲望，又没有产生过患，所谓"受用五欲乐，不为彼缠缚"（《父子合集经》卷二），佛禅是肯定的。如《大般若波罗蜜多经》卷第五百八十四中说："若诸菩萨安住居家受妙五欲，应知非为菩萨犯戒……是诸菩萨虽复受用五欲乐具，而于菩萨所行净戒波罗蜜多常不远离，亦名真实持净戒者"；《实相般若波罗蜜经》中说："是人虽在五欲尘中"，只要"不为贪欲诸过所染，譬如莲华虽在淤泥非泥所著"，照样能够"疾得阿耨多罗三藐三菩提"。《佛说大方广善巧方便经》卷二中称赞了"于五欲境中嬉戏顺行，随其所作不坏正行"的"具善巧方便菩萨摩诃萨"，《大宝积经》卷第一百六中又说："不离一切智心，若见可意五欲，即便在中共相娱乐，阿难，汝应作是念：如此菩萨即是能成如来根本。"《五灯会元》卷二亦录百丈怀海禅师语云："对五欲八风不动，不被见闻觉知所缚，不被诸境所惑，自然具足神通妙用，是解脱人。"托马斯·阿奎那在《神学大全》中曾说："道德净化并不是要除掉七情六欲，而是要使七情六欲符合规范。"佛禅所说的"舍离"欲望也并不是要除掉欲望，而是使欲望"符合规范"。符合怎样的规范呢？佛禅强调对欲望要有这样一种态度：不可贪爱执着。

为了不贪爱执着欲望，佛禅主张节欲，如佛教的许多戒律、《坛经·忏悔品》中所说的"少欲知足，能离财色"等都是对欲望的节制。为了节制欲望，佛家还有所谓"白骨观"的方法。如《大庄严论经》卷四讲述一淫女"欲扰动时众心",诸优婆塞"爱其容貌,心意错乱",法师为点化众人,"以神通变此淫女,肤肉堕落,唯有白骨。五内诸藏悉皆露现"。《大般涅槃经》卷三十讲述长者子宝称"耽荒五欲",佛陀使其得白骨观法,"见其殿舍宫人婇女悉为白骨,心生怖惧,如刀毒蛇,如贼如火"。《六度集经》卷七云:"太子以无蔽之眼遍观众身,还观其妃,头发髑髅,骨齿爪指……内视犹枯骨,外视犹肉囊。无一可贵。"《大方等大集经》卷三十八云:"诸有智者观察女色,念不净想。不念女身所有毛发皮肉筋血,但念白骨专心不舍。"《所欲致患经》又有这样一段:"佛告诸比丘,若复见女人,皮肉离体,但见白骨。前时端正,颜貌姝好,没不复现。"可以看出,这种类型的"白骨观"是通过把美色"观"为白骨、骷髅来摆脱色欲的诱惑,从而达到节欲目的的。

在中国,这种白骨观还和"色空"范畴联系在一起,成为世俗化的"色空"观。如清代小说《青楼梦》第五十八回写男主人公金挹香辞官守制归来,重访旧时众美,俱杳然无存,回忆前情,犹是恍然在目,如今隔了十余年,众美人死的死,从良的从良,深感浮生如梦,写下了一篇《自悟文》,中云:"悟空花于镜里,识泡影于水中。今日骷髅,昔年粉黛;眼前粉黛,他日骷髅。玉貌娉婷,即五夜秋坟之鬼;翡翠眷恋,乃一场春梦之婆。转瞬彩云,忽悲暗月。绿章上奏,难留月下婵娟;朱帷重来,已杳帘中窈窕。因知色即是空,或者空能见色。"佛家"色空"本义是作为现象的一切事物皆无自性,体性为空,终不可得。但前述世俗化的"色空"观主要是说对人诱惑极大的美色其实是假相,其真相不过是"骷髅"而已,不必贪爱执着。《红楼梦》中也表现了这种世俗化的"色空"观:第十二回《王熙凤毒设相思局 贾天祥正照风月鉴》中,跛足道士一开始就强调"风月宝鉴"只能照反面,不可照正面,但贾瑞执迷不悟,纵欲而死,其家人归罪于"风月宝鉴",架起火来烧。此时有这样一段描写:

> 只听镜内哭道:"谁叫你们瞧正面了!你们自己以假为真,何苦来烧我?"正哭着,只见那跛足道人从外面跑来,喊道:"谁毁'风月鉴',吾来救也!"说着,直入中堂,抢入手内,飘然去了。

"风月宝鉴"的正面是美色,反面是骷髅,贾瑞"瞧正面"在书中被称为是"以假为真",也就是说,他把"假"的美色当成"真"的,美色的真相则是反面所照出的骷髅。

对于这种世俗化的"色空"观,《红楼梦》其实是不相信它对节制欲望能起到多大作用的:贾瑞虽被跛足道士以这样的"色空"观点化,他并未能节欲,反而纵欲而亡。确实,对于陷溺在强烈色欲之中的人来说,怎么可能把美色视为白骨、骷髅呢?

其实,佛家对治人生苦难烦恼与罪恶有许多方便法门。对于极强烈的欲望,佛家并不主张强行克制,有所谓的"增益法"。如《增壹阿含经》卷九中讲难陀因贪爱美妻孙陀利而"欲心炽然,不能自禁",不肯修道。世尊就采用了不是压抑欲望而是顺遂增益欲望的"以火灭火"之法,先以神力将难陀带到山上,指着一瞎眼狝猴问比孙陀利如何,难陀回答说此猴甚丑,无法与美女孙陀利相比。世尊又把难陀带到天上,让难陀看到五百天女,难陀认为孙陀利与天女相比"犹如山顶瞎猕猴在孙陀利前,无有光泽,亦无有色",所以当他听到自己命终之后能生于天上、成为五百天女的夫主时大喜过望,对孙陀利自然也就无所贪爱了。世尊又把难陀带到地狱,难陀得知自己在天上享乐千年后就要下地狱中的一个大油锅,吓得"衣毛皆竖",在世尊的点化下,最终了悟"涅槃者最是快乐"。《佛说观佛三昧海经》卷八言有淫女妙意贪恋男色,"尔时,世尊化三童子,年皆十五,面貌端正,胜诸世间一切人类",随顺其淫欲。缠绵六日以后,妙意痛苦懊悔。世尊幻化之人愤而自尽,尸骸随即腐烂,七日以后只余白骨一躯,仍缠缚妙意。妙意乃求解脱,世尊趁机点化,妙意女"应时即得须陀洹道"。中国本土还有"金沙滩头马郎妇"的传说,马郎妇"于金沙滩上施一切人淫,凡与交者,永绝其淫"。这些故事有着相同的结构:人欲心炽盛——增益顺遂人欲——示现欲之过患局限——人终于从欲望牵缠中解脱。这些故事也有着与《维摩诘经》中相同的教化方法:"先以欲钩牵,后令入佛智。"

《红楼梦》并不主张强行克制欲望,妙玉因强行克制而走火入魔,"欲洁何曾洁,云空未必空"便是很明显的例证。而警幻仙子点化宝玉的方法正是"先以欲钩牵,再令入佛智",而且宝玉悟道的故事也正有着上述结构:人欲心炽盛(宝玉贪爱"红尘中乐事")——增益顺遂人欲(让宝玉在太虚幻境中享受到了种种人间无法与之相比的事物:酒、茶、音乐、美色,又让宝玉在"花柳繁华地,温柔富贵乡"中"受享")——示现欲之过患局限(在太虚幻境中,宝玉被鬼怪拖入"迷津";在红尘中,让宝玉历"爱别离""怨憎会""求不得"等诸多之苦)——宝玉终于从欲望牵缠中解脱。

> 单说妙玉归去,早有道婆接着,掩了庵门,坐了一回,把"禅门日诵"念了一遍。吃了晚饭,点上香拜了菩萨,命道婆自去歇着,自己的禅床靠背俱已整齐,屏息垂帘,跏趺坐下,断除妄想,趋向真如。坐到三更过后,听得屋上嘈喉喉一片瓦响,妙玉恐有贼来,下了禅床,出到前轩,但见云影横空,月华如水。那时天气尚不很凉,独自一个凭栏站了一回,忽听房上两个猫儿一递一声厮叫。那妙玉忽想起日间宝玉之言,不觉一阵心跳耳热。自己连忙收摄心神,走进禅房,仍到禅床上坐了。怎奈神不守舍,一时如万马奔驰,觉得禅床便恍荡起来,身子已不在庵中。便有许多王孙公子要求娶他,又有些媒婆扯扯拽拽扶他上车,自己不肯去。一回儿又有盗贼劫他,持刀执棍的逼勒,只得哭喊求救。早惊醒了庵中女尼道婆等众,都拿火来照看。只见妙玉两手撒开,口中流沫。急叫醒时,只见眼睛直竖,两颧鲜红,骂道:"我是有菩萨保佑,你们这些强徒敢要怎么样!"众人都唬的没了主意,都说道:"我们在这里呢,快醒转来罢。"妙玉道:"我要回家去,你们有什么好人送我回去罢。"道婆道:"这里就是你住的房子。"……后请得一个大夫来看了,问:"曾打坐过没有?"道婆说道:"向来打坐的。"大夫道:"这病可是昨夜忽然来的么?"道婆道:"是。"大夫道:"这是走魔入火的原故。"众人问:"有碍没有?"大夫道:"幸亏打坐不久,魔还入得浅,可以有救。"写了降伏心火的

药,吃了一剂,稍稍平复些。(第八十七回)

妙玉为什么会走火入魔?

在一般人的观念中,或对一般的学说而言,人的价值选择常常是执着于对立二元之中的一元。例如,相对于恶,执着于善;相对于邪,执着于正。而佛禅却有一种思路,强调对于任何一元都不能执着。如《金刚经》中说:"法尚应舍,何况非法";《坛经》中说:"不造诸恶,虽修众善,心不执著""邪正俱不用,清净至无余""邪正尽打却,菩提性宛然""除真除妄,即见佛性";《证道歌》中说:"绝学无为闲道人,不断妄想不求真"……这种思路在强调对立二元的"不二"也即将对立二元统一在更高层面时并不是对二元同样肯定,例如说"邪""正","真""妄"与"善""恶"之"不二"时并不是说不分善恶,不辨邪正,不别真妄,人还是应当为善去恶、除邪行正、去妄存真的。只不过,在肯定"善""正""真"等正面价值、强调人要趋向这些正面价值的同时,还强调对这些正面价值也不能执着。正面价值尚不能执着,更不用说负面价值了。那么,为什么正面价值亦不能执着呢? 那又是"色即是空"的智慧了。所谓"色即是空",不仅指"邪""妄""恶"固然是空的,而且还指"正""真""善"同样也是空的。

如《五灯会元》中有张拙秀才这样一则公案:

> 张拙秀才,因禅月人师指参石霜。霜问:"秀才何姓?"曰:"姓张名拙。"霜曰:"觅巧尚不可得,拙自何来?"公忽有省。乃呈偈曰:"光明寂照遍河沙,凡圣含灵共我家。一念不生全体现,六根才动被云遮。断除烦恼重增病,趣向真如亦是邪。随顺世缘无罣碍,涅槃生死等空花。"

又有云居元佑禅师偈语:

> 上堂:"凡见圣见,春云掣电。真说妄说,空花水月。翻忆长髭见石头,解道红炉一点雪。"

又有西方禅宗十九祖鸠摩罗多尊者法语:"一切善恶、有为无为,皆如梦幻。"涅槃亦如空花,圣见亦似掣电,善与无为,也是如梦似幻。总之,既然一切皆空,负面价值的事物固然不可执着,正面价值的事物亦不可执着。如前举《坛经》中所说:"虽修众善,心不执著。"《百丈广录》中亦云:"须辨清浊语。浊法者,贪、嗔、爱、取等多名;清法者,菩提、涅槃、解脱等多名。只如今鉴觉,但于清浊两流凡圣等法、色声香味触法、世间出世间法,都不得有纤毫爱取。"对正面价值事物的不执着决非不坚持、坚守或努力(佛禅的修行其实非常强调这些),而是虽然坚持、坚守或努力,却对坚持、坚守或努力的后果并不贪求、"随顺世缘",以洞察了真相的智慧避免因主观与事实不符而产生的痛苦烦恼。虽然人应当坚持、坚守正面价值的事物或为之付出努力,人能得到的结果并不一定与人的付出成正比,也需要一定的时运机遇。而且,正面价值的事物亦如梦似幻,终不可得,期在必许也是一种贪欲,是一种与客观并不一致的主观。由于客观并不能够满足主观,痛苦烦恼也就接踵而来了。如果能够洞察正面价值的事物亦如梦似幻,终不可得,对正面价值的事物亦不贪恋执着,自然也就能够避免因贪恋执着而产生的痛苦烦恼,可谓是顺其自然。一言以蔽之,因"色即是空"而对正面价值的事物亦不贪爱执着,这实际上是一种重视过程而不执着结果、讲付出而不求回报的人生态度。

《红楼梦》中写妙玉"断除妄想,趋向真如",后来却又走火入魔,这分明是由《五灯会元》所载张拙秀才"断除烦恼重增病,趣向真如亦是邪"语而来。《红楼梦》以其形象化的小说手法传达了佛禅这样一种观念:断除妄想、趋向真如本是佛禅所认同的正面价值,但如果对正面价值过于执着,那也会"重增病""亦是邪",会导致走火入魔。妙玉拼命压抑自己、急于求成,不能说她放任自流、没有付出主观努力,但结果却适得其反,其原因主要在于她没能"顺其自然"。"断除妄想,趋向真如"需要一个过程,妙玉却因主观上过于执着结果而力图缩短乃至取消这一过程,不能"顺其自然",于是欲速则不达,适得其反。

《红楼梦》非常强调"顺其自然"。《红楼梦》中的贾宝玉对父亲十分敬畏,但是,书中居然也写了宝玉有一次当面顶撞贾政:

> 贾政心中自是欢喜,却瞅宝玉道:"此处如何?"众人见问,都忙悄悄的推宝玉,教他说好。宝玉不听人言,便应声道:"不及'有凤来仪'多矣。"贾政听了道:"无知的蠢物!你只知朱楼画栋、恶赖富丽为佳,那里知道这清幽气象。终是不读书之过!"……宝玉道:"却又来!此处置一田庄,分明见得人力穿凿扭捏而成。远无邻村,近不负郭,背山山无脉,临水水无源,高无隐寺之塔,下无通市之桥,峭然孤出,似非大观。争似先处有自然之理,得自然之气,虽种竹引泉,亦不伤于穿凿。古人云'天然图画'四字,正畏非其地而强为地,非其山而强为山,虽百般精而终不相宜……"未及说完,贾政气的喝命:"又出去,"刚出去,又喝命:"回来!"

宝玉见到父亲"象个避猫鼠儿",听到父亲一声传唤"便如头顶上响了一个焦雷一般",但是居然也顶撞了父亲,那当然是因为他要捍卫心中最为看重的东西。而宝玉对稻香村的种种指责,说来说去不就是因为它"分明见得人力穿凿扭捏而成"、不能够"顺其自然"吗?这种强调"顺其自然"的观念固然有老庄道家影响的成分,但我们也不要忽略了,佛禅义理也为"顺其自然"的观念提供了思想资源。不能说强调顺其自然就一定是道家的思想观念,例如,"随顺真如""即得法明,随顺因缘""如来法性无挂碍,随缘普应利群生""任运而动,见机而赴""任性逍遥,随缘放旷""任运天真,随缘自在""饥来吃饭,困来即眠""春来草自青"等都出自佛禅典籍,与道家"顺其自然"的思想观念有异曲同工之妙。《红楼梦》中,妙玉"断除妄想,趋向真如",结果走火入魔,这也正是佛禅思想观念的体现:对正面价值也不能执着,要以顺其自然的态度趋向、坚持正面价值。

只见从那边来了一僧一道：那僧则癞头跣脚，那道则跛足蓬头，疯疯癫癫，挥霍谈笑而至。及至到了他门前，看见士隐抱着英莲，那僧便大哭起来，又向士隐道："施主，你把这有命无运、累及爹娘之物，抱在怀内作甚？"士隐听了，知是疯话，也不去睬他。那僧还说："舍我罢，舍我罢！"士隐不耐烦，便抱女儿撇身要进去，那僧乃指着他大笑，口内念了四句言词道："惯养娇生笑你痴，菱花空对雪澌澌。好防佳节元宵后，便是烟消火灭时。"士隐听得明白，心下犹豫，意欲问他们来历。只听道人说道："你我不必同行，就此分手，各干营生去罢。三劫后，我在北邙山等你，会齐了同往太虚幻境销号。"那僧道："最妙，最妙！"说毕，二人一去，再不见个踪影了。士隐心中此时自忖：这两个人必有来历，该试一问，如今悔却晚也。

可巧这日拄了拐杖挣挫到街前散散心时，忽见那边来了一个跛足道人，疯癫落脱，麻屣鹑衣，口内念着几句言词，道是："世人都晓神仙好，惟有功名忘不了！古今将相在何方？荒冢一堆草没了。世人都晓神仙好，只有金银忘不了！终朝只恨聚无多，及到多时眼闭了。世人都晓神仙好，只有娇妻忘不了！君生日日说恩情，君死又随人去了！世人都晓神仙好，只有儿孙忘不了！痴心父母古来多，孝顺儿孙谁见了？"士隐听了，便迎上来道："你满口说些什么？只听见些'好''了''好''了'。"那道人笑道："你若果听见'好''了'二字，还算你明白。可知世上万般，好便是了，了便是好。若不了，便不好，若要好，须是了。我这歌儿，便名《好了歌》。"士隐本是有宿慧的，一闻此言，心中早已彻悟。因笑道："且住！待我将你这《好了歌》解注出来何如？"道人笑道："你解，你解。"士隐乃说道："陋室空堂，当年笏满床；衰草枯杨，曾为歌舞场。蛛丝儿结满雕梁，绿纱今又糊在蓬窗上。说什么脂正浓，粉正香，如何两鬓又成霜？昨日黄土陇头送白骨，今宵红灯帐底卧鸳鸯。金满箱，银满箱，展眼乞丐人皆谤。正叹他人命不长，那知自己归来丧！训有方，保不定日后作强梁。择膏粱，谁承望流落在烟花巷！因嫌纱帽小，致使锁枷扛；昨怜破袄寒，今嫌紫蟒长：乱烘烘你方唱罢我登场，反认他乡是故乡。甚荒唐，到头来都是为他人作嫁衣裳！"那疯跛道人听了，拍掌笑道："解得切，解得切！"士隐便说一声"走罢！"将道人肩上褡裢抢了过来背着，竟不回家，同了疯道人飘飘而去。

从此空空道人因空见色，由色生情，传情入色，自色悟空，遂易名为情僧，改《石头记》为《情僧录》。（第一回）

众人见黛玉年貌虽小，其举止言谈不俗，身体面庞虽怯弱不胜，却有一段自然的风流态度，便知他有不足之症。因问："常服何药，如何不急为疗治？"黛玉道："我自来是如此，从会吃饮食时便吃药，到今日未断，请了多少名医修方配药，皆不见效。那一年我三岁时，听得说来了一个癞头和尚，说要化我去出家，我父母固是不从。他又说：既舍不得他，只怕他的病一生也不能好的了。若要好时，除非从此以后总不许见哭声；除父母之外，凡有外姓亲友之人，一概不见，方可平安了此一世。'疯疯癫癫，说了这些不经之谈，也没人理他。如今还是吃人参养荣丸。"（第三回）

又听警幻笑道："你们快出来迎接贵客。"一言未了，只见房中走出几个仙子来，荷袂蹁跹，羽衣飘舞，娇若春花，媚如秋月。见了宝玉，都怨谤警幻道："我们不知系何贵客，忙的接出来！姐姐曾说今日今时必有绛珠妹子的生魂前来游玩，故我等久待，何故反引这浊物来污染清净女儿之境？"宝玉听如此说，便吓的欲退不能，果觉自形污秽不堪。警幻忙携住宝玉的手向众仙姬笑道："你等不知原委。今日原欲往荣府去接绛珠，适从宁府经过，偶遇宁荣二公之灵，嘱吾云：'吾家自国朝定鼎以来，功名奕世，富贵流传，已历百年。奈运终数尽不可挽回，我等之子孙虽多，竟无可以继业者。惟嫡孙宝玉一人，禀性乖张，用情怪谲，虽聪明灵慧，略可望成，无奈吾家运数合终，恐无人规引入正。幸仙姑偶来，万望先以情欲声色等事警其痴顽，或能使他跳出迷人圈子，入于正路，便是吾兄弟之幸了。'如此嘱吾，故发慈心，引彼至此。先以他家上中下三等女子的终身册籍令其熟玩，尚未觉悟；故引了再到此处，遍历那饮馔声色之幻，或冀将来一悟，亦未可知也。"（第五回）

湘莲反不动身，泣道："我并不知是这等刚烈贤妻，可敬，可敬。"湘莲反扶尸大哭一场。等买了棺木，眼见入殓，又俯棺大哭一场，方告辞而去。出门无所之，昏昏默默，自想方才之事。原来尤三姐这样标致，又这等刚烈，自悔不及。正走之间，只见薛蟠的小厮寻他家去，那湘莲只管出神。那小厮带他到新房之中，十分齐整。忽听环佩叮当，尤三姐从外而入，一手捧着鸳鸯剑，一手捧着一卷册子，向柳湘莲泣道："妾痴情待君五年矣。不期君果冷心冷面，妾以死报此痴情。妾今奉警幻之命，前往太虚幻境修注案中所有一干情鬼。妾不忍一别，故来一会，从此再不能相见矣。"说着便走。湘莲不舍，忙欲上来拉住问时，那尤三姐便说："来自情天，去由情地。前生误被情惑，今既耻情而觉，与君两无干涉。"说毕，一阵香风，无踪无影去了。湘莲警觉，似梦非梦，睁眼看时，那里有薛家小童，也非新室，竟是一座破庙，旁边坐着一个跏腿道士捕虱。湘莲便起身稽首相问："此系何方？仙师仙名法号？"道士笑道："连我也不知道此系何方，我系何人，不过暂来歇足而已。"柳湘莲听了，不觉冷然如寒冰侵骨，掣出那股雄剑，将万根烦恼丝一挥而尽，便随那道士，不知往那里去了。（第六十六回）

且说贾雨村升了京兆府尹兼管税务，一日出都查勘开垦地亩，路过知机县，到了急流津。正要渡过彼岸，因待人夫，暂且停轿。只见村旁有一座小庙，墙壁坍颓，露出几株古松，倒也苍老。雨村下轿，闲步进庙，但见庙内神像金身脱落，殿宇歪斜，旁有断碣，字迹模糊，也看不明白。意欲行至后殿，只见一翠柏下荫着一间茅庐，庐中有一个道士合眼打坐。雨村走近看时，面貌甚熟，想着倒象在那里见来的，一时再想不出来。从人便欲吆喝。雨村止住，徐步向前叫一声："老道。"那道士双眼微启，微微的笑道:"贵官何事?"雨村便道:"本府出都查勘事件,路过此地,见老道静修自得,想来道行深通,意欲冒昧请教。"那道人说:"来自有地,去自有方。"雨村知是有些来历的,便长揖请问:"老道从何处修来,在此结庐?此庙何名?庙中共有几人?或欲真修,岂无名山,或欲结缘,何不通衢?"那道人道:"葫芦尚可安身,何必名山结舍。庙名久隐,断碣犹存。形影相随,何须修募。岂似那'玉在椟中求善价,钗于奁内待时飞'之辈耶!"雨村原是个颖悟人,初听见"葫芦"两字,后闻"玉钗"一对,忽然想起甄士隐的事来。重复将那道士端详一回,见他容貌依然,便屏退从人,问道:"君家莫非甄老先生么?"那道人从容笑道:"什么真,什么假!要知道真即是假,假即是真。"雨村听说出贾字来,益发无疑,便从新施礼道:"学生自蒙慨赠到都,托庇获隽公交车,受任贵乡,始知老先生超悟尘凡,飘举仙境。学生虽溯洄思切,自念风尘俗吏,未由再觐仙颜。今何幸于此处相遇,求老仙翁指示愚蒙。倘荷不弃,京寓甚近,学生当得供奉,得以朝夕聆教。"那道人也站起来回礼道:"我于蒲团之外,不知天地间尚有何物。适才尊官所言,贫道一概不解。"说毕,依旧坐下。雨村复又心疑:"想去若非士隐,何貌言相似若此?离别来十九载,面色如旧,必是修炼有成,未肯将前身说破。但我既遇恩公,又不可当面错过。看来不能以富贵动之,那妻女之私更不必说了。"想罢又道:"仙师既不肯说破前因,弟子于心何忍!"正要下礼,只见从人进来,禀说天色将晚,快请渡河。雨村正无主意,那道人道,"请尊官速登彼岸,见面有期,迟则风浪顿起。果蒙不弃,贫道他日尚在渡头候教。"说毕,仍合眼打坐。雨村无奈,只得辞了道人出庙。(第一百零三回)

话说贾雨村刚欲过渡,见有人飞奔而来,跑到跟前,口称:"老爷,方才进的那庙火起了!"雨村回首看时,只见烈炎烧天,飞灰蔽目。雨村心想,"这也奇怪,我才出来,走不多远,这火从何而来?莫非士隐遭劫于此?"欲待回去,又恐误了过河,若不回去,心下又不安。想了一想,便问道:"你方才见这老道士出来了没有?"那人道:"小的原随老爷出来,因腹内疼痛,略走了一走。回头看见一片火光,原来就是那庙中火起,特赶来禀知老爷。并没有见有人出来。"雨村虽则心里狐疑,究竟是名利关心的人,那肯回去看视,便叫那人:"你在这里等火灭了进去瞧那老道在与不在,即来回禀。"那人只得答应了伺候。

且说雨村回到家中,歇息了一夜,将道上遇见甄士隐的事告诉了他夫人一遍。他夫人便埋怨他:"为什么不回去瞧一瞧,倘或烧死了,可不是咱们没良心!"说着,掉下泪来。雨村道:"他是方外的人了,不肯和咱们在一处的。"正说着,外头传进话来,禀说:"前日老爷吩咐瞧火烧庙去的回来了回话。"雨村踱了出来。那衙役打千请了安,回说:"小的奉老爷的命回去,也不等火灭,便冒火进去瞧那个道士,岂知他坐的地方多烧了。小的想着那道士必定烧死了。那烧的墙屋往后塌去,道士的影儿都没有,只有一个蒲团,一个瓢儿还是好好的。小的各处找寻他的尸首,连骨头都没有一点儿。小的恐老爷不信,想要拿这蒲团瓢儿回来做个证见,小的这么一拿,岂知都成了灰了。"雨村听毕,心下明白,知士隐仙去,便把那衙役打发了出去。回到房中,并没提起士隐火化之言,恐他妇女不知,反生悲感,只说并无形迹,必是他先走了。(**第一百零四回**)

雨村因叫家眷先行,自己带了一个小厮,一车行李,来到急流津觉迷渡口。只见一个道者从那渡头草棚里出来,执手相迎。雨村认得是甄士隐,也连忙打恭,士隐道:"贾先生别来无恙?"雨村道:"老仙长到底是甄老先生!何前次相逢观面不认?后知火焚草亭,下邮深为惶恐。今日幸得相逢,益叹老仙翁道德高深。奈邮人下愚不移,致有今日。"甄士隐道:"前者老大人高官显爵,贫道怎敢相认!原因故交,敢赠片言,不意老大人相弃之深。然而富贵穷通,亦非偶然,今日复得相逢,也是一桩奇事。这里离草庵不远,暂请膝谈,未知可否?"雨村欣然领命,两人携手而行,小厮驱车随后,到了一座茅庵。士隐让进雨村坐下,小童献上茶来。雨村便请教仙长超尘的始末……雨村还要再问,士隐不答,便命人设俱盘飧,邀雨村共食。食毕,雨村还要问自己的终身,士隐便道:"老先生草庵暂歇,我还有一段俗缘未了,正当今日完结。"雨村惊讶道:"仙长纯修若此,不知尚有何俗缘?"士隐道:"也不过是儿女私情罢了。"雨村听了益发惊异:"请问仙长,何出此言?"士隐道:"老先生有所不知,小女英莲幼遭尘劫,老先生初任之时曾经判断。今归薛姓,产难完劫,遗一子于薛家以承宗祧。此时正是尘缘脱尽之时,只好接引接引。"士隐说着拂袖而起。雨村心中恍恍惚惚,就在这急流津觉迷渡口草庵中睡着了。这士隐自去度脱了香菱,送到太虚幻境,交那警幻仙子对册,刚过牌坊,见那一僧一道,缥渺而来。士隐接着说道:"大士、真人,恭喜,贺喜!情缘完结,都交割清楚了么?"那僧说:"情缘尚未全结,倒是那蠢物已经回来了。还得把他送还原所,将他的后事叙明,不枉他下世一回。"士隐听了,便供手而别。那僧道仍携了玉到青埂峰下,将宝玉安放在女娲炼石补天之处,各自云游而去。(**第一百二十回**)

怎样理解《红楼梦》中的"十六字真言"?

周汝昌先生曾极力反对《红楼梦》中有"色空"观念,在百家讲坛举办的"答疑《红楼梦》"节目中,他认为:

"字字看来皆是血",一滴一滴皆化血,十年辛苦不寻常,这是色空吗?我要是色空我出了家做和尚,我写《红楼梦》我吃饱了撑的,世上有这个道理吗?所以我根本不能同意俞老的色空观念,说一部《红楼梦》这个大书不值十年辛苦,是为了宣传一个色空观念,你们诸位看开了吧!看破红尘,无所谓,今天你去旅游去玩玩吧,你听这干嘛。好了,我答了一半是吧,可是这一半当中已经把那一个问题也回答了。结合第一问,那不是一个消闲解闷的问题,他要写人,人怎么来的,人生,所谓人生者,这是一生的阅历。这个阅历是什么造成的？社会、人与人的关系、人与天地的关系，中华神话讲天人合一，人与物，物我的关系，物代表外物，我代表我自己的心灵情，千头万绪的关系，都用他的这个手段，纳入书中。它是这么一回事，我认为跟色空观念，恰恰相反，好了。

其实，有"色空"观念并非就要"出了家做和尚"，并非就不能写"社会、人与人的关系、人与天地的关系""一生的阅历"了，因为本体意义、根源意义的"空"本来就是包万有、纳万境之"空"，是不"空"之"空"。正如《大般涅槃经·如来性品》所说："空空者名无所有，无所有者即是外道尼犍子等所计解脱，而是尼犍实无解脱，故名空空。"如果把"色空"简单理解为"无所有"的"空"，那不过是外道的看法。所以，《红楼梦》中，空空道人之"空空"还是"实无解脱"阶段，并未悟道，在经历了"因空见色，由色生情，传情入色，由色悟空"的过程之后才真正悟道。

"色"因何而生？因具有本体意义、根源意义的"空"蕴含着生机与活力而由"无"中产生，可以用《红楼梦》"十六字真言"中的"因空见色"来表述。对于无生命的物质而言，"色"仅是客观的存在而已。但对于生命而言，不同的"色"会引发生命不同的反应，生命所做的种种反应可被称为"情"，所以在佛典中，"众生"又被称为"有情"。这些反应有些是被动的，也即"因色生情"；有些则是主动的，可谓"传情入色"。动物所做的反应多是"因色生情"，而作为万物之灵的人类所做的反应除了"因色生情"之外，还能够"传情入色"，体现出一定的主体性。佛禅其实对人的主体性非常重视，高僧大德常常会说到"有主""主人公"之类，如：

> 未有世界，早有此性。世界坏时，此性不坏。一从见老僧后，更不是别人，祇是个主人公。这个更向外觅作么？
> 昔有一老宿，有偈曰："五蕴山头一段空，同门出入不相逢。无量劫来赁屋住，到头不识主人公。"
> 师寻居丹丘瑞岩，坐盘石，终日如愚。每自唤主人公，复应诺，乃曰："惺惺着，他后莫受人谩。"

所谓"有主""主人公"，都是强调人的主体性。需要注意的是，在佛禅那里，人之主体性并不以现象层面的个体自我为主宰。个体自我根器不同，境遇不同，修行不同，自然也有不同的主观。这些主观有的是为贪欲所迷的妄见，有的是只知其一不知其二的偏见，有的是只看目前不看长远的短见，有的是只看表层不看实质的浅见……这些与客观不符的主观佛禅称之为"我见"（个体自我之见）。"我见"有种种心理预期，可是由于它们与客观不符，自然会使心理预期落空，从而产生种种烦恼痛苦。所以，若以"我见"为主宰，是不可能得到真"解脱"的。要消除"我见"，"色即是空"是一种釜底抽薪的智慧：既然现象世界中一切皆空，一切（包括正面价值的事物）皆如梦似幻，终不可得，那么对一切皆不可贪恋执着。如果对一切皆不贪恋执着，就不会因结果如何而痛苦烦恼,于是"色即是空"的观念就使人超越了世间的具体境遇而获得解脱。

《红楼梦》中,空空道人的"空空"尚属对"色即是空"之"空"的领悟,这种"色空"观念能够在一定程度避免"为声色货利所迷",能够"观空以遣累",但停留在这个境界还是一种被动与消极,不能充分发挥人的主体性,会扼杀人的生机、活力与创造性。许多高僧大德都指出了这一点:

> 僧问如何是禅,百严曰:"古冢不为家。"
>
> "莫向白云深处坐,切忌寒灰煨杀人。"
>
> "死水不藏龙。若是活底龙,须向洪波浩渺白浪滔天处去。"
>
> "莫守寒岩异草青,坐却白云宗不妙。"
>
> ……

总之,"色即是空"之"空"是破坏性的,是对与客观不符之主观的消除。而对"空即是色"之"空"的体悟则是建设性的,能够提供与客观相符的主观,从而更好地发挥人的主体性。"空即是色"之"空"则是具有本体意义、根源意义的"空",是真实性的存在,是"实相",是"真如",体悟这种"空"能够舍妄就实,离假归真,不为假相所迷,不为妄念所缚,从而建立了与客观相符的主观。国清行机禅师曾言:"观色即空成大智,故不住生死;观空即色成大悲,故不住涅槃"[1]。对"色即是空"之体悟是一种智慧,这种智慧识破世间一切假相,知道为这些假相而付出的种种执着终究是徒劳,从而一切无执,获得一定的解脱,所谓"不住生死"。但正如《大般涅槃经·如来性品》所说,"空空者名无所有,无所有者即是外道尼犍子等所计解脱,而是尼犍实无解脱,故名空空",这样的解脱还不是真正的解脱、彻底的解脱。人具有万物所不具有的主体性与创造力,不仅能够"因色生情",而且还能"传情入色",而且所传之情还能是"大悲"之情。

《方广大庄严经·属累品第二十七》所说的八种"净心"之一即"得大悲心拔众生苦";《佛说大迦叶问大宝积正法经》卷四说:"以巧方便深达实相,以大悲心拔众生苦";《金刚三昧经论》卷下说:"是菩萨者不可思议恒以大悲拔众生苦";《大智度论》卷二十七说:"大慈,与一切众生乐;大悲,拔一切众生苦。大慈,以喜乐因缘与众生;大悲,以离苦因缘与众生"……可见,佛禅所说的"大悲"是指帮助众生从苦海解脱的悲悯情怀。《红楼梦》第一回中,"及至到了他门前,看见士隐抱着英莲,那僧便大哭起来"一段有甲戌本脂批云:"所谓情僧也",《红楼梦》第五回又有甲戌本脂批称警幻仙子为"多情种子",这些地方所称赞的仙佛之"情"很明显是"拔众生苦"的悲悯情怀。也正是出于这样的悲悯情怀,我们看到仙佛们对甄士隐、柳湘莲、宝玉的点化,对宝钗、黛玉、贾瑞的"拔苦",只不过前者成功了,后者没成功。宝玉出家之前的难能可贵之处就是他的悲悯:悲悯众女儿的不幸,体贴关爱她们;怜老恤贫,从来不摆贵公子的架子;甚至悲悯桃

---

① (宋)普济:《五灯会元》下册,中华书局,2010 年,第 1363 页。

花花瓣,"恐怕脚步践踏了"(第二十二回);甚至悲悯画中的美人,"那美人也自然是寂寞的,须得我去望慰他一回"(第十九回)……

> 贾政打发众人上岸投帖辞谢朋友,总说即刻开船,都不敢劳动。船中只留一个小厮伺候,自己在船中写家书,先要打发人起早到家。写到宝玉的事,便停笔。抬头忽见船头上微微的雪影里面一个人,光着头,赤着脚,身上披着一领大红猩猩毡的斗篷,向贾政倒身下拜。贾政尚未认清,急忙出船,欲待扶住问他是谁。那人已拜了四拜,站起来打了个问讯。贾政才要还揖,迎面一看,不是别人,却是宝玉。贾政吃一大惊,忙问道:"可是宝玉么?"那人只不言语,似喜似悲。贾政又问道:"你若是宝玉,如何这样打扮,跑到这里?"宝玉未及回言,只见舡头上来了两人,一僧一道,夹住宝玉说道:"俗缘已毕,还不快走。"说着,三个人飘然登岸而去。(第一百二十回)

怎样理解宝玉"俗缘已毕"时的"似喜似悲"?

出家后,书中对宝玉的描写有一段值得注意:

> 贾政才要还揖,迎面一看,不是别人,却是宝玉。贾政吃一大惊,忙问道:"可是宝玉么?"那人只不言语,似喜似悲。贾政又问道:"你若是宝玉,如何这样打扮,跑到这里?"宝玉未及回言,只见舡头上来了两人,一僧一道,夹住宝玉说道:"俗缘已毕,还不快走。"说着,三个人飘然登岸而去。

佛禅有"悲欣交集"之说,"欣"主要是喜一己得解脱,所谓"我今已悟成佛法门","悲"则正是指"拔众生苦"的悲悯,所谓"欲益未来诸众生"。近世著名高僧弘一法师临终前写下的最后一幅书法作品也是"悲欣交集"四字。从上下文来看,宝玉的"似喜似悲"应该就是"悲欣交集",一方面,他的出家是大彻大悟的象征,表明他终于能够"逃大造,出尘网";另一方面,他并非是小乘的"自了汉",他也是一位"情僧","传情入色","观空即色成大悲",从而利益众生、救拔众生。

【经典链接】

诸行无常,是生灭法。生灭灭已,寂灭为乐。(《大般涅槃经》卷十四)

一切有处,皆悉无常。如芭蕉茎,无有坚实。如借物用,必须还他。非我已有,犹如阳焰幻化水泡。(《佛本行集经》卷六)

有为如幻化,速舍莫恋著。寿命不久停,如坏器易坏。假借世不久,此亦无常定。(《大宝积经》卷八十一)

一切行无常,变易朽坏,不可恃怙。(《长阿含经》卷二十一)

　　诸行无常，是变易法。无有住时，不可恃怙，会归磨灭。（《别译杂阿含经》卷十六）

　　生世何轻脆，无一可恃怙。恍惚无坚要，躁动合则散。（《佛本行经》卷七）

　　一切行无常者，变易不停，不可恃怙。（《出曜经》卷十三）

"诸行无常"与"不可永久依恃"

　　《大般涅槃经》卷十四讲了世尊前世曾在雪山修行，释提桓为了考验他，变其身作罗刹像，形甚可畏，并口宣半个偈语，世尊听到后欣喜异常，佛经中用了许多比喻表达他的欣喜之情："譬如估客于险难处夜行失伴，恐怖推求还遇同侣，心生欢喜踊跃无量；亦如久病，未遇良医、瞻病、好药，后卒得之；如人没海，卒遇船舫；如渴乏人遇清冷水；如为怨逐，忽然得脱；如久系人卒闻得出；亦如农夫炎旱值雨；亦如行人还得归家，家人见已生大欢喜。"让世尊如此欣喜的这半个偈语是什么呢？就是"诸行无常，是生灭法"，世尊听到这半偈就愿意供养罗刹了，尽管罗刹声称："我所食者唯人暖肉，其所饮者唯人热血"，他坚定地表示："今为求阿耨多罗三藐三菩提，舍不坚身以易坚身。"

　　让世尊甘愿舍身的"诸行无常，是生灭法"八字是佛教对人悲剧性生存境况的精辟概括。"诸行"是指现象世界，现象世界的一切，不仅人所处的外在环境，而且就连人自身都不是永恒，而是都有着成（产生）、住（发展）、坏（衰败）、空（消失）的必然历程。既然现象世界"无常"，那么，无论你把什么作为人生价值，都无法真正依恃。然而当人们在现象世界中醉生梦死时，这样的悲剧性生存境况是很难进入人们意识中的。佛经中则反复提醒人们不要忘记这样的根本处境，这不是悲观，而是对人生真相的揭示。真相无法逃避，只能真实面对。有了直面人生的勇气，才有得到解脱的可能。《红楼梦》第一回中有言："那红尘中有却有些乐事，但不能永远依恃；况又有'美中不足，好事多魔'八个字紧相连属，瞬息间则又乐极悲生，人非物换，究竟是到头一梦，万境归空。"此语可作佛语读。

　　夫至虚无生者，盖是般若玄鉴之妙趣，有物之宗极者也。自非圣明特达，何能契神于有无之间哉？是以至人通神心于无穷，穷所不能滞，极耳目于视听，声色所不能制者，岂不以其即万物之自虚，故物不能累其神明者也？是以圣人乘真心而理顺，则无滞而不通；审一气以观化，故所遇而顺适。无滞而不通；故能混杂致淳；所遇而顺适，故则触物而一，如此，则万象虽殊，而不能自异。不能自异，故知象非真象；象非真象，故则虽象而非象。

　　然则物我同根，是非一气，潜微幽隐，殆非群情之所尽。故顷尔谈论，至于虚宗，每有不同。夫以不同而适同，有何物而可同哉？故众论竞作而性莫同焉。何则？"心无"者，无心于万物，万物未尝无。此得在于神静，失在于物虚。"即色"者，明色不自色，故虽色而非色也。夫言色者，但当色即色，岂待色色而后为色哉？此直语色不自色,未领色之非色也。"本无"者,情尚于无多,触言以宾无。故非有,有即无;非无,无即无。寻夫立文之本旨者,直以非有非真有,非无非真无耳。何必非有无此有,非无无彼无?此直好无之谈,岂谓顺通事实,即物之情哉?夫以物物于物,则所物而可物;以物物非物,故虽物而非物。是以物不即名而就实,名不即物而履真。然则真谛独静于名教之外,岂曰文言之能辩哉?

然不能杜默,聊复厝言以拟之。试论之曰:《摩诃衍论》云:诸法亦非相,亦非无相。《中论》云,诸法不有不无者,第一真谛也。寻夫不有不无者,岂谓涤除万物,杜塞视听,寂廖虚豁,然后为真谛者乎?诚以即物顺通,故物莫之逆;即伪即真,故性莫之易。性莫之易,故虽无而有;物莫之逆,故虽有而无。虽有而无,所谓非有;虽无而有,所谓非无。如此,则非无物也,物非真物。物非真物,故于何而可物?故经云:"色之性空,非色败空。"以明夫圣人之于物也,即万物之自虚,岂待宰割以求通哉?

是以寝疾有不真之谈,《超日》有即虚之称。然则三藏殊文,统之者一也。故《放光》云,第一真谛,无成无得;世俗谛故,便有成有得。夫有得即是无得之伪号,无得即是有得之真名。真名,故虽真而非有;伪号,故虽伪而非无。是以言真未尝有,言伪未尝无。二言未始一,二理未始殊。故经云,真谛俗谛,谓有异耶?答曰,无异也。此经直辩真谛以明非有,俗谛以明非无。岂以谛二而二于物哉?

然则万物果有其所以不有,有其所以不无。有其所以不有,故虽有而非有,有其所以不无,故虽无而非无。虽无而非无,无者不绝虚;虽有而非有,有者非真有。若有不即真,无不夷迹,然则有无称异,其致一也。

故童子叹曰:"说法不有亦不无,以因缘故诸法生。"《璎珞经》云:"转法轮者,亦非有转,亦非无转,是谓转无所转。"此乃众经之微言也。

何者?谓物无耶,则邪见非惑;谓物有耶,则常见为得。以物非无,故邪见为惑;以物非有,故常见不得。然则非有非无者,信真谛之谈也。故《道行》云:"心亦不有亦不无。"《中观》云,物从因缘故不有,缘起故不无。寻理,即其然矣。所以然者,夫有若真有,有自常有,岂待缘而后有哉?譬彼真无,无自常无,岂待缘而后无也?若有不能自有,待缘而后有者,故知有非真有。有非真有,虽有,不可谓之有矣。不无者,夫无则湛然不动,可谓之无,万物若无,则不应起,起则非无,以明缘起,故不无也。

故《摩诃衍论》云,一切诸法,一切因缘,故应有;一切诸法,一切因缘,故不应有;一切无法,一切因缘,故应有;一切有法,一切因缘,故不应有。寻此有无之言,岂直反论而已哉?

若应有即是有,不应言无;若应无即是无,不应言有。言有是为假有以明非无,借无以辩非有。此事一称二,其文有似不同。苟领其所同,则无异而不同。然则万法果有其所以不有,不可得而有;有其所以不无,不可得而无。何则?欲言其有,有非真生;欲言其无,事象既形。形象不即无,非真非实有。然则不真空义显于兹矣。

故《放光》云,诸法假号不真。譬如幻化人,非无幻化人,幻化人非真人也。夫以名求物,物无当名之实。以物求名,名无得物之功。物无当名之实,非物也;名无得物之功,非名也。是以名不当实,实不当名。名实无当,万物安在?故《中观》云:物无彼此,而人以此为此,以彼为彼。彼亦以此为彼,以彼为此。此彼莫定乎一名,而惑者怀必然之志。然则彼此初非有,惑者初非无。既悟彼此之非有,有何物而可有哉?故知万物非真,假号久矣。是以《成具》立强名之文,园林托指马之况。如此,则深远之言,于何而不在?是以圣人乘千化而不变,履万惑而常通者,以其即万物之自虚,不假虚而虚物也。

故经云:甚奇,世尊!不动真际为诸法立处,非离真而立处,立处即真也。然则道远乎哉?触事而真。圣远乎哉?体之即神!(僧肇《不真空论》)

"大王,如人梦中见于国中,第一端正最胜女人,于彼女边,得闻微妙可爱音乐。彼人闻已,以彼乐音而自娱乐,受五欲乐。是人觉已,忆念梦中可爱音乐。于意云何?梦中所见是实有不?"

王言:"不也。"

"大王,于意云何?是人所梦执谓为实,是为智不?"

王言:"不也,世尊。何以故?梦中所见最胜女人,可爱音乐毕竟是无,况五欲乐?是人但自疲劳,都无有实。"

佛言:"大王,如是愚痴无闻凡夫,见最胜女人及以音乐,称可其意心生执著,生执著已起于爱乐,既爱乐已生染著心,生染著已作染著业,所谓身三、口四、意三种业。造彼业已即便谢灭,是业灭已,不依东方而住,亦复不依南西北方、四维、上、下而住。如是之业乃至临死之时,最后识灭,见先所作心想中现。大王,是人见已心生忙怖,自分业尽,异业现前。大王,如似梦觉念梦中事。如是,大王,最后识为主,彼业因缘故,以此二缘,生分之中识心初起,或生地狱,或生畜生,或生阎魔罗界,或生阿修罗处,或生天人中。前识既灭,生分识生,生分相续心种类不绝。大王,无有一法从于此世至于他世而有生灭,见所作业及受果报皆不失坏,无有作业者,亦无受报者。大王,彼后识灭时名为死数,若初识生名为生数。大王,彼后识起时无所从来,及其灭时亦无所至;其缘生时亦无所从来,灭时亦无所至;其业生时亦无所从来,灭时亦无所至;死时亦无所从来,灭时亦无所至;初识生时亦无所从来,灭时亦无所至;其生亦无所从来,灭时亦无所至。何以故?自性离故。彼后识后识体性空,缘缘体性空,业业体性空,死死体性空,初识初识体性空,受受体性空,世间世间体性空,涅槃涅槃体性空,起起体性空,坏坏体性空。大王,如是作业果报皆不失坏,无有作业者,无有受报者;但随世俗故有,非第一义。大王当知,一切诸法皆悉空寂。一切诸法空者,是空解脱门;空无空相,是无相解脱门;若无相者则无愿求,名无愿解脱门。如是,大王,一切法皆具三解脱门,与空共行涅槃先道,远离于相,远离愿求,究竟涅槃界,决定如法界,周遍虚

空际。大王当知,诸根如幻,境界如梦,一切譬喻当如是知。"(《大宝积经》卷七十四)

一切有为法,如梦幻泡影,如露亦如电。应作如是观。(《金刚经》)

是身如幻,从颠倒起;是身如梦,为虚妄见;是身如影,从业缘现。(《维摩诘经·方便品》)

诸法皆妄见,如梦如焰,如水中月,如镜中像,以妄想生。(《维摩诘经·弟子品》)

如梦中人,梦时非无,及至于醒,了无所得。(《圆觉经·文殊菩萨章》)

妙觉明圆本圆明妙,既称为妄,云何有因?若有所因,云何名妄?自诸妄想展转相因,从迷积迷,以历尘劫,虽佛发明,犹不能返。如是迷因,因迷自有,识迷无因,妄无所依,尚无有生,欲何为灭?得菩提者,如寤时人说梦中事,心纵精明,欲何因缘取梦中物?(《楞严经》卷四)

一根既返源,六根成解脱,见闻如幻翳,三界若空华,闻复翳根除,尘销觉圆净,净极光通达,寂照含虚空,却来观世间,犹如梦中事,摩登伽在梦,谁能留汝形?如世巧幻师,幻作诸男女,虽见诸根动,要以一机抽,息机归寂然,诸幻成无性;六根亦如是,元依一精明,分成六和合,一处成休复,六用皆不成,尘垢应念销,成圆明净妙。(《楞严经》)卷六)

世间离生灭,犹如虚空华,智不得有无,而兴大悲心。一切法如幻,远离于心识。智不得有无,而兴大悲心。远离于断常,世间恒如梦。智不得有无,而兴大悲心。(《楞伽经·一切佛语心品》)

汝今当知,佛为一切迷人,认五蕴和合为自体相;分别一切法为外尘相。好生恶死,念念迁流,不知梦幻虚假,枉受轮回,以常乐涅槃,翻为苦相,终日驰求;佛愍此故,乃示涅槃真乐。(《坛经·机缘品》)

佛禅经典中的"真假"与"有无"

北京师范大学校注本《红楼梦》注释第一回中"假作真时真亦假,无为有处有还无"时这样说:"'假作真时'一联,上联的'真'和'假',即佛教所谓的'实'和'虚'。佛家认为,现实世界的万物,原本都是虚假的,只有彻悟超脱,达到'彼岸世界'才是真实的。下联中的'无'和'有',乃道家说法。《老子》:'天下之物,生于有,有生于无'。这副对联给'太虚幻境'蒙上了一层宗教的神秘色彩,实是作者故弄玄虚,别有寓意。"此注点出了"真""假"具有深刻的思想内涵,可是,把"真""假"仅归之于佛教观念、"有""无"仅归之于道教观念未免失于笼统简单。

其实,佛禅的"真假"观念往往是着眼于"有无"来阐发义理的。

龙树《中论·观四谛品》中说:"众因缘生法('法'指能被人感知的现象界),我说即是空",所说的"空"并不是指绝对的虚无,而正是指"众"(万物)的"自性"为空。《中论·观四谛品》

紧接着这两句又说"亦为是假名,亦是中道义",明确指出,虽然万物"自性"为"空",因缘的和合毕竟还是能产生可被人感知的万"法",当然,这些"法"只是现象而已,人们可以用各种"假名"指称这些现象。这四句其实已经点出了佛家的一种"真假"观念:万物自性皆空,这是万物的本质绝对真实,可称之为"真空";但是万物又以"假名"的形式存在于人的感知之中,可称之为"假有"。对"真空"与"假有"的关系,僧肇《不真空论》中有着很好的论述。他指出,世界并不是空无一物,人能感知到种种现象的存在("欲言其无,事象既形"),从此角度而言,不妨说物是"有"的("象形不即无");可是,现象之"有"并不是"实有"、"真有"("非真非实有")。僧肇还引了《放光经》中的譬喻:"诸法假号不真,譬如幻化人,非无幻化人,幻化人非真人也。"概而言之,作为现象的万物因能被人感知而令人产生"有"万物之判断,但是万物皆不能成为永恒不变的"有",都免不了要"坏"、"灭",这就是"无常"。而如前所述,"诸行无常"正是佛家最核心的观念之一。一旦"无常"到来,"物"便由"有"变成了"无",终究到来的"无"使得原来暂时存在的"物"变成了"了不可得"的幻相,如同梦中本来存在"物",那"物"却并非"真物";幻中本来存在"有",那"有"却只是"假有"。可以看出,这样的"真假"观念恰恰正是把"梦""幻"与"有""无"紧密结合在一起的,"有""无"并非道家的专用范畴,佛家也同样以这样的范畴阐发义理。

究其实质,这样的"真假"观念表明的是佛家的空观:无论是"一切法""世间"还是"三界""十方""大千",总之作为现象的一切事物,都是如梦似幻的"空",终究不能为人所得,所谓"观色无常相,是亦不可得。观受想行识无常相,是亦不可得"(《摩诃般若波罗蜜经》卷四),"一切有为法,动性皆无常。如彼幻泡炎,虽见不可得"(《宝星陀罗尼经》卷三)。

《红楼梦》中很明显也具有这样的理路:第一回中的茫茫大士、渺渺真人是这样谈论"红尘"的:"那红尘中有却有些乐事,但不能永远依恃,况又有'美中不足,好事多魔'八个字紧相连属,瞬息间则又乐极悲生,人非物换,究竟是到头一梦,万境归空,倒不如不去的好。""不能永远依恃""乐极悲生,人非物换"正是佛家所说的"无常",尤其是"到头一梦,万境归空",更是高度概括了佛家的"空"观——世上并无"真有""实有"之物,物虽然也存在,那存在只能以虚幻的形式存在。

这样的"空"观可以被表达为"色即是空"。如《大乘理趣六波罗蜜多经》卷九云:"观色即是空,色空不可得,此即胜义空,是真解脱者。""色即是空"的"空"观强调的不是一无所有的"空",而是强调虽然"有",那"有"却是如梦似幻的"假有",如同梦中物终不可得,人生欲占有的种种亦终不可得。可以说,这种"空"观的实质是要消解人不必要的贪欲,让人从贪嗔痴中解脱出来。惠能临终前曾讲说"真假动静偈",其中有语云:"一切无有真,不以见于真,若见于真者,是见尽非真。若能自有真,离假即心真,自心不离假,无真何处真?"亦是同时以"真假"与"有无"为关键词。惠能一方面宣称"一切无有真",这是典型的佛禅空观;一方面分明又说"有真"。何谓"有真"呢? 惠能说得很清楚——"离假"才能"心真","心真"才能"有真"。"一切无有真"、"无真何处真"是对现象世界的否定,而"离假"则强调了对欲贪欲对象的疏离。人们常常在不停地争斗,似乎本该如此;不息地忙碌,好像死亡永远不会降临。人要有相当的智慧与体验才能在万物败坏消亡之前就了达万物"当体即空",终不可得,从而不把占有当作自己的人生态度,不因贪爱执着而生种种苦难烦恼与罪恶。《红楼梦》便具有这样的智慧与体验:一般人的所欲之物如功名富贵男欢女爱全都如梦似幻、当体即空,所谓"镜里恩情,更那堪梦里功名"(第五回),"万境归空,到头一梦"(第一回);一般人对所欲之物的热中营求也被称为"谋虚逐妄"(第一回),"以假为真"(第十二回)。所以,《红楼梦》中"空"的感伤不是悲观消极,而是对人生真相的体悟洞察,是以佛禅空观解构虚妄的人生目的,从而在很大程度上将人从苦难烦恼与罪恶中解脱出来。这是人生的减法——减去因心灵"无明"、执着而产生的束缚、负担、阻力与压力,以"空""假"凸显出现实世界的种种局限与缺陷,从而激发超越精神、唤醒生命活力,为建构美善人生理清道路、做好铺垫。

> 不此不彼,不以此、不以彼;不可以智知,不可以识识;无晦无明,无名无相,无强无弱,非净非秽;不在方、不离方,非有为、非无为,无示无说;不施不悭,不戒不犯,不忍不恚,不进不怠,不定不乱,不智不愚,不诚不欺,不来不去,不出不入,一切言语道断;非福田、非不福田,非应供养、非不应供养;非取非舍,非有相、非无相,同真际,等法性;不可称、不可量,过诸称量;非大非小,非见非闻,非觉非知,离众结缚,等诸智,同众生;于诸法无分别,一切无失,无浊无恼;无作无起,无生无灭;无畏无忧,无喜无厌,无著;无已有、无当有、无今有,不可以一切言说分别显示。(《维摩诘经·见阿閦佛品》)

> 侍郎白居易尝问曰:"既曰禅师,何以说法?"师曰:"无上菩提者,被于身为律,说于口为法,行于心为禅。应用者三,其致一也。譬如江湖淮汉,在处立名。名虽不一,水性无二。律即是法,法不离禅。云何于中妄起分别?"曰:"既无分别,何以修心?"师曰:"心本无损伤,云何要修理? 无论垢与净,一切勿念起。"曰:"垢即不可念,净无念可乎?"师曰:"如人眼睛上,一物不可住。金屑虽珍宝,在眼亦为病。"曰:"无修无念,又何异凡夫邪?"师曰:"凡夫无明,二乘执着,离此二病,是曰真修。(《五灯会元》卷三《兴善惟宽禅师》)

"正邪两赋"与"不二法门"

《红楼梦》中,宝玉被定位为"正邪两赋"类型的人:

> 天地生人,除大仁大恶两种,余者皆无大异。若大仁者,则应运而生,大恶者,则应劫而生。运生世治,劫生世危。尧、舜、禹、汤、文、武、周、召、孔、孟、董、韩、周、程、张、朱,皆应运而生者。蚩尤、共工、桀、纣、始皇、王莽、曹操、桓温、安禄山、秦桧等,皆应劫而生者。大仁者,修治天下;大恶者,挠乱天下。清明灵秀,天地之正气,仁者之所秉也;残忍乖僻,天地之邪气,恶者之所秉也。今当运隆祚永之朝,太平无为之世,

清明灵秀之气所秉者，上至朝廷，下及草野，比比皆是。所余之秀气，漫无所归，遂为甘露，为和风，洽然溉及四海。彼残忍乖僻之邪气，不能荡溢于光天化日之中，遂凝结充塞于深沟大壑之内，偶因风荡，或被云催，略有摇动感发之意，一丝半缕误而泄出者，偶值灵秀之气适过，正不容邪，邪复妒正，两不相下，亦如风水雷电，地中既遇，既不能消，又不能让，必至搏击掀发后始尽。故其气亦必赋人，发泄一尽始散。使男女偶秉此气而生者，在上则不能成仁人君子，下亦不能为大凶大恶。置之于万万人中，其聪俊灵秀之气，则在万万人之上，其邪僻乖谬不近人情之态，又在万万人之下。若生于公侯富贵之家，则为情痴情种，若生于诗书清贫之族，则为逸士高人，纵再偶生于薄祚寒门，断不能为走卒健仆，甘遭庸人驱制驾驭，必为奇优名倡。如前代之许由、陶潜、阮籍、嵇康、刘伶、王谢二族、顾虎头、陈后主、唐明皇、宋徽宗、刘庭芝、温飞卿、米南宫、石曼卿、柳耆卿、秦少游，近日之倪云林、唐伯虎、祝枝山，再如李龟年、黄幡绰、敬新磨、卓文君、红拂、薛涛、崔莺、朝云之流。此皆易地则同之人也。（第二回）

脂评中又这样评说宝玉：

> 说不得贤，说不得愚，说不得不肖，说不得善，说不得恶，说不得光明正大，说不得混账恶赖，说不得聪明才俊，说不得庸俗平□，说不得好色好淫，说不得情痴情种。

二者对宝玉的评价有一个共同的特点：都是把相对立的二种人格特征同时加以否定与肯定，可以用"非正非邪""亦正亦邪"、"非聪俊灵秀非邪僻乖谬""亦聪俊灵秀亦邪僻乖谬"或"不贤不愚""亦贤亦愚"、"不善不恶""亦善亦恶"之类的句式来描述。

无独有偶，晚明李贽、张岱等人的人格特征亦是被这样描述的：

> 大都公之为人，真有不可知者：本绝意仕进人也，而专谈用世之略，谓天下事决非好名小儒之所能为。本狷洁自厉，操若冰霜人也，而深恶枯清自矜，刻薄琐细者，谓其害必在子孙。本屏绝声色，视情欲如粪土人也，而爱怜光景，于花月儿女之情状亦极其赏玩，若借以文其寂寞。本多怪少可，与物不和人也，而于士之有一长一能者，倾注爱慕，自从为不如。本息机忘世，槁木死灰人也，而于古之忠臣义士、侠儿剑客，存亡雅谊，生死交情，读其遗事，为之咋指斫案，投袂而起，泣泪横流，痛哭滂沱而不自禁。若夫骨坚金石，气薄云天；言有触而必吐，意无往而不伸。排揭胜己，跌宕王公，孔文举调魏武若稚子，嵇叔夜视锺会如奴隶。鸟巢可复，不改其凤味，鸾翮可铩，不驯其龙性，斯所由焚芝锄蕙，衔刀若卢者也。嗟乎！才太高，气太豪，不能埋照涵俗，卒就图圄，惭柳下而愧孙登，可惜也夫！可戒也夫！（袁中道《李温陵传》）

> 常自评之，有七不可解。向以韦布而上拟公侯，今以世家而下同乞丐，如此则贵

贱素矣，不可解一。产不及中人，而欲齐驱金谷，世颇多捷径，而独株守於陵，如此则贫富舛矣，不可解二。以书生而践戎马之场，以将军而翻文章之府，如此则文武错矣，不可解三。上陪玉皇大帝而不谄，下陪悲田院乞儿而不骄，如此则尊卑溷矣，不可解四。弱则唾面而肯自干，强则单骑而能赴敌，如此则宽猛背矣，不可解五。夺利争名，甘居人后，观场游戏，肯让人先？如此则缓急谬矣，不可解六。博弈樗蒲，则不知胜负，啜茶尝水，是能辨渑、淄，如此则智愚杂矣，不可解七。有此七不可解，自且不解，安望人解？故称之以富贵人可，称之以贫贱人亦可；称之以智慧人可，称之以愚蠢人亦可；称之以强项人可，称之以柔弱人亦可；称之以卞急人可，称之以懒散人亦可。学书不成，学剑不成，学节义不成，学文章不成，学仙学佛，学农学圃，俱不成。任世人呼之为败子，为废物，为顽民，为钝秀才，为瞌睡汉，为死老魅也已矣。（张岱《自为墓志铭》）

值得注意的是，无论是《红楼梦》的作者，还是李贽、袁中道、张岱，都具有一定的佛禅修养，而在佛禅典籍中，将对立二元同时加以否定或肯定时常常是用来表示"不二法门"的。"不二法门"是将对立二元的矛盾冲突加以消解超越，在一个更高的层面将本是对立的二元统一在同一整体之中。《五灯会元》卷三载白居易问兴善惟宽禅师："垢即不可念，净无念可乎？"师曰："如人眼睛上，一物不可住。金屑虽珍宝，在眼亦为病。"净本是佛教的追求，可是也不能执着，就如同金屑虽然珍贵，放在眼睛里人也会生病。执着于净反而就转化成垢，执着于涅槃反而使涅槃变成了烦恼，这也就是《坛经·忏悔品》为什么强调"虽修众善，心不执着"。因为，一旦执着，正面价值就会转向负面，心不执着，才超越了对立二元的矛盾冲突，从而不会使正面价值转向负面。"色即是空"的观念恰恰就能很好地消解对正面价值的执着之心，因为，"色"不仅包括负面价值，也包括正面价值，所谓"涅槃生死等空花"。

若有人执我见如须弥山大，我不惊怪亦不毁呰；增上慢人执著空见如一毛发作十六分，我不许可。（《佛说无上依经·菩提品》）

宁猗我见积若须弥，不以憍慢亦不多闻而猗空见者，我所不治。（《佛说摩诃衍宝严经》）

本设空药，为除有病，执有成病，执空亦然。（《心地观经》）

若以得空便依于空，是于佛法则为退堕。如是迦叶！宁起我见积若须弥，非以空见起增上慢。（《大宝积经》）

第一莫著空。若空心静坐，便著无记空。（《坛经·般若品》）

自心既无所攀缘善恶，不可沉空守寂，即须广学多闻，识自本心达诸佛理，和光接物，无我无人，直至菩提，真性不易。（《坛经·忏悔品》）

世人外迷著相，内迷著空。若能于相离相，于空离空，即是内外不迷。若悟此法，

一念心开,是为开佛知见。(《坛经·机缘品》)

　　若全著相,即长邪见;若全著空,即长无明。(《坛经·护法品》)

　　莫逐有缘,勿住空忍。

　　遣有没有,从空背空。(《信心铭》)

　　宗亦通,说亦通,定慧圆明不滞空。

　　二十空门元不著,一性如来体自同。(《证道歌》)

"色空不二"才是对佛禅"色空"观的正解

　　佛禅并不是单方面强调"色即是空",而是同时也强调"空即是色"。可以说,"色即是空"消解生命中的负能量,"空即是色"则能够提供与发挥生命中的正能量。"色空不二"才是对佛禅"色空"观的正解。

　　如前链接,许多佛禅经典一直对于"沉空""滞空""著空""耽空""堕空""空病""空执"有着警惕与提防。大乘佛学与中土禅宗说"空"并不是让人灰心灭智,耽空守寂。或者说,所灰之心乃妄心,所灭之智乃邪智;须耽之空为"不空"之"空",当守之寂本理体之寂。佛禅强调"归元无二路,方便有多门",又立真俗二谛、破理事二障应机接引众生,有些话语看起来自相矛盾,实际上是在不同层面立论的。例如,针对世间以不净为净、以无我为我、以苦为乐、以无常为常的"四颠倒",佛禅以"观身不净,观法无我,观心无常,观受是苦"的"四念处"矫治,以现象世界的有限性、相对性、条件性警醒世人在现象世界中求解脱犹如梦中求乐、水中捞月,终不可得,是在现象世界、俗谛、事的层面立论;然而,佛禅又说有真常真乐真我真净,这却是从本体世界、真谛、理的层面而言的。本体世界、真谛、理不是存在于特定时空中的具象,只能存在于心灵的感悟之中,但却具有现象世界、俗谛、事所不具有的无限性、永恒性与绝对性,能够满足人类心灵对无限、永恒与绝对的必然追求,成为人类的安身立命之处。本体世界、真谛、理在佛禅那里是"最胜义"、"第一义",具有派生、创化万物之根源意义、本体意义。尽管现象世界万象森然,千姿百态,但其产生却有一个逻辑起点,逻辑起点之前什么都没有,也即是"空"。虽然是"空",却又非绝对的"空","空"里蕴含着无穷的生机与活力,能够无中生有、生生不息。就什么都没有、无形无相而言,那个逻辑起点可称之为"空";就无中生有、生生不息而言,那个逻辑起点又可称为"不空"。"空"而不"空",正是派生、创化万物之根源意义、本体意义的"空"。所谓"空即是色",说的就是根源意义、本体意义的"空"不可自显,只能通过"色"体现出其真实存在。"空"是"体",虽不能自显却静中有动,包含万有;"色"是"用",无论是正面价值的事物还是负面价值的事物,尽管对人来说有着不同的意义,但都源于那"空"而"不空"的"体"。有大智慧的佛禅修行时的坐禅、静坐其实不是"空心静坐""百物不思""念尽除却",而是对"空"而"不空"、静中有动、包含万有之"体"的深切洞察与体验,要能够由静发动,出无入有。

　　《五灯会元》载有这样一则公案:

僧问香严："如何是道？"严曰："枯木里龙吟。"曰："如何是道中人？"严曰："髑髅里眼睛。"僧不领，乃问石霜："如何是枯木里龙吟？"霜曰："犹带喜在。"曰："如何是髑髅里眼睛？"霜曰："犹带识在。"又不领，乃问师："如何是枯木里龙吟？"师曰："血脉不断。"曰："如何是髑髅里眼睛？"师曰："干不尽。"曰："未审还有得闻者么？"师曰："尽大地未有一人不闻。"曰："未审枯木里龙吟是何章句？"师曰："不知是何章句，闻者皆丧。"遂示偈曰："枯木龙吟真见道，髑髅无识眼初明。喜识尽时消息尽，当人那辨浊中清。"

又有这样一则公案：

昔有婆子供养一庵主，经二十年，当令一二八女子送饭给侍。一日，令女子抱定，曰："正恁么时如何？"主曰："枯木倚寒岩，三冬无暖气。"女子举似婆。婆曰："我二十年只供养得个俗汉！"遂遣出，烧却庵。

这些公案表现出这样一种观念：即使修行到万念不生如枯木寒岩的地步，仍然还是凡夫俗汉。因为，万念不生固然消除了妄想、邪念，却同时也扼杀了生机与活力，"空"去的不仅有负面价值的事物，这能够使人不再受到负面价值事物的扰乱与损害；但万念不生"空"去的还有正面价值的事物，这又使人不能受到正面价值事物的利乐与增益。对此，佛禅进行了深入的探讨，如《中论》云："大圣说空法，为离诸见故，若复见有空，诸佛所不化。"《大宝积经》云："一切诸见以空得脱，若起空见则不可除。迦叶，譬如医师授药令病扰动，是药在内而不出者。"《大般涅槃经·如来性品》云："又解脱者名不空空。空空者名无所有，无所有者即是外道尼犍子等所计解脱，而是尼犍实无解脱，故名空空。真解脱者则不如是，故不空空。不空空者即真解脱，真解脱者即是如来。又解脱者名空不空。如水酒酪酥蜜等瓶，虽无水酒酪酥蜜时，犹故得名为水等瓶。而是瓶等不可说空及以不空。若言空者，则不得有色香味触；若言不空，而复无有水酒等实。解脱亦尔，不可说色及以非色，不可说空及以不空。若言空者，则不得有常乐我净。若言不空，谁受是常乐我净者？以是义故，不可说空及以不空。"……总之，"色即是空"之"空"是破坏性的，是对与客观不符之主观的消除。而对"空即是色"之"空"的体悟则是建设性的，能够提供与客观相符的主观。如前所述，"空即是色"之"空"是具有本体意义、根源意义的"空"，本体产生万物，对本体的深刻体验有利于更好地发挥人的主体性。

【思考讨论】四

1. 怎样理解评价《红楼梦》中贾瑞正照风月鉴所表现出的那种世俗化的"色空"观念？
2. 怎样理解评价《红楼梦》第一回中的"十六字真言"？
3. 为什么说《红楼梦》中"空"的感伤不是一种是悲观消极的思想？

4.《红楼梦》中的欲望书写体现出哪些佛禅思想?

5.“色空不二”在《红楼梦》中有哪些具体体现?

6. 怎样理解《红楼梦》中的“真假”观念?

7. 怎样理解《红楼梦》中的“断除烦恼重增病,趣向真如亦是邪”?

8. 怎样理解佛禅慈悲观与《红楼梦》中的悲悯情怀?

通灵宝玉的象征意蕴

　　《红楼梦》第二十二回中提到六祖惠能的一段禅宗公案,甄士隐、柳湘莲与贾宝玉等人的悟道又皆是"顿悟"方式,这些可在一定程度上体现出《红楼梦》与惠能禅之关系。另外,"真假"是《红楼梦》中的关键词:不仅第一回、第五回有着"假作真时真亦假"的表述,第五十六回中有着"真中有假,假中有真"的象征,第十二回中有着"你们自己以假为真"的暗示,《红楼梦》文本也在多处对读者进行提醒:有一个贾家,又有一个甄家;有一个贾宝玉,也有一个名字一样、外貌一样、起初性情还一样的甄宝玉;第二回写贾雨村派公差到封肃家寻甄士隐提亲,那些人只嚷快请出甄爷,封肃忙陪笑道:"小人姓封,并不姓甄,只有当日小婿姓甄,今已出家一二年了,不知可是问他?"那些公人道:"我们也不知什么真假"(脂批在此指出:点睛妙笔)……耐人寻味的是,惠能临终前曾讲说"真假动静偈",其中有语云:"一切无有真,不以见于真,若见于真者,是见尽非真。若能自有真,离假即心真,自心不离假,无真何处真?"[①]亦是以"真假"为关键词。惠能一方面宣称"一切无有真",否定现象世界"有真",另一方面却又宣称能够"心真"。那么,如何才能"心真"? 或者说,怎样才能具备"真心"? 这其实就涉及了中土禅宗最重要最核心的范畴之一。

　　佛禅公案与偈颂中常常提到"自家财珍"。如《坛经·机缘品》讲解《法华经》"佛之知见"时谆谆告诫:"应知所有财珍,由汝受用,更不作父想,亦不作子想,亦无用想,是名持《法华经》。"大珠慧海《顿悟入道要门论》卷下称:"贫道闻江西和尚道:'汝自家宝藏,一切具足,使用自在,不假外求。'我从此一时休去,自己财宝,随身受用,可谓快活。"丹霞《骊龙珠吟》言:"骊龙珠,骊龙珠,光明灿烂与人殊,十方世界无求处,纵然求得亦非珠。……自迷失,珠元在,此个骊龙终不改。虽然埋在五阴山,自是时人生懈怠。不识珠,每抛掷,却向骊龙前作客。不知身是主人公,弃却骊龙别处觅。认取宝,自家珍,此珠元是本来人。拈得玩弄无穷尽,始觉骊龙本不贫。若能晓了骊珠后,只这骊珠在我身。"至于"大凡穷生死根源,直须明取自家一片田地""弃本逐末,区区客作,不如归去来,识取自家城郭""不识自家宝,随他认外尘。日中逃影质,镜里失头人""三佛形容总不真,眼中瞳子面前人。若能信得家中宝,啼鸟山花一样春""溪畔披沙徒自困,家中有宝速须还""不落言筌休拟议,回头识取

---

① 《六祖法宝坛经》,台北昆卢出版社,2011年,第92页。因为《六祖法宝坛经》是明清时期流传最为广泛的《坛经》,故本文采用此本。

自家珍""抛却自家无尽藏,沿门持钵效贫儿"……这样的禅语偈颂比比皆是。那么,佛禅所说的"自家财珍"具体是指什么呢?《红楼梦》吸收了佛禅的智慧,能够以其形象化的表达给我们提供一定的启示。

《红楼梦》第二十二回中,宝钗谈到禅宗公案时提到惠能称神秀偈"美则美矣,了则未了",此语载于《景德传灯录》《五灯会元》等禅宗典籍,不见于《坛经》任何版本。《红楼梦》中提到贾宝玉平日读之书中亦列有《五灯会元》。尤其是,《红楼梦》第八十七回写妙玉"断除妄想,趋向真如",后来却又走火入魔,这分明是由《五灯会元》所载张拙秀才"断除烦恼重增病,趣向真如亦是邪"语而来。二者在思想观念上也有着这样的一致:断除烦恼、趋向真如本是佛禅所认同的正面价值,但如果对断除烦恼、趋向真如过于执着,那也会"重增病""亦是邪",会导致走火入魔。

学界曾有这样一种倾向:把《红楼梦》后四十回看成是前八十回拙劣的续作,将后四十回与前八十回完全割裂开来。其实,程甲本程伟元高鹗的序中已讲得很清楚,他们已收集到《红楼梦》的"全书",只不过因"漶漫不可收拾",所以才作了"细加厘剔,截长补短"的修补整理工作,而"至其原文,未敢臆改",并未从整体上改变后四十回的原貌。胡适仅因程序中说"数年以来,仅积有廿余卷。一日偶与鼓担上得十余卷",便断言:"此话便是作伪的铁证,因为世间没有这样奇巧的事!"殊为无凭。也不知是不是历史的讽刺,胡适本人就经历了"这样奇巧的事":他在后来的《跋〈红楼梦〉考证》中就提到他曾在三日之内,获得多年来遍寻不着的《四松堂集》抄本、刻本各一部,而且其中的抄本乃是"天地间唯一的孤本"。俞平伯、周汝昌诸先生仅从前八十回与后四十回的一些矛盾牴牾之处就认为后四十回是对原作的篡改,此种推断也很成问题。王国维先生曾在《红楼梦评论》中称赞后四十回的悲剧结局、描写黛玉之死的大手笔,胡适本人也认为后四十回中"写司棋之死,写鸳鸯之死,写妙玉的遭劫,写凤姐的死,写袭人的嫁,都是很有精采的小品文字",后四十回的思想与艺术价值不可一笔抹杀。即使后四十回有一些拙劣的文字、与前八十回不太衔接的段落、不太一致的思想,那也不能推翻程高等人只是修补整理,而非从整体上篡改原作的说法。当然,要讲清楚这个问题需要专文论证,此处只想表明,《红楼梦》在吸收、转化佛禅义理时,前八十回与后四十回常常有着很清晰的一致性。例如此处,我们可以看到,无论是前八十回还是后四十回,都显示出《五灯会元》与《红楼梦》之间有一定的关联。

【智慧点击】通灵宝玉是佛禅"本心"范畴的象证

在《五灯会元》中,对"自家财珍"其实已经点明了究竟为何:

> 越州大珠慧海禅师,建州朱氏子。依越州大云寺智和尚受业。初参马祖,祖问:"从何处来?"曰:"越州大云寺来。"祖曰:"来此拟须何事?"曰:"来求佛法。"祖曰:"我这里一物也无,求甚么佛法?自家宝藏不顾,抛家散走作么!"曰:"阿那个是慧海宝

藏?"祖曰:"即今问我者,是汝宝藏。一切具足,更无欠少,使用自在,何假外求?"师于言下,自识本心①。

　　这一段中,大珠慧海识得"自家宝藏"被说成是"自识本心",已经点明了所谓"自家宝藏"就是人之"本心"。众所周知,佛禅以"明心见性"为旨归。《红楼梦》中也提到了这个术语,那是第一百一十五回中宝玉所说:"他说了半天,并没个明心见性之谈,不过说些什么文章经济,又说什么为忠为孝,这样人可不是个禄蠹么!只可惜他也生了这样一个相貌。我想来,有了他,我竟要连我这个相貌都不要了。"在佛禅那里,所谓"明心见性",心为何心,性为何性?《五灯会元》中明确指出,所明之心为本心,所见之性为本性。如《五灯会元》卷二《嵩岳破灶堕和尚》:"祖祖佛佛,只说如人本性本心,别无道理。"②卷二十《乌巨道行禅师》:"识则识自本心,见则见自本性。"③所谓本心本性都是本体范畴,在佛禅典籍中,属"第一义谛"的本体范畴不落名相,尽管因说法时采用方便法门而以不同的词语来表述,这些词语作为本体范畴名异实同,都指向本体世界。如前述马祖曾经有"今见闻觉知元是汝本性,亦名本心。更不离此心有别佛"之语,无为宗泰禅师更是说:"亦曰本心,亦曰本性,亦曰本来面目,亦曰第一义谛,亦曰烁迦罗眼,亦曰摩诃大般若。"④佛禅有这样一种义理:要成佛作祖,必须契入属第一义谛的本体。本体因佛禅说法时常常采用方便法门而以不同的词语来表述,但其中很重要的一个本体范畴是"本心"。"本心"是成佛做祖的依据,人人具备,个个圆成,可谓"自家财珍"。但在具体的个体生命那里,这一"自家财珍"往往被遮蔽迷失,不能发挥其效用,而"自识本心"的过程正是寻觅"自家财珍"的过程,"识得本心"也就找到了"自家财珍"。一言以蔽之,"自家财珍"可以说是"本心"之象征。如果把通灵宝玉的象征意蕴理解为作为佛禅本体范畴的"本心",我们可以发现,《红楼梦》中的许多事象皆可得到合理的解释。

【文本选讲】

　　宝钗因笑说道:"成日家说你的这块玉,究竟未曾细细的赏鉴过,我今儿倒要瞧瞧。"说着便挪近前来。宝玉亦凑过去,便从项上摘下来,递在宝钗手内。宝钗托在掌上,只见大如雀卵,灿若明霞,莹润如酥,五色花纹缠护。看官们须知道,这就是大荒山中青埂峰下的那块顽石幻相。后人有诗嘲云:女娲炼石已荒唐,又向荒唐演大荒。失去幽灵真境界,幻来亲就臭皮囊。好知运败金无彩,堪叹时乖玉不光。白骨如山忘姓氏,无非公子与红妆……宝钗看毕,又从新翻过正面来细看,口里念道:"莫失莫忘,仙寿恒昌。"(第八回)

①　(宋)普济:《五灯会元》上册,中华书局,2010年,第154页。
②　(宋)普济:《五灯会元》上册,中华书局,2010年,第77页。
③　(宋)普济:《五灯会元》下册,中华书局,2010年,第1314页。
④　(宋)普济:《五灯会元》下册,中华书局,2010年,第1267页。

正闹的天翻地覆，没个开交，只闻得隐隐的木鱼声响，念了一句："南无解冤孽菩萨。有那人口不利，家宅颠倾，或逢凶险，或中邪祟者，我们善能医治。"贾母、王夫人听见这些话，那里还耐得住，便命人去快请进来。贾政虽不自在，奈贾母之言如何违拗；想如此深宅，何得听的这样真切，心中亦希罕，命人请了进来。众人举目看时，原来是一个癞头和尚与一个跛足道人……贾政问道："你道友二人在那庙里焚修。"那僧笑道："长官不须多话。因闻得府上人口不利，故特来医治。"贾政道："倒有两个人中邪，不知你们有何符水？"那道人笑道："你家现有希世奇珍，如何还问我们有符水？"（第二十五回）

《红楼梦》中的"自家财珍"隐喻着什么？

《红楼梦》中，也有"自家财珍"的隐喻。宝玉衔玉而生，贾府上下视其为命根子。还不止如此，第二十五回中，宝玉凤姐被马道婆魔法所魇，二人奄奄一息，就在贾府乱成一团、贾母等人心如刀绞之际，书中写了一僧一道与贾政的一番对话：

> 那僧笑道："长官不须多话。因闻得府上人口不利，故特来医治。"贾政道："倒有两个人中邪，不知你们有何符水？"那道人笑道："你家现有希世奇珍，如何还问我们有符水？"

这里说得很清楚，通灵宝玉正是贾宝玉的"自家财珍"。如前所述，在佛禅那里，"自家财珍"是"本心"之象征，如此理解正可以解释《红楼梦》中的许多事象。

> 贾政听这话有意思，心中便动了，因说道："小儿落草时虽带了一块宝玉下来，上面说能除邪祟，谁知竟不灵验。"那僧道："长官你那里知道那物的妙用。只因他如今被声色货利所迷，故不灵验了。你今且取他出来，待我们持颂持颂，只怕就好了。"贾政听说，便向宝玉项上取下那玉来递与他二人。那和尚接了过来，擎在掌上，长叹一声道："青埂峰一别，展眼已过十三载矣！人世光阴，如此迅速，尘缘满日，若似弹指！可羡你当时的那段好处：天不拘兮地不羁，心头无喜亦无悲；却因锻炼通灵后，便向人间觅是非。可叹你今日这番经历：粉渍脂痕污宝光，绮栊昼夜困鸳鸯。沈酣一梦终须醒，冤孽偿清好散场！念毕，又摩弄一回，说了些疯话，递与贾政道："此物已灵，不可亵渎，悬于卧室上槛，将他二人安在一室之内，除亲身妻母外，不可使阴人冲犯。三十三日之后，包管身安病退，复旧如初。"说着回头便走了。贾政赶着还说话，让二人坐了吃茶，要送谢礼，他二人早已出去了。贾母等还只管着人去赶，那里有个踪影。少不得依言将他二人就安放在王夫人卧室之内，将玉悬在门上。（第二十五回）

"通灵宝玉"能成为欲望的象征吗?

在《红楼梦评论》中,王国维先生曾认为"通灵宝玉"象征着"欲望"——"所谓玉者,不过生活之欲之代表而已",第一百一十七回贾宝玉还玉暗示着"此不幸之生活由自己之所欲,而其拒绝之也亦不得由自己"。按照这种思路,贾宝玉衔玉而生即意味着人生而有欲,这欲应该是被否定被拒绝的。而如前所述,在第二十五回中,通灵宝玉被称为"希世奇珍",正是贾宝玉的这个"自家财珍"拯救了贾宝玉。而且,茫茫大士渺渺真人明明说通灵宝玉原本具有妙用,只因"被声色货利所迷",所以不灵验了。二仙真持诵时又有"粉渍脂痕污宝光,绮栊昼夜困鸳鸯"之句,这些恰恰是说通灵宝玉被欲望所迷,如果说通灵宝玉本身象征着"欲望",这些根本就说不通了。

不知不觉,只见小丫头走来说道:"外面雨村贾老爷请姑娘。"黛玉道:"我虽跟他读过书,却不比男学生,要见我作什么?况且他和舅舅往来,从未提起,我也不便见的。"因叫小丫头:"回复'身上有病不能出来',与我请安道谢就是了。"小丫头道:"只怕要与姑娘道喜,南京还有人来接。"说着,又见凤姐同邢夫人、王夫人、宝钗等都来笑道:"我们一来道喜,二来送行。"黛玉慌道:"你们说什么话?"凤姐道:"你还装什么呆。你难道不知道林姑爷升了湖北的粮道,娶了一位继母,十分合心合意。如今想着你撂在这里,不成事体,因托了贾雨村作媒,将你许了你继母的什么亲戚,还说是续弦,所以着人到这里来接你回去。大约一到家中就要过去的,都是你继母作主。怕的是道儿上没有照应,还叫你琏二哥哥送去。"说得黛玉一身冷汗。黛玉又恍惚父亲果在那里做官的样子,心上急着硬说道:"没有的事,都是凤姐姐混闹。"只见邢夫人向王夫人使个眼色儿,"他还不信呢,咱们走罢。"黛玉含着泪道:"二位舅母坐坐去。"众人不言语,都冷笑而去。黛玉此时心中干急,又说不出来,哽哽咽咽。恍惚又是和贾母在一处的似的,心中想道:"此事惟求老太太,或还可救。"于是两腿跪下去,抱着贾母的腰说道:"老太太救我!我南边是死也不去的!况且有了继母,又不是我的亲娘。我是情愿跟着老太太一块儿的。"但见老太太呆着脸儿笑道:"这个不干我事。"黛玉哭道:"老太太,这是什么事呢。"老太太道:"续弦也好,倒多一副妆奁。"黛玉哭道:"我若在老太太跟前,决不使这里分外的闲钱,只求老太太救我。"贾母道:"不中用了。做了女人,终是要出嫁的,你孩子家,不知道,在此地终非了局。"黛玉道:"我在这里情愿自己做个奴婢过活,自做自吃,也是愿意。只求老太太作主。"老太太总不言语。黛玉抱着贾母的腰哭道:"老太太,你向来最是慈悲的,又最疼我的,到了紧急的时候怎么全不管!不要说我是你的外孙女儿,是隔了一层了,我的娘是你的亲生女儿,看我娘分上,也该护庇些。"说着,撞在怀里痛哭,听见贾母道:"鸳鸯,你来送姑娘出去歇歇。我倒被他闹乏了。"黛玉情知不是路了,求去无用,不如寻个自尽,站起来往外就走。深痛自己没有亲娘,便是外祖母与舅母姊妹们,平时何等待的好,可见都是假的。

又一想:"今日怎么独不见宝玉?或见一面,看他还有法儿?"便见宝玉站在面前,笑嘻嘻地说:"妹妹大喜呀。"黛玉听了这一句话,越发急了,也顾不得什么了,把宝玉紧紧拉住说:"好,宝玉,我今日才知道你是个无情无义的人了。"宝玉道:"我怎么无情无义?你既有了人家儿,咱们各自干各自的了。"黛玉越听越气,越没了主意,只得拉着宝玉哭道:"好哥哥,你叫我跟了谁去?"宝玉道:"你要不去,就在这里住着。你原是许了我的,所以你才到我们这里来。我待你是怎么样的,你也想想。"黛玉恍惚又象果曾许过宝玉的,心内忽又转悲作喜,问宝玉道:"我是死活打定主意的了。你到底叫我去不去?"宝玉道:"我说叫你住下。你不信我的话,你就瞧瞧我的心。"说着,就拿着一把小刀子往胸口上一划,只见鲜血直流。黛玉吓得魂飞魄散,忙用手握着宝玉的心窝,哭道:"你怎么做出这个事来,你先来杀了我罢!"宝玉道:"不怕,我拿我的心给你瞧。"还把手在划开的地方儿乱抓。黛玉又颤又哭,又怕人撞破,抱住宝玉痛哭。宝玉道:"不好了,我的心没有了,活不得了。"说着,眼睛往上一翻,咕咚就倒了。黛玉拼命放声大哭。只听见紫鹃叫道:"姑娘,姑娘,怎么魇住了?快醒醒儿脱了衣服睡罢。"黛玉一翻身,却原来是一场恶梦。(第八十二回)

且说那日宝玉本来穿着一裹圆的皮袄在家歇息,因见花开,只管出来看一回,赏一回,叹一回,爱一回的,心中无数悲喜离合,都弄到这株花上去了。忽然听说贾母要来,便去换了一件狐腋箭袖,罩一件元狐腿外褂,出来迎接贾母。匆匆穿换,未将通灵宝玉挂上。及至后来贾母去了,仍旧换衣。袭人见宝玉脖子上没有挂着,便问:"那块玉呢?"宝玉道:"才刚忙乱换衣,摘下来放在炕桌上,我没有带。"袭人回看桌上并没有玉,便向各处找寻,踪影全无,吓得袭人满身冷汗。宝玉道:"不用着急,少不得在屋里的。问他们就知道了。"袭人当作麝月等藏起吓他顽,便向麝月等笑着说道:"小蹄子们,顽呢到底有个顽法。把这件东西藏在那里了?别真弄丢了,那可就大家活不成了。"麝月等都正色道:"这是那里的话!顽是顽笑是笑,这个事非同儿戏,你可别混说。你自己昏了心了,想想罢,想想搁在那里了。这会子又混赖人了。"袭人见他这般光景,不像是顽话,便着急道:"皇天菩萨小祖宗,到底你摆在那里去了?"宝玉道:"我记得明明放在炕桌上的,你们到底找啊。"袭人,麝月,秋纹等也不敢叫人知道,大家偷偷儿的各处搜寻。闹了大半天,毫无影响,甚至翻箱倒笼,实在没处去找,便疑到方才这些人进来,不知谁捡了去了。袭人说道:"进来的谁不知道这玉是性命似的东西呢,谁敢捡了去呢。你们好歹先别声张,快到各处问去。若有姐妹们捡着吓我们顽呢,你们给他磕头要了回来,若是小丫头偷了去,问出来也不回上头,不论把什么送给他换了出来都使得的。这可不是小事,真要丢了这个,比丢了宝二爷的还利害呢。"麝月秋纹刚要往外走,袭人又赶出来嘱咐道:"头里在这里吃饭的倒先别问去,找不成再惹出些风波来,更不好了。"麝月等依言分头各处追问,人人不晓,个个惊疑。麝月等回来,俱目瞪口呆,面面相窥。宝玉也吓怔了。袭人急的只是干哭。找是没处找,回又不敢回,怡红院里的人吓得个个象木雕泥塑一般……凤姐病中也听见宝玉失玉,知道王夫人过来,料躲不住,便扶了丰儿来到园里。正值王夫人起身要走,凤姐娇怯怯的说:"请太太安。"宝玉等过来问了凤姐好。王夫人因说道:"你也听见了么,这可不是奇事吗? 刚才眼错不见就丢了,再找不着。你去想想,打从老太太那边丫头起至你们平儿,谁的手不稳,谁的心促狭。我要回了老太太,认真的查出来才好。不然是断了宝玉的命根子了。"凤姐回道:"咱们家人多手杂,自古说的,'知人知面不知心',那里保得住谁是好的。但是一吵嚷已经都知道了,偷玉的人若叫太太查出来,明知是死无葬身之地,他着了急,反要毁坏了灭口,那时可怎么处呢。据我的胡涂想头,只说宝玉本不爱他,撂丢了,也没有什么要紧。只要大家严密些,别叫老太太老爷知道。这么说了,暗暗的派人去各处察访,哄骗出来,那时玉也可得,罪名也好定。不知太太心里怎么样?"王夫人迟了半日,才说道:"你这话虽也有理,但只是老爷跟前怎么瞒的过呢。"便叫环儿过来道:"你二哥哥的玉丢了,白问了你一句,怎么你就乱嚷。若是嚷破了,人家把那个毁坏了,我看你活得活不得!"贾环吓得哭道:"我再不敢嚷了。"赵姨娘听了,那里还敢言语。(第九十四回)

　　妙玉笑了一笑,叫道婆焚香,在箱子里找出沙盘乩架,书了符,命岫烟行礼,祝告毕,起来同妙玉扶着乩。不多时,只见那仙乩疾书道:噫! 来无迹,去无踪,青埂峰下倚古松。欲追寻,山万重,入我门来一笑逢。书毕,停了乩。岫烟便问请是何仙,妙玉道:"请的是拐仙。"岫烟录了出来,请教妙玉解识。妙玉道:"这个可不能,连我也不懂。你快拿去,他们的聪明人多着哩。"岫烟只得回来。进入院中,各人都问怎么样了。岫烟不及细说,便将所录乩语递与李纨。众姊妹及宝玉争看,都解的是:"一时要找是找不着的,然而丢是丢不了的,不知几时不找便出来了。但是青埂峰不知在那里?"李纨道:"这是仙机隐语。咱们家里那里跑出青埂峰来,必是谁怕查出,撂在有松树的山子石底下,也未可定。独是'入我门来'这句,到底是入谁的门呢?"黛玉道:"不知请的是谁!"岫烟道:"拐仙。"探春道:"若是仙家的门,便难入了。"袭人心里着忙,便捕风捉影的混找,没一块石底下不找到,只是没有。回到院中,宝玉也不问有无,只管傻笑。麝月着急道:"小祖宗! 你到底是那里丢的,说明了,我们就是受罪也在明处啊。"宝玉笑道:"我说外头丢的,你们又不依。你如今问我,我知道么!"……且说黛玉先自回去,想起金石的旧话来,反自喜欢,心里说道:"和尚道士的话真个信不得。果真金玉有缘,宝玉如何能把这玉丢了呢。或者因我之事,拆散他们的金玉,也未可知。"想了半天,更觉安心,把这一天的劳乏竟不理会,重新倒看起书来。紫鹃倒觉身倦,连催黛玉睡下。黛玉虽躺下,又想到海棠花上,说"这块玉原是胎里带来的,非比寻常之物,来去自有关系。若是这花主好事呢,不该失了这玉呀? 看来此花开的不祥,莫非他有不吉之事?"不觉又伤起心来。又转想到喜事上头,此花又似应开,此玉又似应失,如此一悲一喜,直想到五更,方睡着。

次日，王夫人等早派人到当铺里去查问，凤姐暗中设法找寻。一连闹了几天，总无下落。还喜贾母贾政未知。袭人等每日提心吊胆，宝玉也好几天不上学，只是怔怔的，不言不语，没心没绪的。王夫人只知他因失玉而起，也不大着意……独有宝玉原是无职之人，又不念书，代儒学里知他家里有事，也不来管他，贾政正忙，自然没有空儿查他。想来宝玉趁此机会，竟可与姊妹们天天畅乐，不料他自失了玉后，终日懒怠走动，说话也胡涂了。并贾母等出门回来，有人叫他去请安，便去，没人叫他，他也不动。袭人等怀着鬼胎，又不敢去招惹他，恐他生气。每天茶饭，端到面前便吃，不来也不要。袭人看这光景不像是有气，竟像是有病的。

袭人偷着空儿到潇湘馆告诉紫鹃，说是"二爷这么着，求姑娘给他开导开导。"紫鹃虽即告诉黛玉，只因黛玉想着亲事上头一定是自己了，如今见了他，反觉不好意思："若是他来呢，原是小时在一处的，也难不理他，若说我去找他，断断使不得。"所以黛玉不肯过来。

袭人又背地里去告诉探春。那知探春心里明明知道海棠开得怪异，"宝玉"失的更奇，接连着元妃姐姐薨逝，谅家道不祥，日日愁闷，那有心肠去劝宝玉。况兄妹们男女有别，只好过来一两次。宝玉又终是懒懒的，所以也不大常来。

宝钗也知失玉。因薛姨妈那日应了宝玉的亲事，回去便告诉了宝钗。薛姨妈还说："虽是你姨妈说了，我还没有应准，说等你哥哥回来再定。你愿意不愿意？"宝钗反正色的对母亲道："妈妈这话说错了。女孩儿家的事情是父母做主的。如今我父亲没了，妈妈应该做主的，再不然问哥哥。怎么问起我来？"所以薛姨妈更爱惜他，说他虽是从小娇养惯的，却也生来的贞静，因此在他面前，反不提起宝玉了。宝钗自从听此一说，把"宝玉"两个字自然更不提起了。如今虽然听见失了玉，心里也甚惊疑，倒不好问，只得听旁人说去，竟象不与自己相干的，只有薛姨妈打发丫头过来了好几次问信……

过了几日，元妃停灵寝庙，贾母等送殡去了几天。岂知宝玉一日呆似一日，也不发烧，也不疼痛，只是吃不象吃，睡不象睡，甚至说话都无头绪。那袭人麝月等一发慌了，回过凤姐几次。凤姐不时过来，起先道是找不着玉生气，如今看他失魂落魄的样子，只有日日请医调治。煎药吃了好几剂，只有添病的，没有减病的。及至问他那里不舒服，宝玉也不说出来。

直至元妃事毕，贾母惦记宝玉，亲自到园看视。王夫人也随过来。袭人等忙叫宝玉接去请安。宝玉虽说是病，每日原起来行动，今日叫他接贾母去，他依然仍是请安，惟是袭人在旁扶着指教。贾母看了，便道："我的儿，我打谅你怎么病着故此过来瞧你。今你依旧的模样儿，我的心放了好些。"王夫人也自然是宽心的。但宝玉并不回答，只管嘻嘻的笑。贾母等进屋坐下，问他的话，袭人教一句，他说一句，大不似往常，直是一个傻子似的。贾母愈看愈疑，便说："我才进来看时，不见有什么病，如今细细一瞧，这病果然不轻，竟是神魂失散的样子。到底因什么起的呢?"王夫人知事难瞒，又瞧瞧袭人怪可怜的样子，只得便依着宝玉先前的话，将那往南安王府里去听戏时丢了这块玉的话，悄悄的告诉了一遍。心里也彷徨的很，生恐贾母着急，并说:"现在着人在四下里找寻，求签问卦，都说在当铺里找，少不得找着的。"贾母听了，急得站起来，眼泪直流，说道:"这件玉如何是丢得的! 你们忒不懂事了，难道老爷也是撂开手的不成!"王夫人知贾母生气，叫袭人等跪下，自己敛容低首回说:"媳妇恐老太太着急老爷生气，都没敢回。"贾母咳道:"这是宝玉的命根子。因丢了，所以他是这么失魂丧魄的。还了得! 况是这玉满城里都知道，谁拾了去便叫你们找出来么! 叫人快快请老爷，我与他说。"那时吓得王夫人袭人等俱哀告道:"老太太这一生气，回来老爷更了不得了。现在宝玉病着，交给我们尽命的找来就是了。"贾母道:"你们怕老爷生气，有我呢。"便叫麝月传人去请，不一时传进话来，说:"老爷谢客去了。"贾母道:"不用他也使得。你们便说我说的话，暂且也不用责罚下人，我便叫琏儿来写出赏格，悬在前日经过的地方，便说有人捡得送来者，情愿送银一万两，如有知人捡得送信找得者，送银五千两。如真有了，不可吝惜银子。这么一找，少不得就找出来了。若是靠着咱们家几个人找，就找一辈子，也不能得。"王夫人也不敢直言。贾母传话告诉贾琏，叫他速办去了。贾母便叫人:"将宝玉动用之物都搬到我那里去，只派袭人秋纹跟过来，余者仍留园内看屋子。"宝玉听了，终不言语，只是傻笑。

贾母便携了宝玉起身，袭人等换扶出园。回到自己房中，叫王夫人坐下，看人收拾里间屋内安置，便对王夫人道:"你知道我的意思么? 我为的园里人少，怡红院里的花树忽萎忽开，有些奇怪。头里仗着一块玉能除邪祟，如今此玉丢了，生恐邪气易侵，故我带他过来一块儿住着。这几天也不用叫他出去，大夫来就在这里瞧。"王夫人听说，便接口道:"老太太想的自然是。如今宝玉同着老太太住了，老太太福气大，不论什么都压住了。"贾母道:"什么福气，不过我屋里干净些，经卷也多，都可以念念定定心神。你问宝玉好不好?"那宝玉见问，只是笑。袭人叫他说"好"，宝玉也就说"好"。王夫人见了这般光景，未免落泪，在贾母这里，不敢出声。贾母知王夫人着急，便说道:"你回去罢，这里有我调停他。晚上老爷回来，告诉他不必见我，不许言语就是了。"王夫人去后，贾母叫鸳鸯找些安神定魄的药，按方吃了。(第九十四回)

那人初倒不肯，后来听人说得有理，便掏出那玉，托在掌中一扬说:"这是不是?"众家人原是在外服役，只知有玉，也不常见，今日才看见这玉的模样儿了。急忙跑到里头，抢头报似的。那日贾政贾赦出门，只有贾琏在家。众人回明，贾琏还细问真不真。门上人口称:"亲眼见过，只是不给奴才，要见主子，一手交银，一手交玉。"贾琏却也喜欢，忙去禀知王夫人，即便回明贾母。把个袭人乐得合掌念佛。贾母并不改口，一迭连声:"快叫琏儿请那人到书房内坐下，将玉取来一看，即便送银。"贾琏依言，请那人进来当客待他，用好言道谢:"要借这玉送到里头，本人见了，谢银分厘不短。"那人只得将一个红绸子包儿送过去。贾琏打开一看,可不是那一块晶莹美玉吗。贾琏素昔原不理论,今日倒要看看,看了半日,上面的字也仿佛认得出来,什么"除邪祟"等字。贾琏看了,喜之不胜,便叫家人伺候,忙忙的送与贾母王夫人认去。这会子惊动了合家的人,都等着争看……便叫凤姐过来看。凤姐看了道:"象倒象,只是颜色不大对。不如叫宝兄弟自己一看就知道了。"袭人在旁也看着未必是那一块,只是盼得的心盛,也不敢说出不象来。凤姐于是从贾母手中接过来,同着袭人拿来给宝玉瞧。

这时宝玉正睡着才醒。凤姐告诉道:"你的玉有了。"宝玉睡眼朦胧,接在手里也没瞧,便往地上一撂道:"你们又来哄我了。"说着只是冷笑。凤姐连忙拾起来,道:"这也奇了,怎么你没瞧就知道呢。"宝玉也不答言,只管笑。王夫人也进屋里来了,见他这样,便道:"这不用说了。他那玉原是胎里带来的一种古怪东西,自然他有道理。想来这个必是人见了帖儿照样做的。"大家此时恍然大悟。贾琏在外间屋里听见这话,便说道:"既不是,快拿来给我问问他去,人家这样事,他敢来鬼混。"贾母喝住道:"琏儿,拿了去给他,叫他去罢。那也是穷极了的人没法儿了,所以见我们家有这样事,他便想着赚几个钱也是有的。如今白白的花了钱弄了这个东西,又叫咱们认出来了。依着我不要难为他,把这玉还他,说不是我们的,赏给他几两银子。外头的人知道了,才肯有信儿就送来呢。若是难为了这一个人,就有真的,人家也不敢拿来了。"贾琏答应出去。那人还等着呢,半日不见人来,正在那里心里发虚,只见贾琏气忿忿走出来了。（第九十五回）

那个人看见贾琏的气色不好,心里先发了虚了,连忙站起来迎着。刚要说话,只见贾琏冷笑道:"好大胆,我把你这个混账东西! 这里是什么地方儿,你敢来掉鬼!"回头便问:"小厮们呢?"外头轰雷一般几个小厮齐声答应。贾琏道:"取绳子去捆起他来。等老爷回来问明了,把他送到衙门里去。"众小厮又一齐答应:"预备着呢。"嘴里虽如此,却不动身。那人先自唬的手足无措,见这般势派,知道难逃公道,只得跪下给贾琏碰头,口口声声只叫:"老太爷别生气。是我一时穷极无奈,才想出这个没脸的营生来。那玉是我借钱做的,我也不敢要了,只得孝敬府里的哥儿顽罢。"说毕,又连连磕头。贾琏啐道:"你这个不知死活的东西! 这府里希罕你的那朽不了的浪东西!"……那人赶忙磕了两个头,抱头鼠窜而去。从此街上闹动了"贾宝玉弄出'假宝玉'"来。（第九十六回）

且说贾宝玉见了甄宝玉,想到梦中之景,并且素知甄宝玉为人必是和他同心,以为得了知己。因初次见面,不便造次。且又贾环贾兰在坐,只有极力夸赞说:"久仰芳名,无由亲炙。今日见面,真是谪仙一流的人物。"那甄宝玉素来也知贾宝玉的为人,今日一见,果然不差,"只是可与我共学,不可与你适道,他既和我同名同貌,也是三生石上的旧精魂了。既我略知了些道理,怎么不和他讲讲。但是初见,尚不知他的心与我同不同,只好缓缓的来。"便道:"世兄的才名,弟所素知的,在世兄是数万人的里头选出来最清最雅的,在弟是庸庸碌碌一等愚人,忝附同名,殊觉玷辱了这两个字。"贾宝玉听了,心想:"这个人果然同我的心一样的。但是你我都是男人,不比那女孩儿们清洁,怎么他拿我当作女孩儿看待起来?"便道:"世兄谬赞,实不敢当。弟是至浊至愚,只不过一块顽石耳,何敢比世兄品望高清,实称此两字。"甄宝玉道:"弟少时不知分量,自谓尚可琢磨。岂知家遭消索,数年来更比瓦砾犹残,虽不敢说历尽甘苦,然世道人情略略的领悟了好些。世兄是锦衣玉食,无不遂心的,必是文章经济高出人上,所以老伯钟爱,将为席上之珍。弟所以才说尊名方称。"贾宝玉听这话头又近了碌蠹的旧套,想话回答。贾环见未与他说话,心中早不自在。

倒是贾兰听了这话甚觉合意,便说道:"世叔所言固是太谦,若论到文章经济,实在从历练中出来的,方为真才实学。在小侄年幼,虽不知文章为何物,然将读过的细味起来,那膏粱文绣比着令闻广誉,真是不啻百倍的了。"甄宝玉未及答言,贾宝玉听了兰儿的话心里越发不合,想道:"这孩子从几时也学了这一派酸论。"便说道:"弟闻得世兄也诋尽流俗,性情中另有一番见解。今日弟幸会芝范,想欲领教一番超凡入圣的道理,从此可以净洗俗肠,重开眼界,不意视弟为蠢物,所以将世路的话来酬应。"甄宝玉听说,心里晓得"他知我少年的性情,所以疑我为假。我索性把话说明,或者与我作个知心朋友也是好的。"便说道:"世兄高论,固是真切。但弟少时也曾深恶那些旧套陈言,只是一年长似一年,家君致仕在家,懒于酬应,委弟接待。后来见过那些大人先生尽都是显亲扬名的人,便是著书立说,无非言忠言孝,自有一番立德立言的事业,方不枉生在圣明之时,也不致负了父亲师长养育教诲之恩,所以把少时那一派迂想痴情渐渐的淘汰了些。如今尚欲访师觅友,教导愚蒙,幸会世兄,定当有以教我。适才所言,并非虚意。"贾宝玉愈听愈不耐烦,又不好冷淡,只得将言语支吾。幸喜里头传出话来说:"若是外头爷们吃了饭,请甄少爷里头去坐呢。"宝玉听了,趁势便邀甄宝玉进去……

且说宝玉自那日见了甄宝玉之父,知道甄宝玉来京,朝夕盼望。今儿见面原想得一知己,岂知谈了半天,竟有些冰炭不投。闷闷的回到自己房中,也不言,也不笑,只管发怔。宝钗便问:"那甄宝玉果然象你么?"宝玉道:"相貌倒还是一样的。只是言谈间看起来并不知道什么,不过也是个禄蠹。"宝钗道:"你又编派人家了。怎么就见得也是个禄蠹呢?"宝玉道:"他说了半天,并没个明心见性之谈,不过说些什么文章经济,又说什么为忠为孝,这样人可不是个禄蠹么!只可惜他也生了这样一个相貌。我想来,有了他,我竟要连我这个相貌都不要了。"宝钗见他又发呆话,便说道:"你真真说出句话来叫人发笑,这相貌怎么能不要呢。况且人家这话是正理,做了一个男人原该要立身扬名的,谁象你一味的柔情私意。不说自己没有刚烈,倒说人家是禄蠹。"宝玉本听了甄宝玉的话甚不耐烦,又被宝钗抢白了一场,心中更加不乐,闷闷昏昏,不觉将旧病又勾起来了,并不言语,只是傻笑。宝钗不知,只道是"我的话错了,他所以冷笑",也不理他。岂知那日便有些发呆,袭人等怄他也不言语。过了一夜,次日起来只是发呆,竟有前番病的样子……

王夫人已到宝钗那里,见宝玉神魂失所,心下着忙,便说袭人道:"你们忒不留神,二爷犯了病也不来回我。"袭人道:"二爷的病原来是常有的,一时好,一时不好。天天到太太那里仍旧请安去,原是好好儿的,今儿才发胡涂些。二奶奶正要来回太太,恐防太太说我们大惊小怪。"宝玉听见王夫人说他们,心里一时明白,恐他们受委屈,便说道:"太太放心,我没什么病,只是心里觉着有些闷闷的。"王夫人道:"你是有这病根子,早说了好请大夫瞧瞧,吃两剂药好了不好!若再闹到头里丢了玉的时候似的,就费事了。"宝玉道:"太太不放心便叫个人来瞧瞧,我就吃药。"王夫人便叫丫头传话出来请大夫……

王夫人亲身又看宝玉,见宝玉人事不醒,急得众人手足无措。一面哭着,一面告诉贾政说:"大夫回了,不肯下药,只好预备后事。"贾政叹气连连,只得亲自看视,见其光景果然不好,便又叫贾琏办去。贾琏不敢违拗,只得叫人料理。手头又短,正在为难,只见一个人跑进来说:"二爷,不好了,又有饥荒来了。"贾琏不知何事,这一唬非同小可,瞪着眼说道:"什么事?"那小厮道:"门上来了一个和尚,手里拿着二爷的这块丢的玉,说要一万赏银。"贾琏照脸啐道:"我打量什么事,这样慌张。前番那假的你不知道么!就是真的,现在人要死了,要这玉做什么!"小厮道:"奴才也说了,那和尚说给他银子就好了。"又听着外头嚷进来说:"这和尚撒野,各自跑进来了,众人拦他拦不住。"贾琏道:"那里有这样怪事,你们还不快打出去呢。"正闹着,贾政听见了,也没了主意了。里头又哭出来说:"宝二爷不好了!"……

贾政叫人去请,那和尚已进来了,也不施礼,也不答话,便往里就跑。贾琏拉着道:"里头都是内眷,你这野东西混跑什么!"那和尚道:"迟了就不能救了。"贾琏急得一面走一面乱嚷道:"里头的人不要哭了,和尚进来了。"王夫人等只顾着哭,那里理会。贾琏走近来又嚷,王夫人等回过头来,见一个长大的和尚,唬了一跳,躲避不及。那和尚直走到宝玉炕前,宝钗避过一边,袭人见王夫人站着,不敢走开。只见那和尚道:"施主们,我是送玉来的。"说着,把那块玉擎着道:"快把银子拿出来,我好救他。"王夫人等惊惶无措,也不择真假,便说道:"若是救活了人,银子是有的。"那和尚笑道:"拿来。"王夫人道:"你放心,横竖折变的出来。"和尚哈哈大笑,手拿着玉在宝玉耳边叫道:"宝玉,宝玉,你的宝玉回来了。"说了这一句,王夫人等见宝玉把眼一睁。袭人说道:"好了。"只见宝玉便问道:"在那里呢?"那和尚把玉递给他手里。宝玉先前紧紧的攥着,后来慢慢的得过手来,放在自己眼前细细的一看说:"嗳呀,久违了!"里外众人都喜欢的念佛,连宝钗也顾不得有和尚了。贾琏也走过来一看,果见宝玉回过来了,心里一喜,疾忙躲出去了。那和尚也不言语,赶来拉着贾琏就跑。贾琏只得跟着到了前头,赶着告诉贾政。贾政听了喜欢,即找和尚施礼叩谢。和尚还了礼坐下。贾琏心下狐疑:"必是要了银子才走。"贾政细看那和尚,又非前次见的,便问:"宝刹何方? 法师大号? 这玉是那里得的? 怎么小儿一见便会活过来呢?"那和尚微微笑道:"我也不知道,只要拿一万银子来就完了。"贾政见这和尚粗鲁,也不敢得罪,便说:"有。"和尚道:"有便快拿来罢,我要走了。"贾政道:"略请少坐,待我进内瞧瞧。"和尚道:"你去快出来才好。"

贾政果然进去,也不及告诉便走到宝玉炕前。宝玉见是父亲来,欲要爬起,因身子虚弱起不来。王夫人按着说道:"不要动。"宝玉笑着拿这玉给贾政瞧道:"宝玉来了。"贾政略略一看,知道此事有些根源,也不细看,便和王夫人道:"宝玉好过来了。这赏银怎么样?"王夫人道:"尽着我所有的折变了给他就是了。"宝玉道:"只怕这和尚不是要银子的罢。"贾政点头道:"我也看来古怪,但是他口口声声的要银子。"王夫人道:"老爷出去先款留着他再说。"贾政出来,宝玉便嚷饿了,喝了一碗粥,还说要饭。婆子们果然取了饭来,王夫人还不敢给他吃。宝玉说:"不妨的,我已经好了。"便爬着吃了一碗,渐渐的神气果然好过来了,便要坐起来。麝月上去轻轻的扶起,因心里喜欢,忘了情说道:"真是宝贝,才看见了一会儿就好了。亏的当初没有砸破。"宝玉听了这话,神色一变,把玉一撂,身子往后一仰。(第一百十五回)

岂知贾政进内出去时,那和尚已不见了。贾政正在诧异,听见里头又闹,急忙进来。见宝玉又是先前的样子,口关紧闭,脉息全无。用手在心窝中一摸,尚是温热。贾政只得急忙请医灌药救治。

那知那宝玉的魂魄早已出了窍了。你道死了不成? 却原来恍恍惚惚赶到前厅,见那送玉的和尚坐着,便施了礼。那知和尚站起身来,拉着宝玉就走。宝玉跟了和尚,觉得身轻如叶,飘飘摇摇,也没出大门,不知从那里走了出来。行了一程,到了个荒野地方,远远的望见一座牌楼,好象曾到过的。正要问那和尚时,只见恍恍惚惚来了一个女人。宝玉心里想道:"这样旷野地方,那得有如此的丽人,必是神仙下界了。"宝玉想着,走近前来细细一看,竟有些认得的,只是一时想不起来。见那女人和和尚打了一个照面就不见了。宝玉一想,竟是尤三姐的样子,越发纳闷:"怎么他也在这里?"又要问时,那和尚拉着宝玉过了那牌楼,只见牌上写着"真如福地"四个大字,两边一幅对联,乃是:假去真来真胜假,无原有是有非无。

转过牌坊,便是一座宫门。门上横书四个大字道"福善祸淫"。又有一副对子,大书云:过去未来,莫谓智贤能打破,前因后果,须知亲近不相逢。宝玉看了,心下想道:"原来如此。我倒要问问因果来去的事了。"这么一想,只见鸳鸯站在那里招手儿叫他。宝玉想道:"我走了半日,原不曾出园子,怎么改了样子了呢?"赶着要和鸳鸯说话,岂知一转眼便不见了,心里不免疑惑起来。

走到鸳鸯站的地方儿,乃是一溜配殿,各处都有匾额。宝玉无心去看,只向鸳鸯立的所在奔去。见那一间配殿的门半掩半开,宝玉也不敢造次进去,心里正要问那和尚一声,回过头来,和尚早已不见了。宝玉恍惚,见那殿宇巍峨,绝非大观园景象。便立住脚,抬头看那匾额上写道:"引觉情痴"。两边写的对联道:喜笑悲哀都是假,贪求思慕总因痴。宝玉看了,便点头叹息。想要进去找鸳鸯问他是什么所在,细细想来甚是熟识,便仗着胆子推门进去。满屋一瞧,并不见鸳鸯,里头只是黑漆漆的,心下害怕。正要退出,见有十数个大橱,橱门半掩。

宝玉忽然想起:"我少时做梦曾到过这个地方。如今能够亲身到此,也是大幸。"恍惚间,把找鸳鸯的念头忘了。便壮着胆把上首的大橱开了橱门一瞧,见有好几本册子,心里更觉喜欢,想道:"大凡人做梦,说是假的,岂知有这梦便有这事。我常说还要做这个梦再不能的,不料今儿被我找着了。但不知那册子是那个见过的不是?"伸手在上头取了一本,册上写着"金陵十二钗正册"。宝玉拿着一想道:"我恍惚记得是那个,只恨记不得清楚。"便打开头一页看去,见上头有画,但是画迹模糊,再瞧不出来。后面有几行字迹也不清楚,尚可摹拟,便细细的看去,见有什么"玉带",上头有个好象"林"字,心里想道:"不要是说林妹妹罢?"便认真看去,底下又有"金簪雪里"四字,诧异道"怎么又象他的名字呢。"复将前后四句合起来一念道:"也没有什么道理,只是暗藏着他两个名字,并不为奇。独那'怜'字'叹'字不好。这是怎么解?"

想到那里,又自啐道:"我是偷着看,若只管呆想起来,倘有人来,又看不成了。"遂往后看去,也无暇细玩那图画,只从头看去。看到尾儿有几句词,什么"相逢大梦归"一句,便恍然大悟道:"是了,果然机关不爽,这必是元春姐姐了。若都是这样明白,我要抄了去细玩起来,那些姊妹们的寿夭穷通没有不知的了。我回去自不肯泄漏,只做一个未卜先知的人,也省了多少闲想。"又向各处一瞧,并没有笔砚,又恐人来,只得忙着看去。只见图上影影有一个放风筝的人儿,也无心去看。急急的将那十二首诗词都看遍了。也有一看便知的,也有一想便得的,也有不大明白的,心下牢牢记着。一面叹息,一面又取那《金陵又副册》一看,看到"堪羡优伶有福,谁知公子无缘",先前不懂,见上面尚有花席的影子,便大惊痛哭起来。待要往后再看,听见有人说道:"你又发呆了!林妹妹请你呢。"好似鸳鸯的声气,回头却不见人。心中正自惊疑,忽鸳鸯在门外招手。宝玉一见,喜得赶出来。但见鸳鸯在前影影绰绰的走,只是赶不上。宝玉叫道:"好姐姐,等等我。"那鸳鸯并不理,只顾前走。宝玉无奈,尽力赶去,忽见别有一洞天,楼阁高耸,殿角玲珑,且有好些宫女隐约其间。宝玉贪看景致,竟将鸳鸯忘了。宝玉顺步走入一座宫门,内有奇花异卉,都也认不明白。惟有白石花阑围着一颗青草,叶头上略有红色,但不知是何名草,这样矜贵。只见微风动处,那青草已摇摆不休,虽说是一枝小草,又无花朵,其妖媚之态,不禁心动神怡,魂消魄丧。宝玉只管呆呆的看着,只听见旁边有一人说道:"你是那里来的蠢物,在此窥探仙草!"宝玉听了,吃了一惊,回头看时,却是一位仙女,便施礼道:"我找鸳鸯姐姐,误入仙境,恕我冒昧之罪。请问神仙姐姐,这里是何地方?怎么我鸳鸯姐姐到此还是林妹妹叫我?望乞明示。"那人道:"谁知你的姐姐妹妹,我是看管仙草的,不许凡人在此逗留。"宝玉欲待要出来,又舍不得,只得央告道:"神仙姐姐既是那管理仙草的,必然是花神姐姐了。但不知这草有何好处?"那仙女道:"你要知道这草,说起来话长着呢。那草本在灵河岸上,名曰绛珠草。因那时萎败,幸得一个神瑛侍者日以甘露灌溉,得以长生。后来降凡历劫,还报了灌溉之恩,今返归真境。所以警幻仙子命我看管,不令蜂缠蝶恋。"宝玉听了不解,一心疑定必是遇见了花神了,今日断不可当面错过,便问:"管这草的是神仙姐姐了。还有无数名花必有专管的,我也不敢烦问,只有看管芙蓉花的是那位神仙?"那仙女道:"我却不知,除是我主人方晓。"宝玉便问道:"姐姐的主人是谁?"那仙女道:"我主人是潇湘妃子。"宝玉听道:"是了,你不知道这位妃子就是我的表妹林黛玉。"那仙女道:"胡说。此地乃上界神女之所,虽号为潇湘妃子,并不是娥皇女英之辈,何得与凡人有亲。你少来混说,瞧着叫力士打你出去。"

宝玉听了发怔,只觉自形秽浊,正要退出,又听见有人赶来说道:"里面叫请神瑛侍者。"那人道:"我奉命等了好些时,总不见有神瑛侍者过来,你叫我那里请去。"那一个笑道"才退去的不是么?"那侍女慌忙赶出来说:"请神瑛侍者回来。"宝玉只道是问别人,又怕被人追赶,只得跟跄而逃。正走时,只见一人手提宝剑迎面拦住说:"那里走!"唬得宝玉惊慌无措,仗着胆抬头一看却不是别人,就是尤三姐。宝玉见了,略定些神,央告道:"姐姐怎么你也来逼起我来了。"那人道:"你们兄弟没有一个好人,败人名节,破人婚姻。今儿你到这里,是不饶你的了!"宝玉听去话头不好,正自着急,只听后面有人叫道:"姐姐快快拦住,不要放他走了。"尤三姐道:"我奉妃子之命等候已久,今儿见了,必定要一剑斩断你的尘缘。"宝玉听了益发着忙,又不懂这些话到底是什么意思,只得回头要跑。岂知身后说话的并非别人,却是晴雯。宝玉一见,悲喜交集,便说:"我一个人走迷了道儿,遇见仇人,我要逃回,却不见你们一人跟着我。如今好了,晴雯姐姐,快快的带我回家去罢。"晴雯道:"侍者不必多疑,我非晴雯,我是奉妃子之命特来请你一会,并不难为你。"宝玉满腹狐疑,只得问道:"姐姐说是妃子叫我,那妃子究是何人?"晴雯道:"此时不必问,到了那里自然知道。"宝玉没法,只得跟着走。

细看那人背后举动恰是晴雯,那面目声音是不错的了,"怎么他说不是?我此时心里模糊。且别管他,到了那边见了妃子,就有不是,那时再求他,到底女人的心肠是慈悲的,必是恕我冒失。"

正想着,不多时到了一个所在。只见殿宇精致,色彩辉煌,庭中一丛翠竹,户外数本苍松。廊檐下立着几个侍女,都是宫妆打扮,见了宝玉进来,便悄悄的说道:"这就是神瑛侍者么?"引着宝玉的说道:"就是。你快进去通报罢。"有一侍女笑着招手,宝玉便跟着进去。过了几层房舍,见一正房,珠帘高挂。那侍女说:"站着候旨。"宝玉听了,也不敢则声,只得在外等着。那侍女进去不多时,出来说:"请侍者参见。"又有一人卷起珠帘。只见一女子,头戴花冠,身穿绣服,端坐内。宝玉略一抬头,见是黛玉的形容，便不禁的说道："妹妹在这里！叫我好想。"那帘外的侍女悄咤道："这侍者无礼，快快出去。"说犹未了，又见一个侍儿将珠帘放下。宝玉此时欲待进去又不敢，要走又不舍，待要问明，见那些侍女并不认得，又被驱逐，无奈出来。心想要问晴雯，回头四顾，并不见有晴雯。心下狐疑，只得快快出来，又无人引着，正欲找原路而去，却又找不出旧路了。

正在为难，见凤姐站在一所房檐下招手。宝玉看见喜欢道："可好了，原来回到自己家里了。我怎么一时迷乱如此。"急奔前来说："姐姐在这里么，我被这些人捉弄到这个分儿。林妹妹又不肯见我，不知何原故。"说着，走到凤姐站的地方，细看起来并不是凤姐，原来却是贾蓉的前妻秦氏。宝玉只得立住脚要问"凤姐姐在那里"，那秦氏也不答言，竟自往屋里去了。宝玉恍恍惚惚的又不敢跟进去，只得呆呆的站着，叹道："我今儿得了什么不是，众人都不理我。"便痛哭起来。见有几个黄巾力士执鞭赶来，说是"何处男人敢闯入我们这天仙福地来，快走出去！"宝玉听得，不敢言语。正要寻路出来，远远望见一群女子说笑前来。宝玉看时，又象有迎春等一干人走来，心里喜欢，叫道："我迷住在这里，你们快来救我！"正嚷着，后面力士赶来。宝玉急得往前乱跑，忽见那一群女子都变作鬼怪形像，也来追扑。

宝玉正在情急，只见那送玉来的和尚手里拿着一面镜子一照，说道："我奉元妃娘娘旨意，特来救你。"登时鬼怪全无，仍是一片荒郊。

宝玉拉着和尚说道："我记得是你领我到这里，你一时又不见了。看见了好些亲人，只是都不理我，忽又变作鬼怪，到底是梦是真，望老师明白指示。"那和尚道："你到这里曾偷看什么东西没有？"宝玉一想道："他既能带我到天仙福地，自然也是神仙了，如何瞒得他。况且正要问个明白。"便道："我倒见了好些册子来着。"那和尚道："可又来，你见了册子还不解么！世上的情缘都是那些魔障。只要把历过的事情细细记着，将来我与你说明。"说着，把宝玉狠命的一推，说："回去罢！"宝玉站不住脚，一交跌倒，口里嚷道："阿哟！"

王夫人等正在哭泣，听见宝玉苏来，连忙叫唤。宝玉睁眼看时，仍躺在炕上，见王夫人宝钗等哭的眼泡红肿。定神一想，心里说道："是了，我是死去过来的。"遂把神魂所历的事呆呆的细想，幸喜多还记得，便哈哈的笑道："是了，是了。"

王夫人只道旧病复发，便好延医调治，即命丫头婆子快去告诉贾政，说是"宝玉回过来了，头里原是心迷住了，如今说出话来，不用备办后事了。"贾政听了，即忙进来看视，果见宝玉苏来，便道："没的痴儿你要唬死谁么！"说着，眼泪也不知不觉流下来了。又叹了几口气，仍出去叫人请医生诊脉服药。

这里麝月正思自尽，见宝玉一过来，也放了心。只见王夫人叫人端了桂圆汤叫他喝了几口，渐渐的定了神。王夫人等放心，也没有说麝月，只叫人仍把那玉交给宝钗给他带上，"想起那和尚来，这玉不知那里找来的，也是古怪。怎么一时要银一时又不见了,莫非是神仙不成?"宝钗道:"说起那和尚来的踪迹去的影响,那玉并不是找来的。头里丢的时候,必是那和尚取去的。"王夫人道:"玉在家里怎么能取的了去?"宝钗道:"既可送来,就可取去。"袭人麝月道:"那年丢了玉,林大爷测了个字,后来二奶奶过了门,我还告诉过二奶奶,说测的那字是什么'赏'字。二奶奶还记得么?"宝钗想道:"是了。你们说测的是当铺里找去,如今才明白了,竟是个和尚的'尚'字在上头,可不是和尚取了去的么。"王夫人道:"那和尚本来古怪。那年宝玉病的时候,那和尚来说是我们家有宝贝可解,说的就是这块玉了。他既知道,自然这块玉到底有些来历。况且你女婿养下来就嘴里含着的。古往今来,你们听见过这么第二个。只是不知终久这块玉到底是怎么着,就连咱们这一个也还不知是怎么着。病也是这块玉,好也是这块玉,生也是这块玉——"说到这里忽然住了,不免又流下泪来。宝玉听了,心里却也明白,更想死去的事愈加有因,只不言语,心里细细的记忆。那时惜春便说道:"那年失玉,还请妙玉请过仙,说是'青埂峰下倚古松',还有什么'入我门来一笑逢'的话,想起来'入我门'三字大有讲究。佛教的法门最大,只怕二哥不能入得去。"宝玉听了,又冷笑几声。宝钗听了,不觉的把眉头儿肐揪着发起怔来。尤氏道:"偏你一说又是佛门了。你出家的念头还没有歇么?"惜春笑道:"不瞒嫂子说,我早已断了荤了。"王夫人道:"好孩子,阿弥陀佛,这个念头是起不得的。"惜春听了,也不言语。宝玉想"青灯古佛前"的诗句,不禁连叹几声。忽又想起一床席一枝花的诗句来,拿眼睛看着袭人,不觉又流下泪来。众人都见他忽笑忽悲,也不解是何意,只道是他的旧病。岂知宝玉触处机来,竟能把偷看册上诗句俱牢牢记住了,只是不说出来,心中早有一个成见在那里了。(**第一百十六回**)

宝玉听见说是和尚在外头,赶忙的独自一人走到前头,嘴里乱嚷道:"我的师父在那里?"叫了半天,并不见有和尚,只得走到外面。见李贵将和尚拦住,不放他进来。宝玉便说道:"太太叫我请师父进去。"李贵听了松了手,那和尚便摇摇摆摆的进去。宝玉看见那僧的形状与他死去时所见的一般,心里早有些明白了,便上前施礼,连叫:"师父,弟子迎候来迟。"那僧说:"我不要你们接待,只要银子,拿了来我就走。"宝玉听来又不象有道行的话,看他满头癞疮,混身腌臜破烂,心里想道:"自古说'真人不露相,露相不真人',也不可当面错过,我且应了他谢银,并探探他的口气。"便说道:"师父不必性急,现在家母料理,请师父坐下略等片刻。弟子请问,师父可是从'太虚幻境'而来?"那和尚道:"什么幻境,不过是来处来去处去罢了! 我是送还你的玉来的。我且问你,那玉是从那里来的?"

宝玉一时对答不来。那僧笑道:"你自己的来路还不知,便来问我!"宝玉本来颖悟,又经点化,早把红尘看破,只是自己的底里未知,一闻那僧问起玉来,好象当头一棒,便说道:"你也不用银子了,我把那玉还你罢。"那僧笑道:"也该还我了。"

　　宝玉也不答言，往里就跑，走到自己院内，见宝钗袭人等都到王夫人那里去了，忙向自己床边取了那玉便走出来。迎面碰见了袭人，撞了一个满怀，把袭人唬了一跳，说道："太太说，你陪着和尚坐着很好，太太在那里打算送他些银两。你又回来做什么？"宝玉道："你快去回太太，说不用张罗银两了，我把这玉还他就是了。"袭人听说，即忙拉住宝玉道："这断使不得的！那玉就是你的命，若是他拿去了，你又要病着了。"宝玉道："如今不再病的了，我已经有了心了，要那玉何用！"摔脱袭人，便要想走。袭人急得赶着嚷道："你回来，我告诉你一句话。"宝玉回过头来道："没有什么说的了。"袭人顾不得什么，一面赶着跑，一面嚷道："上回丢了玉，几乎没有把我的命要了！刚刚儿的有了，你拿了去，你也活不成，我也活不成了！你要还他，除非是叫我死了！"说着，赶上一把拉住。宝玉急了道："你死也要还，你不死也要还！"狠命的把袭人一推，抽身要走。怎奈袭人两只手绕着宝玉的带子不放松，哭喊着坐在地下。里面的丫头听见连忙赶来，瞧见他两个人的神情不好，只听见袭人哭道："快告诉太太去，宝二爷要把那玉去还和尚呢！"丫头赶忙飞报王夫人。那宝玉更加生气，用手来掰开了袭人的手，幸亏袭人忍痛不放。紫鹃在屋里听见宝玉要把玉给人，这一急比别人更甚，把素日冷淡宝玉的主意都忘在九霄云外了，连忙跑出来帮着抱住宝玉。那宝玉虽是个男人，用力摔打，怎奈两个人死命的抱住不放，也难脱身，叹口气道："为一块玉这样死命的不放，若是我一个人走了，又待怎么样呢？"袭人紫鹃听到那里，不禁嚎啕大哭起来。

　　正在难分难解，王夫人宝钗急忙赶来，见是这样形景，便哭着喝道："宝玉，你又疯了吗！"宝玉见王夫人来了，明知不能脱身，只得陪笑说道："这当什么，又叫太太着急。他们总是这样大惊小怪的，我说那和尚不近人情，他必要一万银子，少一个不能。我生气进来拿这玉还他，就说是假的，要这玉干什么。他见得我们不希罕那玉，便随意给他些就过去了。"

　　王夫人道："我打谅真要还他，这也罢了。为什么不告诉明白了他们，叫他们哭哭喊喊的象什么。"宝钗道："这么说呢倒还使得。要是真拿那玉给他，那和尚有些古怪，倘或一给了他，又闹到家口不宁，岂不是不成事了么？至于银钱呢，就把我的头面折变了，也还够了呢。"王夫人听了道："也罢了，且就这么办罢。"宝玉也不回答。只见宝钗走上来在宝玉手里拿了这玉，说道："你也不用出去，我合太太给他钱就是了。"宝玉道："玉不还他也使得，只是我还得当面见他一见才好。"

　　袭人等仍不肯放手，到底宝钗明决，说："放了手由他去就是了。"袭人只得放手。宝玉笑道："你们这些人原来重玉不重人哪。你们既放了我，我便跟着他走了，看你们就守着那块玉怎么样！"袭人心里又着急起来，仍要拉他，只碍着王夫人和宝钗的面前，又不好太露轻薄。恰好宝玉一撒手就走了。袭人忙叫小丫头在三门口传了焙茗等，"告诉外头照应着二爷，他有些疯了。"小丫头答应了出去。

　　王夫人宝钗等进来坐下，问起袭人来由，袭人便将宝玉的话细细说了。王夫人宝钗甚是不放心，又叫人出去吩咐众人伺候，听着和尚说些什么。回来小丫头传话进来回王夫人道："二爷真有些疯了。外头小厮们说，里头不给他玉，他也没法，如今身子出来了，求着那和尚带了他去。"王夫人听了说道："这还了得！那和尚说什么来着？"小丫头回道："和尚说要玉不要人。"宝钗道："不要银子了么？"小丫头道："没听见说，后来和尚和二爷两个人说着笑着，有好些话外头小厮们都不大懂。"王夫人道："胡涂东西，听不出来，学是自然学得来的。"便叫小丫头："你把那小厮叫进来。"小丫头连忙出去叫进那小厮，站在廊下，隔着窗户请了安。王夫人便问道："和尚和二爷的话你们不懂，难道学也学不来吗？"那小厮回道："我们只听见说什么'大荒山'，什么'青埂峰'，又说什么'太虚境'，'斩断尘缘'这些话。"王夫人听了也不懂。宝钗听了，唬得两眼直瞪，半句话都没有了。正要叫人出去拉宝玉进来，只见宝玉笑嘻嘻的进来说："好了，好了。"宝钗仍是发怔。王夫人道："你疯疯颠颠的说的是什么？"宝玉道："正经话又说我疯颠。那和尚与我原是认得的，他不过也是要来见我一见。他何尝是真要银子呢，也只当化个善缘就是了。所以说明了他自己就飘然而去。这可不是好了么！"王夫人不信，又隔着窗户问那小厮。那小厮连忙出去问了门上的人，进来回说："果然和尚走了。说请太太们放心，我原不要银子，只要宝二爷时常到他那里去去就是了。诸事只要随缘，自有一定的道理。"王夫人道："原来是个好和尚，你们曾问住在那里？"门上道："奴才也问来着，他说我们二爷是知道的。"王夫人问宝玉道："他到底住在那里？"宝玉笑道："这个地方说远就远，说近就近。"宝钗不待说完，便道："你醒醒儿罢，别尽着迷在里头。现在老爷太太就疼你一个人，老爷还吩咐叫你干功名长进呢。"宝玉道："我说的不是功名么！你们不知道，'一子出家，七祖升天'呢。"王夫人听到那里，不觉伤心起来，说："我们的家运怎么好，一个四丫头口口声声要出家，如今又添出一个来了。我这样个日子过他做什么！"说着，大哭起来。宝钗见王夫人伤心，只得上前苦劝。宝玉笑道："我说了这一句顽话，太太又认起真来了。"王夫人止住哭声道："这些话也是混说的么！"……他两个还不知道宝玉自会那和尚以后，他是欲断尘缘。一则在王夫人跟前不敢任性，已与宝钗袭人等皆不大款洽了。那些丫头不知道，还要逗他，宝玉那里看得到眼里。他也并不将家事放在心里。时常王夫人宝钗劝他念书，他便假作攻书，一心想着那个和尚引他到那仙境的机关。心目中触处皆为俗人，却在家难受，闲来倒与惜春闲讲。他们两个人讲得上了，那种心更加准了几分，那里还管贾环贾兰等。（第一百十七回）

　　王夫人只"姑娘要行善，这也是前生的夙根，我们也实在拦不住。只是咱们这样人家的姑娘出了家，不成了事体。如今你嫂子说了准你修行，也是好处。却有一句话要说，那头发可以不剃的，只要自己的心真，那在头发上头呢。你想妙玉也是带发修行的，不知他怎样凡心一动，才闹到那个分儿。姑娘执意如此，我们就把姑娘住的房子便算了姑娘的静室。所有服侍姑娘的人也得叫他们来问：他若愿意跟的，就讲不得说亲配人，若不愿意跟的，另打主意。”惜春听了，收了泪，拜谢了邢王二夫人、李纨、尤氏等……袭人立在宝玉身后，想来宝玉必要大哭，防着他的旧病。岂知宝玉叹道：“真真难得。”袭人心里更自伤悲。宝钗虽不言语，遇事试探，见是执迷不醒，只得暗中落泪。王夫人才要叫了众丫头来问。忽见紫鹃走上前去，在王夫人面前跪下，回道：“刚才太太问跟四姑娘的姐姐，太太看着怎么样？”王夫人道：“这个如何强派得人的，谁愿意他自然就说出来了。”紫鹃道：“姑娘修行自然姑娘愿意，并不是别的姐姐们的意思。我有句话回太太，我也并不是拆开姐姐们，各人有各人的心。我服侍林姑娘一场，林姑娘待我也是太太们知道的，实在恩重如山，无以可报。他死了，我恨不得跟了他去。但是他不是这里的人，我又受主子家的恩典，难以从死。如今四姑娘既要修行，我就求太太们将我派了跟着姑娘，服侍姑娘一辈子。不知太太们准不准。若准了，就是我的造化了。”邢王二夫人尚未答言，只见宝玉听到那里，想起黛玉一阵心酸，眼泪早下来了。众人才要问他时，他又哈哈的大笑，走上来道：“我不该说的。这紫鹃蒙太太派给我屋里，我才敢说。求太太准了他罢，全了他的好心。”王夫人道：“你头里姊妹出了嫁，还哭得死去活来，如今看见四妹妹要出家，不但不劝，倒说好事，你如今到底是怎么个意思，我索性不明白了。”宝玉道：“四妹妹修行是已经准的了，四妹妹也是一定主意了。若是真的，我有一句话告诉太太；若是不定的，我就不敢混说了。”惜春道：“二哥哥说话也好笑，一个人主意不定便扭得过太太们来了？我也是象紫鹃的话，容我呢，是我的造化，不容我呢。还有一个死呢。那怕什么！二哥哥既有话，只管说。”宝玉道：“我这也不算什么泄露了，这也是一定的。我念一首诗给你们听听罢！”众人道：“人家苦得很的时侯，你倒来做诗。怄人！”宝玉道：“不是做诗，我到一个地方儿看了来的。你们听听罢。”众人道：“使得。你就念念，别顺着嘴儿胡诌。”宝玉也不分辩，便说道：“勘破三春景不长，缁衣顿改昔年妆。可怜绣户侯门女，独卧青灯古佛旁！”李纨宝钗听了，诧异道：“不好了，这人入了迷了。”王夫人听了这话，点头叹息，便问宝玉：“你到底是那里看来的？”宝玉不便说出来，回道：“太太也不必问，我自有见的地方。”王夫人回过味来，细细一想，便更哭起来道：“你说前儿是顽话，怎么忽然有这首诗？罢了，我知道了，你们叫我怎么样呢！我也没有法儿了，也只得由着你们罢！但是要等我合上了眼，各自干各自的就完了！”宝钗一面劝着，这个心比刀绞更甚，也掌不住便放声大哭起来。袭人已经哭的死去活来，幸亏秋纹扶着。宝玉也不啼哭，也不相劝，只不言语……紫鹃又给宝玉宝钗磕了头。宝玉念声“阿弥陀佛！难得，难得。不料你倒先好了！”宝钗虽然有把持，也难掌住。只有袭人，也顾不得王夫人在上，便痛哭不止，说：“我也愿意跟了四姑娘去修行。”宝玉笑道：“你也是好心，但是你不能享这个清福的。”袭人哭道：“这么说，我是要死的了！”宝玉听到那里，倒觉伤心，只是说不出来。因时已五更,宝玉请王夫人安歇,李纨等各自散去……

却说宝玉送了王夫人去后,正拿着《秋水》一篇在那里细玩。宝钗从里间走出,见他看的得意忘言,便走过来一看,见是这个,心里着实烦闷。细想他只顾把这些出世离群的话当作一件正经事,终久不妥。看他这种光景,料劝不过来,便坐在宝玉旁边怔怔的坐着。宝玉见他这般,便道:“你这又是为什么?”宝钗道:“我想你我既为夫妇,你便是我终身的倚靠,却不在情欲之私。论起荣华富贵,原不过是过眼烟云,但自古圣贤,以人品根柢为重。”宝玉也没听完,把那书本搁在旁边,微微的笑道:“据你说人品根柢,又是什么古圣贤,你可知古圣贤说过‘不失其赤子之心’。那赤子有什么好处,不过是无知无识无贪无忌。我们生来已陷溺在贪嗔痴爱中,犹如污泥一般,怎么能跳出这般尘网。如今才晓得‘聚散浮生’四字,古人说了,不曾提醒一个。既要讲到人品根柢,谁是到那太初一步地位的!”宝钗道:“你既说‘赤子之心’,古圣贤原以忠孝为赤子之心,并不是遁世离群无关无系为赤子之心。尧舜禹汤周孔时刻以救民济世为心,所谓赤子之心,原不过是‘不忍’二字。若你方才所说的,忍于抛弃天伦,还成什么道理?”宝玉点头笑道:“尧舜不强巢许,武周不强夷齐。”宝钗不等他说完,便道:“你这个话益发不是了。古来若都是巢许夷齐,为什么如今人又把尧舜周孔称为圣贤呢!况且你自比夷齐,更不成话,伯夷叔齐原是生在商末世,有许多难处之事,所以才有托而逃。当此圣世,咱们世受国恩,祖父锦衣玉食,况你自有生以来,自去世的老太太以及老爷太太视如珍宝。你方才所说,自己想一想是与不是。”宝玉听了也不答言,只有仰头微笑。宝钗因又劝道:“你既理屈词穷,我劝你从此把心收一收,好好的用用功。但能搏得一第,便是从此而止,也不枉天恩祖德了。”宝玉点了点头,叹了口气说道:“一第呢,其实也不是什么难事,倒是你这个‘从此而止,不枉天恩祖德’却还不离其宗。”宝钗未及答言,袭人过来说道:“刚才二奶奶说的古圣先贤,我们也不懂。我只想着我们这些人从小儿辛辛苦苦跟着二爷,不知陪了多少小心,论起理来原该当的,但只二爷也该体谅体谅。况二奶奶替二爷在老爷太太跟前行了多少孝道,就是二爷不以夫妻为事,也不可太辜负了人心。至于神仙那一层更是谎话,谁见过有走到凡间来的神仙呢!那里来的这么个和尚,说了些混话,二爷就信了真。二爷是读书的人,难道他的话比老爷太太还重么!”宝玉听了,低头不语……贾兰便问:“叔叔看见爷爷后头写的叫咱们好生念书了?叔叔这一程子只怕总没作文章罢?”宝玉笑道:“我也要作几篇熟一熟手,好去诳这个功名。”贾兰道:“叔叔既这样,就拟几个题目,我跟着叔叔作作,也好进去混场,别到那时交了白卷子惹人笑话。不但笑话我,人家连叔叔都要笑话了。”宝玉道:“你也不至如此。”说着,宝钗命贾兰坐下。宝玉仍坐在原处,贾兰侧身坐了。两个谈了一回文,不觉喜动颜色。宝钗见他爷儿两个谈得高兴,便仍进屋里去了。心中细想宝玉此时光景,或者醒悟过来了,只是刚才说话,他把那“从此而止”四字单单的许可,这又不知是什么意思了。宝钗尚自犹豫,惟有袭人看他爱讲文章,提到下场，更又欣然。心里想道："阿弥陀佛！好容易讲四书似的才讲过来了！"这里宝玉和贾兰讲文，莺儿沏过茶来，贾兰站起来接了。又说了一会子下场的规矩并请甄宝玉在一处的话，宝玉也甚似愿意。一时贾兰回去，便将书子留给宝玉了。

那宝玉拿著书子，笑嘻嘻走进来递给麝月收了，便出来将那本《庄子》收了，把几部向来最得意的，如《参同契》《元命苞》《五灯会元》之类，叫出麝月秋纹莺儿等都搬了搁在一边。宝钗见他这番举动，甚为罕异，因欲试探他，便笑问道："不看他倒是正经，但又何必搬开呢。"宝玉道："如今才明白过来了。这些书都算不得什么，我还要一火焚之，方为干净。"宝钗听了更欣喜异常。只听宝玉口中微吟道："内典语中无佛性，金丹法外有仙丹。"宝钗也没很听真，只听得"无佛性""有仙丹"几个字，心中转又狐疑，且看他作何光景。宝玉便命麝月秋纹等收拾一间静室，把那些语录名稿及应制诗之类都找出来搁在静室中，自己却当真静静的用起功来。宝钗这才放了心。

那袭人此时真是闻所未闻，见所未见，便悄悄的笑着向宝钗道："到底奶奶说话透彻，只一路讲究，就把二爷劝明白了。就只可惜迟了一点儿，临场太近了。"宝钗点头微笑道："功名自有定数，中与不中倒也不在用功的迟早。但愿他从此一心巴结正路，把从前那些邪魔永不沾染就是好了。"说到这里，见房里无人，便悄说道："这一番悔悟回来固然很好，但只一件，怕又犯了前头的旧病，和女孩儿们打起交道来，也是不好。"袭人道："奶奶说的也是。二爷自从信了和尚，才把这些姐妹冷淡了，如今不信和尚，真怕又要犯了前头的旧病呢。我想奶奶和我二爷原不大理会，紫鹃去了，如今只他们四个，这里头就是五儿有些个狐媚子，听见说他妈求了大奶奶和奶奶，说要讨出去给人家儿呢。但是这两天到底在这里呢。麝月秋纹虽没别的，只是二爷那几年也都有些顽顽皮皮的。如今算来只有莺儿二爷倒不大理会，况且莺儿也稳重。我想倒茶弄水只叫莺儿带着小丫头们伏侍就够了，不知奶奶心里怎么样。"宝钗道："我也虑的是这些，你说的倒也罢了。"从此便派莺儿带着小丫头伏侍。

那宝玉却也不出房门，天天只差人去给王夫人请安。王夫人听见他这番光景，那一种欣慰之情，更不待言了。到了八月初三，这一日正是贾母的冥寿……莺儿忽然想起那年给宝玉打络子的时候宝玉说的话来，便道："真要二爷中了，那可是我们姑奶奶的造化了。二爷还记得那一年在园子里，不是二爷叫我打梅花络子时说的，我们姑奶奶后来带着我不知到那一个有造化的人家儿去呢。如今二爷可是有造化的罢咧。"宝玉听到这里，又觉尘心一动，连忙敛神定息，微微的笑道："据你说来，我是有造化的，你们姑娘也是有造化的，你呢？"莺儿把脸飞红了，勉强道："我们不过当丫头一辈子罢咧，有什么造化呢！"宝玉笑道："果然能够一辈子是丫头，你这个造化比我们还大呢！"

（第一百十八回）

且说过了几天便是场期，别人只知盼望他爷儿两个作了好文章便可以高中的了，只有宝钗见宝玉的功课虽好，只是那有意无意之间，却别有一种冷静的光景……王夫人说着不免伤心起来。贾兰听一句答应一句。只见宝玉一声不哼，待王夫人说完了，走过来给王夫人跪下，满眼流泪，磕了三个头，说道："母亲生我一世，我也无可答报，只有这一入场用心作了文章，好好的中个举人出来。那时太太喜欢喜欢，便是儿子一辈的事也完了，一辈子的不好也都遮过去了。"王夫人听了，更觉伤心起来，便道："你有这个心自然是好的，可惜你老太太不能见你的面了！"一面说，一面拉他起来。那宝玉只管跪着不肯起来，便说道："老太太见与不见，总是知道的，喜欢的，既能知道了，喜欢了，便不见也和见的一样。只不过隔了形质，并非隔了神气啊。"李纨见王夫人和他如此，一则怕勾起宝玉的病来，二则也觉得光景不大吉祥，连忙过来说道："太太，这是大喜的事，为什么这样伤心？况且宝兄弟近来很知好歹，很孝顺，又肯用功，只要带了侄儿进去好好的作文章，早早的回来，写出来请咱们的世交老先生们看了，等着爷儿两个都报了喜就完了。"一面叫人搀起宝玉来。宝玉却转过身来给李纨作了个揖，说："嫂子放心。我们爷儿两个都是必中的。日后兰哥还有大出息，大嫂子还要带凤冠穿霞帔呢。"李纨笑道："但愿应了叔叔的话，也不枉——"说到这里，恐怕又惹起王夫人的伤心来，连忙咽住了。宝玉笑道："只要有了个好儿子能够接续祖基，就是大哥哥不能见，也算他的后事完了。"李纨见天气不早了，也不肯尽着和他说话，只好点点头儿。此时宝钗听得早已呆了，这些话不但宝玉，便是王夫人李纨所说，句句都是不祥之兆，却又不敢认真，只得忍泪无言。宝玉走到跟前，深深的作了一个揖。众人见他行事古怪，也摸不着是怎么样，又不敢笑他。只见宝钗的眼泪直流下来。众人更是纳罕。又听宝玉说道："姐姐，我要走了，你好生跟着太太听我的喜信儿罢。"宝钗道："是时候了，你不必说这些唠叨话了。"宝玉道："你倒催的我紧，我自己也知道该走了。"回头见众人都在这里，只没惜春紫鹃，便说道："四妹妹和紫鹃姐姐跟前替我说一句罢，横竖是再见就完了。"众人见他的话又象有理，又象疯话。大家只说他从没出过门，都是太太的一套话招出来的，不如早早催他去了就完了事，便说道："外面有人等你呢，你再闹就误了时辰了。"宝玉仰面大笑道："走了，走了！不用胡闹了，完了事了！"众人也都笑道："快走罢。"独有王夫人和宝钗娘儿两个倒象生离死别的一般，那眼泪也不知从那里来的，直流下来，几乎失声哭出。但见宝玉嘻天哈地，大有疯傻之状，遂从此出门走了。正是：走求名利无双地，打出樊笼第一关……

看看到了出场日期，王夫人只盼着宝玉贾兰回来。等到晌午，不见回来，王夫人李纨宝钗着忙，打发人去到下处打听。去了一起，又无消息，连去的人也不来了。回来又打发一起人去，又不见回来。三个人心里如热油熬煎，等到傍晚有人进来，见是贾兰。众人喜欢问道："宝二叔呢？"贾兰也不及请安，便哭道："二叔丢了。"王夫人听了这话便怔了，半天也不言语，便直挺挺的躺倒床上。亏得彩云等在后面扶着，下死的叫醒转来哭着。见宝钗也是白瞪两眼。袭人等已哭得泪人一般，只有哭着骂贾兰道："胡涂东西，你同二叔在一处，怎么他就丢了？"贾兰道："我和二叔在下处，是一处吃一处睡。进了场，相离也不远，刻刻在一处的。今儿一早，二叔的卷子早完了，还等我呢。我们两个人一起去交了卷子，一同出来，在龙门口一挤，回头就不见了。我们家接场的人都问我，李贵还说看见的，相离不过数步，怎么一挤就不见了。现叫李贵等分头的找去，我也带了人各处号里都找遍了，没有，我所以这时候才回来。"王夫人是哭的一句话也说不出来，宝钗心里已知八九，袭人痛哭不已……众人中只有惜春心里却明白了，只不好说出来，便问宝钗道："二哥哥带了玉去了没有？"宝钗道："这是随身的东西，怎么不带！"惜春听了便不言语。袭人想起那日抢玉的事来，也是料着那和尚作怪，柔肠几断，珠泪交流，呜呜咽咽哭个不住。追想当年宝玉相待的情分，有时怄他，他便恼了，也有一种令人回心的好处，那温存体贴是不用说了。若怄急了他，便赌誓说做和尚。那知道今日却应了这句话！……惜春道："这样大人了，那里有走失的。只怕他勘破世情，入了空门，这就难找着他了。"这句话又招得王夫人等又大哭起来。李纨道："古来成佛作祖成神仙的，果然把爵位富贵都抛了也多得很。"王夫人哭道："他若抛了父母，这就是不孝，怎能成佛作祖。"探春道："大凡一个人不可有奇处。二哥哥生来带块玉来，都道是好事，这么说起来，都是有了这块玉的不好。若是再有几天不见，我不是叫太太生气，就有些原故了，只好譬如没有生这位哥哥罢了。果然有来头成了正果，也是太太几辈子的修积。"宝钗听了不言语，袭人那里忍得住，心里一疼，头上一晕便栽倒了。王夫人见了可怜，命人扶他回去。（第一百十九回）

一日，行到毗陵驿地方，那天乍寒下雪，泊在一个清静去处。贾政打发众人上岸投帖辞谢朋友，总说即刻开船，都不敢劳动。船中只留一个小厮伺候，自己在船中写家书，先要打发人起早到家。写到宝玉的事，便停笔。抬头忽见船头上微微的雪影里面一个人，光着头，赤着脚，身上披着一领大红猩猩毡的斗篷，向贾政倒身下拜。贾政尚未认清，急忙出船，欲待扶住问他是谁。那人已拜了四拜，站起来打了个问讯。贾政才要还揖，迎面一看，不是别人，却是宝玉。贾政吃一大惊，忙问道："可是宝玉么？"那人只不言语，似喜似悲。贾政又问道："你若是宝玉，如何这样打扮，跑到这里？"宝玉未及回言，只见舡头上来了两人，一僧一道，夹住宝玉说道："俗缘已毕，还不快走。"说着，三个人飘然登岸而去。贾政不顾地滑，疾忙来赶。见那三人在前，那里赶得上。只听见他们三人口中不知是那个作歌曰：我所居兮，青埂之峰。我所游兮，鸿蒙太空。谁与我游兮，吾谁与从。渺渺茫茫兮，归彼大荒。

贾政一面听着，一面赶去，转过一小坡，倏然不见。贾政已赶得心虚气喘，惊疑不定，回过头来，见自己的小厮也是随后赶来。贾政问道："你看见方才那三个人么？"小厮道："看见的。奴才为老爷追赶，故也赶来。后来只见老爷，不见那三个人了。"贾政还欲前走，只见白茫茫一片旷野，并无一人。贾政知是古怪，只得回来……

贾政叹道："你们不知道，这是我亲眼见的，并非鬼怪。况听得歌声大有元妙。那宝玉生下时衔了玉来，便也古怪，我早知不祥之兆，为的是老太太疼爱，所以养育到今。便是那和尚道士，我也见了三次：头一次是那僧道来说玉的好处；第二次便是宝玉病重，他来了将那玉持诵了一番，宝玉便好了；第三次送那玉来，坐在前厅，我一转眼就不见了。我心里便有些诧异，只道宝玉果真有造化，高僧仙道来护佑他的。岂知宝玉是下凡历劫的，竟哄了老太太十九年！如今叫我才明白。"说到那里，掉下泪来。众人道："宝二爷果然是下凡的和尚，就不该中举人了。怎么中了才去？"贾政道："你们那里知道，大凡天上星宿，山中老僧，洞里的精灵，他自有一种性情。你看宝玉何尝肯念书，他若略一经心，无有不能的。他那一种脾气也是各别另样。"说着，又叹了几声……

　　正说着，恰好那日贾政的家人回家，呈上书子，说："老爷不日到了。"王夫人叫贾兰将书子念给听。贾兰念到贾政亲见宝玉的一段，众人听了都痛哭起来，王夫人宝钗袭人等更甚。大家又将贾政书内叫家内"不必悲伤，原是借胎"的话解说了一番。"与其作了官，倘或命运不好，犯了事坏家败产，那时倒不好了。宁可咱们家出一位佛爷，倒是老爷太太的积德，所以才投到咱们家来。不是说句不顾前后的话，当初东府里太爷倒是修炼了十几年，也没有成了仙。这佛是更难成的。太太这么一想，心里便开豁了。"王夫人哭着和薛姨妈道："宝玉抛了我，我还恨他呢。我叹的是媳妇的命苦，才成了一二年的亲，怎么他就硬着肠子都撂下了走了呢！"薛姨妈听了也甚伤心。宝钗哭得人事不知。所有爷们都在外头，王夫人便说道："我为他担了一辈子的惊，刚刚儿的娶了亲，中了举人，又知道媳妇作了胎，我才喜欢些，不想弄到这样结局！早知这样，就不该娶亲害了人家的姑娘！"薛姨妈道："这是自己一定的，咱们这样人家，还有什么别的说的吗？幸喜有了胎，将来生个外孙子必定是有成立的，后来就有了结果了。你看大奶奶，如今兰哥儿中了举人，明年成了进士，可不是就做了官了么。他头里的苦也算吃尽的了，如今的甜来，也是他为人的好处。我们姑娘的心肠儿姊姊是知道的，并不是刻薄轻佻的人，姊姊倒不必耽忧。"王夫人被薛姨妈一番言语说得极有理，心想："宝钗小时候更是廉静寡欲极爱素淡的，他所以才有这个事，想人生在世真有一定数的。看着宝钗虽是痛哭，他端庄样儿一点不走，却倒来劝我，这是真真难得的！不想宝玉这样一个人，红尘中福分竟没有一点儿！"想了一回，也觉解了好些……

　　贾政进内谢了恩，圣上又降了好些旨意，又问起宝玉的事来。贾政据实回奏。圣上称奇，旨意说，宝玉的文章固是清奇，想他必是过来人，所以如此。若在朝中，可以进用。他既不敢受圣朝的爵位，便赏了一个"文妙真人"的道号。贾政又叩头谢恩而出。回到家中，贾琏贾珍接着，贾政将朝内的话述了一遍，众人喜欢……

　　雨村道："既然如此，现今宝玉的下落，仙长定能知之。"士隐道："宝玉，即宝玉也。那年荣宁查抄之前，钗黛分离之日，此玉早已离世。一为避祸，二为撮合，从此凤缘一了，形质归一，又复稍示神灵，高魁贵子，方显得此玉那天奇地灵煅炼之宝，非凡间可比。前经茫茫大士渺渺真人携带下凡，如今尘缘已满，仍是此二人携归本处，这便是宝玉的下落。"雨村听了，虽不能全然明白，却也十知四五，便点头叹道："原来如此，下愚不知。但那宝玉既有如此的来历，又何以情迷至此，复又豁悟如此？还要请教。"士隐笑道："此事说来，老先生未必尽解。太虚幻境即是真如福地。一番阅册，原始要终之道，历历生平，如何不悟？仙草归真，焉有通灵不复原之理呢！"雨村听着，却不明白了。知仙机也不便更问，因又说道："宝玉之事既得闻命，但是散族闺秀如此之多，何元妃以下算来结局俱属平常呢？"士隐叹息道："老先生莫怪拙言，贵族之女俱属从情天孽海而来。大凡古今女子，那'淫'字固不可犯，只这'情'字也是沾染不得的。所以崔莺苏小，无非仙子尘心；宋玉相如，大是文人口孽。凡是情思缠绵的，那结果就不可问了。"雨村听到这里，不觉拈须长叹，因又问道："请教老仙翁，那荣宁两府，尚可如前否？"士隐道："福善祸淫，古今定理。现今荣宁两府，善者修缘，恶者悔祸，将来兰桂齐芳，家道复初，也是自然的道理。"……雨村还要再问，士隐不答，便命人设俱盘飧，邀雨村共食。食毕，雨村还要问自己的终身，士隐便道："老先生草庵暂歇，我还有一段俗缘未了，正当今日完结。"雨村惊讶道："仙长纯修若此，不知尚有何俗缘？"士隐道："也不过是儿女私情罢了。"雨村听了益发惊异："请问仙长，何出此言？"士隐道："老先生有所不知，小女英莲幼遭尘劫，老先生初任之时曾经判断。今归薛姓，产难完劫，遗一子于薛家以承宗祧。此时正是尘缘脱尽之时，只好接引接引。"士隐说着拂袖而起。雨村心中恍恍惚惚，就在这急流津觉迷渡口草庵中睡着了。

这士隐自去度脱了香菱，送到太虚幻境，交那警幻仙子对册，刚过牌坊，见那一僧一道，缥缈而来。士隐接着说道："大士、真人，恭喜，贺喜！情缘完结，都交割清楚了么？"那僧说："情缘尚未全结，倒是那蠢物已经回来了。还得把他送还原所，将他的后事叙明，不枉他下世一回。"士隐听了，便拱手而别。那僧道仍携了玉到青埂峰下，将宝玉安放在女娲炼石补天之处，各自云游而去。从此后，"天外书传天外事，两番人作一番人。"

这一日空空道人又从青埂峰前经过，见那补天未用之石仍在那里，上面字迹依然如旧，又从头的细细看了一遍，见后面偈文后又历叙了多少收缘结果的话头，便点头叹道："我从前见石兄这段奇文，原说可以闻世传奇，所以曾经抄录，但未见返本还原。不知何时复有此一佳话，方知石兄下凡一次，磨出光明，修成圆觉，也可谓无复遗憾了。只怕年深日久，字迹模糊，反有舛错，不如我再抄录一番，寻个世上清闲无事的人，托他传遍，知道奇而不奇，俗而不俗，真而不真，假而不假。或者尘梦劳人，聊倩鸟呼归去；山灵好客，更从石化飞来，亦未可知。"想毕，便又抄了，仍袖至那繁华昌盛的地方，遍寻了一番，不是建功立业之人，即系饶口谋衣之辈，那有闲情更去和石头饶舌。直寻到急流津觉迷度口，草庵中睡着一个人，因想他必是闲人，便要将这抄录的《石头记》给他看看。那知那人再叫不醒。空空道人复又使劲拉他，才慢慢的开眼坐起，便接来草草一看，仍旧掷下道："这事我早已亲见尽知。你这抄录的尚无舛错，我只指与你一个人,托他传去,便可归结这一新的公案了。"空空道人忙问何人,那人道:"你须待某年某月某日到一个悼红轩中,有个曹雪芹先生,只说贾雨村言托他如此如此。"说毕,仍旧睡下了。那空空道人牢牢记着此言,又不知过了几世几劫,果然有个悼红轩,见那曹雪芹先生正在那里翻阅历来的古史。空空道人便将贾雨村言了,方把这《石头记》示看。那雪芹先生笑道:"果然是'贾雨村言'了!"空空道人便问:"先生何以认得此人,便肯替他传述?"曹雪芹先生笑道:"说你空,原来你肚里果然空空。既是假语村言,但无鲁鱼亥豕以及背谬矛盾之处,乐得与二三同志,酒余饭饱,雨夕灯窗之下,同消寂寞,又不必大人先生品题传世,似你这样寻根究底,便是刻舟求剑,胶柱鼓瑟了。"那空空道人听了,仰天大笑,掷下抄本,飘然而去。一面走着,口中说道:"果然是敷衍荒唐!不但作者不知,抄者不知,并阅者也不知。不过游戏笔墨,陶情适性而已!"后人见了这本奇传,亦曾题过四句为作者缘起之言更转一竿头云:说到辛酸处,荒唐愈可悲。由来同一梦,休笑世人痴!(第一百二十回)

为什么宝玉失了通灵宝玉便会疯疯傻傻?

第二十五回中,二仙真曾称通灵宝玉原本"天不拘兮地不羁,心头无喜亦无悲",这正是对"本心"的一种暗示。"本心"在佛禅那里属本体世界,故超越于现象世界之外,不受现象世界的约束,正可称为"天不拘兮地不羁",《五灯会元》中"举手攀南斗,回身倚北辰。出头天外看,谁是我般人?"[1]"天不能盖地不载,无去无来无障碍"[2]"天地未足为大"[3]等语也正是对"本心"这种特性的表述。同样的,也正因为"本心"属本体世界,所以不落现象世界"喜""悲"等具体迹象,也可称为"心头无喜亦无悲"。

除了以"天不拘兮地不羁""心头无喜亦无悲"表现本心作为本体范畴不落现象世界中的具体迹象之外,《红楼梦》中还在多处对通灵宝玉乃"本心"之象征进行了隐喻暗示。

本体范畴的"本性""本心"在现象世界中是不可能存在的,只能存在于被心灵理想化的虚拟中。打个比方,现象世界中没有最圆的圆,最圆的圆只能存在于人内心的虚拟中。不过,尽管最圆的圆只能存在于虚拟中,这种虚拟是有意义的,它不仅不"假",反而最"真",因为,现象世界中的"圆"越趋近于那虚拟的"最圆的圆"就越圆,现象世界中的圆都是"假圆""相对圆",而那虚拟的"最圆的圆"却可称为"真圆""绝对圆""最圆",可以为现象世界的圆能够更圆提供标准与方向。同样的,本体范畴的"本性""本心"其实正是对人性人心最圆满完善状态的虚拟,可以为现象世界的人性与人心走向圆满完善提供标准与方向。这也就难怪,在禅宗那里,"本性"又可称为"佛性""真性","本心"又可称为"佛心""真心",而"本性""本心"又是名异实同,因语境的不同而各有所侧重,但都指向人性人心的圆满完善状态。那么,在现象世界中,人性人心

---

① (宋)普济:《五灯会元》上册,中华书局,2010年,第220页。
② (宋)普济:《五灯会元》上册,中华书局,2010年,第119页。
③ (宋)普济:《五灯会元》上册,中华书局,2010年,第294页。

为什么不能处于圆满完善状态呢？佛禅的一种解释是，人心人性本来清净，为客尘烦恼与妄想所染。如《华严经》卷五十八中说："菩萨摩诃萨知一切法本性清净、无染著、无热恼，以客尘烦恼故而受众苦；如是知已，于诸众生而起大悲，名本性清净，为说无垢清净光明法故。"《大宝积经》卷三十九中说："愚痴凡夫不觉如是自性清净。而为客尘烦恼之所染污。"达摩祖师之"四行观"称："含生同一真性，但为客尘妄想所覆，不能显了。"[1]《坛经》中说："人性本净，由妄念故，盖覆真如，但无妄想，性自清净"[2]……

何谓"客尘"？鸠摩罗什注《维摩诘经》"菩萨断除客尘烦恼而起大悲"一句时说："心本清净，无有尘垢，尘垢事会而生，于心为客尘也"。[3] 僧肇说得更是明白："心遇外缘，烦恼横起，故名客尘。"[4]可见，引发烦恼的事物即是所谓"客尘"，侧重于烦恼的"外缘"；与佛教原典相比，禅宗更看重烦恼的内因——"妄想"，认为即使面临外来诱惑，如果妄想不生，照样可以于名利场中具自由身，于绮罗丛中得大自在。作为一种宗教，禅宗居然有着"事事无碍，如意自在。手把猪头，口诵净戒。趁出淫坊，未还酒债""酒色财气不碍菩提路"等不仅惊世骇俗而且似乎消解宗教意义的观念，在很大程度上就是因为这一点。而通灵宝玉本是宝玉的"自家财珍"，当贾政说"小儿落草时虽带了一块宝玉下来，上面说能除邪祟，谁知竟不灵验"时，茫茫大士给出的解释是"只因他如今被声色货利所迷，故不灵验了"，如果我们把通灵宝玉视为"本心"之象征，这不也正是能够表示本心灵明，为"客尘"（声色货利）所染吗？再看后面，当宝玉丢失通灵宝玉的时候，他就变得昏沉疯傻，这也正可象征佛禅所说本心昧暗时人颠倒掉举惑乱昏狂的生命状态。如此看来，第八十二回中，黛玉做了一个恶梦，梦中宝玉所说"不好了，我的心没有了"也并非是无心之笔。尤其是《红楼梦》第一百十七回中，袭人等深恐宝玉将玉还给和尚还会犯疯傻之病，但宝玉很明确地说自己"不再病的了"，为什么呢？因为他声称"我已经有了心了"，也就是说，他已找回了曾经失去的自家财珍——"本心"，恢复了"本心"的灵明，跳出了声色货利等迷人圈子，从第五回中所说的"迷津"中解脱出来，消除了妄想，再不会狂乱昏惑了。而所谓的"还心"，惠能《坛经》中曾两次引用《维摩诘经》中的"即时豁然，还得本心"，《红楼梦》中大概也有这样的意味。"本心"作为本体范畴，是对人性人心圆满完善状态的一种理想化虚拟，在现象世界中不存在，在具体的个体生命那里也根本不能完全实现，"本心"只能作为标准与方向，引领被客尘、妄想所污染的人心恢复本来具备的清净灵明。在《红楼梦》中，通灵宝玉起初在"幽灵真境界"，"天不拘兮地不羁，心头无喜亦无悲"，"灵性已通"，这些都可象征"本心"本来所具备的清净灵明。后来，通灵宝玉到"花柳繁华地，温柔富贵乡"中"受享"，"幻来亲就臭皮囊"，"为声色货利所迷"，这可视为清净灵明之"本心"被客尘妄想所染的过程。最终，通灵宝玉经由红尘中的历劫，终于归真返元，贾宝玉也在大彻大悟后"有了心"，这也正可象征"识得本心"。

---

① 李淼：《中国禅宗大全》，长春出版社，1991年，第3页。
②《六祖法宝坛经》，台北毘卢出版社，2011年，第39页。
③《注维摩诘所说经》，上海古籍出版社，2011年，第109页。
④《注维摩诘所说经》，上海古籍出版社，2011年，第110页。

可以说，从佛禅义理在《红楼梦》中的渗透来看，《红楼梦》用通灵宝玉来象征，贯穿了从"本心"为客尘烦恼所迷到明心见性的悟道修行过程。

【经典链接】

至道无难，唯嫌拣择。但莫憎爱，洞然明白。毫厘有差，天地悬隔。欲得现前，莫存顺逆。违顺相争，是为心病。不识玄旨，徒劳念静。圆同太虚，无欠无余。良由取舍，所以不如。莫逐有缘，勿住空忍。一种平怀，泯然自尽。止动归止，止更弥动。唯滞两边，宁知一种。一种不通，两处失功。遣有没有，从空背空。多言多虑，转不相应。绝言绝虑，无处不通。归根得旨，随照失宗。须臾返照，胜却前空。前空转变，皆由妄见。不用求真，唯须息见。二见不住，慎莫追寻。才有是非，纷然失心。二由一有，一亦莫守。一心不生，万法无咎。无咎无法，不生不心。能由境灭，境逐能沉。境由能境，能由境能。欲知两段，元是一空。一空同两，齐含万象。不见精麁，宁有偏党。大道体宽，无易无难。小见狐疑，转急转迟。执之失度，必入邪路。放之自然，体无去住。任性合道，逍遥绝恼。系念乖真，昏沉不好。不好劳神，何用疏亲。欲取一乘，勿恶六尘。六尘不恶，还同正觉。智者无为，愚人自缚。法无异法，妄自爱着。将心用心，岂非大错？迷生寂乱，悟无好恶，一切二边，良由斟酌。梦幻空花，何劳把捉。得失是非，一时放却。眼若不睡，诸梦自除。心若不异，万法一如。一如体玄，兀尔忘缘。万法齐观，归复自然。泯其所以，不可方比。止动无动，动止无止。两既不成，一何有尔。究竟穷极，不存轨则。契心平等，所作俱息。狐疑尽净，正信调直。一切不留，无可记忆。虚明自照，不劳心力。非思量处，识情难测。真如法界，无他无自。要急相应，唯言不二。不二皆同，无不包容。十方智者，皆入此宗。宗非促延，一念万年。无在不在，十方目前。极小同大，忘绝境界。极大同小，不见边表。有即是无，无即是有。若不如是，必不须守。一即一切，一切即一。但能如是，何虑不毕。信心不二，不二信心。言语道断，非去来今。（《信心铭》）

汝但任心自在，莫作观行，亦莫澄心，莫起贪嗔，莫怀愁虑，荡荡无碍，任意纵横，不作诸善，不作诸恶，行住坐卧，触目遇缘，总是佛之妙用。快乐无忧，故名为佛。

（《五灯会元》卷二《牛头山法融禅师》）

师云："神会小师，却得善不善等，毁誉不动，哀乐不生，余者不得。数年山中，竟修何道？汝今悲泣，为忧阿谁？若忧吾不知去处，吾自知去及；吾若不知去处，终不预报于汝。汝等悲泣，盖为不知吾去处；若知吾去处，即不合悲泣。法性本无生灭去来，汝等尽坐，吾与汝说一偈，名曰'真假动静偈。'汝等诵取此偈，与吾意同，依此修行，不失宗旨。"

众僧作礼，请师作偈，偈曰："一切无有真，不以见为真，若见于真者，是见尽非真。若能自有真，离假即心真，自心不离假，无真何处真？有情即解动，无情即不动，若修不动行,同无情不动。若觅真不动,动上有不动,不动是不动,无情无佛种。能善分别相,第一义不动,但作如此见,即是真如用。报诸学道人,努力须用意,莫于大乘门,却执生死智。若言下相应,即共论佛义,若实不相应,合掌令欢喜。此宗本无诤,诤即失道意,执逆诤法门,自性入生死。(《坛经·付嘱品》)

一切处所,一切时中,念念不愚,常行智慧,即是般若行。一念愚,即般若绝;一念智,即般若生。世人愚迷,不见般若;口说般若,心中常愚。常自言我修般若,念念说空,不识真空。般若无形相,智慧心即是。若作如是解,即名般若智。

著境生灭起,如水有波浪,即名于此岸,离境无生灭,如水常流通,即名为彼岸,故号"波罗蜜"。

凡夫即佛,烦恼即菩提。前念迷,即凡夫;后念悟,即佛。前念著境,即烦恼;后念离境,即菩提。

我此法门,从一般若,生八万四千智慧。何以故?为世人有八万四千尘劳。若无尘劳,智慧常现,不离自性。悟此法者,即是无念、无忆、无著。不起诳妄,用自真如性,以智慧观照;于一切法,不取不舍。即是见性成佛道。

内外不住,去来自由,能除执心,通达无碍,能修此行,与《般若经》本无差别。

善知识,智慧观照,内外明彻,识自本心。若识本心,即本解脱;若得解脱,即是般若三昧;般若三昧即是无念。何名无念?若见一切法,心不染著,是为无念。用即遍一切处,亦不著一切处;但净本心,使六识出六门,于六尘中,无染无杂,来去自由,通用无滞,即是般若三昧。自在解脱,名无念行。

正见名出世,邪见名世间,邪正尽打却,菩提性宛然。(《坛经·般若品》)

先除十恶,即行十万;后除八邪,乃过八千。念念见性,常行十直,到如弹指,便亲弥陀……除人我,须弥倒;去邪心,海水竭;烦恼无,波浪灭;毒害忘,鱼龙绝。自心地上,觉性如来,放大光明,外照六门清净,能破六欲诸天。自性内照,三毒即除,地狱等罪,一时消灭,内外明彻,不异西方。不作此修,如何到彼?(《坛经·决疑品》)

一行三昧者,于一切处,行、住、坐、卧,常行一直心是也。如《净名经》云:"直心是道场,直心是净土。"莫心行谄曲,口但说直,口说一行三昧,不行直心;但行直心,于一切法,勿有执著。

我此法门,从上以来,先立无念为宗,无相为体,无住为本。无相者:于相而离相;无念者:于念而无念;无住者:人之本性,于世间善恶好丑,乃至冤之与亲,言语触刺欺争之时,并将为空,不思酬害,念念之中,不思前境。若前念、今念、后念,念念相续不断,名为系缚。于诸法上,念念不住,即无缚也。此是以无住为本。

外离一切相,名为无相;能离于相,即法体清净;此是以无相为体。

于诸境上心不染,曰无念;于自念上常离诸境,不于境上生心。若只百物不思,念尽除却,一念绝即死,别处受生,是为大错。学道者思之。若不识法意,自错犹可,更劝他人,自迷不见,又谤佛经;所以立无念为宗。

无者无何事?念者念何物?无者:无二相,无诸尘劳之心;念者,念其真如本性。真如即是念之体,念即是真如之用。真如自性起念,非眼耳鼻舌能念,其如有性,所以起念;真如若无,眼耳色声,当时即坏。

真如自性起念,六根虽有见闻觉知,不染万境,而真性常自在。故经云:"能善分别诸法相,于第一义而不动。"(《坛经·定慧品》)

此门坐禅,元不著心,亦不著净,亦不是不动。若言著心,心元是妄,知心如幻,故无所著也。若言著净,人性本净,由妄念故,盖覆真如,但无妄想,性自清净。起心著净,却生净妄,妄无处所,著者是妄。净无形相,却立净相,言是工夫;作此见者,障自本性,却被净缚。

外离相为禅;内不乱为定。外若著相,内心即乱;外若离相,心即不乱。本性自净自定,只为见境思境即乱。若见诸境心不乱者,是真定也。(《坛经·坐禅品》)

一、戒香:即自心中无非、无恶、无嫉妒、无贪嗔、无劫害,名戒香。

二、定香:即亲诸善恶境相,自心不乱,名定香。

三、慧香:自心无碍,常以智慧,观照自性,不造诸恶,虽修众善,心不执著,敬上念下,矜恤孤贫,名慧香。

四、解脱香:即自心无所攀缘,不思善,不思恶,自在无碍,名解脱香。

五、解脱知见香:自心既无所攀缘、善恶,不可沉空守寂,即须广学多闻,识自本心,达诸佛理,和光接物,无我、无人,直至菩提,真性不易,名解脱知见香。

弟子等从前念、今念及后念,念念不被愚迷染;从前所有恶业愚迷等罪,悉皆忏悔,愿一时消灭,永不复起。弟子等从前念、今念及后念,念念不被憍诳染;从前所有恶业憍诳等罪,悉皆忏悔,愿一时消灭,永不复起。弟子等从前念、今念及后念,念念不被嫉妒染;从前所有恶业嫉妒等罪,悉皆忏悔,愿一时消灭,永不复起。

无上佛道誓愿成,既常能下心行于真正,离迷、离觉,常生般若,除真、除妄,即见佛性,即言下佛道成。

自心归依觉,邪迷不生,少欲知足,能离财色,名两足尊。自心归依正,念念无邪见,以无邪见故,即无人我贡高贪爱执著,名离欲尊。自心归依净,一切尘劳爱欲境界,自性皆不染著,名众中尊。

世人性本清净,万法从自性生;思量一切恶事,即生恶行;思量一切善事,即生善行。如是诸法,在自性中,如天常清,日月常明,为浮云盖覆,上明下暗,忽遇风吹云散,上下俱明,万象皆现;世人性常浮游,如彼天云。善知识!智如日,慧如月;智慧常明,于外著境,被妄念浮云盖覆,自性不得明朗。若遇善知识,闻真正法,自除迷妄,内外明彻,于自性中,万法皆现,见性之人,亦复如是。此名清净法身佛。

自见本性,善恶虽殊,本性无二。无二之性,名为实性,于实性中,不染善恶,此名圆满报身佛。自性起一念恶,灭万劫善因;自性起一念善,得恒沙恶尽,直至无上菩提。念念自见,不失本念,名为报身。(《坛经·忏悔品》)

前念不生即心,后念不灭即佛;成一切相即心离一切相即佛。

世人外迷著相,内迷著空;若能于相离相,于空离空,即是内外不迷。若悟此法,一念心开,是为开佛知见。

只教汝去假归真,归真之后,真亦无名。应知所有珍财,尽属于汝,由汝受用,更不作父想,亦不作子想,亦无用想;是名持《法华经》。

只此不污染,诸佛之所护念。

不出不入,不定不乱;禅性无住,离住禅寂;禅性无生,离生禅想;心如虚空,亦无虚空之量。(《坛经·机缘品》)

心地无非自性戒,心地无痴自性慧,心地无乱自性定,不增不减自金刚,身去身来本三昧。

自性无非、无痴、无乱;念念般若观照,常离法相,自由自在,纵横尽得,有何可立?自性自悟,顿悟顿修,亦无渐次,所以不立一切法。诸法寂灭,有何次第?(《坛经·顿渐品》)

汝若欲知心要,但一切善恶,都莫思量,自然得入清净心体,湛然常寂,妙用恒沙。(《坛经·护法品》)

吾今教汝说法,不失本宗,先须举三科法门,动用三十六对,出没即离两边,说一切法莫离自性。忽有人问汝法,出语尽双,皆取对法,来去相因,究竟三法尽除,更无去处。

外于相离相,内于空离空,若全著相,即长邪见,若全执空,即长无明。

汝等若欲成就种智,须达一相三昧,一行三昧。若于一切处而不住相,于彼相中不生憎爱,亦无取舍,不念利益成坏等事,安闲恬静,虚融澹泊,此名一相三昧。若于一切处行住坐卧,纯一直心不动道场,其成净土,此名一行三昧。

其法无二,其心亦然,其道清净,亦无诸相。汝等慎勿观静,及空其心;此心本净,无可取舍,各自努力,随缘好去。

欲求见佛,但识众生;只为众生迷佛,非是佛迷众生。自性若悟,众生是佛;自性若迷,佛是众生。自性平等,众生是佛;自性邪险,佛是众生。汝等心若险曲,即佛在众生中,一念平直,即是众生成佛。我心自有佛,自佛是真佛,自若无佛心,何处求真佛?汝等自心是佛,更莫狐疑,外无一物而能建立,皆是本心生万种法。故经云:"心生,种种法生;心灭,种种法灭。"吾今留一偈,与汝等别,名"自性真佛偈"。后代之人,识此偈意,自见本心,自成佛道。偈曰:真如自性是真佛,邪见三毒是魔王,邪迷之时魔在舍,正见之时佛在堂。性中邪见三毒生,即是魔王来住舍,正见自除三毒心,魔变成佛真无假。法身报身及化身,三身本来是一身,若向性中能自见,即是成佛菩提因。

本从化身生净性，净性常在化身中，性使化身行正道，当来圆满真无穷。淫性本是净性因，除淫即是净性身，性中各自离五欲，见性刹那即是真。今生若遇顿教门，忽悟自性见世尊，若欲修行觅作佛，不知何处拟求真。若能心中自见真，有真即是成佛因，不见自性外觅佛，起心总是大痴人。顿教法门今已留，救度世人须自修，报汝当来学道者，不作此见大悠悠。

兀兀不修善，腾腾不造恶，寂寂断见闻，荡荡心无著。（《坛经·付嘱品》）

欲学无上菩提，不得轻于初学。下下人有上上智，上上人有没意智。（《坛经·自序品》）

若见一切人恶之与善，尽皆不取不舍，亦不染著，心如虚空名之为大，故曰"摩诃"。

世人若修道，一切尽不妨，常自见己过，与道即相当……若真修道人，不见世间过。若见他人非，自非却是左。他非我不非，我非自有过。但自却非心，打除烦恼破。（《坛经·般若品》）

内心谦下是功，外行于礼是德……若修功德之人，心即不轻，常行普敬，心常轻人，吾我不断即自无功；自性虚妄不实，即自无德；为吾我自大，常轻一切故。

心平何劳持戒？行直何用修禅？恩则亲养父母，义则上下相怜。让则尊卑和睦，忍则众恶无喧。若能钻木出火，淤泥定生红莲。苦口的是良药，逆耳必是忠言。改过必生智慧，护短心内非贤。日用常行饶益，成道非由施钱。菩提只向心觅，何劳向外求玄？听说依此修行，天堂只在目前。（《坛经·决疑品》）

自悟修行，不在于诤；若诤先后，即同迷人。不断胜负，却增我法，不离四相。

若修不动者，但见一切人时，不见人之是非善恶过患，即是自性不动。善知识！迷人身虽不动，开口便说他人是非长短好恶，与道违背；若著心著净，即障道也。（《坛经·坐禅品》）

忏者：忏其前愆；从前所有恶业、愚迷、憍诳、嫉妒等罪，悉皆尽忏，永不复起，是名为忏。悔者：悔其后过；从今已后，所有恶业、愚迷、憍诳、嫉妒等罪，今已觉悟，悉皆永断，更不复作，是名为悔，故称忏悔。凡夫愚迷，只知忏其前愆，不知悔其后过。以不悔故，前愆不灭，后过又生。前愆既不灭，后过复又生，何名忏悔？

内调心性，外敬他人，是自皈依……常自见己过，不说他人好恶，是自皈依。自皈依者，除却自性中不善心、嫉妒心、谄曲心、吾我心、诳妄心、轻人心、慢他心、邪见心、贡高心及一切时中不善之行依。常须下心，普行恭敬，即是见性通达，更无滞碍，是自皈依。

布施供养福无边，心中三恶元来造。拟将修福欲灭罪，后世得福罪还在。但向心中除罪缘，各自性中真忏悔。忽悟大乘真忏悔，除邪行正即无罪。（《坛经·忏悔品》）

而今而后,当谦恭一切。

吾之所见,常见自心过愆,不见他人是非好恶,是以亦见亦不见。(《坛经·机缘品》)

佛禅与《红楼梦》中的忏悔意识

从"本心"为客尘烦恼所迷到明心见性的悟道修行过程中,佛禅有一种否定性思维方式。以《坛经》中的"真假动静偈"为例,惠能明确提出:"若能自有真,离假即心真",强调通过对"假"的否定实现"心真"。

在禅宗思想史中,否定性思维方式并非自惠能始,如《五灯会元》著录有据说是三祖僧璨的《信心铭》,其中便有这样一句"不用求真,惟须息见",强调通过对妄见的否定来趋近于"真"而不是直接对"真"进行肯定。《五灯会元》中还载四祖道信点化牛头法融时说:"汝但任心自在,莫作观行,亦莫澄心,莫起贪嗔,莫怀愁虑,荡荡无碍,任意纵横,不作诸善,不作诸恶,行住坐卧,触目遇缘,总是佛之妙用。快乐无忧,故名为佛。"所谓"莫作观行""莫澄心""莫起念贪嗔""莫怀愁虑"云云皆是否定性思维方式。但惠能应该是较早将否定性思维方式相当系统彻底加以运用的禅师。他不仅说"若能自有真,离假即心真",通过对"假"的否定实现"心真",而且,他所创立的南宗禅与北宗禅很大的一个不同就是,北宗禅的修行实践采取的主要是肯定性思维方式,而南宗禅的修行实践采取的多是否定性思维方式。例如,在北宗禅那里,无论是"专念以息想,极力以摄心",还是"凝心入定,住心看净,起心外照,摄心内照",还是"时时勤拂拭",还是"诸善奉行名为慧,自净其意名为定",各种修行实践多是被正面肯定的。而惠能则说:"心地无非自性戒,心地无痴自性慧,心地无乱自性定",强调通过对"非""痴""乱"的否定进行"戒定慧"的修行实践。他还认为,"人性本净,由妄念故,盖覆真如,但无妄想,性自清净。""自心归依觉,邪迷不生,少欲知足,能离财色,名两足尊。自心归依正,念念无邪见,以无邪见故,即无人我贡高贪爱执著,名离欲尊。自心归依净,一切尘劳爱欲境界,自性皆不染著,名众中尊。""自皈依者,除却自性中不善心、嫉妒心、谄曲心、吾我心、诳妄心、轻人心、慢他心、邪见心、贡高心及一切时中不善之行"……《坛经》中,除了"无""莫"这样直接表示否定的字眼,还用"除"(如"除人我,须弥倒")、"去"("去邪心,海水竭")、"出"("出离生死苦海")、"离"(如"于相而离相")、"打却"(如"邪正尽打却,菩提性宛然")等来强调否定性思维方式。

惠能如此强调否定性思维方式,与他看重本体世界大有关系。他说的"净无形相,却立净相,言是工夫;作此见者,障自本性,却被净缚"(《坛经·坐禅品》)很有代表性:不能把现象世界任何具体、确定的"形相"、外部形式认作本体,正如《金刚经》所说"凡所有相,皆是虚妄",惠能亦说"一切无有真",现象世界之中找不到本体,必须超越于现象世界之外才能体认"本心""本性""真如法界"等名不同而实同的本体。在惠能那里,对现象世界的超越主要就是通过否定现象世界的"假""妄"而实现的,所谓"离假即心真""于外著境,被妄念浮云盖覆,自性不得明朗"。可以说,惠能认为体认本体世界、契入真如法界、实现人性人心最圆满完善状态的修行实践过程就是去除内心妄念识破外在假相的过程,而去除妄念识破假相的前提是对妄念假相能够省察,从而去除妄念、不为假相所迷。

否定性思维方式决定了对自省、谦下、忏悔、改过的强调:"内心谦下是功,外行于礼是德","若修功德之人,心即不轻,常行普敬","内调心性,外敬他人,是自皈依","常须下心,普行恭敬,即是见性通达,更无滞碍,是自归依","常自见己过,不说他人好恶","世人若修道,一切尽不妨,常自见己过,与道即相当","改过必生智慧,护短心内非贤","忏者:忏其前愆;从前所有恶业、愚迷、憍诳、嫉妒等罪,悉皆尽忏,永不复起,是名为忏。悔者:悔其后过;从今已后,所有恶业、愚迷、憍诳、嫉妒等罪,今已觉悟,悉皆永断,更不复作,是名为悔,故称忏悔"。

不难看出,《红楼梦》中的贾宝玉尽管也有这样那样的弱点,却在很大程度上具有这些品性。他是皇亲国戚家的公子哥儿,有时也有点儿纨袴习气,比如喝醉酒骂乳娘撵茜雪,因丫头们开门晚而误踢了袭人,锦衣玉食不知稼穑艰难等,可是,不要说袭人紫鹃平儿鸳鸯这些他常常喊作姐姐的"副小姐"们,即使是对小丫头们,他也被人说成是"连那些毛丫头的气都受的"(第三十五回),明明身为主子,"却每每甘心为诸丫鬟充役"(第三十六回)。不仅对"水做的骨肉"的众丫头们是这样,他在小厮们面前也没有一点儿主子的架子,小厮兴儿便曾这样说他:"再者也没刚柔,有时见了我们,喜欢时没上没下,大家乱顽一阵;不喜欢各自走了,他也不理人。我们坐着卧着,见了他也不理,他也不责备。因此没人怕他,只管随便,都过的去。"(第六十六回)甚至被农庄的村姑抢白,他不仅不以为忤,还"忙丢开手,陪笑说道:'我因为没见过这个,所以试他一试。'那丫头道:'你们那里会弄这个,站开了,我纺与你瞧。'……说着,只见那丫头纺起线来。宝玉正要说话时,只听那边老婆子叫道:'二丫头,快过来!'那丫头听见,丢下纺车,一径去了。宝玉怅然无趣。"后来又在路上遇到二丫头,"宝玉恨不得下车跟了他去,料是众人不依的,少不得以目相送,争奈车轻马快,一时展眼无踪。"(第十五回)宝玉的这种谦下使他有时甚至能够颇为苛刻地进行自我反省与忏悔,例如见了秦钟之后,他"心中便有所失,痴了半日,自己心中又起了呆意,乃自思道:'天下竟有这等人物!如今看来,我竟成了泥猪癞狗了。可恨我为什么生在这侯门公府之家,若也生在寒门薄宦之家,早得与他交结,也不枉生了一世。我虽如此比他尊贵,可知锦绣纱罗,也不过裹了我这根死木头;美酒羊羔,也不过填了我这粪窟泥沟。'富贵'二字,不料遭我荼毒了!'"在袭人家见到袭人的两个表妹,他说:"那样的不配穿红的,谁还敢穿。我因为见他实在好的很,怎么也得他在咱们家就好了。"(第十九回)金钏儿死后,宝玉的忏悔是真诚感人的。甚至,有时宝玉还把本不是自己的过失揽在自己身上进行忏悔,例如平儿受了贾琏凤姐两人的夹板气,"宝玉忙劝道:'好姐姐,别伤心,我替他两个赔不是罢。'平儿笑道:'与你什么相干?'宝玉笑道:'我们弟兄姊妹都一样。他们得罪了人,我替他赔个不是也是应该的。'"(第四十四回)中国古代文学一向缺少忏悔意识,而《红楼梦》在很大程度上就是忏悔之作,除了对宝玉这样人物形象的塑造,第一回"今风尘碌碌,一事无成,忽念及当日所有之女子,一一细推了去,觉其行止见识,皆出于我之上。何堂堂之须眉,诚不若彼一干裙钗?实愧则有余、悔则无益之大无可奈何之日也。当此时则自欲将已往所赖上赖天恩、下承祖德,锦衣纨绔之时、饫甘餍美之日,背父母教育之恩、负师兄规训之德,已至今日一事无成、半生潦倒之罪,编述一记,以告普天下人。虽我之罪固不能免,然闺阁中本自历历有人,万不可因我不肖,则一并使其泯灭也"云云也颇能表明这一点。《红楼梦》为什么能够突破常规,表现出难能可贵的忏悔意识,佛禅否定性思维方式的渗透应该是一个重要原因。其实,《红楼梦》以通灵宝玉象征"本心"的同时也使用了否定性思维方式:通灵宝玉刻了"莫失莫忘,仙寿恒昌"八个字,用"莫"字表示了对失、忘本心的否定。

> 祖曰:"特来相访,莫更有宴息之处否?"师指后面曰:"别有小庵。"遂引祖至庵所。绕庵,唯见虎狼之类。祖乃举两手作怖势。师曰:"犹有这个在。"祖曰:"这个是甚么?"师无语。少选,祖却于师宴坐石上书一佛字,师睹之竦然。祖曰:"犹有这个在。"

> 后于慧林寺遇天大寒,取木佛烧火向,院主诃曰:"何得烧我木佛?"师以杖子拨灰曰:"吾烧取舍利。"主曰:"木佛何有舍利?"师曰:"既无舍利,更取两尊烧。"

> 上堂:"我先祖见处即不然,这里无祖无佛,达磨是老臊胡,释迦老子是干屎橛,文殊普贤是担屎汉。等觉妙觉是破执凡夫,菩提涅槃是系驴橛,十二分教是鬼神簿、拭疮疣纸。四果三贤、初心十地是守古冢鬼,自救不了。"曰:"如何是道中人?"师曰:"干屎橛。"

> 师遂举临济上堂曰:"赤肉团上,有一无位真人,常在汝等诸人面门出入,未证据者看看。"时有僧问:"如何是无位真人?"济下禅床搊住曰:"道!道!"僧拟议,济拓开曰:"无位真人是甚么干屎橛?"

> 不见世尊生下,周行七步,目顾四方,一手指天,一手指地,云:"天上天下,唯吾独尊。"云门云:"我当初若见,一棒打杀与狗子吃却。"

佛禅与《红楼梦》中的"内典语中无佛性"

除了强调谦下、自省、忏悔、改过等品行,否定性思维方式由于不直接从正面肯定任何确定具体的形式,强调"于一切法,勿有执著"(《坛经·定慧品》),所以能够在很大程度上避免形式主义与固定僵化的作派。以《坛经》为例,惠能认为悟道修行不必采取出家的形式,所谓"若欲修行,在家亦得,不由在寺",只要"心净",仍然能够和出家人一样"内外明彻,不异西方",而出家人如果"心恶",照样"念佛往生难到"。悟道修行也不必恪守固定的戒律,所谓"心平何劳持戒"。也不必"常坐拘身"地禅定,所谓"行直何用修禅"。也不必因闻"空"而"空心静坐",那其实是"内迷著空",是"沉空守寂"。也不必为求净而"却立净相",那其实是"障自本性,却被净缚"。惠能称"道须通流",将任何形式主义与固定僵化的作法称为"著相",强调《金刚经》的"应无所住而生其心",表现出活泼灵动而又能够透过形式深入本质之中的高度智慧。又如《五灯会元》中,之所以对语言文字持强烈的否定态度,不惜采用棒喝殴打等激烈方式令参禅者言语道断心行处灭,无非还是因为语言文字不过是形式而已,悟道不可执定这些形式,如指能指月,但绝不可执指为月。如上链接，《五灯会元》中还载录了大量破除偶像、权威的言行，同样还是对形式主义与固定僵化的深恶痛绝。

马祖道一既说"即心即佛"，又说"非心非佛"，无非还是强调任何两种看似对立的观念都不可以将之固定僵化；临济义玄声称成佛作祖可以不看经、不习禅，无非还是认为悟道修行不可执定外在形式。《红楼梦》中，宝玉曾说过一句"内典语中无佛性，金丹法外有仙丹"，从中颇可看出对外在形式与固定僵化的摒弃。固然，这种话要在宝玉悟道之后才能说出，但是，在《红楼梦》中，我们确实可以看到，宝玉的资质有一个很重要的特点就是对外在形式的轻视以及对固定僵化观念的逆反。例如，他一向讨厌峨冠博带地吊庆往来、一本正经地在人前应酬，不喜尊卑分明的排场、虚与委蛇的礼节。第六十六回中，尤三姐说宝玉"若说胡涂，那些儿胡涂？姐姐记得，穿孝时咱们同在一处，那日正是和尚们进来绕棺，咱们都在那里站着，他只站在头里挡着人。人说他不知礼，又没眼色。过后他没悄悄的告诉咱们说：'姐姐不知道，我并不是没眼色。想和尚们脏，恐怕气味熏了姐姐们。'接着他吃茶，姐姐又要茶，那个老婆子就拿了他的碗倒。他赶忙说：'我吃脏了的，另洗了再拿来。'这两件上，我冷眼看去，原来他在女孩子们前不管怎样都过的去，只不大合外人的式，所以他们不知道。"尤三姐就已经看出宝玉"不大合外人的式"的背后有着一颗温柔体贴的爱心，而之所以"不大合外人的式"，换句话说不就是宝玉不看重别人所看重的外在形式吗？"文死谏，武死战"是当时价值观所激赏的，可小小年纪的宝玉却能够说出"人谁不死，只要死的好。那些个须眉浊物，只知道文死谏，武死战，这二死是大丈夫死名死节。竟何如不死的好！必定有昏君他方谏，他只顾邀名，猛拼一死，将来弃君于何地！必定有刀兵他方战，猛拼一死，他只顾图汗马之名，将来弃国于何地！所以这皆非正死"，"那武将不过仗血气之勇，疏谋少略，他自己无能，送了性命，这难道也是不得已！那文官更不可比武官了，他念两句书污在心里，若朝廷少有疵瑕，他就胡谈乱劝，只顾他邀忠烈之名，浊气一涌，实时拼死，这难道也是不得已"一番宏论，主要也是因为他能够透过献身死节的形式看到武官的无能文官的邀名。宝玉并非对圣人经典缺少敬畏之心，亦曾说过"除四书外杜撰的也多""明明德外无书"之类的话，但是，对于将圣人之言固定僵化的八股制义，他有着发自内心的厌恶："都是前人自己不能解圣人之书，便另出己意，混编纂出来的""拿他诓功名混饭吃也罢了，还要说代圣贤立言。好些的，不过拿些经书凑搭凑搭还罢了，更有一种可笑的，肚子里原没有什么，东拉西扯，弄的牛鬼蛇神，还自以为博奥。这那里是阐发圣贤的道理。"（第八十二回）至于在男尊女卑的时代为女儿大唱赞歌，在等级森然的时代能够平等待人，对这些固定僵化之观念的打破就更为大家所熟知了。

【思考讨论】五

1.《红楼梦》中如何以通灵宝玉象征"本心"与现象世界的关系？

2.《红楼梦》中如何以通灵宝玉象征明心见性的悟道修行过程？

3. 怎样理解评价宝玉所说的："我已经有了心了，要那玉何用"？

4. 怎样理解评价宝玉还玉？

5. 怎样理解佛禅义理中的"本体"范畴？在《红楼梦》中有哪些具体体现？

6.《红楼梦》为什么能够表现出难能可贵的忏悔意识？

7. 怎样理解评价宝玉对外在形式的轻视以及对固定僵化观念的逆反？

8.《坛经》与《红楼梦》中的否定性思维方式对你有什么启示？

《红楼梦》与礼教

由于过于强调《红楼梦》的反传统与叛逆精神，《红楼梦》中的儒学倾向在很大程度上被人们忽视了。可是，在第五回中，警幻仙子千方百计地点化宝玉悟道，悟后的指向是什么呢？警幻仙子说得很清楚："而今后万万解释，改悟前情，留意于孔孟之间，委身于经济之道。"宝玉曾说"除《四书》外，杜撰得太多"（第三回），又说"'明明德'外无书，都是前人自己不能解圣人之书，便另出己意，混编纂出来的"（第三十六回）；《红楼梦》既写了贾珍贾琏等人一方面符合丧礼的仪式程序，一方面却又寻欢作乐，违背了"礼"的真精神；又写了人皆说宝玉"不知礼"，而宝玉却很懂人伦大礼：尽管父亲对他很严厉，他却在对林黛玉表白时说父亲是他最亲的四个人之一（第三十二回）；走过父亲房间时，即使父亲不在，他还是要循礼而动——第五十二回中有这样一段："宝玉慢慢的上了马，李贵和王荣笼着嚼环，钱启周瑞二人在前引导，张若锦赵亦华在两边紧贴宝玉后身。宝玉在马上笑道：'周哥，钱哥，咱们打这角门走罢，省得到了老爷的书房门口又下来。'周瑞侧身笑道：'老爷不在家，书房天天锁着的，爷可以不用下来罢了。'宝玉笑道：'虽锁着，也要下来的。'"这些例子可以表明，作者并不一味地反传统与叛逆，他对孔孟之道、儒家的礼法还是相当认同与恪守的。但是，也有人认为，这是作者的"曲笔"与"特笔"，并不能代表《红楼梦》对儒学的整体态度。那么，《红楼梦》对儒学究竟是怎样一种态度？它对儒学究竟是以认同为主还是基本否定呢？

【智慧点击】 《红楼梦》中的儒学倾向在很大程度上被忽视了

学界曾过于夸大了明中叶以后反儒学反礼教的思想倾向。明代冯梦龙及其《三言》就是其中的一个。冯梦龙作为小说家戏曲家为人所熟知，其实，他还是位经学家。《江南通志》之《人物志》云："冯梦龙，字犹龙，吴县人。才情跌荡，诗文丽藻，尤工经学。所著《春秋指月》《衡库》二书为举业家所宗。"他曾任福建寿宁知县，《福建通志》列举名宦时亦提到他，称其"所著有《四书指月》《春秋指月》《智囊补》等书，为世传诵"。友人文震孟为其书作序赞叹他"得于经术者深"。《明史》之《艺文志》著录了他的《春秋衡库》，对明人颇多不屑的四库全书总目中也著录了其经学著作《春秋大全》《春秋衡库》《春秋指月》，并指出清人储欣、蒋景祁同撰的《春秋指掌》中三传注、胡安国注外多采自冯梦龙的《春秋指月》《春秋衡库》二书，冯氏在经学领域之影响可见一斑。除这些著录之外,目前能见到的冯氏经学著作《四书指月》(残存《论语》《孟子》部分)、《麟经指月》(即《春秋指月》)、《春秋衡库》《春秋定旨新参》就有洋洋洒洒上百万字,可见冯氏在经学领域著述颇丰。

从冯梦龙的经学思想来看,他相当维护宣扬忠孝节烈的礼教与"存天理,灭人欲"的理学伦理,我们不必夸大他根本没有起到的反礼教、反理学的历史作用。

据《左传》纪载,孔子指责齐国在夹谷之会中的种种"非礼"行为,结果齐人非常羞愧,归还了在鲁国的侵地。冯梦龙于《麟经指月》中有这样一段文字:"观《春秋》纪要盟归地之文,而知礼为大矣。"既然"礼为大",冯梦龙强调"谨礼""正礼""爱礼""明礼",反对"越礼""非礼""渎礼""废礼"当然就在情理之中了。这样的例子在冯氏的经学著作中比比皆是,姑举几例以见一斑:

> 圣人示越礼之戒,观其谨礼者可知矣[1]。
> 以国母而出享外君,非礼之甚也。[2]
> 经于内君废礼,深致爱礼之意焉。[3]
> 大夫越礼以贻患,圣人因正之以礼焉。[4]

对于"理""天理",冯梦龙也是非常强调的:

> 民心、天德并非两件,民心至公,即此便是天理。[5]
> 经恕外夷之复仇,存天理也。[6]
> 赂免似出一时便宜,圣人却推到性命之理上。理一也。[7]
> 经诛蔑伦之恶,而复治其党,所以训天理也。[8]

过去学界夸大《三言》的反礼教、反理学倾向时,往往会举出对女子的改嫁与失贞相当宽容的一些例子。其实,从比例上来讲,这些作品的数量很少,而宣传忠孝节烈的作品在数量上要比它们多得多。而且,《三言》中常常责人以不必死之死、不必苦之苦,有着非常严苛的节烈观念。如《徐老仆义愤成家》入话讲述了杜亮宁可被暴躁的主人打死也不肯离开主人的故事,盛赞他"爱才恋主,千古奇人";《范巨卿鸡黍死生交》写范式只不过为了赶赴友人张邵的鸡黍之约就自刎而死,使鬼魂能够如期赶到张家。张邵得知后亦自杀,求葬于范式之侧,二人以死来表

---

[1]《麟经指月第二·桓公下》,《冯梦龙全集》第17册,凤凰出版社,2007年,第133页。
[2]《麟经指月第三·庄公上》,《冯梦龙全集》第17册,凤凰出版社,2007年,第149页。
[3]《春秋定旨参新》卷十四,《冯梦龙全集》第18册,凤凰出版社,2007年,第613页。
[4]《麟经指月第十一·定公下》,《冯梦龙全集》第18册,凤凰出版社,2007年,第732页。
[5]《麟经指月第十·昭公上》,《冯梦龙全集》第18册,凤凰出版社,2007年,第655页。
[6]《麟经指月第十·哀公上》,《冯梦龙全集》第18册,凤凰出版社,2007年,第740页。
[7]《春秋定旨参新》卷十三,《冯梦龙全集》第18册,凤凰出版社,2007年,第561页。
[8]《麟经指月第十·哀公上》,《冯梦龙全集》第17册,凤凰出版社,2007年,第745页。

明朋友有信；《任孝子烈性为神》中的任一杀了出轨的妻子与奸夫之外"杀了丈人、丈母、使女，一家非死三人"，按当时的法律也被判凌迟，在作品中却竟然被称为"忠烈孝义之人"；《赵太祖千里送京娘》中无论是京娘还是其父母，将京娘的终身托付给赵匡胤本也是出于诚意，但赵匡胤为了表明自己不是贪图女色，对他们大加辱骂，致使京娘羞愧自尽；《蔡瑞虹忍辱报仇》中的蔡瑞虹苦志为全家报仇，但刚实现夙愿便以剪刀刺喉而死，因为"男德在义，女德在节"，她曾失身强盗，"就死也算不得贞节了"，她早就打定主意，"报仇之后，寻个自尽，以洗污名"……后者其实可以代表《三言》的一种模式：即使并没有对女子的失身或改嫁直接加以指责，女子必须为失身与改嫁付出代价或"将功赎罪"，也就是说，无论原因如何，失身改嫁被宣判为女子的"原罪"。例如，《梁武帝累修归极乐》中的溧阳公主委身侯景是为了保全萧氏家族，复仇后"期以自死"；《赵春儿重旺曹家庄中》中的赵春儿虽是妓女，却"十五年勤劳辛苦"，助夫重兴家业；《单符郎全州佳偶》中单符郎能与妓女结为良缘，是因为春娘本与自己有婚姻之约，且此女"厌恶风尘，出于志诚"，性格又温良贤淑……也正是出于这样的原因，那些被认为对女子改嫁与失节相当宽容的少数几篇中，所谓的宽容态度其实也很有限：王三巧失身后虽然还得到了蒋兴哥的谅解，但是她由妻变成了妾，用作品中的话说就是："可见果报不爽，好教少年子弟做个榜样""恩爱夫妻虽到头，妻还作妾亦堪羞。咴样果报无虚谬，咫尺青天莫远求。"玉兰小姐虽然失贞，却能够有一个比较好的结局，根本原因是她以不嫁守节、孝养公婆、教子成名来弥补。而且，无论是《三言》还是《情史》，无论是《墨憨斋定本传奇》还是《太霞新奏》，都不难找到冯氏宣扬我们过去称为礼教、理学思想的大量言论。他在晚年编写了《寿宁待志》，其中对节烈妇女的称赞还曾令研究者诧为思想上的一种退步，慨叹冯梦龙"真的老了，迂腐了"云云。其实，如前所述，冯氏很强调守礼、存理，非常维护礼教理学的核心价值，他根本就没有反礼教、反理学的激进立场。

类似冯梦龙这样的例子可以举出很多。

例如唐伯虎。放浪形骸、不拘礼法的唐伯虎在为节烈女子立传时主要称颂女子节烈之德而非能诗善赋之才。

例如汤显祖。论者多称赞他的以"情"反"理"，肯定他对于礼教束缚的冲破，却没有注意到他在称颂忠臣孝子节妇义士时与讲学家的道德立场几乎没有什么两样。且看一看他所褒扬的这样一些人物：

> 青云有贞妇，宜家成孝廉。婉娩闺阁间，恩意何沾沾。计谐泣有赠，为兆理亦嫌。孝廉竟客死，贞妇誓随藏。蒲桃岂疗饥，聊以宽慈严。儿女伤人心，岁月难久淹。素履示芳迹，池光没流蟾……（《伍贞妇诗》）
>
> 自言贫富有天意，但得双栖百不如。何悟双栖不双老，凤歧瘦死青镜孤。彼姝号天泪填臆，两人性命如交芦。买棺必又穴无两，得藉蝼蚁当前驱。为夫立儿拜宗毕，绝粒九日经其庐……（《陈烈妇歌为张华亭作》）

孝子晋人也。家贫,自力养侍。虽盛暑未尝不冠带。亲意所在千里之外不以为难。亲死,皆身为坟而庐。深野中无人,野兽左右噪,安之也。每夜定,或寒月,号哭声常飘萧出林薄,随悲风远闻,人为泣下。独日饮一杯麋,形色枯槁。人劝其还,哭而不答……(《东莞县晋黄孝子特祠碑》)

崇仁人,名彻。年少美须眉,善慷慨。靖康初,应诏言五十余事,为三巨轴,郡选力士肩行。会虏大入。彻曰:"我能口伐金,强于百万师。请质子女于朝,身使穹庐"。人笑其狂,止之不可。乃走行在所,伏厥呼曰:"李纲所谓大臣,不可罢。黄潜善汪伯彦两人不可用,陛下亦宜亲总六师,迎还二帝,忠为人臣子弟之义"上怒,潜善等谮杀之……(《欧阳德明赞并传》)[1]

例如李贽。他在当时被视为异端,最后甚至被迫害致死。但是,他之所以反对"以孔子之是非为是非"(《藏书·世纪列传总目前论》)只是反对迷信权威、倡导独立思考:"且孔子未尝教人之学孔子也。使孔子而教人以学孔子,何以颜渊问仁,而曰'为仁由己'而不由人也欤哉!何以曰'古之学者为己',又曰'君子求诸己'也欤哉!惟其由己,故诸子自不必问仁于孔子,惟其为己,故孔子自无学术以授门人"(《焚书·答耿中丞》),他其实非常尊重孔子,称孔子为圣人,称儒学为"圣学""圣教",其著述中对于孔子与儒学的称颂比比皆是,就连落发出家后还在佛堂悬挂孔子像,甚至被捕入狱时,面对"惑世诬民"的问罪,他抗声曰:"罪人著述甚多,俱在,于圣教有益无损。"

不过,不反礼教并不意味着便没有了过去常说的所谓"进步"思想,礼教也有合理内涵,仅仅一个简单的"反"的姿态并不能表明思想就一定是进步的。关键是看,究竟是在怎样的具体层面维护或反对了礼教、理学。这一点同样适用于《红楼梦》。

【文本选讲】

宝玉听说,便命人收了。刚洗了脸出来,要往贾母那里请安去,只见林黛玉顶头来了。宝玉赶上去笑道:"我的东西叫你拣,你怎么不拣?"林黛玉昨日所恼宝玉的心事早又丢开,又顾今日的事了,因说道:"我没这么大福禁受,比不得宝姑娘,什么金什么玉的,我们不过是草木之人!"宝玉听他提出"金玉"二字来,不觉心动疑猜,便说道:"除了别人说什么金什么玉,我心里要有这个想头,天诛地灭,万世不得人身!"林黛玉听他这话,便知他心里动了疑,忙又笑道:"好没意思,白白的说什么誓?管你什么金什么玉的呢!"宝玉道:"我心里的事也难对你说,日后自然明白。除了老太太、老爷、太太这三个人,第四个就是妹妹了。要有第五个人,我也说个誓。"林黛玉道:"你也不用说誓,我很知道你心里有'妹妹',但只是见

---

[1] 以上所引作品依次见于《汤显祖诗文集》(徐朔方笺校,上海古籍出版社 1982 年 6 月第 1 版)卷十七,卷二十,卷三十五,卷五。

了'姐姐'，就把'妹妹'忘了。"宝玉道："那是你多心，我再不的。"林黛玉道："昨儿宝丫头不替你圆谎，为什么问着我呢？那要是我，你又不知怎么样了。"（第二十八回）

宝玉轻轻的走到跟前，把他耳上带的坠子一摘，金钏儿睁开眼，见是宝玉。宝玉悄悄的笑道："就困的这么着？"金钏抿嘴一笑，摆手令他出去，仍合上眼，宝玉见了他，就有些恋恋不舍的，悄悄的探头瞧瞧王夫人合着眼，便自己向身边荷包里带的香雪润津丹掏了出来，便向金钏儿口里一送。金钏儿并不睁眼，只管噙了。宝玉上来便拉着手，悄悄的笑道："我明日和太太讨你，咱们在一处罢。"金钏儿不答。宝玉又道："不然，等太太醒了我就讨。"金钏儿睁开眼，将宝玉一推，笑道："你忙什么！'金簪子掉在井里头，有你的只是有你的'，连这句话语难道也不明白？我倒告诉你个巧宗儿，你往东小院子里拿环哥儿同彩云去。"宝玉笑道："凭他怎么去罢，我只守着你。"只见王夫人翻身起来，照金钏儿脸上就打了个嘴巴子，指着骂道："下作小娼妇，好好的爷们，都叫你教坏了。"宝玉见王夫人起来，早一溜烟去了。（第三十一回）

贾政一见，眼都红紫了，也不暇问他在外流荡优伶，表赠私物，在家荒疏学业，淫辱母婢等语，只喝令"堵起嘴来，着实打死！"小厮们不敢违拗，只得将宝玉按在凳上，举起大板打了十来下。贾政犹嫌打轻了，一脚踢开掌板的，自己夺过来，咬着牙狠命盖了三四十下。众门客见打的不祥了，忙上前夺劝。贾政那里肯听，说道："你们问问他干的勾当可饶不可饶！素日皆是你们这些人把他酿坏了，到这步田地还来解劝。明日酿到他弑君杀父，你们才不劝不成！"

众人听这话不好听，知道气急了，忙又退出，只得觅人进去给信……。王夫人不敢先回贾母，只得忙穿衣出来，也不顾有人没人，忙忙赶往书房中来，慌的众门客小厮等避之不及。王夫人一进房来，贾政更如火上浇油一般，那板子越发下去的又狠又快。按宝玉的两个小厮忙松了手走开，宝玉早已动弹不得了……王夫人抱着宝玉，只见他面白气弱，底下穿着一条绿纱小衣皆是血渍，禁不住解下汗巾看，由臀至胫，或青或紫，或整或破，竟无一点好处，不觉失声大哭起来，"苦命的儿吓！"……贾政听这话不象，忙跪下含泪说道："为儿的教训儿子，也为的是光宗耀祖。母亲这话，我做儿的如何禁得起？"贾母听说，便咥了一口，说道："我说一句话，你就禁不起，你那样下死手的板子，难道宝玉就禁得起了？你说教训儿子是光宗耀祖，当初你父亲怎么教训你来！"说着，不觉就滚下泪来。贾政又陪笑道："母亲也不必伤感，皆是作儿的一时性起，从此以后再不打他了。"贾母便冷笑道："你也不必和我使性子赌气的。你的儿子，我也不该管你打不打。我猜着你也厌烦我们娘儿们。不如我们赶早儿离了你，大家干净！"……一面说，一面只令快打点行李车轿回去。贾政苦苦叩求认罪。贾母一面说话，一面又记挂宝玉，忙进来看时，只见今日这顿打不比往日，又是心疼，又是生气，也抱着哭个不了。王夫人与凤姐等解劝了一会,方渐渐的止住。早有丫鬟媳妇等上来,要挽宝玉,凤姐便骂道:"胡涂东西,也不睁开眼瞧瞧!打的这么个样儿,还要挽着走!还不快进去把那藤屉子春凳抬出来呢。"众人听说连忙进去,果然抬出春凳来,将宝玉抬放凳上,随着贾母王夫人等进去,送至贾母房中。(第三十三回)

话说袭人见贾母王夫人等去后,便走来宝玉身边坐下,含泪问他:"怎么就打到这步田地?"宝玉叹气说道:"不过为那些事,问他作什么!只是下半截疼的很,你瞧瞧打坏了那里。"袭人听说,便轻轻的伸手进去,将中衣褪下。宝玉略动一动,便咬着牙叫'嗳哟',袭人连忙停住手,如此三四次才褪了下来。袭人看时,只见腿上半段青紫,都有四指宽的僵痕高了起来。袭人咬着牙说道:"我的娘,怎么下这般的狠手!你但凡听我一句话,也不得到这步地位。幸而没动筋骨,倘或打出个残疾来,可叫人怎么样呢!"(第三十四回)

老嬷嬷又吩咐了他六人些话,六个人忙答应了几个"是",忙捧鞭坠镫。宝玉慢慢的上了马,李贵和王荣笼着嚼环,钱启周瑞二人在前引导,张若锦、赵亦华在两边紧贴宝玉后身。宝玉在马上笑道:"周哥,钱哥,咱们打这角门走罢,省得到了老爷的书房门口又下来。"周瑞侧身笑道:"老爷不在家,书房天天锁着的,爷可以不用下来罢了。"宝玉笑道:"虽锁着,也要下来的。"钱启李贵等都笑道:"爷说的是。便托懒不下来,倘或遇见赖大爷林二爷,虽不好说爷,也劝两句。有的不是,都派在我们身上,又说我们不教爷礼了。"(第五十二回)

贾母又问:"你这哥儿也跟着你们老太太?"四人回说:"也是跟着老太太。"贾母道:"几岁了?"又问:"上学不曾?"四人笑说:"今年十三岁。因长得齐整,老太太很疼。自幼淘气异常,天天逃学,老爷太太也不便十分管教。"贾母笑道:"也不成了我们家的了!你这哥儿叫什么名字?"四人道:"因老太太当作宝贝一样,他又生的白,老太太便叫作宝玉。"贾母便向李纨等道:"偏也叫作个宝玉。"李纨忙欠身笑道:"从古至今,同时隔代重名的很多。"四人也笑道:"起了这小名儿之后,我们上下都疑惑,不知那位亲友家也倒似曾有一个的。只是这十来年没进京来,却记不得真了。"贾母笑道:"岂敢,就是我的孙子。人来。"众媳妇丫头答应了一声,走近几步。贾母笑道:"园里把咱们的宝玉叫了来,给这四个管家娘子瞧瞧,比他们的宝玉如何?"众媳妇听了,忙去了,半刻围了宝玉进来。四人一见,忙起身笑道:"唬了我们一跳。若是我们不进府来,倘若别处遇见,还只道是我们的宝玉后赶着也进了京了呢。"一面说,一面都上来拉他的手,问长问短。宝玉忙也笑问好。贾母笑道:"比你们的长的如何?"李纨等笑道:"四位妈妈才一说,可知是模样相仿了。"贾母笑道:"那有这样巧事?大家子孩子们再养的娇嫩,除了脸上有残疾十分黑丑的,大概看去都是一样的齐整。这也没什么怪处。"四人笑道:"如今看来,模样是一样。据老太太说,淘气也一样。我们看来,这位哥儿性情却比我们的好些。"贾母忙问:"怎见得?"四人笑道:"方才我们拉哥儿的手说话便知。我们那一个只说我们胡涂,慢说拉手,他的东西我们略动一动也不依。所使唤的人都是女孩子们。"四人未说完,李纨姊妹等禁不住都失声笑出来。贾母也笑道:"我们这会子也打发人去见了你们宝玉,若拉他的手,他也自然勉强忍耐一时。可知你我这样人家的孩子们,凭他们有什么刁钻古怪的毛病儿,见了外人,必是要还出正经礼数来的。若他不还正经礼数,也断不容他刁钻了。就是大人溺爱的,是他一则生的得人意,二则见人礼数竟比大人行出来的不错,使人见了可爱可怜,背地里所以才纵他一点子。若一味他只管没里没外,不与大人争光,凭他生的怎样,也是该打死的。"四人听了,都笑说:"老太太这话正是。虽然我们宝玉淘气古怪,有时见了人客,规矩礼数更比大人有礼。所以无人见了不爱,只说为什么还打他。殊不知他在家里无法无天,大人想不到的话偏会说,想不到的事他偏要行,所以老爷太太恨的无法。就是弄性,也是小孩子的常情,胡乱花费,这也是公子哥儿的常情,怕上学,也是小孩子的常情,都还治的过来。第一,天生下来这一种刁钻古怪的脾气,如何使得。"(第五十六回)

贾政在宝玉心中的真实地位是怎样的?

第二十八回中,宝玉劝慰林妹妹道:"我心里的事也难对你说,日后自然明白。除了老太太、老爷、太太这三个人,第四个就是妹妹了。要有第五个人,我也说个誓。"这是向心上人表白,是宝玉发自肺腑之言。而在这段话中,林妹妹在宝玉心中的地位还只能排在第四位,乃父贾政则赫然排在第二位,仅次于贾母。宝玉这段话的真诚性无可置疑,他正在向林妹妹赌咒发誓,要突出林妹妹在他心中的地位,如果贾政在他心目中没有地位,他完全可以把林妹妹的"排名"靠前。但是,贾母是何许人也? 是把他当成"心肝肉儿"的慈祥的老祖母。而贾政又是何许人也? 是对他管教甚严的严父。听到这位严父的传唤,宝玉的反应常常是"好似打了个焦雷""杀死不敢去";严父刚一离开,他"如同开了锁的猴子一般",可见面对严父时他拘束到了何等程度。而且这位严父还曾把他往死里打:"贾政犹嫌打轻了,一脚踢开掌板的,自己夺过来,咬着牙狠命盖了三四十下。众门客见打的不祥了,忙上前夺劝","只见他面白气弱,底下穿着一条绿纱小衣皆是血渍,禁不住解下汗巾看,由臀至胫,或青或紫,或整或破,竟无一点好处",看到他身上的伤势,连"温柔和顺"的袭人都忍不住抱怨了一句:"我的娘,怎么下这般的狠手!"可是,宝玉对严父有一句怨言吗? 不仅无怨,宝玉对严父还礼敬有加。第五十二回中,尽管周瑞告诉宝玉老爷不在家,不必从马上下来这么麻烦,宝玉却说:"虽锁着,也要下来的。"贾政不在家,宝玉自然没有一点儿作秀的性质,他是真心恪守在父亲房门前一定要下马的礼法规定。第五十六回中,贾母曾经道出自己疼爱宝玉最重要的原因:"可知你我这样人家的孩子们,凭他们有什么刁钻古怪的毛病儿,见了外人,必是要还出正经礼数来的。若他不还正经礼数,也断不容他刁钻去了。就是大人溺爱的,是他一则生的得人意,二则见人礼数竟比大人行出来的不错,使人见了可爱可怜,背地里所以才纵他一点子。"而如果没有礼数,"只管没里没外,不与大人争光,凭他生的怎样,也是该打死的"。从宝玉的实际行动来看,贾母所言不虚。

在父亲房间门前下马示敬是礼数,被父亲打得死去活来而不怨也是礼数。《礼记·祭义》中云:"父母恶之,惧而无怨",《礼记·内则》中更是明确规定:"父母怒、不说,而挞之流血,不敢疾怨,起敬起孝"。可以看出,宝玉挨打后的表现简直就是"不敢疾怨,起敬起孝"的典范。

谁知目今盛暑之时,又当早饭已过,各处主仆人等多半都因日长神倦之时,宝玉背着手,到一处,一处鸦雀无闻。从贾母这里出来,往西走了穿堂,便是凤姐的院落。到他们院门前,只见院门掩着。知道凤姐素日的规矩,每到天热,午间要歇一个时辰的,进去不便,遂进角门,来到王夫人上房内。只见几个丫头子手里拿着针线,却打盹儿呢。王夫人在里间凉榻上睡着,金钏儿坐在旁边捶腿,也乜斜着眼乱恍。宝玉轻轻的走到跟前,把他耳上带的坠子一摘,金钏儿睁开眼,见是宝玉。宝玉悄悄的笑道:"就困的这么着?"金钏抿嘴一笑,摆手令他出去,仍合上眼,宝玉见了他,就有些恋恋不舍的,悄悄的探头瞧瞧王夫人合着眼,便自己向身边荷包里带的香雪润津丹掏了出来,便向金钏儿口里一送。金钏儿并不睁眼,只管噙了。宝玉上来便拉着手,悄悄的笑道:"我明日和太太讨你,咱们在一处罢。"金钏儿不答。宝玉又道:"不然,等太太醒了我就讨。"金钏儿睁开眼,将宝玉一推,笑道:"你忙什么!'金簪子掉在井里头,有你的只是有你的',连这句话语难道也不明白?我倒告诉你个巧宗儿,你往东小院子里拿环哥儿同彩云去。"宝玉笑道:"凭他怎么去罢,我只守着你。"只见王夫人翻身起来,照金钏儿脸上就打了个嘴巴子,指着骂道:"下作小娼妇,好好的爷们,都叫你教坏了。"宝玉见王夫人起来,早一溜烟去了。(第三十二回)

宝玉及到了怡红院,只见一群人在那里,王夫人在屋里坐着,一脸怒色,见宝玉也不理。晴雯四五日水米不曾沾牙,恹恹弱息,如今现从炕上拉了下来,蓬头垢面,两个女人才架起来去了。王夫人吩咐,只许把他贴身衣服撂出去,余者好衣服留下给好丫头们穿。

如今且说宝玉只当王夫人不过来搜检搜检,无甚大事,谁知竟这样雷嗔电怒的来了。所责之事皆系平日之语,一字不爽,料必不能挽回的。虽心下恨不能一死,但王夫人盛怒之际,自不敢多言一句,多动一步,一直跟送王夫人到沁芳亭。王夫人命:"回去好生念念那书,仔细明儿问你。才已发下恨了。"宝玉听如此说,方回来,一路打算:"谁这样犯舌?况这里事也无人知道,如何就都说着了。"一面想,一面进来,只见袭人在那里垂泪。且去了第一等的人,岂不伤心,便倒在床上也哭起来。袭人知他心内别的还犹可,独有晴雯是第一件大事,乃推他劝道:"哭也不中用了。你起来我告诉你,晴雯已经好了,他这一家去,倒心净养几天。你果然舍不得他,等太太气消了,你再求老太太,慢慢的叫进来也不难。不过太太偶然信了人的诽言,一时气头上如此罢了。"宝玉哭道:"我究竟不知晴雯犯了何等滔天大罪!"袭人道:"太太只嫌他生的太好了,未免轻佻些。在太太是深知这样美人似的人必不安静,所以恨嫌他,象我们这粗粗笨笨的倒好。"宝玉道:"这也罢了。咱们私自顽话怎么也知道了? 又没外人走风的,这可奇怪。"袭人道:"你有甚忌讳的,一时高兴了,你就不管有人无人了。我也曾使过眼色,也曾递过暗号,倒被那别人已知道了,你反不觉。"宝玉道:"怎么人人的不是太太都知道,单不挑出你和麝月秋纹来?"袭人听了这话,心内一动,低头半日,无可回答,因便笑道:"正是呢。若论我们也有顽笑不留心的孟浪去处,怎么太太竟忘了? 想是还有别的事,等完了再发放我们,也未可知。"宝玉笑道:"你是头一个出了名的至善至贤之人,他两个又是你陶冶教育的,焉得还有孟浪该罚之处! 只是芳官尚小,过于伶俐些,未免倚强压倒了人,惹人厌。四儿是我误了他,还是那年我和你拌嘴的那日起,叫上来作些细活,未免夺占了地位,故有今日。只是晴雯也是和你一样,从小儿在老太太屋里过来的,虽然他生得比人强,也没甚妨碍去处。就是他的性情爽利,口角锋芒些,究竟也不曾得罪你们。想是他过于生得好了,反被这好所误。"说毕,复又哭起来。袭人细揣此话,好似宝玉有疑他之意,竟不好再劝,因叹道:"天知道罢了。此时也查不出人来了,白哭一会子也无益。倒是养着精神,等老太太喜欢时,回明白了再要他是正理。"宝玉冷笑道:"你不必虚宽我的心。等到太太平服了再瞧势头去要时,知他的病等得等不得。他自幼上来娇生惯养,何尝受过一日委屈。连我知道他的性格,还时常冲撞了他。他这 一下去,就如同一盆才抽出嫩箭来的兰花送到猪窝里去一般。况又是一身重病,里头一肚子的闷气。他又没有亲爷热娘,只有一个醉泥鳅姑舅哥哥。他这一去,一时也不惯的,那里还等得几日。知道还能见他一面两面不能了"说着又越发伤心起来。袭人笑道:"可是你'只许州官放火,不许百姓点灯'。我们偶然说一句略妨碍些的话,就说是不利之谈,你如今好好的咒他,是该的了! 他便比别人娇些,也不至这样起来。"宝玉道:"不是我妄口咒他,今年春天已有兆头的。"袭人忙问何兆。宝玉道:"这阶下好好的一株海棠花,竟无故死了半边,我就知有异事,果然应在他身上。"(第七十七回)

宝玉为什么没能呵护金钏儿与晴雯?

有些读者对宝玉在金钏儿被王夫人打耳光后"早一溜烟去了"的行为非常反感,认为这是不负责任的表现。按照这种逻辑,宝玉在晴雯被王夫人逐出大观园后的表现就更过分了,他明明知道晴雯"这一下去,就如同一盆才抽出嫩箭来的兰花送到猪窝里去一般。况又是一身重病,里头一肚子的闷气。他又没有亲爷热娘,只有一个醉泥鳅姑舅哥哥。他这一去,一时也不惯的,那里还等得几日。知道还能见他一面两面不能了",还说已经有了预兆:"这阶下好好的一株海棠花,竟无故死了半边,我就知有异事,果然应在他身上。"连袭人都知道"等老太太喜欢时,回明白了再要他是正理",可他居然没有采取任何可以阻止王夫人的行动,眼睁睁地看着晴雯被推入火坑。其实,宝玉之所以有如此表现还是因为他在践行礼数——"事亲有隐而无犯"

（《礼记·檀弓上》），郑玄注云"隐，谓不称扬其过失也。无犯，不犯颜而谏"。对于有些读者来说，宝玉完全可以和王夫人据理力争从而保护晴雯，即使没有成功也可以向贾母撒撒娇、告告状，迫使王夫人收回成命。但对于宝玉来说，他真诚地恪守着礼数：即使认为母亲做得不对，也不能"犯颜而谏"；更不能通过贾母向母亲施压，因为那会彰显母亲的过失。

> 到晚间，众人都在贾母前，定昏之余，大家娘儿姊妹等说笑时，贾母因问宝钗爱听何戏，爱吃何物等语。宝钗深知贾母年老人，喜热闹戏文，爱吃甜烂之食，便总依贾母往日素喜者说了出来。贾母更加欢悦。（第二十二回）

> 贾政亦知贾母之意，撵了自己去后，好让他们姊妹兄弟取乐的。贾政忙陪笑道："今日原听见老太太这里大设春灯雅谜，故也备了彩礼酒席，特来入会。何疼孙子孙女之心，便不略赐以儿子半点？"贾母笑道："你在这里，他们都不敢说笑，没的倒叫我闷。你要猜谜时，我便说一个你猜，猜不着是要罚的。"贾政忙笑道："自然要罚。若猜着了，也是要领赏的。"贾母道："这个自然。"说着便念道："猴子身轻站树梢。——打一果名。"贾政已知是荔枝，便故意乱猜别的，罚了许多东西；然后方猜着，也得了贾母的东西。然后也念一个与贾母猜，念道：身自端方，体自坚硬。虽不能言，有求必应。——打一用物。

> 说毕，便悄悄的说与宝玉。宝玉意会，又悄悄的告诉了贾母。贾母想了想，果然不差，便说："是砚台。"贾政笑道："到底是老太太，一猜就是。"回头说："快把贺彩送上来。"地下妇女答应一声，大盘小盘一齐捧上。贾母逐件看去，都是灯节下所用所顽新巧之物，甚喜，遂命："给你老爷斟酒。"（第二十三回）

宝玉为什么会在贾母猜灯谜时作弊？

有些读者认为在贾母为宝钗过生日时，宝钗一味地迎合贾母是一种虚伪："宝钗深知贾母年老人，喜热闹戏文，爱吃甜烂之食，便总依贾母往日素喜者说了出来。贾母更加欢悦。"其实，在另外一个场合，宝玉讨贾母欢心的方式与宝钗大同小异：当大家制灯谜争贺彩时，宝玉伙同贾政作弊，把答案偷偷告诉贾母，让贾母得了许多贺彩，"贾母逐件看去，都是灯节下所用所顽新巧之物，甚喜，遂命：'给你老爷斟酒'"。

其实，无论是宝钗还是宝玉，他们都是按礼法规定对贾母行孝。在儒学看来，物质层面的赡养是很低的层面，在精神上使长辈愉悦是更重要的孝道。所以，当子路感叹"伤哉贫也！生无以为养，死无以为礼也"时，孔子告诉他："啜菽饮水尽其欢，斯之谓孝；敛首足形，还葬而无椁，称其财，斯之谓礼。"（《礼记·檀弓下》）也就是说，物质上只要按照自己的经济水平来赡养就可以了，但能够让长辈"尽其欢"才可被称为孝。曾子亦曾说："孝子之养老也，乐其心不违其志，乐其耳目，安其寝处，以其饮食忠养之。"（《礼记·内则》）岂止是宝钗，我们完全可以看到，被视为反封建、反礼教的宝玉不也在很多时候真诚地信奉并践履着"乐其心不违其志，乐其耳目,安其寝处,以其饮食忠养之"的礼数吗?

尤二姐才要又问,忽见尤三姐笑问道:"可是,你们家那宝玉,除了上学,他作些什么?"兴儿笑道:"姨娘别问他,说起来姨娘也未必信。他长了这么大,独他没有上过正经学堂。我们家从祖宗直到二爷,谁不是寒窗十载,偏他不喜欢读书。老太太的宝贝,老爷先还管,如今也不敢管了。成天家疯疯颠颠的,说的话人也不懂,干的事人也不知。外头人人看着好清俊模样儿,心里自然是聪明的,谁知是外清而内浊,见了人,一句话也没有。所有的好处,虽没上过学,倒难为他认得几个字。每日也不习文,也不学武,又怕见人,只爱在丫头群里闹。再者也没刚柔,有时见了我们,喜欢时没上没下,大家乱顽一阵,不喜欢各自走了,他也不理人。我们坐着卧着,见了他也不理,他也不责备。因此没人怕他,只管随便,都过的去。"尤三姐笑道:"主子宽了,你们又这样;严了,又抱怨。可知难缠。"尤二姐道:"我们看他倒好,原来这样。可惜了一个好胎子。"尤三姐道:"姐姐信他胡说,咱们也不是见一面两面的,行事言谈吃喝,原有些女儿气,那是只在里头惯了的。若说胡涂,那些儿胡涂? 姐姐记得,穿孝时咱们同在一处,那日正是和尚们进来绕棺,咱们都在那里站着,他只站在头里挡着人。人说他不知礼,又没眼色。过后他没悄悄的告诉咱们说:'姐姐不知道,我并不是没眼色。想和尚们脏,恐怕气味熏了姐姐们。'接着他吃茶,姐姐又要茶,那个老婆子就拿了他的碗倒。他赶忙说:'我吃脏了的,另洗了再拿来。'这两件上,我冷眼看去,原来他在女孩子们前不管怎样都过的去,只不大合外人的式,所以他们不知道。"(第六十六回)

原来天子极是仁孝过天的,且更隆重功臣之裔,一见此本,便诏问贾敬何职。礼部代奏:"系进士出身,祖职已荫其子贾珍。贾敬因年迈多疾,常养静于都城之外玄真观。今因疾殁于寺中,其子珍,其孙蓉,现因国丧随驾在此,故乞假归殓。"天子听了,忙下额外恩旨曰:"贾敬虽白衣无功于国,念彼祖父之功,追赐五品之职。令其子孙扶柩由北下之门进都,入彼私第殡殓。任子孙尽丧礼毕扶柩回籍外,着光禄寺按上例赐祭。朝中由王公以下准其祭吊。钦此。"此旨一下,不但贾府中人谢恩,连朝中所有大臣皆嵩呼称颂不绝。贾珍父子星夜驰回……贾蓉当下也下了马,听见两个姨娘来了,便和贾珍一笑。贾珍忙说了几声"妥当",加鞭便走,店也不投,连夜换马飞驰。一日到了都门,先奔入铁槛寺。那天已是四更天气,坐更的闻知,忙喝起众人来。贾珍下了马,和贾蓉放声大哭,从大门外便跪爬进来,至棺前稽颡泣血,直哭到天亮喉咙都哑了方住。尤氏等都一齐见过。贾珍父子忙按礼换了凶服,在棺前俯伏,无奈自要理事,竟不能目不视物,耳不闻声,少不得减些悲戚,好指挥众人。因将恩旨备述与众亲友听了。一面先打发贾蓉家中料理停灵之事……

贾蓉且嘻嘻的望他二姨娘笑说:"二姨娘,你又来了,我们父亲正想你呢。"尤二姐便红了脸,骂道:"蓉小子,我过两日不骂你几句,你就过不得了。越发连个体统都没了。还亏你是大家公子哥儿，每日念书学礼的，越发连那小家子瓢坎的也跟不上。"说着顺手拿起一个熨斗来，搂头就打，吓的贾蓉抱着头滚到怀里告饶。尤三姐便上来撕嘴，又说："等姐姐来家，咱们告诉他。"贾蓉忙笑着跪在炕上求饶，他两个又笑了。贾蓉又和二姨抢砂仁吃，尤二姐嚼了一嘴渣子，吐了他一脸。贾蓉用舌头都舔着吃了。众丫头看不过，都笑说："热孝在身上，老娘才睡了觉，他两个虽小，到底是姨娘家，你太眼里没有奶奶了。回来告诉爷，你吃不了兜着走。"贾蓉撇下他姨娘，便抱着丫头们亲嘴："我的心肝，你说的是，咱们馋他两个。"丫头们忙推他，恨的骂："短命鬼儿，你一般有老婆丫头，只和我们闹，知道的说是顽，不知道的人，再遇见那脏心烂肺的爱多管闲事嚼舌头的人，吵嚷的那府里谁不知道，谁不背地里嚼舌说咱们这边乱帐。"贾蓉笑道："各门另户，谁管谁的事。都够使的了。从古至今，连汉朝和唐朝，人还说脏唐臭汉，何况咱们这宗人家。谁家没风流事，别讨我说出来。连那边大老爷这么利害，琏叔还和那小姨娘不干净呢。凤姑娘那样刚强，瑞叔还想他的帐。那一件瞒了我！"

贾蓉只管信口开合胡言乱道之间，只见他老娘醒了，请安问好，又说："难为老祖宗劳心，又难为两位姨娘受委屈，我们爷儿们感戴不尽。惟有等事完了，我们合家大小，登门去磕头。"尤老人点头道："我的儿，倒是你们会说话。亲戚们原是该的。"又问："你父亲好？几时得了信赶到的？"贾蓉笑道："才刚赶到的，先打发我瞧你老人家来了。好歹求你老人家事完了再去。"说着，又和他二姨挤眼，那尤二姐便悄悄咬牙含笑骂："很会嚼舌头的猴儿崽子，留下我们给你爹作娘不成！"贾蓉又戏他老娘道："放心罢，我父亲每日为两位姨娘操心，要寻两个又有根基又富贵又年青又俏皮的两位姨爹，好聘嫁这二位姨娘的。这几年总没拣得，可巧前日路上才相准了一个。"尤老只当真话，忙问是谁家的，二姊妹丢了活计，一头笑，一头赶着打。说："妈别信这雷打的。"连丫头们都说："天老爷有眼，仔细雷要紧！"又值人来回话："事已完了，请哥儿出去看了，回爷的话去。"那贾蓉方笑嘻嘻的去了。（第六十三回）

贾珍贾蓉此时为礼法所拘，不免在灵旁籍草枕块，恨苦居丧。人散后，仍乘空寻他小姨子们厮混……

至次日饭时前后，果见贾母王夫人等到来。众人接见已毕，略坐了一坐，吃了一杯茶，便领了王夫人等人过宁府中来。只听见里面哭声震天，却是贾赦贾琏送贾母到家即过这边来了。当下贾母进入里面，早有贾赦贾琏率领族中人哭着迎了出来。他父子一边一个挽了贾母，走至灵前，又有贾珍贾蓉跪着扑入贾母怀中痛哭。贾母暮年人，见此光景，亦搂了珍蓉等痛哭不已。贾赦贾琏在旁苦劝，方略略止住。又转至灵右，见了尤氏婆媳，不免又相持大痛一场。哭毕，众人方上前一一请安问好。贾珍因贾母才回家来，未得歇息，坐在此间，看着未免要伤心，遂再三求贾母回家，王夫人等亦再三相劝。贾母不得已，方回来了……却说贾琏素日既闻尤氏姐妹之名，恨无缘得见。近因贾敬停灵在家，每日与二姐三姐相认已熟，不禁动了垂涎之意。况知与贾珍贾蓉等素有聚麀之诮，因而乘机百般撩拨，眉目传情。说毕，又趁便将路上贾琏要娶尤二姐做二房之意说了。又说如何在外面置房子住，不使凤姐知道，"此时总不过为的是子嗣艰难起见。为的是二姨是见过的，亲上做亲，比别处不知道的人家说了来的好。所以二叔再三央我对父亲说。"只不说是他自己的主意。贾珍想了想，笑道："其实倒也罢了。只不知你二姨心中愿意不愿意。明日你先去和你老娘商量，叫你老娘问准了你二姨，再作定夺。"于是又教了贾蓉一篇话，便走过来将此事告诉了尤氏。（**第六十四回**）

园中婆子丫鬟都素惧凤姐的，又系贾琏国孝家孝中所行之事，知道关系非常，都不管这事……凤姐都一一尽知原委，便封了二十两银子与旺儿，悄悄命他将张华勾来养活，着他写一张状子，只管往有司衙门中告去，就告琏二爷"国孝家孝之中，背旨瞒亲，仗财依势，强逼退亲，停妻再娶"等语。（**第六十六回**）

宝玉真的"不知礼"吗?

先秦儒学中有所谓"礼"、"仪"之辨。如：

公如晋，自郊劳至于赠贿，无失礼。晋侯谓女叔齐曰："鲁侯不亦善于礼乎?"对曰："鲁侯焉知礼?"公曰："何为? 自郊劳至于赠贿，礼无违者，何故不知?"对曰："是仪也，不可谓礼。礼所以守其国，行其政令，无失其民者也。今政令在家，不能取也。有子家羁，弗能用也。奸大国之盟，陵虐小国。利人之难，不知其私。公室四分，民食于他。思莫在公，不图其终。为国君，难将及身，不恤其所。礼这本末，将于此乎在，而屑屑焉习仪以亟。言善于礼，不亦远乎?"君子谓："叔侯于是乎知礼。"（**《左传·昭公五年》**）

子大叔见赵简子，简子问揖让周旋之礼焉。对曰："是仪也，非礼也。"简子曰："敢问何谓礼?"对曰："吉也闻诸先大夫子产曰：'夫礼，天之经也。地之义也，民之行也。'天地之经，而民实则之。则天之明，因地之性，生其六气，用其五行。气为五味，发为五色，章为五声，淫则昏乱，民失其性。是故为礼以奉之：为六畜、五牲、三牺，以奉五味；为九文、六采、五章，以奉五色；为九歌、八风、七音、六律，以奉五声；为君臣、上下，以则地义；为夫妇、外内，以经二物；为父子、兄弟、姑姊、甥舅、昏媾、姻亚，以象天明，为政事、庸力、行务，以从四时；为刑罚、威狱，使民畏忌，以类其震曜杀戮；为温慈、惠和，以效天之生殖长育。民有好、恶、喜、怒、哀、乐，生于六气。是故审则宜类，以制六志。哀有哭泣，乐有歌舞，喜有施舍，怒有战斗；喜生于好，怒生于恶。是故审行信令，祸福赏罚，以制死生。生，好物也；死，恶物也；好物，乐也；恶物，哀也。哀乐不失，乃能协于天地之性，是以长久。"简子曰："甚哉，礼之大也!"对曰："礼，上下之纪，天地之经纬也，民之所以生也，是以先王尚之。故人之能自曲直以赴礼者，谓之成人。大，不

亦宜乎?"简子曰:"鞅也请终身守此言也。"(《左传·昭公五年》)

"礼""仪"之辨实际上是"礼"的二分法:礼的实质与礼的形式。鲁侯在礼的形式上没有什么差错:"自郊劳至于赠贿,礼无违者",但他并没能够把握好礼的实质,于是女叔齐称他不知礼。赵简子问"揖让周旋之礼"实际上是问礼的形式,子太叔将之称为"仪",强调礼的实质是对于人情的有效管理:"哀乐不失,乃能协于天地之性,是以长久。"

先秦儒学强调礼在揖让周旋、宫室服制、笾豆玉帛等形式的背后一定要有真诚的情感,如果有真诚的情感,外在的形式根据具体情况有时可以灵活变通,这就是所谓"礼以义起"。"义"者"宜"也,是指可以便宜行事。而如果没有真诚的情感,礼就沦为徒有其表的"仪"。对此,王阳明曾打过一个生动的比喻:"若只是温清之节,奉养之宜,可一日二日讲之而尽。用得甚学问思辨?惟于温清时,也只要此心纯乎天理之极。奉养时,也只要此心纯乎天理之极。此则非有学问思辨之功,将不免于毫厘千里之缪。所以虽在圣人,犹加精一之训。若只是那些仪节求得是当,便谓至善,即如今扮戏子扮得许多温清奉养得仪节是当,亦可谓之至善矣。"(《传习录》上)

不难看出,宝玉从形迹上来看有时很不合礼法,如和尚们为贾敬办丧事,他只站在头里挡着人。人说他不知礼,又没眼色。但实际上他是"想和尚们脏,恐怕气味熏了姐姐们",他对姐姐们有着真诚的体贴关爱之情,按照"仁者爱人""人而不仁,如礼何"的义理,他当然"知礼"。又如,他在小厮前"没刚柔""喜欢时没上没下,大家乱顽一阵,不喜欢各自走了,他也不理人",小厮们"坐着卧着,见了他也不理,他也不责备",还甘心为诸丫鬟充役,"连一点刚性也没有,连那些毛丫头的气都受的",这种"没上下"似乎不符合"礼别异"之义,但是却实现了礼"讲信修睦"(《礼记·内则》)的更大功用。可以说,宝玉没有在"仪"上下功夫,但因为有着先秦儒学所看重的敬、爱、恻隐、辞让等真诚感情,他其实反而把握到了礼的实质。

与宝玉形成鲜明对比的是,国丧家丧期间,贾珍贾蓉父子虽然在"仪"上做足了功夫,又是"从大门外便跪爬进来,至棺前稽颡泣血,直哭到天亮喉咙都哑了方住",又是"在灵旁籍草枕块,恨苦居丧",可是他们却在国丧家丧之时不忘淫乱,这是明显的非礼行为。第六十四回中说贾珍贾蓉父子"素有聚麀之诮",此典正出自(《礼记·曲礼上》):"鹦鹉能言,不离飞鸟;猩猩能言,不离禽兽。今人而无礼,虽能言,不亦禽兽之心乎?夫唯禽兽无礼,故父子聚麀。是故圣人作,为礼以教人。使人以有礼,知自别于禽兽。"很明显,《红楼梦》在这里是骂贾珍贾蓉父子"人而无礼,虽能言,不亦禽兽之心乎"。

【经典链接】

人而不仁,如礼何?人而不仁,如乐何?(《论语·八佾》)

丧礼,与其哀不足而礼有余也,不若礼不足而哀有余也;祭礼,与其敬不足而礼有余也,不若礼不足而敬有余也。(《礼记·檀弓上》)

铺筵席,陈尊俎,列笾豆,以升降为礼者,礼之末节也,故有司掌之。(《礼记·乐记》)

礼之所尊,尊其义也。失其义,陈其数,祝史之事也。故其数可陈也,其义难知也。知其义而敬守之,天子之所以治天下也。(《礼记·郊特性》)

忠信,礼之本也;义理,礼之文也。无本不立,无文不行。(《礼记·礼器》)

三年之丧,练,不群立,不旅行。君子礼以饰情,三年之丧而吊哭,不亦虚乎?(《礼记·曾子问》)

夫礼,先王以承天之道,以治人之情。故失之者死,得之者生。

何谓人情?喜怒哀惧爱恶欲七者,弗学而能。何谓人义?父慈、子孝、兄良、弟弟、夫义、妇听、长惠、幼顺、君仁、臣忠十者,谓之义。讲信修睦,谓之人利。争夺相杀,谓之人患。故圣人所以治人七情,修十义,讲信修睦,尚辞让,去争夺,舍礼何以治之?

故圣人作则,必以天地为本,以阴阳为端,以四时为柄,以日星为纪,月以为量,鬼神以为徒,五行以为质,礼义以为器,人情以为田,四灵以为畜。

故礼义也者,人之大端也,所以讲信修睦而固人之肌肤之会、筋骸之束也。所以养生送死事鬼神之大端也。所以达天道顺人情之大窦也。

故圣王修义之柄、礼之序,以治人情。故人情者,圣王之田也。修礼以耕之,陈义以种之,讲学以耨之,本仁以聚之,播乐以安之。(《礼记·礼运》)

君子之于礼也,有所竭情尽慎,致其敬而诚若,有美而文而诚若。(《礼记·礼器》)

乐者为同,礼者为异。同则相亲,异则相敬,乐胜则流,礼胜则离。合情饰貌者礼乐之事也。

乐统同,礼辨异,礼乐之说,管乎人情矣。(《礼记·乐记》)

教民相爱,上下用情,礼之至也。

君子反古复始,不忘其所由生也,是以致其敬,发其情,竭力从事,以报其亲,不敢弗尽也。(《礼记·祭义》)

古之为政,爱人为大;所以治爱人,礼为大;所以治礼,敬为大。(《礼记·哀公问》)

故为政在人,取人以身,修身以道,修道以仁。仁者人也。亲亲为大;义者宜也。尊贤为大。亲亲之杀,尊贤之等,礼所生也。(《礼记·中庸》)

亲亲,仁也;敬长,义也。无他,达之天下也。

君子之于物也,爱之而弗仁;于民也,仁之而弗亲。亲亲而仁民,仁民而爱物。(《孟子·尽心上》)

问:"程子云:'仁者以天地万物为一体。'何墨氏兼爱,反不得谓之仁?"先生曰:

"此亦甚难言。须是诸君自体认出来始得。仁是造化生生不息之理。虽弥漫周遍,无处不是,然其流行发生,亦只有个渐,所以生生不息。如冬至一阳生。必自一阳生,而后渐渐至于六阳,若无一阳之生,岂有六阳?阴亦然。惟其渐,所以便有个发端处。惟其有个发端处,所以生。惟其生,所以不息。譬之木,其始抽芽,便是木之生意发端处。抽芽然后发干,发干然后生枝生叶,然后是生生不息。若无芽,何以有干有枝叶?能抽芽,必是下面有个根在。有根方生,无根便死。无根何从抽芽?父子兄弟之爱,便是人心生意发端处。如木之抽芽。自此而仁民,而爱物,便是发干生枝生叶。墨氏兼爱无差等。将自家父子兄弟与途人一般看。便自没了发端处。不抽芽,便知得他无根。便不是生生不息。安得谓之仁?孝弟为仁之本,却是仁理从里面发生出来。"

(《传习录》上)

清代的以"礼"反"理"思潮

与礼、仪之辨一致,先秦儒学有不少种"礼"的二分法,如礼之"义"与礼之"数"、礼之"质"与礼之"文"、礼之"本"与礼之"文"等。尽管名目有所不同,但都是按实质与形式将"礼"二分,而且,都强调礼的实质是真诚的情感。从整体而言,先秦儒学最看重的两种情感是爱和敬。爱以"亲亲"为大,敬以"尊尊"为大。两种情感中,"爱"又比"敬"更重要,强调由亲情之爱加以推广,"亲亲而仁民,仁民而爱物"。

宋明理学承孟子的"性善"之说,加了一个"性即理也"的断语,又将《礼记·乐记》中"人化物也者,灭天理而穷人欲者也"一句改饰为"穷天理灭人欲",把"理""天理"视为不可违背的道德原则甚至是派生万物的本体。作为道德原则与本体的"理""天理"只是先验的抽象范畴,是想象中的、理想化的价值标准,没有具体内涵,就是以这样带有神秘色彩的玄虚范畴作为理论基石,宋明理学认为,人要回归善性、具有德性需要通过"涵养须用敬""格物致知""敬以直内""义以方外""观未发时气象"等心性修养的功夫去感悟,这即是所谓的"穷天理"。可以看出,宋明理学实际上把道德视为一种心理状态、精神境界,具有很强的主观性。另外,《礼记·乐记》只是说欲望过度("穷人欲")会使人沦为非人("人化物"),并没有提出要灭人欲,宋明理学却也以其一贯的主观性片面强调"理""欲"之间的对立关系,以严苛的道德标准绳人,并要求人的绝对服从。

针对宋明理学用"理""天理"范畴建构的道德学说具有的先验性、抽象性、玄虚性、神秘性、严苛性、主观性、绝对性、理想性等特点,《红楼梦》产生与传播的乾嘉时期有一个礼学复兴的历史进程:从戴震对宋儒"以理杀人"提出尖锐批判,到程瑶田以"物则"释"理",将"理"进一步客观化、平实化,再到凌廷堪"舍理言礼"思想的形成与广泛传播,引起了当时学界众多学者,如阮元、钱大昕、焦循、汪中等人的应和、共鸣,对礼学的研究与思考积累了丰硕的成果。

戴震主张理在事中,不在心中,理不再是宋儒"得于天而具于心"的天理。他还消解了宋明理学中天理与情欲的对立紧张关系,在《孟子字义疏证》中明确提出:"理也者,情之不爽失也;

未有情不得而理得者也。"在此基础上,他进一步指出宋儒因"理在人心"的错误观念而导致了他们的"理"不是客观的"天理",而是"以意见为理"的主观之理,从而"害事""害政""害道";因将"理"与情欲机械割裂、严重对立("不出于理则出于欲,不出于欲则出于理")而"不仁"、不合"王道",甚至还会"尊者以理责卑,长者以理责幼,贵者以理责贱,虽失,谓之顺;卑者、幼者、贱者以理争之,虽得,谓之逆。于是下之人不能以天下之同情、天下所同欲达之于上;上以理责其下,而在下之罪,人人不胜指数。人死于法,犹有怜之者;死于理,其谁怜之","后儒不知情之至于纤微无憾是谓理,而其所谓理者,同于酷吏之所谓法。酷吏以法杀人,后儒以理杀人,浸浸乎法而论理,死矣,更无可救矣"。

如果说戴震以情欲释"理"还没有特别强调"理"的客观性,程瑶田以"物则"释"理"则将"理"进一步客观化了。他认为:"各是其是,是人各有其理也,安见人之理必是,而我之理必非也,于是乎必争",于是引《诗经》"天生烝民,有物有则。民之秉彝,好是懿德"之句,以"物则"替换"理"来作为道德准则的代名词,认为"合一于则"乃善,"过乎其则,斯恶矣①。可以看出,以"物则"释"理"在将"理"客观化、平实化的同时也将"理"外部化了,程氏大概也意识到了这一点,所以一方面,他像戴震一样纠"理"之空言而强调道德实践,强调道德不是"静时涵养""寂守其心",而是要"循物""尽伦尽职""用在事上,用在动时",于是以"物则"代"理",所谓物则就是"循物""尽伦尽职""用在事上,用在动时"之准则,这就将"物则"与人事很好地联系在一起。另一方面,程瑶田又批评戴震"不知性善之精义",同时舍弃了宋明理学将"义理之性""气质之性"二分以言性善的说法,秉持"据其实有,不事虚无"的立场,只从"其质、其形、其气"这些可经验与检验的层面论人之性。他认为人性中"有仁义礼知之德",这是其他万物所不具备的"质形气","是人之性善也"。人性中又有"好恶"之情及"味色声臭安佚"之欲,但极具程氏个性特色的是,他一反汉唐以来非常普遍的"性善情恶"之说,认为不仅情善,而且欲善。因为"性不可见,于情见之","性发于情,情根于性……情者,感物以写其性者也,无为而无不为,自然而出,发若机括,有善而已矣","或谓:人之欲乃固有之,安得无恶念居其先者?不知是欲也,必先有善。如耳目口鼻四肢之欲,其先岂必不善。有物有则,孟子曰:'性也,有命焉',命即则之所生也"。情欲乃是性的表现与发用,既然性善,当然情善欲善。这种说法符合逻辑,但很容易让人举出情恶欲恶的反例如"恒舞酣歌、湎酒渔色""侮圣逆忠、远德比顽"之类。对此质疑,程氏给出的回答是,人性人情人欲固善,但人之后天习染有善有恶,恶的习染就会"拂人之性而不近人之情……其弊皆由于不诚其意"。在程氏看来,天赋于人的"仁义礼智"之德性在与物交接时自然会有"好善恶恶"之情以及"必先有善"之欲,但人后天之恶的习染却会产生不诚之"意",所谓"吾好是善而欲为之,吾恶是恶而不使有之,是情之见于意者也。乃好之而不尽其真好之情,恶之而不尽其真恶之情,是虽好恶之情已动其为善拒恶之意,而好恶之量有所未尽,则不能充实其为善拒恶之意,以无负其出于不容已之情,是之谓不诚其意"。而要"诚意",首先要"崇德",

---

① 下引程瑶田语皆出自其《论学小记》与《论学外篇》二书。

即充实推扩人固有之"仁义礼智";其次要"修慝",即去其意欲之"私"与认知之"蔽",从而使情欲合于"物则"而不产生偏失,于是,程氏又像戴震一样以情欲言理:"言理者必缘情以通之",并且以客观性的"物则"代"理"。这样一种论证理路使得他把道德实践与"礼"联系起来了:"此限于天而成于己者,及其见之事为,则又有无过无不及之分以为之则。是则也……以圣人本诸人之四德之性缘于人情而制以与人遵守者言之,谓之威仪之礼","此古昔圣人所以缘人情以制礼,而礼仪三百,威仪三千,所以必待其人而后行者。待此格物以致其知之人,乃能于独见独为之时,慎之又慎以造其意而诚之,而于是乎能行此礼也","圣人因其性中天秩之所有者为礼,以待其人而行,能行其礼,斯之谓为仁。"

在以"礼"反"理"思潮中起到重要作用的还有凌廷堪。既然先秦儒家学说只言礼而不言理,所以儒家的学说并非理学,而应该是礼学。又由于重义理的学术旨趣,凌廷堪没有停留在繁琐的礼之细则的考订之中,而是要由礼之典章制度中探求"礼意":

> 礼之所尊,尊其义也。失其义而陈其数,祝史之事也。
>
> 是故礼也者,不独大经大法悉本夫天命民彝而出之,即一器数之微,一仪节之细,莫不各有精义弥伦于其间,所谓"物有本末,事有始终"是也。格物者,格此也。《礼器》一篇皆格物之学也,若泛指天下之物,有终身不能尽识者矣。盖必先习其器数仪节,然后知礼之原于性,所谓致知也。知其原于性,然后行之出于诚,所谓诚意也。若舍礼而言诚意,则正心不当在诚意之后矣。
>
> 圣人不求诸理,而求诸礼,盖求诸理必至于师心,求诸礼始可以复性也。(《复性》)

不难看出,这与先秦儒学重礼之实质而非形式、把真诚的情感视为礼的实质之思想倾向非常一致,而且,凌氏就是从先秦儒学经典中直接获取理论资源的。在凌氏看来,所谓礼意概而言之主要有三个方面:

其一,礼之大原在人之"性"。

其二,廷堪言性兼"父子当亲也、君臣当义也、夫妇当别也、长幼当序也、朋友当信也"之人伦准则(德性)与"好恶"之"情"、"饮食男女"之"欲"三者而言,礼除了有"养性"即满足情欲需求之功能外[1],还有"节性"即节制情欲的功能。

其三,通过"养性"与"节性",人能够"复性"也就是使德性在实践中彰显,故"求诸礼始可以复性也"。

在求诸礼以复性的义理探索中,凌廷堪有着"圣人之言,浅求之,其义显然,此所以无过不及为万世不易之经也。深求之,流入于幽深微渺,则为贤知之过,以争胜于异端而已矣"的学术立场,所以他不为高深之论,而是"通过五伦关系之实践,以重整伦常秩序,并经由丧祭等日常

---

[1] 如凌廷堪在《好恶说》中云:"圣人制礼皆因人之耳有声、目有色、口有味而奉之,恐其昏乱而失其性也。"《复礼》中云"缘情遂其欲,依礼定其分,本天命民彝,是大经大法"。

典礼之推行,以净化社会风俗,达到正人心厚风俗之目的"①这种学术上的转向很有代表性,凌氏的响应者如汪中、焦循、阮元、孙星衍、黄式三、许宗彦等人关注现实运用的舍理言礼都不着眼于立国制度、王朝典章的层面,都是在更切近百姓日用的世俗、礼俗层面立论。如焦循不仅像凌氏一样看重、研究俗乐,还专门针对礼俗著有《俗礼答问》四篇。

《红楼梦》中"并无大贤大忠理朝廷治风俗的善政",关注的也主要是日常生活世界,与上述的时代思潮有着一致性。

凌廷堪在《复礼》中还用"礼"将仁义道德贯穿起来:

> 记曰:"仁者,人也,亲亲为大;义者,宜也,尊贤为大。亲亲之杀,尊贤之等,礼所生也。"此仁与义不易之解也。又曰:"君臣也,父子也,夫妇也,昆弟也,朋友之交也,五者天下之达道也。知、仁、勇,三者天下之达德也。"此道与德不易之解也。不必舍此而别求新说也。夫人之所以为人者,仁而已矣。凡天属之亲则亲之,从其本也,故曰:"仁者,人也,亲亲为大。"亦有非天属之亲,而其人为贤者尊者则尊之,从其宜也,故曰:"义者,宜也,尊贤者为大。"
>
> 然则礼也者,所以制仁义之中也。故至亲可以掩义,而大义也可以灭亲。后儒不知,往往于仁外求义,复于义外求礼,是不识仁,且不识义矣。乌睹先王制礼之大原哉!
>
> 夫圣人之制礼也,本于君臣、父子、夫妇、昆弟、朋友五者,皆为斯人所共由,故曰道者,所由适于治之路也,天下之达道是也。若舍礼而别求所谓道者,则杳渺而不可凭矣。而君子之行礼也,本之知、仁、勇,三者皆为斯人所同得,故曰德者,得也,天下之达德是也。若舍礼而别求所谓德者,则虚悬而无所薄矣。盖道无迹也,必缘礼而著见,而制礼者以之;德无象也,必籍礼为依归,而行礼者以之。

礼"制仁义之中",通过五伦关系之实践,表现出智仁勇之"达德",道德仁义皆以礼为依归。值得注意的是,凌廷堪的五伦并没有放在"三纲"的框架之中,他把五伦分为"天属之亲"与"非天属之亲",有血缘关系的"天属之亲"要以"亲亲"为礼,"非天属之亲"则是以尊贤为礼。针对宋儒把"尊尊"简单化为"尊君"的思想倾向,凌廷堪曾特地撰写《封建尊尊服制考》来破除之。文中有言:"先王制礼合封建而言之。故亲亲与尊尊并重。封建既废,尊尊之义,六朝诸儒或有能言者。宋以后儒者因陋生妄,于其所不知,辄以己意衡量圣人,由是说丧服者日益多,而礼意日益晦。"他通过精审的考证指出,在西周封建制度下,"亲亲"与"尊尊"其实是并重的,不像宋以后儒者因陋生妄,将"亲亲尊尊"纳入"三纲"的框架之中,因"君为臣纲"而以"尊君"抑"亲父",又因"夫为妻纲"而以"亲父"抑"亲母"。通过对《仪礼·丧服》的考证,他有力地论证了古礼所说的"君,至尊也"中的"君"并非是后世所认为的"帝王",而是包括"士"在内的"持重"者。

---

① 张寿安:《以礼代理——凌廷堪与清中叶儒学思想之转变》,河北教育出版社,2001年,第33页。

所谓"持重"指的是持有保土卫民之重责,因而,礼之"尊君"实际上不是尊势位,而是尊职责,是尊能够持有保土卫民之重责的贤者,也即《礼记·中庸》所言"义者,宜也,尊贤为大"。古礼所讲"亲母"也并非因与父有婚姻关系而当亲,而是因与子有血缘关系而当亲,于是凌廷堪又把"亲母"从"夫为妻纲"中解放出来。

为了纠正"宋以后儒者因陋生妄"地以"尊君"抑"亲父"、以"亲父"抑"亲母",廷堪其实往往视"亲亲"重于"尊尊"、"仁"重于"义",所以他才写有《荀卿颂并序》,因荀子"本礼言仁"而大力提高荀子的地位。廷堪以外,汪中著有《荀卿子通论》,甚至提出以"孔荀"取代"孔孟",而且乾嘉时期还掀起了一个荀学高潮,究其原因,还是因为"孟氏言仁,必申之以义;荀氏言仁,必推本于礼",也即是说,与孟子更看重义相比,荀子更看重仁。与廷堪汪中一致,程瑶田、阮元、焦循、黄式三等论礼时都非常看重"仁"与"亲亲",强调"尊尊"之"义"时也更重尊贤而非尊势位。视"亲亲"重于"尊尊",更重尊贤而非尊势位,这样的一些特点,在《红楼梦》中不也表现得非常明显吗?

乾嘉时期还有着张扬情、欲的思想倾向。戴震在反对宋明理学"以理杀人"时有着以情释理的思路:"理也者,情之不爽失也;未有情不得而理得者也。"如何使情无过无不及从而"不爽失"呢? 戴震在《孟子字义疏证》中提出了"以情絜情"说:

> 惟以情絜情,故其于事也,非心出一意见以处之。苟舍情求理,其所谓理,无非意见。未有任其意见而不祸斯民者。
>
> 凡有所施于人,反躬而静思之:"人以此施于我,能受之乎?"凡有所责于人,反躬而静思之:"人以此责于我,能尽之乎?"以我絜之人,则理明。天理云者,言乎自然之分理也;自然之分理,以我之情絜人之情,而无不得其平是也。
>
> 遂己之好恶,忘人之好恶,往往贼人以逞欲;反躬者,以人之逞其欲,思身受之之情也。情得其平,是为好恶之节,是为依乎天理。

戴震的"以情絜情"说实际上是对《论语》中"己所不欲,勿施于人"恕道的发挥,只是加强了对宋明理学以理责人的针对性,提醒人们想要以理责人时就应当反省别人以此责己时自己能不能做到;另外也丰富了"己所不欲,勿施于人"的内涵,提醒人们反省当自己逞欲之时相关之人的痛苦感受。可以看出,这是一种换位思考的方式,是一种设身处地为他人着想的人道体谅。

对恕道的强调与发挥在乾嘉学者的论著中可谓比比皆是。如程瑶田素以"和厚让恕"训戒子弟;凌廷堪强调圣人治国平天下之道不过就是"所恶于上,毋以使下;所恶于下,毋以事上;所恶于前,毋以先后;所恶于后,毋以从前;所恶于右,毋以交于左;所恶于左,毋以交于右";[1]焦循认为"情与情相通"[2]才能不争,而"情与情相通"的途径是"絜矩",所谓"絜矩"不过也就是

① 凌廷堪:《好恶说》,《校礼堂文集》卷十六,中华书局,2016年,第141页。
② 焦循:《使无讼解》,《雕菰集》卷九,商务印书馆,1936年,第138页。

"所恶于上,毋以使下也;所恶于下,毋以事上也","求于子臣弟友而反求未能者,未能从心所欲不逾矩也"①……返观《红楼梦》,宝玉超乎寻常的宽容精神不也与这样的时代思潮颇为一致吗?

冯梦龙"情教"说的内在理路

其实明中叶以来,就有着非常鲜明的尊情、重情倾向,例如冯梦龙就提出过非常著名的"情教"说。这里需要着重指出的是,冯梦龙明确宣扬"六经皆以情教也",他的"情教"说以先秦儒学为本位。

对于一般儒者来说,"天理""礼""仁"等是圣人宣讲的大道理、制订的行为规范与准则,是有形有象的教条。而冯梦龙明确指出,"体""本体"具有"不可见闻"②"无声无臭"③"极空虚"④的特点,是"浑沦名目"⑤,因此,他非常反对将本体层面的"天理""礼""仁"等视为圣人的某些具体教条并将其固定化僵硬化,多次批评了一般儒者的"依傍名理,总是死套"⑥,"把本心匿过,外面装个虚套子哄人"⑦,"学不探原,纵依傍道理,终滞格套"。⑧ 可以说,冯梦龙把这些范畴视为"本体"只是为了对意识起到引导的作用,将意识导向理想化的规范与准则,这些范畴本身并没有具体的规定性。当然,从"体""本体"层面立论也容易将"天理""礼""仁"等抽象化、玄虚化、神秘化,冯梦龙清楚地看到了这一点,所以他强调要"有个最真切处"⑨。这个"最真切处"是什么呢? 冯梦龙的观点是:"体""本体"层面的"天理""礼""仁"等虽然无形无象,却可以"从作用上究及"⑩,"从工夫证取"⑪。而当"从作用上究及""从工夫证取"那些"体""本体"层面的"天理""礼""仁"等范畴时,冯梦龙常常把"情"视为"最真切处"。

以作为本体范畴的"仁"为例,冯梦龙阐发《论语》中"君子务本,本立而道生。孝悌也者,其为仁之本与"一段时说:"'生'字最妙,生生之谓仁","仁虽是人心人性,连孝弟亦从仁生,然却是浑沦名目。至于萌为情,发为才,自然有个最真切处……譬如一株树木,根是藏在地下的,本是根上出来的大本子,由本生枝,由枝生叶。仁是根,孝弟是本,仁民是枝,爱物是叶,根无形,如何用力? 只好在本上做功夫。既如此看破'本'字,则务本便须从心性的最初流露处培养扩充。若寂寂说个养性,又是务仁而非务孝弟,务根而非务本矣"。⑫

冯梦龙对王阳明非常崇拜,他撰有《三教偶拈》,将王阳明称为"皇明大儒",视为儒学的代

---

① 焦循:《格物解三》,《雕菰集》卷九,商务印书馆,1936 年。
② 《四书指月·下论六》,《冯梦龙全集》第 15 册,凤凰出版社,2007 年,第 269 页。
③ 《四书指月·下论五》,《冯梦龙全集》第 15 册,凤凰出版社,2007 年,第 209 页。
④ 《四书指月·上论三》,《冯梦龙全集》第 15 册,凤凰出版社,2007 年,第 119 页。
⑤ 《四书指月·上论一》,《冯梦龙全集》第 15 册,凤凰出版社,2007 年,第 2 页。
⑥ 《四书指月·上论一》,《冯梦龙全集》第 15 册,凤凰出版社,2007 年,第 1 页。
⑦ 《四书指月·上论二》,《冯梦龙全集》第 15 册,凤凰出版社,2007 年,第 79 页。
⑧ 《四书指月·上论三》,《冯梦龙全集》第 15 册,凤凰出版社,2007 年,第 95 页。
⑨ 《四书指月·下论六》,《冯梦龙全集》第 15 册,凤凰出版社,2007 年,第 250 页。
⑩ 《四书指月·下论四》,《冯梦龙全集》第 15 册,凤凰出版社,2007 年,第 158 页。
⑪ 《四书指月·下论四》,《冯梦龙全集》第 15 册,凤凰出版社,2007 年,第 158 页。
⑫ 《四书指月·上论一》,《冯梦龙全集》第 15 册,凤凰出版社,2007 年,第 2 页。

表性人物，其经学著作中也称引了阳明及其后学王龙溪、李贽、罗近溪、罗念庵、焦猗园等人的经义见解。而且，他在解读《论语》中道德修养方法时常常用"心学"二字来概括。虽说这里的"心学"与阳明心学并不能划等号，但受到阳明心学的影响当是不争的事实。

关于"仁"，王阳明有着这样的说法："仁是造化生生不息之理，虽弥漫周遍，无处不是，然其流行发生，亦只有个渐，所以生生不息……惟其渐，所以便有个发端处。惟其有个发端处，所以生。惟其生，所以不息。譬之木，其始抽芽，便是木之生意发端处。抽芽然后发干，发干然后生枝生叶，然后是生生不息。若无芽，何以有干有枝叶？能抽芽，必是下面有个根在。有根方生，无根便死。无根何从抽芽？父子兄弟之爱，便是人心生意发端处，如木之抽芽。自此而仁民，而爱物，便是发干生枝生叶……孝弟为仁之本，却是仁理从里面发生出来。"可以看出，冯梦龙与王阳明虽然说法不尽相同，但核心观念还是一致的：作为"体""本体"的性、理无形不可见，"做功夫"没个下手处，而"情"如"父子兄弟之爱"是"人心生意发端处"，是性、理的"用"与"工夫"。比较来看，冯梦龙将"性"喻为根，既突出"体""本体"所具有的根源性特点，又突出了"体""本体"无形不可见的特点；将"情"喻为"本"（他还批评了朱熹将"情"喻为"根"的不妥之处[1]），既点明了"用""工夫"对"体""本体"的呈现与展开，又突显了"情"是究及、证取"体""本体"时的"最真切处"。

冯梦龙在经学著作中曾这样论述性、情之间的关系："仁，性也；心，管性情者也。性其情，便不违仁；情其性，便违仁。"[2]性即是仁，同为"体"，情乃性的展开与呈现，是"用"。性作为"体"具有根源性、本质性、主导性，但本身是无形无象的，当其能够主宰规范情（"性其情"）时，情作为"用"表现为与"体"的合一状态（"不违仁"）。而当情未受性的主宰规范（"情其性"）而在现实中流露时，情作为"用"表现为与"体"的相悖状态（"违仁"）。于是，自然而然的，冯梦龙认同了传统的"性善情恶"论："德本诸性，惑生于情。至诚而无妄者，性也……幻出而无端者，情也。"[3]不过，与传统的"性善情恶"论不同的是，冯梦龙的虽然在"体—用"结构中因"情其性，便违仁""惑生于情"而对"情"有所否定，但却又在"本体—工夫"的结构中肯定了"情"。

程朱理学强调"理"本体，最为看重的工夫是"持敬""克己"与"格物"等。在程朱理学中，"天理"是"如有物焉"，是圣人立下的"规矩"，被视为外在于感性个体的异己存在，把人与本体预设为紧张对立的关系。例如，程颐主张"涵养须用敬"，何为"敬"？朱熹作过概括："敬不是万事休置之谓，只是随事专一、谨畏、不放逸耳。"（《朱子语类》卷十二）"主一"也好，"谨畏"也好，"收敛"也好，都与本体有着"敬而远之"的紧张。而所谓"克己"，是要战胜与理本体相对立的人之私欲。所谓"格物"，强调的是"今日格一物，明日格一物"，不懈磨炼人的认识能力。在这个磨炼过程中，人还是要处于紧张的状态，这也就可以解释，王阳明在那个著名的"格"竹事件中会因心力的过度消耗而病倒。程朱理学以严苛而著称，其严苛在很大程度上就是因为把人与

---

① 《四书指月·上论一》，《冯梦龙全集》第 15 册，凤凰出版社，2007 年，第 1 页。
② 《四书指月·上论二》，《冯梦龙全集》第 15 册，凤凰出版社，2007 年，第 74 页。
③ 《四书指月·下论四》，《冯梦龙全集》第 15 册，凤凰出版社，2007 年，第 165 页。

高悬在上的本体预设为紧张对立的关系。阳明心学强调"心本体",本体不再以圣人的权威与严苛的教条来确立,而必须经由个体之心的认同,所谓"求之于心而非也,虽其言之出于孔子,不敢以为是也,而况其未及孔子者乎!"①于是,人与本体之间紧张对立的关系被大大消解。不过,阳明心学所看重的工夫,如"立志""省察克治""致良知""知行合一""事上磨炼"等还多是着眼于理性能力,对于"情"在"工夫"中所具有的作用似乎还未给予太多的关注。

　　冯梦龙在经学著作中也曾把"天理""礼"视为本体,但他认为本体与人之间完全是融洽和谐的关系,而且,他正是用"情"来表现这种融洽和谐关系的:"从来无人情外之天理"②、"正在人情中显出天理"③、"先王制礼以范世,未尝不准情理以为衡。故礼不禁人之甘食悦色,但食不干其和,色不乖其正,则食色亦附礼而重矣"④。本体因其"不可见"的特点而而"无下手处"⑤,而既然"正在人情中显出"本体,那么,要经由工夫使本体在现实中起到主宰规范的作用,必然要在"情"上下力。不过,冯氏虽然对"情"进行了肯定,肯定的并不是"情"的具体内容,而是"情"对于本体所具有的功效。也就是说,从方法论的角度肯定了"情"。正因为此,冯梦龙在其经学著作中既有尊情、重情的一面,如他在三部《春秋》学著作中反复标举"圣人之情",在《四书指月》中明确反对"重道不重情"⑥"远于情"⑦、强调"体贴人情"⑧"情而理"⑨"善其情之用"⑩等等;也有对"情"的批评与否定,如:

　　　　惟《诗》原从思出,故能宛曲动人之思。先王采集,使之一唱三叹,以兴起其劝惩之念,而归于正,此作《诗》之本旨。不曰"正",而曰"无邪",但尽去邪情,别无正见也。⑪

　　　　德本诸性,惑生于情。⑫

　　　　人之情欲,恰如瑕类一般,瑕类非利器不去,情欲非仁贤不销。⑬

　　　　……

　　冯梦龙在"体""本体"层面论及"天理""礼""心""性""仁"时,不把这些范畴视为外在的"定理"与"死套",而是视为生机与活力的源泉。强调的不是这些范畴强制性的主宰规范作用,而

① 《传习录·答罗整庵少宰书》,《王阳明全集》上册,上海古籍出版社,1995 年,第 73 页。

② 《四书指月·上论二》,《冯梦龙全集》第 15 册,凤凰出版社,2007 年,第 46 页。

③ 《四书指月·上论三》,《冯梦龙全集》第 15 册,凤凰出版社,2007 年,第 138 页。

④ 《四书指月·下孟六》,《冯梦龙全集》第 15 册,凤凰出版社,2007 年,第 484 页。

⑤ 《四书指月·下论六》,《冯梦龙全集》第 15 册,凤凰出版社,2007 年,第 250 页。

⑥ 《四书指月·下论四》,《冯梦龙全集》第 15 册,凤凰出版社,2007 年,第 143 页。

⑦ 《四书指月·下论五》,《冯梦龙全集》第 15 册,凤凰出版社,2007 年,第 199 页。

⑧ 《四书指月·下论四》,《冯梦龙全集》第 15 册,凤凰出版社,2007 年,第 159 页。

⑨ 《四书指月·下论五》,《冯梦龙全集》第 15 册,凤凰出版社,2007 年,第 208 页。

⑩ 《四书指月·下孟六》,《冯梦龙全集》第 15 册,凤凰出版社,2007 年,第 467 页。

⑪ 《四经指月·上论一》,《冯梦龙全集》第 15 册,凤凰出版社,2007 年,第 14 页。

⑫ 《四书指月·下论四》,《冯梦龙全集》第 15 册,凤凰出版社,2007 年,第 165 页。

⑬ 《四书指月·下论五》,《冯梦龙全集》第 15 册,凤凰出版社,2007 年,第 219 页。

是这些范畴在"用""工夫"层面的自然流动,在有形世界中表现出的生机与活力。

例如,他着眼于生机、活力对孟子的"存心养性"进行了个性化的创造性阐释。他说:

> 此心又寂静,又活泼……告子单见得寂静一边,所以只在不动上着力,将心与言、气截作三路,遂使一切感应俱入无情。孟子兼看得活泼这边,言与气无非吾心,且勿论心之动不动,只念念精义,心无不慊,自必无可动处[①]。
>
> 圣人之心,至神至化,万变周流,不滞方所,不囿畛域[②]。
>
> 盖心本活物,人能操习此心,时时还他活泼之体,不为世情嗜欲所滞碍,虽一日之间,百起百灭,而心体自若,是之谓"存"。才有滞碍,便著世情,即谓之"亡"[③]。

在一般儒者看来,所谓"存心",就是用"礼""天理"等外在规则来约束自己的内心,从而让人们看到"非礼勿动""不动心"等外在表现。而在冯梦龙看来,就算勉强约束了内心,那也不过是"将石压草",即使一时控制了从"未发"向"已发"的"长势","已发"还会通过扭曲的形式表现出来。而要真正消除不良"已发",最彻底有效的做法是"斩草除根"[④]。如何"斩草除根"呢?那就不能为了"不动"而强制性地阻遏"心"之生机,而是要顺应"心"之生机,让"义"生心而不使"非义者生心"[⑤]。打个比方,你也许无法控制你的心田长出生命,但你能够选择让你的心田长出庄稼还是杂草。当你在心田中种满庄稼时,杂草就没有生长的空间了。"非礼勿动""不动心"不是消极地不做或以强力克制内心,而是积极地"集义",当"集义"圆满之际,"非义者"自然就不可能"生心"了。可以看出,冯梦龙所阐释的"存心养性"并不是要因"性善情恶"而忽视"已发"之情的作用,他强调的不是遏制"情"的生机与活力,而是要将"情"导向"礼"。这也正是冯梦龙"情教"说的核心内涵:他着重宣扬的是,一方面不可压抑遏制"情"的生机与活力,一方面要顺应"情"的生机与活力将"情"导向"礼":

> 人性寂而情萌。情者,怒生不可閟遏之物,如何其可私也![⑥]
>
> 杜牧天性疏狂,亦由情不能制耶?[⑦]
>
> 是编也,始乎贞,令人慕义。[⑧]
>
> 是能明大义,不为情掩者也。[⑨]

---

① 《四书指月·上孟二》,《冯梦龙全集》第 15 册,凤凰出版社,2007 年,第 320—321 页。
② 《四书指月·下孟五》,《冯梦龙全集》第 15 册,凤凰出版社,2007 年,第 446 页。
③ 《四书指月·下孟六》,《冯梦龙全集》第 15 册,凤凰出版社,2007 年,第 473 页。
④ 《四书指月·上孟二》,《冯梦龙全集》第 15 册,凤凰出版社,2007 年,第 320 页。
⑤ 《四书指月·上孟二》,《冯梦龙全集》第 15 册,凤凰出版社,2007 年,第 326 页。
⑥ 《情史·情私类》,《冯梦龙全集》第 7 册,凤凰出版社,2007 年,第 116 页。
⑦ 《情史·情豪类》,《冯梦龙全集》第 15 册,凤凰出版社,2007 年,第 193 页。
⑧ 《情史序》,《冯梦龙全集》第 15 册,凤凰出版社,2007 年,第 3 页。
⑨ 《情史·情贞类》,《冯梦龙全集》第 15 册,凤凰出版社,2007 年,第 12 页。

无情之夫,必不能为义夫。①

那么,怎么将"情"导向"礼"呢?冯梦龙在其经学著作中从正反两个方面进行了论述。正的方面,他强调,要将"情"培养、塑造成圣人之情。

冯梦龙声称他是根据《王文成公年谱》敷演而成《皇明大儒王阳明先生出身靖乱录》,于阳明龙场悟道一段,冯梦龙写有阳明关于"致良知"的一段议论。查年谱,阳明在五十岁时"始揭致良知之教",龙场悟道时,阳明三十七岁。再查阳明集,亦未发现与之相似的段落,所以,此段当是冯梦龙的杜撰,可以代表他的观念。就算确实是阳明所论,冯梦龙在小说中不予刊落,经过了自己的选择裁定,同样可以表明他是认同这些观念的。姑录此段如下:

> 自是胸中始豁然大悟。叹曰:"圣贤左右逢源,只取用此'良知'二字。所谓格物、格此者也。所谓致知,致此者也。不思而得、得甚么?不勉而中、中甚么?总不出此良知而已。惟其为良知。所以得不縻思、中不縻勉。若舍本性自然之知而纷逐于闻见,纵然想得着、做得来,亦如取水于支流,终未达于江海,不过一事一物之知,而非原原本本之知。试之变化,终有窒碍。不縻我做主。必如孔子从心不踰矩、方是良知满用。故曰:无入而不自得焉。如是又何有穷通荣辱死生之见得以参其间哉?"

"不勉而中""不思而得"出自《中庸》的"诚者,天之道也;诚之者,人之道也。诚者不勉而中,不思而得,从容中道,圣人也。诚之者,择善而固执之者也"。"本性自然之知""原原本本之知"则略同于《中庸》中的"生而知之"。《中庸》云:"或生而知之,或学而知之,或困而知之,及其知之,一也。或安而行之,或利而行之,或勉强而行之,及其成功,一也。"阳明曾将"生知安行"视为"圣人之事",称:"夫尽心、知性、知天者,生知安行,圣人之事也;存心、养性、事天者,学知利行,贤人之事也;夭寿不贰,修身以俟者,困知勉行,学者之事也。"②罗素曾有"两种圣贤"的说法:"生来的圣贤对人类有一种自发的爱,他行好事是因为行好事使他幸福。反之,出于恐惧的圣贤像只因为有警察才不干偷窃的人一样,假使没有地狱的火或没有他人报复的想法约束着他就会作恶。"③"生来的圣贤"当然不是天才论或命定论,而是指虽然也做了符合"圣贤"标准的事,此类人并不是刻意着意做出来的,"他行好事是因为行好事使他幸福",在行事之时渗入了快乐幸福之情,不需要付出意志上的努力,当然就是"不勉而中,不思而得"了。而所谓"生知安行"正相当于这类人。"学知利行""困知勉行"虽然不必比附"出于恐惧的圣贤",但和"出于恐惧的圣贤"一样,他们在精神境界上要低一些,因为"行好事"还不能使他们有快乐幸福之情,有时还需要付出意志上的努力。当"学知利行""困知勉行"到了一定程度,他们的"情"得到

---

① 《情史·情贞类》,《冯梦龙全集》第 15 册,凤凰出版社,2007 年,第 36 页。
② 《传习录·中》,《王阳明全集》上册,上海古籍出版社,1995 年,第 43 页。
③ 罗素:《西方哲学史》下卷(马元德译),商务印书馆,1991 年,第 321 页。

培养塑造，"行好事"不再勉强，这时也就达到了"不勉而中，不思而得"的地步，成为"生知安行"的"圣人"了，这也就是《中庸》所说的"及其知之，一也"、"及其成功，一也"。可以说，并非做了符合"圣人"标准的事就是"圣人"了，将自己的情变化为"圣人"的情才成为了"圣人"。冯梦龙记述阳明悟道的那段中，所谓"良知"，所谓"自然之知"，所谓"原原本本之知"，都不是单纯的道理，都包含着"情"，当情还没有变为圣人之情时，自然会"试之变化，终有窒碍"，而当情变为圣人之情时，由于"不勉而中，不思而得"，不必再付出意志上的努力，不再有主观上的勉强，自然就能够像孔子那样"从心所欲不逾矩"，能够"无入而不自得"了。

冯梦龙在其经学著作中提到的圣人之情主要是"仁民""仁天下"：

> 经善伯救，息天下之情见矣。圣人之情在仁民。[1]
> 予夺驻兵，仁天下之情见矣。[2]
> 经予夺驻兵，而仁天下之情见矣……推仁人仁民之情，而救取之功罪可定也。[3]
> ……

"仁民""仁天下"以"仁"为核心，那么，冯梦龙又是怎样理解"仁"的呢？

冯梦龙在其经学著作中反复提到"仁者以天地万物为一体"的说法，此语出于程明道的《识仁篇》："仁者，浑然与物同体"、"仁者以天地万物为一体"。"万物一体"的说法经由阳明及其后学的弘扬在明代中后期几成套语，为人所熟知，冯梦龙《古今谭概》还讲了两个迂儒由于不懂"万物一体"而闹的笑话：

> 一儒者谈"万物一体"。忽有腐儒进曰："设遇猛虎，此时何以一体？"又一腐儒解之曰："有道之人，尚且降龙伏虎，即遇猛虎，必能骑在虎背，决不为虎所食。"周海门笑而语之曰："骑在虎背，还是两体，定是食下虎肚，方是一体。"闻者大笑。

在冯梦龙那里，"仁者，浑然与物同体"的说法实际上是把小我扩展成整个宇宙的一个"大我"，这个"大我"也即整个宇宙是一生命体，这个生命体各个部位（就宇宙而言即是万物）其实都是血脉相连、密切相关的，不能残害任何一物，而是要经由亲亲仁民爱物的道德践履使万物各得其所，组合成和谐的整体，也就是使"大我"的生命体得以维持与发展。可以看出，这样的精神境界不仅要实现社会的和谐，还要实现自然界的和谐，实现全宇宙的和谐，是一种很高的精神境界。这种"以天地万物为一体"、实现宇宙和谐的"圣人之情"是冯梦龙在其"情教"说中

---

[1] 《春秋定旨参新》卷十，《冯梦龙全集》第18册，凤凰出版社，2007年，第365页。
[2] 《春秋定旨参新》卷十一，《冯梦龙全集》第18册，凤凰出版社，2007年，第383页。
[3] 《麟经指月第四·僖公上》，《冯梦龙全集》第17册，凤凰出版社，2007年，第254页。

大力倡导的:"万物如散钱,一情为线索。散钱就索穿,天涯成眷属"①,"夫男女一念之情,而犹耿耿不磨若此,况凝精翕神,经营宇宙之块玮者乎!"②

冯梦龙在其经学著作中还从反面论述了如何将"情"导向"礼"。他说:"惟《诗》原从思出,故能宛曲动人之思。先王采集,使之一唱三叹,以兴起其劝惩之念,而归于正,此作《诗》之本旨。不曰'正',而曰'无邪',但尽去邪情,别无正见也。"③尽去邪情,使之"归于正",这其实也是冯梦龙"情教"说的重要目标:"虽事专男女,未尽雅驯,而曲终之奏,要归于正。善读者可以广情,不善读者亦不至于导欲。"④

冯梦龙强调"情"的重要作用是因为"情"具有巨大的生命力。如前所述,他在经学著作中就因是为看到了"情"的生机与活力而警告不可"将砖压草",不可"屈折其天机"。在其通俗文学的"情"论中,他更是明确地将"情"称为人之生意:"草木之生意,动而为芽。情亦人之生意也,谁能不芽者。"这里所谓"生意"就是"情"所赋予人的生机与活力。耐人寻味的是,在经学著作中,冯梦龙强调的是"孝悌"之亲情,认为把这种亲情"培养扩充"就能够仁民爱物。可是,在"情教"说中,冯梦龙所要"培养扩充"的"情"则是"男女之真情"。

与父子兄弟之间的亲情相比,男女之情与人的自然需求紧密关联,所以比亲情似乎更真切、更像出于天性,也更具有生命力。《情史》中有不少地方都对此有所表现,如《情芽类》中苏武不畏"啮雪啖毡"之苦却不免与胡妇生子,胡铨能忍受艰难忧患却难以抵挡佳人一笑,张咏、赵阅道能克制男女之情,远胜一般人,可他们的克制过程也非常艰辛。孔子有妾,是圣人并不远情;林逋相思,是洁士难以忘情。总之,都是强调"情"乃"人之生意",具有巨大的生机与活力,这种生机与活力不可压抑遏制,只能将之导向"礼"。因此,冯梦龙在通俗文学中的情论并不是肯定、张扬所有的"情"。他说:"人生烦恼思虑种种,因有情而起。浮沤、石火,能有几何,而以情自累乎?"⑤"情犹水也,慎而防之,过溢不上,则虽江海之洪,必有沟浍之辱矣。"⑥"自累"之"情"、"过溢"之"情"皆是"邪情",冯梦龙很明显持否定态度,认为应当"尽去邪情",将具有巨大生机活力的"情"导向"礼"。而要将"情"导向"礼",需要以"理"正"情",所谓"理为情之范"⑦、"彼未参乎情理之中者,奈之何易言情也"⑧;也需要以"礼"节"情",所谓"流注于君臣、父子、兄弟、朋友之间而汪然有余乎"⑨。这样,冯梦龙的"情教"说在认同了礼教合理性的同时也认同了其中某些有缺陷的伦理观,表现出其历史局限性。

通过分析乾嘉时期的礼学复兴以及冯梦龙的"情教"说,不难看出,二者都与先秦儒学看重

---

① 《情史序》,《冯梦龙全集》第 7 册,凤凰出版社,2007 年,第 1 页。
② 《情史·情灵类》,《冯梦龙全集》第 7 册,凤凰出版社,2007 年,第 362 页。
③ 《四经指月·上论一》,《冯梦龙全集》第 15 册,凤凰出版社,2007 年,第 14 页。
④ 《情史序》,《冯梦龙全集》第 7 册,凤凰出版社,2007 年,第 1 页。
⑤ 《情史·情痴类》,《冯梦龙全集》第 7 册,凤凰出版社,2007 年,第 233 页。
⑥ 《情史·情秽类》,《冯梦龙全集》第 7 册,凤凰出版社,2007 年,第 631 页。
⑦ 《四书指月·上论二》,《冯梦龙全集》第 15 册,凤凰出版社,2007 年,第 44 页。
⑧ 《情史·情累类》,《冯梦龙全集》第 7 册,凤凰出版社,2007 年,第 657 页。
⑨ 《情史序》,《冯梦龙全集》第 7 册,凤凰出版社,2007 年,第 1 页。

礼的实质、把真诚的情感视为礼的实质之思想观念有着密切的联系。《红楼梦》中也和二者一样有着明中叶以来反思宋明理学弊端、返回先秦儒家经典的思想进路。了解这样的思想进路，可以帮助我们更好地理解《红楼梦》中"大旨谈情"与恪守礼教同时共存这一看起来似乎矛盾的现象。

【思考讨论】六

1. 怎样理解评价《红楼梦》中宝玉对礼教的认同与恪守？

2. "大旨谈情"与恪守礼教在《红楼梦》中是否矛盾？为什么？

3. 《红楼梦》中有着怎样的"礼""仪"之辨？

4. 乾嘉时期"仁"重于"义"、"亲亲"重于"尊尊"的思想倾向在《红楼梦》中有哪些具体体现？

5. 乾嘉时期所强调的"恕道"在《红楼梦》中有哪些具体体现？

6. 《红楼梦》中要将"情"导向怎样的"礼"？为什么？

7. 怎样理解"情教"说与《红楼梦》"大旨谈情"的关系？

8. 怎样理解清代以"礼"代"理"思潮与《红楼梦》中礼学立场的关系？